알리페르
ALIFER

I

레베레베레
장편소설

알리페르 I

초판 1쇄 인쇄일 | 2019년 10월 01일
초판 1쇄 발행일 | 2019년 10월 11일

지은이 | 레베레베레
펴낸이 | 박성면
펴낸곳 | (주)동아

출판등록 | 제406-2012-000056호
주소 | 경기도 파주시 문발로 115, 세종출판벤처타운 201-A호
전화 | (031)8071-5201
팩스 | (031)8071-5204
E-mail | bear6370@hanmail.net

정가 | 12,000원

ISBN 979-11-5641-157-4 (04810)
      979-11-5641-156-7 (set)

CHIC
NOVEL

알리페르
ALIFER

I

레베레베레
장편소설

목　차

프롤로그

Prologue

어느 날, 신종 곤충 '알리페르'가 등장한다.

인간과 유사한 외형을 지녔지만, 잠자리처럼 두 쌍의 날개를 가진 그들은 날 수 있으며 강력한 외골격을 바탕으로 인간보다 월등히 강한 힘을 낼 수 있다.

불행히도 육식성인 알리페르가 인간을 주식으로 삼으면서 인류는 괴멸 직전까지 몰렸지만, '몰란도 넥시움'이라는 영웅의 활약으로 인류는 다시 기사회생의 길을 걷는다. 특유의 카리스마로 병사들을 진두지휘해 전세계에 뿔뿔이 흩어져 있던 인류를 한곳에 모은 몰란도 넥시움은 대륙의 어느 황무지에 제국을 건설해 초대 황제에 오른다.

제위에 오른 후에도 몰란도 넥시움은 치열하게 알리페르와 싸우며 얼마 남지 않은 인류를 그의 손으로 지켜 낸다. 동시에 과학자와 건축가들을 동원해 강력한 자기 중력장으로 뒤덮인 돔 형태의 건축물, '헥사비스'를 건설해 알리페르로부터 인류를 보호한다. 그렇게 인류는 햇볕조차 제대로 들지 않는 헥사비스와 지하에 숨어 간신히 그 명맥을 이어 나가게 된다.

인류를 위해 일생을 다 바친 몰란도 넥시움은 자식들에게 알리페르로부터 제국민을 지키라는 유언을 남긴 채 길지 않은 생을 마감한다. 그의 유지를 받들어 넥시움 황가의 자손들은 대대로 알리페르를 토벌해 왔으며 그것을 그들의 의무이자 긍지이자 자랑으로 여겨 왔다.

chapter 1
넉사움

넥시움

진줏빛 둥근 보름달이 천정에 내걸린 자정 무렵, 장교복을 입은 한 남자가 돌계단으로 이루어진 사원 안을 정신없이 내달리고 있었다.

이사나 넥시움.

현생 인류의 마지막 남은 단일 국가, 넥시움 제국의 황자이자 현 황제의 하나뿐인 동생이다. 알리페르에게 겁을 먹고 헥사비스에서 나오지 않는 황제를 대신해 수많은 전투를 치러 제국민에게 절대적인 지지를 받고 있는 그는 지금 죽을 위기에 처해 있었다.

'역시, 폐하께 속은 거였군.'

이사나는 가슴이 터질 듯이 뛰는 와중에도 너무나도 덤덤히 자신의 처지를 받아들이고 있었다. 그를 호위하던 친위대도 보좌관도 이미 알리페르의 먹잇감이 된 지 오래였다.

작전이 시작된 뒤 헥사비스로부터 통신이 끊어진 것을 시작으로 물 한 병 주는 것조차 아깝다는 듯 약속된 보급은 오지 않았다. 그로 인해 토벌대는 알리페르의 왕 '렉사'를 토벌하기는커녕 헥사비스로 돌아가는 것조차 불가능하게 되었다.

알리페르의 왕 '렉사'를 토벌해야 한다고 주장한 것은 확실히 이사 나였다. 정보원에 따르면 역사상 유래 없을 정도로 빠르게 세력을 확장해 전대 알리페르의 왕을 꺾은 렉사는 이제껏 본 적 없는, 강력한 힘과 교활한 지능을 가졌다고 했다. 또다시 변종이 발생한 것이다.

알리페르와 인류가 대립한 지 이제 200여 년.

살아남겠다는 인류의 강렬한 열망으로 겨우 여기까지 왔지만, 변종인 렉사가 왕으로서 본격적으로 번식을 시작한다면 더 이상 버틸 수 있을지 의문이었다. 그랬기에 이사나는 자신을 미워하는 형에게 계속 렉사 토벌전의 중요성을 강조했다. 하지만 형에게 중요한 것은 제국민들의 평화나 넥시움의 의무 따위가 아니라 제위를 공고히 하 는 것이었나 보다. 고깝기 짝이 없는 동생을 처리하기 위해 공들여 키운 부대를 전멸시킬 정도니 이사나가 죽고 난 뒤 제국에 닥칠 일은 뻔할 뻔 자였다.

죽는 건 그다지 두렵지 않았다. 작전을 지휘하며 수많은 병사들이 눈앞에서 죽어 갔기에 이번엔 자신의 차례가 되었다는 생각뿐이다. 다만, 제국민을 지켜야 한다는 '넥시움의 의무'가 이사나의 마음을 짓누르고 있었다.

그런 이사나의 마음을 조롱하듯 머리 위로 벌레의 날개 소리가 들려왔다. 치릇치릇— 치릇치릇—. 두 쌍의 날개가 공기를 가르며 만들어 내는 소리는 언제 들어도 기분 나쁘기 짝이 없었다. 금방이라도 달려들듯 날개 소리는 가까이에서 들려왔지만, 놈은 몰이사냥을 즐기듯 이사나의 머리 위만 뱅글뱅글 맴돌 뿐이다.

이사나를 쫓고 있는 놈은 알리페르의 신왕 렉사였다. 놈은 이렇듯 먹잇감을 가지고 놀며 사냥하는 것을 즐겼다. 이런 방식으로 이사나의 상관과 부하들이 모두 그에게 목숨을 잃었다. 그리고 이사나 역시 그렇게 될 터였다. 하지만 이미 모든 각오가 된 이사나는 기계적으로 달리며 짧게 뇌까릴 뿐이다.

언제든지 와라. 준비는 되어 있으니까.

이사나는 공중에서 자신을 내려다보고 있을 렉사를 노려본 뒤 다시 사원 안을 내달렸다.

* * *

이사나는 긴장된 얼굴로 수로 안을 걸었다. 사원 안을 헤매다 우연히 지하 수로로 들어온 척 굴었지만, 사실 일부러였다. 달빛이 드문드문 스미는 지하 수로는 구조상 알리페르가 날기 힘들었다. 그러니 렉사가 더 이상 자신을 가지고 노는 것을 그만둔 채 모습을 드러낼 거라 생각했다. 그리고 예상대로 얼마 지나지 않아 한 남자가 이사나의 앞에 모습을 드러냈다.

렉사였다.

수로의 구조를 알고 있었는지 놈은 이사나를 앞질러 나타났다. 하지만 이사나는 자신을 죽이러 온 알리페르와 마주하면서도 공포심보다는 의아함을 느꼈다.

너무 사람같이 생겼다.

아무리 알리페르가 인간과 유사하다고는 하지만 그건 말 그대로 유사한 것에 불과했다. 그러나 렉사는 뒤에서 치릇거리는 날개만 아니라면 알리페르에게 붙잡힌 민간인이라고 해도 믿을 만큼 인간과 다름없는 모습을 하고 있었다. 오히려 보통 사람보다 예쁘장하면서도 단정한 생김새에 이사나는 기분이 이상해지는 걸 느꼈다. 그가 앞으로 인류를 위협할 변종형 알리페르라는 사실은 변함이 없지만 말이다.

이사나가 품 안에서 리볼버를 꺼내자 렉사는 단정한 눈매를 휘며 말했다.

"그거 여섯 발밖에 안 되지? 여섯 발 피하면 내가 이기겠네?"

재밌는 놀이를 하자는 듯한 천진한 말투에 이사나는 눈살이 찌푸려졌다. 알리페르는 단단한 외골격을 가지고 있기에 총으로는 결코 죽일 수 없었다. 하지만 관절 부위만 잘 맞춘다면 충분히 움직임을 무력화시킬 수 있었다. 이사나는 재빨리 렉사의 무릎 쪽을 겨눠 방아쇠를 당겼다.

탕―!

"하나."

렉사가 피하자마자 이사나는 바로 날개 쪽을 쐈다. 하지만 이것 역시 외골격에 의해 막혔고 두 발이 낭비되었다.

"둘, 셋."

렉사의 말에도 이사나는 조급해 하지 않고 경동맥을 노렸다. 그러나 또다시 비껴 나갔고 뒤이어 오른쪽 눈을 노렸지만, 그것 역시 렉사가 피했다.

"이제 하나 남았네?"

렉사는 장난기 어린 말투로 말했다. 소름이 끼쳤다. 알리페르인 주제에 인간처럼 말을 한다는 게 소름 끼치다 못해 이 세상에서 지워 버리고 싶을 만큼 혐오스러웠다. 하지만 이사나는 감정을 숨긴 채 마지막 한 발을 아무 데나 쏘았고, 렉사가 총을 피하는 데 정신이 팔린 사이 품 안에서 섬광탄을 꺼내 놈에게 던졌다.

"그런 잔재주를!"

섬광탄의 불빛에 주춤하는 사이 이사나가 뒤를 돌아 도망치자, 렉사는 잔인한 얼굴로 뒤쫓아 와 이사나의 어깨를 붙잡았다. 하지만 이사나는 놀라는 대신 예상했다는 듯 렉사의 품 안에 파고들어 그를 업어 쳤다. 당황한 렉사가 굳어지자 이사나는 그를 땅바닥에 메다꽂은 뒤 준비해 둔 펜 타입 주사기로 그의 심장을 찔렀다.

알리페르에게 극약인 '포폴린'을 주입받은 렉사는 놀란 얼굴로 이사나를 뿌리치며 뒤로 물러났다. 하지만 이내 가슴을 움켜쥔 채 얼굴을 일그러뜨렸다. 포폴린은 알리페르에게 부정맥을 일으키는 심독성 약물이었다. 변종인 그에게 얼마나 효과적일지 알 수 없지만, 일단 심장에 직격한 이상 어느 정도 타격은 있을 거라고 생각했다.

이사나는 허리춤에 차고 있던 군용 나이프를 꺼냈다. 겨우 이까짓 걸로 뭘 얼마나 할 수 있을지 모르지만, 적어도 변종인 렉사가 번식하는 것만큼은 막아야 했다.

바닥에 주저앉아 괴롭게 몸을 떠는 렉사에게 다가간 이사나는 나이프를 고쳐 잡았다. 그리고 하얗게 드러난 놈의 뒷목에 내리꽂으려는 순간, 고개 숙이고 있던 렉사가 여유롭게 이사나의 팔을 움켜잡았다. 마치 괴로웠던 건 연기였다는 듯 말이다. 천천히 고개를 든 렉사에게선 괴로운 흔적이 조금도 느껴지지 않았다.

"속았지?"

렉사의 천진한 말에 이사나는 흠칫 놀라며 뒤로 물러나려 했지만, 억세게 붙잡힌 팔로 인해 그럴 수 없었다. 그 이후는 렉사의 마음대로였다. 렉사가 손아귀에 힘을 주자 너무나도 손쉽게 이사나의 손에서 나이프가 떨어져 나갔고 저항하던 다른 팔 역시 얼마 지나지 않아 그에게 붙들리게 되었다. 무기를 잃은 채 양손이 결박당한 이사나가 차가운 얼굴로 렉사를 쏘아보자, 렉사는 그런 이사나를 바라보며 제 멋대로 지껄였다.

"아까는 정말 놀랐어. 도대체 그건 뭐지? 인간들의 화학 무기인가? 아직도 심장이 두근거려."

포폴린에 별 영향을 받지 않은 그의 모습에 이사나는 이맛살을 찌푸렸다. 포폴린 내성 알리페르라니…… 아니면 폐하께서 포폴린마저 순도가 떨어지는 것으로 보냈을 수도 있다. 어찌 됐건 이젠 정말 끝이라는 생각에 이사나는 한숨만 나오는데, 이 강하면서도 어린 알리페르는 여전히 순진한 얼굴로 이사나에게 물어 왔다.

"이름이 뭐야?"

"……."

"대답 안 해? 알려 주면 살려 줄 수도 있는데?"

"……이사나."

살려 줄 거란 말을 믿진 않았지만, 굳이 숨길 필요도 없었다. 닳는 것도 아니고. 이사나가 순순히 이름을 가르쳐 주자 렉사는 만족스러운 얼굴로 말했다.

"넌 인간 중에서도 지위가 높지? 이 사원 안에 있던 모든 인간이 널 지키려고 하더군."

렉사의 말에 이사나는 자신을 대신해 하나둘씩 목숨을 내던졌던 부하들을 떠올렸다. 희미하게 가슴이 아파 왔지만, 지금은 감상에 젖어 있을 때가 아니었다. 밀려드는 감정을 억누른 채 앞으로 어떤 행동을 하는 게 더 합리적일지 고민하는데, 렉사가 혼잣말처럼 말했다.

"인간은 우리처럼 강한 순으로 지위가 주어지는 게 아니라고 들었는데……. 그런 것치곤 강하군. 다른 놈들이었다면 걸려들었을지도 몰라."

"……네게 먹히지 않은 게 아쉽군."

"그래? 하지만 전혀 통하지 않은 건 아니야. 지금도 이해할 수 없을 정도로 심장이 뛰고 있으니까. 네가 반짝반짝 빛나 보일 정도로."

렉사의 찬사에도 이사나는 전혀 기쁘지 않았다. 게다가 그가 무슨 말을 하는지도 이해할 수 없었고. 그들의 언어에 능숙하지 못한 탓인지도 몰랐다. 이사나가 눈살을 찌푸리자, 렉사는 고민하듯 "흠……." 하더니 대뜸 이상한 걸 물었다.

"넌 누군가를 사랑해 본 적 있나?"

"……그래, 있지."

"사랑한다는 건 어떤 느낌이지?"

'사랑'이라는 말에 이사나는 제국민들을 떠올렸다. 어릴 때부터 귀에 못이 박히도록 들은 말이었다. 제국민들을 사랑하고 지키는 것. 그것이 넥시움 황가가 존재하는 이유라고. 그러니 이사나는 제국민들을 사랑하는 게 맞았다. 아주 오랫동안, 그들을 사랑하는지 안 하는지 알아차리지 못할 정도로 이사나는 제국민들을 사랑해 왔다. 미적지근한 감정의 온도를 새삼 되새긴 이사나는 호기심 어린 얼굴로 자신을 쳐다보는 알리페르의 왕에게 대답했다.

"가슴이 들뜨고 세상에 다시없을 만큼 황홀한 기분이지."

이사나의 말에 렉사는 몹시 구미가 당긴다는 듯한 얼굴을 했다. 하지만 그 말은 이사나 또한 누군가에게 들은 말을 나열한 것에 불과했다. 그것보다 왜 알리페르가 이런 것을 물어보는지 알 수 없었다.

변종형이라 그런 건가? 이사나는 점점 더 렉사가 보통의 알리페르와 다르게 느껴졌다. 무표정한 얼굴로 렉사를 바라보는데, 렉사가 눈을 휘며 웃더니 이사나에게 다가왔다.

이번에야말로 죽이려는 건가? 이사나는 잔뜩 굳어진 얼굴로 다가오는 렉사를 쏘아보았다. 1mm씩 가까워질수록 죽음에 대한 각오로 이사나의 심장은 터질 듯이 시끄러워졌고, 숨결 역시 어쩔 수 없이 점점 더 거칠어졌다.

그런데 뭔가 이상했다. 날숨마저 느껴질 정도로 가까워진 렉사가 수줍음이 느껴지는 얼굴로 잠시 머뭇거리더니 고개를 살짝 옆으로 틀었다. 그 모습에 이사나는 어처구니없게도 십 대 때 잠시 사귄 여자 친구와의 첫 키스를 떠올렸다. 그와 동시에 거짓말처럼 이사나의 미적지근한 입술 위로 렉사의 입술이 맞닿았다.

"읍!"

이사나는 혐오감에 몸부림쳤지만, 렉사는 오히려 이사나를 벽에 몰아붙인 채 입 안으로 혀를 집어넣을 뿐이었다. 미친! 이사나는 속으로 욕설을 퍼부으며 렉사의 입술을 피해 이리저리 고개를 돌렸다. 하지만 렉사는 걸리적거린다는 듯 이사나의 턱까지 움켜쥔 채 계속 입을 맞출 뿐이었다.

조금 달게 느껴지는 알리페르의 체액을 억지로 삼켜야 하는 이 구역질 나는 상황에서 되레 냉정을 되찾은 이사나는 뻑뻑하게 느껴지는 눈을 억지로 굴려 주위를 살폈다. 도대체 렉사가 왜 이런 미친 짓을 하는지 이유는 알 수 없지만, 어떻게 보면 이건 기회일 수도 있었다.

이사나는 눈까지 감고 키스에 심취한 렉사 몰래 발을 더듬어 아까 떨어뜨린 나이프를 끌어당겼다. 그리고 충분히 나이프를 다시 쥘 수 있을 만큼 가까워지자 이사나는 군홧발로 렉사의 정강이를 세게 후려 쳤다. 정통으로 급소를 맞은 렉사가 자세를 무너뜨리자, 이사나는 그 틈을 놓치지 않고 발로 나이프를 차올렸다. 다시 나이프를 손에 쥔 이사나는 곧장 렉사의 목줄기를 노렸지만, 렉사는 여유롭게 피한 뒤 나이프까지 다시 빼앗아 저 멀리 던져 버렸다.

어디 좀 더 해 보라는 듯한 렉사의 여유작작한 얼굴에 이사나는 분노가 치미는 걸 느꼈다. 필사의 반격도 그에겐 유희거리에 불과한 듯했다. 이사나가 어느새 냉정을 잃고 분에 겨워 어찌할 줄을 몰라 하자, 렉사는 피식 웃으며 말했다.

"고분고분하게 구는 게 좋을 텐데?"

"웃, 기는 소리를 하는군."

이사나가 사납게 쏘아붙이며 주먹을 날리자, 렉사는 이사나의 반항이 꽤나 걸리적거린다는 듯 이사나의 왼팔을 붙잡았다. 그리고 입을 크게 벌리더니 이사나의 손목을 와그작 씹어 먹었다.

"아악——!"

렉사가 물어뜯은 자리로 동맥이 터졌는지 사라진 살점의 경계면 으로 피가 분수처럼 치솟았다. 렉사가 손을 놓자, 단단했던 이사나 의 손목은 반쯤 사라져 너덜거렸고 신경이 끊어진 손가락들은 제멋 대로 경련했다.

고통으로 이사나가 비명을 지르건 말건 렉사는 살점을 씹어 삼킨 뒤 피 칠갑이 된 입으로 다시 이사나에게 키스했다. 하지만 팔목에서 올라오는 고통 탓에 이사나는 이를 악물었다. 렉사는 마뜩잖은 얼굴로 그의 턱을 움켜쥐다 이내 흥미를 잃고 다른 쪽으로 눈을 돌렸다.

이사나를 바닥에 넘어뜨린 렉사는 그의 위에 올라타 이사나가 입고 있던 장교복을 갈가리 찢어 버렸다. 렉사가 무슨 짓을 하려는지 알아차린 이사나는 머리끝이 쭈뼛 서는 통증 속에서 발버둥을 쳤다. 그러자 렉사는 이사나의 두 발목을 붙잡아 가차 없이 꺾어 버렸다.

고통으로 이사나가 식은땀만 줄줄 흘리며 몸을 꿈틀거리자, 렉사는 그제야 고분고분해진 것에 만족하며 알몸뚱이가 된 이사나를 잡아끌었다.

그 이후로는 이사나도 잘 기억하지 못했다. 드문드문 떠오르는 기억으로는 꺾여 버린 발목들이 눈앞에서 우스꽝스럽게 덜걱거렸고 렉사가 피로 물든 입술을 핥으며 자신의 안을 마구 헤집었다는 것뿐이다. 지하수로 안은 흥분한 렉사가 만든 날개 소리로 가득 찼고 이사나는 그 끔찍한 소음 속에서 헛바람 같은 꺽꺽거림만 계속 내뱉었다.

사각사각. 몇 번인지 모를 성교 후 배가 고파진 렉사는 이사나의 다리를 뜯어먹기 시작했다. 부러진 발목을 시작으로 다리가 조금씩 잘려 렉사의 배 속으로 들어가는 게 느껴졌지만, 희한하게도 이사나는 고통을 느끼지 못했다. 이미 역치를 넘긴 통각이 더 이상의 고통을 거부한 탓인지도 몰랐다.

* * *

넥시움 제국의 영웅, 이사나 넥시움은 알리페르의 신왕을 토벌하러 원정대와 함께 헥사비스를 떠났다가 실종된 지 열흘 만에 홀로 발견되었다. 헥사비스의 경계면을 지키는 경비대에게 발견될 당시, 이사나는 왼팔과 양다리가 잘리고 오른쪽 눈이 적출된 위중한 상태였다고 한다.

중환자실로 옮겨진 이사나가 수십 번 죽을 고비를 넘기는 사이, 의회에서는 그의 실책을 비난하는 청문회가 열렸다. 청문회에 참석한 고관대작들은 아무리 이사나가 황족이라고 해도 그가 세운 무모한 작전으로 어렵게 키운 병사들이 전멸했으니 그를 재판에 세워 엄벌에 처하는 것이 마땅하다고 떠들어 댔다.

그들은 마치 짜기라도 한 듯 이사나를 대신해 청문회에 출석한 대변인을 향해 렉사 토벌전과는 전혀 상관없는 것까지 들먹이며 원색적인 비난을 퍼부었다. 하지만 자애로우신 황제 폐하께서 비록 이사나 황자의 실수가 크다고는 하나 이미 정상적인 삶을 살 수 없는 점과 이전에 세웠던 공적을 고려해 재판 없이 그를 퇴역시키는 것으로 일을 마무리 짓자고 다독였다. 그의 관대한 처사에 한쪽에서는 자애로운 황제 폐하에 대한 칭송이, 그리고 다른 한쪽에서는 황족이라고 해도 예외는 없어야 한다는 비난이 일었지만, 병상에 누워 하루 한 시간도 제대로 눈을 뜰 수 없었던 이사나에게는 아무래도 좋을 일이었다.

* * *

이사나가 퇴원하고 한 달쯤 지난 어느 날. 사용인들은 귀한 손님을 맞이하기 위해 아침부터 분주히 움직였다. 며칠 전, 황제가 사람을 보내 이사나의 저택으로 방문하겠다고 통보한 탓이다.

이미 오래전부터 사이가 좋지 않던 형제지만, 그래도 형제는 형제인 걸까? 수십 번에 이르는 죽을 고비를 넘긴 동생에게 황제도 드디어 혈육의 정이 생겼다고 생각한 이사나의 사용인들은 모두 들뜬 얼굴로 부산스럽게 움직였다. 그러나 정작 저택의 주인인 이사나만은 관심조차 없다는 듯 무표정한 얼굴로 테라스 바깥 풍경을 바라볼 뿐이다.

구름 한 점 없이 날이 맑은지 반투명한 핵사비스의 천장 아래로 꽤 많은 자연광이 스며들고 있었다. 그 따사로운 햇살 때문인지 아침부터 이사나의 저택 앞에 모여든 사람들의 얼굴에는 활기가 넘쳐흘렀다. 하지만 그들은 이사나를 보기 위해 찾아온 사람들이 아니었다. 오늘 이사나의 저택에 방문하기로 한 황제를 보기 위해 모인 이른바 그의 팬들이었다.

넥시움 제국의 현황제인 이사나의 형은 상당한 미남이었다. 평범한 갈색 머리에 갈색 눈을 가진 이사나와 달리 황제는 꿀물이 뚝뚝 떨어질 듯한 아름다운 허니 블론드와 자애로운 올리브색 눈동자를 가지고 있었다. 이사나가 어릴 적 그가 사실은 천사가 아닐까 생각했을 정도로 황제는 존재 자체가 기적 같았다. 그로 인해 꽤 젊은 나이에 황위에 올랐음에도 황제에 대한 제국민들의 지지와 사랑은 거의 절대적, 맹목적이었다. 황제 역시 그 사실을 잘 알고 있었기에 선황에 비해 팬서비스 차원에서 언론에 자주 얼굴을 내비치는 편이었다.

조금만 더 있으면 황제가 도착할 걸 알면서도 이사나는 일부러 노곤한 햇살에 몸을 맡기며 눈을 감았다. 그렇게 얼마나 졸고 있었을까? 노쇠한 집사가 이사나에게 다가오더니 귀빈이 도착했음을 알렸다. 그럼에도 이사나는 미동조차 하지 않았다. 어차피 오른쪽 다리는 허벅지까지, 왼쪽 다리는 정강이 중간까지 싹둑 잘려 일어나고 싶어도 일어날 수 없었다. 게다가 황제가 '왜' 여기 왔는지 짐작하고 있었기에 이사나는 더욱 일어나고 싶지 않았다. 그럼에도 이사나는 응접실로 들어오는 황제에게 습관처럼 입 발린 소리를 늘어놓고 있었다.

"일어서서 맞이하지 못하는 신의 불충을 용서하옵소서."

"되었다. 그런 꼴을 한 사람에게 인사 받을 만큼 못돼 먹지 않았다."

황제 역시 마음에도 없는 말을 내뱉으며 이사나의 맞은편에 앉았다. 꽤 오랜만에 보지만, 이사나의 두 살 위인 형은 여전히 아름다웠다. 게다가 오늘은 옷차림과 머리 손질에 더욱 신경을 썼는지 지난번 출정식에서 봤을 때에 비해 딱 두 배 정도 더 눈이 부셨다. 상관에게 군복이 가장 잘 어울린다는 칭찬을 받았던 이사나와는 정반대였다.

그것은 이사나의 부모님에게도 마찬가지였다. 선황과 태후는 첫 아이인 데다 외모마저 천사 같았던 형에게 완전히 마음을 빼앗겼다. 그리고 형과 같은 사랑스러운 둘째를 기대했던 그들은 2년 뒤 이사나가 태어났을 때 너무 평범하고 애교가 없어 실망했다. 그리고 그 실망감은 이사나가 자라나는 내내 이어졌다.

이사나가 아무리 노력해도 선황 부처에게 이사나는 자식이기는 하지만 어쩐지 정이 가지 않는 아이였다. 그리고 천사 같은 형에게도 이사나는 사랑하는 동생이 아닌, 완벽한 가족 안에 끼어든 이물질에 불과했다.

"몸은 좀 어떻느냐."

"이젠 좀 괜찮아졌습니다."

"그래? 그것 참 다행이구나."

황제는 또다시 마음에도 없는 말을 내뱉으며 테라스 밖으로 고개를 돌렸다. 편히 얘기를 나누라는 듯 차를 내온 집사가 응접실 밖으로 물러났지만, 이상하게도 황제는 차만 마실 뿐 아무 말도 하지 않았다. 따사롭게 내리쬐는 햇빛에 이곳을 방문한 목적을 잠시 잊어버린 건지도 몰랐다.

그렇게 황제는 계속 말없이 앉아만 있는데, 이미 오랫동안 테라스에 나와 있던 이사나가 한기를 느끼며 연거푸 재채기를 했다. 그러자 황제는 미간을 구기며 자리에서 일어나더니 이사나가 앉은 휠체어를 밀어 벽난로 근처 테이블로 자리를 옮겼다. 사려 깊은 그의 행동에 이사나의 얼굴은 더욱 굳어졌다. 이거다. 이사나가 황제와 만나고 싶지 않았던 게 바로 이것 때문이었다.

적선하듯 베푸는 그의 변덕스런 친절로 이사나의 유년 시절은 엉망진창이었다. 황제는 어느 때는 천사같이 웃으며 이사나의 마음을 술렁이게 하다가 어느 때는 타인보다 더 가혹하게 이사나를 짓밟곤 했다. 그런 그에게 미련을 놓지 못해 이제껏 끌려다니며 이용당했지만, 이번만큼은 아니었다. 이사나는 이번 렉사 토벌전에서 황제로 인해 죽을 뻔한 데다 이젠 그가 이용하고 싶어도 이사나에겐 팔다리가 없었다. 팔다리가 없는 장교는 아무짝에도 쓸모가 없었다.

황제가 덮어준 모포를 몸에 두른 이사나는 또다시 고개를 쳐드는 망설임을 억누르려 애쓰는데, 그런 이사나의 맞은편에 앉은 황제가 오만한 얼굴로 이사나에게 물었다.

"어떻게 살아 돌아왔느냐."

"……."

"네놈을 발견한 경비대의 말로는 발견될 때 옆에 렉사가 있었다고 하던데, 그놈이 너를 데려다 놓은 것이냐?"

"……."

"네 팔다리는 그놈이 먹었고?"

황제의 질문에 배려라고는 눈곱만큼도 느껴지지 않았다. 태어날 때부터 모든 걸 다 가진 그에게 '상대가 곤란해하는 것 같으니 그만 두자.'는 개념 따위 박혀 있지 않았다. 물론 박아 넣을 필요도 없었고. 그의 물음에 새삼 팔다리가 어떻게 사라졌는지 떠올린 이사나는 치미는 구역질을 간신히 참으며 대답했다.

"네, 렉사가 제 팔다리를 먹었습니다."

"그랬군. 그런데 왜 렉사가 널 죽이지 않은 것이냐. 놈이 무슨 이유로? 의사의 말로는 네게 강간당한 흔적이 있었다고 하던데……. 설마 그 벌레 놈과 붙어먹은 것이냐?"

웃음기 어린 황제의 말에는 혈육에 대한 걱정이나 연민 따위 한 줌도 없었다. 오직 저열한 호기심만 존재할 뿐이다. 이사나는 참을 수 없는 모멸감에 가슴이 지끈거려 왔지만, 짐짓 무덤덤한 얼굴로 인정했다.

"……소신의 힘이 미력하여 폐하와 황가의 명예에 큰 흠집을 냈습니다."

이사나의 말에 황제는 "역시……."라며 혐오 어린 눈으로 이사나를 바라보았다. 그런 황제에게 아무렇지 않은 얼굴을 하는 게 이사나가 할 수 있는 최대한의, 그리고 유일한 반항이었다. 하지만 그다음 나온 말에 이사나의 가면에는 아픈 실금이 그어졌다.

"왜 살아 돌아왔느냐."

질책하는 듯한 황제의 말에 이사나는 밀려드는 차가운 분노로 숨 조차 내쉴 수 없었다.

왜 살아 돌아왔냐고? 그에게 사과를 바란 적도 없지만, 이런 말을 들을 거란 생각도 한 적이 없었다. 이사나는 황제에게 미움받으면서도 때로는 그의 검이 되어, 때로는 그의 정치적 기반이 되어 정적들로부터 그를 지켜 주었다. 그런데 돌아온 대가는 참으로 하찮기 그지없었다.

이사나는 점점 숨통을 조여 오는 정당한 분노로 가면 같은 무표정을 유지할 수 없어졌다. 고개를 숙인 채 부풀어 오르는 감정을 간신히 견뎌 내는데, 그 모습을 다르게 받아들인 황제가 더욱 기고만장해져 되는대로 지껄여 댔다.

"네 말대로 네가 강간당한 것은 나와 넥시움 황가의 명예에 먹칠을 한 셈인데 어찌하여 살아 돌아온 것이냐. 너는 부끄럽지도 않더냐? 수치도 모르는 뻔뻔한 것."

황제의 얼굴에는 경멸과 동시에 저열한 쾌감이 감돌고 있었다. 아마 꼴좋다고 생각하고 있을 터였다. 눈엣가시 같던 동생이 알리페르에게 강간당한 데다 이젠 쓸모조차 없어져 모두에게 버려진 게 견딜 수 없이 기쁠 것이다.

그 참담한 모습을 제 눈으로 확인하기 위해 황제는 이곳을 찾아온 것이다. 마치 조롱이라도 하듯 완벽하게 차려입고.

폭주하듯 앞서 나가는 부정적인 짐작들로 이사나는 이성적인 판단을 할 의욕을 잃어버렸다. 결국 쓰고 있던 가면을 내려놓은 이사나는 처음으로 황제를 노려보며 비웃듯 말했다.

"뻔뻔하다……. 제가 아무리 뻔뻔해도 알리페르가 두려워 헥사비스 밖으로는 한 발자국도 내딛지 못하는 폐하만 하겠습니까?"

이사나의 빈정거림에 황제는 순간 자신의 귀를 의심하다가 정말로 이사나가 한 말이 맞다는 걸 깨닫자마자 얼굴이 사나워졌다.

"뭐라고?"

"알리페르를 토벌하는 '넥시움의 의무'조차 수행하지 못하는 주제에 황제라니. 저였다면 부끄러워 지하로 숨었을 겁니다. 그런 주제에 광대처럼 여기저기 언론에 얼굴을 들이밀며 소탈한 황제라고요? 무덤에 계신 선황께서 통곡하실 일입니다."

무표정한 얼굴로 신랄하게 비꼬아 대는 이사나의 말에 붉으락푸르락해진 황제는 손을 들어 이사나의 뺨을 후려치려 했다. 하지만 남아 있는 오른손으로 황제의 팔목을 붙잡은 이사나는 그를 쏘아보며 사납게 으르렁댔다.

"정말 피는 못 속이나 봅니다. 형제가 나란히 수치도 모르는 인간으로 자라난 걸 보면 말입니다."

"이, 이거 놔라!"

이사나에게 팔목이 붙잡힌 황제는 당황한 얼굴로 손을 빼내려 했지만, 오랫동안 알리페르를 토벌해 온 이사나의 완력을 황제가 이겨 낼 수 있을 리 없었다. 처음으로 형이 약하다는 걸 깨달은 이사나는 차가운 얼굴로 황제를 끌어당겼다. 숨결마저 맞닿을 듯 이사나와 가까워진 황제가 당황한 얼굴로 이사나를 바라보는데, 이사나는 그런 황제를 향해 잔인하게, 혹은 친근하게 웃어 보이며 말했다.

"지금이라도 제국민들께 보속하지 않겠습니까? 뻔뻔스럽게 살아 돌아온 저와 폐하 모두 저 서랍 속에 든 리볼버의 총탄을 관자놀이에 쑤셔 박아서 말입니다."

이사나의 말에 황제는 새파랗게 질린 얼굴로 이사나를 밀쳐냈다. 휠체어와 함께 쓰러진 이사나는 고통으로 얼굴을 일그러뜨리는데,

어느새 서랍에서 리볼버를 꺼낸 황제가 이사나에게 총을 겨누고 있었다. 아픈 와중에도 손을 벌벌 떨고 있는 그가 우스웠던 이사나는 그를 올려다보며 사납게 쏘아붙였다.

"쏴 보시죠."

"누, 누가! 못 할 줄 알고!"

황제는 두 손을 벌벌 떨며 오기 서린 얼굴로 방아쇠를 건 손가락에 힘을 주었다. 그에 이사나의 얼굴에도 진득한 감정이 깃들기 시작했다. 드디어 끝이라는 생각에 기대에 차 황제를 바라보았지만, 몇 분이 지나도록 그가 방아쇠를 당기는 일은 없었다. 남동생이 알리페르에게 죽었으면 좋겠다고 생각하면서도 그는 정작 자기 손으로는 아무것도 못하는 겁쟁이였다.

결국 리볼버를 바닥에 떨어뜨린 황제는 부들부들 몸을 떨며 이사나에게 신경질적으로 소리쳤다.

"어디 그 멀쩡하지 않은 몸으로 잘 살아 보려무나. 다시는 네놈을 찾지 않을 테니!"

"그것 참 고마운 말씀입니다. 저야말로 앞으로 똑똑히 지켜보도록 하죠. 헥사비스 밖으로도 나가지 못하는 황제가 얼마나 더 뻔뻔해질 수 있는지 말입니다!"

이사나의 말이 끝나기도 전에 황제는 도망치듯 응접실을 빠져나갔다. 그에 이사나는 들으라는 듯 황제의 등에 대고 소리 높여 웃었다. 하지만 얼마 지나지 않아 이사나는 지친 얼굴로 바닥에 털썩 드러누웠다. 한동안 멍하니 천장만 바라보던 이사나는 저택 밖에서 들려오는 함성에 고개를 돌렸다.

황제가 저택 밖으로 나갔는지 밖에 있던 그의 팬들이 요란한 환호성을 내지르며 그를 맞이하고 있었다. 제국의 태양이라는 황제를 한 번이라도 더 보기 위해 모인 그들은 기대감 어린 목소리로 와자지껄 떠들어 대고 있었다. 그걸 가만히 듣고 있던 이사나는 한쪽 팔을 지지대 삼아 몸을 일으켰다. 그리고.

옆에 있던 리볼버를 집었다.

사관 학교를 졸업하고 퇴역한 지금까지, 제 몸처럼 지니고 있던 리볼버는 여전히 차갑고 매끈했다. 손을 벌벌 떨며 들고 있던 황제와 달리 아무런 망설임 없이 리볼버를 집어 든 이사나는 길쭉한 총신을 입 안에 집어넣었다. 그리고 손가락을 방아쇠에 걸었다.

이걸 당기면 모든 게 끝이었다. 넥시움의 의무도, 알리페르에게 강간당했다는 불명예도, 의미 없는 미래도. 전부 지워져 한 줌의 뼛가루가 될 터였다. 하지만 이사나는 할 수 없었다.

"하, 하하······."

한쪽만 남은 눈에서 굵은 눈물방울이 뚝뚝 떨어졌다. 그동안 셀 수 없을 만큼 방아쇠를 당겨 왔는데 이상하게 손이 떨렸다. 도무지 스스로 끝맺음을 할 수 없었다. 왜? 어째서? 스스로에게 물었지만, 답은 나오지 않았다.

"황제 폐하 만세!"

"폐하! 이쪽을 봐 주세요!"

저택 밖에서 제국민들의 함성이 들려왔다. 그리고 리볼버를 쥔 이사나의 손등 위로 눈물이 후두둑 떨어졌다. 아무리 그치려 해도 눈물샘이 고장이라도 난 듯 도무지 멈출 수 없었다. 자신의 처지가 너무 비참해 이사나는 눈을 질끈 감은 채 소리 죽여 우는데, 돌연 배가 뒤틀릴 듯 아파 왔다.

"윽……!"

비정상적인 복통에 리볼버를 떨어뜨린 이사나는 배를 움켜쥐었다. 그런데 끔찍스러운 고통 속에서 뭔가가 꿈틀거리는 게 느껴졌다. 그에 이사나는 식은땀을 뻘뻘 흘리며 자신의 배를 내려다보았다.

"……?"

혼자가 아니라는 듯 뚜렷한 존재감을 드러낸 무언가는 언제 그랬냐는 듯 어느새 잠잠해져 있었다.

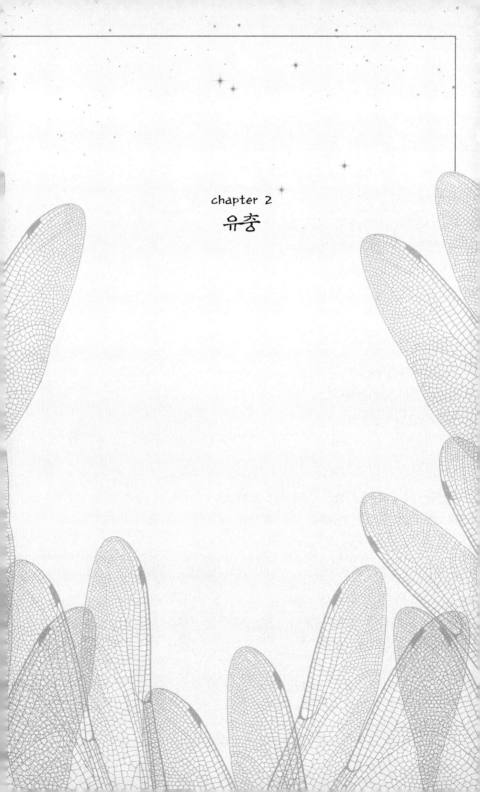

chapter 2
유충

유충 (1)

헥사비스 외곽의 어느 도서관 열람실을 지키고 있던 젊은 사서는 지루한 듯 연신 하품을 해 댔다. 사서는 졸린 눈을 비비며 벽시계를 힐끔거렸지만, 분침은 아까에서 열 개도 옮겨지지 않은 상태였다. 오늘이 금요일이라 시간이 더욱 안 가는 것처럼 느껴지는지도 모른다.

이곳은 황가에서 관리와 운영을 맡고 있는 중앙 도서관의 분관으로, 규모가 크진 않았지만 귀한 장서가 많아 허락된 사람만 들어올 수 있는 곳이었다. 그런 이유로 보통은 열람실이 텅 비어 있었다. 어떤 날은 한 명도 오지 않을 때도 있었다. 때문에 아직 스무 살 밖에 되지 않은 사서는 연금까지 보장된 종신직이라고 해도 때때로 이 직업이 못마땅하게 느껴질 때가 있었다.

열람실에 사람이라도 없으면 관장 몰래 퇴근이라도 하건만, 야속하게도 며칠째 출퇴근 도장을 찍은 한 남자로 인해 사서의 꿈은 진즉에 좌절된 상태였다.

개관 시간에 맞춰 들어와 폐관 시간이 다 되어서야 나가는 남자는 오늘도 몇 시간째 두껍고 재미없는 책을 읽고 있었다. 남자도 책을 읽는 게 버거운지 종종 미간을 찌푸리며 앞 페이지를 들췄다가 다시 원래 읽던 자리로 돌아오는 등 도통 집중을 못 했다. 그 정도면 도중에 내팽개칠 법도 한데 남자는 우직하게 계속 같은 책을 붙들고 있었다. 정말 특이한 남자였다.

사서보다 너덧 살 많아 보이는 갈색 머리 남자는 오랫동안 군 생활이라도 했는지 몸이 좋아 보였다. 하지만 단단해 보이는 체격과 달리 니트의 한쪽 팔은 헐렁하게 비어 있었고 면바지 아래로 드러난 두 다리 역시 딱딱한 의족이었다. 남자는 아직 의족이 익숙지 않은지 걷는 게 불편해 보였다. 어떤 때는 곡예를 한다 싶을 정도로 아슬아슬해 보여 남자가 걸을 때마다 사서는 가슴이 조마조마해졌다.

알리페르에게 부상을 입고 퇴역한 군인인 걸까? 사서는 호기심과 동경 어린 눈으로 남자를 바라보았다. 물리력을 무효화시키는 자기 중력장 배리어, 헥사비스 안에 사는 이상 사서는 알리페르와 마주칠 일이 없었다. 굳이 군에 지원하지 않는 이상, 앞으로도 만날 일은 없을 것이다.

하지만 사서는 아직 혈기왕성한 청년이었다. 사서 역시 또래들처럼 인류의 천적이라는 알리페르와 싸워 인류를 이 돔 구조물에서 해방시키는 것을 꿈꿔 본 적이 있었다. 물론 부모님께서 반대하신 데다 몸을 쓰는 건 특기가 아니어서 금세 포기했지만.

게다가 남자의 몰골을 보니 사서는 더욱 밖으로 나가고 싶지 않아

졌다. 알리페르는 인육을 먹는다고 했다. 그 말을 떠올리면 남자의
팔다리도 단순한 부상으로 없어진 게 아닐지도 몰랐다. 벌레에게서
신체의 일부를 빼앗긴다니…… 상상만으로도 끔찍했다.

사서는 자신의 팔뚝을 쓸며 몸서리를 치는데, 남자가 고개를 들어
벽시계를 보더니 자리에서 일어났다. 그에 사서는 남자를 보지 않은
척 딴청을 피우는데, 남자가 보던 책을 들고 와 사서에게 내밀며 말
했다.

"이 책을 빌릴 수 있을까요?"

"네, 물론입니다. 여기에 성함과 연락처를 적어 주세요."

남자의 말에 사서는 책의 맨 뒷장에서 대출표를 꺼내 남자에게 다시
내밀었다. 그에 남자는 난처한 얼굴로 잠시 머뭇거리다가 사서에게
물었다.

"……성까지 다 적어야 합니까?"

"네."

사서의 말에 남자는 또다시 망설이다가 성명란에 '이사나 아브노
아'라고 적었다. 그러자 사서가 눈을 반짝이며 남자에게 물었다.

"이름이 '이사나'예요? 우와! 이사나 황자님과 철자까지 똑같네요.
주위에서 많이 놀렸겠어요."

"……놀리나요?"

남자가 고개를 갸웃거리며 묻자, 사서는 신이 난 얼굴로 남자에게
말했다.

"그럼요! 제 친구 중에도 '이사나'가 있는데, 제가 이름값 못한다
고 얼마나 구박하는데요. 하하하, 제국의 영웅과 똑같은 이름을 가
지려면 그 정도는 감수해야죠."

"······그렇군요."

사서의 너스레에 이사나는 피식 웃으며 말했다. 그런 이사나를 바라보던 사서는 문득 그의 눈이 이상하다는 걸 느꼈다. 오른쪽 눈동자의 움직임이 미묘하게 느렸다. 설마 의안인가? 그러고 보니 양쪽 눈 색깔이 다른 것 같기도 하고······.

"왜 그러시죠?"

"네? 아, 책은 15일 안에 반납해 주시면 됩니다."

이사나의 물음에 사서는 그제야 자신이 무례하게 계속 쳐다봤음을 깨닫고 허둥지둥 반납일을 고지했다. 그에 이사나는 덤덤한 얼굴로 알겠다고 대답하며 책을 챙겼다. 하지만 책이 워낙 두껍다 보니 이사나는 자꾸만 손에서 책을 놓쳤다. 보다 못한 사서가 데스크에서 나와 이사나의 팔에 책을 끼워 주자, 이사나는 눈을 휘며 사서에게 인사했다.

"감사합니다."

"아, 아뇨. 별말씀을······."

이사나의 인사에 사서는 멍한 얼굴로 중얼거렸다. 절뚝절뚝. 불편한 걸음으로 열람실을 나가는 이사나를 바라보며 사서는 생각했다. 남자인데도 웃는 얼굴이 굉장히 요염해 보였다고.

* * *

열람실에서 책을 빌려 나온 이사나는 지친 얼굴로 도서관 앞 벤치에 털썩 주저앉았다. 조금밖에 걷지 않았는데, 의족과 연결된 허벅지가 경련하듯 부들부들 떨리고 있었다. 이사나는 허벅지를 주무르며 한숨을 내쉬었다.

렉사에게 팔다리를 잃은 지 다섯 달, 이사나의 일상은 예전과 꽤 달라져 있었다. 하루도 거르지 않던 군사 훈련 대신 매일 의족에 적응하기 위한 재활을 해야 했고 밤늦도록 알리페르 토벌 회의를 하는 대신 좀처럼 가지 않는 시계를 바라보며 매일 아무 일 없는 하루를 보내야 했다.

'넥시움의 의무'를 다 하기 위해 잠까지 줄여 가며 달려왔던 이사나는 갑작스럽게 시간이 남아돌자, 이 시간을 어떻게 해야 할지 몰라 당혹스러웠다. 어떤 때는 이런 삶이 허무하게 느껴질 때도 있었다. 하지만 계속 저택에 틀어박혀 있자니 집사나 다른 사용인들이 걱정했다. 그래서 이사나는 얼마 전부터 가까운 도서관을 들락거리며 의무처럼 매일 책 한 권을 읽고 있었다.

'그건 그렇고 이 책은 정말 이상했어.'

이사나는 벤치에 내려놓은 책을 보며 생각했다. 유명한 소설이라 읽기 시작했지만, 등장인물의 호칭이 자꾸 바뀌고 인물들 간의 갈등이 자꾸만 꼬여 가 쉬이 책에 집중할 수 없었다. 하지만 아직 반밖에 읽지 못했으니 도서관이 열리지 않는 주말 동안 열심히 읽어야 했다. 왠지 모를 막막함에 한숨을 내쉬는데, 문득 시계탑 근처에 익숙한 푸드 트럭이 서 있는 게 보였다. 아이들이 좋아할 만한 간식거리를 파는 노점이었다.

이사나는 매일 도서관 앞에 서 있는 그 푸드 트럭을 외면하려 애를 썼다. 하지만 푸드 트럭의 존재감은 이상하리만치 크게 느껴졌다. 자신도 모르게 꿀꺽 침을 삼킨 이사나는 결국 참지 못하고 자리에서 일어섰다. 그저 출출한 것뿐이라고 스스로에게 변명한 이사나는 쭈뼛거리면서도 결국 푸드 트럭 앞에 섰다.

"어서 옵쇼! 하하, 형씨 오늘 또 왔네."

"……안녕하세요."

"흐흐흐 이번에도 그걸로 줄까? 레몬 맛만?"

"네, 그걸로 주세요."

어쩐지 자포자기한 듯한 이사나의 대답에 노점상은 짓궂게 웃으며 "우리 집 아이스크림이 좀 맛있지. 다들 뒤돌아서면 생각난다고 해. 그, 뭐래냐, 중독성! 중독성이 있다고 해!"라고 너스레를 떨어 댔다.

하지만 노점상의 아이스크림은 흔하디흔한 저가 브랜드 제품으로 어디서나 쉽게 찾아볼 수 있는 것이었다. 노점상은 딸기와 초코 맛이 섞이지 않게 조심히 아이스크림을 폈다. 그 모습을 이사나는 홀린 듯이 쳐다보다가 자신이 너무 빤히 쳐다봤다는 걸 깨닫고 민망해져 허둥지둥 잔돈을 꺼냈다. 그런 이사나에게 노점상은 씨익 웃으며 높게 쌓은 아이스크림을 내밀었다.

"오늘은 서비스로 한 단 더 쌓았어."

"……감사합니다."

"흐흐흐흐 우리 사이에 감사는 무슨. 그건 그렇고 형씨 신 거 엄청 좋아하나 봐?"

노점상의 말에 이사나는 애매하게 웃으며 노점상이 내민 아이스크림을 건네받았다. 금방이라도 쓰러질 듯 아슬하게 쌓인 4단 아이스크림을 손에 쥔 이사나는 절뚝거리며 다시 벤치로 돌아갔다.

이사나는 먹는 것에 특별히 좋고 싫음이 없는 편이었다. 사실 음식뿐만 아니라 전반적인 모든 게 다 그랬다. 어릴 때부터 손이 가지 않는 아이라는 말을 들었을 정도로 이사나는 순하고 무던한 편이었다.

하지만 최근 희한하게도 음식 취향이 달라졌다. 생선이나 육류는 냄새만 맡아도 구역질이 났고 이상하게 계속 시큼한 과일 종류가 먹고 싶어졌다.

벤치에 앉은 이사나는 무언가에 홀린 사람처럼 아이스크림을 먹기 시작했다. 그러자 도서관 앞을 지나가던 사람들이 이사나를 힐끔거렸다. 성인 남성이 길바닥에서 혼자 아이스크림을 먹는 광경은 흔치 않을 테니까. 예전이었다면 사람들의 시선을 의식해 손에 쥔 아이스크림을 버렸을 텐데 이상하게도 지금은 아이스크림을 놓고 싶지 않았다.

한 입만, 또 한 입만 먹자고 생각했다가 정신을 차려 보니 어느새 콘까지 말끔하게 뜯어먹고 아쉬운 듯 입맛을 다시고 있었다. 이런 이사나의 변화에 집사와 사용인들이 걱정하는 것 같았지만, 이사나 역시 왜 이런 건지 알 수 없었다.

아니, 알고 싶지 않은 건지도 모른다.

* * *

알리페르는 원래 복제에 가까운 단성 생식을 하며 번식했지만, 최근에는 타종과 유사 유성 생식을 하며 유전자풀(Gene pool)을 확장시켰다. 생식 장벽이 있는 다른 생물과 달리 알리페르에게는 생식 장벽이 없다. 따라서 어떠한 동물과 교미해도 후계를 낳을 수 있지만, 그들은 그들과 외형이 유사한 인간을 숙주로 삼길 선호한다.

그들은 교미 시 한 번에 1억 개가 넘는 생식 세포를 숙주의 생식기 혹은 장관에 뿌린다. 사정액에는 수정란의 발생에 필요한 영양분과 더불어 숙주세포의 세포질막과 핵막을 녹이는 membrane pore가 포함되어 있는데,

그것에 의해 숙주 세포가 괴사하면 숙주의 DNA가 분절된 채 바깥으로 유출된다. 그리고 유출된 숙주의 DNA 조각은 알리페르의 생식 세포 세포막에 존재하는 Extra DNA permease에 의해 능동적으로 흡수된 뒤 반수체의 알리페르 DNA와 결합한다.

혼성화된 두 종의 DNA는 DNA repair 기작을 거치면서 유성 생식을 할 때와 유사한 유전자 재배열이 발생한다. 이러한 과정을 통해 알리페르는 이배체인 수정란을 만든다. 반수체의 생식 세포에서 완전한 이배체가 된 수정란은 난할을 거쳐 낭배기가 되면 알리페르 특유의 리보자임을 생성하는데, 리보자임은 숙주세포 DNA와 접촉하지 않은 반수체의 생식 세포에게 체세포 분열을 하도록 명령한다.(signal pathway는 완전히 밝혀지지 않았으나 인간의 cascade와 유사한 기전을 가지는 것으로 여겨진다.) 그 결과 반수체의 생식세포는 양막과 태반 역할을 하는 주머니집을 만들어 내는데, 이 주머니집은 혈관 생성 인자를 촉진해 숙주로부터 영양분을 빼앗을 혈관을 만들고 사이토카인을 분비해 숙주의 Th-cell의 성숙을 막아 숙주의 면역계로부터 주머니집이 제거되는 것을 피한다.

주머니집 안에는 보통 10개에서 많게는 100개 내외의 알이 자라나게 된다. 알이 성숙해 내부에서 부화하면 유충이 숙주의 몸을 갉아먹고 밖으로 기어 나온다.

— 『알리페르 생리학 —생식과 발생— 5th edition』

"……."

끔찍하기 짝이 없는 내용에 이사나는 들고 있던 책을 떨어뜨릴 뻔했다. 이사나는 새하얗게 질린 얼굴로 자신의 아랫배를 내려다보았다. 주말 내내 고민하고 또 고민해 봤지만, 결국 인정하기로 했다.

자신이 알리페르의 숙주가 되었다는 것을. 이젠 외면하고 싶어도 외면할 수 없었다. 갑작스럽게 바뀐 식성 하며, 때때로 창자를 쥐어뜯는 듯한 복통에 절대 자신의 것이 아닌 요동까지. 모른 척하려야 절대 모른 척할 수 없었다.

팬찮아. 문제가 생겼다 해도 해결하면 되는 거잖아? 무의미한 감정에 허우적거리는 건 나중으로 미루고 지금은 내가 할 수 있는 일을 하자.

이사나는 떨리는 손을 꽉 움켜쥐며 스스로를 다독였다.

이제는 쓸모없어졌다 해도 이사나는 여전히 '이사나 넥시움'이었다. 그 이름이 주는 무거움을 누구보다도 잘 알고 있었다. 그러니 숙주가 되었다는 불명예를 안은 채 죽을 수 없었다.

현실을 받아들이고 적극적으로 문제를 해결하기로 한 이사나는 아무도 몰래 집 한 채를 샀다. 지상층과 멀리 떨어진 지하 3층 외곽의 단독 주택을 매입한 이사나는 신분을 드러내지 않은 채 업자를 불러 집을 개조했다. 누구도 함부로 들어가거나 나갈 수 없게끔. 생각하고 싶지 않지만, 앞으로 일이 어떻게 될지 알 수 없었다.

한 달간 준비를 끝낸 이사나는 짐을 싼 뒤 집사에게 당분간 저택을 비우겠다고 통보했다. 그러자 노집사는 경악하며 이사나를 만류했다. 하지만 평소와 달리 이사나가 강경하게 나오자, 집사는 결국 몸이 불편한 주인을 홀로 떠나보낼 수밖에 없었다.

며칠 입을 옷을 넣은 캐리어와 새카만 가방 하나를 챙긴 이사나는 만약을 대비해 변장까지 한 뒤 지하 3층으로 내려갔다. 황족과 몇몇 허가받은 사람들은 층간 엘리베이터를 이용해 순식간에 지하 3층으로 내려갈 수 있었지만, 이사나는 일부러 층간 엘리베이터가 아닌,

여러 교통수단을 경유하며 혹시라도 뒤가 밟히지 않게끔 신중에 신중을 기했다. 마지막으로 근처 마을에서 며칠 먹을 식량을 산 이사나는 무거운 마음으로 캐리어를 끌고 새 집으로 향했다.

두 개의 방과 낡은 부엌이 있는 집은 현관문과 창문이 철저히 봉쇄되어 있어 집이라기보다 감옥에 가까웠다. 택시 기사가 내려 준 짐을 하나씩 집 안으로 들인 이사나는 열쇠로 문을 잠근 뒤 거실에 놓인 가죽 소파에 털썩 드러누웠다. 그대로 점심도 저녁도 거른 채 이사나는 고단한 몸을 뉘이며 잠에 빠져들었다.

다음 날.

어느 정도 피곤이 가시자 이사나는 저택에서 가져온 검은 가방을 꺼냈다. 그 안에는 국소 마취제와 근이완제, 그리고 간단한 수술 도구가 들어 있었다.

다른 황족들이 그러하듯 이사나 역시 사관 학교를 졸업했다. 그랬기에 응급처치나 간단한 수술 정도는 할 수 있었다. 실제로 부상당한 군인을 제 손으로 수술해 준 적도 몇 번 있었다. 결코 자신의 배를, 한 손으로 갈라 본 적은 없었지만.

편안한 자세로 소파에 누운 이사나는 복부에 마취제와 근이완제를 투여한 뒤 멸균된 메스로 조심스럽게 배를 갈랐다.

날카로운 메스에 생살이 갈라지는 불유쾌한 감각과 함께 화끈한 열통이 아릿하게 퍼져나갔다. 마취제의 약효가 불충분한 건지도 몰랐다. 순간 너무 아파 혀를 깨물 뻔했지만, 이 이상 마취제를 투여할 순 없었다. 또렷하지 않은 정신으로 수술을 했다가 자칫 동맥이라도 건드리면 죽을 수도 있었다. 너무 아파 이마에서 식은땀이 비질비질 흘러나왔지만, 이사나는 입에 수건을 문 채 장갑 낀 손으로 주머니집을 찾아 배 속을 더듬거렸다.

그러다 몇 번이나 까무룩 정신을 놓아 버렸는지 기억조차 나지 않았다. 너무 아파 당장 죽어 버렸으면 좋겠다고 생각하면서도 이사나의 손은 누군가에게 조종당하는 것처럼 알리페르의 주머니집을 찾는 데 열중이었다. 그러다 결장 가까이 내려가서야 무언가가 손에 잡혔다.

주머니집이었다.

주머니집은 개월 수에 비해 터무니없이 작았다. 아마도 숙주인 이사나의 부상이 너무 심해 주머니집 역시 충분한 영양분을 얻지 못한 걸지도 몰랐다. 덕분에 떼어 내는 것 역시 수월했다. 이사나는 다행이라고 생각하며 떼어 낸 주머니집을 물이 채워진 수조 안에 던져 버렸다. 그리고 감염되지 않게 처치한 뒤 한쪽 손을 바삐 놀려 배를 꿰맸다.

* * *

'이사나.'

눈부신 금발에 올리브색 눈을 가진 소년이 악의에 찬 얼굴로 나를 불렀다. 형이었다. 열두 살 때 모습을 한 형은 작대기를 든 채 그의 추종자들과 낄낄거리며 나를 올려다보고 있었다. 나는 이제 막 그들에게 엉망진창으로 두들겨 맞은 뒤 밧줄에 묶여 나무에 매달린 참이었다.

아, 기억났다.

이 날은 처음으로 검술 대련에서 형을 이겨 그에게 창피를 준 날이었다. 형의 입가에는 덜 마른 피딱지가 얼룩처럼 남아 있었다.

알리페르와의 전투에 대비해 매일 진지하게 검술 연습에 매진했던 나와 달리 형은 팔 아프고 따분한 검술 연습 따윈 질색했다. 그랬기에 스승님이 지켜보신 가운데에도 그는 종종 추종자들과 함께 놀러나가곤 했다. 그런 주제에 형은 대련을 꽤 좋아했다. 정확히는 대련을 핑계로 나를 두들기는 걸 좋아했다.

나는 꽤 오래전부터 형을 이길 수 있었다. 매일 검술을 연마한 나와 달리 형의 검술은 겉멋만 들어 허점투성이였고 그에게 하도 맞아서인지 이제는 그가 때려도 그럭저럭 버틸 만했다. 단지 그걸 형이 알게 되면 심기를 거스르게 될까 봐 적당히 져 주고 있었을 뿐이었다.

하지만 그날따라 어쩐지 냉정해질 수 없었다. 형의 몇 마디 안 되는 도발에 넘어간 나는 그의 추종자들이 지켜보는 가운데 다시는 대련하자는 말을 꺼내지 못하게끔 형을 흠씬 두들겨 팼다. 내 밑에 깔린 아름다운 형은 입술이 터지면서도 절대 가만두지 않겠다는 듯 표독스럽게 나를 노려보았다. 하지만 그때 그 순간만큼은 앞으로의 일에 대한 걱정이나 두려움보다 참을 수 없는 쾌감에 전율하고 있었다.

그러나 보복의 시간은 오래가지 않았다. 언제나처럼 내성적인 남동생과 놀아 준다는 명목으로 형은 추종자들과 함께 나를 으슥한 곳에 끌고 가 찰나의 쾌감에 대한 대가를 치르도록 했다.

흠씬 두들겨 맞은 뒤 벌거벗겨진 채 밧줄에 묶여 나무에 매달렸다. 그런 나를 보며 형은 알리페르의 번데기 같다며 소리 높여 웃어 댔다. 그에게 나는 무표정한 얼굴을 보일 뿐이었다. 그게 내가 할 수 있는 최대한의, 그리고 유일한 반항이었다. 그게 마음에 안 들었는지 형은 얼굴을 구기며 어디서 건방진 눈을 하냐고 작대기로 내 배를 쿡쿡 찔러댔다.

답답해…….

숨 막혀…….

이사나는 온몸이 물 먹은 솜처럼 무겁다고 느끼며 눈을 떴다. 무기질적인 색감의 낮은 천장이 눈에 들어왔다. 그제야 이사나는 자신이 배를 다 꿰맨 뒤 정신을 잃었다는 것을 깨달았다. 머리가 펑펑 돌고 온몸이 뜨끈한 게 절대 정상이 아니었다. 게다가 이제는 마취까지 풀리려는지 배가 화끈하게 욱신거렸다. 어서 진통제를 먹어야겠다고 생각하며 무거운 몸을 일으키는데, 가슴 언저리에 손바닥만 한 뭔가가 앉아 있는 게 보였다.

"…….."

"…….."

누에? 하지만 그 크기가 지나치게 크다는 걸 깨달은 이사나는 이것의 정체를 알아차렸다. 1령의 알리페르 유충이었다. 이사나는 모골이 송연해지는 걸 느끼며 이미 잘리고 없는 왼팔을 휘두르다가 소파에서 떨어졌다. 꿰맸던 상처가 터져 어마어마한 통증이 몰려왔지만, 지금은 그걸 신경 쓸 때가 아니었다.

이를 악물며 얼른 자리에서 일어난 이사나가 주위를 두리번거리는데, 테이블 뒤로 진줏빛 몸체가 빠르게 도망치는 게 보였다. 젠장, 살아 있었던 건가? 이사나는 뒤늦게 자신의 실책을 깨달으며 주머니집이 든 수조 안을 노려보았지만, 도대체 몇 마리가 수조 안에서 도망쳤는지 알 수 없었다.

일단 터진 상처를 다시 꿰맨 이사나는 수술 도구가 든 가방에서 진통제를 꺼내 서너 알 씹어 먹으며 가방으로 수조의 입구를 막아 놓았다. 그것만으로도 힘에 부쳐 한참 가쁜 숨을 몰아쉬다 절뚝거리 며 낡은 침대가 있는 방으로 들어가 문을 잠갔다. 식은땀이 주르륵 턱선을 타고 흘러내렸다. 침대에 겨우 고단한 몸을 뉘인 이사나는 일단 생각을 정리해 보았다.

아무리 수조에서 빠져나왔다 해도 놈은 어차피 살아서 이곳을 나 갈 수 없다. 그러니 지금은 알리페르의 숙주가 되어 죽는 불명예를 벗은 것으로 만족하자.

스스로를 위로한 이사나는 몸이 어느 정도 회복되면 도망친 유충 을 잡자고 생각하며 눈을 감았다. 그렇게 잠에 빠져들려는 순간, 거 실에서 와장창하고 물건이 쏟아지는 소리가 들려왔다. 그에 이사나 는 화들짝 놀라 자리에서 일어났다가 이 감옥 같은 집에 혼자만 있 는 게 아니라는 걸 깨닫고 얼굴을 일그러뜨렸다.

저 벌레 새끼가!

이사나는 드물게 짜증을 느끼며 다시 자리에 누웠다. 하지만 바깥 의 불유쾌한 생물은 계속해서 거실을 돌아다니며 크고 작은 소음을 냈고, 이사나는 피곤함에도 신경이 날카로워져 좀처럼 잠에 빠져들 수 없었다. 그러다 조금 조용해졌다고 생각할 무렵, 어디선가 거슬리 는 소리가 들려왔다. 숟가락으로 문을 긁는 듯한 그런 소음……? 몽 롱한 정신으로 멍하니 그 소음을 듣고 있는데, 소음이 점점 위로 올 라가더니 돌연 바닥으로 툭 하고 떨어졌다. 그리고 다시 올라갔다가 바닥에 떨어지기를 반복했다.

그 소리를 무시하고 자려 했던 이사나는 어느새 한계까지 밀려오는 짜증으로 덮고 있던 담요를 걷어 냈다. 신경질적으로 옆에 있던 조명등을 집어 문 쪽으로 던지자, 그제야 문을 타고 올라가는 소음이 사라졌다. 하지만 얼마 지나지 않아 부엌에서 사부작거리는 소리가 들려왔다. 이사나에겐 그것 역시 거슬리긴 매한가지였지만 이내 욕설을 내뱉으며 담요를 머리끝까지 뒤집어썼다.

다음 날.

늦게까지 잠을 설치다 겨우 잠이 든 이사나는 또다시 부엌에서 들려오는 시끄러운 소리에 잠이 깨고 말았다. 멍한 머리로 소음의 근원이 무엇인지 유추하다가 정체를 깨달은 이사나는 눈살을 찌푸렸다. 그래도 어느 정도 자서 그런지 어제보다는 몸이 가볍게 느껴졌다. 하지만 수술 때문에 이틀이나 굶었으니 지금이라도 뭔가를 먹어 두지 않으면 큰일이었다. 이사나는 바깥의 벌레가 껄끄러웠지만 하나 남은 오른손으로 의족을 내려 침대에서 일어났다.

유충이 들어가지 못하게 문을 닫고 방에서 나온 이사나는 부엌의 냉장고에서 양상추와 식빵, 소시지를 꺼내 식탁 위에 올려 두었다. 프라이팬으로 소시지를 굽다가 문득 뒤를 돌아보니, 식탁 아래에 예의 그 벌레가 있었다. 손바닥만 한 크기의 통통한 진줏빛 유충은 커다란 눈을 순진무구하게 뜬 채 이사나를 바라보고 있었다. 유충의 호기심 어린 시선을 받게 된 이사나는 돌연 참을 수 없는 짜증이 치솟았다.

"……뭘 쳐다보는 거야!"

"삐잇—!"

옆에 있던 숟가락을 유충에게 던지자, 유충은 기괴한 소리를 내며 허둥지둥 몸을 피했다. 하지만 유충은 멀리 도망가지 않았다. 조금 떨어진 곳에 멈춰 서서 이사나의 눈치를 볼 뿐이었다. 그 모습에 더욱 짜증을 느낀 이사나는 이번엔 포크를 집어 던졌다. 뾰족한 포크 날에 정통으로 머리를 맞은 유충은 괴로운 듯 몸을 꼬며 몸부림을 치다가 히끅히끅 서러운 소리를 내며 소파 밑으로 도망쳤다.

꼴좋다……!

이사나는 바닥에 떨어진 숟가락과 포크를 주우며 차갑게 웃었다. 유충이 괴로워하는 꼴을 보니 가슴을 내리누르고 있던 체증이 쑥 내려가는 것 같았다.

알리페르의 유충은 성체가 된 알리페르에 비해 터무니없이 연약했다. 그랬기에 헥사비스 밖으로 나간 제국군 병사들은 종종 유충을 발견하면 산 채로 토막 내거나 태우는 등 다소 잔인하게 괴롭히다가 죽이곤 했다.

유충을 죽이는 것조차 이사나에게는 의무였기에 이제껏 감정을 가지고 유충을 죽인 적은 없었다. 그렇다고 유충을 가지고 노는 병사들을 말리진 않았지만. 하지만 지금 이 순간만큼은 병사들이 왜 그랬는지 이해할 수 있었다. 이사나는 이제 알리페르 토벌의 의무를 가진 '넥시움'이 아니라 그들에게 팔다리와 미래를 잃은 피해자였으니 말이다.

유충과 실랑이를 하느라 조금 태운 소시지와 식빵, 양상추를 첫 끼니로 하게 된 이사나는 여전히 구석에서 자신을 쳐다보는 유충을 무시한 채 입 안으로 빵을 우겨넣었다. 식사 때마저 신경을 곤두세우고 싶지 않았던 이사나는 썩 꺼지라는 듯 손으로 두어 번 위협했지만, 유충은 이사나에게서 눈을 떼지 못했다. 정확히는 이사나가 먹고 있는 음식에서였다.

그걸 깨달은 이사나는 절로 찬웃음이 흘러 나왔다. 이제껏 기생충처럼 남의 고혈을 빨아먹다가 스스로 몸을 건사하려니 힘들겠지. 이사나는 보란 듯이 빵을 입 안으로 홀랑 털어 넣은 뒤 부스러기 하나 남지 않게 주변을 싹싹 정리했다.

식사를 마친 이사나는 유충의 호기심 어린 눈빛을 받으며 어제 주머니집을 던져두었던 수조 안을 살펴보았다. 기다란 부지깽이로 물속에 가라앉은 주머니집을 대충 훑어보는데 이상하게도 알이 보이지 않았다. 부화한 흔적이 있는 찌끄레기가 하나 있긴 했지만, 그것뿐이었고 나머지는 콩알만 한 상태로 굳어 있었다.

베니싱(vanishing)된 건가? 드물지만 숙주의 영양 상태가 좋지 않을 경우, 가장 강한 개체가 형제에게 갈 양분까지 모조리 빼앗아 홀로 숙주 안에서 살아남기도 했다. 그렇다면 이사나가 없애야 할 유충은 저기서 눈치 보며 힐끔대는 저놈 하나 뿐인 듯했다.

저 벌레를 어떻게 잡을까.

텅텅 빈 주머니집을 변기에 흘려보낸 이사나는 온통 그 생각뿐이었다. 유충은 생각보다 발이 빨랐고 이사나는 재활로 걸을 수 있게 된 지 얼마 안 되었다. 이대로 천천히 유충을 굶겨 죽인다는 선택지도 있었지만, 유충에게는 생각보다 훨씬 껄끄러운 무언가가 있었다. 되도록이면 얼른 눈앞에서 치워 버리고 싶었다.

옆을 돌아보자 또 유충이 테이블 밑에서 이사나를 바라보고 있었다. 짜증 나는 벌레 같으니! 이사나는 평소답지 않게 계속 짜증을 내며 주변 물건을 유충에게 집어 던졌다. 그러자 유충은 또다시 서럽게 삑삑거리며 구석으로 도망쳤다.

또 하루가 지났지만, 유충이 이 집에 있다는 현실은 변하지 않았다. 놈을 떠올리기만 해도 이사나는 몹시 불쾌해졌다. 앞으로의 일로 머리가 터질 것 같은데 유충은 간밤에도 죽어라 방문을 긁으며 쓸데없는 존재감을 과시했다.

결국 밤새도록 잠을 설친 이사나는 퀭한 얼굴로 방을 나왔다. 그리고 자신을 보자마자 후다닥 도망치는 유충을 매섭게 쏘아보았다. 하지만 유충은 작은 몸뚱이를 벽 뒤에 숨기면서도 여전히 이사나를 쳐다보며 힘없이 삐이— 삐이—거릴 뿐이었다.

도대체 뭘 어쩌라는 거야? 이사나는 자신의 눈치를 보는 유충에게 이유 모를 짜증을 느꼈지만, 애써 무시한 채 부엌에서 늦은 아침을 준비했다.

어제와 똑같이 빵과 소시지, 양상추를 냉장고에서 꺼낸 이사나는 그것들을 식탁에 올려 둔 채 소시지를 구웠다. 아무리 재활을 했다고는 하지만 이사나는 여전히 의족에 익숙지 않았다. 그랬기에 조금만 긴장을 늦춰도 균형을 잃고 휘청거렸다. 소시지 굽는 일조차 꽤 주의를 기울여야 하는 것이다. 그렇게 아침 식사 준비에 열중인데 문득 뒤에서 사각거리는 소리가 들려왔다. 종이가 잘리는 듯한 이상한 소리에 이사나는 뒤를 돌아봤다가 자신도 모르게 큰소리를 내고 말았다.

"뭐 하는 거야!"

식재료를 올려 둔 식탁 쪽으로 뛸 듯이 다가가자, 금방까지 양상추에 머리를 처박고 있던 유충이 화들짝 놀라 식탁 아래로 뛰어내렸다. 하지만 태어난 지 얼마 안 되어 모든 게 어설픈 유충은 착지조차 제대로 하지 못했다.

바닥에 머리를 찧으며 "삑—!" 하고 날카로운 신음을 낸 유충은 잠시 축 늘어져 있더니 이내 자명종처럼 시끄럽게 삑삑거리며 데굴데굴 굴러다녔다. 그러다 이사나의 의족에 몸이 부딪친 유충은 서늘한 얼굴을 한 이사나를 보고나서야 허둥지둥 소파 밑으로 도망쳤다. 소파 밑에서 얼굴만 빼꼼 내민 채 이사나의 눈치를 보는 유충의 모습에 이사나는 어처구니가 없어졌다.

뭐야, 저놈은.

유충의 멍청하기 짝이 없는 행동에 이사나는 식재료를 빼앗겼음에도 화가 난다기보다 헛웃음이 나왔다. 이사나는 헥사비스 밖에서 셀 수 없을 만큼 많은 알리페르의 유충을 보았다. 이사나가 본 유충은 성충인 알리페르와 마찬가지였다. 사납고 호전적이며 교활하기까지 했다. 하지만 저 유충은 알리페르인 게 의심이 갈 정도로 덜떨어진 꼴을 보이고 있었다. 저런 게 그 '렉사'의 후계라니……. 더더욱 어처구니가 없었다.

결국 양상추 없이 빵과 소시지로 끼니를 때우게 된 이사나는 소파에 앉아 식사를 하며 고민했다. 앞으로 어떡해야 하는 걸까. 이사나는 이미 답을 알고 있었다. 저 멍청한 유충을 죽이고 저택으로 돌아가 다시 아무렇지 않은 척, 의연한 척, 그렇게 살아야 했다. 현실을 떠올리자 이사나는 돌연 가슴이 답답해졌다. 다시 저택으로 돌아갈 생각을 하니 가슴에 무거운 돌덩이가 얹힌 것처럼 숨이 막혀 왔다.

하지만 그게 이사나에게 주어진 삶이었다. 무모한 작전을 수행하다가 뻔뻔하게 홀로 살아 돌아온 퇴역 장교. 그게 이사나에게 주어진 사회적 지위였다. 앞으로 이사나는 아무것도 하는 일 없이 제국의 연금이나 낭비하며 살아야 했다.

죽어야 할 녀석은 나였군…….

이사나는 쓰게 웃으며 잘게 잘라 놓은 빵을 포크로 집다가, 실수로 빵조각 하나를 바닥에 떨어뜨렸다. 떨어진 빵조각을 내려다보며 줍기 귀찮다는 생각을 하는데, 어느새 근처까지 와 있던 유충이 빵조각을 입에 물더니 쏜살같이 도망쳤다. 이사나가 어안이 벙벙해져 도망치는 유충의 뒷모습만 바라보는데, 식탁 다리까지 도망친 유충이 짧은 팔로 빵조각을 쥐며 허겁지겁 먹기 시작했다.

"……잘 먹네……."

자기 처지가 어떤지도 모른 채 겨우 빵조각 하나에 '하구하구'라는 이상한 소리까지 내며 먹는 유충을 보며 이사나는 자신도 모르게 얼굴이 풀어졌다. 저 식빵이 그렇게 맛있을까? 빵을 먹는 유충을 빤히 쳐다보려니 부스러기 하나 남기지 않고 싹싹 먹어 치운 유충이 고개를 들었다. 그러더니 이사나를 향해 삐이— 삐이—거렸다. 설마 더 달라는 건가? 머리 나쁜 유충은 어제 이사나가 던진 물건에 머리를 맞았다는 사실을 기억하지 못하는 듯했다.

유충의 애원에 이사나는 어처구니 없어하면서도 빵조각을 유충에게 던져 주었다. 그러자 유충이 "삐잇! 삐잇!" 하고 소리 높여 울더니 빵조각에 달려들었다. 정말 어이없을 정도로 먹성이 좋은 녀석이었다.

이사나가 다 먹은 식기를 들고 부엌으로 들어가자, 빵조각을 다 먹어치운 유충이 짧고 오동통한 몸뚱이를 꾸무적거리며 이사나를 뒤따라왔다.

설마 아까 빵조각 몇 개 던져 줬다고 친해졌다 생각하는 건가?

이사나는 못마땅한 얼굴로 뒤를 돌아보았지만, 유충은 "삐이? 삐이이, 삐이!"라며 수다스럽게 삑삑댈 뿐이었다. 이사나는 저놈이 헥사비스 밖에서 태어났다면 진즉에 죽었을 거라고 생각하며 혀를 찼다.

이제 다 먹은 식기를 싱크대에 내려놓고 설거지를 하는데, 문득 허벅지 언저리가 간질간질하게 느껴졌다. 설마 하는 생각에 아래를 내려다보자, 어느새 유충이 바짓단을 타고 올라오고 있었다.

"뭐야!"

"삐잇─!"

당황한 이사나는 다리에 붙은 유충을 세차게 후려쳤다. 그러자 유충이 저 멀리 날아가 냉장고 모서리에 부딪쳤다. 젠장. 너무 세게 쳤나?

이사나가 뜨끔해져 냉장고 아래로 떨어진 유충을 바라보는데, 바닥에 널브러져 있다가 다시 자리에서 일어난 유충이 이사나를 올려다보았다. 이사나가 당황한 얼굴로 마주 보니, 유충은 히끅히끅 이상한 소리를 내며 도망치듯 소파 밑으로 기어들어 갔다. 소파 밑으로 사라져 가는 진줏빛 몸뚱이를 보며 이사나는 정체 모를 죄책감에 눈살을 찌푸렸다.

* * *

몸이 무거웠다. 언제부터 시작됐는지 모를 미열이 어느새 눈도 뜨지 못할 정도의 고열이 되어 있었다. 이사나는 침대에 축 늘어진 채 뜨거운 숨을 헐떡였다. 역시 수술이 잘못되었던 걸까? 어설픈 처치로 세균 감염이 일어난 걸지도 몰랐다.

이사나는 해열제와 항생제를 찾아 침대에서 일어나려다가 생각보다 훨씬 몸에 힘이 들어가지 않는다는 걸 깨달았다. 안 그래도 렉사에게 팔다리를 잃은 후 많이 약해졌던 몸이었다. 하지만 이대로 일어나지 못하면 이사나는 여기서 죽을지도 몰랐다. 저 문밖에 있는 멍청한 유충과 함께.

괜찮아, 최소한 '넥시움'이란 이름에 흠이 가지 않게 했으니까.

슬프게도 이사나는 그 생각이 먼저 들었다. 오랫동안 이사나를 보필해 왔던 노집사조차 이사나가 이곳에 있는 줄 몰랐다. 꽤 길게 저택을 비울 거라고 말했기에 당분간은 아무도 이사나를 찾지 않을 터였다. 이사나에게 무슨 일이 생겼는지 아무도 모르는 것이다.

'넥시움'이란 이름에 어울리는 사람이 되기 위해 부단히 노력해 왔지만, 이사나는 결국 '넥시움' 이외의 것은 아무것도 가지지 못했다. 말 그대로 '넥시움'이 아닌 '이사나'라는 사람은 누구에게도 의미가 없는 것이다. 이대로 죽어 나중에 사람들에게 발견된다면 한동안 밖은 시끄러울 것이다.

하지만 그뿐이다. 한때 제국의 영웅이라 불렸던 자가 처지를 비관해 목숨을 끊었다는 얘기가 나돌겠지만, 그들은 금세 이사나의 죽음을 잊고 다른 관심사로 눈을 돌릴 것이다. 그 누구도 이사나의 죽음에 진심으로 슬퍼해 줄 사람이 없었다. 혈육인 황제조차 반나절도 되지 않아 이사나의 죽음 따윈 금세 잊어버릴 게 뻔했다.

정말 아무것도 남지 않은 인생이었다.

그렇게 생각하자 점점 더 몸에서 힘이 빠졌다. 누구에게도 쓸모없다. 누구에게도 의미 없다. 이 두 가지 사실만이 이사나의 가슴을 날카롭게 할퀴었다. 하지만 이제는 그것을 서러워할 감정조차 없었다.

이젠 지쳤어…….

이젠 쉬고 싶어…….

이사나는 피곤한 얼굴로 다시 눈을 감았다.

* * *

삐이—! 삐이! 삐이!

시끄러워…….

귓가를 울리는 울음소리에 이사나는 무거운 눈꺼풀을 들어 올렸다. 여전히 온몸이 불덩이처럼 뜨겁고 열에 잠식된 시야는 흐릿했다. 하지만 자명종처럼 쉴 새 없이 울어 대는 무언가로 인해 이사나는 잠에서 깨어날 수밖에 없었다. 멍한 얼굴로 고개를 돌리자, 거실에 있어야할 유충이 이사나의 주위를 빙글빙글 맴돌며 삑삑거리는 게 보였다.

어떻게 들어온 거지? 이사나가 의아해하며 문 쪽을 바라보는데, 낡은 나무문의 한쪽 모서리가 뻥 뚫려 있었다. 그리고 유충의 입 주변에는 피딱지와 함께 까슬한 나무 가시가 군데군데 박혀있었다. 입으로 문을 뜯고 들어온 것이다. 유충을 보자 이사나는 불현듯 이런 생각이 들었다.

나는 넥시움으로서 의무를 다했던가?

알리페르를 죽여야 한다. 인류를 위협하는 알리페르를 토벌해 대대로 내려온 넥시움의 과업을 완수해야 한다.

그렇게 하면…….

그렇게 해야…….

이사나는 손을 뻗어 유충을 움켜쥐었다. 그러자 붙잡힌 유충이

"삐이?" 하고 순진무구한 얼굴로 이사나를 바라보았다. 그에 이사나는 아주 능숙하게, 기계적으로 유충의 숨통을 틀어쥐었다.

죽여, 죽여 버려.

아무것도 남지 않게……!

이사나는 움켜쥔 손아귀에 서서히 힘을 줬다. 손 안의 유충은 비단결처럼 보드랍고 어린것답게 놀랍도록 따스했다. 그리고 어처구니없을 정도로 연약하기도 했다.

"삐이! 삐이잇! 삣! 삐! 삐!"

부드럽고 따뜻한 몸뚱이가 이사나의 손아귀에서 마구 버둥거렸다. 여기서 조금만 더 힘을 준다면 연약한 뼈마디가 부러지고 내장이 터져 무참한 꼴로 죽게 될 터였다. 하나는 누구에게도 발견되지 못한 채 죽고 하나는 온몸이 짜부라진 채 죽는다니, 꽤 괜찮은 저승길 동무가 아닌가?

이놈을 죽이고 아무것도 없었던 것으로 만들어 버리자.

아무것도 없었던 것처럼 너도 나도 이 세상에서 지워지자.

이사나가 굳어진 얼굴로 손에 힘을 주자, 버둥거리던 몸뚱이 역시 점점 힘을 잃고 파르르 떨려왔다. 그 광경을 냉랭한 눈으로 지켜보는데, 돌연 손아귀로 낯선 감촉이 후드득 떨어졌다. 그 감촉에 놀란 이사나는 멍하니 중얼거렸다.

"……벌레도 울 줄 아는구나……."

손아귀를 흠뻑 적실 정도로 유충은 울고 있었다. 유충은 저항하지 않았다. 헥사비스의 바깥에서 고문당하며 죽어 갔던 알리페르의 유충들은 생명이 꺼지는 순간까지 독기 어린 눈으로 병사들을 노려보며 이를 드러냈는데, 이 유충은 아니었다. 모든 게 어쩔 수 없다는 듯, 이사나의 뜻에 따르겠다는 듯 하염없이 눈물을 쏟아 내며 서럽게 히끅거리기만 했다. 저항조차 하지 않는 그 모습이 아이러니하게도 이사나의 어린 시절을 떠올리게 했다.

형에게 미움받지 않기 위해 그의 심술을 감내하기만 했던 어리석고 의미 없는 나날들.

이사나는 눈물을 흘리는 유충을 내려다보며 중얼거렸다.

"그렇게 먹을 걸 좋아하면서 바보같이……. 살아남으려고 발버둥 쳐야지. 살아서, 사랑받고 행복해져야지……."

말도 안 되는 소리를 늘어놓으며 이사나는 유충을 놓아주었다. 그 러자 손에서 풀려난 유충이 "삐이?" 하며 이사나를 올려다보았다. 그 모습이 희한하게도 사랑스럽게 느껴졌다. 그제야 이사나는 깨달았다.

아아, 그래서 나는 이 유충이 거북했던 거구나. 거울을 보는 것처럼 징그럽게 닮은 이 아둔한 모습이 보기 싫어 계속 외면하고 있었던 거 구나.

이사나는 쓴웃음을 내지으며 자리에서 일어났다. 눈앞이 핑 돌고 심하게 어지러웠지만, 그래도 이사나는 거실로 나가 억지로 빵을 주 워 먹고 약을 한 움큼 입에 털어 넣었다. 그리고 다시 침대로 돌아와 가만히 눈을 감았다.

"삐이! 삐이? 삐이— 삐이—?"

이사나가 눈을 감자, 유충은 또다시 소리 높여 울며 이사나의 주 변을 뱅글뱅글 맴돌았다. 귀찮음을 느낀 이사나는 손을 휘휘 내저 으며 힘겹게 말했다.

"……조금만 자다가 일어날 거야. 안 죽으니까 시끄럽게 굴지 마."

"삐이?"

이사나의 말에도 유충은 이해가 되지 않는다는 듯 고개를 갸웃거렸다. 하지만 이사나는 무시한 채 다시 눈을 감았다. 무언가가 꾸물꾸물 담요 안으로 기어들어 오는 것 같았지만, 졸음을 견딜 수 없었던 이사나는 다시 잠에 빠져들었다.

이사나의 품 안으로 파고든 그것은 비단결처럼 보드라웠고 차갑게 얼어붙어 있던 마음을 단숨에 녹여 버릴 정도로 뜨끈한 체온을 가지고 있었다.

유충 (2)

뭔가를 키운다는 건 정말 어려운 일이다. 특히 주변에서 잘 키우지 않는 것을 키우는 경우, 그 어려움은 배가되었다.

"넌 진짜 알리페르가 맞는 거냐……."

다른 거 다 놔두고 양상추만 아삭거리는 유충을 보며 이사나는 허탈하게 중얼거렸다.

호되게 열병을 앓은 날 이후 이사나는 며칠 더 고생하긴 했지만, 지금은 건강을 회복한 상태였다. 유충 덕분이었다. 밥 때만 되면 밥 달라고 찡얼대는 유충으로 인해 이사나 역시 규칙적인 생활을 할 수 밖에 없었던 것이다. 덕분에 지금은 미열이 조금 있는 것을 제외하면 평소와 다를 바 없었다.

유충을 죽이는 게 내키지 않아 일단은 내버려 두고 있지만, 이

집에 먹을 거라고는 고작해야 빵과 양상추, 소시지뿐이었다. 그랬
기에 이사나도 유충도 먹을 수 있는 건 이 세 가지밖에 없었다. 하
지만 유충은 육식성인 알리페르인 주제에 소시지나 빵보다는 양상
추를 더 좋아했다.

처음에는 유충이 좋아해 아무 생각 없이 양상추를 뜯어먹게 내버려
뒀지만, 시간이 지날수록 걱정이 되기 시작했다. 과연 계속 야채만 먹
게 내버려 둬도 되는 것일까? 나중에 병이라도 걸리는 게 아닐까? 그
리고 현실적인 문제 또한 간과할 수 없었다.

"또 사러 가야 하네······."

식기를 치운 이사나는 텅 빈 냉장고 안을 바라보며 중얼거렸다.
양상추는 재배가 쉬워 다른 채소나 과일에 비해 흔하기는 하지만,
그래도 얼마 없는 밭에서 자라나는 작물인 만큼 사치품에 속했다.
게다가 빵이나 소시지에 비해 보존할 수 있는 기간도 그리 길지 않
아 쌓아 두고 먹을 수 없었다. 돈은 집사에게 부쳐 달라고 하면 되지
만, 직접 사러 나가는 건 이사나의 몫이었다.

인근 마을의 장터로 가기 위해 이사나가 옷을 갈아입고 가방을 챙
기자, 벽을 기어오르며 놀고 있던 유충이 황급히 뛰어내려 와 이사
나의 앞을 가로막고 삑삑거렸다.

"삑! 삐이! 삐이이―!"

"잠깐 나갔다 올게."

"삐이―! 삐이이―!"

이사나는 양해를 구하듯 유충에게 말했지만, 유충은 절대 안 된다
는 듯 목청이 터져라 삑삑거렸다. 그런 유충을 내려다보며 이사나는
곤란한 얼굴로 침음을 삼켰다. 유충은 이사나가 밖으로 나가는 걸

싫어했다. 그래서 이사나가 외출 준비를 할 때마다 앞을 막아서며 삐삐거리곤 했다. 집이 워낙 외곽에 위치한 탓에 한 번 외출을 하면 반나절은 꼬박 걸려야 다시 집으로 돌아올 수 있었다. 그동안 혼자 있는 게 견딜 수 없는지 유충은 이사나가 나가려고 할 때마다 이렇게 매달려 전쟁 아닌 전쟁을 치르게 했다.

"다시 돌아오잖아."

"삐이이—! 삐이이—!"

이사나가 달래듯 말했지만, 유충은 바짓단까지 물고 늘어지며 떼쟁이처럼 삐삐거렸다. 이사나는 절로 한숨이 흘러 나왔다. 아무리 생각해도 이 유충은 돌연변이임이 틀림없었다. 이때까지 이런 유충이 있다는 건 듣도 보도 못했다. 이대로 계속 응석을 받아 줬다가는 아무것도 못하겠다는 생각에 이사나는 바짓단에 매달린 유충을 붙잡아 소파 위에 올려 두었다. 그리고 엄한 얼굴로 말했다.

"떼쓰지 마. 내가 장에 안 나가면 당장 오늘 밤부터 우린 둘 다 굶어야 한다고."

"삐이……."

"빨리 돌아올 테니까, 여기 있어."

이사나가 나가려고 하자, 유충은 따라 나오려는 듯 소파에서 일어섰다. 그에 이사나는 얼굴을 굳히며 단호하게 말했다.

"안 돼."

"삐이……."

"안 돼, 거기 얌전히 있어."

이사나가 짐짓 엄하게 말하자, 유충은 힘없이 "삐이……."라는 소리를 내며 시무룩해졌다. 이제야 겨우 말귀를 알아듣나 싶어 이사나가 문을 열고 밖으로 나가려는데, 히끅거리는 소리가 들려오기 시작했다. 뒤를 돌아보니 유충이 고개를 푹 숙인 채 서럽게 눈물을 뚝뚝 떨어뜨리고 있었다. 그 모습을 보자 이사나는 절로 마음이 불편해졌다. 하지만 안 나갈 순 없었다. 정말 먹을 게 하나도 안 남아 있으니까. 이사나는 떨어지지 않는 발걸음을 억지로 떼어 내며 밖으로 나갔다. 하지만 유충의 훌쩍거림은 이명처럼 계속 이사나의 귓가에 맴돌았다.

* * *

집에서 마을의 장터로 가는 길은 쉽지 않았다. 배 속의 유충을 몰래 처리하기 위해 일부러 한적한 곳에 집을 구했기에 시내로 들어가는 교통편은 좋지 못한 편이었다.

두 시간에 한 대 오는 버스에 올라탄 이사나는 한 시간 남짓 흘러서야 마을의 장터에 도착할 수 있었다. 오일장이 열린 장터에는 사람이 꽤 많았다. 평소보다 많은 인파에 이사나는 몇 번 넘어질 뻔한 후에야 평소에 자주 찾던 소점으로 겨우 들어갈 수 있었다. 한산한 소점으로 들어서고 나서야 겨우 한숨을 돌리는데 인상 좋은 중년 부인이 화색을 띠며 이사나를 맞아 주었다.

"어서 와요. 오늘도 양상추 사러 왔어요?"

"네, 세 통 주시겠습니까?"

"아휴, 총각이 양상추를 많이 좋아하나 보네."

서글서글한 가게 주인의 말에 이사나는 대답 없이 애매하게 웃어 보였다. 이사나는 채소류를 딱히 선호하지 않았다. 가공식품보다는 신선한 맛이 있었지만, 굳이 매 끼니를 그걸로 때울 정도는 아니었다. 그저 유충이 잘 먹어서 사는 것뿐이었다.

가게 주인이 양상추를 가지러 간 사이 이사나는 소점 안을 둘러보았다. 햇빛이 드는 땅은 한정되어 있었기에 헥사비스에서 야채와 과일은 귀했다. 특히 지하 3층의 경우 물류가 오고 가기 힘들어서 더욱 그러했다. 1년의 대부분을 헥사비스 밖에서 지냈던 이사나에게는 그리 신기한 것들이 아니었지만. 그래도 낱개 포장된 야채와 과일을 구경하는데, 문득 과일 하나가 눈에 띄었다.

'멜론?'

의외의 물건에 이사나의 눈이 휘둥그레졌다. 멜론은 과일 중에서도 꽤 희귀한 축에 속했다. 그런데 이것을 헥사비스의 지상층도 아닌 지하 3층에서 보게 될 줄은 꿈에도 몰랐다. 몇 번 먹어 보지 않은 귀한 과일이지만, 입 안에 들어갔을 때 느꼈던 부드러운 감촉과 은은한 단맛은 생생하게 떠올릴 수 있었다. 그러자 이상하게도 집에서 나올 때 훌쩍거렸던 유충이 떠올랐다.

이걸 주면 꽤 좋아하겠지? 일단 채소류를 좋아하는 거 같았으니까……. 하지만 아래에 적힌 가격표를 본 이사나는 침음을 삼켰다. 수중에 들고 있는 돈을 탈탈 털어도 살 수 없을 가격이 적혀 있었다. 가격을 보고 나서야 이사나는 겨우 현실로 돌아올 수 있었다.

'하긴 그놈에게 먹여 봐야 별 소용없는 짓이긴 하지.'

이사나는 유충을 죽이지 않기로 했지만, 이대로 살려 둘 생각도 없었다. 지금 당장은 죽이기 껄끄러워 내버려 뒀지만, 놈은 알리페르였다. 성충이 되기 전에는 제거해야 했다. 유충기를 거쳐 고치를 만들게 되면 유충은 작은 충격에도 쉽사리 죽어 버린다고 했다. 그때는 시끄럽지도 껄끄럽지도 않을 테니 쉽게 죽일 수 있을 터였다. 그러니 저런 귀한 걸 먹여 봐야 별 의미 없는 짓이었다. 이사나가 멜론을 보며 뒷맛 나쁜 미래를 상상하는데, 창고 안에서 양상추를 꺼내 온 가게 주인이 멜론을 내려다보고 있는 이사나를 향해 반갑게 물었다.

"멜론 사시게?"

"아뇨, 그냥 보기만 한 겁니다. 꽤 귀한 과일로 알고 있는데 여기서 취급하고 있어서요."

이사나의 말에 가게 주인은 곤란한 얼굴로 말했다.

"원래 여기서 취급하는 과일은 아닌데, 얼마 전 시장님이 멜론이 먹고 싶다고 하시면서 구해 달라고 하지 않겠어? 그래서 어렵사리 구해 놨더니 변덕을 부리면서 사지 않겠다고 말해서 우리도 곤란하던 참이었어. 여기서 이런 비싼 과일을 살 만큼 여유 있는 사람은 많지 않으니까. 조금 지나면 물러져 팔 수도 없을 거 같아서 총각이 산다고 하면 반값에 넘길까 했는데……."

가게 주인의 말에 이사나의 얼굴에는 고민이 서렸다. 반값이면 지금 이사나가 살 수 있는 금액이긴 했다. 하지만 아까도 생각했듯이 유충에게 이런 귀한 과일을 먹여 봐야 소용없는 짓이었다. 어차피 죽일 거니까. 이사나는 가게 주인에게 양상추만 받아 소점을 나섰다.

장터를 돌며 생필품을 구입하는 동안 이사나는 이상하리만치 찝찝한 기분이 들었다. 자꾸만 소점에서 본 멜론이 눈에 어른거렸다. 하지만 애써 무시한 채 집에 가는 버스를 기다리는데, 이사나와 마찬가지로 버스를 기다리던 사람들이 신문을 보며 얘기를 나누는 모습이 보였다.

"이번에 황제 폐하께서 또 신병을 모집한다고 하시더군."

"또? 모집한 지 얼마 안 되지 않았나."

"소문에 듣기로는 저번에 모집한 신병들은 이미 이 세상 사람이 아니라고 하더군."

"세상에. 토벌 관련 예산이 삭감되면서 안 그래도 박봉인 신병으로는 들어가려고 하지 않는다던데……. 이러다가 예전처럼 징병제로 바뀌기라도 하는 게 아닌지 모르겠어……."

"헥사비스 밖으로는 나가지도 못하는 황제가 그런 말을 꺼낼 수 있겠어? 그랬다간 세상이 비웃을 일이지."

"그건 그렇군."

얘기를 나누는 사람들의 말을 들으며 이사나는 생각했다. 아랫사람을 소모품으로 생각하는 형의 버릇은 여전하군.

이사나는 문득 예전 일이 떠올랐다. 알리페르 토벌 회의 때마다 이사나는 황제와 그의 추종자들로부터 매번 엄청난 욕을 먹었다. 왜 병사들에게 그리 많은 돈을 들이냐는 이유였다. 하지만 이사나는 병사들에게 들어가는 예산만큼은 절대 양보하지 않았다. 알리페르를 토벌하는 병사를 전문적으로 육성하는 것은 장기적으로 봤을 때 제국에 이득이었다. 혹독한 훈련으로 생존율을 높이고 더불어 높은 봉급으로 의욕을 고취시키면 그들은 모두 제국의 최전선에서 제 역할을 해 주었다.

하지만 황제는 병사들에게 지급되는 봉급을 상당히 아까워했다. 아마 이번에 삭감되었다는 예산 역시 황제나 그 추종자들 주머니로 들어갔을 게 뻔했다. 그런 일이 계속되면 제국민들의 불만은 계속 쌓일 것이고 아무리 황제가 제국민들에게 절대적인 지지를 받고 있다고 해도 언젠가는 그 지지 기반이 흔들리게 될 터였다. 아니, 이미 시작되고 있는지도 모른다.

'꼴좋군.'

제국의 위기는 일개 제국민이 된 이사나에게도 좋지 않은 일임에도 이사나는 이런 생각이 먼저 들었다. 유치하고 치졸하게도 이사나는 자신이 없는 제국이 곤란해졌으면 좋겠다고 생각했다. 그래서 황제가 이사나에게 한 짓을 깊이 뉘우치고 미안하다고 말해 줬으면 좋겠다고 생각했다. 절대 황제가 그럴 인물이 아니라는 걸 알고 있지만.

'그러고 보니 렉사는 어째서 제국에 쳐들어오지 않는 거지?'

알리페르는 수장이 바뀌면 으레 헥사비스를 침공하곤 했다. 정보원에 따르면 이전과는 비교도 안 될 정도로 강력한 무력을 가진 렉사가 헥사비스를 침공할 경우 제국은 재기 불가능할 정도로 큰 타격을 입을 수 있다고 했다. 그게 이사나로 하여금 렉사 토벌을 주장하는 원인이 되기도 했고. 하지만 그런 주장이 무색할 정도로 바깥은 조용하기 짝이 없었다.

'사랑한다는 건 어떤 느낌이지?'

이사나는 자신의 팔다리를 앗아 간 렉사를 떠올렸다. 그리고 그가 순진한 얼굴로 물었던 물음 또한 떠올렸다. 그는 왜 그런 걸 물어봤던 걸까? 알리페르는 호전적이고 야만적인 인류의 천적이었다. 하지만 그는 분명 인간의 감정에 호기심을 보이고 있었다. 지금 집에 있는 유충이 유별난 건 렉사의 후계이기 때문인지도 몰랐다.

어쩌면 그 유충은 인간처럼 감정을 나누며 교류하는 게 가능하지 않을까? 꽤 특이한 구석이 있으니까. 하지만 이사나는 이내 고개를 가로저었다. 쓸데없는 생각이었다. 알리페르가 어떻게 감정을 가진단 말인가. 이사나가 나갈 때마다 난리를 피우는 것도 사실은 이사나가 없으면 곤란해진다는 생각에, 그저 불편할까 봐 떼를 쓰는 것인지도 몰랐다. 어린 것들이 으레 그러하듯 유전자가 시킨 매뉴얼에 충실한 것인지도 몰랐다. 유충이 저렇게 유별나게 굴어도 결코 이사나가 짐작하는 이유가 아닌 것이다.

하지만 유충은 이사나가 고열로 일어나지 못하자, 문을 물어뜯기까지 하며 이사나가 있는 방 안으로 들어왔다. 마치 죽지 말라고 호소하는 것처럼.

저 멀리 집으로 가는 버스가 오고 있었다. 양상추와 며칠간 먹을 식재료를 손에 쥔 이사나는 차례로 버스에 올라타는 사람들 틈에 섞였다. 하지만 이상하게도 발길이 떨어지지 않았다. 이 버스를 놓치면 두 시간이나 더 기다려야 함에도 이사나는 이상하게도 아까 소점에서 봤던 멜론이 계속 떠올랐다. 더불어 '하구하구' 하고 이상한 소리를 내며 멜론을 먹어 댈 유충의 모습도.

이사나는 결국 줄에서 빠져나와 소점으로 향했다. 이런 자신이 생소했지만, 한편으론 이런 생각도 들었다. 뭐 어때, 한 번쯤 이런 쓸데없는 짓을 하는 것도……. 어차피 내 삶은 앞으로도 낭비할 것투성이인데.

'택시를 타야겠네.'

도저히 멜론까지 들고 집으로 돌아갈 자신이 없어진 이사나는 택시를 타고 돌아가기로 했다. 예상보다 큰 지출을 하게 되었지만, 이상하게도 나쁜 기분은 아니었다. 오히려 누군가가 기다리는 집으로 빨리 돌아갈 수 있게 되어 기쁠 뿐이었다.

* * *

집으로 돌아와 현관문을 열고 들어가자, 집 안에 있던 유충이 소리 높여 삑삑거렸다. 이사나와 유충이 사는 집은 이중문으로 되어 있었다. 바깥은 평범한 현관문이었지만, 안쪽은 두꺼운 자물쇠까지 달린 철문이었다. 철문은 미닫이식으로 되어 있어 유충의 힘으로는 절대 이 집을 빠져나갈 수 없었다. 유충이 너무 철문 가까이에 붙어 있어 이사나는 현관문이 닫힌 걸 거듭 확인한 후에야 철문을 열 수 있었다.

혹여 도망치려 하지 않을까 경계했지만, 그 걱정이 무색할 정도로 유충은 바깥으로 나가는 데에 관심이 없었다. 이사나의 의족에 머리를 비비며 이사나가 온 것에 기뻐할 뿐이었다. 그에 이사나는 피식 웃으며 투덜거렸다.

"저리 비켜, 걸을 수가 없잖아."

"삐이잇, 삐이이잇?"

이사나의 말에 유충은 고개를 갸웃거리더니 바짓단을 붙잡고 다리 위로 기어올랐다. 이러면 걸을 수 있기는 한데……. 결국 이사나는 유충을 다리에 매단 채 가지고 온 짐을 하나씩 집 안으로 옮겼다. 계속 몸을 움직여 바지에 매달려 있는 게 힘들 법도 한데, 유충은 조금도 그런 기색 없이 바짓단을 오르내리며 신나게 삑삑거리기만 했다.

문과 문 사이에 있는 짐을 전부 안으로 들인 이사나는 유충을 다리에 매단 채 짐 속에 있었던 멜론을 꺼냈다. 정말 나답지 않은 짓을 했네. 이미 사 왔음에도 멜론을 보자 새삼 자신의 행동이 낯간지러워져 이사나는 멋쩍게 웃었다. 멜론을 처음 보는 유충은 이사나가 멜론을 꺼내 도마 위에 올려놓자, 호기심 어린 눈으로 멜론을 바라보았다.

"삐이? 삐이잇?"

허리춤에 매달려 멜론을 보고 있던 유충이 꾸물꾸물 어깨로 기어올랐다. 이사나는 그게 간지럽다고 생각하며 도마에 올려진 멜론을 반으로, 그리고 또다시 반으로 갈랐다. 조금 비뚤했지만, 매끈하게 갈라진 멜론에서는 부드럽고 달콤한 향이 났다. 유충 역시 이 멜론 향이 나쁘지 않은지 연신 코를 킁킁거리고 있었다. 그리고 냄새에 이끌리듯 이사나의 왼팔로 슬금슬금 내려갔다. 그걸 본 이사나는 서둘러 오른손으로 왼쪽 팔 끄트머리에 매달린 유충을 달랑 들었다. 그리고 소파 위에 내려놓으며 말했다.

"위험하니까 여기서 기다리고 있어."

"삐이―."

이사나의 말에 유충은 불만스러운 듯 길게 삑삑거렸다. 하지만 이사나가 "안 돼."라고 엄하게 말하자, 유충은 시무룩하게 "삐이……." 거리며 얌전히 소파에 앉았다.

유충이 지켜보는 가운데 이사나는 접시를 꺼내 자신의 몫과 유충의 몫의 멜론을 나누어 담았다. 그리고 유충의 몫이 든 접시를 들고 소파로 가 얌전히 앉아 있는 유충 앞에 내려놓았다. 그러자 유충은 납작한 코를 킁킁거리더니 이내 코를 박고 정신없이 먹기 시작했다. 그 모습을 잠시 내려다보던 이사나 역시 부엌에서 자신의 몫이 담긴 접시를 들고 와 유충의 옆에 앉았다.

이사나의 짐작대로 유충은 멜론이 퍽 마음에 드는지 자기 몸의 반만 한 멜론 조각을 붙잡고 '하구하구'라는 이상한 소리까지 내며 먹어 댔다. 제대로 씹어 삼키는 게 맞는지 의심스러울 정도로 잘 먹는 유충을 보며 이사나 역시 먹기 좋게 자른 멜론을 입에 넣었다. 그러자 가공식품에서는 절대 날 수 없는 싱그러운 향과 부드러운 달콤함이 입 안에 가득 퍼졌다. 그리고 어쩐지 씁쓸한 기억도 같이 밀려들었다.

어릴 때 황제는 가끔 이사나에게 친절했다. 아직도 왜 황제가 그답지 않은 친절을 베풀었는지 모르겠지만, 어차피 이해하려고 해도 소용없었다. 그는 제멋대로인 사람이니까. 무슨 과일인지는 여전히 모르지만, 그날 먹었던 건 단단한 껍질을 가진 갈색 빛깔의 과일이었다. 알맹이는 맛있었지만 어린 자신이 까기에는 너무 딱딱해 이사나는 과일을 손에 쥔 채 한참을 끙끙거렸다. 그러자 황제가 "바보야."라며 웃더니 이사나 몫으로 접시에 올려져 있던 과일을 전부 까주었다.

웬일인지 모르지만 그날따라 황제는 이사나에게 심술부리지도, 때리지도 않았다. 단지 귀찮다고 투덜거리며 서툴게 과일 껍질을 까 줄 뿐이었다. 그러다 내키면 연약한 속 알맹이를 손수 입에 넣어주기도 했다. 이사나는 어린 마음에 꽤 두근거려하며 황제의 변덕스런 친절함을 받아들였다. 그랬기에 이사나는 항상 황제를 떠올리면 양가감정에 휩싸였다. 그가 여전히 미웠지만, 가끔은 그가 보고 싶기도 했다.

허벅지에 느껴지는 생소한 감촉에 상념에서 깨어난 이사나는 아래를 내려다보았다. 어느새 자기 몫을 다 먹어 치운 유충이 무릎에 놓인 이사나의 접시를 빤히 쳐다보고 있었다. 짧은 다리로 이사나의 허벅지를 짚고 홀린 듯이 멜론을 보는 그 모습에 이사나는 어쩐지 웃음이 나왔다.

포크로 멜론을 작게 자른 이사나는 손으로 멜론을 집어 유충에게 내밀었다. 그러자 유충은 커다란 눈을 반짝이며 이사나가 내민 멜론을 기쁘게 받아먹었다.

* * *

유충이 멜론을 맛있게 먹어 준 건 좋았지만, 한 번에 자기 몸만 한 멜론을 먹어 치웠던 탓일까. 유충은 결국 배탈이 나고 말았다. 처음에는 볼록해진 배를 까뒤집으며 낑낑거리는 모습이 귀여웠지만, 먹은 걸 다 토해 내고 힘없이 축 늘어지자 이사나는 당황했다. 알리페르를 죽이는 방법은 손가락을 꼽을 수 없을 만큼 많이 알았지만, 반대로 알리페르가 아플 때 간호하는 방법은 전혀 몰랐으니까. 이사나는 유충이 낑낑대는 모습에 어찌할 줄을 몰랐다. 이사나가 해 줄 수 있는 건 추워하며 품속으로 파고드는 유충을 가만히 안아 주는 것뿐이었다.

밤새도록 걱정했건만, 다행히 별일 아니었는지 유충은 전날 아팠던 게 무색할 정도로 금세 건강해졌다. 언제 아팠냐는 듯 아침부터 기세 좋게 삑삑거리며 집 안을 돌아다니는 유충을 보며 이사나는 작게 한숨을 내쉬었다. 다음부터는 조른다고 다 주지 말고 조절해야겠다는 생각을 했다.

'지루해……..'

처음 비장한 각오를 다지며 이 집에 들어왔을 때와 달리 어느 정도 생활이 안정되자, 이사나는 남아도는 시간에 무료함을 느꼈다. 집이 시내의 외곽에 위치한 데다 창문은 합판으로 단단히 막아 두어 더욱 고립된 기분이 드는 건지도 몰랐다. 게다가 식탁과 소파, 테이블을 제외하면 아무것도 없는 텅 빈 집 안에서 이사나가 할 수 있는 일이라고는 고작해야 인스턴트에 가까운 식사를 만들거나 집 청소를 하는 것밖에 없었다.

유충을 죽이지 않기로 한 이상 이사나는 어차피 저택으로 돌아갈 수 없었다. 딱히 저택으로 돌아간다고 뭔가 할 일이 생기는 건 아니었지만.

'그러고 보니 멜론을 산다고 저택에서 들고 나온 비상금을 전부 털어 썼지.'

이사나는 이왕 이렇게 된 김에 저택에 전화해 집사에게 돈을 부쳐 달라고 말해야겠다고 생각했다. 가는 김에 도서관에서 책도 빌리고. 이사나가 자리에서 일어나자 의족에 달라붙어 모형 발가락을 쭙쭙 빨고 있던 유충이 눈을 반짝거리며 이사나를 올려다보았다. 하지만 이사나가 겉옷을 챙기며 외출할 낌새를 보이자, 유충은 허둥지둥 이사나의 앞을 가로막으며 항의하듯 삑삑거렸다.

"삐익! 삐이익!"

"비켜 줘, 나갔다 와야 해."

"삐이이이익!"

이사나의 말에 유충은 악을 쓰듯이 울며 이사나의 의족에 매달렸다. 떼를 쓰는 유충을 내려다보며 이사나는 엄한 얼굴로 비키라고 말하려다가 힘없이 "삐이……."거리며 눈물을 펑펑 쏟는 유충의 모습에 한숨을 내쉬었다. 하지만 이대로 집 안에만 있는 건 너무 지루했고 저택에 전화를 해야 다음에 장을 볼 때 은행에서 돈을 찾을 수 있었다. 일단 한 번은 나갔다가 와야 했다. 하지만 어제까지 아파서

낑낑거렸던 유충에게 냉정하게 구는 건 또 내키지 않아 이사나는 일단 달래듯이 유충을 안아 들며 말했다.

"알았어, 안 나갈게."

"삐이?"

"안 나갈 테니까 그만 울어."

이사나는 커다란 눈에 눈물을 대롱대롱 매단 유충에게 웃어 주며 말했다. 이사나가 다시 소파에 앉자, 유충은 안심했는지 이사나의 주위를 빙글빙글 맴돌며 "삐잇! 삐잇!" 하고 소리 높여 울었다. 정말 신기한 녀석이었다. 이사나와 달리 유충은 감정을 숨기는 법이 없었으면 원하는 게 있으면 주저 없이 이사나에게 삑삑거렸다. 그 솔직함이 이사나는 싫지 않았다. 어떤 때는 자기주장을 할 줄 아는 유충이 부럽기도 했다.

유충은 평소보다 좀 더 시끄럽게 삑삑거리며 돌아다니다가 얼마 후 이사나의 허벅지에 머리를 대고 잠들었다. 머리를 들어도 깨지 않는 걸 확인한 이사나는 한숨을 내쉬며 현관 앞에 챙겨 둔 가방을 들고 밖으로 나왔다. 다행히 유충은 이사나가 나갈 때까지 깨지 않았다. 도롱도롱 고른 숨을 내쉬며 단잠에 푹 빠져 있었다.

밖으로 나온 이사나는 할로겐 등이 주변을 비추는 보도를 느릿하게 걸었다. 떼를 쓰는 유충을 달래느라 오후 5시라는 늦은 시간에 외출하게 되었지만, 어차피 햇빛이 들지 않는 지하층에서 시간은 큰 의미가 없었다. 이사나는 다리가 아플 때마다 잠시 쉬며 한적한 길을 거닐었다.

마침 딱 맞게 도착한 버스에 올라탄 이사나는 또다시 한 시간이

걸려서야 시내에 도착할 수 있었다. 시내로 나온 이사나는 버스 정류장 근처에 있던 공중전화 부스로 들어가 지상층의 저택에 전화를 걸었다. 저택을 나온 후 처음 하는 연락이었다. 이사나가 전화를 걸자, 노집사는 혼비백산하며 이사나의 전화를 받았다. 노집사는 무엇보다 이사나의 무탈함에 매우 기뻐했다. 마치 죽으러 간 사람의 안부 전화를 받은 듯한 목소리였다. 딱히 틀린 짐작은 아니었다. 이사나는 실제로 이곳에서 죽음을 생각했으니까. 이사나는 감추고 있던 속내를 들킨 것 같아 껄끄러우면서도 걱정을 끼쳤다는 생각에 집사에게 미안해졌다.

—이사나 님, 저택에는 언제 돌아오시는 겁니까.

"……모르겠어, 조금 늦어질 것 같아."

집사의 물음에 이사나는 이렇게 대답할 수밖에 없었다. 유충을 없애면 저택으로 돌아갈 수 있었지만, 이사나는 이상할 정도로 유충을 없애는 것을 망설이고 있었다. 유충이 고치를 만들 때까지라는 유예 기간을 두긴 했지만, 막상 그때가 닥치면 어떻게 될지 알 수 없었다. 차라리 유충을 헥사비스 밖에 버리는 게 어떨까 생각하기도 했지만, 유충은 지나치게 연약하고 순진했다. 바깥의 사나운 알리페르에게 어떤 꼴을 당할지 알 수 없었다.

점점 유충을 어떡하고 싶은지 이사나 자신도 알 수 없게 되었다.

이사나는 집사에게 외출이 길어질 것 같다고 말하며 여비를 부쳐 달라고 부탁했다. 그러자 집사는 흔쾌히 알겠다고 대답하며 이사나에게 말했다.

—알겠습니다, 이사나 님께서 쓰실 돈은 중앙은행에 넣어 두겠습니다. 이사나 님, 부디 좋은 여행이 되기를 기도하겠습니다.

"……고마워, 또 연락할게."

집사의 진심 어린 기원에 이사나는 멋쩍게 인사하며 전화를 끊었다.

집사가 돈을 넉넉하게 부쳐 둘 테니 당분간은 돈 걱정을 하지 않아도 될 터였다. 시내로 나온 첫 번째 목적을 달성한 이사나는 공중전화 부스에서 나와 이번엔 지하 3층 정중앙에 있는 거대한 탑으로 향했다.

중앙 도서관 '리비에'였다.

중앙 도서관 리비에는 초대 넥시움 황제가 제국을 건설할 때 같이 만든 헥사비스의 중추 시설로, 헥사비스의 천장부터 지하 3층까지 하나로 연결되어 있는 지식의 보고이자 상아탑이었다. 지상층부터 지하층까지 하나로 연결된 이곳은 제국을 지탱하는 기둥 중 하나였다. 이 거대한 탑에는 전세계 학자들이 필사적으로 챙겨 온 서적들이 있었다. 알리페르가 나타나기 전인 구세계의 문화와 역사가 숨 쉬는 귀중한 곳이었다.

하지만 특별한 사람만 이곳을 출입할 수 있는 건 아니었다. 초대 넥시움 황제는 무엇보다 배움을 중시하는 사람이었기에 신분증만 있으면 남녀노소 누구나 중앙 도서관을 무료로 이용할 수 있도록 법에 명시해 두었다.

도서관으로 들어간 이사나는 열람실 입구에 있는 사서에게 신분증을 내밀었다. '이사나 아브노아'라고 적힌 신분증을 받은 사서는 일지에 '이사나 아브노아'의 소셜 코드를 기록하며 이사나에게 말했다.

"책은 다섯 권까지 대여가 가능하며 대여 기간은 책을 빌린 날로부터 15일까지입니다."

고지 후, 사서는 이사나에게 신분증을 돌려주었다.

이사나는 종종 밖에 나갈 때 '이사나 넥시움'이 아닌 '이사나 아브노아'라는 신분증을 사용하곤 했다. '이사나 넥시움'이라는 이름이 싫은 건 아니었지만, 이름을 밝혔을 때 사람들의 반응이 껄끄러워서였다. '이사나 아브노아'라는 신분은 이사나가 사관 학교에 입학하던 해에 모친께 받은 선물이었다.

사고로 돌아가신 이사나의 어머니는 형처럼 '넥시움'임을 과시하지 않고 오히려 사람들 시선에 움츠러드는 둘째 아들을 많이 걱정했다. 그녀는 숨통을 틔우라는 의미에서 이 신분증을 만들어 준 것이겠지만, 이사나는 이 신분증을 받고 오히려 가족들에게서 떨어져 나온 듯한 기묘한 외로움을 느꼈다.

신분증을 가방에 다시 챙겨 넣은 이사나는 열람실 안으로 들어갔다. 열람실 안은 공기가 정체된 탓인지 오래된 책 특유의 퀴퀴함이 느껴졌다. '리비에'도 제국의 공공시설인 만큼 법적으로 고지된 비율의 국가 예산을 배정받아 사서들이 관리하고 있었다. 하지만 층마다 어느 정도의 예산을 배정할 것인지는 법에 명시되어 있지 않아 지상층에 가까울수록 도서관 내부가 깨끗하고 지하로 내려갈수록 책장도 꽂혀 있는 책들도 낡고 너저분해졌다.

그나마 이곳은 사서가 나름대로 열의를 가지고 관리하는지 책장은 허름해도 서적은 분류 기호에 맞춰 가지런히 꽂혀 있었다. 이사나는 다리를 절뚝거리며 자신의 키만 한 책장 사이를 열심히 돌아다녔다. 하는 일 없이 집에만 있는 게 심심해 일단 도서관에 오기는 했지만 이사나는 사실 어떤 책을 빌려 봐야 하는지 알 수 없었다. TV나 라디오를 즐기는 편도 아니었지만, 책을 즐겨 읽었던 편도 아니었기 때문이다. 훌륭한 '넥시움'이 되기 위해 노력하는 것만으로도 벅차 이제껏 여가를 즐길 여유가 없었다.

부상을 입고 퇴역한 지금은 그나마 책을 읽는 습관을 들였지만, 여전히 어떤 책을 봐야 좋은지 알 수 없었다. 자신이 어떤 분야에 흥미가 있는지도 잘 모르겠고. 이사나는 열람실 이곳저곳을 기웃거렸지만, 시간이 꽤 흘렀음에도 좀처럼 책을 고르지 못했다.

결국 이사나는 열람실 내 게시판에 붙은 '중앙 도서관 도서 추천 목록'에 있는 도서 중 흥미로워 보이는 책 다섯 권을 책장에서 꺼냈다. 그리고 그걸 대출하기 위해 사서에게 가려는데, 마지막 책을 빼낸 책장 가장자리에 책 한 권이 이상하게 꽂혀 있는 게 보였다. 튀어나온 못처럼 책장에 대충 끼워진 그 책은 도서명도 테마도 주변 책장과 전혀 맞지 않았다. 이사나는 그 책을 유심히 바라보다가 들고 있던 책을 근처 책상에 내려놓았다. 그리고 다시 돌아와 그 책을 꺼냈다.

『객관성의 칼날』이라는 책이었다.

너무 두껍지도 얇지도 않은 그 책은 기분 좋게 이사나의 손에 감겨들었다. 이사나는 책상에 올려 둔 다섯 권의 책과 손에 쥔 책을 힐끔거렸다. 그러다 다섯 권의 책 중 그리 끌리지 않았던 『고도를 기다리며』를 도서 정리함에 내려놓고 『객관성의 칼날』을 네 권의 책 위에 올린 채 열람실 입구에 있는 사서에게 향했다.

대출한 책을 가방에 넣고 도서관을 나오자 어느새 밖에는 사람이 나다니지 않고 있었다. 혹시나 하는 마음에 광장에 세워진 시계탑을 바라보자, 시곗바늘은 벌써 저녁 9시를 가리켰다. 도서관에서 그렇게 오래 있었을 줄은 생각도 못 했는데, 시간을 확인하자 기분 탓인지

때를 놓친 허기가 밀려들었다. 얼른 집으로 돌아가 유충과 저녁을 먹어야겠다고 생각하며 이사나는 서둘러 발걸음을 옮겼다.

다행히 마을 장터와 달리 도서관은 버스 정류장과 가까웠다. 덕분에 이사나는 막차가 도착할 때까지 노곤한 몸뚱이를 잠시 쉬게 할 수 있었다. 정류장에 놓인 간이 의자에 가방을 내려놓고 털썩 주저앉은 이사나는 멍하니 버스를 기다리며 생각했다. 집에 돌아갈 때가 되자, 어쩐지 마음 한구석이 불편해졌다. 소파 위에서 도롱도롱 잠이 들었던 유충이 떠올라서였다.

아직 자고 있을까? 아니면 깨어나 나를 찾고 있을까?

이사나는 도착할 때까지 유충이 잠들어 있길 바랐지만, 유충은 어린것답게 짧게 많이 자는 편이었다.

역시 깨어나서 울고 있겠지…….

책을 빌리고 나서야 유충에 대한 걱정이 새록새록 떠올랐다. 유충과 긴 시간을 보낸 건 아니지만, 워낙 우는 모습을 많이 보았기 때문인지 굳이 상상하지 않아도 구슬픈 눈물을 뚝뚝 떨어뜨릴 유충의 모습이 절로 머릿속에서 그려졌다. 괜히 초조해진 이사나는 연신 품에서 회중시계를 꺼내보며 안절부절못했다.

할로겐 등이 흐릿하게 주변을 비추는 가운데 버스 정류장 근처에 있는 가게 역시 하나둘씩 문을 닫기 시작했다. 막차가 끊기면 어차피 사람이 나다니지 않아서 그런 듯했다. 이사나는 버스를 기다리며 폐점 준비로 분주한 가게들을 구경하는데, 문득 잡화점이 눈에 들어왔다. 그리고 별다른 장난감 없이 벽을 기어오르거나 거실을 뛰어다니는 게 전부인 유충 역시 떠올랐다.

'그래도 장난감이 하나 정도는 있는 게 좋겠지?'

이사나는 평소답지 않은 자신의 충동이 썩 내키지 않았지만, 어느새 잡화점 쪽으로 발걸음을 옮기고 있었다.

* * *

저녁 10시가 넘어서야 집에 도착한 이사나는 기묘한 죄책감을 느끼며 현관문을 열었다. 그런데 이상하게도 평소와 달리 안이 조용했다. 평소 같았으면 이사나가 문을 여는 소리만 내도 유충이 삑삑거리며 문 앞까지 마중을 나왔을 텐데 지금은 자는 건지 안에서 아무 소리도 나지 않았다. 이사나는 내심 다행이라고 생각하며 현관문을 잠그고 철문을 열었다.

"……"

거실의 불을 켜고 나서야 이사나는 자신의 생각이 틀렸음을 깨달았다. 나가기 전만 해도 멀끔했던 거실이 짐 가방에서 쏟아진 물건과 식기 정리대에서 떨어진 식기들로 엉망진창이었다. 그리고 소파에 앉은 유충은 이사나에게 등을 돌린 채 히끅거리고 있었다. 얼마나 울었는지 유충이 앉은 주변이 눈물로 축축했다.

이사나는 망연자실 엉망이 된 거실 한가운데에 섰지만, 이상하게도 유충에게 화가 난다기보다 유충이 어디 다치지 않았을까 하는 걱정이 먼저 들었다. 참 신기했다. 얼마 전까지만 해도 유충의 행동 하나하나가 거슬리고 싫었는데 말이다.

일단 짐부터 내려놓자고 생각하며 책이 든 가방을 가지고 방으로 들어가는데…… 이쪽도 무사하지 못했다. 형광등을 켠 이사나는 아연실색한 얼굴로 엉망진창이 된 자신의 방을 내려다보았다. 침대 위에 가지런히 정리해 두었던 담요는 유충이 물어뜯어 여기저기 흉하게 구멍이 나 있었고, 옷을 넣어 둔 캐리어도 한쪽이 뚫린 채 옷이 삐져나와 있었다. 현실감 없는 광경이라서 그럴까, 이사나는 유충의 이빨이 튼튼하다는 감탄밖에 나오지 않았다.

완전히 토라져 여전히 소파 위에서 히끅거리는 유충을 내버려 둔 채 이사나는 엉망이 된 거실을 정리했다. 바닥을 기며 수건으로 깨진 접시 조각을 훑고 물건들을 주워 다시 제자리에 올려놓았다.

어느 정도 정리가 되자, 이사나는 여전히 서럽게 우는 유충을 힐끔 쳐다보았다. 다행히 어디 다친 곳은 없어 보였다. 안도의 한숨을 내쉰 이사나는 버릇없는 유충을 혼낼까 하다가 그래도 안 나간다고 말해 놓고 몰래 나간 자신이 더 나쁘다는 생각이 들어 그만두기로 했다.

결국 유충을 혼내는 건 포기한 채 이사나는 저녁 식사를 준비했다. 평소와 똑같이 빵과 야채, 그리고 삶은 달걀을 곁들여 자신의 몫과 유충의 몫을 나누어 담아 소파로 가져왔다. 여전히 등을 돌린 채 꽁하니 있는 유충 옆에 접시를 내려놓았지만, 유충은 단단히 마음이 상했는지 꿈쩍도 하지 않았다. 이사나가 저녁을 다 먹을 때까지 유충이 손도 대지 않자, 이사나는 나중에라도 유충이 먹을 수 있게끔 유충의 몫을 테이블 밑에 내려놓았다.

여전히 히끅거리는 유충을 잠시 바라보던 이사나는 방으로 들어가 잡화점에서 산 물건을 꺼냈다.

탁구공이었다.

작고 가벼운 탁구공을 이사나가 가볍게 바닥에 튕기자 탁구공은 탄력 있게 위로 솟구쳤다가 이사나의 손에 돌아왔다. 탁구공이 통통

튀는 소리를 내자, 소파에 처박혀 있던 유충도 호기심을 느끼며 힐끔 뒤를 돌아보았다. 그걸 확인한 이사나는 다시 탁구공을 바닥에 던졌다. 그러자 유충 역시 주황색 탁구공에서 눈을 떼지 못하고 공의 궤적에 따라 이리저리 고개를 까닥거렸다.

알리페르는 타고난 사냥꾼이었다. 그러니 유충도 탁구공처럼 눈에 띄고 동선이 큰 물체를 좋아할 거라 생각했다. 이사나의 예상대로 유충은 금세 탁구공에 매료되었다. 이사나가 바닥이 아닌 맞은편 벽에 탁구공을 튕기자, 이번에도 유충은 주황색 탁구공에서 눈을 떼지 못한 채 홀린 듯이 고개를 좌우로 돌려 댔다.

그렇게 두어 번 공을 벽 여기저기 튕기던 이사나는 이번엔 소파 근처로 탁구공을 던졌다. 그러자 유충이 탁구공을 주시하며 "삣, 삣, 삐잇⋯⋯!" 하고 이상한 소리를 내더니 돌연 소파에서 뛰어내렸다. 유충과 탁구공이 부딪치자, 탁구공은 탁! 탁! 소리를 내며 빠르게 굴러갔다. 그리고 유충 역시 짧은 다리를 휘적이며 열심히 탁구공을 쫓았다.

거실은 순식간에 유충의 축구장이 되어 버렸다. 유충은 헥헥거리며 도망가는 탁구공을 잡으려 애를 썼다. 하지만 탁구공은 겉면이 미끄러워 유충이 좀처럼 탁구공을 잡을 수 없었다. 급기야 온몸으로 탁구공을 덮치다가 탁구공과 함께 거실을 굴러다니기까지 했다. 그 꼴을 보게 된 이사나는 자신도 모르게 큭 하고 웃어 버렸다. 너무 웃긴 광경이었다. 이사나는 한참 동안 공을 가지고 노는 유충을 바라보다가 방으로 들어가 빌려 온 책을 가지고 거실로 나왔다.

유충이 공을 쫓는다고 꽤 시끄럽긴 했지만, 이사나는 일단 맨 위에 올려진 책부터 펼쳐보았다. 『실천 이성 비판』이라는 제목부터 잠이 올 법한 책이었다. 썩 내키진 않았지만, 도서관 추천 목록의 상위권에 있었기에 이사나는 이것부터 먼저 읽어 보기로 했다. 하지만 책은 예상보다 훨씬 어려웠다. 계속되는 낯선 용어와 어려운 말로 이사나는 좀처럼 다음 페이지로 넘어가지 못하는데, 별안간 탁구공이 이사나의 얼굴로 날아들었다. 깜짝 놀란 이사나가 손을 허우적거리자, 읽고 있던 책은 물론이요, 옆에 놔둔 책까지 우르르 바닥에 쏟아져 버렸다.

엉망으로 바닥에 널브러진 책들을 보며 이사나는 낭패한 표정을 지었다. 하지만 정작 사고를 친 유충은 또다시 멋대로 튀어 버린 탁구공을 쫓는다고 정신이 없었다. 이사나는 고개를 절레절레 내저으며 떨어진 책들을 다시 소파 위에 가지런히 정리하는데, 책 하나가 뭔가 이상했다. 뭐가 이상한지 딱 짚어 얘기할 수 없었지만, 생사의 기로에 섰을 때 이사나를 여러 번 구해 줬던 날카로운 감이 이 책을 살펴봐야 한다고 주장하고 있었다. 이사나는 『실천 이성 비판』을 책갈피로 갈무리한 뒤 수상한 책을 집어 소파에 앉았다.

『객관성의 칼날』이라는 책이었다. 양장본이라 표지가 두꺼웠는데 어쩐지 표지와 속지가 따로 노는 듯한 위화감이 느껴졌다. 이사나가 의아해하며 책을 펼치는데, 그 안에는 활자 특유의 딱딱한 글씨체 대신 누군가가 휘갈겨 쓴 듯한 필기체가 가득 차 있었다.

일기?

전체 페이지의 3분의 2 정도 기록된 일기는 적게는 두어 줄, 많게는 두세 장이 넘어갈 정도로 내용이 채워져 있었다. 어째서 일기가 도서관 안에 있었던 거지? 이사나는 이상하게 생각하며 맨 앞 페이지를 열었다. 그리고 크게 놀라고 말았다.

제국력 213년 4월 21일

나는 헥사비스 바깥에서 갓 태어난 알리페르의 유충을 주위 헥사비스로 가지고 들어왔다. 제국법상 알리페르를 안으로 들이면 사형이었지만, 나는 오래전부터 알리페르에 대한 궁금증을 가지고 있었다. 저 날개 달린 생명체는 어째서 태어날 때부터 우리의 천적으로 있을 수밖에 없는지, 넥시움 황가가 말하는 것처럼 그들은 태어날 때부터 인간과 함께할 수 없는 야만적인 천성을 가진 건지 궁금했다. 그래서 나는 주워 온 이 알리페르의 유충에게 '클레르' 라는 이름을 붙이고 교화하는 실험을 해 보고자 한다. 과연 알리페르는 유전자에 의해 본성이 결정되는 건지, 아니면 후천적인 사회화로 충분히 인간과 소통이 가능한지, 그 결과가 사뭇 기대된다.

알리페르의 사회화라고? 완전히 미친 자로군. 이사나는 일기장 주인의 어처구니없는 발상에 실소하며 일기를 훑어보았다. 처음엔 관찰일기에 가까운 사무적인 글이었지만, 뒤로 갈수록 일기의 내용이 상세해지고 일기 주인의 주관도 늘어났다.

나는 클레르가 걱정되어 견딜 수 없다. 차라리 모르는 게 나았을 지도 모른다는 생각이 들 정도다. 넥시움 황가는 제국민들을 기만했다. 알리페르의 유충은 결코 호전적이지 않았다. 그리고 알려진 것과 달리 그들은 육식보다는 잡식에 가까웠다. 클레르 역시 육류보다는 단것만 먹으려고 해 나는 식사 때마다 녀석과 전쟁 아닌 전쟁을 치러야 했다.

알리페르가 타고난 맹수인 것은 사실이지만, 그들의 성품이 악한 것은 아니었다. 교활한 지능을 가지는 동시에 인간과 같은 훌륭한 공감 능력을 가지고 있었다.

클레르는 내가 화를 내면 움츠러들었고 내가 슬퍼하면 따라서 슬프게 울었다. 나는 도저히 클레르와 헤어질 수 없었다. 첫째로 알리페르가 태생적으로 악하다는 건 잘못된 편견이며, 둘째로 클레르는 연약하여 헥사비스 밖에서 살아갈 수 없다. 하지만 점점 이 실험을, 클레르를 숨기는 것이 버거워져 간다. 게다가 비밀을 공유하기로 한 우리들 중에 배신자가 숨어 있는 것 같다. 그래서 나는 어떤 계획을 세웠다.

이것을 끝으로 일기는 더 이상 이어지지 않았다. 비밀? 배신자? '알리페르의 사회화'라는 어처구니없는 발상은 이 작자 혼자만의 생각이 아닌 모양이다. 이사나는 생각보다 더 말도 안 되는 것을 알아 버렸다는 생각을 하며 일기장의 첫 페이지로 되돌아갔다. 천천히 정독해 보면 이 어처구니없는 실험을 한 자들에 대한 단서를 찾을 수 있을지도 몰랐다.

이제는 아무짝에도 쓸모없어진 퇴역 군인이라지만, 이사나는 여전히 제국과 제국민을 지킬 의무가 있는 '넥시움'이었다. 이런 위험한 생각을 가진 게 개인이 아닌 단체라면 그들을 찾아내 조치를 취하는 게 옳았다. 진지한 얼굴로 일기장의 첫 페이지를 펼친 이사나는 일기장 주인의 단서를 얻기 위해 찬찬히 일기를 다시 읽었다. 그런데 한참을 거실에서 뛰어놀던 유충이 탁구공을 잃어버렸는지 삑삑거리며 이곳저곳을 기웃거렸다. 하지만 찾을 수 없는지 포기하고 이사나에게 꾸물꾸물 기어올라 왔다.

"저리 가."

어느새 일기장까지 올라와 시야를 가리는 유충을 소파에 내려놓았지만, 유충은 끈질기게 다시 기어올라 와 이사나를 방해했다.

"삣? 삐이?"

"올라오지 마. 안 보이잖아."

"삐이—! 삐이이이—!"

유충을 옆으로 밀어내며 이사나가 투덜거리자, 유충은 도리어 항의하듯 큰소리로 울어 댔다. 설마 심심하다고 이러는 건가? 알리페르인 주제에 참 가지가지 한다고 생각하면서도 이사나는 일기장을 덮고 자리에서 일어났다.

이사나는 일단 유충이 잃어버린 탁구공을 찾기 위해 집 안 구석구석을 뒤졌다. 하지만 탁구공은 도대체 어디로 갔는지 찾을 수가 없었다. 이사나는 불편한 몸을 웅크리며 소파 바닥을 들여다보는데, 이사나의 주변을 맴돌던 유충이 이사나의 등에 올라타더니 기세 좋게 "삣! 삣!"거리며 크게 울어 댔다.

결국 소파 밑에서도 탁구공을 찾을 수 없었던 이사나가 포기하고 자리에서 일어나는데, 돌연 셔츠가 왼쪽으로 쏠리는 걸 느꼈다. 의아해하며 옆을 돌아보자 유충이 비어 있는 왼팔 소매에 대롱대롱 매달려 있는 게 보였다. 그네처럼 소매가 흔들리자 유충은 그게 또 재밌는지 소리 높여 삑삑거렸다.

"하지 마."

"삐이?"

"너덜거리잖아, 하지 마."

이사나가 엄하게 야단쳤지만, 유충은 들은 척도 하지 않고 옷소매를 쫍쫍거렸다. 그런 유충을 보며 이사나는 한숨을 내쉬었다. 요즘 들어 부쩍 유충이 이사나의 말을 듣지 않았다. 하지만 그건 이사나의 탓도 조금 있었다. 처음 유충에게 매몰차게 대했던 게 마음에 걸려 유충이 조금만 떼를 써도 유충이 원하는 대로 다 해 줬으니 말이다.

하지만 이대로는 유충을 응석받이로 키우게 될 뿐이었다. 아직 이 녀석을 어떻게 할지 결정하지 못했지만, 적어도 유예 기간 동안 원만하게 지내기 위한 방법이 필요할 것 같았다.

소매에 매달린 유충을 품에 안은 채 이사나는 다시 일기장을 펼쳤다. 아까와 달리 유충을 키우는 방법 위주로 읽다 보니 놓치고 지나간 좋은 조언들이 하나둘씩 눈에 들어왔다.

이사나가 일기장에 푹 빠진 사이 이사나의 품에 안겨 있던 유충은 답답한 듯 여러 번 꿈지럭거렸다. 하지만 유충에게 또다시 방해받기 싫었던 이사나는 유충이 품에서 빠져나가지 못하게 꽉 끌어안았다. 그러자 유충이 조금 답답한 듯 "삣! 삣!" 하고 항의했지만 이사나가 무시한 채 계속 일기를 읽었다. 결국 빠져나가길 포기한 유충은 이사나의 품 안에서 꼼지락거리다 어느새 도롱도롱 잠에 빠져 들었다.

* * *

다음 날.

일기를 끝까지 정독한 이사나는 일단 일기장의 주인을 찾아 도서관에 가 보기로 했다. 물론 유충이 눈을 말똥말똥하게 뜨고 있는 지금, 집을 조용히 나선다는 건 불가능했지만. 이사나는 어떻게 할까 고민하다가 어제처럼 유충을 재우고 나가면 어떨까 싶었다. 나중에 달래 주면 될 테니 말이다.

하지만 유충의 동그란 눈은 잠 오는 기색 없이 초롱초롱하기만 했다. 방바닥에 주저앉은 이사나가 난감한 눈으로 유충을 내려다보는데, 유충은 저를 봐 주자 마냥 좋은지 삑삑거리며 장난치듯 이사나의 옷소매를 물고 늘어지기만 했다.

놀아 주면 빨리 자려나?

방 한쪽 구석에 있는 검은 가방에 마취제와 근이완제가 남아 있음에도 이사나는 이 방법을 먼저 떠올렸다. 약은 잘못 쓰면 크게 다칠 수도 있으니까……. 속으로 조악한 변명을 늘어놓으며 유충에게 헐렁한 왼쪽 소매를 흔들어 주다, 문득 뭔가를 떠올린 이사나는 자리에서 벌떡 일어났다. 그러자 유충 역시 뽈뽈거리며 이사나를 따라 방으로 들어왔다.

이사나는 들고 왔던 캐리어를 뒤져 손수건과 막대기를 찾아냈다. 손수건을 막대기 끝에 묶은 이사나는 막대기를 낚싯대처럼 유충에게 흔들었다. 막대기와 연결된 손수건이 허공에서 흔들리자 유충은 손수건에서 눈을 떼지 못한 채 "삣! 삐이잇!" 하고 초조한 소리를 냈다.

그러다 이사나가 약 올리듯 막대기를 들어 올리자, 유충은 솟구치는 손수건을 잡기 위해 펄쩍 뛰었다. 너무 높게 뛰어 넘어지지 않을까 걱정되었지만, 유충은 아랑곳하지 않고 폴짝거리며 손수건을 잡는 데 열중이었다.

얼마 후, 완전히 힘이 빠진 유충은 소파 한가운데에 앉아 피곤한 듯 눈을 꿈뻑거렸다. 그런 유충의 진줏빛 몸통을 손으로 만져 보자 열로 따끈해진 몸이 평소보다 부드럽게 느껴졌다. 폭신하면서도 노곤하게 퍼진 유충의 촉감이 좋아 이사나가 자꾸 만지작거리자, 유충은 이사나의 손길을 피해 몸을 둥글게 말았다. 어느새 유충이 정말로 잠들어 버리자 이사나는 조용히 집을 나섰다.

도서관으로 향하는 버스에 올라탄 이사나는 할로겐 등이 거리를 비추는 바깥을 보며 생각했다. 도대체 왜 도서관에 일기장이 있었던 걸까? 이사나는 길지 않은 일기를 여러 번 읽었지만, 아무리 뒤져도 일기장 주인의 신상을 짐작할 수 없었다. 그리고 일기장 주인이 아꼈던 '클레르'라는 알리페르가 결국 어떻게 되었는지 역시 알 수 없었다. 유충에서 인간형으로 변태가 일어난 것 같지는 않았는데. 게다가 일기 주인이 쓴 '어떤 계획'이란 건 도대체 무엇일까? 온통 의문투성이였다.

하지만 이사나는 '넥시움'이었다. 아무리 쓸모없어졌다고 해도 알리페르가 헥사비스에 돌아다니고 있을지도 모르는 걸 그냥 넘길 수 없었다.

일기장이 쓰인 『객관성의 칼날』을 도로 도서관에 가져온 이사나는 책을 빌렸던 열람실로 들어가 사서에게 물었다.

"이 책이 어디에서 들어왔는지 알 수 있을까요?"

"그건 왜 물으시는데요?"

수상하기 짝이 없는 이사나의 물음에 사서는 경계 어린 얼굴로 되물었다. 그에 이사나는 침착하게 미리 생각해 둔 말을 내뱉었다.

"책 안에 낙장이 있었거든요. 그런데 대출표에는 제가 첫 대출자로 되어 있는데다 개인 출판물이어서 도저히 같은 책을 구할 수 없더라고요. 책 내용이라도 아는 사람을 만나고 싶어서요. 뒷내용이 정말 궁금하거든요."

이사나의 태연한 거짓말에 사서는 그제야 경계를 풀고 책을 이리저리 둘러보았다. 그러다 이내 "아아." 하고 감탄사를 내뱉으며 말했다.

"이 책, 듀록 박사님께서 기증하신 책이네요."

"듀록 박사님이요?"

"네, 열람실 게시판에 있는 '중앙 도서관 도서 추천 목록' 게시물이 보이시죠? 사실 추천 목록도 책도 듀록 박사님께서 추천한다고 보내 주신 거랍니다."

사서의 말에는 자랑스러움이 느껴졌다. '듀록 박사'라는 사람이 유명한 사람인가? 지하 3층에 살게 된지 얼마 안 된 이사나로서는 '듀록 박사'가 얼마나 대단한 사람인지 알 수 없었다.

"그분을 만나려면 어떻게 해야 합니까?"

"음…… 여기 가 보시는 게 어떨까요?"

사서는 서랍을 뒤지더니 이사나에게 흑백으로 인쇄된 브로슈어 한 장을 건네주었다. 중앙 도서관의 강당에서 진행된다는 교양 강의 목록이었다. 누구에게 지원받는 건지는 모르지만, 지하 3층인데도 불구하고 강연은 무려 일주일이나 진행되었다. 게다가 무료였다. 강 연의 이틀째에는 듀록 박사가 하는 강연도 끼여 있었다. 역사, 인문 학, 수학, 천체물리학 등 온갖 분야의 강연이 마구 뒤범벅되어 주제 조차 애매한 이 행사가 이사나의 눈엔 무척 수상하게 느껴지는데, 사서는 탐탁잖은 얼굴로 브로슈어를 보는 이사나에게 강연을 적극 추천했다.

"원래 지상층에 사는 제국대학 출신 엘리트들이 하는 강연이래요. 돈 주고도 못 들을 멋진 강연이라 제가 주변에 열심히 알리고 있는 데요, 다들 그리 좋게 생각하지 않는 것 같아요. 쓸데없이 그런 걸 들어서 뭐 하냐고요. 지하층에 사는 사람들이 이런 걸 들을 기회가 얼마나 있다고……."

사서의 말이 옳았다. 중앙 도서관 '리비에'를 중추로 지상층과 세

개의 지하층으로 나뉜 헥사비스는 중앙 도서관을 경유하는 방법을 제외하고는 층간 이동이 몹시 불편했다. 하지만 중앙 도서관을 통한 층간 이동 역시 황족인 이사나나 지상층의 몇몇 제한된 사람만 이용할 수 있었다. 즉, 층간마다 계층이 단절되어 있는 것이다. 따라서 층에 따라 지식수준도 문화 수준도 차이가 났다.

모두가 위층을 동경하지만, 반대로 아래층에는 다들 관심이 없었다. 이사나 역시 유충만 아니었다면 평생 이곳에 발도 내딛을 일이 없었을 터였다. 그런데 지상에서 강연을 하러 여기까지 내려왔다니, 좋은 의도든 나쁜 의도든 보통 생각이 개방적인 자들이 아니었다.

"강연은 언제 하는 겁니까."

"다음 주 월요일 오전 10시부터 해요. 강연은 오후 늦게까지 진행되는데 주변에 마땅한 식당이 없으니까 간단히 먹을 걸 챙겨 오시는 게 좋아요."

일기장의 주인에 대한 단서를 찾는다는 목적을 달성한 이사나는 사서에게 감사 인사를 한 뒤 도서관을 빠져나왔다.

사서와 길게 얘기한 건 아니지만, 집에서 도서관까지의 거리가 멀어서인지 집을 나온 지 벌써 두 시간이 흘러 있었다. 이대로 다음 차를 탄다고 해도 집에 돌아갈 때까지 적어도 한 시간은 더 걸릴 터였다. 그 전까지 유충이 깨지 않고 있으면 좋으련만, 왠지 그럴 것 같지는 않았다. 아마도 집에 돌아가면 어제처럼 초토화된 집안 꼴이 이사나를 반길 터였다.

그리고 다음 주에 듀록 박사를 만나 얘기까지 나누고 오면 오늘 이상으로 시간이 걸릴 것이고.

역시 오랫동안 집에 혼자 있으면 외롭겠지?

유충이 온종일 울어 댈 걸 생각하니 이사나는 마음이 편치 않았다. 하지만 듀록 박사를 만나지 않을 수는 없었다. 제국의 안위가 달린 문제니까. 결국 유충의 외로움은 어쩔 수 없는 것이다.

"……."

괜스레 죄책감이 든 이사나는 유충의 마음을 달랠 장난감을 찾아 잡화점으로 향했다.

역시나라고 해야 할까. 집으로 돌아오니 어제와 마찬가지로 아니, 그 이상으로 초토화된 집이 이사나를 맞이했다. 유충의 날카로운 이빨 아래에 벽지며 바닥이며 전부 갈가리 찢겼고 튼튼한 가죽 소파 역시 구멍이 숭숭 뚫려 속에 든 내용물이 흉하게 드러나 있었다.

다행히 식기는 전부 찬장에 넣어 두고 가서 어제처럼 깨진 조각을 주울 필요는 없었다. 그게 그나마 위안이라면 위안일까. 이사나는 메고 있던 가방을 방에 내려놓은 뒤 소파에 앉아 있는 유충에게 다가갔다. 어제와 마찬가지로 유충은 등을 돌린 채 히끅거리고 있었다. 그 가여운 모습에 이사나는 지독히 마음이 불편해지는 걸 느꼈다. 이사나가 손을 뻗어 유충을 만지려는데, 순간 화끈한 통증이 손끝에서 느껴졌다.

"앗!"

깜짝 놀라 손을 뒤로 빼는데 이미 손가락에선 제법 많은 피가 뚝뚝 떨어지고 있었다. 하지만 이사나는 피가 나는 손가락보다 유충에게 당혹감을 느끼며 유충을 바라보았다. 알리페르 토벌군 소속이었던 이사나는 피나 고통이 낯설지 않았다. 하지만 다른 누구도 아닌, 유충이 자신을 물었다는 것에 이사나는 황당함과 이유 모를 배신감을 느꼈다.

얼빠졌다고 생각했지만, 역시 알리페르는 알리페르라는 건가?

이사나가 거북한 눈으로 유충을 바라보는데, 유충이 그런 이사나를 빤히 쳐다보더니 갑자기 후다닥 소파에서 뛰어내려 아래로 숨어 버렸다. 홀로 남은 이사나는 여전히 손가락 끝에서 뚝뚝 떨어지는 피를 바라보다가 미간을 좁혔다.

* * *

그날 이후, 유충의 행동이 이상해졌다. 예전처럼 이사나에게 치대지도 않고 졸졸 쫓아오지도 않게 되었다. 소파 밑에 계속 숨어 있기만 할 뿐이었다. 식사 때조차 소파 밑에서 나오려 하질 않아 이사나는 매번 유충의 식사를 소파 밑에 놔두어야 했다. 저러다가 굶어 죽는 건 아닌지 걱정됐지만, 이사나가 안 보는 사이 접시의 양상추 조각은 야금야금 사라져 갔다.

대체 왜 저러는 거지? 소파 밑을 바라보며 이사나는 유충에게 나오라고 손짓했지만, 유충은 까만 눈만 말똥말똥 뜬 채 가만히 있었다. 이사나는 유충이 걱정되면서도 갑자기 바뀐 태도에 묘한 섭섭함을 느꼈다.

계속 소파 밑에 숨어 나오지도 않는 유충으로 인해 이사나는 잡화점에서 산 장난감은 꺼내 보지도 못했다. 그렇게 서먹해진 채 이사나는 듀록 박사를 만나러 도서관에 가게 되었다.

혼자 두고 가도 괜찮으려나? 나가기 직전까지 걱정이 되었지만 유충은 이사나가 분주히 외출 준비를 해도 여전히 소파 밑에서 꼼짝하지 않았다.

집을 나가기 직전 이사나는 다시 한번 소파 쪽을 돌아보았지만, 유충은 끝내 얼굴조차 내밀지 않았다.

무거운 마음으로 집을 나온 이사나는 중앙 도서관, '리비에'로 향했다. 원래 '리비에'는 화요일이 휴관이었지만, 오늘만큼은 평소보다 훨씬 말끔해진 모습으로 열려 있었다. 이사나는 사서에게 받았던 브로슈어를 꺼내 한창 강연 중일 대강당의 위치를 확인했다. 대강당은 지하에 있었다.

계단을 내려오느라 진땀을 좀 빼긴 했지만, 이사나는 듀록 박사의 강연이 끝나기 전에 대강당에 도착할 수 있었다. 낡고 거대한 문을 열고 안으로 들어가자, 불이 꺼진 강당 내부가 보였다. 어두운 가운데 프로젝터 빔에서 영사된 슬라이드만이 정면의 천개를 밝게 비추고 있었다. 자리가 듬성듬성 비워진 의자에 앉은 이사나는 강의 슬라이드 옆에 선 중년 남성, 듀록 박사를 바라보았다. 깔끔하고 맵시 있는 정장을 입은 듀록 박사는 긴 지시봉으로 슬라이드를 가리키며 청중들에게 무언가를 설명하고 있었다.

"알리페르의 변태 과정은 다음과 같습니다. 슬라이드처럼 그들은 4번의 유충기를 거친 뒤 탈피를 위한 고치를 만듭니다. 고치에 들어간 유충은 그들이 분비한 라이소자임에 의해 몸이 세포 단위로 분해되는데, 그 후 이전과는 전혀 다른, 인간과 유사한 형태로 몸이 재구성됩니다. 하지만 그 작업은 상당히 섬세하고 예민하기에 고치에 든 유충은 작은 충격에도 일련의 과정을 멈추고 죽게 됩니다. 이런 신비한 과정이 일어날 수 있는 이유는 두 가지 호르몬 때문입니다. 바로 '유충 호르몬'과 '변태 호르몬' 때문이죠. 유충은 부화한 직후부터

'알라타체'라는 기관에서 유충 호르몬을 분비하는데, 어느 정도 유충이 성장하면 알라타체에서 분비되는 유충 호르몬이 전흉선에 도달하기 전에 변형되어 버립니다.”

듀록 박사는 슬라이드를 바꿔 알리페르의 변태 과정을 도식화한 그림을 청중들에게 보였다. 그리고 그것을 지시봉으로 차례로 짚으며 이어 말했다.

“이와 같이 유충 호르몬은 두 개의 짧은 펩타이드로 구성되어 있습니다. 하지만 이 펩타이드는 유충의 말초 조직에 있는 COMT(Catechol-O-methyltransferase)라는 효소에 의해 변형됩니다. COMT에 의해 변형된 유충 호르몬은 전흉선의 수용체와 결합해 변태 호르몬의 분비를 촉진시킵니다. 그리고 전흉선에서 나온 변태 호르몬은 전흉선에 더욱더 많은 변태 호르몬이 나오도록 유도하고 동시에 알라타체에서 유충 호르몬이 생성되는 걸 억제합니다. 그렇게 호르몬의 비율이 바뀌는 순간, 유충은 본능적으로 고치를 만들고 성충이 될 준비를 합니다.”

대강당의 사람들은 어려운 용어에 낯설어하면서도 듀록 박사의 강의를 열심히 경청했다. 오랜 논의를 거쳐 징병제에서 모병제로 바뀐 덕분에 제국민들은 알리페르와 마주할 일이 거의 없어졌지만, 그럼에도 그들은 여전히 인류의 천적인 알리페르에 대해 많은 호기심을 가지고 있었다. 하지만 이사나는 프로젝터 빔에 비친 슬라이드보다 강의를 진행하는 박사의 얼굴에 집중했다. 강당 안이 어두워 잘 보이지 않지만, 이사나는 어쩐지 박사의 얼굴이 낯설지 않게 느껴졌다.

이사나가 미간을 찌푸리며 어디서 본 얼굴인지 가늠해 보는데, 그런 마음을 읽기라도 하듯 박사는 별안간 이사나를 향해 씨익 웃어 보였다. 그리고 벽 쪽으로 다가가더니 강당의 불을 켰다. 갑자기 밝아진 시야에 이사나가 미간을 찌푸리는데, 강단 위에 선 박사는 이제 완연히 그가 아는 사람의 얼굴을 하고 있었다. 듀록 박사는 슬라이드 마지막 장을 켜 놓은 채 강연을 마무리했다.

"이와 같이 알리페르는 인간인 우리와 여러 가지 면에서 다릅니다. 하지만, 그들은 희한하게도 점점 인간과 유사한 외형으로 진화하고 있죠. 심지어 어떤 유전자풀(gene pool)은 인간과 동일한 표현형을 공유하기도 합니다. 알리페르는 처음 등장했을 때만 해도 인간이라기보다 곤충의 모습에 가까웠다고 합니다. 하지만 지금은 유충기를 제외하면 인간과 거의 다를 바 없는 모습을 하고 있죠. 그들은 그들 특유의 언어 체계와 문화까지 가지고 있습니다. 이러한 일련의 흐름이 어디로 향하는지는 우리는 알 수 없습니다. 하지만 그들의 변화가 우리에게 전혀 영향을 미치지 않을 거라고도 말할 수 없습니다. 그런 의미에서 우리는 우리와 비슷하면서도 다른 그들의 종착지가 어디인지 상상해 보는 것도 좋을 듯합니다."

"……"

강단 위에 선 듀록 박사는 알리페르에게 극약인 '포폴린'의 최초 개발자이자, 이사나의 숙부인 에드먼드 넥시움이었다. 강연을 마친 에드먼드가 강당을 빠져나갔음에도 이사나는 그 자리에서 움직일 수조차 없었다.

어째서 숙부님께서 여기 계시는 거지? 당혹스러움과 난감함을 동시에 느끼며 앞으로 어떻게 해야 할지 몰라 망설이는데, 한 소년이 이사나에게 다가왔다. 에드먼드의 조수라고 신원을 밝힌 소년은 에드먼드가 이사나와 만나기를 원한다며 괜찮다면 대강당 복도 끝에 있는 응접실로 와 달라는 말을 전했다. 어쩐지 허를 찔린 듯한 기분이 들었지만, 이사나는 알겠다고 대답하며 앞장서는 소년의 뒤를 따랐다.

소년을 따라 복도를 걸으며 이사나는 생각했다. 에드먼드 넥시움은 선황의 동생으로 몇 년 전 돌연 지상층에서 자취를 감춘 인물이었다. 물론 이사나도 에드먼드와 만나는 건 거의 10년 만이긴 했다. 이사나의 형인 현황제와 비슷하게 예민하면서 변덕스러웠던 숙부의 성격을 떠올리자, 이사나는 가방 속에 든 일기장이 무겁게 느껴졌다. 에드먼드는 예전에도 그랬지만, 지금도 이사나에게 무척 어려운 사람이었다. 그런 사람에게 알리페르 사회화 실험에 참가했냐는 말도 안 되는 얘길 꺼내긴 더더욱 어려웠다.

하지만 그런 고뇌가 무색하게 이사나는 금세 응접실 앞에 도착해 버렸다. 이사나는 난감한 얼굴로 문짝만 바라보는데, 마음의 준비를 채 하기도 전에 조수가 먼저 문을 열어 버렸다. 할 수 없이 안으로 들어가자, 젊은 시절엔 현황제와 버금갈 정도로 인기 있었던 에드먼드의 잘생긴 얼굴이 눈에 들어왔다. 이사나는 그것에 더욱 거북함을 느끼면서도 에드먼드에게 깍듯이 인사했다.

"안녕하십니까, 숙부님."

"제국의 영웅이 먼저 인사를 다 해 주고, 황송해서 몸 둘 바를 모르겠구나."

농담인지 비꼬는 건지 모를 그의 말에 이사나가 어떻게 반응해야 할지 몰라 난감해하는데, 돌연 에드먼드가 웃었다. 예나 지금이나 재미없는 건 여전하다며 껄껄 웃은 에드먼드는 이사나에게 앉을 것을 권했다.

"그래, 네가 다쳤다는 소식을 듣긴 했다만, 생각보다 부상이 심했던 모양이구나."

에드먼드는 양다리의 의족과 소매가 빈 왼팔, 그리고 미묘하게 반응이 느린 이사나의 오른쪽 눈을 차례로 훑으며 말했다. 하지만 그의 말에는 동정이라든가 호기심 같은 건 일절 없었다. 별 뜻 없는 인사치레처럼 느껴졌다. 그에 이사나는 오히려 마음이 편해지는 걸 느끼며 에드먼드에게 말했다.

"괜찮습니다. 이젠 적응도 됐고요."

"네 형은 여전하더냐? 설마 아직도 헥사비스 바깥이 무섭다고 애처럼 징징대는 건 아니겠지? 네가 이렇게 된 이상 이젠 넥시움의 의무에서 도망칠 수 없을 텐데?"

"잘하고 계시겠죠."

이사나의 날 선 대꾸에 에드먼드는 날카롭게 미소 지으며 물었다.

"어째서 추측인 게냐? 드디어 그 지긋지긋한 형제의 연을 끊기라도 한 것이냐."

"폐하께선 애초에 저를 형제로 여기신 적이 없습니다."

이사나의 냉랭한 말에 에드먼드는 의미 모를 미소를 지었다. 이사나가 그런 에드먼드를 불편한 얼굴로 바라보는데, 에드먼드가 말을 돌렸다.

"그런데 여긴 무슨 일이지? 지하 3층에서 널 보게 될 줄은 꿈에도 몰랐는데 말이다."

"저야말로 숙부님께서 여기 계실 줄은 몰랐습니다."

이사나의 말에 에드먼드는 사납게 웃으며 말했다.

"나는 '넥시움'이기도 하지만 학자가 아니더냐. 당연히 연구할 게 있어서 내려왔지. 기왕지사 내려온 김에 좋은 일도 하고."

에드먼드는 여전히 속내를 알 수 없는 장난스러운 얼굴로 말했다. 하지만 역시 수상쩍었다. 무슨 연구를 하든 신분을 감추는 것보다 황족이라는 권한을 활용해 연구하는 게 더 편할 테니까. 이사나는 에드먼드가 거짓말을 하는 게 아닌지 기색을 살피는데, 에드먼드가 다시 이사나에게 물었다.

"그래서 넌 지하 3층에 무슨 일로 왔지?"

이사나는 가방 안에 든 일기장을 떠올리며 망설였다. 이걸 숙부님 께 보여 드려도 되는 걸까? 이 책은 숙부님께서 기증하신 책이라고 했는데……. 하지만 그가 알리페르 사회화 실험에 관여했을 리가 없다. 그는 넥시움이니까. 그렇다면 우연히 숙부님께서 기증하신 책과 이 일기장이 뒤바뀐 건가? 에드먼드 넥시움은 적인가? 아군인가?

짧은 시간 동안 수많은 고민을 했지만, 이사나는 판단을 내릴 수 없었다. 그러나 이사나가 아는 에드먼드는 조금 특이하지만, 원칙은 있는 사람이었다. 이사나는 에드먼드가 넥시움의 의무를 저버리지 않았을 거라 믿고 사실을 털어놓기로 했다.

"저 사실은……."

"이런, 귀한 손님이 왔는데 차도 안 내놓고 있었군. 커피면 되겠느냐?"

"네."

"잠시 기다리거라."

에드먼드가 자리에서 일어나자, 에드먼드의 옆에 서 있던 조수 소년이 에드먼드를 만류하며 말했다.

"선생님 그냥 제가 다녀오겠습니다."

"됐으니까 그냥 거기 있거라. 제국의 영웅님과 단둘이 있을 기회를 준 내게 감사하면서 말이다."

에드먼드가 의미심장하게 웃어 보이자, 조수의 얼굴이 순식간에 새빨개졌다. 이사나가 의아해하는데, 에드먼드는 껄껄거리며 응접실 밖으로 나갔다. 그리고 이사나는 처음 보는 사람과 단둘이 있게 되었다. 아무것도 하는 일 없이 에드먼드가 돌아오기만을 기다리는 게 어색해 괜히 가방을 만지작거리는데, 조수가 조심스러운 목소리로 이사나에게 물었다.

"정말로…… 이사나 황자님이세요?"

더티 블론드에 따뜻한 갈색 눈을 가진 소년이 기대로 눈을 반짝이며 이사나를 바라보고 있었다. 신분이 밝혀질 때 흔히 일어나는 일이었다. 하지만 역시 낯간지럽다고 생각하며 이사나는 담담히 대답했다.

"맞습니다."

이사나의 대답에 소년은 환희에 가득 찬 얼굴로 어찌할 줄을 몰랐다.

"제, 제 이름은 쥬드예요! 에드먼드 선생님 아래서 공부하고 있고요! 예전부터 황자님을, 그러니까, 도, 동경하고 있었어요!"

숫제 프러포즈라도 하는 듯한 기세에 이사나는 적잖게 당황하며 쥬드라는 소년을 바라보았다. 하지만 소년은 아랑곳없이 진심으로 행복한 얼굴로 횡설수설 말을 늘어놓았다.

"사관 학교를 졸업하기 전부터 알리페르와 용맹하게 싸우셨다는 얘기를 듣고, 정말, 정말로 대단하다고 생각했어요! 저도 황자님처럼 알리페르와 싸워 인류를 구해야 한다고 생각은 하고 있지만, 역시 무섭고 그래서……."

쥬드의 말에 이사나는 쓴웃음이 나왔다. 생도의 신분으로 알리페르와 맞서게 된 건 결코 이사나가 원해서 만들어진 상황이 아니었다. 단지 황제가 지나치게 알리페르를 두려워해, 패닉에 질려 그 당시로써는 어쩔 수가 없었다.

그렇다 해도 미성년의 나이로 생도들을 지휘해 알리페르와 싸우고 사망자 없이 헥사비스로 귀환한 건 사실이었다. 그 사건 이후로 이사나는 제국의 영웅이라는 낯간지러운 칭호를 얻으며 제국의 상징이 되었다. 그런 이사나를 동경해 이사나의 병사가 되고자 입대하는 자들이 많이 늘기도 했다.

"숙부님 밑에서 공부한 지는 얼마나 됐습니까?"

"이, 이제 3년째예요. 서, 선생님은 뭘 잘 주워 오시거든요! 포스(Fourth)에서 도망쳐 여기서 길거리 생활을 하고 있었는데 주워 주셨어요. 공부도 시켜 주시고요. 헤헤······."

포스라고? 소년이 너무 순해 보여 도무지 그가 그런 험악한 지역에 살았던 사람으로 보이지 않았다.

포스는 제국의 영향력이 미치지 않는, 공식적으로 존재하지 않는 네 번째 지하층이었다. 알리페르를 피해 전 세계 사람들이 헥사비스로 몰려들었지만, 그들이 모두 선량한 사람이었던 건 아니었다.

갓 제국이 세워져 혼란한 가운데 치안이 좋지 않았던 헥사비스 안에서는 연일 각종 범죄가 발생했다. 이에 초대 황제였던 몰란도 넥시움은 살인과 같은 중범죄를 저지른 사람을 전부 지하 3층 아래로 추방시켰다. 그로부터 지금까지, 떳떳하지 못한 사연을 가진 갖은 사람들이 삶의 터전을 찾아 네 번째 층으로 흘러 들어갔다. 그렇게 포스는 제국조차 손 쓸 수 없는 무법 지대가 되었다.

"당신도 포폴린 같은 약물을 개발하고 있는 겁니까?"

"아뇨, 그냥 선생님과 함께 이것저것 연구하고 있어요. 그리고 말씀 낮추세요! 저 같은 것에게 존대라니요……."

잔뜩 긴장한 모습이 어쩐지 귀여웠다. 눈꼬리가 약간 처져 강아지를 떠올리게 했다. 쥬드의 스승인 에드먼드는 좋게 말하면 개성 있는 성격이고 나쁘게 얘기하면 괴팍한 성격이었다. 세상만사가 염세적이었기에 에드먼드는 기본적으로 곁에 사람을 두지 않았다.

하지만 숙부도 나이가 들면서 둥글어진 걸까? 아니면 귀염성 있으면서도 싹싹한 쥬드가 마음에 든 건지도 몰랐다. 분위기가 온화하고 눈빛이 따뜻해 이사나조차 돌봐 주고 싶은 마음이 들었으니까. 만약 동생이 있다면 이런 느낌일까? 이사나는 안절부절못하는 쥬드가 귀여워 피식 웃음이 나오는데, 갑자기 손에 들고 있던 가방 안에서 무언가가 꾸물거리더니 불쑥 고개를 내밀었다.

"삣? 삐이잇?"

설마……!

이사나는 새하얗게 질린 얼굴로 무릎 위에 놓인 가방을 내려다보았다. 언제 가방에 들어갔는지 모를 유충이 새카만 눈을 순진무구하게 뜬 채 이사나를 올려다보고 있었다. 너무 놀라 심장이 멎는 줄 알았지만, 이사나는 얼른 손을 뻗어 가방 입구를 막으려 했다. 하지만 이사나가 가방 입구를 막기도 전에 유충이 먼저 가방 밖으로 뛰쳐나갔다.

"삣! 삐이이잇!"

당황한 이사나가 밖으로 튀어나온 유충을 잡으려 했지만, 낯선 광경에 놀란 유충은 삑삑거리며 고무공처럼 응접실 안을 날뛰고 있었다.

"알리페르……!"

쥬드의 경악 어린 외침에 이사나가 멈칫한 사이, 어느새 티세트를 가지고 응접실로 들어온 에드먼드가 놀란 눈으로 날뛰는 유충을 바라보았다. 하지만 이내 품에서 리볼버를 꺼내 유충을 향해 쏘았다.

탕탕! 탕탕탕탕!

단숨에 여섯 발을 쏜 에드먼드는 유충을 쏘아보며 탁자 서랍에서 꺼낸 탄환을 리볼버에 장전하는데, 이사나가 새하얗게 질린 얼굴로 유충의 앞을 막아서며 에드먼드에게 외쳤다.

"쏘지 마세요! 하지 마세요! 숙부님!"

어느새 장전을 마친 에드먼드는 서늘한 얼굴로 리볼버를 이사나에게 겨누었다.

"이사나, 지금 내 눈이 이상해진 게냐? 지금 제국의 영웅님께서 알리페르의 유충을 감싸는 걸로 보이는데?"

"……."

"왜 이런 행동을 하는지 물어봐도 되겠느냐?"

어처구니없어하는 에드먼드의 얼굴에 이사나는 등골이 오싹해지는 걸 느꼈다. 변명이고 자시고 할 것도 없었다. 이건 누가 봐도 명백히 제국을 배신하는 행위였으니까.

이사나는 잔뜩 얼어붙은 얼굴로 소파 위에 있는 유충을 돌아보았다. 유충은 겁을 먹었는지 우는 것조차 잊은 채 작은 몸뚱이를 달달 떨고 있었다.

지금이라도 늦지 않았어. 유충을 죽이고 변명하자.

본능처럼 떠올린 생각에 이사나는 아무런 거리낌 없이 유충을 향해 손을 뻗는데, 이사나의 손이 가까워지자, 유충이 돌연 폴짝 뛰더니 이사나의 팔을 타고 올라와 품 안으로 파고들었다. 필사적으로 몸을 숨기는 유충의 뜨끈한 체온이 살갗에 닿자, 이사나는 금방까지 유충을 죽이고 변명하자고 생각한 자신이 무척 쓰레기 같이 느껴졌다. 근원을 알 수 없는 죄책감에 괴로워하던 이사나는 결국 자포자기하듯 변명을 내뱉었다.

"……헥사비스 안에서 우연히 주운 녀석입니다. 어떻게 자라는지 관찰한 뒤 실험체로 쓰기 위해 살려두고 있습니다. 그래서, 아직 죽일 수 없습니다."

"알리페르 유충을 사용하는 연구라면 황제의 허가를 받으면 할 수 있을 텐데?"

"지금의 폐하께선 허가하지 않으실 테니까요."

"하긴, 그놈은 자기 주머니로 들어가는 것 외에는 죄다 아까워하는 녀석이니 말이다. 그래서 황가의 영향력이 적은 지하 3층으로 온 것이냐?"

"네……."

이사나의 얼토당토않은 변명에 에드먼드의 얼굴에는 설핏 비웃음이 내비쳤다. 그에 이사나가 진짜 끝장이라고 생각하며 입술을 깨무는데, 예상과 달리 에드먼드는 리볼버를 거두며 말했다.

"그것 참 흥미롭구나. 하긴 나도 좀 궁금하긴 해. 바깥에서 포획해 온 유충들은 저렇게 고분고분하고 협조적이지 않으니까."

에드먼드의 말에 이사나는 에드먼드의 실험실에서 얼마나 많은 유충들이 죽어 나갔는지 떠올렸다. 저도 모르게 유충을 보호하듯 꽉 끌어안는데 에드먼드는 그런 이사나와 유충을 물끄러미 바라보다가 혀를 찼다.

"그건 그렇다 치고 꼴이 그게 뭐냐? 아무리 하루 내내 관찰하고 싶다고 해도 가방 안에 넣고 다니는 건 너무하지 않았느냐. 쥬드, 이 동장 하나 남는 게 있느냐."

"네? 네, 네! 선생님 가져오겠습니다!"

쥬드가 응접실에서 나간 뒤, 이사나가 얼떨떨한 얼굴로 에드먼드를 보는데 에드먼드는 그런 이사나에게 피식 웃으며 말했다.

"그런 꼴이 되고도 넥시움의 의무를 다하려는 노력은 가상하다만, 연구라는 건 원래 혼자하면 독선에 빠지기 쉬운 법이다. 마침 나도 지하 3층에 오래 머물러야 하니 손수 널 도와주도록 하지."

* * *

결국 에드먼드에게 이동장은 물론이요, 그가 쓴 알리페르 생태 연구집과 고형 사료 두 포대까지 얻어 집으로 돌아온 이사나는 혼이 쏙 빠진 얼굴로 소파에 털썩 주저앉았다. 낯선 곳에서 벗어나 익숙한 장소로 돌아오게 된 유충 역시 이제야 안심이 되는지 이동장 안에서 꺼내 달라고 삑삑거렸다. 이사나는 이동장 윗면에 뚫린 지퍼를 열며 유충에게 투덜거렸다.

"너 때문에 이게 도대체 뭐야……."

하지만 유충은 아랑곳하지 않고 이동장에서 폴짝 뛰어나와 이사나의 품 안으로 파고들었다. 작은 몸뚱이가 몸을 비벼 오자, 이사나는 그 따뜻하고 보드라운 감촉에 목이 턱턱 막히는 듯한 기분이 들었다.

'내가 리비에 머무는 동안 일주일에 두세 번 정도는 찾아와 줬으면 좋겠구나. 네가 그 유충을 가지고 무슨 연구를 할 생각인지는 모르지만 제대로 하려면 그래도 내가 필요하지 않겠느냐.'

명백한 협박이었다. 에드먼드는 이사나가 자신의 제안을 받아들이지 않는다면 망설임 없이 배신자로 몰아 처형시킬 작정이다.

하지만 이사나는 아직도 에드먼드의 의도가 무엇인지 알 수 없었다. 결국 말도 꺼내 보지 못한 일기장은 다시 가져올 수밖에 없었다.

에드먼드는 적일까 아군일까.

이사나는 고민했지만, 유충을 앞으로 어떻게 할지 갈피조차 잡지 못한 상황에서 그런 의문은 아무런 의미가 없었다.

chapter 3
포스(Fourth)

포스(Fourth) (1)

좌르륵— 오목한 그릇에 흑갈색의 사료가 간지러운 소리와 함께 쏟아지자, 그릇 앞에서 사료가 쏟아지기만을 기다리고 있던 유충이 그릇이 다 채워지기도 전에 동그란 머리를 움직여 먹기 시작했다. 하구하구라는 이상한 소리를 내며 허겁지겁 사료를 먹는 유충을 보자 이사나는 마음속 어딘가가 간질간질해지는 기분이 들었다. 사료 그릇 바로 옆에 반 정도 채운 물 그릇 역시 내려놓은 이사나는 나갈 준비를 하기 위해 욕실로 들어갔다.

오늘은 에드먼드의 연구실에 얼굴을 내비쳐야 하는 날이었다. 물론 유충도 같이 가야 했다. 처음에는 답답한 이동장 안으로 들어가는 게 싫었는지 넣으려 할 때마다 도망쳐 이사나를 꽤나 고생시켰지만, 요즘은 포기한 건지 순순히 붙잡혀 이동장 안으로 들어갔다.

도대체 숙부님은 무슨 생각을 하고 있는 걸까?

이사나는 예전에도 '에드먼드 넥시움'에 대해 잘 아는 편이 아니었지만, 그의 연구실에 불려가 사적인 대화를 꽤 나누게 된 지금도 그의 생각을 알 수 없었다. 오히려 전보다 더 모르겠다는 생각이 들었다. 하지만 이렇게 일주일에 두세 번씩 연구실에 들르라고 요구하는 것을 제외하면 에드먼드는 꽤나 이사나와 유충에게 잘 대해 주고 있었다. 양상추 따위보다 유충의 몸에 훨씬 이로울 사료도 챙겨 주었고 알리페르에 박식하다 보니 유충의 몸에 조금만 이상이 생겨도 기민하게 알아채고 처치를 해 주었다.

솔직히 나쁘지만은 않은 상황이었다. 에드먼드가 원래 현 황제를 못마땅하게 여기는 편이어서 그런지 이사나가 유충을 데리고 있었다는 걸 굳이 황제에게 고해바칠 생각이 없어 보였다. 또한 이사나에게만 고분고분한 유충에게 꽤 흥미를 가지는 것처럼 보였고.

그래도 이 영문 모를 상황에 답답한 건 마찬가지였다.

몸을 씻는 내내 답이 나오지 않는 의문만 되풀이하던 이사나는 수건으로 젖은 몸을 대충 닦고 욕실에서 나오는데, 욕실 바로 앞에서 몸을 웅크리고 있던 유충이 보였다.

"삣ㅡ! 삐이잇ㅡ!"

이사나가 욕실에서 나오자마자, 유충은 뛰듯이 달려와 이사나의 다리에 자신의 머리를 비비적거렸다. 그 애정 어린 행동에 이사나는 아까까지 굳어 있던 얼굴이 저절로 풀어지는 걸 느꼈다.

"젖으니까 저리 가."

"삐잇?"

웃음기 어린 말투로 물러나라는 듯 떼어 놓자, 유충은 알아들었는지 이사나가 수건으로 몸을 닦는 동안 주위를 뱅글뱅글 맴돌며 초조한 울음소리를 냈다. 조금은 시끄럽고, 조금은 욕심 많은 유충은 굉장히 눈치가 빨랐고 똑똑했다. 겨우 동물일 뿐인데 이 정도로 자신의 생각을 잘 알아채는 유충이 이사나는 신기하게 느껴졌다.

외출을 위해 꼼꼼하게 옷을 여미고 의족을 다시 양다리에 끼운 이사나는 왼팔의 빈 소매에 매달려 있던 유충을 잡아 이동장에 집어넣었다. 보는 이사나가 답답하게 느껴질 정도로 작은 이동장이었지만, 이동장에 들어간 유충은 이내 익숙한 듯 자리를 잡고 통통한 몸뚱이를 길게 쭉 뻗으며 기지개를 켰다.

유충의 상태가 괜찮은 걸 확인한 이사나는 크로스백처럼 이동장을 옆으로 멘 뒤, 견고하게 닫혀 있던 철문과 현관문을 차례로 열었다. 그러자 얼마 떨어지지 않은 곳에 에드먼드의 조수, 쥬드가 서 있는 게 보였다. 언제부터 기다리고 있었을지 모를 그의 모습에 조금 거북함을 느끼는데, 쥬드가 평소와 같은 밝은 얼굴로 싹싹하게 인사해 왔다.

"안녕하세요, 이사나 님! 오늘도 일찍 나오셨네요."

"……."

껄끄러움에 눈인사만 한 이사나는 아무 말 없이 그를 지나쳐 그가 가져온 차의 뒷좌석에 올랐다. 그러자 쥬드는 머쓱한 얼굴로 차에 올라타는 이사나를 바라보다가 마찬가지로 차에 타 시동을 걸었다.

이사나가 유충과 살고 있는 집은 중앙 도서관 '리비에'와 차로 한 시간 정도 떨어진 거리에 있었다. 리비에는 헥사비스의 중앙을 관통하는 통로와 마찬가지였기에 층간 이동으로 물자가 오고 가기 편한 중앙은 어느 층이든 번화했고 가장자리로 갈수록 물자도 인프라도 부족해졌다. 그랬기에 지하 3층의 가장자리에 집을 마련한 이사나로서는 매번 에드먼드의 연구실이 있는 리비에로 가는 게 번거로울 수밖에 없었다. 하지만 쥬드가 자청해 매번 이사나를 데리러 오가면서 이사나의 수고는 덜어졌다. 처음엔 그게 너무 부담스러워 거절하려 했지만, 쥬드는 사람들이 있는 곳에서 또다시 유충이 튀어나오면 곤란하지 않냐며 이사나가 거절할 수 없게끔 했다.

둘만 남은 이 상황이 괜히 불편하게 느껴진 이사나는 창밖으로 고개를 돌렸다. 그러자 눈치를 살피며 이사나에게 말을 걸 타이밍을 재고 있던 쥬드의 얼굴에는 실망 어린 기색이 퍼졌다. 그걸 이사나 또한 눈치챘지만, 그렇다고 억지로 대화를 나누고 싶은 생각은 들지 않았다. 이사나는 피곤한 척 눈을 감았다.

* * *

"온다고 수고 많았다. 물론 자나 깨나 제국민 생각에 위험한 연구도 서슴지 않는 우리의 영웅님을 모셔 온 쥬드 너도 수고가 많았고."

에드먼드의 비아냥에 이사나의 옆에 서 있던 쥬드가 난처하게 웃으며 "선생님 제발……."이라고 중얼거렸다. 하지만 이사나는 에드먼드가 뭐라 하든 말든 이동장을 탁자에 올려놓고 소파에 주저앉았다.

무례한 행동으로 보일 수 있지만, 다리가 너무 아팠다. 차를 타고 편하게 이곳까지 왔지만, 의족을 차는 생활은 생각보다 체력을 많이 소진했다. 그런 상태에서 에드먼드의 비아냥이 의미 있게 와닿을 리 없었다. 아마 에드먼드에게 들킨 이후로 조금은 자포자기해 버린 건지도 몰랐다. 이사나가 피로감이 짙게 끼인 기색으로 대꾸조차 하지 않자, 에드먼드는 의아한 얼굴로 이사나에게 물었다.

“어디가 아픈 게냐? 왜 피죽도 못 얻어먹은 꼬락서니로 있는 게야.”

“······그냥 조금 지쳐서 그렇습니다.”

“쯧쯧쯧, 어린놈이 벌써부터 그런 소리를 하면 쓰나.”

이사나의 말에 에드먼드는 못마땅한 얼굴로 혀를 찼다. 하지만 이 내 이사나가 왜 지쳤는지 눈치챈 에드먼드는 이사나의 다리를 물끄러미 바라보며 말했다.

“바지를 걷어 보거라.”

에드먼드의 말에 이사나는 말없이 바짓단을 걷어 올렸다. 면바지를 무릎 부근까지 걷어 올리자 에드먼드는 이사나의 의족을 주의 깊게 살펴보다가 허탈하게 말했다.

“아무리 네가 황제 놈에게 미움받고 쫓겨났다고는 하지만 이런 의족을 달고 있을 필요는 없지 않느냐?”

“헥사비스 바깥에서 부상을 입고 퇴역한 군인들은 전부 이 의족을 사용합니다. 그건 저라도 예외가 아니어야 한다고 생각합니다. 그리고······.”

이사나는 이 말을 할까 말까 고민하다가 한숨을 내쉬듯 내뱉었다.

“아무리 황제 폐하께서 이곳에 없다고는 하지만 그런 언행은 좋지 않습니다. 다신 그러지 마십시오, 숙부님.”

이사나의 말에 에드먼드는 어처구니가 없다는 듯 이사나를 쳐다보며 말했다.

“그래, 내 언행은, 그래, 그렇다 치고······. 네가 어떻게 평범한 퇴역 군인들과 똑같단 말이냐. 넌 이 제국의 황자가 아니더냐. 후계도 없는 황제에게 무슨 일이 생기면 널 제외하고는 대안도 없는데 도대체 이 꼬락서니가 뭐냐. 이사나, 이런 짓도 지나치면 궁상맞아 보이는 거다.”

"됐습니다. 어차피 무엇을 차도 불편하긴 매한가지니까요."

까칠하기 짝이 없는 이사나의 말에 에드먼드는 못마땅한 듯 미간을 찌푸리다가 이사나에게 물었다.

"비비에게 방법을 묻지 않았느냐?"

"네?"

"비비에게 네 팔다리를 살릴 방법이 있는지 물어보지 않았느냔 말이다."

에드먼드의 말에 이사나는 눈살을 찌푸리며 말했다.

"그녀에 대한 얘기는 황가 사람이 아닌 사람들에게 알려져서는 안 되는 거 아니었습니까?"

"그래, 비밀이지. 그래서 그녀에게 물어봤느냐?"

일반인인 쥬드가 바로 옆에 있음에도 에드먼드는 아무런 거리낌 없이 황가의 극비를 발설했다. 그것에 이사나는 정말 에드먼드란 사람을 알 수 없다고 생각하면서도 이제 와서 넥시움 황가에 충성하는 것도 우습다는 생각이 들어 체념하듯 대답했다.

"찾아간 적 없습니다."

"그래? 왜 안 찾아간 게냐? 어릴 땐 꽤나 비비 옆에 붙어 있지 않았더냐."

"……지금 그 얘기를 계속할 필요가 있는 겁니까?"

이사나는 저도 모르게 울컥 짜증을 내며 에드먼드에게 쏘아붙였다. 그러자 에드먼드는 그런 이사나에게 히죽히죽 웃으며 말했다.

"음, 네 말을 듣고 보니 별로 필요한 얘긴 아닌 것 같구나. 그래도 일단은 그 패잔병 같은 꼬락서니부터 어떻게 하지 않으면 안 되겠다. 쥬드."

"네? 네······."

"이사나에게 새로운 의족을 맞춰 줄 생각이니 옆방으로 데려가 치수를 재고 오거라."

"네."

에드먼드의 말에 쥬드는 기민하게 서랍장에서 줄자를 꺼내 이사나에게 다가왔다. 남의 의사는 전혀 고려하지 않는 숙부의 막무가내에 이사나는 어처구니없어하며 에드먼드에게 말했다.

"전 의족을 새로 맞출 생각이 없습니다."

"네가 생각 없어도 내가 맞추고 싶은 거니 순순히 협조하거라."

"됐습니다. 저는 이 의족으로도 정말 괜찮으니 절 위한 거라면 거절하겠습니다."

이사나의 말에 에드먼드는 한쪽 입꼬리를 올린 채 빈정거렸다.

"내가 네놈의 어디가 이쁘다고 네놈을 위해 의족을 맞춰 준다고 생각하는 게야? 착각 말거라."

그럼 도대체 뭘 위해서냐는 눈빛으로 에드먼드를 바라보자, 에드먼드는 오만한 얼굴로 이사나를 내려다보며 말했다.

"너를 조수로 부려 먹기 위해서다."

조수? 뜬금없는 말에 이사나는 미간을 찌푸리는데, 에드먼드가 특유의 호전적인 미소를 지으며 말했다.

"제국의 미래를 위해 위험한 동물을 손수 키우는 제국의 영웅님을 돕는 것도 중요하지만, 나 역시 내 할 일을 해야 하지 않겠느냐."

"그것과 의족이 무슨 연관이 있다는 것입니까? 저는 지금 이대로도 충분히 숙부님을 도울 수 있습니다."

"충분치 않아. 포스(Fourth)로 내려가는 것이니까."

에드먼드의 말에 이사나는 눈살을 찌푸렸다. 포스는 에드먼드의 조수, 쥬드가 살았다는 곳이다. 온갖 범죄자와 그 후손들이 산다는 무법 지대. 정말로 그곳에 들어가자는 건가? 왜? 이사나가 진심이냐는 듯 에드먼드를 바라보자, 에드먼드는 치기 어린 미소를 내지으며 말했다.

"그럼 애초에 내가 이 지하 3층까지 내려온 게 무엇 때문이라고 생각하느냐? 이곳이 포스에 관한 연구를 하기 적합하니까 그런 것 아니냐. 그래서 내 짐을 들어주고 더불어 혹시 모를 일에 대비해 호위를 해줄 사람도 필요하다. 하지만 친애하는 내 조수, 쥬드는 그곳에서 도망쳐 온 녀석이라 다시 데리고 들어가는 건 적합하지 않아."

에드먼드의 말에 이사나가 쥬드를 돌아보자, 쥬드는 난처한 얼굴로 이사나를 향해 웃어 보였다.

"들어가는 방법은 아십니까?"

"물론 내 자랑스러운 조수, 쥬드 군이 아주 잘 알고 있지."

이사나는 이제야 왜 에드먼드가 쥬드를 조수로 들였는지 알 거 같은 기분이 들었다. 이사나가 알겠다는 듯 고개를 끄덕이자, 에드먼드는 이사나에게 말했다.

"이제 납득했으면 어서 옆방으로 들어가서 치수를 재고 오거라. 그동안 나는 네 실험체 놈과 친분이나 쌓고 있을 테니."

에드먼드는 소파에 앉아 이사나가 테이블에 올려 둔 이동장을 팡팡 두들겼다. 그러자 여전히 에드먼드를 무서워하는 유충이 깜짝 놀라며 마구 날뛰었다. 유충은 이사나가 있는 쪽에 달라붙어 도움을 요청하듯 시끄럽게 울어 댔다.

"삣ㅡ! 삐이이잇ㅡ! 삣! 삣!"

"허허, 고놈 참 목청 한번 더럽게 좋구나. 더 시끄럽게 굴기 전에 얼른 재고 오거라."

"삐이이이잇ㅡ!"

에드먼드의 재촉에 이사나가 자리에서 일어나자, 유충이 모서리에 난 숨구멍으로 주둥이를 들이밀며 이동장을 빠져나가려 애를 썼다. 그 모습에 어쩐지 마음이 불편해진 이사나는 좀처럼 발걸음을 떼질 못하는데, 에드먼드가 혀를 차며 어서 나가라는 듯 손짓했다. 그에 이사나는 어쩔 수 없이 쥬드와 함께 옆방으로 향했다.

방으로 들어가 문을 닫자, 금방까지 악을 쓰듯 삑삑거리던 유충의 울음이 잦아들기 시작하더니 "삐이…… 삐이……." 하고 힘없는 울음으로 바뀌었다. 그런 유충의 울음을 듣게 되자, 이사나는 더욱 마음이 불편해지는 걸 느꼈다. 에드먼드의 말대로 포스로 내려가게 되면 어쩔 수 없이 유충을 여기 두고 가게 될 텐데 계속 이런 식이라면 마음 편하게 다녀올 수 없을 것 같았다. 이사나가 걱정 어린 얼굴로 문 너머를 바라보는데, 쥬드가 의자를 가져와 이사나의 앞에 놓으며 말했다.

"이사나 님, 일단 여기 앉으세요."

그에 이사나는 아무 말 없이 의자에 앉았다. 서너 평 남짓한 좁은 공간에 쥬드와 단둘이 있게 되니 이사나는 어쩐지 초조해지면서 도망가고 싶어졌다. 그래서 쥬드가 지시하는 대로 움직이며 얼른 이 시간이 지나가기만을 바라는데, 줄자를 들고 진지한 얼굴로 이사나의 다리 길이를 재던 쥬드가 이사나에게 미안한 듯 웃으며 말했다.

"이번에는 의족을 벗기고 잴 게요."

쥬드는 그렇게 말하며 이사나의 의족에 손을 댔다. 하지만 의족이 잘 벗겨지지 않는지 쥬드는 한참을 이리저리 손을 움직이며 끙끙거렸다. 말없이 지켜보던 이사나는 쥬드가 왜 의족을 벗기지 못하는지 이유를 알고 있었다. 하지만 일부러 나서지는 않았다.

가능하면 그와 얘기를 나누고 싶지 않아서였다.

"아, 이걸 누른 뒤에 매듭을 푸는 거였네요! 그런데 바보같이 억지로 벗겨 내려 해서……. 여기가 빨개졌는데, 아프지 않으셨어요?"

"……괜찮았습니다."

"하하하, 다행이네요."

쥬드는 밝게 웃으며 다시 치수를 재기 시작했다. 무릎 위까지 잘린 오른쪽 다리를 먼저 잰 뒤, 종아리 중간까지 남은 왼쪽 다리를 쟀다. 왼쪽 허벅지 전체의 길이를 재고 무릎을 구부리게 해 왼쪽 무릎 아래로 남은 길이를 재는데, 이사나는 아무렇지도 않은 얼굴을 하고 있었지만, 사실은 무척 수치스러웠다. 무참하게 잘린 절단면을 쥬드에게 보이는 게 싫었다. 그래서 어서 그가 치수를 재고 이 방에서 나가 줬으면 하고 바라는데, 쥬드가 치수를 재다 말고 멍하니 앉아 있었다. 그 답답한 모습에 짜증을 느낀 이사나는 채근하듯 그에게 물었다.

"왜 멍하니 있는 겁니까."

"네? 아, 죄송해요."

이사나의 물음에 그제야 제정신을 차린 쥬드가 다시 치수를 재기 시작했다. 하지만 아까와 달리 그의 손길은 유리잔을 다루듯 조심스러웠다. 그 배려 가득한 손길에 이사나는 더욱더 짜증이 치밀었다. 어서 밖으로 나가고 싶은 생각만 머릿속에 가득 차 견디기가 힘들어지는데, 치수를 재던 쥬드가 들릴 듯 말 듯한 목소리로 말했다.

"……하네요……."

"뭐라고 했습니까?"

"아, 아니, 저 그게……."

이사나의 물음에 당황한 쥬드는 커다란 눈을 이리저리 굴리다가 작게 웅얼거렸다.

"그냥, 아프지 않으셨을까 해서요……."

그 말을 들은 이사나는 마음 속 어딘가가 어긋나는 듯한 기분이 들었다. 쥬드는 단순히 자신을 걱정해 주는 것뿐인데, 이사나는 도리어 그에게 참을 수 없는 분노가 치솟았다. 이사나가 좀 더 자제심이 없는 사람이었다면 그의 얼굴이 짓뭉개질 정도로 수없이 주먹질을 했을지도 모른다.

"그냥 치수나 재십시오."

"……네."

이사나의 말에서 분노를 감지한 쥬드는 잔뜩 움츠러든 상태에서 다시 치수를 재기 시작했다. 하지만 긴장한 탓인지 쥬드는 자꾸 줄자를 놓쳤고 꽤나 오랜 시간이 흘러서야 모든 치수를 잴 수 있었다. 쥬드가 소심한 목소리로 다 됐다고 말하자마자 더 이상의 냉정을 가장하기 힘들어진 이사나는 재빨리 의족을 다리에 끼우고 방 밖으로 뛰쳐나갔다. 그리고 에드먼드가 뭐라 하든 말든 집으로 돌아가겠다고 말하려는 찰나, 눈앞에 펼쳐진 광경에 기가 막혀 할 말을 잊어버렸다.

"꽤 오래 걸렸구나. 나왔으면 저놈부터 말려 주지 않겠느냐."

에드먼드가 가리킨 곳에는 이동장을 마구 물어뜯으며 히끅히끅 울고 있는 유충이 있었다. 유충의 날카로운 이빨 아래에 구멍이 뻥 뻥 뚫린 이동장 앞으로 다가가자, 유충이 폴짝 뛰쳐나와 이사나의 품 안에 파고들었다. 서러운 듯 히끅거리는 유충을 이사나가 당황한 얼굴로 다독이자, 에드먼드가 어처구니없다는 듯 말했다.

"누가 보면 10년 전에 잃어버린 부모라도 찾은 줄 알겠구나. 특이해, 정말 특이해."

"……이 녀석은 태어날 때부터 좀 별났습니다."

혀를 끌끌 차는 에드먼드의 말에 조금 민망해진 이사나가 변명하듯 말을 꺼내자, 에드먼드가 의아해하며 되물었다.

"태어날 때부터 그랬다고?"

에드먼드의 물음에 이사나는 그제야 자신이 말실수를 했다는 것을 깨달았다. 하지만 이미 내뱉은 말은 되돌릴 수 없었다. 이사나가 당황하자, 에드먼드가 그런 이사나를 차가운 눈으로 훑으며 물었다.

"넌 분명 이놈을 헥사비스 안에서 주웠다고 하지 않았느냐. 그렇다면 이 안에서 알을 주웠단 말이냐?"

"그렇……습니다."

이사나는 그렇게 대답하면서도 긴장으로 신경이 곤두서는 걸 느꼈다. 자신이 알리페르의 왕에게 강간당했다는 사실은 군 관계자 중에서도 극히 일부밖에 알지 못했다. 만약 제국의 영웅이 그런 불미스러운 일을 당했다는 게 알려진다면 '넥시움'이 되기 위해 쌓아 왔던 모든 공적이 진창을 구르게 될 터였다. 그 오랜 기간 동안, 태어나서 이제껏 쌓아 온 모든 것이…….

이 녀석 때문에……!

이사나는 갑작스레, 맹렬히 치솟는 분노로 눈앞이 새빨개지는 걸 느꼈다. 하지만, 이 작고 연약한 존재에게 아무런 잘못이 없다는 것도 잘 알고 있었다.

언제나 그렇듯, 당장에라도 뛰쳐나올 듯한 진득한 감정들을 안으로 갈무리한 이사나는 의아한 얼굴로 자신을 바라보는 에드먼드를 무표정하게 바라보았다. 방관이었다. 어차피 이사나가 무슨 말을 해도 상대는 언제나 자기 마음대로 생각할 뿐이다. 그러니 더는 변명도 하고 싶지 않아졌다. 이사나는 이 상황에 지독한 피로감을 느끼는데 쥬드가 아, 하고 감탄사를 내뱉더니 에드먼드에게 소리쳤다.

"각인(Imprinting)이네요! 각인! 전에 선생님이 강의하셨던 그거죠? 인공 부화로 갓 태어난 새끼 오리가 처음 움직이는 대상을 어미로 여긴다는 그거요."

"호오, 네 말을 들으니 그렇구나. 알리페르에게도 각인 효과가 있다는 건 처음 알았군. 하기야 연구실에 있던 놈들은 죄다 바깥에서 잡아 온 놈들이었으니 이런 걸 알 수 있을 리가 없지."

새로 알게 된 사실에 연신 감탄하던 에드먼드는 여전히 혈색이 좋지 않은 이사나를 돌아보며 말했다.

"하긴 네놈이 아무리 벽창호 같은 놈이라도 저를 어미로 알고 졸졸 따라다니는 놈에게 매몰차게 대하긴 힘들었겠지. 네놈은 푹 익은 토마토보다 물러 터졌으니 말이다."

"……."

"아무리 정이 들어도 알리페르는 알리페르니 적당히 키우다가 헥사비스 밖에 버리거라. 고치를 만들기 전까지는 못 본 척해 줄 테니 말이다."

"……알겠습니다."

이사나는 피로가 짙게 낀 얼굴로 힘없이 대답했다.

결국 오늘도 평소와 다를 바 없이 흘러갔다. 알리페르 유충의 생태적, 생리적 지식을 얻는 데 관심 있었던 에드먼드는 유충을 통해 알리페르 유충의 성장 추이를 기록으로 남기고자 했다. 그를 위해 에드먼드는 주기적으로 여러 가지 테스트를 했는데, 유충을 쳇바퀴에 태워 언제까지 뛸 수 있는지, 턱의 악력은 시기에 따라 어떻게 변화하는지, 지능은 어느 시기에 어떻게 발달하는지 등을 측정해 수치화시켰다.

에드먼드를 돕느라 조금 늦게 연구실에서 나오게 된 이사나는 또다시 그가 안겨 주는 사료와 새로운 이동장을 받아 쥬드가 운전하는 차에 올랐다. 지구력을 측정하느라 온몸에 힘이 쫙 빠질 때까지 쳇바퀴를 돌렸던 유충은 이동장 안에 들어가자마자 노골노골하게 풀어져 잠에 빠져들었다. 이런 상태라면 내일 아침까지 깨지 않고 계속 곯아떨어질 것 같았다.

또한, 하는 일은 별로 없었지만 묘하게 하루 종일 피곤했던 이사나는 언제나처럼 뒷좌석에 앉아 할로겐 등이 어슴푸레하게 주위를 비추는 거리를 피로한 눈으로 바라보았다. 그런 이사나를 백미러를 통해 힐끔 훔쳐보던 쥬드는 몇 번을 주저하다가 긴장된 목소리로 이사나에게 말을 걸었다.

"이사나 님, 오늘은 식료품을 안 사러 가도 되나요?"

"아직 집에 많이 남아 있습니다."

"아…… 맞다. 저번에 오셨을 때 사셨죠! 하하하하, 깜빡했어요. 저 벌써 치매인가 봐요!"

"……"

친근하게 말을 걸려고 노력하는 쥬드의 너스레조차 거슬린 이사나는 대화를 거부하듯 입을 다물며 차창 밖으로 시선을 돌렸다. 그러자 쥬드의 얼굴에는 또다시 민망함이 퍼졌다. 그렇게 차 안은 불편한 침묵으로 가득 찼지만, 이사나는 그냥 피곤해서 그런 거라고 스스로에게 변명하는데, 쥬드가 다시 조심스럽게 입을 열었다.

"그런데 이사나 님……. 아까…… 의족 치수 쟀을 때 말인데요. 역시 저한테 화나셨죠?"

"……."

쥬드의 말에 창밖을 향하고 있던 이사나의 시선이 매서워졌다.

"왜 제가 당신에게 화가 났다고 생각하는 겁니까."

"그건……."

심술궂은 질문을 내뱉은 이사나는 '어린애를 상대로 뭘 하는 거지?'라는 생각과 동시에 '왜 내가 참지 않으면 안 되는 거지?'라는 생각이 들었다. 어째서 애꿎은 사람에게 화풀이를 하면 안 되는 건지, 그게 뭐가 잘못된 건지 모르겠다는 정신 나간 생각마저 들고 있었다. 쥬드는 포스에서 도망친 소년으로 숙부의 일개 조수에 불과했다. 자신이 화풀이한다고 누구에게 부당함을 호소할 그런 위치의 인물이 아니었다.

이사나도 한 번쯤은 참지 않고 누군가에게 돌을 던지고 싶었다. 이 부당한 현실에 내던져진 자신의 처지를, 이 막막한 절망을 전혀 상관없는 사람에게 떠넘겨 불행하게 만들고 싶었다. 창밖을 향한 이사나의 눈빛이 더욱 날카로워져 살의마저 띨 무렵, 운전석에서 힘없는 소리가 흘러나왔다.

"……제가 멋대로 이사나 님을 동정해서 그런 게 아닐까요. 제가 주제도 모르고 그래서……."

"……."

"아무리 같은 공간에 있어도 저와 이사나 님은 똑같은 처지가 아닌데……. 제가 터무니없는 착각을 해서……. 하하하, 죄송해요. 다신 안 그럴게요."

그 말을 마지막으로 쥬드는 더 이상 말을 걸어오지 않았다. 하지만 이사나는 도리어 가슴이 답답해짐을 느꼈다. 분명 같은 공간 안에 있는데도 공간이 어긋나 단절된 듯한 기분이 들었다.

무사히 집에 도착한 이사나는 평소와 똑같이 쥬드의 인사를 받으며 집으로 들어갔다. 익숙한 집 안 풍경이 눈에 들어오자, 이사나는 문득 마음이 괴로워짐을 느꼈다.

이사나는 충동적으로 이동장 지퍼를 열어 자고 있던 유충을 꺼내 품에 끌어안았다. 따뜻하고 부드러운 감촉이 가슴의 답답함을 조금이나마 덜어 주는 듯한 기분이 들었다. 하지만 자고 있다가 갑자기 봉변을 당한 유충은 이사나의 품 안에서 바둥거리며 항의하듯 삑삑거렸다. 그런 유충에게 이사나는 미안한 듯 웃으며 애원했다.

"조금만 참아 주면 안 될까?"

"삐잇?"

"1분만 이대로 있어 주면 괜찮아질 거 같은데."

이사나의 연약한 속내를 바로 알아들었는지 유충은 신기하게도 버둥거림을 멈추고 이사나의 품 안으로 파고들었다. 그것에 이사나는 조금이나마 위안을 받았다.

사실 이사나는 자신이 왜 쥬드를 껄끄러워하는지 알고 있었다. 무서웠던 것이다. 제국의 영웅이라고 칭송받으며 알리페르와 대항했던 자신이 외로움 하나 견디지 못해 제국을 배신하는 행위를 저질렀단 사실을, 다른 누구도 아닌 자신을 동경해 왔다는 그에게 들켜 버린

것을 말이다. 그러니 자신은 영웅 같은 거창한 칭호를 받을 자격이
없었다.

* * *

일주일이 지났다.

에드먼드가 지인에게서 쓸 만한 의족을 구해 오겠다며 지상층으로
올라간 덕분에 이사나는 지난 일주일간 연구실에 갈 필요가 없었다.
그랬기에 이사나는 오랜만에 자신만의 시간을 가지며 편히 쉴 수 있었
다. 하지만 이따금씩 이사나는 어두운 얼굴로 멍하니 앉아 있곤 했다.
그동안 쥬드에게 했던 자신의 행동들이 하나둘씩 떠오르면서 부끄러워
졌기 때문이다. 앞으로 어떻게 해야 할지 몰라 고민하는 사이, 의족이
완성되었다는 연락이 오면서 짧은 유예 기간은 끝나 버렸다.

일주일 만에 연구실로 가게 된 이사나는 평소와 똑같이 이동하는
동안 유충이 배고프지 않게끔 배불리 사료를 먹인 뒤 외출 준비를
했다. 그리고 좀처럼 열기 망설여지는 문을 열고 나가자, 언제나처
럼 쥬드가 집 앞에 서 있는 게 보였다.

"안녕하세요, 이사나 님."

저번에 있었던 일은 조금도 기억나지 않는다는 듯, 순수한 호의만
이 가득한 인사에 이사나의 마음은 조금 더 무거워졌다. 저번처럼
쥬드의 인사에 가볍게 목례만 한 이사나는 마찬가지로 말없이 그를
지나쳐 뒷좌석에 올라탔다. 그리고 가슴 속을 맴도는 죄책감으로부
터 회피하듯 창밖으로 시선을 돌렸다.

차가 움직이면서 주변의 풍경이 빠르게 스쳐 지나갔다. 하지만

쥬드는 저번과 달리 이사나에게 말을 걸기 위해 전전긍긍하지 않았다. 그에 이사나는 평소에 느끼지 못했던 초조함을 느끼고 있었다.

"삐잇? 삐이잇? 삣? 삣?"

이동장에서 들려오는 소리에 이사나가 왜 그러냐는 듯 유충을 내려다보자, 유충이 이동장 벽에 매달리며 꺼내달라는 듯 이동장의 작은 틈 사이로 머리를 비집었다. 평소답지 않은 유충의 행동에 이사나는 의아해하면서도 순순히 이동장 윗면의 지퍼를 열었다. 어차피 유충이 고집을 피우면 막을 수 없는 데다가 이동장의 재질은 유충의 이빨보다 약했다.

지퍼가 열리자, 유충은 폴짝 뛰쳐나와 이사나의 팔과 어깨를 거쳐 머리 위로 올라갔다. 유충은 정수리에서 아슬아슬하게 균형을 잡으며 이사나처럼 바깥 풍경을 보려고 했지만, 딛고 있는 머리카락이 미끄러운 데다 차가 덜컹거려 유충은 자꾸만 밑으로 떨어지려 했다. 결국 이사나는 머리 위에 있던 유충을 붙잡아 창틀에 기댄 팔 위에 올려놓았다. 그러자 유충은 목을 쭉 빼며 창밖을 바라보다가 창문에 대고 코를 킁킁거렸다.

"창문이 신기한가 봐요."

운전석에서 들려오는 말소리에 이사나는 놀라며 운전석 쪽을 돌아보았다. 그러다 이내 다시 유충을 바라보며 대답했다.

"태어난 지 얼마 안 되어 모든 게 신기한가 봅니다."

"하긴, 저도 그랬어요. 처음 차를 봤을 때 얼마나 놀랐는지 몰라요. '저게 어떻게 저절로 움직일 수 있지?' 하고요."

순수한 감탄이 묻어난 쥬드의 말에 이사나는 미소 지으며 그에게 물었다.

"포스에는 차가 없는 겁니까."

"없어요. 있다고 해도 자전거 정도가 교통수단의 전부예요. 차를 사용할 만큼 충분한 전기를 얻을 수 없으니까요."

"그렇군요."

그 말을 끝으로 대화는 다시 끊어졌다. 하지만 이사나는 끊어진 대화에서 아쉬움을 느꼈다. '만약 내가 조금 더 대화에 능숙한 사람이었다면 이런 식으로 대화가 끊어지지 않게 했을 텐데.'라고 생각할 정도로 말이다. 또다시 자신에게 실망할 구석을 찾은 이사나는 가라앉은 얼굴로 창밖을 바라보는데, 백미러로 이사나의 안색을 살피던 쥬드가 잠시 망설이더니 다시 한번 이사나에게 말을 걸었다.

"이사나 님, 괜찮으세요? 안색이 안 좋아 보이는데요……."

"……아니오, 괜찮습니다."

정말로 어디 한 군데 아픈 곳이 없었기에 이사나는 딱 잘라 말했지만, 그럼에도 쥬드는 여전히 걱정되는지 안절부절못했다. 그렇게 쥬드는 또다시 한참을 망설이다가 조심스럽게 입을 열었다.

"하지만 알리페르 토벌에서 부상을 입은 사람은 나중에 자주 아프게 된다고 들어서……."

"……."

"죄, 죄송해요. 다신 이런 말 안 할게요."

쥬드는 자신이 말실수를 했다고 생각했는지 겁먹은 목소리로 재빨리 사과했다. 저번에 쥬드는 자기 주제에 이사나를 동정해 미안했다는 말을 한 적이 있었다. 그 얘기를 듣고 이사나는 그에게 더욱 미안해졌다. 사람이 사람을 걱정하는데 신분이나 처지가 무슨 상관이 있단 말인가? 적어도 이사나가 아는 바로는 상관없었다.

사람은 누구나 똑같은 감정을 가지고 있었다. 그게 넥시움 황가의 둘째 황자든, 포스에서 탈출한 소년이든 다를 바 없었다. 때로는 웃고, 때로는 슬퍼하며, 때로는 자기 연민에 빠진다. 거기에 태어나고 자란 장소는 상관이 없는 것이다. 이사나가 황자로서 많은 사람들에게 우러름을 받는 것은 그저 짊어진 책임이 무겁기 때문이다. 그러니 쥬드에게 연고가 없다는 비겁한 이유로 그에게 화풀이를 해서는 안 되며 쥬드 역시 출신을 이유로 이사나를 걱정하는 마음을 숨겨야할 필요는 없었다. 이제야 무슨 말을 해야 하는지 깨닫게 된 이사나는 백미러 너머로 시무룩한 얼굴을 한 쥬드를 바라보며 담담하게 말했다.

"저번에 제게 물은 적이 있었죠. 아프지 않았냐고요."

"……."

"아팠습니다. 눈앞에서 팔다리가 점점 사라져 가는데 저는 기절조차 하질 못했으니까요. 나중에는 감각조차 지쳤는지 아픈 것도 느껴지지 않더군요."

이사나의 말에 쥬드의 얼굴은 더욱더 시무룩해져 갔다. 그러나 이사나는 계속 말을 이어 나갔다.

"하지만 더 아픈 건 따로 있었습니다. 렉사 토벌전에 함께 출정했던 동료와 부하들이 전부 사망하고 저는 이런 무참한 꼴로 혼자 살아남았습니다. 살아남은 대가로 저는 사망한 동료와 부하의 가족들로부터 엄청난 비난과 원망을 받으며 퇴역했습니다. 그리고 제 곁에는 아무도 남지 않게 되었습니다. 한때는 정말 괴로웠습니다. 명예로운 죽음을 생각할 정도로요. 그런 와중에 제 곁에 같이 있어 준 게 바로 이 유충입니다."

이사나는 쓴웃음을 지으며 계속 말했다.

"저는 당신이 생각해 왔던 것만큼 대단한 사람이 아닙니다. 그저 겁쟁이에 위선자에 죄인일 뿐입니다. 알리페르의 왕과 다시 맞서는 게 두려워 저는 군으로 복귀할 어떠한 가능성도 찾아보지 않고 퇴역했고, 외로움 하나 감당하지 못해 알리페르에게 곁을 주었으며, 이걸 당신에게 들킨 게 겁이 나 오히려 당신을 차갑게 대했습니다."

"……."

"미안합니다. 저는…… 제국에서 말하는 것만큼 용감하지도, 대단하지도 않은 사람입니다. 그래서 당신에게 말도 안 되는 분풀이를 해 왔던 겁니다. 정말 미안합니다."

이사나는 자신의 잘못을 인정하고 쥬드에게 사과하자, 마음속을 좀먹던 분노와 초조함이 조금씩 사그라지는 걸 느낄 수 있었다.

그동안 '제국의 영웅'이라는 명성에 집착해 온 건 자신일지도 모른다는 생각이 들었다. 공적에 비해 과분한 명성이었음에도 그게 마치 원래 자신의 것인 양 여겨, 사실은 자신이 그리 대단한 사람이 아니라는 사실을 잠시 망각한 것이다. 그러니 쥬드가 자신을 경멸한다고 해도 온전히 받아들일 생각이었다. 그 자리야말로 진짜 이사나의 자리였으니까.

이사나는 판결을 기다리는 죄인처럼 담담하게 쥬드의 대답을 기다렸다. 이런 무거운 분위기가 이상하게 느껴졌는지 유충은 이사나의 팔에서 내려와 차안 이곳저곳을 돌아다니며 초조하게 삑삑거렸다. 하지만 이사나는 아무 말 없이 가만히 있었다. 조금 시간이 지나자 쥬드가 입을 열었다.

"……어제 선생님께서 이사나 님의 의족이 완성되었다고 하시면서 가져왔어요."

"들었습니다."

"지금 쓰고 있는 것과 구조적으로 큰 차이가 없어서 따로 재활 없이 쓰실 수 있을 거예요. 오늘 연구실에서 세부적인 부분만 조정하면 내일 포스로 내려가서도 큰 문제없을 거고요."

이미 에드먼드에게 들은 얘기였다. 하지만 이사나가 잠자코 얘기를 듣고 있자, 쥬드가 이어서 말했다.

"포스에는 저와 친하게 지낸 사람이 몇 명 있어요. 그중에는 이사나 님과 함께 알리페르 토벌전에 참여했던 사람도 있구요. 내일 가면 그분들이 선생님과 이사나 님을 도와줄 거예요."

쥬드는 잠시 망설이다가 말했다.

"그런데요……. 알리페르 토벌전에 참여했던 아저씨들은 모두 다 이사나 님을 좋아했어요. 어린 나이에도 모두가 두려워하는 헥사비스 밖으로 앞장서 나가고 매일 아무런 불평 없이 혹독한 훈련을 받고 그러면서도 모두의 얘기에 귀 기울이려고 노력하는 성실한 분이라고 하시면서요."

"……."

"아저씨들은요, 높은 자리에 앉은 사람일수록 자신이 틀렸다는 걸 절대 인정하지 않는댔어요. 하지만 이사나 님은 전혀 그렇지 않다고 얘기하셨어요. 굉장히 훌륭한 분이라고요. 지금도 이렇게 저 같은 사람을 위해 고민하고 사과해 주셨잖아요? 많은 사람들이 다양한 이유로 이사나 님을 존경하고 사랑하겠지만, 저는 이사나 님의 이런 부분을 존경하고 사랑하고 싶어요."

쥬드의 말에 이사나는 이상하게도 눈가가 뜨거워짐을 느꼈다. 분명 자신이 쥬드가 말하는 것처럼 그리 대단한 사람이 아님을 알고 있지만,

그럼에도 이상하게도 가슴이 벅차 아무 말도 할 수 없었다.

* * *

"자, 이제 서 보거라."

이사나는 숙부에 의해 조정이 끝난 의족을 다리에 장착한 뒤 그의 지시대로 자리에서 일어나보았다. 그럴듯한 외관과 달리 무게 중심을 전보다 잡기 쉬운 것 빼고는 이전과 별로 다른 게 없어 보였다. 하지만 한 걸음 내딛자마자 이사나는 놀라서 눈을 크게 떴다.

"……굉장히, 걷기 편하네요."

"편하다는 말밖에 못하다니, 네가 그러고도 제국 최고의 문재들에게 교육받았다고 할 수 있겠느냐."

"편하긴 한데, 왜 그런 건지 이유를 모르겠어서……."

이사나의 조악한 변명에 에드먼드는 혀를 끌끌 차며 말했다.

"애초부터 네가 쓰고 있던 의족은 의족 중에서도 가장 저렴한 모델이 아니더냐. 내가 그걸 보고 기가 막혀 말이 나오질 않았다. 퇴역 군인들도 제국에서 받은 건 쓰지 않았는데, 그걸 몰랐단 말이냐? 쯧쯧쯧, 잘 듣거라. 네가 쓰고 있던 의족은 말이다, 고작해야 서는 게 다인 불쏘시개였단 말이다. 관절의 유연성도 제대로 재현이 안 되어있고 인체 공학 따윈 갖다 버린 희대의 괴작이라고! 인간이 통나무로 되어 있는 줄 아는 겐지, 쯧쯧쯧. 이래서 장사치 놈들은 안 된다니까. 그래서 지금 네 다리에 달려 있는 그놈은 말이다, 5년 전 개발된 최신 모델로 사용자의 편의를 위해 인체 공학적인 설계를 한 것은 물론이요, 각 센서들이 중력을 감지해 사용자가 넘어질 것 같으면 자동으로 무게 중심을 잡아 주고, 동일한 rpm으로 걸으면 별도의 근육 움직임 없이 저절로 걸어갈 수 있게끔 오토 모드도 추가되어 있다. 그러면서도 티타늄 소재를 사용해 무게를 경량화하고……."

에드먼드는 분명 그가 사용하는 것도 아닌데도 이사나의 다리에 착용된 의족에 대해 지나치게 잘 알고 있었다. 의족에 대한 장점을 줄줄 읊으며 에드먼드는 이사나와 쥬드가 듣든 말든 의족의 역사나 설계 방식까지 설명하기 시작했다. 아주 물 만난 물고기가 따로 없었다. 숙부가 학자로서 지식욕이 상당하다는 얘기는 들었지만, 실제로 겪어 보니 평소의 냉소적인 숙부와 달라도 너무 달라 당혹스러울 지경이었다.

이사나가 얼어 있는 사이, 에드먼드는 멋대로 다른 계열 의족의 설계방식과 장단점을 읊으며 강의를 시작했는데, 도대체 뭐가 뭔지 알 수 없는 이사나로서는 에드먼드의 말을 들어주는 것만으로도 고역이었다.

"하하하, 선생님이 원래 좀 그러세요……."

이사나의 지친 얼굴에 옆에서 짐을 챙기던 쥬드가 난처한 얼굴로 웃으며 말했다. 그에 이사나 역시 마주 웃어 보이며 말했다.

"하지만 의족의 성능은 의심할 수 없을 만큼 좋을 것 같군요."

"그건 그러네요."

이사나의 말에 마주 웃어 보인 쥬드는 에드먼드에게 다가가 잔소리하듯 말했다.

"선생님! 이대로 있다가는 출발도 못하시겠어요."

"이놈이 건방지게 내가 하는 강의에 끼어들어! 그리고 이제 출발하려고 했다."

쥬드의 잔소리에 에드먼드는 못마땅한 얼굴로 툴툴거렸다. 하지만 이내 짐 가방을 메는 이사나에게 다가와 은근하게 말했다.

"흠흠, 역시 아까 들었던 설명으로는 뭔가 부족하지? 내려가는 길에 전기 모터식 구동계와 유압 모터식 구동계의 차이점에 대해 자세히 설명해 주도록 하마."

"……."

"……."

그 말을 남긴 채 에드먼드는 신이 난 얼굴로 앞장서 나갔다. 그런 에드먼드의 뒷모습을 바라보며 이사나가 작게 한숨을 내쉬는데 뒤에서 쥬드가 작은 목소리로 응원했다.

"이사나 님 힘내세요……!"

하지만 전혀 힘이 나지 않아 이사나는 곤란한 듯 웃어 보였다.

* * *

쥬드가 챙겨 준 짐 가방은 생각보다 단출했다. 포스에 그리 오래 체류할 예정이 아니어서 그런 듯했다. 오늘은 일단 자정이 지나기 전에 돌아와, 차후의 일정을 다시 짜기로 했다. 하지만 혹시 모를 일을 대비해 쥬드는 짐 가방 안에 약간의 비상식량과 리볼버 두 자루, 그리고 클립에 끼워진 실탄 꾸러미를 서너 개 챙겨 주었다. 그렇다 해도 짐은 한쪽 어깨에 걸쳐 메도 될 정도로 가벼워 이사나는 무법 지대에 들어가는 것에 비해 너무 허술한 준비가 아닌가 하는 생각이 들었다. 그렇게 생각하며 앞장서 가는 에드먼드를 따라 연구실이 있던 지하층에서 지상층으로 올라가는데, 그다음 행선지가 조금 이상했다.

쥬드가 가르쳐 준 비밀 통로로 들어가기 위해 에드먼드가 도서관 밖으로 나갈 줄 알았는데, 의외로 그는 바깥이 아닌 도서관 2층으로 올라가고 있었다. 그에 이상함을 느끼면서도 별말 없이 에드먼드를 뒤따르는데, 창고로밖에 보이지 않는 어느 방 안으로 들어간 에드먼드가 이사나에게 들어오라고 손짓했다. 방으로 들어가자 그는 구석에 잔뜩 쌓아 놓은 뭔가를 가져와 책상 위에 올려놓으며 말했다.

"이것도 짊어지거라."

"이게 뭡니까, 숙부님."

"잔말 말고 들거라."

단호한 숙부의 말에 이사나는 의문을 가지면서도 각진 뭔가가 잔뜩 들어 있는 상자를 짐 가방의 빈곳에 차곡차곡 쌓아 넣었다. 도대체 이게 뭔지는 모르지만, 숙부는 이것을 조수인 쥬드가 몰랐으면 하는 것처럼 보였다. 쥬드의 눈치를 보는 게 에드먼드답지 않다고 생각하는데, 다음 행선지에서 이사나의 의문은 더욱 커져 갔다.

"숙부님, 어째서 열람실 안으로 들어가는 겁니까?"

이사나는 이번에도 아무 설명 없이 무작정 열람실 안으로 들어가는 에드먼드를 뒤따르며 물었지만, 에드먼드는 잠자코 따라오라는 듯 눈짓만 할 뿐이었다. 그에 이사나는 더욱 꺼림칙함을 느끼면서도 일단 숙부의 뒤를 따랐다. 리비에의 넓디넓은 열람실 한 구역을 향해 똑바로 가로질러 간 에드먼드는 목적지인 곳으로 보이는 [관계자 외 출입 금지]라고 쓰인 방 안으로 들어갔다. 그리고 그 안에 설치된 공중전화 앞에 선 에드먼드는 수화기를 들고 번호도 누르지 않은 채 말했다.

"비비, 지하로 가는 통로를 열어라."

에드먼드가 비비에게 명령하자, 공중전화 바로 옆에 거짓말처럼 아래로 내려가는 통로가 생겨났다.

"숙부님, 여기는 도대체……."

"포스로 들어가는 입구다."

에드먼드의 말에 도저히 상황 판단이 되지 않은 이사나는 에드먼드에게 되물었다.

"왜 여기에 포스로 들어가는 입구가 있는 겁니까?"

이사나의 질문에 에드먼드는 귀찮음이 묻어난 얼굴로 들고 있던 가방을 바닥에 내려놓더니 가방 안을 뒤적거리며 말했다.

"네놈도 알다시피 포스는 원래 넥시움 황가에서 만들다 만 네 번째 지하층이지 않느냐. 원래 모든 지하층은 중추인 리비에를 먼저 만들고 나서 지하 공간을 넓히는 작업을 이어나간다. 일단 리비에를 통해 물자와 인력이 오가야 지하층을 확장시킬 수 있으니까. 그래서 지하 3층과 포스의 중심부는 아직 이어져 있는 거다."

"하지만 숙부님, 그래도 여기는 리비에가 아닙니까. 전층을 관통하는 리비에에 포스로 들어가는 입구가 있다니요!"

"그래, 그 무시무시한 무법 지대로 들어가는 길이 바로 여기에 있지. 하지만 이 길을 지날 수 있는 건 어차피 비비에게 명령을 내릴 수 있는 넥시움 황가뿐이니 괜찮지 않느냐."

유난 떨지 말라는 듯 이사나에게 아무렇지 않게 내뱉은 에드먼드는 가지고 있던 가방에서 손전등을 꺼내며 말했다.

"쥬드 녀석이 가르쳐 준 길과는 전혀 다른, 깨끗한 길이지. 그 녀석이 가르쳐 준 길도 나쁘진 않긴 한데…… 냄새가 심해서 말이다."

에드먼드는 생각만 해도 끔찍하다는 듯 고개를 절레절레 내저으며 말했다. 하지만 에드먼드가 말하는 것에서 어떤 위화감을 감지한 이사나는 조심스럽게 에드먼드에게 물었다.

"혹시…… 말입니다."

"뭐."

"오늘 말고도 포스에 가 본 적이 있는 것처럼 보입니다만."

이사나의 말에 어두운 지하 통로의 계단을 내려가던 에드먼드가 심드렁하게 내뱉었다.

"내가 말했지 않느냐. 지하 3층에는 연구를 위해 내려왔다고. 그럼 내가 쥬드나 다른 녀석 도움 없이는 연구도 시작하지 못할 멍청이로 보였느냐."

에드먼드의 말에 경악한 이사나는 자신도 모르게 큰 소리로 되물었다.

"그럼 계속 혼자 내려가셨단 말입니까?!"

"혼자 내려간 게 뭐 어때서."

이사나는 에드먼드의 말에 머리가 지끈거리는 걸 느꼈다. 선황과 태후를 한꺼번에 사고로 잃으면서 이제 넥시움 황가에 황족이라고 부를 만한 사람은 황제와 이사나, 에드먼드 셋밖에 남지 않았다. 원래부터 황가는 손이 귀한 데다가 초대 황제의 유언에 따라 직계 황손은 일정 기간 의무적으로 알리페르 토벌에 참여해야 했기 때문에 황가의 핏줄은 방계까지 다 긁어모아도 열 명이 채 안 되었다. 그런데 숙부가 목숨 아까운 줄 모르고 혼자 내려가서 연구를 하고 있었단다. 유순한 쥬드가 왜 저렇게 잔소리쟁이가 됐는지 알 만했다.

"그럼 이제 와서 왜 제게 조수 노릇을 시키는 겁니까?"

"왜긴 왜야. 이제 좀 진득하게 눌어붙어 연구하고 싶은데 네놈은

귀찮게 알리페르 유충을 키우고 있다지, 쥬드 그놈은 나 혼자 내려
간다고 하면 결사반대할 게 뻔하지. 하여간 제국의 미래를 책임질
젊은이가 이렇게 겁쟁이들뿐이어서는……."

숙부의 얼토당토않은 말에 짜증이 난 이사나는 자신도 모르게 쏘
아붙였다.

"숙부님이 하시는 행동은 용감한 게 아니라 무모한 겁니다."

"아, 그래서 벽창호 같은 네놈이랑 같이 가는 것 아니냐!"

버럭 소리를 내지른 에드먼드는 이놈이고 저놈이고 잔소리밖에
할 줄 모른다며 투덜거렸다. 하지만 안전 불감증에 가까운 그의 안
일한 태도에 걱정이 된 이사나는 간청하듯 그에게 말했다.

"숙부님, 도대체 뭘 연구하실 생각으로 혼자 내려가셨는지 모르지
만, 그냥 다른 사람에게 맡기시면 안 되는 겁니까?"

"뭐? 다른 사람한테 맡겨?"

이사나의 말에 앞서 내려가던 에드먼드가 돌연 돌아서더니 사납
게 얼굴을 구기며 다다다 쏘아붙였다.

"이놈이 말을 해도 그런 망발을! 야 이놈아! 이 주제를 딴 놈한테
빼앗기면 역사에 길이 남을 업적도 그놈에게 빼앗기게 되는데, 네가
그런 말을 해?! 이런 멍청한 것! 이래서 군인놈들은 머리가 깡통이
란 소릴 듣는 게지!"

"……그래도 죽으면 다 소용없는 일 아닙니까."

"그 정도 각오도 없이 무슨 연구를 하겠느냐. 그리고 이제부터는
숙부라고 부르지 말고 듀록 박사님이라고 부르거라. 넌 어디까지나
내 연구 실적에 감동해 발닭개가 되겠다며 찾아온 조수 2호니까 말
이다."

이사나가 떨떠름한 얼굴로 고개를 끄덕이자, 에드먼드는 이사나가 입고 있던 후드를 머리 위에 덮어씌우며 말했다.

"그리고 얼굴은 꼭 가리고 다니거라."

이사나의 머리 위로 꼼꼼히 후드를 덮어 준 에드먼드는 다시 아무 말 없이 계단을 앞장서 내려갔다.

* * *

에드먼드와 지하 통로를 통과해 도착한 포스는 의외로 지하 3층과 별다를 게 없어 보였다. 원래 층을 늘리려다가 말았다는 에드먼드의 설명대로 포스의 기반 시설은 헥사비스 내 다른 층과 유사한 구석이 있었다. 이사나는 다른 곳보다는 어둡지만 일정한 거리를 두고 켜져 있는 가로등을 보며 말했다.

"전기가 들어오고 있군요."

"아까도 말했듯이 이곳은 아직 리비에와 연결된 부분이 있다. 따라서 리비에의 중앙 동력원을 끌어다 쓸 수 있지. 제국에서도 그걸 알고 끊어 낼 수 있지만, 고작해야 거리를 비추는 정도로만 끌어다 쓰고 있어서 내버려 두는 게다."

숙부의 말에 이사나는 고개를 끄덕였다. 두 층은 나름대로 균형을 맞추고 있었던 것이다. 포스가 전기를 훔치는 것을 헥사비스가 암묵적으로 용인하면서 포스는 전기를 쓸 수 있게 되었지만, 대신 헥사비스로부터 에너지원을 잃지 않기 위해 문제를 일으키지 않게 되었고 헥사비스 역시 지속적으로 전기를 공급하는 대신 포스와의 분쟁이 있었다면 소모되었을 자원을 아끼게 되었다.

제국이든 포스든 분쟁은 최후의 수단이어야 했다. 서로 싸우기엔 헥사비스는 지나치게 좁았으니까.

포스에 처음 들어온 이사나는 잔뜩 긴장하며 계속 주위를 두리번거렸다. 하지만 지금의 생활 터전인 지하 3층과 별다를 바 없는 모습이라 그럴까? 이사나는 점차 긴장이 풀어지는 걸 느꼈다. 게다가 동행인 에드먼드 역시 산책 나온 사람처럼 조심성 없이 걷고 있었고. 결국 이사나 역시 어깨에 힘을 풀고 호기심 어린 눈으로 주위를 둘러보는데, 이사나는 스쳐 지나가는 길거리 풍경에서 어떤 위화감을 느꼈다.

"숙부님, 왜……."

"박사님."

숙부의 단호한 목소리에 후드 아래로 떨떠름한 얼굴을 감춘 이사나는 앵무새가 된 기분으로 말했다.

"박사님……."

"왜."

"어째서 거리에 사람이 없는 겁니까?"

이사나의 질문에 에드먼드는 별일 아니라는 듯 말했다.

"요 몇 년 사이 전염병이 돌고 있거든."

"전염병이요?"

"그래, 하지만 걱정 마라. 이건 절대 전염되는 병이 아니니까."

단언한 에드먼드는 이사나에게 계속 따라오라고 눈짓하며 앞서 나갔다. 그에 이사나는 익숙하면서도 사람 하나 없이 거리를 지나며 꺼림칙함을 느꼈다.

에드먼드를 따라 얼마나 걸었을까, 이사나는 드디어 포스의 사람들이 사는 마을로 들어설 수 있었다. 마을은 헥사비스의 다른 층과 달리 집이라고 부르기 민망할 정도로 허름한 움막들이 모인 곳이었다. 그 사이사이 어두운 골목길에 자리 잡고 모여 앉은 이들은 마을 중앙을 가로지르는 에드먼드와 이사나를 경계 어린 눈으로 바라보고 있었다. 그 찌를 듯한 날카로운 눈빛에 이사나는 거북함을 느끼며 얼른 벗어나고 싶다고 생각하는데, 그들 중 이사나가 보기에도 꽤 이상해 보이는 자들이 몇몇 끼여 있었다.

'……?'

외지인을 경계하는 다른 사람들과 달리 그들은 백치처럼 멍한 얼굴로 마을에 들어서는 이사나와 에드먼드를 바라보았다. 그들의 눈빛에는 기본적인 호기심조차 담겨 있지 않아 사람이 아닌 인형 같다는 생각이 들 정도였다. 이사나는 꺼림칙함을 느끼는데, 에드먼드가 움막 중에서도 가장 커다란 움막 앞에 멈춰 섰다. 그러자 그 안에서 몇몇 사람들이 헐레벌떡 뛰쳐나와 에드먼드를 맞이했다.

"아이고 박사님, 오셨습니까!"

"오랜만이구만."

에드먼드의 짧은 인사에 에드먼드를 둘러싼 사람들 중 중년 여성은 눈물마저 글썽이며 원망하듯 에드먼드에게 말했다.

"이제는 안 오시는 줄 알고 저희는 이제 어떡해야 하나 생각을 하고 있었습니다."

"위에서 할 일이 생겨서 조금 바빴다네. 그래, 자네 아들 상태는 좀 어떤가."

"박사님이 지어 주신 약을 먹고 조금 나아지기는 했습니다만……."

중년 여성은 대답을 하다가 말고 에드먼드의 뒤에 선 이사나를 경계 어린 눈으로 힐끔거렸다. 그리고 에드먼드에게 추궁하듯 물었다.

"그런데 뒤에 있는 분은 누구십니까?"

"아, 내 조수라네. 이사나, 인사하거라."

"이사나 아브노아입니다."

이사나는 앞에 나서며 정중히 인사했지만, 후드로 얼굴 대부분을 가린 탓인지 사람들은 떨떠름한 얼굴로 이사나를 바라볼 뿐이었다. 그에 에드먼드는 투덜거렸다.

"그렇게 경계하지 말게나. 이제껏 이 늙은이 혼자 연구실을 꾸리느라 얼마나 힘들었는지 아는가? 적어도 짐꾼 하나는 있어야 할 거 아닌가. 이사나, 등에 멘 걸 들고 이리 따라오거라."

도대체 무엇인지는 모르지만, 꽤나 무거웠던 짐 가방을 들고 이사나는 에드먼드를 뒤따라 움막 안으로 들어갔다. 그리고 이사나는 움막 안에 펼쳐진 광경에 깜짝 놀라고 말았다.

"박사님, 이건……."

"그래, 연구에 쓸 기계를 아예 이쪽으로 가져왔다. 매번 오고 가기 귀찮아서 말이다."

정말 오랫동안 이곳을 들락거렸는지 실험실은 꽤나 그럴듯하게 꾸며져 있었다. 하지만 이사나가 아무리 연구에 문외한이라고 해도 이 기기들이 얼마나 비싼지 정도는 알고 있었다. 황족이라고 해도 이 정도 설비를 꾸리려면 꽤 부담스러웠을 텐데 말이다.

"도대체 무슨 연구를 하시길래……."

"알고 싶느냐?"

"네? 네……."

"안 가르쳐 줘."

"……."

에드먼드의 장난스런 대답에 이사나는 그럼 왜 물어봤냐는 말이 목 끝까지 밀려 올라왔다. 숙부는 정말 알면 알수록 성격을 종잡을 수 없는 인물이었다.

"그럼 적어도 제가 여기서 무슨 일을 해야 하는지 알려 주십시오."

떨떠름한 얼굴을 한 이사나에게 피식 웃어 보인 에드먼드는 별것 아니라는 듯 말했다.

"간단해. 그저 너는 내 팔다리가 되어 연구를 도와주면 되는 게다. 아까 여기 들어오는 길에 골목 사이사이에 앉아 있던 사람들을 보았 겠지?"

"네."

"그들 중에 네가 보기에도 좀 이상해 보이는 자들이 있지 않더냐?"

숙부의 말에 이사나는 골목 사이사이에 인형처럼 앉아 있던 이들 을 떠올리며 고개를 끄덕였다. 그러자 에드먼드는 진지한 얼굴로 이 사나에게 말했다.

"그들은 이 포스에 유행하는 병에 걸린 병자들이다. 처음에는 가 벼운 환시와 환후, 환청 등을 호소하다가 조금 더 진행되면 인지 능 력이 급감하고 감정적인 부분마저 사라져 마치 인형처럼 변하게 되 지. 나는 유족들의 동의를 얻어 이 병으로 사망한 환자들을 부검했 고 그들에게서 뇌의 전반적인 위축 현상이 공통적으로 발생한 것을 알아내 이 병을 '카노스(Cerebral Atrophy NOS)'라고 명명했다. 뭐, 여기 사람들은 '영혼이 조각나는 병'이라고 부르더구나."

"유행하는 병이라고 하셨는데, 아까 숙부님께선 전염병은 아니라 고 하셨지 않습니까."

"그래, 이건 절대 전염병이 아니다. 포스에서만 발견되는 병이기에 나도 처음에는 이 병을 일으키는 원인균이나 바이러스가 있는 줄 알고 샅샅이 뒤졌지만, 이런 증상을 발생시키는 균이나 바이러스 종은 비비 조차 모른다고 하더구나. 개개인의 문제라면 모를까, 몇 년 사이에 이렇게 많은 사람들이 한꺼번에 병에 걸린다는 건 원인이 없을 수가 없어. 그래서 나는 생각했지. 만약 바이러스도 균도 원인이 아니라면 도대체 원인이 뭘까 하고 말이다. 그래서 나는 한 10분쯤 고민하다가 한 가지 가설을 세웠다."

"그게 뭡니까?"

"안 가르쳐 준다고 했지 않느냐!"

"……."

에드먼드의 호통에 이사나는 너무 황당하면 화조차 나지 않는다는 사실을 깨달을 수 있었다. 이사나가 어처구니없어 하자, 얼빠진 조카를 향해 혀를 쯧쯧 찬 에드먼드는 정신 차리라는 듯 이사나의 뺨을 두어 번 톡톡 치며 말했다.

"언감생심 내 연구 주제 빼앗을 생각은 하지 말고, 너는 밖에서 환자들을 돌보며 그들이 병에 걸릴 때쯤 무슨 일이 있었는지 조사해 보거라. 나는 연구하고 약을 처방하는 것만으로도 벅차서 말이다. 알겠느냐?"

이사나가 떨떠름한 얼굴로 알겠다고 대답하자, 에드먼드는 따라 오라고 말하며 움집 밖으로 나갔다. 그리고 에드먼드는 아까 본 중년 여성에게 이사나를 떠넘기며 말했다.

"내가 연구실 안에서 할 일을 하는 동안 자네는 이 녀석을 데리고 나가 일을 시키게. 이래 봬도 튼튼하고 고지식한 녀석이라 시키면

시키는 대로 일을 잘할 걸세. 아, 그리고 내가 나올 때까지 연구실 안에는 아무도 들이지 말고."

일방적으로 통보한 에드먼드는 그대로 이사나를 놔둔 채 다시 움집 안으로 들어가 버렸다. 얼떨결에 남겨진 두 사람은 황당해서 아무 말도 꺼내지 못했다. 그나마 먼저 정신을 차린 중년 여성이 이사나에게 말을 걸었다.

"저…… 박사님께서 뭘 하라고 하셨나요?"

"밖에서 환자들을 돌보면서 병에 걸릴 때쯤 무슨 일이 있었는지 조사해 보라고 하셨습니다."

"당신은 박사님과 마찬가지로 위에서 온 거죠?"

"네……."

"이곳에 처음 왔을 텐데 이렇게 내던져져서 당혹스럽겠네요."

중년 여성은 경계심 많아 보였던 첫인상과 달리 꽤나 정이 깊은 사람처럼 보였다. 정감 어린 그녀의 말투에 이사나가 곤란한 듯 웃어 보이자, 중년 여성은 이사나에게 따라오라고 손짓하며 앞장서 나갔다.

"한쪽 팔이 없는 것 같던데, 알리페르 토벌에서 당한 부상인가요."

"……네."

"고생을 많이 했네. 이사나 아브노아라고 했던가? 말 놓아도 되지?"

"네, 놓으십시오."

"흔한 이름이긴 하지만, 제국의 영웅과 똑같은 이름이라 꽤나 놀림을 많이 받았겠네."

"그런…… 가요."

놀리는 듯한 그녀의 말에 이사나는 애매한 미소를 지으며 말을 흐렸다. 그런 이사나에게 피식 웃어 보인 중년 여성은 이상한 말을 꺼냈다.

"여기선 아브노아 씨라고 소개할게."

"네? 네……."

어째서 굳이 성으로 부르겠다고 하는 건지 모르겠지만, 이사나는 일단 그러라고 대답했다. 중년 여성의 이름은 '시안'으로 1년 전 포스로 내려온 에드먼드를 도와 이 시설을 꾸려 나가고 있다고 이사나에게 설명했다.

"여기서 우리가 해야 할 일은 간단해. 박사님께서 환자들에게 처방한 약을 그대로 나눠 주면 되는 거야. 하지만 병이 진행된 환자들 중에서는 약을 삼킬 수 없는 환자도 꽤 있으니까 그런 사람들한테는 약을 갈아서 가루약으로 만들어 주거나 수액에 타서 정맥 주사를 해야 해. 주사는 놓을 줄 알아?"

"네, 할 수 있습니다."

"그럼 조금 더 수고를 덜겠네."

다행이라는 듯 말한 시안은 어느 움집 안으로 들어가더니 커다란 상자 안에 들어 있던 약병을 하나씩 꺼내며 말했다.

"원래는 환자들을 전부 병상에 눕혀 두어야 하는데, 여기서 병을 낫게 해 준다는 소문이 돌고 나서는 이렇게 사람들이 많아져서 전부 수용할 수는 없게 되었어. 다들 여유 있는 사람들이 아니다 보니 우리를 도와줄 수 있는 사람도 많지 않고. 이건 박사님께서 가져오신 약인데, 이걸 이렇게 바구니에 담고 어깨에 둘러메면 돼."

시안은 약병이 잔뜩 담긴 바구니를 이사나의 어깨에 메 주며 말했다.

"오늘은 내 뒤를 따르면서 환자들에게 약을 나눠 주도록 하자. 그 것만으로도 하루가 다 가 버릴 거야."

"알겠습니다."

그렇게 이사나는 약병을 잔뜩 짊어진 채 시안의 뒤를 따라다니게 되었다. 움집 밖으로 나온 시안은 앞치마 주머니에 넣어 둔 메모장을 꺼내 먼저 병상에 누워 있는 환자들에게 향했다. 그리고 메모장에 적힌 문구에 따라 이사나가 들고 있던 약병 안에서 약을 하나씩 꺼내 환자들에게 나눠 주었다. 그러면서 시안은 중간중간 이사나에게 설명했다.

"환자들이 전부 똑같은 약을 복용하는 건 아니고, 병의 진행이나 발현된 증상에 따라 약을 조금씩 다르게 복용해. 어떤 사람은 체질에 따라 특정 약물에 민감하게 반응해 부작용이 나타나기도 하지. 그래서 환자에 따라 이렇게 약의 조합이 복잡해질 수밖에 없어."

시안은 이사나에게 들고 있던 메모장을 보이며 말했다. 메모 안에는 환자의 이름과 처방된 약물의 약어, 그리고 숫자가 빼곡하게 적혀 있었다. 또한 메모장 뒤에는 환자가 약에 어떻게 반응했고 어떤 일이 있었는지 깨알만 한 글씨로 기록되어 있었고. 이사나가 시안에게 메모를 돌려주자, 시안은 이번엔 약병에서 약을 한 알씩 꺼내며 이사나에게 설명했다.

"이렇게 박사님께서 처방한 약을 그대로 주면 돼. 이건 올란자핀, 이건 리스페리돈, 이건 클로자핀, 이건 엘도파, 이건 프라미펙솔, 이건 아만타딘이야. 이거 외에도 다른 약이 있는데 주로 쓰는 건 이거지."

이사나는 손톱 반만 한 알약들을 바라보며 헷갈리지 않게 반복해서 속으로 이름을 되뇌었다. 그렇게 시안과 함께 이사나는 에드먼드의 연구실 뒤편에 있던 병상과 마을 앞쪽에 앉아 있던 사람들에게 약을 나누어 주었다. 그러다가 약이 모자라 시안이 다시 원병을 가지러 간 사이 휴식 시간을 가지는데, 가까운 골목에서 이사나를 부르는 듯한 목소리가 들려왔다.

"이보게, 이보게!"

마치 세상에 둘도 없이 중요한 얘기를 하려는 듯 다급하게 이사나를 부른 사람은 가여울 정도로 몸이 바짝 말라 눈알만 도드라지게 튀어나온 노파였다. 노파가 주위를 살피며 빨리 오라는 듯 다급하게 손짓을 했다. 그에 이사나는 움집 안으로 들어간 시안 쪽을 힐끔 바라보다가 결국 노파에 재촉에 못 이겨 노파가 있는 골목 안으로 들어갔다. 그러자 노파는 깡마른 몸과 달리 눈살이 찌푸려질 정도의 억센 힘으로 이사나의 팔을 붙잡으며 이사나에게 물었다.

"자, 자네, 박사와 함께 위에서 내려온 사람이지? 자네도 알리페르 토벌에 참여했던 군인이었는가?"

"네, 그렇습니다만⋯⋯."

이사나의 대답에 금방이라도 울듯이 눈물을 글썽거린 노파는 이사나의 비어 있는 소매를 만지작거리며 한탄했다.

"아이고, 이를 어째! 자네 정말, 고생이 많았구만! 이렇게 팔이 하나 없어져서 얼마나 아팠을꼬!"

갑작스런 노파의 울음에 이사나가 당황해서 아무 말도 못 하는데, 한참 이사나를 붙잡고 통곡하던 노파는 눈물이 마르지 않은 눈으로 그를 올려다보며 물었다.

"그래, 자네는 이름이 뭔가."

이사나는 자신의 이름을 '이사나'라고 소개하려다가 아까 시안이

'아브노아'로 소개하겠다는 말을 떠올리고는 '아브노아'라고 대답했다. 그러자 노파는 다시 이사나의 팔을 붙잡고서 퍽 다정한 목소리로 이사나에게 물었다.

"자네는 여기 무슨 일로 내려온 겐가?"

도대체 왜 이러는지 이유는 모르겠지만, 노파는 이사나에게 퍽 친근하게 굴면서 뭔가를 기대하는 것처럼 보였다. 마치 자신이 친절하게 대한 만큼 이사나가 반드시 보상을 해 줄 거라는 믿음에 찬 눈빛이었다. 이사나는 그에 불편함을 느끼면서도 그녀에게 솔직하게 대답했다.

"저는 그냥, 듀록 박사님의 일을 도우러 같이 내려왔습니다."

"그런가……."

이사나의 대답에 노파는 어째서인지 실망한 얼굴을 하고 있었다. 도대체 무슨 대답을 바랐던 거지? 이사나는 실망한 노파에게서 묘한 죄책감을 느끼는데, 아까의 실망한 기색을 깨끗이 지워 버린 노파는 다시금 상냥하게 웃으며 자신의 얘기를 꺼내기 시작했다.

"내게도 말이네. 나도, 자네 같은 아들이 있어. 내 아들도 자네처럼 알리페르 토벌에 자원했다가 저렇게 다리가 댕강 잘린 채 돌아와 버렸지 뭔가!"

노파의 말에 그녀의 뒤를 바라보자, 거기에는 이사나 또래의 청년이 바닥에 앉아 있는 게 보였다. 그의 다리 한쪽은 이사나처럼 헐빈하게 비어 있었지만, 그것을 제외하고는 오히려 노파보다 건강해 보였다. 하지만 청년과 눈이 마주친 순간, 이사나는 아무 감정도 느껴지지 않는 텅 빈 눈동자에 꺼림칙함을 느꼈다. 이사나는 그제야 노파의 아들도 병에 걸렸다는 걸 깨닫는데, 갑자기 귓속에 꽂힌 노파의 말에 온몸을 굳혔다.

"이게, 다 그 씹어 먹을 이사나 넥시움 때문이야!"

노파의 입에서 나온 자신의 이름에 이사나가 놀라서 그녀를 돌아보는데, 노파는 아까의 상냥한 모습은 온데간데없이 철천지원수를 떠올리는 듯한 증오 서린 얼굴로 이사나를 붙잡으며 고래고래 소리질렀다.

"그 포를 떠 버릴 놈이! 제국의 미래를 위해서니 뭐니 떠들어 대면서 얌전한 내 아들을 부추겨 그, 끔찍한 알리페르 놈들의 먹잇감으로 던져 버린 게야! 그놈들에게 그런 심한 일을 당하게 만들고······! 포스에서 이런 몹쓸 병까지 걸리게 만들었어! 자네도 밉지? 응? 자네도 자네의 팔을 가져가게 내버려 둔 이사나 넥시움이 미워서 견딜 수 없지······!"

증오로 눈을 희번덕거리며 노파는 굳어버린 이사나를 붙잡고서 대답을 강요했다. 그에 이사나가 희게 질린 얼굴로 아무 말도 하지 못하는데, 저 멀리서 시안이 뛰어오며 노파에게 고래고래 소리 질렀다.

"이 여편네가 또 이러네! 엄한 사람 붙잡고 이게 무슨 행패야!"

시안이 득달같이 달려들자, 노파는 화들짝 놀라 이사나를 내팽개친 채 자신의 아들 뒤로 숨어 버렸다. 그럼에도 이사나가 여전히 얼어붙은 채 움직이질 못하자, 시안은 이사나의 손을 잡아끌고서 노파에게서 조금 멀리 떨어진 곳으로 데려가 걱정스럽게 물었다.

"괜찮아? 많이 놀랐지?"

"······네. 조금······."

이사나는 온몸이 덜덜 떨려 오는 걸 간신히 참으며 대답했다. 그에 시안은 이사나가 많이 놀랐다고 생각한 건지 등을 토닥이며 말했다.

"몰려온 놈들 중에는 저런 미친 것도 끼여 있어. 위에서 무슨 일이 있었는지 모르지만, 저 여편네는 이름이 '이사나'라고 하기만 해도 들러붙어서 욕에 욕을 하거든. 젊은 나이에 남편을 잃고 하나 남은 아들까지 저렇게 되어서 그런 거니 무서워도 그냥 그러려니 하고 넘겨."

시안의 말에 고개를 끄덕이기는 했지만, 이사나는 좀처럼 손끝이 떨려오는 걸 진정시킬 수가 없었다.

* * *

자정이 다 되어 가는 시간이 되어서야 움집 안의 연구실에서 나온 에드먼드는 마을 한구석에 침울하게 앉아 있는 이사나를 불러내 다시 돌아가자고 말했다. 그에 이사나는 조금 지친 얼굴로 일어나 에드먼드가 준 짐 가방을 메고 조용히 그의 뒤를 따랐다.

포스에 내려왔을 때와 똑같이 지하 3층과 연결된 리비에의 통로로 되돌아가기 위해 두 사람은 또다시 텅 빈 거리를 걸었다. 그렇게 조용한 거리를 걷자, 이사나는 자꾸만 낮에 있었던 일이 떠올랐다. 이사나는 힘없는 목소리로 숙부에게 말했다.

"아까…… 마을에서 절 원망하는 사람을 봤습니다."

이사나의 말에 에드먼드는 심드렁한 말투로 대꾸했다.

"아아, 테메리트를 만났나보군."

"아는 사람입니까?"

"좀 시끄럽게 구는 여자라 오히려 모르는 사람이 드물 거다. 그래서, 그 여자가 네 녀석 때문에 자기 아들이 그렇게 됐다고 또 난리치더냐."

"……"

"그것 때문에 항상 칭찬만 듣던 제국의 영웅님께서는 마음이 언짢아지셨고?"

숙부의 비아냥에 이사나는 아무 말도 할 수 없었다. 숙부의 말대로 이사나는 이제껏 자신을 존경하는 사람만 만나 보았지 자신을 저주하는 사람은 본 적이 없었기 때문이다. 그러니 굳이 따지자면 숙부의 말이 틀린 건 아니었다.

비아냥을 듣고 이사나가 아까보다 더 기운 빠진 얼굴을 하자, 에드먼드는 혀를 차며 말했다.

"프로파간다에 이용당한다는 게 그런 거다. 널 칭송하는 사람들이 생기는 만큼 너를 저주하는 사람들도 생기지. 그 청년이 안됐기는 하지만, 딱히 네가 군대에 들어오라고 강요했던 것도 아닌데 뭘 그러느냐. 그냥 신경 쓰지 말거라."

숙부는 대수롭지 않게 말했지만, 이사나의 얼굴은 여전히 어두웠다.

'그 포를 떠 버릴 놈이! 제국의 미래를 위해서니 뭐니 떠들어 대면서 얌전한 내 아들을 부추겨 그, 끔찍한 알리페르 놈들의 먹잇감으로 던져 버린 게야! 그놈들에게 그런 심한 일을 당하게 만들고……! 포스에서 이런 몹쓸 병까지 걸리게 만들었어! 자네도 밉지? 응? 자네도 자네의 팔을 가져가게 내버려 둔 이사나 넥시움이 미워서 견딜 수 없지……!'

이게 과연 내 탓이 아니라고 할 수 있을까? 스스로에게 던진 질문에 이사나는 더욱 더 침울해질 수밖에 없었다.

지하 3층과 연결된 리비에의 지하 통로에 도착하니, 벌써 쥬드와 약속했던 자정이 훌쩍 지나 새벽 1시가 다 되어 가고 있었다. 이사나는 여전히 침울한 얼굴로 에드먼드를 뒤따라 지하 3층과 연결된 계단을 오르는데, 에드먼드가 이사나에게 물었다.

"오늘 다녀 보니 어떻더냐?"

"네? 아, 제가 정말 세상에 대해 모르고 살았구나, 하는 생각이……."

이사나의 대답에 에드먼드는 왈칵 짜증을 내며 소리쳤다.

"누가 네 시시콜콜한 새벽 감성 얘기가 듣고 싶다고 하더냐? 의족 말이다! 의족!"

숙부의 말에 멋대로 자신의 얘기라고 착각한 것이 민망해진 이사나는 귓가를 붉히며 떠듬떠듬 대답했다.

"괜찮, 았습니다. 걸어 다니는데 전혀 불편하지 않았습니다."

이사나의 말에 에드먼드는 콧방귀를 뀌는 건지, 자랑스러워하는 건지 모를 애매한 어조로 말했다.

"그렇지? 그 영감탱이가 성격은 더러워도 이런 건 꼼꼼하게 잘 만들거든."

"아는 분이 만들어 주신 겁니까?"

"그래, 내가 제국 대학에 다닐 때 같은 동아리였던 동기 녀석이 만든 거다."

에드먼드의 말에 이사나의 얼굴이 이상해졌다. 염세적인 성격으로 유명한 에드먼드가 동아리에 들어가 사람과 어울렸다니……. 도무지 믿기지 않았다. 이사나는 자신도 모르게 에드먼드에게 물었다.

"무슨 동아리였습니까?"

"그런 건 알 거 없고."

매정하기 짝이 없는 에드먼드의 대답에 또다시 무안함을 느낀 이사나는 고개를 푹 숙이는데, 그런 이사나를 힐끔 뒤돌아본 에드먼드가 탐탁지 않은 어조로 덧붙였다.

"아무튼 그 의족은 같은 동아리였던 녀석이 만든 거다. 예약 손님이 얼마나 많은데 그깟 동아리 같이했었다고 먼저 해 줘야 하냐고 지랄에 지랄을……. 허허, 갑자기 또 화가 나네. 아무튼 내가 일주일 동안 그놈의 찡찡거림을 얼마나 들어줬는지 아느냐? 알면 네가 절을 해도 수백 번을 할 게다. 그러니 네놈은 항상 내게 감사하며 정성껏 내 수발을 들어야 한다. 알겠느냐?"

"네……."

이사나는 떨떠름하게 대답을 하며 의기양양하게 앞장서 나가는 에드먼드를 따라 계속 계단을 올랐다. 그렇게 얼마나 계단을 올랐을까, 에드먼드가 또다시 이사나에게 물었다.

"오늘 시안과 같이 일을 해 보니 어떻더냐. 뭔가 알아낸 것은 있었느냐?"

"알아낸 건 없지만, 이상한 건 있었습니다."

"뭐였는데."

"환자들 대부분이 남자였습니다. 그리고 젊었고요."

이사나의 말에 에드먼드는 즐거움이 깃든 어조로 말했다.

"그래, 젊은 남성만 걸리는 전염병이라니, 그것만큼 수상한 전염병도 없지. 네놈이 벽창호지만, 그래도 눈썰미는 있는 것 같구나."

에드먼드식 칭찬을 들은 이사나는 애매하게 웃었다. 그런 이사나에게 에드먼드는 진지하게 말했다.

"병의 종류에 따라, 특정 병에 취약한 계층이 있을 수는 있지. 하지만 아무리 생각해도 면역력이 가장 좋을 젊은 남성이 동시다발적으로 동일한 전염병에 걸린다는 건 이상해. 이건 분명 균이나 바이러스가 아닌 다른 원인이 있을 게다."

"……그렇습니까?"

"그래, 지금은 그 병이 포스에서만 유행하고 있지만, 어쩌면, 원인에 따라 헥사비스 전체로 퍼질 수도 있겠구나."

숙부의 말에 이사나는 무기력하게 길바닥에 앉아 있던 포스의 병자들을 떠올렸다. 만약 헥사비스 안에서 그 병이 유행한다면 성인 남성이, 알리페르와 싸울 병사가 부족해진다. 그렇게 되면 헥사비스가 알리페르에게 멸망당하는 건 시간문제였다.

처음 이사나가 에드먼드를 찾은 건 헥사비스 내에서 이뤄진 알리페르 사회화 연구에 대해 아는 것이 없는지 알아보기 위해서였다. 하지만 지금은 그것과 비교하기 힘들 만큼 이 일이 더 위중하게 느껴졌다. 이사나는 일기장에 대한 것은 이 일이 끝난 후에 알아봐야겠다고 생각했다.

이런저런 얘기를 나누는 사이, 저 멀리 통로의 끝이 다가오고 있었다. 에드먼드는 짐 가방을 든 채 계단을 오르는 이사나에게 말했다.

"밑에서 이미 연구를 진행하고 있었다는 건 쥬드 놈에게 비밀로 해다오."

"네."

"그놈은 너무 시끄러워서 말이다."

변명처럼 사족을 덧붙이는 에드먼드에게 이사나는 이상함을 느꼈지만, 순순히 그에게 그러겠다고 대답했다.

* * *

피곤한 몸을 이끌고 지하 3층의 연구실로 올라온 두 사람은 연구실에 펼쳐진 놀라운 광경에 우뚝 굳어졌다.

"크르르릉―."

"크르르릉―."

사람 한 명과 유충 한 마리가 똑같은 자세로 선 채 서로에게 이를 드러내고 있었다. 이사나는 유충이 사납게 으르렁거리는 모습을 처음 봐 놀라기도 했지만, 사람인 쥬드가 유충과 똑같이 네 발로 선 채 으르렁거리는 게 더 놀라웠다. 그런 쥬드를 허탈한 얼굴로 바라보던 에드먼드가 기가 찬다는 듯 쥬드에게 물었다.

"도대체 뭘 하는 게냐."

"선생님, 말 시키지 마세요. 저는 지금 이 녀석과 서열 정리 중이니까요!"

진지하기 짝이 없는 쥬드의 말에 이사나는 당혹스러워하며 쥬드에게 으르렁대는 유충을 바라보았다. 유충 역시 이사나 쪽으로는 조금도 눈을 돌리지 않은 채 사나운 얼굴로 쥬드를 쏘아보고 있었다. 이 상황을 어떻게 해야 할지 몰라 이사나가 난감해하는데, 이사나의 옆에 서 있던 에드먼드는 "아, 그런 게냐?"라고 말하며 옆에 있던 소파에 털썩 주저앉았다. 그러더니 사람과 유충의 대결을 구경했다. 그에 이사나 역시 소파에 앉아 일단 둘을 지켜보기로 했다.

"삐이잇―! 삣―!"

한참을 쥬드를 노려보던 유충이 먼저 잽싸게 도약해 쥬드를 공격했다. 유충의 이빨은 꽤 날카로웠기에 이사나는 지금이라도 유충을 말려야 하나 고민했지만, 쥬드의 왼팔에 끼워진 두꺼운 장갑을 발견하고는 일단 조금 더 지켜보기로 했다.

날쌔게 달려든 유충은 당장에라도 쥬드를 물어 버릴 듯 날카로운 이를 드러냈지만, 쥬드는 평소의 유순한 분위기와 달리 잽싸게 움직여 왼팔로 유충의 이빨을 막아 냈다. 이빨이 왼팔의 장갑에 박혀 유충이 허둥거리는 사이, 쥬드는 틈을 놓치지 않고 재빠르게 유충의 뒷덜미를 붙잡아 바닥에 메다꽂았다.

"삣—! 삐이잇—! 삣! 삣!"

순식간에 제압당한 유충은 필사적으로 버둥거리며 쥬드의 손아귀에서 빠져나오려 안간힘을 썼다. 하지만 단단히 붙잡힌 탓에 유충은 도저히 자력으로 쥬드의 손에서 빠져나올 수 없을 것 같았다. 승리를 예감했는지 쥬드는 의기양양한 얼굴로 유충에게 말했다.

"못 움직이겠지? 그러니까 이젠 말썽 부리지 말고 순순히 항복해!"

"삐이잇! 삣! 캬르르릉—!"

쥬드의 말에 유충은 마치 말을 알아들은 것처럼 아까보다 훨씬 심하게 발버둥을 쳤다. 그에 따라 쥬드의 팔에도 생채기가 하나 둘씩 생겨나기 시작했다. 하지만 쥬드는 여전히 유충을 억누르며 매서운 눈으로 유충을 쏘아볼 뿐이었다. 그러자 유충 역시 사납게 쥬드를 노려보다가 도저히 이길 수 없다고 판단했는지 돌연 버둥거리며 이사나를 향해 애처롭게 울어대기 시작했다.

"삐이이잇, 삐잇! 삣! 삣! 삐이이이—!"

아까까지만 해도 쥬드를 물어뜯을 듯 사납게 으르렁거리던 유충이 갑자기 애처롭게 울어 대자 이사나는 당황했다. 하지만 이내 유충이 뭘 바라는지 알아차린 이사나는 고개를 가로저으며 단호하게 말했다.

"안 돼."

"삐이이잇—!"

"안 된다고 했다. 네가 건 싸움이면 네가 책임져."

이사나의 단호한 말에 이사나를 구명줄처럼 바라보던 유충은 눈을 크게 떴다. 그리고 눈가에 눈물이 고이기 시작했다. 그에 이사나가 또 다시 당황하는데, 유충은 여전히 쥬드의 손에 제압된 채 마구 버둥거리다가 서러운 듯 삑삑거리기 시작했다.

"삐이이잇! 삐이잇! 히끅, 히끅……! 삣삣삣삣! 히끅, 히끅, 히끅, 히끅……."

울며불며 패악을 부리는 유충의 모습에 유충을 붙들고 있던 쥬드의 얼굴에는 어이없음이 스쳐 지나갔다. 하지만 유충이 탈수할 정도로 삑삑 울어 대자, 쥬드는 결국 유충을 놓아주었다. 그러자 유충이 재빠르게 도망치더니 열려 있던 이동장 안으로 뛰어 들어갔다. 그리고 그 모습을 지켜본 세 사람은 잠시 할 말을 잃었다.

"그, 참, 특이하구나."

간신히 먼저 입을 연 에드먼드가 허탈한 어조로 말했다.

* * *

연구를 위해 포스로 다시 내려가는 것은 장비를 좀 더 갖춘 뒤에 하기로 하면서 이사나는 사흘 만에 겨우 다시 집에 돌아가게 되었다. 하지만 아까의 일로 이사나에게 상당히 마음이 상한 유충은 이동장 안에 처박힌 채 이사나가 아무리 불러도 미동조차 하지 않았다. 콩벌레처럼 몸을 똘똘 만 유충을 내려다보던 이사나는 운전석에 앉은 쥬드에게 물었다.

"아까는 왜 그러고 있었던 겁니까."

"하아……. 그게, 선생님과 이사나 님이 포스로 내려가시고 얼마 안 되어서 이동장 안에서 깨어난 저 녀석이 이사나 님이 사라진 걸 알자마자 난동을 부렸거든요. 이사나 님 찾겠다고 이동장을 물어뜯지를 않나, 실험 기구 사이를 뛰어다니면서 시험관이랑 비커를 죄다 떨어뜨리질 않나……. 나중에는 연구실 밖으로 나가려고 문을 이빨로 갉아대서 하지 말라고 막으니까 저까지 막 물잖아요! 그래서 녀석을 제압하면 그래도 제 말을 듣고 얌전해지지 않을까 생각해서 그랬어요. 사람의 말이 안 통하면 제가 삑삑이 녀석의 눈높이에 맞춰야죠."

"삑삑이?"

"아, 그건 제가 붙인 별명이에요. 삑삑거리면서 울잖아요. 혹시…… 이 녀석에게 따로 이름이 있나요?"

쥬드의 조심스러운 질문에 이사나는 조금 민망함을 느끼며 대답했다.

"……없습니다."

"그럼 삑삑이라고 불러도 될까요?"

"그렇게 하십시오."

이사나가 허락하자마자, 쥬드는 아까의 어색한 분위기를 지워 내려는 듯 억울한 얼굴로 아침부터 저녁까지 유충과 있었던 일을 이사나에게 일러바치기 시작했다. 그걸 찬찬히 듣고 있던 이사나는 이때까지 유충의 성격이 유순한 줄 알았는데, 사실은 훨씬 사나울지도 모른다는 생각이 들었다.

"하지만 아까는 굉장히 의외였어요. 전 삑삑이가 제게 제압당하면 그냥 순순히 항복할 줄 알았거든요. 그런데 이사나 님께 도움을 청할 줄이야……. 삑삑이가 이사나 님을 정말 많이 의지하나 봐요.”

“저도 놀랐습니다. 알리페르의 유충이 사람처럼 누군가를 의지하고 배신당했다는 생각에 토라질 수도 있다는 걸요. 정말 몰랐습니다…….”

유충은 생각보다 훨씬 이사나를 믿고 있었다. 이사나가 절대 자신을 해칠 리 없다고 생각하며 모든 위험으로부터 반드시 구해 줄 거라는 믿음을 가지고 있었다. 하지만 유충은 알리페르였다. 그러니 넥시움인 이사나는 무슨 일이 있더라도 유충이 탈피하기 전까지는 유충을 죽이든지 헥사비스 바깥에 내다 버리든지 해야 했다. 그렇게 된다면…….

그럼 너도 그 테메리트라는 노파처럼 날 증오하게 되는 걸까?

또다시 배신감에 치를 떨며 울어댈 유충을 떠올린 이사나는 씁쓸한 얼굴로 이동장 안을 내려다보는데, 쥬드는 그런 이사나의 눈치를 살피며 조심스럽게 말을 꺼냈다.

“이사나 님, 혹시 포스에서 무슨 일이 있으셨어요?”

쥬드의 말에 이사나는 의아한 얼굴로 되물었다.

“왜 그렇게 생각하는 겁니까?”

“아까 연구실로 들어오실 때부터 얼굴이 어두워 보여서요.”

쥬드의 말에 이사나는 얼떨떨한 얼굴로 눈을 껌뻑거렸다. 이사나는 이때까지 자신의 얼굴에 감정이 잘 드러나지 않는 편이라고 생각했다. 그랬기에 그 어린 날, 말도 안 되는 이유로 형과 그의 추종자들에게 끌려가 흠씬 두들겨 맞고 돌아와도 아무도 그게 일방적인 폭력이었다는 것을 알아차리지 못했다. 이사나의 부모인 선황과 태후조차 왜 그렇게 험하게 노냐고 타박하기만 할 뿐이었다. 그래서 이사나는 지독히 자신에게 불친절한 세상에 서러워져 조금 많이 울었다.

하지만 사실은 자신을 증오하는 사람이 있었다는 걸 몰랐던 것처럼,

자신을 관심 있게 바라봐 주는 사람이 있었다는 걸 알아채지 못했던 건지도 몰랐다.

이사나는 쥬드에게 고마움을 느끼며 잠시 머뭇거리다가 입을 열었다.

"포스에서 저를 원망하는 사람을 만났습니다."

"황자님이란 걸 들키셨나요?"

"그런 것은 아닙니다만, 그분은 비어 있는 제 왼팔을 보고 제게 알리페르 토벌에 참여했냐고 물었습니다. 그리고 당신의 아들도 알리페르 토벌에 참여했다가 다리를 잃었다고 말했습니다. 제가 부추겨서 그런 꼴을 당했다고, 그래서 이사나 넥시움이 밉다고 말하셨습니다."

이사나의 말에 쥬드는 이상하다는 듯 고개를 갸웃거리며 말했다.

"부상을 입은 건 안된 일이지만, 그건 입대를 결정한 그분의 아들이 책임져야 할 부분이잖아요. 이사나 님이 들어가라고 협박했던 것도 아닌데⋯⋯."

숙부와 똑같은 얘기였다. 그에 이사나는 둘이 성격은 달라도 꽤나 통하는 구석이 있는 것 같다는 생각이 들었다.

"하지만 그분은 절 정말 많이 원망하고 있었습니다. 그분이 그 정도로 저를 미워하는데, 그분의 아들에게 닥친 비극이 정말로 온전히 그분 아들만의 책임이 되는 건가 하는 생각이 들어서⋯⋯. 사실은 이제껏 제가 저도 모르는 사이 많은 사람들에게 잘못을 하고 있었던 게 아닌가 하는 생각이 들었습니다."

이사나의 말에 쥬드는 고민하듯, "음⋯⋯." 하고 신음하다가 역시 납득할 수 없다는 듯 말했다.

"전 아무리 생각해도 이사나 님께 잘못이 있다는 생각이 안 들어요.

제가 포스 출신이라서 그런지는 모르겠지만요. 알리페르로부터 헥사비스를 지키기 위해서는 많은 군인들이 필요하다고 들었어요. 하지만 이사나 님이 입대를 독려하지 않았다면 어떻게 됐을까요? 입대하려는 사람이 없었을 것 아니에요? 그렇다면 그쪽이 더 큰일이었을 것 같아요."

쥬드의 말은 반박할 수 없을 만큼 조리 있었다. 하지만 이사나는 여전히 고민이 되었다. 과연 그게 최선이었다고 생각하며 혹시 있었을지 모를 잘못을 외면하는 게 옳은 일일까? 이사나가 여전히 심각한 얼굴로 고민하자, 백미러로 그런 이사나를 지켜보던 쥬드가 피식 웃으며 이사나에게 말했다.

"그렇게 신경 쓰이신다면 한 번쯤 그 사람의 사정을 들어보는 건 어떨까요?"

"사정을 들어본다고요?"

"네, 사정을 듣는다고 뭔가 드라마틱하게 바뀌진 않을 것 같지만, 그래도 이사나 님 말대로 이사나 님께서 몰랐던 그분의 사정을 알게 될지도 모르잖아요. 그럼 나중에 그분과 비슷한 사정을 가진 다른 사람들을 도와줄 수 있을지도 모르고요."

쥬드의 말에 이사나는 아까보다는 훨씬 냉정하게 테메리트가 했던 말을 떠올릴 수 있었다.

'그 포를 떠 버릴 놈이! 제국의 미래를 위해서니 뭐니 떠들어 대면서 얌전한 내 아들을 부추겨 그 끔찍한 알리페르 놈들의 먹잇감으로 던져 버린 게야! 그놈들에게 그런 심한 일을 당하게 만들고……! 포스에서 이런 몹쓸 병까지 걸리게 만들었어! 자네도 밉지? 응? 자네도 자네의 팔을 가져가게 내버려 둔 이사나 넥시움이 미워서 견딜 수 없지……!'

언뜻 듣기에는 평범한 원망이었지만, 뭔가 마음에 걸리는 부분이 있었다. 테메리트의 사정에 대해 알아본다. 그렇게 생각하자, 이사나는 아까보다 훨씬 마음이 편해지는 걸 느낄 수 있었다. 아까 테메리트의 말을 듣고 계속 우울해졌던 건 자신이 한 일에 아무런 책임도 질 수 없다는 무력감 때문이었는지도 몰랐다. 이사나는 아까보다 훨씬 편안해진 얼굴로 쥬드에게 인사했다.

"고맙습니다. 당신은 저보다 훨씬 지혜롭고 어른스럽군요."

이사나의 감사에 쥬드는 엄청 허둥거리며 말했다.

"아, 아니에요. 저 같은 게 무슨……! 그, 그리고 이젠 말 놓으세요, 제가 훨씬 어린데……."

"그럴게."

쥬드의 호들갑에 이사나는 이전과 달리 순순히 그러겠다고 대답했다. 그러자 쥬드는 헛것을 들은 게 아닌가 하는 얼굴로 이사나를 돌아보았다. 하지만 이사나는 평온한 얼굴로 웃고 있을 뿐이었다. 그에 쥬드는 순식간에 얼굴이 새빨개지더니 다시 정면을 돌아보았다. 목 끝까지 붉게 달아오른 쥬드를 보자, 이사나는 어째서인지 가슴 한구석이 간질간질해짐을 느꼈다.

* * *

쥬드의 도움으로 거의 사흘 만에 집에 돌아온 이사나는 집에 도착했는데도 여전히 이동장 안에 틀어박힌 유충을 내려다보며 한숨처럼 말했다.

"나와."

"……."

"계속 그렇게 있을 거야?"

"……."

이사나의 말에도 유충은 꼼짝도 않은 채 꽁하니 몸을 웅크리고 있었다. 하지만 유충은 자고 있는 게 아니었다. 얼굴을 보이지 않으려고 온몸에 힘을 꽉 주고 있는 게 눈에 보였다. 이사나는 그런 유충을 빤히 쳐다보다가 이동장 안으로 손을 집어넣어 유충을 들어 올렸다. 유충과 눈높이를 맞추자, 이사나를 보고 싶지 않다는 듯 눈을 꼭 감은 유충의 얼굴이 보였다. 유충의 눈가에는 여전히 서러운 눈물이 대롱대롱 매달려 있었다. 그런 유충과 마주하니 이사나는 또다시 마음이 무거워질 수밖에 없었다.

유충을 데리고 소파에 앉은 이사나는 여전히 몸을 둥글게 말고 있는 유충을 꽉 끌어안았다. 그러자, 처음 안았을 때보다 훨씬 커지고 묵직해진 유충이 느껴졌다. 하지만 유충의 몸은 여전히 그때처럼 놀랍도록 따뜻했다. 이사나는 여전히 몸을 웅크린 유충을 내려다보며 상냥하게 말했다.

"아까 네 편을 들어주지 않아서 화가 난 거야?"

"……."

"하지만 아까는 네가 잘못한 거잖아. 네가 먼저 쥬드를 공격해서 쥬드를 곤란하게 했잖아. 쥬드는 네게 해를 끼칠 사람이 아닌데 무턱대고 그런 짓을 하면 어떡하니."

"……."

"앞으로도 난 계속 숙부님과 함께 포스로 내려가게 될 거야. 그동안은 얌전히 쥬드가 하는 말을 듣고 있어야 해, 알았지?"

이사나의 말을 알아들었는지 못 알아들었는지 유충은 여전히 꽁하니 몸을 웅크리고 있을 뿐이었다. 그런 유충을 가만히 내려다보던 이사나는 유충의 보드라운 진줏빛 몸통을 쓸며 계속 말했다.

"아까는 편 들어주지 못해서 미안했어. 대신 앞으로는 무슨 일이 있어도 항상 네 편을 들어줄게."

이사나가 유충의 보드라운 등을 계속 쓸며 조곤조곤 얘기하자, 마음이 풀어졌는지 유충의 작은 몸에서 점점 힘이 빠져나가기 시작했다. 여전히 얼굴을 보이려 하지 않는 유충이었지만, 그래도 여전히 이사나가 좋은지 유충은 꾸물꾸물 이사나의 품 안으로 파고들었다.

희한한 일이었다. 이사나는 항상 그날의 일을 두려워했다. 렉사와 만났던 그날, 강인한 팔다리를 잃고, 동료와 아끼던 부하도 모조리 잃어 자신의 인생은 이제 진창에 빠졌다고 생각했다. 그날 죽었어야 했다고 생각한 적도 무수히 많았다.

하지만 어째서일까. 지금 품 안에 파고드는 이 체온은 그렇지 않다고 강하게 부정하는 것 같았다.

포스(Fourth) (2)

유충과 화해한 다음 날 아침, 유충에게 충분히 사료를 먹인 이사나는 유충을 거실 바닥에 앉혀 놓고 진지한 얼굴로 말했다.

"모레부터 난 다시 숙부님과 함께 포스로 내려가야 해."

"삐잇?"

조곤조곤한 이사나의 말에 유충은 고개를 갸웃거렸다. 사실 이사나도 유충에게 이런 시시콜콜한 것들을 설명한다고 해서 유충이 알아들을 거라는 기대는 하지 않았다. 하지만 이제까지의 경험상 유충이 아무리 못 알아들어도 아예 말없이 멋대로 나가 버리는 것보다는 이렇게 말이라도 하는 게 유충이 훨씬 사고를 덜 쳤다. 그러니 혼잣말을 하는 것처럼 낯간지러워도 이사나는 유충이 언젠가 알아줄 거라고 믿으며 사정을 설명하는 수밖에 없었다. 일단 유일한 청자인 유충은 이사나의 목소리를 꽤 좋아했기에 수업은 일견 순조로운 것처럼 보였다.

"포스로 내려가면 이번엔 얼마나 체류하게 될지 잘 모르겠어. 숙부님께선 쥬드에게도 말하지 않는 아주 중요한 연구를 하시는 것 같았거든. 그렇게 되면 넌 아마 쥬드와 계속 함께 있어야 할 거야."

이사나의 말에도 유충은 여전히 알아들은 기색 없이 "삣? 삐이?" 하고 울어대고 있었다. 그 모습에 머리로는 말을 계속해 줘야 한다고 생각하면서도 힘이 빠졌다. 하지만 이사나는 인내심 있는 좋은 선생님이었다. 유충이 다시 차분해질 때까지 기다린 이사나는 조용해진 유충에게 진지한 얼굴로 본론을 꺼냈다.

"그러니 이제부터는 나한테만 의지하지 말고 혼자 있어 보는 연습을 해보자."

"삐이이잇ー!"

유충은 이사나가 무슨 말을 하는지도 모르면서 목청 좋게 울어 댔다. 그에 어처구니가 없어져 작게 웃어 버렸지만, 이내 이사나는 진지한 얼굴로 유충이 앉은 자리에서 한 걸음 뒤로 물러났다. 그러자 유충이 어리둥절한 얼굴로 이사나에게 다가가기 위해 몸을 일으켰다. 그에 이사나는 진지한 얼굴로 고개를 가로저으며 단호하게 말했다.

"안 돼."

"삣?"

"기다려."

단호한 이사나의 말에 유충은 알아들은 것처럼 그 자리에 가만히 앉아 있었다. 역시 내 말을 알아듣는구나! 이사나는 어쩐지 감동이 밀려와 그 자리에 가만히 앉아 있는 유충을 보며 웃었다. 첫발을 순조롭게 내딛어 용기를 얻은 이사나는 이번엔 두 걸음 더 뒤로 물러났다. 그러자 유충은 안절부절못하며 다시 이사나에게 다가가려고 했다.

"안 돼."

"삐이잇!"

"기다려."

"삐잇? 삐잇! 삐잇!"

이사나의 명령에 유충은 불만스러운 듯 삑삑거렸지만, 그래도 움직이진 않았다. 그런 식으로 이사나는 조금씩 유충과 거리를 두며 뒤로 물러나 결국 현관의 철문까지 다다랐다. 유충은 넘칠 듯 꽉 채워진 물 잔처럼 불안해 보였지만, 그래도 이사나는 이게 유충에게 꼭 필요한 일이라고 생각해 훈련을 계속했다. 하지만 이사나가 철문을 열자, 유충은 더 이상 참지 못하고 이사나를 쫓아왔다. 그에 이사나는 다시 한번 유충에게 단호하게 명령했다.

"기다려."

"삣!"

"기다려."

이사나의 단호한 명령에 결국 발치에서 멈춘 유충은 안절부절못하는 얼굴로 이사나를 올려다보았다. 이사나는 천천히 열린 철문 뒤로 몸을 빼며 계속 기다리라고 외쳤다. 그러나 몸이 거의 빠져나오기 직전, 삑삑거리며 불안해하던 유충이 재빠르게 도약하더니 이사나의 의족을 타고 올라가 품 안으로 쏙 들어가 버렸다.

"……너 진짜……."

거의 성공했다고 생각했는데 유충이 마지막을 참지 못해 이사나는 허탈해졌다. 하지만 아까는 말을 잘 들었으니 계속 연습을 하면 나아지지 않을까 생각했다. 이사나는 품에 안겨 있던 유충을 원래 자리에 내려놓은 채 훈련을 다시 시작했다. 하지만.

"기다려."

"삐잇?"

이사나가 기다리라고 말했지만, 유충은 무슨 말인지 모르겠다는 듯 고개를 갸웃거리더니 이사나에게 뽈뽈 기어와 품 안으로 파고들었다. 몇 번을 반복했지만, 처음과 달리 유충은 알아듣지 못하는 척, 이사나가 무슨 말을 해도 계속 품 안으로 파고들었다. 그러면서 "삐잇? 삐잇! 삣삣?" 하고 노래하듯 울어 대는데, 이사나는 도무지 유충을 혼낼 수 없었다. 결국, 훈련은 꾀쟁이 유충과 마음 약한 제국의 영웅으로 인해 아무런 소득 없이 끝날 수밖에 없었다.

* * *

"그래서 결국 실패하신 거군요."

다시 포스로 내려가야 할 날이 와 버렸지만, 유충과의 분리 훈련은 전혀 성과가 없었다. 이사나는 유충에게 무르기만 한 자신이 창피하면서도 이제부터 이 말썽쟁이 유충과 함께 있어야 할 쥬드에게 미안해 도저히 고개를 들 수 없었다.

"미안해, 쥬드. 오늘도 고생하게 될 거야."

"아, 아니에요. 왜 이사나 님이 미안해하시는 거예요. 저 똥고집 뻑뻑이 녀석이 문제인 거죠."

"그렇다 해도 내게 문제가 없는 건 아니잖아. 이상하게 이 녀석에게는 엄하게 굴 수가 없어서…….”

그게 참 이상했다. 아카데미와 사관 학교를 유례없이 빠른 속도로 월반에 월반을 거듭해 졸업했던 이사나는 어린 나이에 조교가 되어 병사들은 물론이요, 정찰견까지 손수 오랫동안 훈련시켰다. 하지만, 단 한 번도 이렇게 무르게 굴어 본 적이 없었다. 상관에게 누구보다도 군복이 어울린다는 칭찬 아닌 칭찬을 받았던 이사나지만, 이상하게도 유충 앞에만 서면 좀처럼 군인답게 생각하고 행동할 수 없게 되어 버린다.

너무 연약해 보여서 그런 걸까?

이사나는 어느새 이동장을 빠져나와 허벅지 위에서 단잠에 빠져든 유충을 복잡한 얼굴로 내려다보았다. 그리고 그런 이사나와 유충을 백미러로 바라보던 쥬드가 밝게 웃으며 이사나에게 말했다.

“그만큼 이사나 님이 삑삑이를 아껴서 그런 걸 거예요. 그리고 그걸, 저 영악한 녀석이 알아채고 더 고집을 부리는 거고요. 어디서 왔는지 모르지만, 저 녀석은 절대 보통 알리페르가 아니에요. 저렇게 별난 녀석이 또 있을 수 없어요.”

쥬드의 농담에 이사나는 쓴웃음을 내지었다. 확실히 유충은 변종이긴 했다. 진짜 ‘변종’ 알리페르인 렉사의 후계이니 말이다. 하지만, 그것보다는 자신을 닮아서 그런 것인지도 모르겠다는 생각이 들었다. 이사나 역시 한 고집하는 편이니까. 어쩌면 닮는 게 당연한지도 모른다. 종은 다르지만, 유충은 이사나의 유전 정보를 훔쳐 태어났다. 어느 의미에서는 ‘자식’이라고 볼 수도 있었다. 새삼스레 그런 생각이 들자, 이사나는 기분이 좀 이상해졌다. 이사나가 복잡한 눈으로 유충을 내려다보는데, 쥬드가 이사나에게 물었다.

"지난번에는 정신이 없어서 잊고 있었는데요, 포스의 아저씨들은 잘 지내고 계신가요?"

기대감이 서린 쥬드의 말에 이사나는 잠시 망설이다가 쥬드에게 말했다.

"……미안해. 그들과는 만나지 못했어. 숙부님과 내려갔을 땐 이미 주거지를 옮긴 것 같았어."

에드먼드는 애초에 쥬드 몰래 내려가 연구를 진행하고 있었기에 두 사람은 쥬드의 지인들의 도움을 받을 필요가 없었다. 무엇보다 쥬드의 지인들을 만나기 위해서는 쥬드가 알려 준 비밀 통로를 통해 포스 안으로 들어가야 하는데, 에드먼드는 그 길이 냄새 난다며 질색했다. 그럼 자신이라도 들어가 쥬드의 소식을 알려 주어야 하나 생각했는데, 에드먼드는 또다시 이사나에게 이해할 수 없는 명령을 내렸다.

'만약 쥬드가 그들과 만났냐고 물으면 그들이 이미 떠나고 없었다고 말하거라.'

'왜 그런 말을 하시는 겁니까?'

'시키면 시키는 대로 하거라. 이유는 묻지 말고.'

에드먼드가 왜 그런 말을 하는지 모르지만, 엄밀히 말해 이사나는 부외자였다. 두 사람 사이에 끼어들어 뭐라 훈수를 둘 입장이 아니었다. 겉으로는 이상적인 교수와 제자의 모습을 하고 있다지만, 당사자가 아닌 이상 둘의 속사정은 누구도 알 수 없었다. 그렇기에 이사나는 이상함을 느끼면서도 일단 잠자코 에드먼드의 명령을 따르기로 했다.

"……그렇군요."

이사나의 말에 쥬드는 실망하며 풀이 죽었다. 아무리 포스에서 도망쳐 이곳으로 나왔다고 하지만, 그래도 지인들의 소식을 기대했던 모양이다. 이사나는 그게 괜히 미안하게 느껴져 쥬드에게 물었다.

"만약 포스에서 소식을 알게 되면 네게 알려 줄게. 이름은 뭐고 어떻게 생긴 사람이야?"

"……괜찮아요. 그러지 않으셔도 되요."

힘없이 웃으며 거절하는 쥬드의 말에 이사나는 진지한 얼굴로 쥬드에게 말했다.

"내게 부탁하는 게 미안해서 그런 거라면 부담 가질 필요 없어. 나역시 네게 도움을 많이 받고 있으니까."

"아, 아니에요. 부담스럽다거나 그런 게 아니라, 그냥…… 소식을 모르는 게 차라리 나을 수도 있겠다 생각해서요."

쓸쓸한 쥬드의 말에 이사나는 일순 할 말을 잃었다. 쥬드와 살아온 환경은 달랐지만, 오랫동안 알리페르 토벌을 해 왔기에 이사나는 오히려 그의 마음을 이해할 수 있었다. 나쁜 소식이 들려오는 것보다, 막연하게 상대가 잘 지내고 있을 거라고 믿고 싶은 것이다. 그에 이사나가 더 이상 가타부타 말하지 않고 알겠다고 고개를 끄덕였다. 그러자 쥬드는 짐짓 밝은 얼굴로 이사나에게 물었다.

"그런데 도대체 선생님은 포스에서 무슨 연구를 하시고 있는 거예요? 저한테도 비밀로 하시면서."

쥬드는 조수이면서도 에드먼드에게 신임받지 못하고 있다는 생각이 드는 건지 볼을 부풀리며 불만스럽게 툴툴거렸다. 그런 쥬드의 모습이 귀엽게 느껴진 이사나는 살짝 미소 지으며 쥬드에게 물었다.

"궁금해?"

"네!"

"안 알려 줘."

이사나의 말에 쥬드는 일순 어이없어하는 얼굴을 하더니 이내 이사나에게 치사하다며 길길이 날뛰었다. 그에 이사나는 모르는 척 창밖으로 고개를 돌릴 뿐이었다.

의외로 끈질긴 구석이 있었던 쥬드는 리비에에 도착할 때까지 틈만 나면 이사나를 추궁해 에드먼드의 연구 주제를 알아내려 했다. 하지만 과거에 고문 훈련까지 받은 적 있는 이사나가 쥬드의 어설픈 유도 신문에 넘어갈 리 없었다. 무엇보다 이사나는 진짜로 주제가 뭔지도 몰랐으니 말이다.

* * *

정오에 가까운 오전, 이사나는 에드먼드와 함께 다시 포스로 내려갔다. 저번과 마찬가지로 쥬드 몰래 숨겨 둔 짐 가방을 이사나에게 들게 한 에드먼드는 포스로 내려오자마자 또다시 움집 안의 연구실에 처박혔다. 그에 이사나는 저번과 마찬가지로 시안을 따라다니며 환자들에게 약을 나눠 주고 그들에게서 병의 단서를 얻고자 했다.

그러면서 이사나는 아픈 아들과 함께 가장자리 골목에 앉은 테메리트에게 말을 걸 기회를 엿보았다. 어째서 그녀가 '이사나 넥시움'에게 그토록 강한 증오를 품고 있는 지 알 수 없지만, 이사나로서는 그 이유가 아무리 사소하더라도 꼭 알고 싶었다. 하지만 포스의 사람들은 기본적으로 외지인에게 배타적이었다. 1년 동안 환자들을 돌봐 온 숙부조차 쉽사리 신뢰받지 못했는데, 자신이 무슨 수로 테메리트와 허심탄회한 대화를 나눌 수 있을까. 하지만 그런 고민이 무색하게 시안이 잠시 자리를 비우자마자, 테메리트는 재빨리 이사나의 곁으로 다가와 제멋대로 자신의 얘기를 늘어놓기 시작했다.

"그래서 나는 베르딜에게 토벌에 지원하지 말라고 얘기했지. 그런 짓을 해 봐야 개죽음만 당할 뿐이라고. 하지만 베르딜은 꼭 그놈과 함께 알리페르를 토벌하고 싶다는 이유로 멋대로 집을 나가 버렸어. 이런 꼴이 될 줄은 꿈에도 모르고 말이야. 그때는 내가 아무리 애원해도 소용이 없었어. 이게 다 이사나 넥시움 때문이야! 그놈이 선동해서 헥사비스 안에 있는 젊은이들 씨를 죄다 말리고 있는 거라고! 자네도 그놈이 밉지? 미워서 죽겠지?"

"……."

대화를 시작한 지 얼마 지나지 않아, 테메리트는 저번과 마찬가지로 '이사나 넥시움'을 비난하기 시작했다. 그러면서 계속 그가 밉지 않느냐고 묻는데, 이사나는 난처하기만 했다. 확실히 이사나는 자기 자신을 좋아하는 편은 아니었다. 하지만 이런 말에 빈말로도 동조할 만큼 싫어하는 것 역시 아니었다. 쥬드의 조언에 따라 그녀와 대화하기로 결심했지만, 누군가의 말을 들어준다는 건 생각보다 훨씬 힘든 일이었다.

"그래, 자네 이름이 뭐라고?"

"아브노아라고 불러 주시면 됩니다."

반사적으로 '이사나'라고 말할 뻔한 이사나는 재빨리 '아브노아'라고 고쳐 대답했다. 그러자 테메리트는 잔주름이 자글자글한 눈을 인자하게 휘며 말했다.

"그래그래, 아브노아. 자네는 정이라고는 눈곱만큼도 없는 다른 놈들과 달리 내 말을 잘 들어 주는구만. 포스의 놈들은 그런 게 없어! 내가 뭐라고 얘기만 하면 죄다 눈살을 찌푸리고 고개를 돌리고! 쓰레기 땅벌레들 주제에!"

"……테메리트 씨, 여기 분들을 그런 식으로 말하지 않으셨으면 합니다."

계속해서 이어지는 이곳 주민들에 대한 험담에 참다못한 이사나가 테메리트에게 한소리 했지만, 테메리트는 도리어 감격한 얼굴로 이사나에게 말했다.

"날, 날 이름으로 불러 주는 겐가? 흐흐흐, 도대체 이게 얼마만인지 모르겠어. 모두들 나를 망할 할망구, 빌어먹을 노파 같은 끔찍한 말로밖에 부르지 않으니까."

그러면서 테메리트는 잘 짜인 이사나의 팔뚝 근육을 손가락으로 쓸었다. 그에 이사나가 흠칫 놀라며 팔을 뒤로 빼자, 테메리트는 대번에 얼굴을 구기며 괄괄하게 소리 질렀다.

"내가 만지는 게 끔찍한 겐가? 내가 병균처럼 보이는 게야?!"

"……그런 건 아닙니다. 죄송합니다."

이사나는 조금 억울했지만, 테메리트가 화난 것처럼 보여 일단 정중히 사과했다. 그러자 구겼던 얼굴을 잽싸게 편 테메리트는 교태롭게 웃으며 이사나에게 말했다.

"호호호호, 용서해 주지. 난 자네가 마음에 드니까."

그러면서 이번에는 아예 대놓고 이사나의 팔 근육을 손으로 쓸기 시작했다. 그런 테메리트가 거북하기 짝이 없었지만, 이사나는 도대체 어느 부분에서 그녀에게 거북함을 느끼는지 알 수 없었다. 그녀의 말대로 그녀가 병균처럼 느껴지는 건 아닌데 말이다. 이사나는 결국 테메리트가 하는 행동을 저지할 이유를 찾지 못한 채 그냥 참고만 있는데, 테메리트는 이사나의 팔을 간지럽게 만지작거리며 또 불평을 쏟아내기 시작했다.

"내 아들도 자네처럼 팔만 잃고 정신은 멀쩡했으면 좋았을 텐데. 저렇게 하루 종일 멍하니 있으니 어디 한 군데 쓸데가 없어. 이젠 저놈의 수발을 드는 것도 지긋지긋해."

"그런데 테메리트 씨와 베르딜 씨는 어째서 포스로 내려오신 겁니까?"

일방적인 대화를 통해 이사나는 테메리트와 베르딜이 원래 포스에 살던 사람이 아니라는 것을 알게 되었다. 그렇다면 두 사람이 포스로 내려왔어야 할 이유가 있었을 것이다. 그래서 테메리트에게 조심스럽게 물었지만, 그녀는 미간을 구긴 채 전혀 엉뚱한 말만 할 뿐이었다.

"이사나 넥시움도 알리페르 토벌을 하다가 부상을 입고 퇴역했다지? 그놈은 황족이니 분명 손톱 하나 깨진 걸로 난리를 치다가 그만둬 버린 게 분명해. 뻔하지. 황족이 뭐 하러 힘들게 알리페르를 토벌하겠다고 설치겠어? 그놈도 베르딜만큼, 아니, 베르딜보다 더 처참한 불구 병신이 됐으면 좋겠는데. 알리페르 놈들한테 허벌창이 되게 윤간당하면서 진창에 빠졌으면 좋겠는데."

"……."

평행선을 달리기만 하는 테메리트와의 대화에 이사나는 점점 더 피곤해짐을 느꼈다. 아무리 테메리트의 사정을 알아보겠다고 결심했지만, 이사나도 사람인지라 자신을 욕하는 사람과 오랫동안 얼굴을 마주하는 게 쉽지 않았다. 다른 환자들에게 약을 나눠 주러 간다는 핑계로 겨우 테메리트에게서 벗어난 이사나는 그녀의 시선이 닿지 않는 골목 안으로 들어오고 나서야 한숨을 돌릴 수 있었다.

이게 정말 의미 있는 일일까? 이사나는 자신이 테메리트를 미치광이 취급하며 이대로 지나칠 수 있으면 좋겠다고 생각했다. 제국을 위한 일이라면 자신을 원망하는 노파의 사정을 알아보는 것 외에도 할 수 있는 일이 많을 테니까. 이사나는 차라리 군에서 시키는 대로 작전을 수행하며 알리페르를 토벌하는 게 수백 배는 더 쉽겠다고 생각했다.

……아니다, 이제 자신은 군인인 '이사나 넥시움'이 아니었다. 그러니 주어진 자리에 맞는 일을 해야 했다. 그저 지금은 군인이 아닌 자신이 낯선 것에 불과한 것이니까.

그렇다 해도 오늘은 완전히 지쳐 버렸다. 첫술에 배부를 수는 없다고 스스로를 위로한 이사나는 다시 환자들에게 약을 나눠 주기 위해 자리에서 일어났다. 그런데 문득 귓가에 익숙한 소리가 들려왔다. 조용하기 그지없는 지하 3층 외곽의 집에 있을 때 항상 듣게 되는 그 사부작거림 말이다. 이사나는 설마 하는 생각에 소리가 들려온 곳을 돌아보았지만, 주변은 텅텅 비어 있을 뿐이었다. 그래, 아무리 그 녀석이라도 여기까지 따라올 수 있을 리가…….

그럼에도 마음에 걸린 이사나는 소리가 들려온 골목 안을 샅샅이 뒤졌다. 하지만 역시 아무것도 보이지 않았다.

잘못 들은 건가?

골목 안이 텅텅 빈 걸 확인했음에도 이사나는 이상하게도 좀처럼 발걸음이 떨어지지 않았다.

* * *

자정이 가까워지자, 움집 안에서 연구에 골몰하고 있던 에드먼드가 웬 아이스박스를 들고 밖으로 나왔다. 그에 시안이 마련해 준 잠자리에 들 참이던 이사나는 반색하며 에드먼드에게 다가가는데, 에드먼드가 아이스박스를 이사나에게 떠넘기며 말했다.

"시안에게 말하고 올 테니 짐 싸고 올라갈 준비를 하거라."

이사나가 무슨 일이냐고 물어보기도 전에 에드먼드는 시안이 사는 움집으로 향했다. 이사나는 당황스러웠지만, 일단 숙부의 말대로 짐을 싸고 그를 기다렸다.

오전에 걸어왔던 길을 거꾸로 거슬러 가면서 이사나는 생각에 잠긴 에드먼드를 힐끔 쳐다보았다. 그리고 조심스럽게 그에게 물었다.

"숙부님, 도대체 무슨 일……."

"박사님."

에드먼드는 고개조차 돌리지 않은 채 낮게 질책했다. 그에 이사나는 애매한 얼굴로 앵무새처럼 그를 따라 말했다.

"네…… 박사님."

"그래, 뭐."

"오늘 연구하시면서 무슨 일이 있었습니까?"

이사나의 물음에 에드먼드는 피로가 느껴지는 깊은 한숨을 내쉬며 대답했다.

"일은 무슨……. 평소랑 똑같지, 왜."

"이번에는 며칠 정도 머물다 가실 줄 알았는데, 갑자기 돌아가자고 하셔서요."

언뜻 보기에도 에드먼드의 눈 밑은 거무죽죽한 게 상당히 피로해 보였다. 도대체 에드먼드가 그 밀폐된 움집 안에서 뭘 하고 있었는지는 모르지만, 꽤 피곤한 작업이었을 것 같다. 이사나는 자신이 도울 수 있는 일이라면 숙부를 돕고 싶었지만, 이번 연구만큼은 에드먼드가 누구의 도움도 받으려 하지 않았다. 원래 완벽주의자인 데다가 지독히도 사람을 믿지 않아서 그런 것도 있지만, 이번에는 좀 심하다 싶을 정도로 보안에 신경 썼다. 쥬드에게조차 밝히지 않을 정도로. 이유가 무엇일까? 궁금했지만, 에드먼드는 가르쳐 주지 않을 터였다. 하지만 연구가 잘 풀리지 않는 건 아무리 그라도 지치는지 에드먼드는 드물게 약한 소리를 냈다.

"도대체 병의 원인이 뭔지 알 수가 없구나. 세균과 바이러스는 물론이요, 중금속이나 프리온까지 대상을 확대했지만, 역시 아직도 뭔지 짐작조차 가지 않아."

"……그렇군요."

"그래서 샘플들을 가지고 지상의 연구소에 가 볼까 한다. 아무래도 그쪽이 좀 더 기기 종류가 많고 정밀하니 말이다."

에드먼드의 말에 이사나는 고개를 끄덕였다. 아무리 에드먼드가 사재를 털어 이곳에 기기들을 갖췄다고 해도 제국 대학의 연구소에서 쓰는 기기들보다는 질이 떨어질 테니까. 어느새 지하 3층의 열람실에 도착한 에드먼드는 이사나가 짊어지고 있던 아이스박스를 건네받으며 말했다.

"난 위에서 이것을 마저 조사하고 오겠다. 아마 일주일 정도 걸릴 것 같으니 오늘은 가서 쉬고 사흘 뒤에 다시 여기로 와 쥬드와 함께 네 유충이 얼마나 성장했는지 측정하거라. 하는 방법은 쥬드가 알고 있으니 그것만 하고 그 날은 일찌감치 돌아가고. 분석이 끝나면 내가 다시 연락하마."

"지금 바로 올라가시는 겁니까?"

자정을 훌쩍 넘긴 늦은 시간이라 이사나가 걱정스레 말하자, 에드먼드도 지친 얼굴로 투덜거렸다.

"그래, 지금부터 기기를 돌려도 일주일 안에 결과가 나올지 나도 장담 못 하니 말이다."

에드먼드는 그렇게 말하며 당직인 도서관 사서에게 소설 코드를 보였다. 그러자 사서는 열람실의 한 구석에 있는 방으로 에드먼드를 안내했다. 층간 엘리베이터였다. 제한된 몇몇 사람들만이 사용할 수 있는 층간 엘리베이터에 몸을 실은 에드먼드는 피곤한 얼굴로 얼른 들어가 보라는 듯 이사나에게 손짓했다. 문이 닫히고 층간 엘리베이터가 위로 올라가는 소리가 들리자, 이사나 역시 열람실을 나왔다. 시간이 많이 늦어 오늘은 여기서 자고 내일 집으로 돌아가야 할 것 같았다. 이사나는 몰려오는 피곤함에 하품을 하며 에드먼드의 연구실로 내려갔다.

오늘도 쥬드가 유충을 돌보느라 정말 고생을 많이 했을 터였다. 나중에 그에게 제대로 답례를 해야겠다고 생각하며 연구실 문을 여는데, 연구실 안에서 새하얗게 질린 얼굴로 어찌할 줄을 모르는 쥬드가 보였다. 불길한 예감이 든 이사나는 짐을 내팽개치듯 바닥에 내려놓은 채 쥬드에게 다가갔다.

"쥬드? 왜 그러고 있는 거야?"

이사나의 물음에 눈물범벅이 된 쥬드는 몸을 덜덜 떨며 이사나에게 말했다.

"이사나 님, 삑삑이가…… 삑삑이가 없어졌어요!"

쥬드의 말에 이사나는 뒤통수를 세게 얻어맞은 듯한 기분이 들었다.

그 녀석이…… 없어져? 이사나는 순간 머리가 새하얘졌지만, 이내 침착
해야 한다고 스스로에게 되뇌며 떨어지지 않는 입을 간신히 움직였다.

"언제, 없어진 건데?"

"아까, 흑, 저녁 주기 전까진, 잘 있었는데……. 흑, 없어져서, 훌쩍,
이동장 안에 있는 줄 알았는데, 훌쩍."

"연구실 안은 다 찾아본 거야?"

"네……. 그런데도 전혀 보이질 않아서……!"

죄송해요. 정말, 죄송해요……. 쥬드는 흐느끼며 계속 이사나에게
사과했다. 하지만 이사나는 감히 쥬드를 탓할 수 없었다. 쥬드는 물
론이요, 이사나조차 감당할 수 없을 정도로 유충은 별났으니까. 이
사나는 밀려드는 상실감과 무력감에 어찌할 줄을 모르는데, 바닥에
내팽개쳐진 짐 가방 안에서 부스럭거리는 소리가 들리더니 가방 안
에서 유충이 꾸물꾸물 기어 나왔다.

"삐잇?"

"삐……삑삑아!"

사라진 줄 알았던 유충이 짐 가방 안에서 나타나자, 쥬드는 한달
음에 달려가 유충을 품에 끌어안고 엉엉 울었다.

"흐어어어엉! 삑삑이 이 말썽쟁이야! 내가 얼마나 걱정했는지 알아!"

"크르릉! 캬으으응!"

"하하하, 저녁도 안 먹었는데 힘이 넘치는구나!"

"캬아아아앙!"

유충은 갑작스럽게 껴안아오는 쥬드에게 놀랐는지 이까지 드러내
며 으르렁거렸다. 하지만 쥬드는 익숙한 듯 유충의 뒷덜미를 잡아채며
유충의 이빨을 요리조리 피했다. 그에 유충은 더더욱 발버둥을 치며

하악거렸지만, 쥬드는 아랑곳 않고 기쁨의 눈물만 흘릴 뿐이었다.

하지만 이사나는 달랐다.

쥬드의 품에 안겨 하악거리는 유충을 봐도 불안하기만 할 뿐이었다. 아침에 봤던 유충과 어디 하나 다른 구석을 찾을 수 없었지만, 이사나는 유충의 모습에서 위화감만 느껴졌다. 저 녀석은 '내' 유충이 아니었다. 그런 근거 없는 확신이 유충에게 다가갈수록 사그라들기는커녕 점점 커지기만 했다.

"……아냐. 저 녀석은…… 역시, 그 녀석이 아니야."

"네? 하지만 삑삑이랑 똑같은데……."

"달라, 전혀 달라."

그렇게 대답한 이사나는 시험하듯 유충의 머리 위로 손을 뻗었다. 그러자 유충은 기회를 잡았다는 듯 냉큼 이사나의 손가락을 물어 버렸다. 그에 놀란 쥬드가 유충의 입을 벌려 이사나의 손가락을 빼내자, 사납게 으르렁대던 유충이 공중에 대롱대롱 매달린 채 바둥거리기 시작했다. 쥬드가 아연실색한 얼굴로 피가 뚝뚝 떨어지는 이사나의 손가락을 바라보는데, 유충이 나왔던 짐 가방에서 또다시 부스럭거리는 소리가 들리더니 또 다른 유충이 밖으로 튀어나왔다.

"삐이? 삣삣?"

그 모습에 쥬드는 경악하며 손 안에 든 유충과 가방에서 나온 유충을 번갈아 보았다. 그에 쥬드보다 먼저 정신을 차린 이사나가 구석으로 도망치는 유충의 뒷덜미를 잽싸게 낚아챘다.

"일단 이것들은 철창에 넣자."

"네? 네!"

이사나의 말에 쥬드는 창고 방에서 꽤 튼튼해 보이는 철창을 들고 나왔다. 거기에 서로 삑삑거리고 하악거리기 바쁜 유충들을 집어넣은 이사나는 쥬드에게 말했다.

"난 다시 포스로 내려갔다가 올게."

"네? 포스에요?"

"거기에 그 녀석이 있을 테니까."

이사나는 오후쯤 골목에서 들었던 사부작거림이 틀림없는 유충의 것이라고 생각했다. 그렇다면 그 녀석에게 무슨 일이 더 생기기 전에 데리러 가야 했다. 이사나는 침착하게 자신이 할 일을 정리하면서도 정작 유충을 버린다는 선택지는 조금도 떠올리지 못했다. 그저 신경이 타들어 가는 듯한 초조함에 휩싸여 피로조차 느끼지 못했다. 이사나가 들고 왔던 짐 가방을 다시 메고 왔던 길을 되돌아가려고 하는데, 쥬드가 이사나를 따라 나왔다.

"이사나 님! 잠시만요! 같이 가요!"

쥬드의 외침에 이사나는 그를 돌아보며 단호하게 말했다.

"아니, 혼자 갈게. 넌 그냥 여기 있어."

"무슨 소릴 하시는 거예요! 포스에 혼자 가시겠다뇨!"

이사나의 말에 쥬드는 펄쩍 뛰며 이사나를 만류했다. 하지만 마음이 급했던 이사나는 쥬드를 달래는 시간조차 아까웠다. 그대로 무시한 채 가려는데, 쥬드가 이사나의 팔을 붙잡으며 말했다.

"거기 길은 아세요? 뭐가 위험한지 안 위험한지 구분은 할 수 있으시냐고요! 삑삑이가 없어져서 초조한 건 알지만, 이럴 때일수록 신중하게 움직여야 한다고요!"

"……."

쥬드의 단호한 외침에도 이사나는 그를 뿌리치고 가려 했지만,

쥬드가 생각보다 팔 힘이 셌다. 겉보기에는 책 한권 제대로 들 수 있을까 싶을 정도로 연약해 보였는데. 쥬드는 정말 끈질기다 싶을 정도로 이사나의 팔을 붙든 채 두 발로 버티고 서 있었다. 그에 이사나는 미간을 찌푸리며 말했다.

"이거 놔, 쥬드."

"아뇨! 못 놔요! 갈 거면 저도 데리고 가세요!"

"무슨 소릴 하는 거야. 그러다 네게 해코지할 사람을 만나면 어쩌려고."

"이대로 이사나 님을 혼자 보내느니 그들을 만나는 편이 백배 천배 나아요!"

쥬드는 악에 받친 얼굴로 이사나의 한쪽 팔에 꽉 매달리며 소리쳤다. 그 모습에 이사나는 난감한 얼굴로 한숨을 내쉬었다. 얼른 유충을 찾으러 가야 하는데 쥬드가 이렇게 매달려 있으니, 도대체 어떻게 해야 할지 알 수 없었다. 이대로 쥬드를 기절시켜야 하나 고민하는데, 그런 이사나의 생각을 눈치챈 쥬드가 속사포처럼 이사나에게 쏘아붙였다.

"만약 이사나 님이 저와 입장이 반대였어도 저를 순순히 보내셨을 거 같아요? 저 혼자 보냈을 거 같냐고요!"

"너와 나는 입장이 다르잖……."

"전혀 다르지 않아요! 이사나 님이 절 걱정하시는 만큼, 아니, 그 이상으로 저도 이사나 님을 걱정하고 있다고요! 이대로 이사나 님을 보냈다가 무슨 일이라도 생기면 전 두고두고 평생 후회할 거예요! 그러느니 차라리 포스로 돌아가는 게 나아요!"

엉망진창으로 소리치는 쥬드의 말에 이사나는 물끄러미 쥬드를 바라보다가 졌다는 듯 한숨을 내쉬며 말했다.

"정 그렇다면 길 안내까지만 받을게. 위험할 거 같으면 중간에 난 상관 말고 도망쳐. 그것만은 반드시 약속해 줘야 해."

"네! 꼭 그럴게요!"

쥬드는 기쁜 듯이 대답하며 꽉 붙잡고 있던 이사나의 팔을 놓아주었다. 이사나는 어쩔 수 없다는 듯 웃으며 짐 가방에서 리볼버 하나와 탄창을 끼운 클립을 쥬드에게 넘겨주었다.

"총은 사용할 줄 알아?"

"네, 선생님께 배웠어요."

"그럼, 가자."

"네."

뒤따라오는 발자국 소리에 이사나는 누군가를 보호해야 한다는 부담감과 동시에 누군가와 함께라는 든든함을 느꼈다.

* * *

"이사나 님, 그런데 왜 열람실 안으로 들어가는 건가요?"

"……."

쥬드와 함께 포스로 내려가기로 한 것까진 좋았지만, 그에게 비밀로 했던 '그' 통로를 통해 내려간다는 건 미처 생각하지 못한 문제였다. 이사나는 망설였지만, 그래도 걱정하며 따라와 준 쥬드에게 다시 돌아가라는 말을 할 수 없었다.

결국 이사나는 쥬드에게 사실을 털어놓기로 하며 열람실 한쪽 구석에 있는 [관계자 외 출입금지]라고 쓰인 방 안으로 들어갔다. 그에 쥬드는 의아해하면서도 일단 이사나를 뒤따랐다. 이사나는 방 한쪽 구석에 설치된 공중전화 부스를 앞에 두고 또다시 망설였지만, 결국 수화기를 들어 비비에게 명령했다.

"비비, 포스로 가는 통로를 열어줘."

─동행도 함께 가시는 겁니까?

"그래, 그도 같이 가는 거야."

─알겠습니다.

무미건조한 대답과 함께 전화 부스 바로 옆에 거짓말처럼 포스로 내려가는 통로가 열렸다. 그에 쥬드는 깜짝 놀란 눈으로 이사나와 전화 부스를 번갈아 바라보았다. 그에 이사나는 약간의 죄책감을 느끼며 쥬드에게 말했다.

"네가 포스로 가는 길을 알려 줬지만, 사실은 숙부님과 계속 이곳을 통해 내려가고 있었어."

"리비에에 포스와 통하는 통로가 있었다고요?"

"그래, 하지만 이 길은 비비에게 명령을 내릴 수 있는 몇몇 사람밖에 사용할 수 없어."

이사나는 쥬드에게 비비에 대한 것도 설명해야 하나 망설였지만, 눈치 빠른 쥬드는 더 이상 질문하지 않았다. 그에 안심한 이사나는 가방에서 꺼낸 손전등을 켜고 통로 안으로 발을 내딛었다. 그러자 쥬드 역시 이사나를 따라 통로 안으로 들어왔다. 쥬드가 통로로 들어오자, 문은 거짓말처럼 다시 굳게 닫혔다. 그 광경이 무서웠는지 쥬드는 평소보다 이사나의 뒤에 바짝 붙으며 계단을 내려갔다.

이사나가 나선형의 긴 계단을 내려가는 것에 집중하고 있는데, 이사나의 뒤에 붙어있던 쥬드가 조심스럽게 이사나에게 물었다.

"그런데 선생님은 어디 가고 이사나 님 혼자 돌아오셨나요? 아직 포스에 계신 건가요?"

"숙부님은 지상층의 연구소로 올라가셨어. 확인할 게 있으신가 봐."

"그렇군요."

"……."

"저기, 이사나 님."

"응?"

"물어보고 싶은 게 있는데요……."

쥬드는 그답지 않게 말을 꺼내고도 한참을 망설였다. 물어보고 싶지만, 감히 물어도 될까 하는 망설임이 느껴졌다. 그에 이사나는 쥬드가 물어올 말을 끈기 있게 기다려 주었다. 결국 호기심에 졌는지 쥬드는 평소보다 들뜬 어조로 이사나에게 물었다.

"넥시움 황가 사람들은 헥사비스의 기둥인 리비에를 통해 층간 이동이 가능하다는 소문이 있던데 진짜인가요?"

"맞아, 가능해."

이사나의 대답에 쥬드는 "우와……." 하고 탄성을 내질렀다. 그리고 조금 더 안달 난 어조로 물었다.

"그럼, 그럼 리비에의 맨 꼭대기에 있는 헥사비스의 지붕으로도 올라갈 수 있는 건가요?"

"물론이야, 그런데 그건 왜 묻는 거야?"

이사나의 질문에 쥬드는 민망한 듯 웃으며 말했다.

"이사나 님은 헥사비스의 지붕에 올라가 본 적이 있었을까 해서요."

"갈 수는 있지만, 아직 가 본 적은 없어."

"그렇군요……."

이사나의 대답에 쥬드는 조금 실망한 듯한 말투로 대답했다. 혹시나

하는 생각에 이사나는 쥬드에게 물었다.

"혹시, 헥사비스의 지붕 위로 올라가 보고 싶은 거야?"

"아, 아뇨. 무슨 말도 안 되는……. 그, 그냥 지붕 위의 모습은 어떨까 해서요. 거기에서는 헥사비스를 감싸는 자기 중력장 배리어를 자세히 볼 수 있다고 선생님께서 말씀하셨거든요. 해가 진 뒤 지상의 불빛이 산란된 모습이 굉장히 아름답다고 하셨어요."

"그래?"

건성으로 맞장구를 치며 이사나는 생각했다. 그러고 보니 이사나 역시 자기중력장 배리어가 어떻게 생겼는지 자세히 본 적이 없는 것 같았다. 항상 멀리서, 출정을 나가다가 까마득히 작아진 헥사비스를 감흥 없이 돌아보았을 뿐이다. 하지만 처음 헥사비스 밖으로 나온 신병들은 감탄과 그리움에 찬 눈으로 한밤중에 홀로 빛나는 헥사비스를 하염없이 바라보곤 했다. 이사나 역시 처음에는 크리스털처럼 빛나는 헥사비스가 아름답다고 생각했던 것 같다. 이사나는 고개를 끄덕이는데, 쥬드가 말을 할지 말지 망설이다가 이내 말하지 않고는 견딜 수 없다는 듯 들뜬 어조로 말했다.

"그리고 무엇보다…… 하늘을 볼 수 있잖아요."

"하늘?"

"네, 한 번도 실제 하늘이 어떻게 생겼는지 본 적이 없어서, 진짜는 어떨지 궁금해요. 아저씨들이 엄청 멋있다고 했었거든요. 푸른 하늘도, 붉은 석양도, 달과 별이 있는 밤하늘도 사진으로는 봤지만, 실제로는 본 적이 없어요. 사진으로도 그렇게 멋있는데 실제로 보면 어떨까요? 분명, 엄청 멋있을 거예요!"

쥬드는 꿈을 꾸듯 말했다. 하늘이 그렇게 멋있던가? 처음 헥사비스 바깥을 나가게 되었을 때 이사나 역시 그렇게 생각했던 것 같다. 실제로 알리페르 토벌에 지원하는 사람들 중에는 쥬드처럼 갑갑한 천장 아닌 드넓은 하늘이 보고 싶다는 이유로 나오는 자들도 있었으니까. 그들이 처음 헥사비스 바깥으로 나왔을 때, 드넓고 한계 없는 천장에 압도되어 말조차 잊어버렸던 것이 떠올랐다. 이사나는 충동적으로 쥬드에게 말했다.

"보여 줄까?"

"네?"

"하늘 말이야."

이사나의 말에 쥬드는 어안이 벙벙한 얼굴로 이사나에게 되물었다.

"진심…… 이세요?"

"그래."

"하지만 이사나 님께 폐가 되는 게……."

"전혀 폐가 되지 않아. 네가 곤란에 빠진 나를 도와주고 싶다고 생각한 것처럼, 나도 네가 동경하는 것을 이루어 주고 싶은 것뿐이니까. 가고 싶을 때 언제든지 말해, 헥사비스의 지붕 위로 올라갈 수 있게 해 줄 테니까."

이사나의 다정한 말에 쥬드는 잠시 말을 잇지 못하다가 간신히 말했다.

"고맙, 습니다. 정말……! 나중에, 선생님이 제게 맡긴 과제가 끝난다면 가 보고 싶어요! 그때가 되면 이사나 님도 저와 꼭 함께 가 주셨으면 해요!"

"나도?"

"삑삑이까지 같이 간다면 더 좋을 거 같구요!"

완전히 흥분에 젖은 쥬드의 말에 이사나 역시 그 흥이 전염되었는지 어쩐지 들뜬 기분이 들었다. 쥬드가 포스 출신의 신원이 불분명한 소년이라는 것도 유충이 알리페르라는 것도 상관없었다. 그저 이들과 함께하는 피크닉이 생애 어느 때보다도 즐거울 것 같은 예감이 들 뿐이었다.

"그래, 그러도록 하자."

어느새 출구에 다다른 이사나는 다짐하듯 그렇게 말하며 마지막 계단을 내딛었다.

* * *

포스로 내려와 주변을 살핀 이사나는 거리가 텅 빈 걸 확인하고 나서야 쥬드에게 나오라고 손짓을 했다. 그에 쥬드는 긴장된 얼굴로 리비에와 연결되어 있던 폐건물에서 나왔다. 쥬드가 곁에 오자, 이사나는 메고 있던 짐 가방에서 후드를 꺼내 쥬드에게 씌워 주었다.

"쓰고 있어."

"아, 전 괜찮으니까 이사나 님이……."

"써."

불복 따윈 용납하지 않겠다는 듯 이사나가 명령조로 말하자, 쥬드는 잠시 망설였지만 후드를 뒤집어썼다. 강압적인 이사나의 태도에 쥬드가 움츠러드는 게 느껴졌지만, 이사나로서는 어쩔 수 없었다.

이사나는 평생 군인으로 살아왔다. 그랬기에 병사들을 전술 도구로 사용하는 건 능숙했지만, 상대의 마음이 다치지 않게 설득하는 건 그다지 자신이 없었다. 하지만 이사나는 쥬드의 각오를 인정해 그를 이곳으로 데려왔다. 그렇지만 그가 이곳에서 죽게 하고 싶진 않았다. 따라서 이사나에게 남은 선택지는 그를 수족처럼 부려 희생 당할 가능성을 줄인다는 것뿐이었다. 쥬드에게 이해받지 못해도 상관없었다. 그냥, 그가 무사히 다시 지하 3층으로 올라가 숙부의 조수로서 살아갈 수 있으면 그걸로 족했다.

이것을 떠올린 이사나는 얼마 되지 않은 시간동안 쥬드에게 꽤 정이 들었다는 걸 인정할 수밖에 없었다. 혈연도, 이해관계도, 전우도 아닌 그를 무엇이라고 불러야 할까? 이사나가 걸으며 고민하는 사이, 이사나의 명령조에 경직되어 있던 쥬드가 조심스럽게 이사나에게 물었다.

"이사나 님, 저희 어디로 가고 있는 건가요?"

"아까 낮에 그 녀석이 있었던 곳으로 의심되는 장소가 있어. 그때 는 기분 탓이라고 여기고 자세히 살피지 않았는데, 지금 다시 가서 확인해 보려고."

이사나의 말에 쥬드는 "그렇군요."라고 말하며 이사나의 뒤를 따 랐다. 별말 없이 따라오고 있었지만, 실은 물어보고 싶은 게 많을 거 란 생각이 들었다. 하지만 쥬드는 이사나가 곤란해할 만한 질문은 일체 하지 않았다. 배려하는 것이다. 언제나 생각하지만, 그런 면이 쥬드를 좀 더 어른스럽게 느껴지게끔 했다.

병자들이 있는 마을로 들어온 이사나는 당당히 대로를 가로질렀 던 낮과 달리 지금은 골목의 그늘에 몸을 숨기며 조금씩 발걸음을 옮겼다. 이사나는 이곳에 겨우 두 번 방문한 외지인이었다. 낮에는 그들의 은인인 에드먼드가 신원을 보증해 주어 이사나에게 적의를 보이지 않았지만, 에드먼드가 없는 지금은 어떻게 나올지 알 수 없 었다. 게다가 지금은 유충을 찾으러 온 것이고.

그래도 이틀간 약병을 들고 골목 구석구석을 돌아다닌 덕분인지 길을 찾는 건 그다지 어렵진 않았다. 늦은 새벽이라 인적이 완전히 끊긴 마을에 조심스럽게 잠입한 이사나는 마침내 쥬드와 함께 부스럭거림이 들렸던 골목에 도달할 수 있었다.

"여기에 그 녀석이 있었던 것 같아."

이사나가 골목의 막다른 길을 가리키며 말했다. 그에 쥬드는 좁은 골목 안을 이리저리 둘러보며 말했다.

"하지만 지금은 아무것도 없는 것 같은데요……."

그에 이사나 역시 낭패 어린 얼굴로 사방이 막힌 담벼락을 바라보았다. 하지만 이전에 이사나의 목숨을 여러 번 구한 적 있는 직감은 분명 여기에 유충이 있었음을 확신하고 있었다. 아까 짐 가방에서 튀어나온 유충이 자신의 유충이 아니라고 확신했던 것처럼. 이사나는 벽에 등을 기댄 채 가로등이 켜진 거리를 바라보았다. 그리고 생각했다. 여기 유충이 있었다면 유충이 어떤 생각했을지. 막다른 골목으로 낯선 발걸음이 다가온다면 그 녀석이 어떻게 행동했을지. 그러다 갑자기 떠오른 무언가에 이사나는 이마를 짚었다.

"……그 녀석은 벽을 타고 올라갈 수 있어."

낮에는 미처 생각하지 못한 것이었다. 유충은 몸이 가볍고 팔다리가 튼튼해 벽의 재질이 무엇이든 아주 잘 기어올랐다. 그러니 군데군데 균열이 간 콘크리트 벽 따원 유충의 장난감이나 다름없었다. 이사나가 골치가 아프다는 얼굴로 담벼락 위를 올려다보자, 쥬드 역시 이사나의 시선을 따라 지붕이 반쯤 허물어진 2층 옥상을 올려다보며 말했다.

"삑삑이라면 이 정도는 충분히 올라갔겠네요. 그 녀석, 겁이 없으니까요."

"일단 위로 올라가보자."

쥬드에게 그렇게 말한 이사나는 한쪽 팔을 지지대 삼아 가슴 높이의 벽을 뛰어올랐다. 그러자 쥬드는 새파랗게 질린 얼굴로 이사나를 질책했다.

"다치시면 어쩌려고 그러세요!"

"이 정도로는 안 다쳐."

예전의 의족이었다면 시도도 못할 일이었지만, 에드먼드의 지인이 만들었다는 의족은 상당히 성능이 좋았다. 비록 진짜 다리에는 미치지 못해도 담벼락을 올라서는 정도는 일도 아니었다. 이사나가 담 위에서 쥬드에게 손을 내밀자, 쥬드는 볼멘 얼굴로 이사나에게 말했다.

"그냥 계단으로 올라가셔도 되잖아요."

"그럼 들킬 거야. 게다가 이쪽이 훨씬 빠르고."

이사나가 내민 손을 복잡한 얼굴로 바라보던 쥬드는 결국 이사나의 손을 잡았다. 그에 이사나는 쥬드를 담벼락 위로 끌어 올린 뒤 지붕이 반쯤 허물어진 2층으로 기듯이 올라갔다. 그러자 뒤에 있던 쥬드가 안절부절못하는 얼굴로 이사나를 바라보았다. 2층에서 또다시 쥬드를 끌어 올리려던 이사나는 자신을 못미덥게 바라보는 쥬드를 향해 한숨을 내쉬며 말했다.

"쥬드."

"네……."

"네가 보기에 내가 얼마나 허약해 보이는지 모르겠지만, 네 그런 행동이 오히려 날 모욕하는 거야."

"죄, 죄송합니다. 그럴 의도가……. 하지만, 걱정이 되어서……."

"걱정해 주는 건 고마워. 하지만 말해두겠는데, 난 내가 할 수 없는 일은 안 해. 이런 행동을 하는 건 전부 내가 충분히 할 수 있기 때문에 하는 거야. 그러니 못 미더워 보여도 일단 믿어 주지 않을래?"

이사나는 씩 웃으며 쥬드에게 손을 내밀었다. 그러자 쥬드는 홀린 듯이 이사나를 바라보다가 손을 붙잡았다. 손을 마주 잡은 이사나는 버거워하는 기색 없이 쥬드를 단숨에 잡아 올렸다. 그러자 쥬드의 유순한 눈이 크게 껌뻑거렸다. 그 모습이 토끼같이 참 귀여웠다.

아주 오래전에 만들었다가 방치한 폐가는 당장이라도 무너질 듯 부실하기 짝이 없었다. 그 안에서 이사나와 쥬드는 물건들을 조심스럽게 들춰 보며 유충이 없는지 확인해 보았다. 하지만 아무래도 또 허탕인 모양이다. 마지막 나무판자까지 들춘 쥬드가 낭패한 얼굴로 이사나를 돌아보자, 이사나의 얼굴에도 허탈감이 퍼졌다. 완전히 단서가 끊겨 이제는 무엇을 어떻게 해야 할지도 모를 지경이 되자, 이사나는 아까보다 더 심각해진 얼굴로 생각에 잠겼다. 그러다 뭔가를 떠올린 이사나는 쥬드에게 물었다.

"쥬드, 아까 내 가방에서 알리페르의 유충이 나왔었잖아?"

"아, 맞다, 그랬었죠! 정신이 없어서 완전히 잊고 있었네요!"

"그런데 유충이 왜 거기 있었던 걸까? 그것도 두 마리나."

이사나의 의문에 나무판자를 내려놓은 쥬드 역시 심각해진 얼굴로 고개를 갸웃거렸다. 한 마리까지는 이사나와 같은 사정으로 포스에 있을 수 있다고 생각할 수 있지만, 두 마리 다 그렇다고 생각하기엔 걸리는 것이 너무 많았다. 이사나와 쥬드는 잠시 자리에 앉아 골똘히 고민해 보는데, 거리에서 익숙한 울음이 들려왔다.

"삣? 삣삣?"

유충의 소리에 두 사람은 자리에서 벌떡 일어나 난간 아래를 내려다보았다. 유충이 가로등과 담벼락에 코를 대고 킁킁거리며 거리를 돌아다니고 있었다. 쥬드가 벌떡 일어나 유충에게 달려가려는데, 이사나가 쥬드를 저지하며 말했다.

"아니야."

"네? 하지만⋯⋯."

"그 녀석이 아니야."

이사나의 단호한 말에 쥬드는 다시 자리에 앉았다. 근거는 없었지만, '저' 유충은 분명 이사나의 유충이 아니었다. 그것만은 이사나가 확신할 수 있었다. 그렇다면 포스에 나타난 세 마리의 유충은 도대체 어디에서 온 것일까? 이사나는 도무지 이 상황이 이해가 가질 않는데, 유충이 돌아다니는 거리로 익숙한 얼굴이 부리나케 뛰어오는 게 보였다. 시안이었다. 그리고 시안의 뒤로 철창을 등에 짊어진 남자가 뒤따라오고 있었다.

본능적으로 들켜서는 안 된다는 생각에 쥬드와 함께 낮게 몸을 숙인 이사나는 건물의 균열 사이로 아래를 내려다보았다. 이사나와 쥬드가 숨죽인 사이, 유충을 구석으로 몰아넣어 겨우 붙잡은 두 사람은 안도의 한숨을 내쉬며 수다를 떨기 시작했다.

"이걸로 도대체 몇 마리째지?"

"⋯⋯잡은 것만 벌써 열 마리가 넘네요."

"아니 이게 도대체 무슨 일이야? 이놈들이 거리로 뛰쳐나오다니⋯⋯. 부화장 관리를 어떻게 하는 거야?"

남자의 짜증에 시안이 피곤한 얼굴로 말했다.

"화내지 말아요. 그들도 일부러 그런 게 아니니까요. 자세한 이유는 모르겠지만, 어떤 별난 유충이 벽 여기저기를 갉으면서 구멍을 뚫었다고 하더군요. 저쪽에서도 난리에요. 그나마 듀록 박사님과 아브노아 군이 오늘 위로 올라가서 정말 다행이에요. 이게 들켰으면 정말 곤란했을 거예요."

익숙한 듯 유충의 뒷덜미를 붙잡은 시안이 서늘하게 말하자, 유충이 버둥거리며 "캬르릉! 캬하아아ㅡ!" 하고 사나운 울음을 내뱉었다. 하지만 시안은 아랑곳하지 않고 남자가 내려놓은 철망 안으로 유충을 집어넣었다. 철망의 문을 닫은 남자는 정말 귀찮다는 듯 철망 안의 유충을 쳐다보며 말했다.

"이제 더 이상 안 나왔으면 좋겠는데 말이야. 어휴 밤중에 이게 무슨 개고생이야?"

"하지만 나리께서 이 일을 얼마나 중요하게 여기시는지 알잖아요. 한 마리라도 죽으면 우리만 귀찮아져요."

시안의 말에 남자는 어깨를 힘없이 늘어뜨리며 "그건 그래……."라고 주억거렸다.

조금 더 수다를 떤 두 사람은 짧게 밤 인사를 나눈 뒤 반대 방향으로 헤어졌다. 시안은 마을 안으로, 남자는 마을 밖으로였다. 어느 정도 두 사람이 멀어지자, 이사나는 자리에서 일어나며 나지막하게 말했다.

"저 남자를 따라가자."

이사나는 남자와 거리를 둔 채 쥬드와 함께 쫓기 시작했다. 아까와 마찬가지로 골목의 그늘에 몸을 숨긴 채 움직이고 있었지만, 등 뒤에 짊어지고 있는 유충이 신경 쓰이는지 남자는 여간 경계가 심한 게 아니었다. 그런 남자를 따라가며 이사나는 돌아갈 때를 대비해 주변 지리를 외우는데, 의외로 남자는 이사나에게 익숙한 길로 향하고 있었다. 남자의 행선지는 이사나가 지하 3층에서 내려왔던 리비에의 잔해 주변부였다. 공장이었던 곳으로 보이는 어느 폐건물 안으로 남자가 들어가는 걸 확인한 이사나는 등에 짊어지고 있던 짐 가방을 내려놓으며 쥬드에게 말했다.

"이제 돌아가."

"네? 하지만……."

"이 이후로는 널 데려갈 수 없어."

이사나는 쥬드에게 단호하게 말하며 가방 안에서 탄창을 챙기고 리볼버의 안전장치를 해제했다. 그에 쥬드가 뭐라고 말을 하려고 했지만, 이사나가 먼저 말했다.

"난 분명 길 안내만 받는다고 했어."

"그치만……."

"이것만은 양보할 수 없는 문제야. 포스로 데려가 달라는 네 청을 거절하지 않은 것처럼 너도 내 부탁을 들어줘."

이사나의 간절한 말에 쥬드는 울어 버릴 듯 얼굴을 일그러뜨렸다. 이사나는 쥬드가 이 이상 고집을 부리면 기절이라도 시킬 작정이었다. 하지만 이사나의 결심을 알아차렸는지 쥬드는 한 발자국 뒤로 물러나며 말했다.

"……그럼 밖에서 한 시간만 기다릴게요."

"쥬드."

"그냥 얌전히 숨어 있기만 할게요. 이건 저도 양보할 수 없는 문제에요."

쥬드의 단호한 얼굴에 이사나는 결국 그를 말리는 걸 포기했다.

알았다고 대답한 이사나는 쥬드가 폐건물 근처에 숨는 걸 확인한 후에야 남자가 들어간 건물 안으로 잠입했다.

폐건물의 내부는 공장을 만들다 만, 을씨년스런 모습을 하고 있었다. 헥사비스는 엄밀히 말하자면 넥시움 황가에서 직접 관리하고 건물을 세운 일종의 계획도시였다. 따라서 층 하나하나, 공장 하나하나가 헥사비스 내부의 생산력을 최대한 높일 수 있는 곳에 배치되어 있었다. 그런 이유로 공장은 물자가 오기 쉬운 리비에의 주변에 많이 건설되었다. 그것은 버려진 층인 포스 역시 예외가 아니었다.

계획도시의 잔재물 안으로 들어간 이사나는 지하층과 연결된 철제 계단 쪽으로 희미한 빛이 스며 나오는 걸 발견하고는 조심스럽게 발걸음을 옮겼다. 그러자 밖에서는 느끼지 못했던 코를 찌르는 듯한 역한 냄새가 느껴졌다. 그 자극적인 냄새에 이사나는 눈살을 찌푸리면서도 소리가 나지 않게 조심히 철제 계단 아래로 내려가는데, 지하층의 어느 철문 앞에 철망을 등에 멘 남자가 손전등을 들고 서 있는 게 보였다. 이사나는 본능적으로 뒤로 물러나 잡동사니 사이로 몸을 숨기는데, 아까 거리에서 잡은 유충을 철망에서 꺼내 철문 안으로 들어간 남자는 얼마 후 밖으로 나와 가래침을 퉤, 내뱉으며 투덜거렸다.

"에이 씨팔, 이게 무슨 개고생이야."

한껏 짜증을 낸 남자는 바닥에 내려놓은 철망을 다시 등에 짊어지며 이사나가 있는 철제 계단으로 다가왔다. 이사나는 리볼버를 손에 쥔 채 남자가 지나가기만을 숨죽여 기다렸다. 다행히 남자는 이사나를 발견하지 못한 채 철제 계단 위로 올라갔다. 폐공장 밖으로 나가는 발소리를 확인한 이사나는 다시 자리에서 일어나 철제 계단을 내려가기 시작했다.

마침내 남자가 서 있던 철문 앞에 선 이사나는 조심스럽게 철문의 문고리를 돌렸다. 그러자 안으로부터 고약한 찌든 내와 온화한 공기가 동시에 훅 하고 이사나를 덮쳐 왔다. 이사나가 조심스레 고개를 빼어 든 채 안을 살펴보자, 그 안에서 소란스러운 울음소리가 동시 다발적으로 들려왔다.

"삣? 삐잇! 삣! 삣!"

"삐이이잇—!"

"하구하구, 삣삣, 하구하구."

"캬르르릉—! 캬하아아앙—!"

한 평도 안 되는 철제 우리 안에 갇힌 알리페르 유충들이 따뜻한 온기를 뿜어내는 백열등 아래에서 소란스럽게 울고 있었다. 우리는 하나가 아니었다. 50평 남짓한 곳을 사람 하나 지나갈 만한 공간만 남긴 채 닭장처럼 지하층 전체를 채우고 있었다. 철제 우리의 바닥에는 유충들이 배설한 배설물이 지독한 냄새를 풍기고 있었고 우리 위의 철망에 갇힌 유충들은 철망에 묻은 배설물과 함께 엉망으로 뒹굴고 있었다. 그러다 한쪽 구석에 놓인 음식물 쓰레기 같은 먹이를 먹거나 다른 유충들에게 신경질적으로 싸움을 걸어 댔다.

유충의 크기는 모두 제각각이었다. 태어난 지 얼마 안 된 손바닥만 한 유충부터 4령째의 고치를 만들기 직전인 유충까지. 다양한 크기의 유충들이 철망으로 단단히 가로막힌 우리 안에서 삑삑거리며 부화장에 들어온 이사나를 호기심 어린 눈으로 바라보고 있었다. 그리고 그들 사이로 아직 부화하지 못한 알들이 굴러다녔다.

이게 도대체······.

이 광경을 도저히 받아들이지 못한 이사나는 순간 정신이 아득해지는 기분이 들었다. 하지만 정신을 수습하고서 원래의 목적을 상기했다. 그 녀석은 어디 있지? 언제 누가 이 안으로 들어올지 몰랐기에 이사나는 다급하게 부화장 안을 돌아다니며 발 디딜 틈 없이 좁은 철망과 우리 안에 갇혀 사육당하는 알리페르 유충들을 샅샅이 훑어보았다. 아무런 단서도 없이 유충투성이인 철망 우리를 얼마나 뒤지고 또 뒤졌을까. 이사나는 결국 어느 우리 안의 철창 안에 갇힌 유충을 발견할 수 있었다.

녀석이다······!

이사나는 본능적으로 알아차릴 수 있었다. 저 녀석이 바로 자신의 유충이었다. 이사나는 거칠게 철망을 쥐어 뜯어낸 뒤 유충이 든 작은 철창을 우리에서 꺼냈다.

"······괜찮니?"

이사나의 물음에 금방까지 덜덜 떨며 웅크리고 있던 유충이 기민하게 고개를 들었다. 그리고 이사나가 있는 쪽으로 달라붙었다.

"삐이잇······. 히끅히끅, 삐잇······! 히끅히끅······."

원망과 서러움이 느껴지는 유충의 울음에 이사나 역시 숨이 턱턱 막히는 기분이 들었다. 이 녀석과 떨어져 있었던 건 겨우 하루밖에 되지 않았는데, 마치 1년 만에 만나는 것처럼 가슴이 아파 와 견딜 수 없었다. 얼마나 힘들었을까, 얼마나 무서웠을까! 유충이 철없이 홀로 내려와 지금까지 겪었을 고통을 생각하니 미안하고 또 애틋하기 짝이 없었다.

이사나는 유충을 가두는 작은 철창에서 유충을 꺼내 주려 했지만,

자물쇠로 단단히 잠긴 철창은 도무지 맨손으로 열 수가 없었다. 어쩔 수 없이 위로 올라가 열기로 한 이사나는 유충과 눈을 맞추며 말했다.

"이제부터 여기서 나갈 거야. 그동안 절대 소리 내면 안 돼, 알았지?"

이사나의 나지막한 말에 유충은 알아들었는지 못 알아들었는지 모르지만, 작고 힘없이 "삐이…… 삐이……." 하고 울었다. 그런 유충에게 안심하라는 듯 웃어 보인 이사나는 유충이 든 철창을 옆구리에 낀 채 부화장 밖으로 나왔다.

폐공장 내부에 아무도 없다는 걸 확인한 이사나는 다시 조심스럽게 철제 계단을 올라 공장 밖으로 향했다. 이대로 통로를 통해 3층으로 올라가기만 하면 되었다. 하지만 마음이 조급했던 탓일까? 이사나는 제대로 바깥을 확인하지 않은 채 폐건물 밖으로 나왔고, 건물 바로 맞은편에서 궐련을 피우고 있던 남자와 눈이 마주쳤다. 아까 거리에 돌아다니던 유충을 부화장으로 옮긴 남자였다. 아직 돌아가지 않았던 건가?

잠시 멈칫했으나 이사나는 이내 오른손에 들고 있던 유충의 철창을 내던진 뒤 품에서 리볼버를 꺼내 들었다. 그런데 궐련을 물고 있던 남자가 유령을 본 듯한 얼굴로 중얼거렸다.

"이사나 넥시움……!"

정체를 들켰다는 생각에 이사나가 당황한 사이, 남자가 재빨리 홀스터에서 총을 꺼내들었다. 그리고 도저히 민간인이라고는 생각할 수 없는 속도로 안전장치를 풀고 이사나를 겨누는데, 돌연 등 뒤에서 나타난 이에 의해 행동이 저지되었다. 아니, 정확히는 판단할 머리가 꺾여 버렸다.

"······쥬드?"

쥬드가 피 묻은 도끼를 손에 든 채 거친 숨을 내쉬고 있었다. 그 말도 안 되는 광경에 이사나는 눈도 깜빡하지 못하는데, 그런 이사나에게서 눈을 돌린 쥬드는 반쯤 잘린 목을 움켜쥔 채 쓰러진 남자를 냉랭하게 내려다보다가 다시 도끼를 들어 무참하게 남자의 목을 잘라 버렸다. 남자의 움직임이 완전히 멈추자, 쥬드는 그제야 천천히 얼굴에 튄 피를 손등으로 닦아 내며 거칠어진 숨을 골랐다. 그 모습이 이사나에겐 지독한 괴리감으로 다가왔다.

이사나에게 있어서 쥬드는 보호해야 할 대상, 내지는 동생 같은 존재였다. 하지만 눈앞의 쥬드는 지독히도 야만스러운 몰골을 하고 있었다. 그래서 이사나가 아무 말도 못한 채 얼어 있는데, 피 묻은 도끼를 바닥에 떨어뜨린 쥬드는 여전히 가쁜 숨을 헐떡이면서도 침착하게 중얼거렸다.

"······시체를 처리해야 해요. 이사나 님은 먼저 삑삑이랑 같이 통로 안에 들어가 있으세요."

"······알았어."

이사나가 간신히 대답하자, 쥬드는 아직도 피를 뿜어내는 남자의 시체를 너무나도 익숙하게 어깨에 짊어진 채 어디론가 가 버렸다. 거구인 남자를 홀로 끌고 가는 게 버거워 보였지만, 이사나는 그런 쥬드에게 도와주겠다는 말조차 할 수 없었다. 그냥, 단지, 모든 게 혼란스러울 뿐이었다.

결국, 쥬드의 말대로 유충과 함께 리비에의 잔해 안으로 돌아온 이사나는 지하 통로의 입구에 털썩 주저앉았다. 서 있을 때는 몰랐는데, 막상 자리에 앉으니 아침부터 활동하면서 누적되었던 피로가 한꺼번에 쏟아지는 것 같았다. 하지만 의외로 눈은 감기지 않았다. 그저 멍할 뿐이었다.

쥬드가, 쥬드가 아무런 주저함 없이 도끼로 사람의 목을 베었다. 사람이 사람을 해친다면 으레 있어야 할 망설임이 그에게선 조금도 느껴지지 않았다.

쥬드는 살인을 한 적이 있었던 건가? 이사나는 군인이긴 했지만, 알리페르가 아닌 사람을 죽여 본 적은 없었다. 도대체 과거에 쥬드에겐 무슨 일이 있었던 걸까······. 이사나가 복잡한 마음으로 철창 안의 유충을 만지작거리는데, 통로 안으로 누군가가 들어오는 기색이 느껴졌다.

쥬드였다.

쓰고 있던 후드까지 완전히 젖어 불쌍한 몰골을 한 쥬드를 보며 이사나는 아무 말도 꺼내지 못했다. 쥬드는 멋쩍은 얼굴로 뒤통수를 긁적이며 입을 열었다.

"아무래도 역하실 거 같아서 대충 씻기는 했는데, 냄새가 나도 어쩔 수 없을 거 같아요. 이게 최선이라······."

"아니야, 일단······ 이곳을 빠져나가자."

이사나는 비비에게 명령해 통로를 열게 한 뒤 유충이 든 철창을 들고 쥬드를 뒤따라 올라갔다. 그러자 쥬드의 뒤로 질척한 구두 소리와 함께 젖은 발자국이 계단에 남겨졌다.

당혹스러운 침묵이 내려앉은 가운데 통로 계단에는 두 사람의 발걸음 소리만 울려 퍼졌다. 무언가 말을 해야 할 것 같은데, 도무지 무슨 말을 꺼내야 할지 이사나는 알 수 없었다. 그 때 쥬드가 작게 속삭이듯 말했다.

"죄송해요……."

"뭐가 죄송하다는 거야."

쥬드의 말에 괜히 화가 치민 이사나가 날카롭게 쏘아붙이자, 쥬드는 힘없이 자조하며 말했다.

"그냥, 다요……."

"넌 죄송하다고 할 만한 일은 조금도 하지 않았어. 그러니 사과 같은 것도 하지 마."

이사나는 단호하게 말했지만, 사실은 지독한 자기혐오와 싸우고 있었다. 그때 이사나는 쥬드가 아니었다면 무사할 수 없었다. 또한 자신의 정체를 간파한 남자를 제압한다고 해도 한 번도 사람을 죽여 본 적 없는 자신이 입막음을 위해 살인을 저지른다는 건 또 별개의 문제였다.

그런 문제들을 쥬드가 그 짧은 시간 동안 판단해 손까지 더럽혀 가며 해결해 준 것이다. 그럼에도 이사나는 지켜 줘야 할 대상으로 보고 있던 쥬드가 살인을 했다는 현실을 믿지도, 받아들이지도 못하고 있었다.

이사나는 이제껏 쥬드를 멋대로 재단하고 있었다. 그에 대해서 아무것도 모르는 주제에.

* * *

지하 통로를 통해 에드먼드의 연구실로 돌아오자, 시간은 벌써 새벽 5시가 넘어가고 있었다. 이즈음이면 바깥은 벌써 별무리가 땅에 떨어지고 해가 뜰 시간이었지만, 지하층은 여느 때와 같은 모습을 하고 있을 뿐이다. 무겁게 침묵이 내리깔린 지하 통로를 오르면서 발끝부터 스며든 피로는 어느새 정신을 차리기 힘들 정도로 이사나를 집어삼키고 있었다. 연구실에 도착한 이사나가 유충이 든 철창을 들고 멍하니 서 있자, 쥬드가 응접실 옆에 딸린 에드먼드의 방으로 안내하며 말했다.

"이사나 님, 오늘은 늦었으니 여기서 주무세요."

"……고마워, 그런데 그 전에 이 녀석을 풀어 줘야 하는데……."

"그건 제가 할게요. 이사나 님은 아무것도 하지 말고 먼저 주무세요. 아침부터 포스에 내려가서 많이 피곤하시잖아요."

쥬드의 말을 들으니 아까보다 더 피곤해진 기분이 들었다. 지금 당장 5분간 침대에 누울 수 있다면 5년 치 수명과도 맞바꿀 수 있을 듯한 그런 피로감이었다. 이사나가 고개를 끄덕이자, 쥬드는 이사나에게 수건과 세면도구를 챙겨 준 뒤 유충이 든 철창을 들고 밖으로 나갔다. 이사나는 에드먼드의 방에 딸린 욕실에서 겨우 얼굴에 물만 묻힌 채 의족을 벗고 침대에 쓰러졌다. 베개에 머리를 대자마자, 의식은 순식간에 혹 하고 꺼지듯 가라앉았다.

그날 새벽, 이사나는 꿈을 꾸었다.

알리페르의 신왕 렉사를 토벌하러 가던 때의 꿈이었다.

보급 물자가 끊어진 걸 알아차리자마자 이사나는 당장 헥사비스로 돌아갈 것을 주장했다. 하지만 이사나의 상관은 얼른 토벌하고 돌아가면 상관없다는 식으로 계속 고집을 부렸다. 상관은 이전에 여러 번 군수 물자를 착복해 문제가 된 인물로 이번 토벌에서 공을 세우지 못하면 영원히 출셋길과는 한참 떨어진 한직만 맴돌게 될 예정이었다.

그런 사람이라도 이사나의 상관이었기에 이사나는 그의 의견대로 작전을 세워 렉사와 그를 추종하는 무리를 몰아세웠지만, 결국 물자가 먼저 바닥나고 말았다. 탈출조차 여의치 않은 상황에서 이사나는 남은 부하들과 필사적으로 저항하며 돌파구를 찾으려 했지만, 결국 오래된 사원 안에서 포위된 채 지고 말았다.

패배의 대가는 실로 컸다. 죽음을 각오한 마지막 속임수까지 무위로 돌아가 버리면서 이사나는 달빛이 희미하게 내리비치는 지하 수로 안에서 렉사에게 강간당했다.

알리페르에게 강간당한다는 수치심 따윈 느껴지지도 않았다. 잘린 손발이, 뭉개진 오른쪽 눈이 너무 아파 비명만 질렀을 뿐이다. 왜 죽지 않는 거지? 이렇게 아픈데? 이사나는 늘어진 테이프처럼 끝나지 않는 이 시간이 어서 빨리 지나가기만을 바라고 또 바랐다.

치릇치릇—. 치릇치릇—.

흥분한 렉사가 날개를 떨며 만들어 낸 공명음이 이사나의 머릿속을 마구 뒤흔들었다. 아파 죽여 줘 아파 죽여 줘 아파, 아파, 아파……! 신경을 갉아먹는 듯한 끔찍한 소리가 고통과 혼재되어 이사나의 영혼은 무참히 찢겼고 죽음에 가까워진 이사나의 동공은 쇼크로 크게 확장되었다. 그런 이사나의 눈에 비친 렉사는 피 칠갑을 한 얼굴로 고개를 갸웃거리며 이사나에게 무언가를 말하고 있었다.

"……."

밖에서 들려오는 소란스러운 소리에 번쩍 눈을 뜬 이사나는 자신의 몸이 온통 땀범벅이라는 걸 알아차렸다. 자리에서 일어나 한숨을 몰아쉰 이사나는 멍하니 침대에 앉아 있다가 아랫부분이 사라진 자신의 다리를 내려다보았다. 그 일이 있었던 지도 벌써 1년. 이제껏 완전히 잊어버려 기억조차 못하고 있었는데 왜 갑자기 그런 꿈을 꾸게 되었는지 알 수가 없었다.

끔찍했던 악몽을 떨쳐 내듯 마른세수를 한 이사나는 침대 옆에 세워 둔 의족을 다시 다리에 끼우고 자리에서 일어났다. 온통 땀으로 젖은 몸이 찝찝해 샤워를 할까 했지만, 이내 귀찮게 느껴진 이사나는 수건을 적셔 대충 몸을 닦은 뒤 밖으로 나갔다. 그러자 응접실 안에서 쥬드와 유충이 실랑이를 벌이는 게 눈에 들어왔다.

"삑삑이 이 녀석! 안 된다고 했잖아!"

"삣! 삣삣! 삐이이잇!"

"아까도 얻어먹은 주제에 뭘 또 달라는 거야? 아, 이사나 님 일어나셨어요?"

뭔가가 잔뜩 차려진 테이블 앞에 앉아 사과를 깎고 있던 쥬드가 환한 얼굴로 이사나에게 인사를 건네 왔다. 그에 이사나 역시 얼떨떨한 얼굴로 인사하는데, 쥬드의 허벅지에 올라와 항의하고 있던 유충이 잽싸게 테이블 위로 기어오르더니 접시에 놓여있던 사과 한 조각을 입에 물고 도망쳤다.

"앗! 삑삑이 이 못된 자식! 그건 이사나 님 거라고 했잖아!"

쥬드는 도망치는 유충에게 화를 냈지만, 유충은 아랑곳하지 않고 응접실 한구석에 자리를 잡은 채 사과를 하구하구, 먹어 댈 뿐이었다. 그런 유충을 쥬드는 망연자실한 얼굴로 바라보았지만, 이내 포기하듯 고개를 절레절레 내저으며 접시에 남은 사과 조각들을 가지런히 정리했다.

"이사나 님 여기 앉아서 드세요."

"⋯⋯전부 네가 만든 거야?"

쥬드가 권하는 대로 자리에 앉은 이사나는 테이블에 차려진 음식을 보며 얼떨떨하게 물었다. 그러자 쥬드가 부끄러운 듯 뒷머리를 긁적이며 말했다.

"네, 부랴부랴 장을 봐서 차린 건 별로 없지만요."

"아니……. 너무 많은 것 같은데?"

이사나는 테이블의 빈 곳을 조금도 용납하지 않는 성대한 아침상을 내려다보며 말했다.

갓 구워 내 버터향이 물씬 풍기는 새하얀 빵에, 우유를 넣어 부드럽게 뭉긴 스크램블드에그와 두툼한 소시지, 각종 야채와 과일들이 어우러져 보는 것만으로도 기분이 상쾌해지는 샐러드까지. 척 보기에도 이만저만 손이 가는 게 아닌 것 같아 보였다. 하지만 쥬드는 오히려 고개를 갸웃거리며 이사나에게 말했다.

"하지만 선생님은 매일 이렇게 드시는 걸요? 이것도 이사나 님이 시장하실까 봐 간단하게 차린 거예요. 선생님께 이렇게 했다간 불호령이 떨어질걸요?"

쥬드의 말에 이사나는 도리어 어처구니가 없어졌다. 쥬드는 분명 3년 전 숙부님께 거둬져 그의 밑에서 공부해 왔다고 들었는데, 이런 것도 포함한 3년인 모양이다. 하지만 그런 부조리함과는 관계없이 테이블 위에 훌륭하게 차려진 브런치를 보니 새삼 시장기가 돌았다. 쥬드의 기대 어린 눈빛 아래, 이사나는 먼저 과일과 야채가 버무려진 샐러드부터 먹어 보았다. 새콤한 과일 향과 신선한 야채의 식감이 견과류가 든 드레싱과 어우러져 혀끝에서 놀라운 조화를 만들어냈다.

"어때요?"

"……맛있어."

"헤헤헤 다행이에요. 이사나 님 이것도 드셔 보세요."

맛있다는 말에 신이 났는지 쥬드는 수줍게 웃으며 차려 놓은 음식을 손수 하나하나 접시에 덜어 주었다. 그런데 정말 하나같이 다 맛있었다. 생각해 보면 당연한 건지도 몰랐다. 황궁에 살 때부터 에드먼드의 입맛은 까다롭기로 유명했으니까. 에드먼드의 잔소리를 듣는 만큼 쥬드의 요리 솜씨는 나날이 발전할 수밖에 없었을 것이다.

오랜만에 과식을 한 이사나는 턱 끝까지 채워진 브런치를 쥬드가 내온 커피로 가라앉히는데, 마찬가지로 이사나의 맞은편에 앉아 커피를 마시던 쥬드가 이사나에게 말했다.

"이사나 님, 오늘 아침 선생님께 연락을 받았는데, 선생님은 일주일간 지상층의 연구소에서 지내신다고 하셨어요."

"응, 연구소에서 샘플 시료를 분석한다고 하셨어."

"선생님께서 삑삑이의 운동 능력을 계속 측정해야 한다고 하시면서 모레 다시 이사나 님을 여기 오게 하라고 하셨어요."

"맞아, 내게도 그렇게 말하셨어."

이사나의 말에 쥬드는 "음……." 하고 말을 늘어뜨리더니 순한 얼굴로 헤헤 웃으며 말했다.

"그런데 집에 다시 왔다 갔다 하시기 좀 번거롭지 않을까요? 음…… 그러니까, 그냥 선생님께서 돌아오실 때까지 계속 여기서 지내시는 게 어떠세요?"

의외의 말에 이사나가 눈만 껌뻑거리자, 쥬드가 변명하듯 주절거렸다.

"어차피 선생님께서 쓰시던 방은 비어 있고 저도 한 사람 분 식사를 준비하는 거나, 두 사람 분의 식사를 준비하는 거나 별반 다를 게 없는 데다가 삑삑이도 어제 힘든 일이 있었는데 환경이 자꾸 바뀌면 심리적으로도 안 좋을 거 같고, 음…… 또…….”

“알았어.”

“네?”

“숙부님이 돌아오실 때까지 여기 있겠다고.”

이사나의 말에 쥬드의 얼굴이 순식간에 기쁨으로 환해졌다. 그러다 쑥스러운 듯 웃으며 말했다.

“헤헤헤, 매끼마다 맛있는 거 해 드릴게요.”

“그렇게까지 할 필요는 없지만……. 앞으로 일주일간 잘 부탁할게.”

이사나가 웃음기 어린 말투로 말하자, 쥬드의 얼굴이 더할 나위 없이 무르게 풀어졌다. 헤실거리며 뜨거운 커피를 연신 들이키던 쥬드는 돌연 자리에서 벌떡 일어나더니 테이블 위에서 쿠키를 갉작이던 유충을 번쩍 들어 빙글빙글 그 자리를 돌았다.

“삐이이잇―!”

“하하하, 삑삑아, 너랑도 일주일이나 같이 있게 됐네? 일주일간 우리 친하게 지내자!”

“캬르르릉―! 캬하아아악―!”

갑자기 봉변을 당한 유충은 항의하듯 위협적인 소리를 냈지만, 쥬드는 아랑곳하지 않고 유충을 꽉 끌어안을 뿐이었다. 그 모습이 퍽 우스웠던 이사나는 자신도 모르게 미소 띤 얼굴로 둘을 바라보았다.

해맑게 웃고 있는 쥬드는 간밤에 살인을 저지르고 시체를 뒤처리하러 갔던 그와 도저히 동일인물로 보이지 않았다. 분명 어느 한쪽만이 쥬드인 것은 아니리라. 하지만 역시 이사나는 저렇게 환하게 웃고 있는 쥬드만 진짜 쥬드처럼 보일 뿐이었다.

포스(Fourth) (3)

쥬드의 권유로 리비에에서 지낸 일주일은 정말로 평온했다. 장담했던 대로 쥬드는 매끼마다 놀라울 정도로 맛있는 식사를 만들어주었고 그것으로도 모자라 간식까지 매번 챙겨 주었다. 지상층의 저택으로 돌아간 듯한 완벽한 접대였다. 하지만 쥬드는 에드먼드에게서 연구 주제를 받아 개별 연구도 함께 진행하고 있었기에 정말 바빴다. 매끼마다 쥬드에게 얻어먹기만 하는 것도 미안했던 이사나는 쥬드의 연구를 어설프게나마 곁에서 도우며 하루하루 즐거운 나날을 보내고 있었다.

나이는 어리지만, 쥬드는 평생 군인으로 살아왔던 이사나보다 훨씬 사리에 밝고 박학다식했다. 제국 최고의 지식인인 에드먼드의 수제자였기에 당연하다면 당연한 일이었다. 아니, 그것보다는 스승인 에드먼드처럼 끝없이 지식을 탐구하는 성미를 지녀 더욱 그러한 건지도 몰랐다.

에드먼드와 쥬드의 연구 주제는 꽤 잡식이었다. 에드먼드부터 이미 인문 계열, 자연 계열 가리지 않고 학위를 가져서인지 쥬드에게 주어진 과제 역시 의학, 화학, 사회학, 통계학 등 연구 분야를 따로 구분하기 힘들 정도로 복합적이었다. 그래서 쥬드가 에드먼드 아래에서 연구하고 공부했던 얘기를 들으면 꽤 재미있었다. 헥사비스 안에서 가 보지 않은 곳이 없다고 자랑스럽게 말하던 쥬드는 돌연 뭔가를 떠올렸는지 자리에서 벌떡 일어나 에드먼드의 방에서 두꺼운 책 한 권을 들고 나왔다.

"쥬드, 그게 뭐야?"

"사진첩이에요. 선생님께서 사진 찍는 걸 좋아하셔서 처음 들르는 곳에서는 꼭 한 번씩 사진을 찍으시거든요."

쥬드가 앨범의 첫 장을 펴자, 지금보다 훨씬 젊은 에드먼드가 어느 거대한 건물 앞에 홀로 서 있는 게 보였다. 아마도 지상층의 연구소인 듯했다. 앨범을 한 장씩 넘길수록 에드먼드의 얼굴에는 세월의 흐름이 더해졌다. 그리고 몇 장 넘기지 않아 쥬드와 에드먼드가 함께 찍힌 사진이 나왔다. 쥬드는 멋쩍은 듯 뒷머리를 긁적이며 이사나에게 말했다.

"여기는 지하 1층에 갔을 때 찍은 사진이에요. 그때 선생님은 '층간 차이에 따른 사람의 생체 리듬 주기 변화'라는 주제로 연구를 하셨거든요? 그런데 그때의 저는 공부를 시작한 지 얼마 안 되어서 '왜 이런 걸 연구하는 거지?'라고 생각했었어요."

쥬드의 말을 들어 보니, 확실히 사진 속의 쥬드는 지금보다 훨씬 어려 보였고 지금과 달리 어두운 그늘이 느껴지기도 했다. 포스의 영향인 걸까? 궁금했지만, 쥬드가 이사나에게 곤란한 질문을 하지 않았던 것처럼 이사나 역시 쥬드가 곤란해할 질문은 하지 않기로 했다. 그건 반칙이니까. 그래서 이사나가 아무 말 없이 고개를 끄덕이자, 쥬드 역시 이야기할 거리를 찾아 또다시 앨범을 뒤적거리기 시작했다. 그러다 앨범의 맨 뒤에 끼어 있던 사진 한 장이 바닥으로 떨어졌다.

이사나는 바닥에 떨어진 사진을 주워 테이블에 올려놓았다. 사진에는 스무 살 내외의 남녀 열 명이 연회에서나 입을 듯한 격식 있는 차림을 하고서 2열로 서 있었다. 사진이 꽤 낡은 것으로 보아 아주 오래전에 찍은 것 같았다. 이사나는 이게 도대체 무슨 사진인가 생각하는데, 쥬드가 눈을 반짝이며 소리쳤다.

"앗! 이건 선생님 젊을 때 사진이네요. 그때나 지금이나 완고해 보여요."

쥬드가 탄성을 내지르며 가리킨 곳에는 에드먼드가 지금과 같은 오만한 얼굴로 서 있었다. 제국 대학에 다닐 때의 모습일까? 지금의 이사나보다 조금 어려 보이는 얼굴에서는 지금과는 다른, 청년 특유의 치기와 독기가 느껴졌다.

"숙부님이 다른 사람과 사진을 찍는 건 꽤 드문 일인데."

황실의 행사 때마다 번번이 사진 찍기를 거부했던 에드먼드를 떠올리며 이사나가 중얼거리자, 쥬드가 사진 안의 에드먼드를 내려다보며 말했다.

"아마 이 사람들은 선생님의 동아리 동기일 거예요."

동아리라는 말에 이사나는 반사적으로 자신의 다리에 달린 의족을 내려다보았다. 분명 이 성능 좋은 의족도 에드먼드의 동아리 동기가 만들었다고 했었다.

"무슨 동아리를 하셨는지 알아?"

"독서 토론 동아리요."

전에 에드먼드에게 물어보았을 때 에드먼드가 알 필요 없다는 식으로 쏘아붙여 대단한 비밀이 있는 동아리인 줄 알았는데, 의외로 평범해 이사나는 허탈한 기분까지 들었다. 실망이 역력한 이사나의 얼굴에 쥬드는 미소를 짓더니 가까이 다가와 비밀 얘기를 하듯 낮게 속삭였다.

"제국에서 금서로 지정한 책을 읽고 토론하는 독서 동아리였대요."

"……."

쥬드의 말에 이사나는 어처구니가 없어져 할 말을 잃었다. 제국에서 금서라 함은 보통 제국의 법과 사회 질서를 파괴하는 불온한 사상으로 점철된 책으로, 그 책을 읽는 걸 헌병대가 목격하기만 해도 재판 없이 감옥에 들어갈 수 있었다. 그만큼 금서를 읽는 것은 제국에서 강력하게 금지하고 있는 행위였다.

당시의 숙부님은 넥시움의 의무를 수행하는 중인 황자였을 텐데 그런 간 큰 짓을 하고 있었을 줄이야……. 포스에 혼자 내려가 연구를 시작했다는 얘길 들었을 때부터 그가 상당히 무모하다는 건 느끼고 있었지만, 설마 금서까지 읽었을 줄은 전혀 몰랐다. 숙부님이 이렇게 내일이 없는 것처럼 살았을 줄이야. 이사나가 황당해하는데, 쥬드가 부드럽게 웃으며 이사나에게 말했다.

"예전에 선생님께서 얘기해 주셨는데요. 세상에서 제일 무서운 게 이념이래요. 누군가가 쓴 책 한 권이 사람들의 생각을 바꿔 세상을 이롭게 바꿀 수도 있지만, 잘못하면 사람들을 자유 의지가 없는 꼭두

각시로 만들 수 있다고요. 태어나서 한 가지 생각에 길들여진 사람은 눈 먼 경주마처럼 정해진 트랙밖에 달릴 수 없다고 하시면서요. 선생님과 선생님의 동기들은 제국에서 말하는 것들이 정말로 헥사비스를 위한 것인지, 미래를 위한 것인지 생각해 보고 싶으셨대요. 그래서 모두와 함께 제국에서 금지한 책을 읽고 토론을 하셨다고 해요."

쥬드의 말을 듣고 나서야 이사나는 에드먼드의 염세적이면서도 결벽적인 성격이 이해가 갔다. 그의 눈에는 제국의 황족과 귀족들이 그 눈 먼 경주마로밖에 보이지 않았을 테니까. 그중에서 가장 생각이 없던 경주마는 이사나였을지도 몰랐다. 이사나는 문득 에드먼드와 10년 만에 다시 만났던 날을 떠올리며 쓴웃음을 지었다. 숙부의 눈에는 제국의 프로파간다에 철저히 이용당하다가 버려진 자신이 참을 수 없을 만큼 답답해 보였을 터였다.

"이사나 님은 어떠세요?"

"뭐가?"

"제국의 이념을 재고한다는 거요."

이사나는 순간 쥬드가 무슨 말을 하는 건지 몰라 얼떨떨해졌다. 그런 이사나를 물끄러미 바라보던 쥬드는 잠시 주저하는 기색을 보이더니 진지한 얼굴로 이사나에게 말했다.

"내일이면 선생님께서 지상에서 돌아오실 거예요. 그런데 지금 저 창고 방 안에는 포스에서 온 알리페르의 유충 두 마리가 있죠. 그리고 이사나 님은 포스의 부화장에서 그보다 더 많은 유충이 있는 걸 보셨을 테고요."

"······."

"그것들을 전부 잊어 주실 순 없나요?"

쥬드의 말에 이사나는 순간 자신이 헛것을 들은 게 아닌가 하는 의심이 들었다. 쥬드는 지금 말도 안 되는 소리를 하고 있었다. 알리페르는 인류의 천적이었다. 같은 하늘 아래에 절대 공존할 수 없는 절대 악이었다. 그러니 힘이 약한 유충일 때 전부 없애야 했다. 하나도 남김없이.

모든 것은 인류의 존망을 위해.

그것이 바로 제국의 이념이었다. 그 이념이 없다면 '이사나 넥시움'은 존재할 필요가 없었다. 넥시움 황가가 그 이념을 주춧돌 삼아 굳건히 버티고 있는 걸 눈앞의 똑똑한 소년은 잘 알고 있을 터인데, 어째서 그런 말을 하는 건지 알 수 없었다. 이사나는 혼란스러운 얼굴로 물었다.

"……쥬드 너는 어째서 그런 얘기를 꺼내는 거지?"

"당신이 위험해지니까."

쥬드의 얼굴은 어느새 입막음을 위해 사람을 죽일 때처럼 냉랭해져 있었다. 그것에 이사나는 도리어 깨달을 수 있었다. 쥬드는 진심으로 자신을 좋아했다. 너무나도 좋아하기에 절대로 내보여서는 안 될 부분까지 보이며 이사나에게 경고를 하고 있는 것이다.

그래, 쥬드의 말대로 '의무'가 아닌 다른 이유가 없는지 생각해 보자. 포스에서 본 부화장의 정체를 캐내 나는 뭘 어쩔 작정이지? 포스는 엄밀히 말해 헥사비스 내부도 아니었다. 제국은 이미 패잔병에 불과했던 나를 아주 쉽게 버렸고, 그런 내게 다시 삶의 의미를 부여한 건 저 작디작은 유충이었다. 유충과 살면서 나는 녀석을 아끼게 되었고 그렇기에 부화장에서 '생존'만 하는 그들에게도 동정심을 느끼게 되었다.

내게 부여된 '넥시움'의 의무는 이미 끝났다.

하지만…….

"알았어."

"……."

"네가 하고 싶은 말이 뭔지 전부 이해했어."

긍정도 부정도 하지 않는, 애매한 이사나의 말에 쥬드의 얼굴이 더욱더 냉랭해졌다.

"……이해만 하셔서는 안 돼요. 전 지금 농담으로 하는 말이 아니니까요. 전부 진심으로 하는 말이니까요."

그런데 왜 대답을 해 주시지 않는 건가요? 어째서 그런 말을 하는 건지 추궁조차 하지 않는 건가요? 쥬드의 흔들리는 눈은 제발 울타리 안으로 넘어와 달라고 애원하는 것 같았다. 그에 이사나는 진지한 얼굴로 말했다.

"진심이라는 거 알고 있어. 네가 날 걱정하는 것도 알고 있어. 그렇기 때문에 네게 아무것도 묻지 않는 거야. 네가 날 아무리 걱정한다고 해도 결국 내가 '넥시움'이라는 건 바뀌지 않으니까. 그렇다면 우린 이대로 영원히 서로를 모른 채 평행선을 달리는 게 나을 수도 있어."

"……그렇군요."

냉정하기까지 한 이사나의 말에 쥬드는 수긍하며 고개를 끄덕였다. 말없이 쓸쓸한 얼굴로 앨범만 만지작거리던 쥬드는 잠시 망설이다가 이사나에게 말했다.

"그렇다면…… 만약 이사나 님이 어떻게 해서든 제국의 이념에 따르고 싶으시다면 그때는 제게 먼저 알려 주시면 안 될까요? 그저 어딘가에 소속된 제가 아닌, 이사나 님의 친우인 '쥬드'로서 이사나 님 곁에 있을 수 있게요."

절박하기 짝이 없는 쥬드의 호소에 이사나는 놀란 듯 눈을 크게 떴다. 그에 쥬드는 잠시 의아해하다가 얼굴을 새빨갛게 물들인 채 주절거렸다.

"아, 아니, 그게, 친우까진 아니더라도 이사나 님과 밥 몇 번 같이 먹은 사이? 그것도 아니면 그냥 몇 번 얼굴 본 사이라도 좋구요. 그냥 저는……!"

횡설수설하며 점점 더 얼굴이 붉어지는 쥬드를 물끄러미 바라보던 이사나는 살며시 웃어 버렸다. 친우인 '쥬드'로서 있고 싶다는 말은 쥬드가 울타리 안에 있는 것들을 배신하겠다는 선언과 다름없었다. 하지만 쥬드는 그런 중대한 얘기를 하면서도 자신도 모르게 내뱉은 '친우'라는 말에 더 혼란에 빠져 있는 듯했다.

그런 쥬드가 좋았다.

"곁에 있어 줘."

"네?"

"앞으로는 친우로서 내 곁에 있어 달라고."

이사나의 말에 아까까지만 해도 쓸쓸해 보였던 쥬드의 얼굴이 순식간에 기쁨으로 물들었다. 하지만 이사나는 오히려 쥬드에게 더 고마울 뿐이었다. 길지 않은 생애 동안, 이사나는 누군가의 기대를 채우기 위해 살아왔다. 이사나의 안에는 이념 같은 거창한 건 존재하지 않았다. 단지, 황가에 어울리는 인물이 되어야 한다는 강박 관념 아래에 눌려 간신히 숨만 쉬고 있었을 뿐이다. 하지만 그런 이사나라도 고독과 쓸쓸함을 모르는 건 아니었다. 마음 속 어딘가에서는 항상 속마음을 나누고 진심으로 서로를 걱정하는 친우를 그리워하고 있었다. 그렇기에 이사나는 쥬드의 진심이 고마웠다. 쥬드의 울타리 안에 무엇이 들어 있든 말이다.

그날 밤 알리페르의 유충들이 들어 있던 상자가 창고 방에서 사라졌다. 그리고 다음 날 아침, 에드먼드가 지상층에서 돌아왔다.

* * *

"선생님, 오셨어요?"

이제 막 이사나와 함께 아침 식사를 하려던 쥬드는 갑작스럽게 응접실에 들이닥친 에드먼드를 당황한 얼굴로 바라보았다. 그도 그렇게, 에드먼드는 분명 며칠 전만 해도 늦은 오후쯤 내려올 거라고 말했었기 때문이다. 에드먼드는 엉거주춤 자리에서 일어선 쥬드를 물끄러미 바라보다가 테이블 위에 성대하게 차려진 브런치를, 그다음엔 쥬드의 맞은편에 앉은 이사나를 보았다. 그리고 웃음기 어린 얼굴로 빈정거렸다.

"그래, 돌아왔다. 그런데 너희 둘은 내가 없는 사이에 신혼살림이라도 차린 듯한 꼬락서니구나."

에드먼드의 말에 쥬드의 얼굴이 새빨갛게 변하고 이사나의 얼굴에는 애매한 미소가 걸렸다. 그도 그렇게 에드먼드가 들어올 때, 마침 쥬드가 이사나의 접시 위에 샐러드를 덜어 주고 있었기 때문이다. 에드먼드는 "한창 좋을 땐데 눈치 없이 일찍 돌아와서 미안하구나."라고 말하면서도 당연하다는 듯 브런치가 차려진 테이블에 앉았다. 그에 쥬드는 재빨리 응접실 뒤 주방으로 들어가 접시와 식기를 가지고 나왔다. 쥬드가 에드먼드의 자리에 식기를 세팅하자, 에드먼드는 아주 당연한 것처럼 브런치를 먹기 시작했다. 그에 이사나도 함께 식사를 시작했지만, 쥬드는 다시 테이블에 앉지 않았다.

"쥬드, 왜 같이 안 먹는 거야?"

이사나의 물음에 쥬드는 애매하게 웃으며 대답했다.

"아, 그게……. 저까지 먹으면 양이 모자랄 거 같아서요."

"내 걸 나눠 먹으면 돼. 너도 배고프잖아."

이사나가 앉아서 먹으라고 얘기했지만, 쥬드는 끝까지 고집부리며 먹지 않았다. 그에 에드먼드는 특유의 서늘한 얼굴로 빈정거렸다.

"너무 애틋해서 이 자리에 있는 게 민망할 정도구나. 침실이라도 빌려주랴?"

"서, 선생님……!"

에드먼드의 농담에 쥬드는 또다시 낯을 붉히며 소리쳤다. 그에 에드먼드는 악동처럼 낄낄거리며 빵을 씹어 먹었다. 쥬드에겐 조금 미안한 얘기지만, 이사나는 에드먼드가 왜 저렇게 쥬드에게 짓궂게 구는지 알 거 같았다. 쥬드가 너무 반응을 잘했다.

이사나는 쥬드에게 두어 번 더 식사를 권유했지만, 쥬드는 끝까지 자리에 앉지 않았다. 오히려 이사나가 쥬드의 등쌀에 밀려 아침 식사를 할 수 밖에 없었다. 무릎에 앉은 유충조차 쥬드가 준 사료를 다 먹고 후식으로 야채와 과일을 얻어먹고 있었는데, 정작 모든 걸 준비한 본인은 굶고 있었다. 이사나는 미안했지만, 에드먼드는 당연하다는 듯 쥬드에게 커피까지 내올 것을 요구했다.

식사가 끝나고 쥬드가 내려온 커피를 홀홀 마시던 에드먼드는 통보하듯 이사나에게 말했다.

"이사나, 이제 다시 포스로 내려가자꾸나."

"네? 선생님 지금 가시게요?"

연구실에 돌아오자마자 포스로 가겠다는 에드먼드의 말에 이사나보다는 쥬드가 놀라며 에드먼드에게 되물었다. 번갯불에 콩 구워 먹는 듯한 에드먼드의 행보가 쥬드는 도저히 이해가 가지 않는 듯했다. 하지만 잔에 남은 커피를 마저 꿀꺽 삼킨 에드먼드는 뭐가 급한지 자리에서 벌떡 일어나며 쥬드에게 신경질을 부렸다.

"그래, 좀 가면 안 되느냐? 이제야 연구에 진척이 있을 것 같아 마음이 조급해 미치겠는데 내일도 보고 모레도 볼 네 녀석과 겨우 일주일 못 봤다고 낯간지럽게 회포라도 풀어야겠느냐?"

"아니, 그게 아니라, 왔다가 바로 가시면 피곤하지 않으실까 해서요."

"시료 분석은 기계랑 테크니션들이 알아서 했을 텐데 내가 피곤할 게 뭐가 있겠느냐? 생각보다 데이터가 빨리 뽑혀서 연구를 좀 진척시키겠다는데 말이 많아, 말이."

에드먼드가 다다다 쏘아붙이자, 쥬드는 뭐라 더 말하지 못하고 한숨을 내쉬었다. 에드먼드의 호통에 쥬드는 부랴부랴 포스로 내려갈 짐을 챙겼고 에드먼드는 연구실에 온지 두 시간도 되지 않아 다시 떠나게 되었다.

"쥬드, 녀석을 잘 부탁할게."

"네, 걱정하지 마세요. 이번에는 절대 어디에도 가지 못하게 할 테니까요."

미안해하는 이사나에게 쥬드는 철장에 갇힌 유충을 보이며 의기

양양하게 말했다. 그에 유충은 철창에 매달린 채 애처롭게 "삐이잇
─! 삣! 삣!" 하고 울었다. 하지만 이미 탈출한 전적이 있는 녀석을
자유롭게 해 줄 수는 없는 노릇이었다. 그렇지만 역시 철창 안에 갇
혀 히끅거리는 모습이 가엽기는 했다. 이사나는 철창 사이로 유충의
통통한 몸을 쓰다듬으며 말했다.

"금방 다녀올게."

"히끅, 히끅, 삣……!"

"정말 금방 다녀올 테니까, 그때까지 쥬드가 하는 말 잘 듣고 있
어야 해."

"삣삣삣삣……! 히끅히끅, 삣삣!"

이사나가 떠나려는 것을 눈치챘는지 유충은 이사나가 철창에서
손가락을 떼어 내자마자 펑펑 울며 철창에서 빠져나오려 애를 썼다.
하지만 철창은 단단하면서도 사이 간격이 좁았다. 유충의 힘으로는
도저히 빠져나올 수 없었다. 그런 유충을 이사나는 걱정스럽게 바라
보았지만, 이내 채근하는 에드먼드를 뒤따랐다.

언제나처럼 리비에의 열람실로 들어가 비비에게 포스로 가는 통
로를 열게 한 에드먼드는 통로의 문이 닫히자마자 이사나에게 물었
다.

"이제야 겨우 둘만 남았구나. 그러니 이제 말해 보거라. 한밤중에
다짜고짜 전화해 아무도 없는 곳에서 꼭 얘기해야 할 것이 있다고
말한 것이 무엇인지."

에드먼드의 말에 이사나는 말을 고르려고 노력하다가 결국 포기
하듯 말했다.

"숙부님과 쥬드는 도대체 무슨 사이입니까."

단도직입적인 이사나의 말에 에드먼드는 피식 웃으며 말했다.

"평범한 스승과 제자 사이지."

"……아니라는 것 정도는 알고 있습니다. 숙부님께서는 고작 길에서 거둔 소년에게 하는 행동치고는 이상한 행동을 많이 하셨으니까요. 쥬드에게 숨겨야 할 황가의 비밀은 아무렇지 않게 발설하면서도 반대로 오래전부터 포스에서 하고 계셨던 연구는 숨기셨죠. 게다가 필요도 없는 절 일부러 포스에 동행시켜 유충을 그에게 돌보게 해 그가 리비에 안에서 옴짝달싹 못 하게 하셨지 않습니까. 제 말이 틀렸습니까?"

이사나의 침착한 설명에 에드먼드는 퍽 흥미롭다는 어조로 말했다.

"군 생활을 오래 해 머리가 돌이 됐을 줄 알았는데 제법이구나."

"숙부님께서 제 억측을 긍정하는 것으로 알겠습니다. 그렇다면 이제 쥬드와 무슨 관계인지 알려 주시겠습니까?"

이사나의 단호한 말에 에드먼드는 통로의 계단을 내려가며 말했다.

"서두르지 말거라, 마음이 흐트러지면 물잔 속의 물고기도 낚지 못한다. 그래, 넋 놓고 살고 있던 네가 이렇게 변한 걸 보면 내가 잠시 자리를 비운 사이에 대단한 일이 있었던 모양이구나. 일단 그것부터 말해 보거라."

에드먼드의 느긋하기 짝이 없는 태도에 이사나는 괜히 속이 답답해졌지만, 에드먼드의 말대로 급하게 생각해서는 안 될 일이었다. 애써 마음을 가라앉힌 이사나는 에드먼드에게 일주일 전 있었던 일을 차분히 말했다.

"일주일 전, 숙부님께서 지상에 올라가시고 저는 연구실로 다시 돌아왔는데 유충이 사라진 상태였습니다. 그래서 쥬드와 함께 포스로 내려가 유충을 찾다가 포스의 주민들이 알리페르의 유충들을 키우는 광경을 목격했습니다."

간결한 설명에 에드먼드는 깜짝 놀라며 이사나를 돌아보았다. 그리고 어처구니없다는 듯 말했다.

"너무 요약을 잘해 도대체 어디서부터 딴지를 걸어야 할지 모르겠구나. 그래, 일단 쥬드와 함께 포스로 내려왔다는 말은 이 통로를 그에게 보였다는 거겠지?"

"맞습니다."

"그리고 포스 안에서 알리페르의 유충들을 키우는 장소를 발견했고?"

"네."

이사나의 말에 에드먼드는 골치가 아프다는 듯 이마를 짚으며 "……뭐 일단은 한 번씩 주고받았구나."라고 중얼거렸다. 그리고 다시 말없이 계단을 내려가다가, 에드먼드는 한참이 지나서야 한숨을 내쉬며 이사나에게 물었다.

"그래서 넌 앞으로 어쩔 작정이냐."

"부화장이 왜 포스 안에 있었는지 알아볼 생각입니다."

이사나의 말에 에드먼드는 씨익 웃었다.

"없앤다는 말을 하는 게 아니라 이유를 조사한다니, 이제야 겨우 내 조수 2호다워져서 기쁘구나. 하지만 어떻게?"

"시안 씨가 이 일과 연관되어 있습니다. 한동안 포스에서 숙부님의 일을 도우며 정보를 모을 생각입니다."

"네 말대로라면 이번에야말로 포스에 오래 체류하게 되겠구나."

숙부의 말에 이사나는 고개를 끄덕였다. 이미 이렇게 될 것을 각오하고 있었다. 하지만 이사나는 꼭 이 일의 전말을 밝혀내고 싶었다. 그저 자신이 알리페르 토벌 의무를 가진 '넥시움'이라서가 아닌, 알리페르와 포스, 쥬드까지 포함된 이 일의 진실을 알고 싶어서였다.

진실을 알고 나서 어떻게 하고 싶은지는 사실 이사나도 잘 몰랐다. 단지 이번에는 직접 자신의 눈으로 보고 듣고 느껴 이 일의 결론을 내리고 싶을 뿐이었다. 잘 만들어진 인형처럼 시키는 대로 일을 수행하는 것이 아닌, 스스로 뭔가를 해 보고 싶었다. 그런 이사나를 보며 에드먼드는 작게 미소를 지었다. 그리고 이전보다는 퍽 냉기가 가신 얼굴로 이사나에게 말했다.

"쥬드는, 내가 3년 전 직접 거둔 아이다. 너도 알다시피 상당히 유능한 녀석이지. 물러 터진 주제에 의외로 독한 구석도 있고 말이다."

"……."

"확실해진 건 아무것도 없으니 네게 해 줄 수 있는 말 역시 아무것도 없다."

에드먼드의 단호한 말에 새삼 그의 마음을 확인한 이사나는 알겠다는 듯 고개를 끄덕였다. 에드먼드는 분명 쥬드에게 수상함을 느끼고 있었다. 명백히 의심하고 있었고 때로는 그를 떠보며 그의 뒤에 무엇이 있는지 알아내려 했다. 하지만 그와 동시에 에드먼드는 쥬드를 보호하고 싶어 했다. 쥬드에게서 정말 뭔가를 캐내고자 한다면 그를 보안국에 보내 심문하면 될 일이었다. 하지만 에드먼드도 이사나도 그러고 싶지 않았다.

쥬드는 이사나에게 보여선 안 될 부분까지 내보이며 포스에 관여하지 말 것을 경고했었다. 그게 쥬드가 '친우'를 대하는 방식이었다.

하지만 이사나는 달랐다. 모든 걸 덮기만 해서는 문제가 해결될 수 없었다. 그렇다면 거꾸로 그가 감추는 모든 것을 알아내 그를 보호할 방법을 찾아야 했다.

* * *

확실한 목표가 생기자, 에드먼드에 의해 반강제로 끌려왔던 때와 달리 이사나의 행동은 명료해졌다. 그리고 그건 에드먼드 역시 마찬가지였다. 이사나가 얘기한 것 중 무엇에서 힌트를 얻었는지 모르지만, 에드먼드는 병의 원인이 이제 짐작이 간다고 말하며 움집 안의 연구실에 틀어박혔다. 에드먼드는 움집 안에 들어가기 전에 이사나에게 절대 조급하게 굴지 말라고 신신당부했지만, 이사나는 도저히 잠자코 있을 수 없었다. 그랬기에 낮에는 시안의 옆에서 병자들을 돌보며 정보를 모았고, 밤에는 사람들의 눈을 피해 잠행에 나섰다. 그런 노력의 결과, 이사나는 몇몇 위화감을 발견할 수 있었다.

첫째로 카노스 병자들 사이에는 묘한 기류가 흐르고 있었다. 카노스의 진행을 늦춰 주는 약물은 오직 에드먼드만이 조합하는 게 가능했기에 다들 겉으로는 에드먼드의 눈치를 보며 서로 잘 지내는 척하고 있었지만, 실상은 조금 달랐다. 포스의 토착민들이 명백하게 헥사비스에서 내려온 이들을 배척하고 있었다. 얼마 없는 병상이나 약을 빨리 받을 수 있는 자리는 모두 그들의 차지였고 헥사비스에서 어렵게 내려온 이들은 그들이 가지고 남은 것을 겨우 받으며 지내고 있었다.

단순히 외부인에 대한 베타성이라고 보기에는 지나치게 증오심이 커 보였고 열등감이라고 보기에는 그들의 행동이 너무나도 비밀스러웠다.

두 번째로 헥사비스에서 포스로 내려온 사람들이 생각보다 많다는 것이다. 게다가 그들은 이미 에드먼드가 내려오기 전부터 이곳에 내려와 있었다. 하지만 그들은 하나같이 포스로 내려온 이유에 대해 말하려 하지 않았다. 마치 약속이라도 한 것처럼 말이다.

"베르딜의 애비 놈은 항상 노름을 해 내 속을 썩였지. 허우대만 멀쩡하게 생겨 얌전히 잘 살던 촌것한테 별도 달도 다 따 줄 것처럼 굴다가 애가 생기고 나니까 본색을 드러내지 뭐야. 나쁜 놈, 씹어 먹을 놈, 육시랄 놈! 매번 집에 가져다줄 돈은 한 푼도 없다고 말한 주제에 동네에 노름판이 새로 생겼다는 말만 들으면 귀신같이 숨겨 둔 쌈짓돈을 찾아내 들고 나갔지! 결국엔 그 개 같은 놈이 노름판에서 난리를 치다가 왈패들한테 흠씬 얻어맞고 시름시름 앓다가 죽고 말았잖아. 그때 베르딜은 고작 다섯 살이었는데 말이야."

시안이 자리를 뜨기 무섭게 또다시 이사나에게 다가온 테메리트는 이번엔 먼저 떠난 남편에게 욕설을 퍼부어댔다. 시근덕거리는 테메리트에게 이사나는 어떻게 반응해야 할지 몰라 난감했지만, 일단 그녀의 얘기를 계속 들어 보기로 했다.

"베르딜 이놈도 마찬가지야! 애미가 하는 말은 귓등으로도 안 듣더니, 아주 꼴좋다. 허우대 멀쩡한 놈이 백치나 되어 버리고……. 아주 내 속이 다 시원해."

"……."

테메리트의 말에 이사나는 담벼락에 인형처럼 앉아 있는 베르딜을 바라보았다. '영혼이 조각나는 병'이라는 별칭을 가진 만큼 카노스는 병이 진행됨에 따라 사람의 뇌 기능을 철저히 망가뜨렸다. 처음에는 가벼운 환각을 경험할 뿐이지만, 점차 병중이 진행될수록 인지능력이 급감하고 감정적인 부분이 소실되면서 환자를 산송장으로 만들었다. 환자들 중에서도 베르딜의 상태는 특히 심한 편이었는데, 그는 무언가를 삼키는 것조차 힘들어해 약을 전부 갈아 줘야 했다. 그런 아들을 곁에서 돌보는 게 버거운지 테메리트 역시 지울 수 없는 피로감을 종종 얼굴에 드러내곤 했다. 그렇기에 이사나는 테메리트가 내뱉는 욕설이 듣기 괴롭고 힘들어도 묵묵히 계속 들어줄 수밖에 없었다. 무언가를 목적으로 해서가 아닌, 순수하게 그녀가 가엽게 느껴졌기 때문이다.

그렇게 한참을 여러 사람에게 욕설을 퍼부어 대던 테메리트는 돌연 입매를 허물어뜨리더니 탈력감이 묻어난 어조로 말했다.

"이제 고향으로 되돌아갈까 해."

"테메리트 씨?"

"내일 베르딜을 데리고 다시 위로 올라갈 거야."

테메리트의 말에 이사나는 당황하며 그녀에게 말했다.

"그냥, 여기 머무시면 안 되는 겁니까? 계속 약을 먹다 보면 베르딜 씨의 증상이 나아질지도 모르는데……."

"박사가 이미 우리에게 말했어. 약은 병의 진행을 늦추기만 할 뿐이라고. 이렇게까지 악화된 거면 이미 늦은 거야. 그런데도 혹시나 하는 마음에 계속 여기 있었던 것뿐이야."

"하지만……."

"됐어, 이젠. 돈도 다 떨어졌고."

체념이 느껴지는 테메리트의 말에 이사나는 그녀가 더욱 안타깝게 느껴졌다. 테메리트가 베르딜과 함께 포스에 체류한 지 반년. 다른 병자들에 비해 이곳에 오래 머문 편이다. 그만큼 희망의 끈을 놓지 않고 있었는데, 갑자기 고향에 돌아가겠다고 선언하니 이사나로서는 마음이 좋지 않았다. 테메리트에게 그렇게 욕을 들었으면서도 어느새 그녀에게 정이 들었던 모양이다.

"······그건 그렇고 아브노아, 자네 요즘 부쩍 수척해 보이는군."

테메리트의 걱정에 이사나는 애매하게 웃어 보였다. 아무리 이사나가 이전에 군인이었다고는 하지만, 부상을 입은 뒤 체력이 떨어진 건 어쩔 수 없었다. 그런 상태에서 낮에는 환자들을 돌보고 밤에는 시안이 깨우러 오기 직전까지 잠행을 나갔으니 몸이 축나지 않을 수 없었다. 항상 자기 말만 하는 테메리트가 걱정을 할 정도면 상당히 안색이 안 좋은 것인지도 모른다.

"박사랑 연구하는 게 꽤 힘든 모양이지? 여기서 하는 게 뭐가 있다고 그런 꼴을 하는 건지."

테메리트는 못마땅한 듯 말하고 있었지만, 그 안에는 숨길 수 없는 걱정이 느껴졌다. 하지만 어쩔 수 없었다. 쥬드의 짓인지 모르지만, 저번에 보았던 부화장은 어느새 감쪽같이 사라져 있었다. 모든 건 심증만 남은 지금, 단서가 사라지기 전에 한시라도 빨리 이곳에서 무슨 일이 일어나고 있는지 알아내야 했다. 에드먼드는 조급해하지 말라고 했지만, 이사나는 역시 조급함을 억누를 수 없었다. 그런 탓에 이사나는 요 며칠간 상당히 무리하고 있었다. 그럼에도 이사나는 도망가지 않고 테메리트의 불평을 계속 들어주고 있었다.

그런 이사나를 빤히 쳐다보던 테메리트는 갑자기 자리에서 일어나더니 이사나에게 따라오라고 손짓했다. 그리고 베르딜의 목에 걸어 둔 작은 가방에서 사탕을 꺼내 이사나의 손에 쥐여 주었다. 테메리트에게 뭔가를 받을 줄 몰랐던 이사나는 얼떨떨한 얼굴로 테메리트를 바라보다가 뒤늦게 인사했다.

"……감사합니다."

"됐고, 누가 보기 전에 먹기나 해."

못마땅한 얼굴로 툭 내뱉는 테메리트의 말에 이사나는 냉큼 사탕 봉지를 까 입에 털어 넣었다. 그러자 혹, 하고 다디단 맛이 입 안에 감돌았다. 그걸 본 테메리트도 옆에서 사탕을 까 입에 넣더니 뭔가를 생각하듯 멍하니 있었다. 어느새 사탕을 다 먹은 이사나가 이제 슬슬 자리에서 일어나 시안에게 돌아가야 하나 고민하는데, 테메리트가 대뜸 이사나에게 말했다.

"……전에 나와 베르딜에 왜 포스로 내려왔는지 물었지?"

테메리트의 말에 정신이 번쩍 든 이사나는 그녀를 돌아보았다. 그에 테메리트는 한결 독기가 빠진 덤덤한 얼굴로 이사나에게 물었다.

"가르쳐 줄까?"

"네. 부디 알려 주세요, 테메리트 씨."

이사나의 진중한 얼굴에 테메리트는 소녀같이 미소 지으며 말했다.

"후드 안에 있는 얼굴을 보여 주면 알려 줄게."

그녀의 말에 이사나는 얼굴의 반을 가리고 있던 후드를 망설임 없이 걷어냈다. 그러자 테메리트가 이사나의 얼굴로 조심스럽게 손을 뻗었다. 고목처럼 마른 손이 뺨을 쓸자, 거칠면서도 따뜻한 온기가 마음속 깊은 곳까지 닿는 듯한 기분이 들었다.

"……남편보다는 잘생겼구먼."

작게 중얼거린 테메리트는 천천히, 그리고 조심스럽게 이사나의 오른쪽 눈가를 매만졌다. 이미 오래전에 사라져 인공적인 색채만 내는 눈동자를 안타까운 얼굴로 바라보던 테메리트는 탄식하듯 중얼거렸다.

"많이…… 아팠는가?"

"아팠지만, 이제는 괜찮습니다."

"자네 두 다리도 사실은 의족이지?"

"네."

"이런 무참한 꼴로 또 뭘 하겠다는 건지……."

잔뜩 얼굴을 일그러뜨린 테메리트는 어느새 서럽게 흐느끼고 있었다. 그에 이사나가 그녀를 어떻게 달래야 할지 몰라 당황하는데, 한참을 이사나의 어깨를 붙잡고 울던 테메리트가 울먹이며 이사나에게 떠듬떠듬 말했다.

"베르딜은…… 그, 바보 같은 놈은…… 토벌에서, 흐, 알리페르 놈들한테, 흐으, 심한 일을 당하고…… 그 벌레 놈들의 수, 숙주가, 되어 버렸어……."

테메리트의 말에 이사나는 완전히 얼어 버렸다. 그렇다면 그 심한 일이라는 게……! 이사나가 떨리는 눈으로 테메리트를 바라보는데, 테메리트가 울면서 계속 고백해 왔다.

"하루가 다르게, 그 끔찍한 벌레가 든 배는 불러 왔고……. 흐으, 어떻게 해야 할지 몰라 전전긍긍하다가, 흐, 배 속의 벌레를 없애 줄 수 있다는 사람이 포스에 있다고 해서, 흐으, 찾아갔었어……."

"……."

"거금을 들여 그걸 없앴지만, 베르딜은 그날을…… 그날 일을 너무나도 무서워했어! 작은 소리에도 발작하며 하루 종일 소리를 질러

댔어……! 하루 종일 '이사나 넥시움' 그놈만 찾아 댔다고! 구해 달라고, 살려 달라고! 그놈이 베르딜을 이런 꼴로 만들었는데! 그놈은 지켜주지도 못했는데!"

증오 어린 새빨간 눈으로 이사나를 노려보던 테메리트는 아이처럼 엉엉 울며 말했다.

"그 녀석은…… 베르딜은…… 항상 이사나 넥시움 밑에서 함께, 흐으, 함께 알리페르를 토벌하고 싶다고 말했어……! 그런 대단한 사람과 같이 있는 것만으로도 기쁠 거라고 입버릇처럼 말했었다고!"

"……죄송합니다……."

이사나가 억눌린 목소리로 조그맣게 내뱉자, 테메리트는 이사나의 가슴을 후려치며 원망했다.

"그래! 죄송해야 해! 넌 평생 죄송해야 해! 네놈이 이런 불쌍한 꼴을 보여도, 네놈이 미치광이의 말을 귀찮은 기색 없이 들어주는 좋은 놈이어도 난 널 용서하지 않아! 절대 용서하지 않을 거라고!"

오기에 찬 고함을 내지르던 테메리트는 결국 그 자리에 주저앉아 오열했다. 테메리트는 눈앞의 어두운 얼굴을 한 남자가 '이사나 넥시움'라는 사실을 이미 오래전에 눈치채고 있었다. 베르딜은 '제국의 영웅'을 대단히 동경했고 그의 모습이 인쇄된 모병 전단지를 보물처럼 아꼈다. 그러니 그가 아무리 후드를 뒤집어썼다고 해도 테메리트가 모를 수 없었다.

하지만 테메리트는 도저히 이사나를 미워할 수 없었다. 멍청한 아들이 동경했던 이는 뜬눈으로 가슴을 썩혀 가며 상상했던 비열한 악당이 아니었고 영웅이라는 위명에 걸맞게 고결하고 다정한 인물이었다. 용서할 수 없는 원수를 앞에 두고도 무엇 하나 할 수 없는 무력감에 테메리트는 울었지만, 이사나 황자는 회피하는 기색 없이 계속해서 죄송하다는 말을 되풀이할 뿐이었다.

다음 날 아침, 테메리트는 원래 살던 곳으로 떠날 채비를 한 뒤 이사나를 불러내 약도를 건넸다.

"여기가 베르딜의 배 속에 있던 것을 없앤 곳이야."

반으로 접힌 종이를 건네받은 이사나는 그녀에게 고개를 숙이며 말했다.

"감사합니다. 그런데 테메리트 씨는 이제 어디로 가시는 겁니까?"

"지하 2층에 있는 내 집으로 돌아갈 거야. 이젠 좀 지쳐 버렸으니까."

괄괄했던 어제에 비해 완전히 힘이 빠져 버린 테메리트는 일순간에 10년은 더 늙어 버린 듯한 얼굴을 하고 있었다. 아무리 그녀가 미치광이 소리를 들을 정도로 독하게 살아왔어도 결코 그녀의 삶이 고단하지 않은 건 아니었을 테니까. 이사나는 품에서 전화번호가 적힌 종이 한 장을 그녀에게 건네며 말했다.

"곤란한 일이 생기면 전화주세요. 언제든 도와드리겠습니다."

이사나가 내민 종이를 한동안 멍하니 내려다보던 테메리트는 희미하게 미소 지으며 말했다.

"자넨 나 같은 늙은이도 여자라는 사실을 모르는가 보군."

의미를 알 수 없는 테메리트의 말에 이사나가 고개를 갸웃거리자, 테메리트는 이사나의 손에 들린 종이를 잡아채며 장난스럽게 웃었다. 그리고 자신의 아들이 누워 있는 손수레의 손잡이를 잡으며 말했다.

"박사와 뭘 하려는 건지는 모르지만, 몸 건강히 잘 있게."

"네, 테메리트 씨도 건강하세요."

이사나의 말에 웃으며 수레의 끌던 테메리트는 갑자기 발걸음을 멈추더니 이사나를 돌아보며 물었다.

"자네도 이제 쉬지 않겠는가?"

"네?"

"이제는 자네가 쉬고 있어도 아무도 뭐라 하지 않을 거야. 자네는 고작해야 내 아들보다 두 살 많지 않은가?"

"……."

"하도 제국의 영웅이 대단하다고 해서 강철로 만들어진 줄 알았어. 사실은 원숙한 여자의 매력도 모르는 애송이었는데 말이야."

"……?"

뭐가 뭔지 모를 말에 이사나가 어리둥절해하자, 테메리트는 그런 이사나를 바라보며 호쾌하게 껄껄 웃었다. 그러더니 어쩐지 후련해 보이는 얼굴로 손수레를 끌고 마을을 나갔다.

* * *

밤이 되자마자 이사나는 테메리트가 알려 준 장소로 가보기로 했다. 잠행하기 편하게 새카만 옷으로 갈아입은 이사나는 이번에는 다른 때와 달리 에드먼드에게 잠행 장소를 알리고 나가기로 했다. 하지만 운이 나쁘게도 때마침 에드먼드는 테이블에 앉아 쪽잠을 자고 있었다. 그를 흔들어 깨울까 했지만, 너무 곤히 자고 있어 이사나는 쪽지에 대략적인 사정과 위치만 적어 테이블에 올려놓은 채 밖으로 나갔다.

테메리트가 가르쳐 준 장소는 카노스 환자들이 있는 마을과 상당히 떨어진 곳에 위치해 있었다. 리비에의 잔해가 있는 곳을 기준으로 마을과 대척점에 위치한 그곳은 꽤 멀고 길이 복잡해 찾아가는데도 상당한 시간이 걸렸다.

하지만 목적지에 가까워질수록 주위는 밝아지고 지나다니는 사람 수도 많아졌다. 목적을 알 수 없는 가게들의 바깥에는 새빨간 홍등이 내걸려 있어 거리는 온통 붉은색이었고 그 앞으로 다소 추워 보이는 옷차림을 한 사람들이 나른한 얼굴로 서 있었다. 그들 대부분은 성인 언저리의 소년 소녀들이었는데, 간혹 그 아래인 아이도 끼어 있었다. 앳된 얼굴에 맞지 않는 교태 어린 눈빛에 이사나는 괜히 불쾌한 기분이 드는데, 가게 앞에 서 있던 이들이 뭔가를 발견했는지 일제히 화색을 띠며 어디론가 몰려갔다.

"어머, 나리 오셨어요……!"

"나리, 오늘은 저희 집에 와 주세요……!"

때 아닌 소란에 숨어서 주변 동태를 살피고 있던 이사나의 시선 역시 자연스럽게 그곳으로 향했다. 소란의 한가운데에는 키가 훤칠하니 큰 너덧 명의 남자들이 있었다. 그들은 그들을 둘러싼 소년 소녀들을 즐거운 눈으로 지켜보고 있었다. 그제야 이사나는 이 거리에 있는 가게들의 정체를 알아차렸다. 이곳은 매춘을 하는 곳이었다.

하지만 여자아이보다 남자아이가 더 많은 것에 이사나는 의문을 느끼는데, 손님으로 보이는 무리가 각자 마음에 드는 남자아이를 붙들더니 각기 다른 가게로 흩어졌다. 그중 한 명이 테메리트가 알려 준 가게 안으로 들어가는 것을 본 이사나는 사람들의 눈을 피해 가게로 잠입했다. 그러자 가게 안의 빽빽이 들어찬 쪽방에서 믿을 수 없는 소리가 들려왔다.

"나, 훗, 나리, 하앙! 훗, 훗, 천천히……!"

"후, 후욱, 닥치고, 흐, 조이기나, 흐, 해……!"

"흐응……! 하앙……!"

소년이 내지르는 교성과 남자가 내뱉는 신음성에 이사나는 머리가 이상해지는 기분이 들었다. 남자가 간혹 남자에게 몸을 판다는 얘기를 듣기는 했지만, 막상 그것을 실제로 마주하니 도저히 이사나의 상식으로는 받아들일 수 없었다. 이사나는 당혹스러워하는데, 그중 어느 방에서 철퍽철퍽 살이 부딪치는 소리와 함께 헐떡이는 교성이 끝없이 높아지더니 돌연 뚝 끊어졌다. 한동안 남자와 함께 거친 숨을 몰아쉬던 소년은 퍽 교태로운 목소리로 남자에게 말했다.

"나리…… 하아, 저도…… 위로 데려가, 주시는 거죠? 이제 저도…… 렌이나 다른 애들이, 하아, 간 곳으로, 으응, 데려가 주시는 거죠?"

소년의 애교가 마음에 들었는지 남자는 진득한 목소리로 소년에게 말했다.

"그래, 네놈에게 내 씨를 뿌렸으니 당연히 그래야 하지 않겠느냐?"

"어머, 나리! 기뻐요……!"

여전히 여기저기서 교성이 흘러나와 이사나는 이곳이 몹시 불편했지만, 저들의 대화 중 뭔가 걸리는 것이 있어 일단 계속 지켜보기로 했다. 그런데 돌연 가게의 뒷문에서 장정 너덧이 포주인 것으로 보이는 사내와 함께 들어왔다. 이사나가 들킬세라 몸을 움츠리는데, 포주에게서 지시를 받은 장정들이 그가 주시하고 있던 방으로 들이닥쳤다.

"벨리알 님, 이게 도대체 무슨, 흐읍……!"

순식간에 소년의 몸을 꽁꽁 묶고 재갈로 입을 틀어막은 장정들은 재빨리 포대 안으로 소년을 집어넣고 가게 뒷문으로 나가 버렸다. 그 광경을 손님인 남자는 아무렇지 않게 바라보다가 볼일이 끝났다는 듯 포만감 어린 얼굴로 가게에서 나갔다. 그에 이사나는 둘 중 어느 쪽을 쫓을지 고민하다가 소년이 끌려간 곳을 뒤쫓기로 했다.

홍등으로 물든 거리를 빠져나온 장정들은 가게와 멀리 떨어져 있지 않은 어느 커다란 건물 안으로 소년이 든 포대를 메고 들어갔다. 마치 돼지 축사나 공장을 닮은 듯한 거대한 건물은 이전에 본 적 있는 부화장과 비슷한 생김새를 하고 있었다. 하지만 그곳과는 비교도 되지 않을 정도로 규모가 큰 데다 어쩐지 흘러나오는 냄새 역시 그때보다 훨씬 고약했다.

불길한 예감에 휩싸인 이사나는 건물 안으로 들어간 장정들이 모두 나오기만을 기다리는데, 얼마 후, 장정들이 귀찮은 일 하나를 끝낸 듯한 풀어진 얼굴로 건물에서 나왔다. 그에 이사나는 신중하게 조금 더 기다렸다가 건물 안으로 조심스럽게 들어갔다.

그러자 바깥에서 맡은 고약한 냄새가 머리가 지끈거릴 정도로 진해졌다. 이사나는 코끝까지 복면을 올려 쓴 뒤 벽 너머로 인기척이 느껴지는 철문의 손잡이를 잡아 돌렸다. 그리고 눈앞에 펼쳐진 광경을 견디지 못하고 그 자리에서 구토했다.

"우웩! 우욱, 우웩……!"

안에는 온갖 더러운 오물을 뒤집어쓴 수십, 수백 마리의 가축이 있었다. 짧은 사슬에 목이 묶여 기둥 근처에서 옴짝달싹할 수 없는 그들은 비정상적으로 부푼 배를 하고서 힘없이 쓰러져 있었다. 그가축들은 기가 막히게도 사람과 똑같은 모습을 하고 있었다.

왜, 어째서……!

심약한 사람이라면 당장에라도 기절할 듯한 그 끔찍한 모습에 이사나는 계속 헛구역질을 하다가 눈을 질끈 감고 숨을 고르려 애를 썼다. 정신 차려, 네가 할 일은 여기서 꼴사납게 구역질을 하는 게 아니잖아, 정신 차려! 이사나는 손톱이 손바닥을 파고들 정도로 주먹을 꽉 움켜쥔 채 냉정을 되찾으려 애를 썼다.

간신히 제정신을 차린 이사나는 토사물로 더러워진 복면을 바닥에 내다 버리고 다시 철문 안으로 들어갔다. 부화장과 마찬가지로 따뜻한 열을 뿜어내는 백열등 아래에서 알몸으로 바닥에 누운 사람들은 이사나가 축사의 통로를 지나감에도 힐끗 눈동자만 굴리다가 다시 멍하니 허공을 바라보았다. 마치 카노스를 앓는 환자들 같았다. 그들은 남녀 가리지 않고 모두 배가 크게 부풀었는데, 배 속에서 뭔가가 끊임없이 요동치고 있었다.

축사의 삼분의 일쯤 왔을까? 축사 안에 옷을 입은 남자 둘이 서 있는 게 보였다. 이사나는 재빠르게 축사 기둥 뒤로 몸을 숨긴 뒤 그들이 하는 짓을 지켜보았다.

"이 정도면 슬슬 떼도 되겠지?"

"해도 될 걸요? 더 있다가 안에서 부화해 버리면 그것도 곤란하니까요."

알 수 없는 말을 나눈 두 남자는 터질듯이 부푼 배를 하고서 쓰러져 있는 소년을 내려다보았다. 그러다 한 남자가 돌연 킬킬거리더니 다른 남자에게 말했다.

"잘 떼어 내려면 매끈하게 길을 내야 할 거 아냐? 우리 한 발씩

빼고 시작하는 게 어때?"

"에이, 전 싫어요. 더럽잖아요."

"뭐 어때, 생긴 건 꽤 끌리게 생겼잖아."

그렇게 말하며 남자는 급하게 허리춤을 끄르더니 부푼 배로 몸조차 제대로 가누지 못하는 소년의 다리를 벌렸다. 그리고 짐승같이 거칠게 추삽질을 하기 시작했다. 하지만 소년은 조금의 저항도 없이 멍하니 허공만 바라볼 뿐이었다. 간간히 아픈지 작게 신음을 냈지만, 그건 소년을 덮치는 남자를 더욱 자극하게 될 뿐이었다. 남자의 행위가 생각보다 길어지자, 옆에 있던 다른 남자가 볼멘소리로 재촉했다.

"형님, 그쯤하고 그만두시죠? 그러다 나리께서 아시는 날엔 경을 칩니다."

"어? 헉헉, 오늘, 헉, 오시나?"

"형님처럼 요즘 이것들이랑 노는 데 맛을 들여서 거의 맨날 오시잖아요."

다른 남자의 재촉에 남자는 아쉬운 얼굴로 급히 파정하고는 소년의 안에서 성기를 빼냈다. 그러자 인형처럼 멍하니 흔들리던 소년이 바닥에 내동댕이쳐진 채 가쁜 숨을 헐떡였다. 소년을 범한 남자가 흐트러진 옷매무시를 가다듬는 사이, 다른 남자가 소년의 두 팔을 위로 올려 잡았다. 그리고 옷을 다 입은 남자가 소년의 두 다리를 붙잡더니 발로 소년의 부푼 배를 콱 내리찍었다.

"악─! 으악─!"

금방까지 인형처럼 넋을 놓고 있던 소년이 배에 가해지는 고통을 참지 못하고 비명을 내질렀다. 소년은 반사적으로 몸을 웅크리려 했지만, 남자들은 여전히 소년의 팔다리를 단단히 붙잡은 채 배를 밟아

댈 뿐이었다. 그에 소년이 죽을 듯이 비명을 내지르다가 뭔가를 배설하기 시작했다. 남자의 정액과 함께 배설된 그것은 탁구공보다 조금 큰 '알'이었다. 알리페르의 알이었다. 그걸 한눈에 알아본 이사나는 치미는 구역감을 참기 위해 손으로 입을 틀어막았다.

이게 무슨 상황인지 이사나는 그제야 알아차렸다. 배에 가해진 발길질로 주머니집이 터지면서 부화되지 않은 알들이 소년의 항문을 통해 줄줄 쏟아지고 있었다. 그러다 나오는 알이 적어지자, 남자들은 잔뜩 흐느끼는 소년을 뒤에서 끌어안고는 다리를 벌리게 해 손으로 배 속에 남은 알과 파열된 주머니집을 끄집어냈다. 그리고 가지고 왔던 철망 안으로 수십 개는 족히 될듯한 알들을 집어넣고는 다시 밖으로 나갔다.

기둥 뒤에 숨어서 남자들의 행태를 고스란히 지켜보고 있던 이사나는 더 이상 참지 못하고 그 자리에 쓰러져 구역질을 했다. 도무지 견딜 수 없었다. 소년이 배를 얻어맞으며 알리페르의 알을 낳는 모습이 눈꺼풀에 들러붙어 지워지지 않았다. 노란 위액이 나올 정도로 토한 이사나는 더 이상 나올 것이 없을 정도가 되어서야 간신히 구토를 멈출 수 있었다. 이사나는 비틀거리며 자리에서 일어섰다.

빨리…….

알려야 해……!

포스에서 일어나는 일의 모든 전말을 알게 된 이사나는 한시라도 빨리 이 자리를 떠나고 싶어졌다. 이사나는 자신이 서 있는 이곳에 이런 지옥이 있다는 걸 도저히 인정하고 싶지 않았다. 앞으로 어떻게 할지 도저히 떠올릴 수 없었다. 불쌍한 저들을 구해야겠다는 생각보다는 그저 이곳에서 도망치고 싶을 뿐이었다. 하지만 이사나가 출구를 향해 몸을 돌린 순간, 이사나를 향해 걸어오는 한 남자가 보였다.

"너 뭐야?"

훤칠하게 키가 큰 남자는 아까 분명 거리에서 매춘하던 소년 소녀들이 '나리'라고 부른 자들 중 하나였다. 심상치 않은 남자의 분위기에 뒤로 물러나 거리를 벌린 이사나는 허리춤에 차고 있던 군용 나이프를 꺼냈다. 그러자 남자는 기도 안 찬다는 듯 이사나를 향해 빈정거렸다.

"그깟 걸로 뭘 어쩌려고?"

"……."

하지만 이사나는 대답하지 않고 곧장 남자에게 달려들었다. 이렇게 얼굴을 보인 이상, 그냥 살려 둘 수 없었다. 쥬드에게 살인을 시킨 이후, 이사나는 크게 후회했다. 그랬기에 이번에는 조금의 망설임 없이 남자의 목줄기를 끊기 위해 달려들 수 있었다. 하지만…….

챙——!

나이프가 남자의 목에서 튕겨 나왔다. 믿을 수 없는 광경에 이사나가 당황하는 사이, 남자가 이사나를 향해 매섭게 손톱을 휘둘렀다. 그에 이사나가 입고 있던 옷의 일부가 찢겨져 나갔다. 강인하기 짝이 없는 몸체와 날카로운 손톱, 그리고 인간을 닮은 생김새……! 그 모든 것이 한 가지 결론으로 이사나를 이끌고 있었다.

치릇치릇——. 치릇치릇——.

흥분한 남자의 등 뒤로 꿈에서조차 듣고 싶지 않았던 날개 소리가 들려왔다. 작게 우그러뜨려 접어 두었던 날개에 림프액을 주입해 활짝 펼친 남자는, 아니 알리페르는 천천히 공중으로 떠오르며 말했다.

"반응이 빠르고 꽤 잽싼데? 게다가 얼굴도 내 취향이야. 이런 놈이 있다는 걸 왜 여태껏 몰랐지?"

이사나는 남자가 알리페르라는 걸 알아차리자마자 식은땀을 줄줄 흘리며 몸을 부들부들 떨었다. 그런 이사나를 향해 즐거운 웃음을 지어 보인 알리페르는 입술을 핥으며 말했다.

"내 씨를 뿌리기 딱 좋아 보여."

그렇게 중얼거린 알리페르는 벌처럼 이사나를 향해 달려들었다. 간신히 몸을 굴려 첫 공격을 피했지만, 이사나는 점점 가빠지는 호흡과 말도 안 될 정도로 떨려 오는 몸으로 인해 제대로 일어설 수조차 없었다.

딱딱딱딱ㅡ.

어느 것 하나 두려워해 본 적 없던 이사나는 이를 부딪치며 잔뜩 떨었다. '그'와 똑같은 강건한 날개, 치릇거리는 날갯소리가 이사나 자신조차 제대로 인지하지 못했던 공포를 극한까지 이끌어 냈다. 싫어…… 싫어…… 싫어……! 폭력에 길들여진 개처럼 벌벌 떨며 이사나는 죽음처럼 다가오는 알리페르에게서 조금이라도 멀어지려 애를 썼다. 어느새 눈가엔 눈물이 가득 넘쳐 창백해진 두 뺨을 흠뻑 적셨고 대항을 하기도 전에 꺾여 버린 투지는 이사나를 벌레처럼 기게 했다. 그런 이사나를 거만한 얼굴로 내려다보던 알리페르는 가증스러운 목소리로 말했다.

"너무 떨지 마. 얌전히 있으면 손가락 하나 먹지 않을 테니까. 그런데 팔 하나는 벌써 누가 먹었나 보네? 안에 씨를 뿌린 것 같지는 않아 보이는데."

이사나의 납작한 배를 유심히 관찰하던 알리페르는 축사로 인해 퇴로가 막힌 줄도 모르고 자꾸 뒷걸음질 치는 이사나에게 다가왔다.

그리고 옷을 단숨에 찢어발기자, 이사나는 눈물을 줄줄 흘리며 정신 없이 팔을 허우적거렸다.

"하, 하지 마⋯⋯! 하지 마!"

"시끄러워."

"히이⋯⋯! 힉⋯⋯!"

자신의 몸을 매만지는 외골격 특유의 매끄러운 감촉에 이사나는 미친 듯이 몸을 퍼덕였다. 물에 빠진 사람처럼 꺽꺽거리며 숨조차 제대로 내쉬지 못하자, 알리페르는 몹시 귀찮다는 듯 내려다보다가 이사나의 옷을 전부 벗겼다. 그러다 이사나의 다리에 부착된 의족을 발견한 알리페르는 이채 어린 눈으로 이사나를 내려다보며 피식 웃었다.

"어지간히 독종이었나 보네. 뭐, 지금은 잘 길들여진 거 같지만."

이사나의 허벅지를 붙잡아 양옆으로 벌린 알리페르는 발기한 성기를 이사나의 안으로 쑤셔 넣으려 했다. 그에 이사나가 울면서 알리페르를 밀어내려 했지만, 이사나의 몸을 완전히 깔아뭉갠 알리페르는 꿈쩍도 하지 않았다. 알리페르는 상대가 동의하지 않은 성교가 무척 기대된다는 듯 잔인하게 웃었다.

보급 물자가 끊어진 걸 알아차리자마자 이사나는 당장 헥사비스로 돌아갈 것을 주장했다. 하지만 이사나의 상관은 얼른 토벌하고 돌아가면 상관없다는 식으로 계속 고집을 부렸다. 상관은 이전에 여러 번 군수 물자를 착복해 문제가 된 인물로 이번 토벌에서 공을 세우지 못하면 영원히 출셋길과는 한참 떨어진 한직만 맴돌게 될 예정이었다. 그런 사람이라도 이사나의 상관이었기에 이사나는 그의 의견대로 작전을 세워 렉사와 그를 추종하는 무리를 몰아세웠지만, 결국 물자가 먼저 바닥나고 말았다. 탈출조차 여의치 않은 상황에서 이사나는 남은 부하들과 필사적으로 저항하며 돌파구를 찾으려 했지만, 결국 오래된 사원 안에서 포위된 채 지고 말았다.

패배의 대가는 실로 컸다. 죽음을 각오한 마지막 속임수까지 무위로 돌아가 버리면서 이사나는 달빛이 희미하게 내리비치는 지하 수로 안에서 렉사에게 강간당했다.

알리페르에게 강간당한다는 수치심 따윈 느껴지지도 않았다. 잘린 손발이, 뭉개진 오른쪽 눈이 너무 아파 비명만 질렀을 뿐이다. 왜 죽지 않는 거지? 이렇게 아픈데? 이사나는 늘어진 테이프처럼 끝나지 않는 이 시간이 어서 빨리 지나가기만을 바라고 또 바랐다.

치릇치릇─. 치릇치릇─.

흥분한 렉사가 날개를 떨며 만들어 낸 공명음이 이사나의 머릿속을 마구 뒤흔들었다. 아파 죽여 줘 아파 죽여 줘 아파, 아파, 아파⋯⋯! 신경을 갉아먹는 듯한 끔찍한 소리가 고통과 혼재되어 이사나의 영혼은 무참히 찢겼고 죽음에 가까워진 이사나의 동공은 쇼크로 크게 확장되었다. 그런 이사나의 눈에 비친 렉사는 피 칠갑을 한 얼굴로 고개를 갸웃거리며 이사나에게 무언가를 말하고 있었다.

'왜 안 되지?'

렉사의 물음에도 이사나는 얕은 숨만 겨우 헐떡이고 있을 뿐이었다. 더이상 신경이 마모되는 것을 견디지 못한 이사나의 입에선 우르륵, 잔거품이 흘러나와 피투성이가 된 얼굴 아래로 뚝뚝 떨어졌다. 그런 무참한 꼴에도 '하긴, 별로 상관없겠네.'라고 주억거린 렉사는 어린아이처럼 천진한 얼굴로 뭉개진 이사나의 눈알을 핥으며 말했다.

'어차피 넌 내 거니까.'

* * *

규칙적으로 몸이 흔들리는 감각에 이사나는 파르르 눈꺼풀을 떨다가 눈을 떴다. 이사나는 따뜻한 모포에 감싸인 채 누군가의 등에 업혀 있었다. 누구지? 엄했던 선황과 태후로 인해 이사나는 어릴 때조차 누군가에게 업혀 본 적이 거의 없었다. 이사나는 희미하게 어색함을 느끼는데, 이사나를 업고 길을 가던 이가 평소와 같은 활발한 목소리로 인사해 왔다.

"아, 이사나 님, 일어나셨어요?"

"……쥬드?"

네가 왜 여기에? 이사나는 어째서 쥬드가 여기 있는지 떠올리려 했지만, 머릿속에 성에라도 끼인 것처럼 도무지 무언가를 떠올릴 수 없었다. 오히려 몰려드는 수마로 시야가 다시 혼곤해지기만 하는데, 쥬드가 평소와 같은 상냥한 말투로 말했다.

"이제 모두 끝났어요. 집으로 돌아가요."

끝났어? 이사나는 쥬드가 하는 말이 도무지 이해가 가질 않아 쥬드에게 되물어 보려 했지만, 너무 피곤해 입을 열 수 없었다. 결국 포기하고 다시 눈을 감은 이사나는 힘없이 쥬드의 등에 얼굴을 파묻었다. 쥬드의 몸에서는 알리페르 토벌 때 자주 맡았던, 풀 내음이 섞인 역한 피비린내가 물씬 풍기고 있었다.

* * *

또다시 눈을 뜨자, 이번에는 낯익은 천장이 보였다. 에드먼드의 침실이었다. 내가 왜 여기 있는 거지? 이사나는 얼떨떨한 얼굴로 눈을 껌벅이다가 이내 기절하기 직전의 기억을 떠올리고는 온몸을 부들부들 떨었다. 압도적이다 못해 절망밖에 느껴지지 않는 그 공포에 이사나는 숨조차 쉴 수 없었다. 이 익숙하디익숙한 공간조차 당장이라도 어디선가 알리페르가 튀어나올 것 같아 무서웠다.

이사나는 불안한 눈으로 도망갈 곳을 찾아 이리저리 눈알을 굴리는데, 갑자기 문이 열리더니 물수건을 든 에드먼드가 들어왔다.

"몸은 괜찮은 게냐."

에드먼드는 평소보다 훨씬 수척해진 얼굴로 이사나에게 물었다. 그에 이사나는 반사적으로 괜찮다고 말하면서도 불안한 얼굴로 주위를 두리번거렸다. 더욱더 낯을 굳힌 에드먼드는 한숨을 내쉬며 의자를 끌어와 이사나가 앉은 침대 옆에 앉았다. 의자가 끌리는 소리에 이사나는 크게 놀라며 이불보를 쥐어뜯을 듯 움켜쥐었다. 하루 만에 완전히 사람이 뒤바뀐 듯한 모습에 에드먼드는 잠시 망설였지만, 최대한 자극하지 않게끔 조용히 물었다.

"어제 네가 사라진 걸 깨닫고 혼자서 쪽지에 적힌 장소를 수색했지만, 도무지 너를 찾을 수 없었다. 그래서 결국 연구실에 있던 쥬드에게 도움을 요청했다. 그랬더니 쥬드가 핏물을 흠뻑 뒤집어쓴 채 너를 업고 이곳으로 돌아왔다."

"……."

"도대체 무슨 일이 있었던 게냐."

에드먼드의 질문에 이사나는 곧장 대답해야 한다는 걸 알면서도 입을 여는 게 지독히 메스껍게 느껴졌다. 어젯밤 있었던 일을 간결하게 갈무리한다는 것조차 구토가 일어날 것 같았다. 하지만 이사나는 몸이 거부하는 금제를 깨고 떠듬떠듬 숙부에게 어제 있었던 일을 털어놓았다.

"어제…… 테메리트 씨, 로부터, 포스로 내려온 이유를 들었습니다. 베르딜 씨는 부, 불미스런 일로 아, 알리페르의 숙주가 된 채 헥사비스로 돌아오게, 되었다고 해, 했습니다. 그래서, 후, 후우, 그래서, 수소문 끝에 포스에서 배, 배 속의 알을 없애는 곳을 알아내어 베르딜 씨는 아, 알을 없앴지만, 카노스가 발병해 포스에 머무르게 되, 었다고 했습니다."

"……"

"테메리트 씨는, 후우, 그녀는, 제게 배 속의 알을 어, 없애 주었던 곳을 알려 주었는데, 그곳은, 포스의, 사, 사창가로 알리페르를 손님으로 받아, 사람들을, 숙주로, 후, 만들고 있었습, 니다. 그, 그리고 숙주가, 된 사람들을 가, 가축처럼 목줄로 묶어 배, 속에, 든 알이 성숙할 때까지, 추, 축사에서 키, 키우고 있었습니다……."

이사나의 설명에 에드먼드의 얼굴에 경악이 서렸다. 그의 얼굴을 살피던 이사나는 눈을 질끈 감으며 내지르듯 말했다.

"그 과정에서 아, 알리페르를 만나, 교, 교전하게 되었는데…… 이, 이길 수가, 도저히……. 무서웠습니다……. 너무…… 무서워서……."

외면하듯 계속 눈을 질끈 감고 있던 이사나는 울먹이며 빌듯이 에드먼드에게 말했다.

"죄송합니다, 숙부님……! 전, 전 더 이상 포, 포스에, 가, 갈 수가, 더는, 아, 알리, 페르를 마주할 수가……!"

눈을 꼭 감아 새카맣게 변한 시야로 도망친 이사나는 생각했다. 알리페르와 포스의 공존은 하루아침에 이루어진 일이 아니었다.

포스 그 자체가 알리페르를 키우는 요람이었다는 게 밝혀진 이상, 이제 길고 길었던 교착 상태가 깨어질 수밖에 없다는 걸 이사나는 잘 알고 있었다.

하지만…….

다시 마주하게 된 알리페르가 너무나도 무서웠다. 도무지 넘을 수 없는 단단한 장벽처럼 그들이 주는 공포로부터 도망칠 수 없었다. 이사나는 더 이상 테메리트나 베르딜 같은 사람들의 기대에 부응해 줄 수 없었다.

'이사나 넥시움'은 이미 죽고 겁쟁이 퇴역 군인만이 여기 남아 있었다.

겁에 질린 들짐승처럼 몸을 웅크린 채 벌벌 떠는 이사나에게 에드먼드는 침잠한 얼굴로 쉬라고 말한 뒤 밖으로 나왔다. 그리고 침실을 나오자마자 문밖에서 기다리고 있던 쥬드에게 말했다.

"쥬드, 따라오거라."

에드먼드의 말에 쥬드는 아무 말 없이 그의 뒤를 따랐다. 응접실을 지나 개인 서재로 들어간 에드먼드는 쥬드에게 테이블에 앉으라고 말한 뒤 찬장에서 위스키와 잔을 꺼내 쥬드와 자신의 앞에 내려놓았다. 그리고 잔을 채운 뒤 말했다.

"마셔라."

에드먼드의 말에 쥬드는 위스키를 단숨에 들이켰다. 도수가 꽤 높았음에도 쥬드는 조금도 버거워하는 기색이 없었다. 그렇게 쥬드는 에드먼드가 채워주는 잔을 조용히 비워 나갔다. 그리고 에드먼드 역시 말없이 잔을 채우고 비우기를 반복하다가 취기가 좀 오르고 나서야 쥬드에게 물었다.

"그래……. 클레르는 잘 있느냐."

"네, 마스터께선 잘 지내고 계십니다."

덤덤한 쥬드의 대답에 에드먼드는 쓰게 웃으며 "그래?"라고 말했다. 그리고 에드먼드는 또다시 말없이 자신의 잔을 비운 뒤 다시 자신의 잔과 쥬드의 잔에 위스키를 채웠다. 쥬드는 그런 에드먼드를 물끄러미 바라보다가 물었다.

"언제부터 아셨어요?"

"처음부터다."

"……."

"클레르는 내 얼굴을 알고 있었으니까. 그래서 언젠가 이런 일이 벌어지지 않을까 생각하고 있었지. 그래, 라미올은…… 그 바보 놈은 어떻게 되었느냐."

"……헥사비스를 나오시고 얼마 되지 않아 돌아가신 걸로 알고 있습니다."

"클레르의 상심이 꽤 컸겠구나."

쥬드의 대답에 에드먼드는 너무 늦게 물어보았다는 생각이 들었다. 그 젊고 어리석던 시절, 치기 어린 아집으로 누구에게도 양보를 하지 못했던 시절, 그때 만난 동아리 동기 놈들은 모두 유쾌하고 즐거운 녀석들뿐이었다. 그래서 언제까지나 계속 함께할 거라고 생각했다. 그랬기에 모두를 배신하고 실험실의 알리페르들을 빼돌려 헥사비스 바깥으로 도망친 라미올을 용서할 수 없었다.

하지만 지인들의 부고가 들려오기 시작하고, 영원할 것 같았던 동기들도 하나둘 곁을 떠나면서 이제 그들 대부분은 사진첩에서밖에 만날 수 없게 되었다.

처음 알리페르 사회화 실험을 하게 된 것은, 실험체의 숫자까지 늘리게 된 것은, 헥사비스 안에서 알리페르를 키우는 터무니없는 짓을 한 동기를 어떻게든 감싸기 위해서였다. 에드먼드는 명망 높은 학자이기도 했지만, 일반인은 감히 상상도 할 수 없는 권한을 가진 황족이기도 했다. 그랬기에 동기의 엉뚱한 짓 정도는 얼마든지 적당한 명분으로 감싸 줄 수 있었다.

……아니.

사실은 에드먼드도 궁금했다. 그 당시 에드먼드는 혈기가 들끓는 반골 학자였고 라미올이 주장한 '알리페르의 사회화'가 정말 가능한지 궁금했다. 그랬기에 제국에서 제한적으로 허가하는 알리페르 유충 실험이 아닌, 1차 변태를 마친 알리페르를 대상으로 계속해서 사회화 실험을 진행했다. 그 실험이 성공하면, 혹은 실패하면 그 뒤는 어떻게 될지 아무런 생각조차 하지 않은 채 말이다.

그러다 어느 날, 에드먼드는 정신 차렸다. 교육받은 실험체들은 자유를 갈망했고, 동아리 동기만으로 이루어진 조잡한 감시 인력으로는 점점 강해지고 교활해지는 그들을 감당할 수 없었다. 에드먼드는 아직 통제가 가능할 때 그들을 처분할 계획을 세웠다. 하지만 그걸 하필 라미올에게 들켜 버리고 말았다. 라미올은 에드먼드에게 실험이 성공했을 때의 이점을 들먹이며 설득하려 애를 썼지만, 에드먼드의 마음은 확고했다. 평소에 황가를 냉소적으로 생각했음에도 자신 역시 어쩔 수 없는 '넥시움'이었기 때문이다. 제국민의 안전을 담보로 이 위험한 실험을 지속할 수 없었다. 결국 라미올은 어릴 때부터 키워 왔던 클레르를 비롯한 다른 실험체들까지 모조리 데리고 헥사비스 밖으로 도망쳤다.

자신의 마음을 알아주지 않았던 친우에 대한 원망과 어쩔 수 없는 그리움으로 하루하루 무력하게 삶을 이어 가고 있을 때, 에드먼드는 쥬드와 만났다. 포스에서 도망쳐 왔다는 소년은 자신의 밑에서 공부하고 싶다고 간청하며 어떤 독설과 푸대접에도 아랑곳하지 않고 끈질기게 곁에 붙어 있었다. 직접 먹이를 줘 가며 키운 개조차 에드먼드에게 이리 살갑게 군 적이 없었는데 말이다. 수상하게 여긴 에드먼드는 결국 쥬드를 조수로 받아들이고 그를 곁에서 지켜보기로 했다. 그렇게 서로는 서로의 의도를 철저히 숨긴 채 겉으로나마 좋은 스승과 제자의 관계를 유지했다.

하지만 이제 끝이다.

쥬드에게 도움을 청한 것으로 이 거짓 관계는 끝나 버렸다. 제국의 소모품으로서의 삶밖에 살아 보지 못한, 불쌍하기 짝이 없는 조카를 구해 달라고 청하면서, 전부 끝내 버린 것이었다.

"나는 이전에 1차 변태를 마친 알리페르들을 실제로 가까이에서 관찰한 적이 있다. 특히 최근에 발생한 변종들은 의태가 완벽해 인간의 모습과 별반 다르지 않더구나. 그들은 단단한 외골격과 날개가 없어도 근력과 지구력은 성충으로 탈피한 알리페르와 크게 차이 나지 않았지."

"……."

"쥬드, 이 연극도 이제 끝이다."

"……."

"아마 이사나도 눈치챘을 거다. 똑똑한 아이니까."

에드먼드의 말에 쥬드는 쓴웃음을 지으며 고개를 떨어뜨렸다. 이렇게 될 줄 알고 있었다. 이사나를 구해 달라는 에드먼드의 부탁을 들어준 순간, 스스로의 정체를 까발리게 되는 꼴이 됨을 잘 알고 있었다.

그럼에도 구하러 가지 않을 수 없었다.

아름답고 무자비하며 상냥한 나의 적, 나의 죽음. 이사나 넥시움. 어느 누가 그의 위험을 외면할 수 있을까. 어느 누가 그 고귀한 고독과 긍지에 홀리지 않을 수 있을까.

짧고도 천국 같았던 유예 기간이 끝난 것을 직감한 쥬드는 잔에 조금 남은 벌꿀색 위스키를 내려다보았다. 이대로 시간이 멈추었으면 좋겠다고 생각했지만, 존경하는 선생님은 맺고 끊는 게 아플 정도로 확실했다.

"……이제 네가 살던 곳으로 돌아가거라."

"……"

"무엇을 할 생각으로 내게, 그리고 이사나에게 접근했는지 모르지만, 이대로 나와 이사나를 놓아다오."

"……"

"그 일을 알아도 아무것도 할 수 있는 일이 없다. 나도, 이사나도."

에드먼드는 자신의 침실에서 여전히 공포에 질려 있을 가여운 조카를 떠올리며 다시 위스키 잔을 비웠다. 10여 년 만에 재회했을 때, 그 무참한 몰골에 놀랐지만, 그는 여전히 꺾이지 않은 채 의연하기만 했다. 어디에도 상처 입지 않은 그 모습에 에드먼드는 막연히 그가 계속 괜찮을 거라고 생각했다. 하지만 그의 마음은 그 자신도 모르는 사이에 완전히 망가져 있었다. 재기 불능이 된 그에게 남은 건 이제 다가올 파국까지 평온한 휴식을 취하는 일뿐이었다.

에드먼드의 말을 예상했던 쥬드는 선선히 고개를 끄덕이며 말했다.

"알겠습니다. 이곳의 정리가 끝나면 떠나겠습니다."

"……그래."

에드먼드는 3년간 빈틈없이 자신을 보좌했던 조수에게 다시 한번 위스키를 따라 주었다.

* * *

"삐이이……. 삐이이……."

유충의 힘없는 울음소리에도 침대에 걸터앉은 이사나는 여전히 고개를 숙인 채 유충을 외면했다. 그에 철창에 갇힌 유충은 더욱 애처롭게 울며 이사나를 바라보았다.

하지만…….

이사나는 도저히 유충을 철창에서 꺼내 줄 수 없었다. 도저히 안아줄 수 없었다. 여전히 유충을 좋아하고 애처롭게 우는 저 모습이 가엽게 느껴졌지만, 이사나는 끝내 철창문을 열 수 없었다. 앞으로 무엇을 어떻게 해야 할지 모른 채 이사나는 회피하듯 계속 넋 놓고 앉아 있기만 했다.

똑똑—.

노크 소리가 나더니 쥬드가 침실 안으로 들어왔다. 하지만 이사나는 며칠 만에 보는 쥬드의 얼굴에 반가움을 느끼기보다 반사적으로 에드먼드가 어디 있는지 찾고 있었다. 그에 쥬드는 기분 나빠 하는 기색 없이 웃으며 말했다.

"선생님께서는 잠시 자리를 비우셨어요."

이사나를 배려하듯 방문을 열어 놓은 채 침실로 들어온 쥬드는 이사나와 조금 떨어진, 유충이 든 철창이 올려진 테이블에 앉았다. 그리고 잠시 머뭇거리다가 말했다.

"저, 내일 고향에 돌아가기로 했어요."

"……그래……."

쥬드의 귀향 소식이 굉장히 갑작스러웠음에도 이사나는 순순히 수긍하며 고개를 끄덕였다. 쓴웃음을 지은 쥬드는 잘게 몸을 떨기 시작하는 이사나를 모른 척하며 여상하게 말했다.

"몸 건강히 잘 지내세요."

"……응."

이사나가 여전히 눈도 마주치지 못한 채 작게 웅얼거리기만 하자, 쥬드의 얼굴이 아프게 일그러졌다. 하지만 이내 의연하게 자리에서 일어선 쥬드는, 이제 다시 볼 수 없을 이를 눈에 새기듯 바라보고는 침실에서 나가려 했다. 그리고 곧 있을 이별을 예감한 이사나는 까맣게 절망했다. 이대로, 이대로 쥬드와의 만남은 이걸로 끝이었다. 다시는…… 적으로조차 만날 수 없었다. 처음으로 사귄 '친우'와의 이별에 마음이 조급해진 이사나는 결국 자리에서 일어나 쥬드를 불러 세웠다.

"쥬드……!"

이사나의 부름에 이제 막 밖으로 나가려던 쥬드는 이사나를 돌아보았다. 그에 이사나는 떠듬떠듬 말했다.

"구해 줘서…… 고마워."

이별을 말하는 사람의 얼굴 치고는 얼굴에 괴로움이 가득했다. 쥬드는 그런 이사나의 얼굴을 한 번, 그리고 망설이듯 바닥을 한 번 내려다보다가 곤란한 듯 웃으며 이사나에게 말했다.

"이사나 님, 지난번에 말했던 소원, 이루어 주지 않으실래요?"

"⋯⋯?"

"헥사비스의 지붕을 보여 주기로 하신 거요."

쓸쓸하게 웃는 쥬드를 이사나는 멍하니 바라보았다.

이사나는 잠시 망설였지만, 이내 "그래, 보여 줄게."라고 대답했다. 그러자 쥬드의 얼굴이 대번에 밝아졌다. 쥬드는 기쁜 듯 미소 지으며 이사나에게 말했다.

"그럼 이사나 님이 나갈 준비를 하시는 동안, 저는 밖에서 간단히 먹을 것들을 준비할게요."

그렇게 말하고서 쥬드는 유충까지 데리고 침실 밖으로 나갔다. 그에 이사나는 당황한 얼굴로 닫힌 침실 문을 바라보았다. 지금 당장 가는 건가? 이사나는 당혹스러웠지만, 어차피 두 사람 사이에 '다음'이란 건 없었다. 이대로 정말 이별이라면 미련을 남기고 싶지 않았다. 결국 이사나는 외출을 위해 욕실로 들어갔다.

간단히 샤워를 하고 옷을 갈아입은 이사나는 협탁에서 자신의 리볼버를 꺼내 들고 잠시 망설이다가 품 안에 집어넣었다. 그리고 응접실로 나가자, 쥬드가 피크닉 바구니와 유충이 든 철창을 들고 서 있는 게 보였다. 이사나가 침실에서 나오자, 쥬드는 이전처럼 거리낌 없이 이사나의 앞에 서더니 새카만 천으로 뒤덮인 철창을 내밀었다. 이사나는 잠시 주저했지만, 쥬드가 내미는 철창을 거부하지 않았다.

쥬드와 함께 리비에의 열람실로 들어간 이사나는 에드먼드가 했던 것처럼 사서에게 소셜 코드를 보인 뒤 그녀가 안내하는 대로 쥬드와 함께 층간 엘리베이터에 탔다. 처음 층간 엘리베이터를 탄 쥬드는 저절로 이동하는 엘리베이터가 신기한지 연신 감탄을 내뱉으며 엘리베이터 내부를 둘러보았다.

층간 엘리베이터는 순식간에 두 사람을 지하 3층에서 지상층으로 옮겨 주었다. 지상층의 열람실에 도착하자마자 이사나는 쥬드를 이끌고 2층에 있는 북쪽 별관으로 향했다. 별관 안으로 들어가자, 복잡한 복도와 몇 개의 갈림길이 나타났다. 그것을 이사나가 거침없이 선택해 앞으로 나아가자, 그 끝에는 새카맣게 어두운 가운데 수많은 저장 장치와 냉각 장치가 쉴 새 없이 돌아가는 서버실이 나타났다.

"이사나 님, 이게 뭔가요?"

웅웅거리는 기계음을 내며 천장까지 높이 쌓인 새카만 박스들의 정체가 도저히 짐작가지 않는지 쥬드는 연신 주변을 두리번거리며 이사나에게 물었다. 그에 앞장서 걸어가던 이사나는 잠시 망설이다가 대답했다.

"리비에."

"리, 비에요?"

"나도 잘은 모르지만, 헥사비스 안에 있는 모든 지식이 디지털화되어 이 장치들 속에 저장되어 있다고 들었어."

알리페르가 이 세상에 나타나기 전, 인류는 지금과는 비교조차 되지 않을 정도로 발전된 문명을 가지고 있었다고 했다. 하지만, 알리페르가 나타나면서 불과 2백여 년 만에 인류는 괴멸하다시피 수가 줄었고 그 눈부신 문명의 잔재는 그 당시 사람들이 필사적으로 챙겨 온 장서로만 느낄 수 있게 되었다. 제국민들은 다들 그렇게 알고 있었다.

하지만, 그건 사실이 아니었다. 리비에 안의 모든 자료는 서버실의 저장 장치 안에 사본으로 기록되어 있었다. 그리고 이 디지털

자료는 '어떤' 출력 장치의 도움을 받아 언제든 원하는 자료를 빠르게 찾아내는 게 가능했다. 거기서 더 나아가 자료의 지식을 통합해 구세계의 기술을 어설프게나마 재현하는 것까지 가능했다. 그것을 가능하게 하는 오버테크놀로지 출력 장치는.

"비비."

새카만 박스들이 잔뜩 쌓인 서버실을 지나자, 헥사비스 안의 모든 정보를 통합하는 허브 시스템, 중앙 통제실이 나왔다. 서너 평 남짓한 중앙 통제실의 한쪽 구석에는 창백한 얼굴의 아름다운 아가씨가 눈을 감고 서 있었다. 밤하늘 같은 흑청색 머리카락을 바닥까지 늘어뜨리고 고풍스런 엠파이어 드레스를 몸에 걸친 그녀는 마치 마리오네트처럼 공중에 떠 있었다. 그리고 그녀의 뒷목에서 뻗어 나온 굵은 케이블은 다시 바닥에서 크고 작은 케이블로 갈라져 거미줄처럼 중앙 통제실 바깥을 향해 뻗어나갔다.

미동도 없이 눈을 감고 있던 기계 여왕은 자신을 부르는 목소리에 눈을 떴다. 그리고 차가운 금속성 금안을 한 번 깜빡인 뒤 그녀의 앞에 선 이사나와 쥬드를 바라보며 인사했다.

─이사나 황자님, 그리고 동행님, 만나서 반갑습니다.

제대로 입을 움직이고 있었지만, 위화감이 느껴지는 기계적인 울림에 쥬드가 흠칫 놀라는데, 이사나는 익숙한 듯 비비에게 용건을 말했다.

"헥사비스의 지붕 위로 올라갈 거야. 길을 열어 줘."

─알겠습니다.

이사나의 명령에 중앙 통제실 한쪽 구석에 문을 만든 비비는 우아하게 치맛자락을 걷어 올리며 이사나와 쥬드에게 인사했다. 하지만 이사나는 그런 그녀를 무심하게 지나쳤다. 그에 쥬드 역시 두리번거리다가 이사나를 따라 중앙 통제실 밖으로 나갔다. 그러자 둥글게 굽은 복도가 길게 이어졌다. 앞서 나아가는 이사나를 바라보며 말없이 걷던 쥬드는 도저히 치미는 호기심을 참지 못하고 이사나에게 물었다.

"저기, 이사나 님……. 저 여자분은 도대체 누구신가요?"

"비비, 중앙 통제 시스템을 인간처럼 형상화한 로봇이야. 인공 지능을 가져 헥사비스의 전반적인 것을 알아서 판단하고 통제하고 있어."

이사나의 설명에 쥬드는 눈이 휘둥그레져 연신 뒤를 돌아보았다. 쥬드는 신기해하는 것 같았지만, 이사나는 사실 그녀가 꺼려졌다. 금속으로 만들어진 차가운 느낌도, 인간과 달리 뭔가가 결여된 느낌도, 그러면서도 너무나도 섬세하게 인간을 흉내 내는 점 역시 참을 수 없을 만큼 거북했다.

아니, 사실은 아직도 그녀를 용서하지 못해 그런 건지도 몰랐다.

꽤 긴 복도를 통과해 빛이 들어오는 출구 밖으로 나가자, 이번에는 끝을 짐작하기 힘들 정도로 높은 탑과 나선형의 돌계단이 나타났다. 걸어서 언제쯤 도착할지 모를, 어마어마하게 많은 계단에 쥬드와 이사나는 완전히 압도되어 작게 중얼거렸다.

"……생각보다 계단이 많네요……."

"……그러게……."

발을 내딛기도 전에 맥이 탁 풀려 버릴 듯한 규모에 기가 질렸지만, 이사나는 이미 쥬드의 소원을 들어주기로 약속했다. 그렇기에 어쩔 수 없이 끝까지 올라가야 했다. 물론, 헥사비스의 지붕 위로 올라가고 싶다고 말을 꺼낸 당사자는 더욱더 여기서 발을 뺄 수 없었다.

둘은 말없이 계단을 오르고 또 올랐다. 계단 끝으로부터 희미하게 스미는 햇살은 아름다웠지만, 그것만으로는 도저히 힘이 나지 않을 정도로 계단은 무시무시하게 많았다. 두 사람은 걷다가 쉬다가를 반복했다. 과연 해가 지기 전까지 도착할 수 있을까 하는 생각이 들었지만, 두 사람은 무사히 계단의 마지막 층계를 밟았다. 그리고 눈앞에 펼쳐진 바깥 풍경을 이사나는 무덤덤한 얼굴로 바라보았다. 헥사비스 바깥으로 자주 나갔던 이사나에게는 별 신기할 것 없는 풍경이었다. 하지만 바깥이 처음인 쥬드는 드넓게 펼쳐진 풍경에 완전히 넋을 놓았다.

헥사비스의 지붕을 이루는 기본 물질은 반투명한 액체상 기질인 스트로마(stroma)였다. 그 스트로마는 벌집형 철골 구조물인 본즈(bones) 사이에 샌드처럼 끼여 천천히 일정한 방향으로 흘러가고 있었다. 마치 강물이 흐르는 듯한 모습이었다. 이 신비한 구조물은 지평선 너머로 끝도 없이 넓게 펼쳐져 있었다. 그리고 그 위로 시리도록 파란 하늘이 높게 떠 있었다. 말도 안 될 정도로 신비롭고 아름다운 광경에 쥬드는 감격하며 눈시울을 붉혔다.

"······너무····· 아름다워요······."

"마음에 들었다니 다행이야."

"감사, 합니다······. 정말····· 감사합니다······."

눈가를 적시는 눈물을 손등으로 닦아 낸 쥬드는 기쁜 듯 뺨을 발갛게 물들이며 연신 이사나에게 인사했다. 그에 이사나는 용기를 내어 쥬드와 함께 이곳에 오길 잘했다는 생각이 들었다. 한참을 감격에 젖어 주변을 돌아보던 쥬드는 문득 뭔가를 떠올리고는 반색하며 이사나에게 말했다.

"삑삑이도 여기 꺼낼까요?"

"그 녀석을?"

"네, 분명 삑삑이도 좋아할 거예요!"

쥬드의 제안에 이사나는 망설였지만, 쥬드는 이사나가 미처 대답하기도 전에 철창을 가리고 있던 새카만 천을 걷어 냈다. 그러자 갑자기 주위가 밝아진 것에 놀란 유충이 철창 안에서 "삣—!" 하고 날카로운 울음을 냈다. 쥬드가 단단히 닫혀 있던 철창문을 열고 철창을 바닥에 내려놓자, 유충은 주위 풍경이 어색한 듯 잠시 주춤거렸지만, 이내 주변의 싱그러운 풀 내음과 부드러운 미풍에 몸을 부르르 떨다가 철창 밖으로 뛰쳐나갔다.

"삐잇! 삣! 삣!"

처음으로 지하 세계의 답답한 공기가 아닌, 청량한 바깥 공기를 쐬게 된 유충은 잔뜩 흥분하며 흙과 잔디가 깔린 육각형 철골 구조물, 본즈 사이를 미친 듯이 뛰어다녔다. 하지만 너무나도 조심성이 없어 이사나는 유충이 아래로 떨어지지 않을까 걱정이 되는데, 때마침 유충이 발을 헛디디면서 본즈 아래의 스트로마로 떨어졌다.

"삐잇······!"

"삑삑아!"

유충이 본즈 아래로 떨어지자, 쥬드는 깜짝 놀라며 유충에게 뛰어 갔다. 하지만 유충은 스트로마 안에 완전히 빠지기 직전, 어떤 투명한 막에 몸이 튕겨 나온 것처럼 허공에 멈춰 섰다. 그 이상한 힘에 유충은 심하게 놀랐는지 눈만 동그랗게 뜬 채 굳어 있었다. 그러다 제정신을 차렸는지 헐레벌떡 헤엄쳐 다시 잔디가 깔린 본즈 위로 기어올라 왔다. 그 놀라운 광경을 눈으로 목격한 쥬드는 얼떨떨한 얼굴로 본즈 아래에 흐르는 스트로마에 손바닥을 가져다 댔다. 그러자 분명 아무것도 없는 허공임에도 어떤 물리적인 힘의 장벽이 느껴졌다.

액상의 초전도체, 스트로마에 흐르는 고압 전류가 만들어 낸 '자기 중력장 배리어'였다.

지상을 뒤덮듯 반구형으로 건조된 헥사비스는 그 자체가 인류의 모든 과학 기술을 결집시켜 만들어 낸 걸작이었다. 지상의 핵융합 발전소에서 만들어 낸 전력은 이 헥사비스의 배리어를 유지하는데 대부분 사용되고 있었다. 고압 전류가 발생시킨 왜곡된 공간은 그 어떤 물리적인 힘으로도 부술 수 없는 절대 방벽을 형성했고 그것에 의지해 인류는 알리페르의 침공으로부터 지금까지 안전하게 살아남을 수 있었다. 이 구조물이 완성되고 확장될 때까지, 수많은 사람들이 알리페르에게 목숨을 잃었고 시신은 수습조차 되지 못했다.

인이 박힐 정도로 들었던 헥사비스의 비사를 떠올린 이사나는 알리페르와 인류 사이를 단호히 갈라놓은 방벽을, 그리고 그것을 호기심 어린 얼굴로 만져보는 쥬드와 유충을 바라보았다. 그러다가 이사나의 시선을 알아차린 유충이 돌연 몸을 돌려 이사나가 있는 쪽으로 뽈뽈 기어 왔다. 그에 이사나가 흠칫 놀라며 뒤로 물러나자, 유충은 다가오다가 말고 걸음을 멈춘 채 이사나를 올려다보았다. 새카만 눈을 동그랗게 뜬 유충은 도대체 무슨 생각을 하는지 알 수 없었다. 당연했다. 유충은 사람이 아니니까.

이사나는 유충과 함께했던 시간들을 떠올렸다. 처음 매몰차게 뿌리쳤을 때도 유충은 한결같이 이사나의 뒤만 졸졸 따라다녔다. 어떠한 거짓도 없는 그 순수한 애정에 곤란한 적도 많았지만, 유충은 이사나가 누구에게도 받은 적 없었던 순백의 애정을 주었다. 똑같은 알리페르인 렉사가 처절한 공포를 영혼에 새겼던 것처럼, 유충은 천천히 죽어 가던 이사나의 마음속에 파고들어와 상처 입은 마음을 보듬어 주었다.

둘 다 알리페르였다. 어느 한쪽만 그들이 아닌 것이다.

쓰게 웃으며 자리에 주저앉은 이사나는 유충을 향해 손을 내밀었다. 그러자 유충은 잠시 이사나의 손바닥을 바라보더니 부리나케 뛰어와 이사나의 품속에 파고들었다. 유충은 서럽게 히끅거리며 이사나의 품에 안겨 울었다. 꽤나 묵직한 그 감촉에 이사나도 덩달아 눈가가 뜨거워지는 걸 느꼈다.

셋은 벌집형 철골 구조물, 본즈의 교차 지점에 앉아 가지고 온 피크닉 바구니를 열었다. 쥬드는 급하게 준비해 내용물이 볼품없다며 민망해했지만, 이사나가 보기엔 훌륭하기 그지없는 만찬이었다. 에그 샌드위치에 포도주를 곁들여 먹으며 두 사람은 평소처럼 이런저런 잡담을 나누었다. 그러다 해가 저물어가자, 두 사람은 하늘을 붉게 물들이는 노을을 멍하니 바라보았다. 아름다운 광경이었다. 이 광경을 수십, 수백 번을 본 이사나조차 넋을 빼놓을 정도로 오늘따라 노을이 아름답게 느껴졌다.

해가 완전히 저물고 환한 샛별이 서쪽에서 반짝이기 시작하면서 바깥의 밤은 깊어져 갔다.

"쥬드, 넌 고향에 돌아가면 뭘 하게 되는 거야?"

새카만 어둠 속에서 잔디에 몸을 뉘이고 있던 이사나가 여상하게 물었다. 그러자 옆에 누워 있던 쥬드가 웃음기 어린 목소리로 대답했다.

"저를 길러 준 분께 돌아가게 될 거예요. 그리고 적당히 그분이

시키는 일을 하며 지내겠죠."

"……연구를 계속하고 싶은 생각은 없어?"

"하고 싶어요. 공부하는 거 꽤 좋아하니까요. 선생님의 조수가 되어 힘든 일도 많았지만, 하루가 어떻게 지나가는지 모를 정도로, 매일 새로운 것을 알게 되어 즐거웠어요. 하지만…… 이젠 제자리로 돌아가야 하잖아요."

회한이 묻어난 쥬드의 고백을 들으며 이사나는 별들이 빛나는 밤하늘을 바라보았다. 선연히 빛나는 별자리를 말없이 눈으로 잇던 이사나는 충동적으로 쥬드에게 말했다.

"내 밑에 들어오지 않을래?"

"네?"

"내 밑에 들어오라고. 네가 하고 싶은 연구는 뭐든 괜찮아, 전부 내가 할 수 있게 지원해 줄게. 그러니…… 계속 내 옆에 있어 주지 않을래?"

이사나의 제안에 쥬드는 놀란 듯 자리에서 벌떡 일어났다. 그에 밤하늘을 바라보던 이사나 역시 자리에서 일어나 혼란으로 가득한 쥬드의 얼굴을 마주 보았다.

"이사나 님, 어째서 그런 말을, 저는, 저는…… 당신도 알잖아요, 저는……!"

"더 이상 말하지 마. 난 아무것도 모르니까."

이사나는 단호히 쥬드의 말을 끊었다. 그게 이사나가 내린 결론이었다. 이사나는 쥬드를 놓치고 싶지 않았다. 그의 정체가 무엇이든, 무슨 목적을 가졌든 상관없었다. 그저 그와 계속 같이 있고 싶을 뿐이었다.

충동적으로 내뱉은 제안이었지만, 이사나는 자신 있었다. 쥬드는 자신을 꽤 좋아했으니까. 동료를 해치고 구하러 올 정도로 좋아했으니까. 그 애정을 믿었기에 이사나는 그런 말을 할 수 있었다.

하지만 이사나의 확신과 달리 쥬드는 고개를 끄덕이지 않았다. 지상층의 인공적인 불빛에 희미하게 드러난 얼굴은 당장이라도 울어버릴 듯 일그러져 있었지만, 쥬드는 끝까지 그러겠다고 대답을 하지 않았다. 도리어 쥬드는 원망하듯 이사나에게 말했다.

"……왜. 왜, 그런 말을 하시는 거예요……."

"쥬드?"

"그런 말을 하셔서는 안 돼요, 당신은."

쥬드가 거절할 줄은 상상도 못 했던 이사나는 당황한 얼굴로 쥬드를 바라보는데, 쥬드가 돌연 손등으로 이사나의 관자놀이를 후려쳤다. 이사나는 머릿속을 진탕시키는 끔찍한 통증과 함께 주위가 빙글 도는 것을 느꼈다. 정신을 잃어 가는 도중, 이사나는 쥬드의 뺨 위로 무언가가 흘러내리는 걸 본 것 같았다.

포스(Fourth) (4)

어두운 어딘가에 갑자기 내동댕이쳐진 이사나는 엉망으로 바닥을 구르다가 고통에 못 이겨 눈을 떴다. 온몸이 지독하게 쑤시고 아파 죽을 지경이었지만, 이명처럼 들려오는 유충의 울음소리에 이사나는 퍼뜩 제정신을 차리려 애를 썼다. 간신히 정신을 수습해 바닥을 짚고 몸을 일으키는데, 이사나의 앞으로 엠파이어 드레스를 입은 여자가 서 있는 게 보였다.

"……비, 비……?"

인류의 보고이자, 헥사비스 전반의 모든 시설을 통제하는 기계 여왕이 이사나의 앞에 서 있었다. 이사나의 부름에 비비는 무감정한 금안을 부자연스럽게 깜빡이며 이사나를 내려다보았다.

내가 왜 여기에, 중앙 통제실에 있는 거지?

이사나가 긴장하며 주변을 둘러보는데, 이사나와 조금 떨어진 곳에 낯익은 얼굴이 서 있었다.

쥬드였다.

어째서 쥬드와 내가 여기에 있는 거지? 의아해하며 쥬드를 올려다보는데, 쥬드가 평소와 똑같은 상냥한 미소를 지으며 이사나에게 인사했다.

"이사나 님, 일어나셨어요?"

그리고 쥬드는 품속에서 이사나의 리볼버를 꺼내 이사나의 머리에 총구를 겨눴다. 이사나는 도저히 이 상황을 이해할 수 없어 비현실적으로 리볼버와 쥬드만 바라보는데, 쥬드가 여전히 순한 얼굴로 웃으며 이사나에게 말했다.

"일어나시자마자 갑작스러우시겠지만, 지금 당장 제 부탁 하나를 들어주셔야겠어요."

……부탁? 이사나가 여전히 현실감 없는 눈으로 쥬드를 바라보는데, 쥬드는 그런 이사나를 향해 짙게 미소 짓더니 말했다.

"저 기계에게 명령해 헥사비스를 감싸고 있는 배리어를 거둬 주세요."

"배, 리어……?"

"네, 이사나 님은 할 수 있으시잖아요. 넥시움 황가의 직계 황손이니까요. 비비랬던가? 헥사비스 내부의 모든 시스템을 총괄하는 저 고철덩어리의 이름이? 아무튼 저 기계에게 명령을 내릴 수 있는 사람은 지금 이 헥사비스 안에 딱 셋만 있다고 하죠? 에드먼드 님, 이사나 님, 그리고 넥시움 황제. 마스터께서 제게 헥사비스의 배리어를 없애고 오라고 명령하셨지만, 도무지 방법을 모르겠더라고요. 그래서 유일한 단서인 선생님의 곁에 있으면서 저 나름대로 조사를 해 결국 방법을 알아냈지만, 문제는 이곳에 침입할 방법이 없었죠. 하지만 다행이에요, 이사나 님이 바보라서요."

순한 얼굴로 내뱉는 쥬드의 말에 이사나는 망치로 뒤통수를 세게 얻어맞은 듯 얼얼해졌다. 설마……! 이사나가 눈을 부릅뜬 채 쥬드를 쏘아보았지만, 쥬드는 아랑곳하지 않고 이사나에게 말했다.

"아, 헥사비스가 개방되면 인류가 멸망할까 봐 걱정하시는 거예요? 걱정하지 마세요. 저희는 인간을 멸망시킬 생각이 없어요. 저희는 교미할 대상이 필요하거든요. 저희는, 아니, 우리는 우리의 후계를 낳아 줄 따뜻한 체온이 필요해요. 후계를 낳아 줄 인간들이 없다면 우리도 결국 멸망해 버리니까요. 그러니 인류를 멸망시킬 이유가 없겠죠?"

"……그래서 포스의 그 지옥 같은 광경을 이곳까지 확장시키겠다는 거야?"

"이사나 님 입장에선 그게 지옥처럼 보일지도 모르지만……. 네, 그래요. 하지만 꽤 괜찮은 생각이지 않나요? 당신들은 더 이상 답답한 천장을 바라보며 언제 죽을지 몰라 불안해하지 않아도 되고 우리는 후계를 낳아 줄 숙주를 얻게 되니까요. 아, 여자는 되도록 건드리지 않을게요. 필요한 인구수를 유지해야 하니까."

쥬드의 상냥한 설명에 이사나는 치를 떨었다. 하지만 이대로 분노만 해서는 아무것도 해결할 수 없었다. 몸에 밴 습관처럼 빠르게 냉정을 되찾은 이사나는 머릿속으로 침착하게 상황을 정리하며 쥬드에게 말했다.

"네가 무슨 말을 하든 난 절대 비비에게 헥사비스를 열라는 명령을 내리지 않을 거야. 네가 날 어떻게 생각하는지 모르지만, 난 제국민의 안전을 책임질 의무가 있는 사람이니까."

"그러시겠죠. 그게 당신 그 자체니까."

"……어제 내가 네게 했던 말은 결코 빈말이 아니었어. 난 너를 아꼈고 너를 신실한 친우라고 생각했으니까. 네 정체가 무엇이든, 네가 어떤 의도로 나와 숙부님께 접근했든 정말 상관없었어. 내가 겪은 '쥬드'라는 사람을 믿었으니까. 그리고 지금도 난 네가 이렇게 해야 할 사정이 있다고 믿고 있어."

이사나의 말에 쥬드는 얼굴을 흐리며 이사나를 향해 겨눴던 총을 내렸다. 그에 이사나가 안심하는 찰나, 쥬드가 옆으로 손을 들어 총을 쏘았다. 그에 날카로운 비명 소리가 귀에 꽂혔다.

"삐잇……!"

"쥬드!"

철창에 갇혀 있던 유충이 바로 옆에 쏘여진 총탄에 놀라 마구 몸부림쳤다. 그에 이사나가 사색이 되어 자리에서 일어나려 하자, 쥬드는 다시 리볼버를 유충에게 겨누며 서늘하게 경고했다.

"움직이지 마세요. 쏴 버릴 거니까."

"왜……. 왜……!"

"당신이 여전히 잠꼬대 같은 소리를 하니까 그렇잖아요. 이제 좀 잠이 깨셨어요?"

쥬드의 싸늘한 말에 이사나는 사고가 마구 뒤엉키는 걸 느꼈다. 어떻게 해야 하지? 여기서 난 도대체 어떻게 해야 하는 거지? 어떻게! 완전히 이성을 잃은 이사나는 답이 나오지 않는 물음만 되뇌다가 덜덜 떨리는 목소리로 떠듬떠듬 말했다.

"그, 그래도, 나, 나는, 하, 할 수 없어. 나는, 제국을, 지켜야 해. 그래야……!"

"그렇게 지키고 싶다면 지키세요. 단, 당신이 아끼는 저 유충은 죽어야 할 거예요."

쥬드의 단호한 협박에 이사나는 도무지 어찌할 줄을 몰랐다. 이사나는 두려움에 몸을 벌벌 떨며 어린아이처럼 쥬드에게 애원했다.

"……난, 난 역시 모르겠어! 왜 네가 이렇게까지 하는지. 도무지, 도무지 모르겠어! 날 좋아해 줬으면서……! 날…… 걱정해 줬으면서……! 사, 사실은, 너도 내가 싫었던 거야? 모두가 그랬던 것처럼, '내'가 아닌 '이사나 넥시움'만 피, 필요했던 거야? 그래서, 그래서 이러는 거야?"

"……."

"아, 아버지도, 어, 어머니도, 형도 나, 날, 좋아해 주지 않았어. 그래서, 그래서 나 열심히 했는데……. 그, 그래서 그들이 바라는 대로 다 했는데……."

"……."

"난, 난……! 주변에서 날 대단한 것처럼 치켜세워 줘도, 언제나 난…… 외로웠어……. 난, 그저 내 마음 하나 알아줄 '친우' 하나만을 바라서, 그래서……."

목이 졸린 듯 더 이상 나오지 않는 말에 이사나는 가슴을 쥐어뜯으며 괴로워했다. 생전 처음으로 사귄 친우의 배신은 이사나로 하여금 제정신을 차릴 수 없게 했다. 아아, 그도 '내'가 필요한 게 아니었구나. 이제껏 셀 수 없이 당한 배신이었건만, 이사나는 평소보다 조금 더 아파했다.

제국민들은 그들을 지켜 줄 '넥시움'은 필요로 했지만, '이사나'라는 사람은 필요로 하지 않았다. 관심조차 없었다. 그랬기에 이사나는 자신의 가치를 잃은 그날, 그저, 그저 죽고 싶었다. 그러나 지하 3층에서 만난 유충과 쥬드는 '이사나'인 자신을 좋아해 줬다. 그랬기에 이사나는 절망과 자학에서 벗어나 다시 일어설 수 있었다.

하지만 처음으로 마음을 나눈 친우조차 '넥시움'만 필요한 거라면, 이사나는 지금 당장 이 자리에서 죽어 버리고 싶었다. 그 정도로 가슴 아프고 괴롭기만 했다. 비통한 눈물을 뚝뚝 떨어뜨리는 이사나를 조용히 내려다보던 쥬드는 무기력하게 리볼버를 떨어뜨리며 중얼거렸다.

"……저는 당신들이 이해가 가질 않았어요. 동족을 희생시키면서까지 삶을 이어 가려는 이기심도 그렇고, 아무런 대가 없이 남을 도우려는 이타심이나 정 같은 것도 말이에요. 아마 우린 절대로 서로를 이해하지 못할 거예요. 내가 당신에게 그러하듯, 당신이 내게 그러하듯."

"……."

"당신도 사실, 당신의 삑삑이가 왜 당신에게 특별해 보이는지 이유를 모르잖아요."

그렇게 말하며 쥬드는 리볼버를 들어 유충을 겨누었다. 위협이 아닌 게 분명한 그 행동에 정신을 차린 이사나는 자리에서 벌떡 일어나 온몸으로 쥬드를 덮쳤다.

탕―! 탄환은 빗나갔고 이사나는 유충을 구하기 위해 쥬드를 제압하려 애썼다. 하지만 쥬드는 너무 강했다. 그 강력한 완력이 그가 알리페르라는 사실을 새삼 떠올리게 할 정도였다. 이사나는 발끝부터 조금씩, 차가운 공포에 침식되는 기분이 들었다. 압도적인 힘의 차이에 이사나는 당장이라도 모든 걸 포기하고 싶어졌지만, 귓가를 맴도는 유충의 울음소리가 도저히 물러설 수 없게끔 했다. 빌어먹을! 팔만 제대로 붙어 있었어도……. 다리만 제대로 붙어 있었어도……! 이사나는 밀려드는 무력감에 분함을 참지 못하면서도 필사적으로 발버둥을 쳤다.

하지만 이사나는 결국 쥬드에게 제압당해 옴짝달싹 못 하게 되었다. 그럼에도 포기하지 않고 계속 쥬드의 밑에서 빠져나오려 애를 쓰는데, 그런 이사나를 위에서 내려다보던 쥬드가 쓸쓸한 얼굴로 이사나에게 물었다.

"이사나 님, 지금 제가 무섭나요?"

쥬드의 질문에 이사나가 대답 없이 몸을 비틀기만 하자, 쥬드는 희미하게 미소 지으며 이사나에게 말했다.

"아마 그렇지 않을 거예요. 저는 클레르 님의 슬레이브(slave)인 쥬드이기도 하지만, 당신을 배신한 쥬드이기도 하니까요. 그래요, 모두 사실은 아무것도 아닌 거예요."

"……쥬, 드……?"

"기억하세요. 힘이 없으면 이렇게 되는 거예요."

짧게 조언한 쥬드는 옆으로 넘어진 철창을 향해 총구를 겨누었다. 그에 이사나가 제발 하지 말라는 듯 고개를 가로저으며 쥬드를 바라보았다. 하지만 쥬드는 그 필사적인 눈빛을 덤덤히 마주하면서도 결국 방아쇠를 당겼다.

"삑……!"

철창에 달라붙어 초조하게 이사나를 바라보던 유충은 복부를 관통하는 총알의 충격에 몸을 튕기며 짧은 단말마를 내뱉었다. 그에 이사나는 가슴이 갈가리 찢기는 듯한 고통에 휩싸여 비명을 내질렀다.

"허……! 허어……! 쥬드……! 쥬드……! 어떻게……!"

유충이 자그마한 몸을 꿈틀대며 죽어 가기 시작하자, 쥬드는 이사나를 풀어주었다. 이사나는 미친 사람처럼 오열하며 달려가 철창을 품에 안고 어찌할 줄을 몰랐다.

이름조차 지어 주지 않았던 소중한 유충이 피를 흘리며 죽어 가고 있었다. 유충이 죽어 가는 걸 보고 나서야 이사나는 자신이 얼마나 바보였는지를 깨달을 수 있었다. 왜, 왜 좀 더 살갑게 대해 주지 못했던 걸까? 왜 좀 더 사랑해 주지 못했던 걸까? 절친한 친우가 되고 싶었던 쥬드와 달리, 유충은 이사나의 일부였다. 그걸 평소에는 까맣게 모르고 있다가 유충이 죽어가고 있는 지금에서야 겨우 깨닫게 되었다. 옆에 있는 게 너무 당연해 서로 떨어져 있는 게 말도 안 되게 느껴질 정도로, 꼭, 꼭 그래야만 하는 것 같아…….

이사나는 영혼이 갈가리 찢기는 듯한 고통에 아프게 울부짖다가 점차 몸이 차갑게 식어 가는 유충을 떨리는 손으로 철창 안에서 꺼냈다. 그 순간, 중앙 통제실 안으로 누군가가 뛰어들어 왔다.

에드먼드였다.

눈앞에 펼쳐진 광경으로 순식간에 무슨 일이 일어났는지 깨달은 에드먼드가 놀라서 굳어 있는데, 쥬드가 슬프게 웃으며 에드먼드에게 말했다.

"선생님, 죄송해요."

짧게 사과한 쥬드는 관자놀이에 리볼버를 겨눈 채 그대로 방아쇠를 당겨 버렸다.

털썩—.

더티 블론드를 피와 하얀 뇌수로 더럽힌 채 쥬드는 힘없이 바닥에 쓰러졌다. 철창에서 유충을 꺼내다가 총소리에 놀라 고개를 돌린 이사나는 새하얗게 질린 얼굴로 바닥에 쓰러진 쥬드를 바라보았다. 왜……. 도대체 왜……! 이사나는 일련의 일들을 도저히 이해할 수 없었다. 왜 쥬드가 이런 일을 벌인 건지 도무지 이해할 수 없었다. 그저 극도의 탈력감과 무력감에 몸을 벌벌 떨며 힘없이 흐느끼는데, 문득 흑청색 머리카락을 늘어뜨린 아름다운 기계 여왕이 이사나의 눈에 들어왔다. 인류의 보고, 리비에의 단말이자 모든 물질 문명의 정점에 선 그녀를 본 순간, 이사나는 필사적으로 그녀에게 기어가 말했다.

"흐, 비비……. 비비……!"

—네, 이사나 황자님.

"부탁, 부탁이야……! 이 녀석과 쥬드를, 둘을 살려 줘……!"

울음 섞인 이사나의 애원에 비비는 이해할 수 없다는 듯 고개를 갸웃거렸다. 하지만 이사나는 피투성이가 된 유충과 쥬드를 힘겹게 끌고 와 비비에게 재차 애원했다.

"제발, 제발, 흐으, 부탁이야……! 흐, 뭐든 할 테니까, 내가 뭐든, 흐으, 할 테니까, 제발, 둘을……! 제발……!"

너무 흐느낀 나머지 이사나는 속에서 구역질이 올라오는 걸 느꼈다. 삐이— 하고 시끄러운 이명이 머릿속을 빠르게 점령했고 동시에 주위가 빠르게 회전하는 듯한 기분이 들었다. 주위가 빙빙 도는 가운데 이사나는 점점 식어 가는 둘을 끌어안은 채 바닥에 쓰러졌다. 코끝으로 토벌 때 질리게 맡았던 피 냄새와 헥사비스의 지붕에서 맡았던 풀 내음이 동시에 느껴지는 것 같았다.

* * *

황가의 직계 혈통만이 들어갈 수 있는 중앙 통제실로 알리페르가 침입했다는 소식은 하루도 지나지 않아 황제의 귀에 들어갔다. 그 충격적인 사안에 고위직 관료들은 제국민들에게 비밀로 한 채 긴급회의를 열었다. 그리고 에드먼드는 아직 자리에서 일어나지 못한 이사나 대신 회의에 참석해 사건의 전말을 하나도 빠짐없이 보고했다.

이사나 황자가 교활한 알리페르에게 속아 중앙 통제실에 침입하는 걸 막지 못한 죄는 실로 컸다. 하지만 불편한 신체임에도 에드먼드와 함께 포스로 내려가 일련의 사건을 밝혀낸 공은 무시할 수 없었다. 거기에 황실 최고 어른인 에드먼드의 적극적인 변호가 더해지면서 황제는 또다시 이사나 황자의 죄를 불문에 부치겠다고 결정 내렸다. 그에 한쪽에서는 공정하면서도 자애로운 황제에 대한 칭송이, 다른 한쪽에서는 황족이라도 예외는 없어야 한다는 비난이 일었지만 이번에도 정작 당사자는 그 자리에 없었다.

그리고 다음 날, 황제는 포스에 독가스를 살포했다. 중추 신경계를 마비시키는 무색무취의 유기인계 가스는 빠르게 퍼져 순식간에 포스를 죽음의 도시로 만들었다. 며칠 후에야 그 소식을 듣게 된 이사나는 머리끝까지 화가 나 황궁으로 쳐들어갔다. 추종자들과 희희덕거리며 내기 당구를 하고 있던 황제를 발견한 이사나는 그의 멱살을 붙잡으며 고래고래 소리 질렀다.

"미친 거 아닙니까! 거기 살고 있던 사람이 몇 명인데! 어떻게 그런 말도 안 되는 짓을 저지를 수 있습니까!"

"이사나, 너야말로 미쳤느냐? 네가 지금 누구의 멱살을 잡고 있는지 눈에 안 보이느냐?"

"알지요! 당연히 알지요! 죄 없는 사람들을 독가스로 살해한 학살자이지 않습니까! 당신이 그러고도 통치자입니까! 당신이 그러고도 사람이냐고!"

이사나가 분노로 눈을 벌겋게 물들인 채 소리치자, 황제는 이사나의 손을 뿌리치며 차갑게 쏘아붙였다.

"포스에 있던 버러지들이 어떻게 사람인 게냐? 하, 숙부님께 보고를 듣고 기도 안 찼지. 그놈들은 스스로 알리페르를 받아들여 알을 낳고 키우는 숙주가 되었다지? 그런 더러운 짓을 한 놈들을 어떻게 살려 두난 말이다."

"그렇다고 독가스를 뿌릴 필요는 없었지 않습니까! 포스에 있던 자들이 모두 죄를 지은 것도 아니었는데! 오히려 아무것도 모른 채 이용당한 자들이 더 많았는데! 그런데 어떻게 그들을 더럽다고 말할 수 있습니까! 어떻게 그들의 목숨을 당신 마음대로 거둬들일 수 있습니까! 당신의 행동은 정당하지 못해! 잘못되었다고!"

이사나의 일갈에 황제의 아름다운 얼굴이 일그러지더니 문 앞에 서 있던 근위대장에게 소리 질렀다.

"네놈은 도대체 뭐 한다고 이 귀찮은 놈을 여기 들였느냐!"

"네? 하지만……."

"당장 끌고 나가거라!"

황제의 추상같은 명령에 근위대장은 이사나에게 "죄송합니다."라고 짧게 사과하며 이사나의 팔을 붙잡았다. 황제는 끌려 나가는 이사나를 향해 쯧, 하고 혀를 차고는 다시 추종자들과 함께 당구를 치려는데, 이사나가 낮은 목소리로 빈정거렸다.

"······그렇게 알리페르가 무서우셨습니까."

이사나의 말에 황제는 사납게 얼굴을 구기며 이사나를 돌아보았다.

"뭐라고?"

"누구보다도 앞장 서 알리페르와 맞서야 할 당신이 그까짓 놈들이 무서워 그런 짓을 벌였냔 말입니다. 하긴, 중앙 통제실까지 침입했는데 침실이라고 숨어들지 못할 리가 없죠."

이사나의 차가운 빈정거림에 황제는 큐대를 집어 던지고 성큼성큼 이사나에게 다가왔다. 그리고 이사나의 턱을 거칠게 잡아 쥔 황제는 여전히 자신을 날카롭게 쏘아보는 남동생을 향해 차게 웃었다.

"이사나, 오늘따라 퍽 건방지게 구는구나. 하나 남은 멀쩡한 팔도 부러져 봐야 그 예쁜 주둥이가 분수를 좀 알려나?"

"······당신은 언제나 그런 식이죠. 항상 당신을 위한 것 말고는 관심이 없죠. 그런데 어쩌죠? 알리페르는 이제 인간이 아닌 생명체를 숙주로 삼지 않습니다. 그 말은 언젠가 그들이 교미할 숙주를 다시 얻기 위해 우리에게 정면충돌해 올 거란 얘기입니다."

이사나의 나지막한 경고에 황제는 잠시 얼굴을 굳혔지만, 이내 피식 웃으며 이사나의 턱을 놓아주었다. 시종이 내미는 큐대를 다시 쥔 황제는 여유롭게 웃으며 말했다.

"그래서 어쩌라는 것이냐. 우리에겐 위대한 선조께서 건축하신 헥사비스와 용맹한 병사들이 있는데. 도대체 뭘 두려워하라는 거지? 나야말로 네가 겁쟁이가 된 것처럼 보이는구나. 그리고."

다시 이사나의 앞에 다가온 황제는 이사나의 뺨을 큐대로 쿡쿡 찌르며 경고하듯 말했다.

"네가, 도대체, 뭐라고, 내게 건방지게 입을 놀리는 것이냐. 네놈이 아직도 영웅 나부랭이라도 된 것 같아 보이느냐? 팔다리도 없는 병신 주제에."

황제의 폭언에도 이사나는 고요한 눈으로 그를 쏘아보며 으르렁거렸다.

"……후회하실 겁니다."

"나도 꼭 그러고 싶구나. 근위대장, 이제 이 녀석을 끌고 나가거라. 그리고 다시는 이 황궁에 얼씬도 못 하게 하거라."

탐스러운 허니 블론드를 쓸어 올린 황제는 이사나 쪽을 쳐다도 보지 않은 채 귀찮은 듯 말했다.

* * *

중앙 통제실에 알리페르가 침입한 사건이 발생한 지 벌써 3개월이 지났다. 그리고 길고 긴 여행을 끝낸 이사나는 얼마 없는 짐을 정리해 지상층에 위치한 자신의 저택으로 돌아왔다. 금방이라도 쓰러질 듯한 얼굴로 저택을 나섰던 1년 전과 달리 다시 돌아온 이사나는 몸도 마음도 강건하기 그지없는 모습을 하고 있었다. 노집사는 이사나의 무사 귀환에 진심으로 기뻐하며 눈물을 흘렸다.

지하 3층에 있었던 시간은 겨우 1년이었지만, 그사이 이사나는 어딘가 좀 더 성숙해져 있었고 눈빛 역시 조금 더 깊어져 있었다. 이사나는 더 이상 자신을 쓸모없는 퇴역 군인이라고 자학하지 않았다. 하루를 보내는 일과 역시 예전과 달리 뚜렷한 목표를 가지고 바삐 움직였다. 예전처럼 매일 몸을 단련하고 열심히 무언가를 준비하는 가운데, 이사나는 하루에 한 번 반드시 리비에를 들렀다.

리비에의 출입 통제구역, 중앙 통제실로 들어간 이사나는 오늘도 배양액 안에 있는 고치를 물끄러미 바라보았다.

비비에게 유충과 쥬드를 살려 달라고 말했지만, 결국 살릴 수 있었던 건 유충뿐이었다. 관자놀이에 총상을 입어 즉사한 쥬드는 아무리 비비라도 살려 낼 수 없었다. 하지만 유충은 실혈로 심정지에 가깝긴 했지만, 숨이 멎지 않아 살아날 수 있었다.

그렇지만 유충은 의식 불명인 상태로 깨어나지 않았다. 인위적인 처치로 살아만 있는 날들이 계속되자, 비비는 이사나에게 유충을 탈피시키는 게 어떠냐는 권유를 해 왔다. 알리페르의 1차 변태는 고치 속에 들어간 유충에게 일어나는 변화로, 고치 속에서 유충이 가사 상태에 빠지면 몸의 구성 성분이 세포 단위로 녹으면서 다음 단계에 맞게 골격이 재배열되었다. 그리고 탈피가 끝나면 호르몬에 의해 다시 의식이 각성되었다. 그렇다면 유충 역시 탈피를 거친 이후에는 의식을 되찾을 가능성이 있었다. 이사나는 비비에게 그렇게 해 달라고 부탁했고 유충은 비비가 인위적으로 화학 물질을 제어하는 배양액 안에서 천천히 자라나게 되었다.

오늘도 미동도 없이 작은 심장만 끊임없이 펄떡이는 고치를 이사나가 멍한 얼굴로 바라보고 있는데, 중앙 통제실 안으로 에드먼드가 걸어 들어왔다.

"삑삑이 놈은 잘 자라고 있느냐."

"평소와 똑같긴 합니다만……. 숙부님께선 여긴 어쩐 일이십니까?"

"일이 있어서 연구소에 들렀다가 네놈이 여기 또 처박혀 있을 거 같아서 들러 봤다."

에드먼드는 가볍게 대꾸하며 이사나와 함께 배양액 안에 든 고치를 바라보았다. 기분 탓인지 모르지만, 에드먼드는 평소 같은 말쑥한 차림을 하고 있음에도 어쩐지 지쳐 보였다. 그렇게 에드먼드는 한참을 아무 말 없이 배양액 안의 고치를 바라보다가 입을 열었다.

"오늘 연구소에서 카노스의 정확한 발병 원인을 규명해 냈다. 알리페르의 생식 세포가 만들어 낸 주머니집이 원인이었지. 주머니집을 발생시키는 줄기세포 클러스터가 숙주의 혈관 속으로 침투해 뇌-혈관 장벽(Brain-blood barrier)을 통과하면 뇌내에 축적되어 부산물을 만들어 내는 것이었다. 우습게도 발병률은 99.95% 이상, 사실상 100%지."

"……."

"저놈도 결국은 누군가를 해하고 태어난 놈에 불과하다. 그러니 그냥 여기서 그만두지 않겠느냐."

"……."

"너는 '넥시움'이다. 알리페르는 너의 적에 불과할 뿐이고. 그러니 이젠 이 유충도, 쥬드도 전부 잊어버리거라."

에드먼드의 단호한 말에 이사나는 그가 쥬드가 죽은 일로 얼마나 상심했는지 알 수 있었다. 에드먼드는 학자였다. 그는 평생 어떠한 현상에 '왜'라는 질문을 던지는 삶을 살아왔다. 하지만 지금의 에드먼드는 이사나에게 '넥시움'이기 때문에 더는 유충과 쥬드에 대해 생각하지 말라고 말하고 있었다. 평소의 에드먼드라면 있을 수 없는 일이었다.

그에 이사나는 어쩔 수 없이 더티 블론드에 따뜻한 갈색 눈을 가졌던 소년을 떠올릴 수밖에 없었다. 누가 그를 사랑하지 않을 수 있었을까, 그토록 상냥하고 심지 곧은 소년을. 그가 무엇이든, 무슨 생각을 하고 있었든, 누구나 그를 사랑할 수밖에 없을 터였다.

이해하지 않으면 고민할 것도 없었다. 그냥, 그들은 원래 그러한 존재라고 생각하면 되니까.

하지만 이사나는 궁금해졌다. 어째서 쥬드가 알리페르와 인간은 절대로 서로를 이해할 수 없을 거라고 단언했던 것인지. 언젠가 쥬드를 이해하는 날이 오면 나 역시 관자놀이에 차가운 리볼버를 겨누게 되는 걸까?

어쩔 수 없이, 하지만 마땅히 자신에게 주어진 숙명을 받아들인 이사나는 에드먼드에게 말했다.

"저는…… 한때, 알리페르는 무조건 섬멸해야 한다고 생각했습니다. 그들은 존재 자체가 잘못되었다고 생각하면서요. 하지만 지금은 모르겠습니다. 유충은 저를 무조건적으로 사랑해 주었고 쥬드는 저를 단순히 후계를 낳아 줄 숙주로 여기지 않았으니까요. 저는, 제가 이제껏 '넥시움'으로서 꽤 잘해 왔다고 생각합니다. 그러니 얼마가 남았는지 모르지만, 이제는 제가 하고 싶은 대로, 마음 가는 대로 해 볼까 합니다."

이사나의 말에 에드먼드가 의아해하자, 이사나는 그런 에드먼드에게 웃으며 말했다.

"렉사 토벌전에 나갔을 때 저는 알리페르에게 강간당하고 이 녀석의 숙주가 되었습니다."

이사나의 덤덤한 고백에 에드먼드는 희게 질린 얼굴로 이사나를 바라보았다. 그에 이사나는 쓴웃음을 지으며 말했다.

"숙부님이 밝혀낸 대로라면 저 역시 카노스가 발병했을 것입니다. 하지만 저는 이 녀석을 원망하지 않습니다. 저는 '이사나 넥시움'으로 살았던 때보다 이 녀석과 함께했던 몇 개월이 더 행복했으니까요."

"……그렇다 해도 저 고치에서 나올 녀석은 네가 아는 녀석이 아닐 거다. 알리페르는 유충 때의 일을 기억하지 못하니까."

"네, 분명 저 고치에서 나올 녀석은 제가 아는 녀석과 다르겠죠. 하지만……."

이사나는 말을 하다가 갑자기 목구멍 안으로 뜨거운 것이 치미는 기분이 들어 잠시 숨을 골랐다. 그리고 조금 진정되자 이어 대답했다.

"……굉장히, 녀석이 보고 싶을 테니까요."

"……."

"이기적이라 하셔도 어쩔 수 없습니다. 저는 이런 일을, 의연하게 털어 낼 수 없는 그냥…… 보통 사람이니까요."

이사나의 말에 어쩔 수 없이, 얼굴에 깊은 상처를 드러낸 에드먼드는 쓴웃음을 내짓다가 중앙 통제실 밖으로 나갔다. 에드먼드가 나가고 혼자 남겨지자 이사나는 다시 배양액 쪽으로 시선을 돌렸다.

이사나는 여전히 왜 쥬드가 유충에게 총을 쏘고 자신도 목숨을 끊었는지 알 수 없었다. 알리페르에 대해서는 아직도 모르는 것투성이었고, 그들과의 전면전은 얼마 남지 않았다. 길어 봐야 5년, 10년일 터였다.

하지만 유충이 깨어나기만 한다면, 그러기만 한다면 예전에 해 주지 못했던 것들을 녀석에게 해 주고 싶었다. 다시 눈을 뜨기만 한다면 무엇이든 녀석에게 줄 수 있었다.

이사나는 배양액 속에서 맥동하는 고치를 고요한 눈으로 바라보았다. 이사나는 어느새 넷이서 떠들썩하게 지냈던 지하 3층에서의 나날을 추억하고 있었다.

* * *

창가에 선 한 남자가 머나먼 서쪽 지평선 너머를 바라보고 있었다. 남자는 방금 전 수하로부터 받았던 서신이 도무지 믿기지 않는 듯 멍한 얼굴이었다. 허리까지 늘어뜨린 백금발에 회청색 눈을 가진 미남자는 아끼던 이의 부고에 지독한 상실감과 분노를 느꼈지만, 얼굴은 놀랍도록 차분했다. 부고를 전한 수하에게 나가 보라고 명령한 남자는 무너질 듯한 마음을 간신히 추스르고 나서야 수하가 가져온 책을 들고 방 밖으로 나설 수 있었다.

붉은 융단이 깔린 고풍스런 성의 복도를 지나, 그 옛날 일국의 왕이 사용했다는 방으로 들어가자, 그 안에는 수많은 책들이 산더미처럼 쌓여 있는 게 보였다. 그 가운데, 커다란 카우치에 앉은 검은 머리의 남자가 한창 독서 삼매경에 빠져 있었다. 백금발의 남자는 책을 테이블 위에 올려놓은 뒤 남자에게 인사했다.

"위대하신 왕을 뵙습니다."

"아, 클레르? 무슨 일이야?"

"보고할 일이 생겨 들어왔습니다. 수하들이 대륙 너머에서 찾아온 책도 진상할 겸 해서요."

클레르가 들어옴에도 여전히 책에서 눈을 떼지 않던 검은 머리의 남자, 렉사는 '책'이라는 말을 듣자마자 퍼뜩 고개를 들었다. 화색을 띠며 자리에서 일어난 렉사는 테이블에 올려진 책을 냉큼 집어 다시 카우치에 앉았다. 그리고 클레르가 있든 말든 새로 발견된 책을 훑느라 정신없었다. 이렇듯 이번 대의 왕, 렉사는 인간들이 쓴 책을 모으는 이상한 취미가 있었다. 전대의 왕들과 달리 꽤 독특하고 천진한 구석이 있었지만, 동시에 무척 무심하고 손속이 잔인한 알리페르이 기도 했다. 렉사가 새로운 책에 정신이 팔린 사이, 클레르는 사무적인 말투로 수하에게 들은 내용을 렉사에게 보고했다.

"에드먼드에게 심어 두었던 녀석이 죽었습니다. 뿐만 아니라 헥사 비스 놈들이 무슨 짓을 했는지 모르지만, 포스의 숙주들을 몰살했다 고 하더군요."

"이런, '요람'이 들켰나 보네."

"……"

"앞으로 일이 꽤 귀찮아지겠어."

클레르의 보고에도 렉사는 책에서 눈을 떼지 않은 채 심드렁하게 대꾸했다. 꽤 진지하지 못한 태도였지만, 클레르는 렉사가 보고를 제대로 듣고 있다는 걸 알고 있었다. 보고를 끝낸 뒤 클레르는 렉사 에게 인사하고 밖으로 나가려는데, 렉사가 여전히 책에서 눈을 떼지 않은 채 클레르에게 말했다.

"에드먼드에게 잠입한 녀석이, 쥬드, 였던가? 그 녀석의 숙주가 라 미올이었지, 아마?"

"……"

"안됐네."

무심하게 내뱉는 렉사의 말에 클레르는 아무런 대꾸 없이 방 밖으로 나가 버렸다. 그리고 닫힌 문가에 몸을 기대선 클레르는 숨이 막힐 듯한 짙은 감정에 얼굴을 일그러뜨렸다.

왜 그런 최후를 선택했는지, 왜 다시 돌아오려고 하질 않았는지, 클레르는 쥬드에게 묻고 싶은 게 산더미처럼 많았지만.

언제나 그렇듯 죽은 자는 침묵을 지키고 있을 뿐이었다.

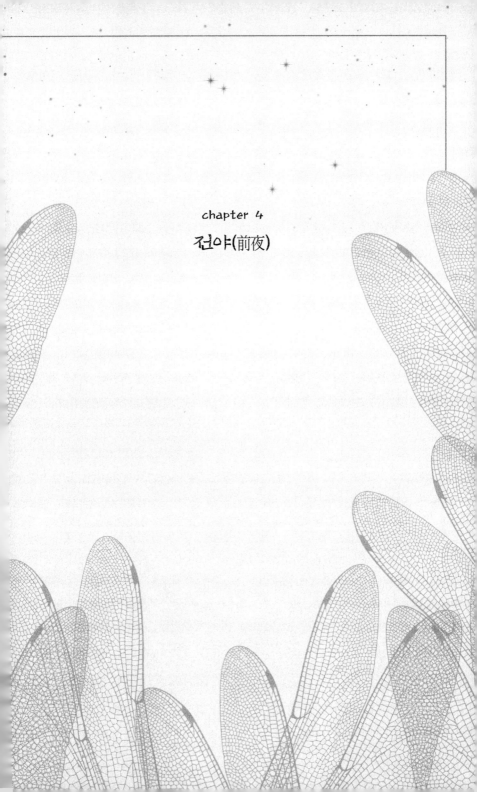

chapter 4

전야(前夜)

전야(前夜) (1)

처음 바깥을 마주하고 느낀 것은 '추위'였다.

그다음 느낀 것은 '아픔'이었다.

아무런 전조 없이 파도처럼 몰려오는 고통에 나는 의문을 느낄 겨를도 없이 괴로운 기침을 토해 내야 했다. 새털같이 가벼웠던 몸은 천근만근 무거워지고 온유하게 몸을 감쌌던 양수는 언제 사라졌는지 없었다. 나는 영문도 모른 채 세상에 내동댕이쳐져 추위에 몸을 떨어야 했다. 찰나의 순간, 모든 것을 빼앗긴 나는 결핍에 몸부림치며 꺽꺽거릴 수밖에 없었다. 비명조차 나오지 않는 고통에 숨을 헐떡일 수밖에 없었다.

하지만 그 순간.

누군가가 나를 안아 왔다. 강하게, 뜨겁게, 나를 끌어안으며 나를 얼마나 사랑하는지 알려 주었다. 값비싼 코트가 더럽혀지는 것에도 전혀 개의치 않은 채 그는 나를 끌어안고서 가늘게 몸을 떨었다. 그런 그의 온기에 감싸인 순간, 그의 절박함을 알아차린 순간, 수많은 기계 속에서 태어났음에도 나는 더 이상의 추위도 고통도 느끼지 못했다.

그는 완전했다. 드높은 그의 기개만큼 고고하고 고독하며 강인한 그는 마치 신과 같았다. 그에게는 결점이 없었다. 아름답고 완전무결한 그 모습에 나는 본능적으로 사랑을 느꼈다.

힘이 잘 들어가지 않는 팔을 들어 그의 등을 감쌌다. 그러자 그가 놀란 듯 흠칫 몸을 떨더니 나를 내려다보았다. 고요하면서도 다정한 갈색 눈이 금방이라도 울어 버릴 듯 일렁거렸다. 하지만 기쁨이 더 큰지 그는 눈을 휘며 내게 웃어 보였다. 그게 기뻐져 나 역시 따라 하듯 그에게 마주 웃어 보였다.

그런 우리들을 누군가가 지켜보고 있었다.

밤하늘 같은 흑청색 머리카락을 바닥까지 늘어뜨린 밤의 여왕이 고요한 황금빛 눈을 깜빡이며 우리들을 지켜보고 있었다.

* * *

교관의 소리 높은 구령에 맞춰 사관 학교 생도들이 운동장을 돌았다.

하나둘— 하나둘—.

남녀 구분할 것 없이 머리를 짧게 자르고 동기들과 발맞추어 훈련 중인 생도들은 아직 응석을 부릴 나이처럼 앳되어 보이기만 했다. 실제로 그들은 그리 나이가 많지 않았다. 하지만 그들의 얼굴에 서린 진지함은 또래 애송이의 것과 사뭇 달랐다.

새로 생긴 지 얼마 안 된 이 신설 사관 학교, 스틴다임 사관 학교는 헥사비스 밖으로 나갈 장교를 육성할 목적으로 만들어진 사설 사관 학교였다. 스틴다임은 나이, 출신, 성별에 관계없이 지원자들을 모집해 엄격한 시험과 면접을 통해 신입 생도들을 선발했다. 스틴다임은 입학금과 수업료가 무료인 데다 일정 이상의 성적만 유지되면 품위 유지비까지 지급되었기에 직업 군인이 되고자 하는 수많은 젊은이들이 선망하는 곳이었다.

　포스가 알리페르의 요람이었다는 게 밝혀진 지 벌써 3년. 이제까지의 교착 상태가 무색할 정도로 알리페르는 요람을 잃자마자 적극적으로 헥사비스를 공격 해왔다. 그리고 평화에 젖어 천적을 망각해 왔던 제국민들은 적잖게 들려오는 알리페르 침공 소식에 그제야 겨우 위기에 직면했음을 깨달았다.

　알리페르와의 전면전이 정말 얼마 남지 않은 것이다.

　그런 가운데 제국 역시 뒤늦게 헥사비스 주변을 방비하고 병사들을 양성하기 시작했지만, 요 몇 년간 꾸준히 알리페르 토벌 관련 예산을 삭감해 왔던 터라 역부족이었다. 세금까지 더 걷으며 부족한 곳을 메우려 했지만, 잘되기는커녕 과거의 비리들이 수면 위로 떠오르면서 황제의 지지도만 가파르게 하락해 갔다. 결국 사관 학교를 지원할 능력을 잃은 제국은 장교를 배출하는 사관 학교까지 특정 가문에서 운영해도 되는 식으로 법을 바꾸어 버렸다.

　그렇게 우후죽순 생겨난 사관 학교 가운데, 스틴다임 사관 학교는 가장 인기 있는 사관 학교 중 하나였다. 일단 생도들에 대한 대우가 다른 사관 학교와 비교도 되지 않을 만큼 좋은 것도 있지만, 무엇보다도 이 학교에 자금을 대고 있는 사람이 과거에 영웅으로 불리었던

'이사나 넥시움'이라는 소문 때문에 더욱 그러했다.

"게으름 피우지 말고 달려라! 이 굼벵이 놈들아! 다 못 뛰면 오늘 저녁은 없을 줄 알아!"

교관의 잔혹한 일갈에 지쳐 있던 생도들의 얼굴에도 절박함이 깃들었다. 그렇게 그들은 기를 쓰며 앞서가는 교관을 간신히 따라가고 있을 때, 얼굴에 주근깨 가득한 한 생도가 옆에 있던 생도를 툭툭 치며 말했다.

"야, 마틴. 저기, 저기에······!"

"헉, 헉, 뭐?"

"저기, 헉, 이사장님 옆에 있는 사람, 헉, 이사나 황자 아냐?"

"뭐어?"

주근깨의 말에 마틴이 고개를 돌리자, 그의 말대로 이사장의 옆에는 이십 대 후반쯤으로 보이는 갈색 머리 남자가 서 있었다. 이사나 황자가 맞았다. 아주 옛날, 모병 전단에서 봤던 미성년의 영웅이, 위풍당당했던 그 모습 그대로 손을 뻗으면 닿을 듯한 거리에 서 있었다. 생도 하나의 말 한 마디를 시작으로 교관을 따라 운동장을 돌던 모든 이들이 훈련 따위는 깡그리 잊은 채 이사장과 얘기를 나누는 이사나를 조금이라도 더 눈에 담으려고 애를 썼다.

"이 새끼들이! 정신 안 차리나?!"

대열이 흐트러지자 앞서가던 교관이 호통쳤다. 하지만 생도들은 계속 서로를 쳐다보며 웅성거릴 뿐이었다. 그러다 결국 한 명이 총대를 메고 교관에게 물었다.

"교관님! 저기 이사장님과 있는 사람, 이사나 황자님이 맞습니까?"

"······이 자식들이 그런 걸로 떠들어 대고 있었나?"

"맞습니까, 아닙니까? 그것만 알려 주십시오!"

총대를 멘 생도 뒤로 수십 명의 생도들이 목이 빠질 듯한 얼굴로 교관을 바라보았다. 교관은 그런 생도들의 모습이 어처구니없었지만, 이들의 마음을 모르는 것도 아니었다. 그랬기에 교관은 평소와 달리 생도들을 혼내지 않고 대답해 주었다.

"그분이 맞다. 맞으니까 이젠 그만 떠들고 앞만 봐라. 황자님께 꼴사나운 모습을 보이지 말고. 알았나?!"

"네!"

교관의 대답에 생도들의 어깨에는 힘이 들어갔다. 하나둘—! 하나둘—! 아까보다 드높아진 구호에는 영웅과 한자리에 있다는 긍지가 스며 있었다.

훈련이 끝나고 저녁 식사를 배식받은 생도들은 옹기종기 모여 먹기 시작했다. 식사 중 그들의 화제는 아무래도 낮에 본 '이사나 넥시움'이었다.

"야야, 너네 이사나 님 오신 거 봤냐?"

"진짜야? 진짜 이사나 님이야?"

"맞다니까! 리카르도가 오늘 교관님께 물어봤는데 진짜래!"

호들갑스러운 한 생도의 말에 이사나를 보지 못했던 생도들은 크게 아쉬워하며 이사나를 본 생도들을 부러워했다. 용맹한 군인이 되고자 하는 이들에게 있어서 '이사나 넥시움'은 전설과도 같은 존재였다. 이사나 넥시움은 고작 사관생도 3학년 때 알리페르와 맞서 싸웠기 때문이다. 그 첫 출전조차 사연이 기구하기 짝이 없었는데, 원래 사관생도들은 알리페르와 직접 마주할 일이 없어서였다.

인간의 열 배가 넘는 근력에 총기조차 제대로 듣지 않는 외골격을 지닌 알리페르는 구르고 구른 군인들조차 제대로 된 전략이 없는 이상, 맞서는 것을 포기하고 도주했다. 하지만 현 황제의 알리페르 토벌 첫 출전 날. 당시 황태자였던 황제는 물론이요, 아들의 첫 친정에 몸소 멀리까지 마중 나갔던 선황과 태후 역시 알리페르 무리에게 습격당해 평원에서 고립되었다. 그 소식을 듣고 첫 출전 열병식에 동원되었던 이사나 황자는 변변찮은 무기조차 없는 상태에서 그의 용맹한 동기들과 힘을 합쳐 알리페르 무리를 토벌하고 고립되어 있던 현 황제를 구했다.

그 사건으로 선황 부처는 사망해 현 황제가 등극했지만, 그 많은 병사들을 가지고도 선황 부처를 보호하지 못한 황제는 한참동안 자질 논란에 시달렸다. 그 후로도 크고 작은 활약으로 제국민들에게 자긍심과 희망을 심어 준 영웅은 지금은 비록 은퇴했지만, 그래도 전설 같은 일화들은 여전히 입에서 입으로 구전되었다.

"야야, 이사나 님 진짜 멋있지 않냐? 키도 엄청 크고, 몸도 완전 단단하고!"

스틴다임 사관 학교의 이사장이자, 한때는 제국군 최고 통수권자였던 스틴다임 공작과 비교해도 전혀 꿀리지 않는 훤칠한 키와 옷으로도 감출 수 없는 단단한 몸의 윤곽을 떠올린 소년은 잔뜩 흥분해 동기들에게 떠들어 댔다. 그러자 맞은편에 앉아 애기를 듣고 있던 마틴이 고개를 갸웃거리며 소년에게 말했다.

"그런데 이사나 님은 예전에 중상을 입고 퇴역했다고 하시지 않았냐? 난 그렇게 알고 있었는데?"

"어, 나도 들은 적 있어. 알리페르의 왕과 맞서다가 두 다리랑 왼쪽 팔, 한쪽 눈까지 잃으셨다고 하던데? 아까는 의족이랑 의수를 하고 계신 걸걸?"

이사나의 팬으로 유명한 다른 생도의 말에 금방까지 흥분하며 떠들어 댔던 소년은 김빠진 얼굴로, "뭐야, 그럼 진짜 키가 아닌 거잖아?"라고 중얼거렸다. 하지만 이내 이사나가 퇴역하기 직전 벌였던 전투, '렉사 토벌전'에 대해 떠들어 대기 시작했다. 비록 패배한 전투였지만, 과연 어떤 방식으로 그 무시무시한 알리페르들을 따돌리고 헥사비스로 귀환했을지 여러 가능성을 늘어놓으며 심도 있게 추측했다. 그런 가운데 마틴은 또다시 뭔가가 마음에 걸리는지 계속 말 없이 생각하다가 말했다.

"그런데 아까 좀 이상하지 않았어?"

"뭐가?"

"이사나 님 말이야. 의족이랑 의수를 끼고 있다고 보기엔 너무 보통 사람처럼 걸어 다니지 않으셨어? 팔의 움직임도 위화감이 없었고. 틸토가 말해 주지 않았다면 난 이사나 님이 의족, 의수를 하고 있는 건지도 몰랐을 거 같은데."

마틴의 말에 다른 생도들도 "그러고 보니……."라고 의구심 어린 얼굴로 중얼거렸다. 시대가 시대인 만큼 소년들의 주위에는 팔이나 다리가 없는 불편한 사람들이 많았다. 그랬기에 위화감 없이 자연스럽게 움직이는 이사나의 팔다리는 확실히 이상해 보이긴 했다.

"넥시움 황가가 데리고 있다는 마녀가 고쳐 준 거 아냐?"

한쪽 구석에서 조용히 밥을 먹고 있던 한 생도의 말에 웅성거리던 생도들은 일순간에 조용해졌다. 말을 꺼낸 소년은 말수는 적지만, 신중한 성격에 성적까지 뛰어난 지상층 출신 소년이었다. 게다가 소문으로는 황가와도 연이 닿아 있다고 했기에 생도들은 다들 이 소년을 어려워했다. 하지만 평소에 그게 은근히 마음에 들지 않았던 마틴은 건수를 잡았다는 얼굴로 코웃음을 치며 말했다.

"마녀? 하하, 다른 사람은 몰라도 네가 그런 허무맹랑한 소문을 믿을 줄 몰랐다, 케일."

과장스런 마틴의 말에도 차분한 분위기를 가진 소년, 케일은 덤덤하게 마틴에게 대꾸했다.

"소문 아냐. 진짜로 그 마녀를 본 사람이 있어."

"그게 누군데?"

마틴이 띠꺼운 말투로 케일을 추궁을 하자, 케일은 빵을 뜯어먹으며 심드렁하게 대답했다.

"우리 할아버지."

케일의 말에 마틴은 콧방귀를 뀌려다가 케일의 할아버지가 어디에서 일했는지 깨닫고 눈이 커졌다. 케일의 집안은 대대로 지상층에 거주하며 리비에서 일해 왔다. 그중 특히 케일의 할아버지는 능력이 뛰어나 리비에의 가장 심층부 기기를 다루었다는 애기를 들은 적이 있었다. 그런 그의 할아버지가 소문의 '마녀'를 만났다고 하니 그럴듯하게 들릴 수밖에 없었다.

헥사비스의 마녀.

황금시대라 불리었던 구세계가 끝날 무렵 초대 넥시움 황제, 몰란도 넥시움이 헥사비스의 중추, 리비에 안에 가두었다는 마녀다.

늙지도, 죽지도 않는 불로불사의 몸을 가진 마녀는 모종의 이유로 넥시움의 황가에 영속되어 대대로 그 자손들을 섬긴다는 소문이 있었다. 그게 진짜인지는 아무도 몰랐다. 하지만 세월이 지나도 늙지 않는, 아름다운 여인이 리비에 깊숙한 곳에서 종종 목격된 것은 사실이었다.

하지만 마녀라는 허무맹랑한 것을 인정하고 싶지 않았던(그것보다는 케일의 말을 인정하기 싫었던) 마틴은 부루퉁한 얼굴로 말했다.

"진짜인지는 모르겠지만, 그 마녀라는 녀석 되게 쪼잔한가 보다. 팔다리는 고쳐 주면서 정작 알리페르 토벌은 도와주질 않는 걸 보면 말이야."

마틴의 투덜거림에 케일은 오렌지를 까며 말했다.

"마녀이기 때문에 알리페르를 토벌하지 않는 게 아닐까?"

"그게 무슨 말이야?"

"마녀는 늙지도 죽지도 않는다잖아? 그럼 우리 같은 인간과 알리페르의 싸움이 마녀에게 무슨 의미가 있겠어? 그저 불개미와 날개 달린 불개미의 싸움으로 보일지도 모르는데."

그가 하고자 하는 말이 뭔지 알 듯 말 듯해 마틴이 미간을 찌푸리자, 케일은 특유의 침착한 얼굴로 오렌지를 까먹으며 중얼거렸다.

"그리고 내가 마녀라면 오히려 200년이나 자기를 가둔 인간이 더 싫을 것 같은데?"

"……너 도대체 누구 편이냐?"

"편은 무슨. 그냥 내 생각일 뿐이야, 개인적인 생각."

어깨를 으쓱인 케일은 다 먹은 식판을 들고 먼저 자리에서 일어났다. 그에 아리송한 얼굴로 수프를 휘적이던 마틴은 저 멀리 가 버린 케일의 뒷모습을 바라보며 혀를 찼다.

"하여간 이상한 놈이라니까."

　　　　　　　　　　　　* * *

　무더운 더위가 한풀 꺾이면서 헥사비스의 내부도 어느새 가을 정취가 물씬 풍기는 단풍으로 물들기 시작했다. 낙엽이 흩날리는 교정 안을 이사나는 스틴다임 사관 학교의 이사장, 스틴다임 공작과 함께 거닐며 이야기를 나누었다.

　"저번보다 학생 수가 늘었군요."

　이사나가 운동장을 도는 생도들을 바라보며 말하자, 공작은 호기로운 미소를 지으며 대답했다.

　"이번 년도는 특히 지원자 수가 많았으니까요. 그 탓에 인재를 고르느라 교수들도 꽤 고생을 했습니다. 하지만 이제 겨우 시작입니다. 사람을 많이 모으는 것보다는 이들을 뛰어난 군인으로 연마시키는 게 더 중요한 일이니 말입니다."

　"그 부분이라면 외조부님께서 잘해 주실 거라고 믿고 있습니다."

　믿음에 찬 이사나의 말에 이사나의 외조부, 스틴다임 공작이 껄껄 웃으며 말했다.

　"저를 이리도 믿어 주시니 몸 둘 바를 모르겠습니다. 하지만 저는 이미 일선에서 물러난 지 오래입니다. 솔직한 심정으로는 저 같은 퇴물보다는 최근까지 군에 몸을 담았던 황자님께서 직접 나서는 게 더 낫지 않을까 합니다만."

　은근슬쩍 진심을 담은 스틴다임 공작의 말에 이사나는 난처한 듯 웃어 보이며 말했다.

　"제가 전면으로 나서는 것은 불가합니다. 시기가 시기인 만큼 폐하께 폐를 끼칠지도 모르고요."

정중한 거절에 스틴다임 공작은 "그것 참 아쉽군요."라고 가볍게 대답했다. 하지만 사실은 이사나의 대답이 조금 못마땅했다.

현 황제는 무능했다. 그냥 무능하다는 말로 끝낼 수 없을 정도로 황제의 자리에 어울리지 않는 자였다. 특히 지금 같은 시기에 그가 제위에 있다는 것만으로 관료들은 울화통을 터뜨리며 겨우 제국을 운영하고 있었다. 겁쟁이에 자존심만 세면서 눈앞의 쾌락을 쫓는 암군. 그런 주제에 정치적인 감각은 탁월해 그의 세력을 무너뜨릴 수조차 없었다.

이대로 이사나 넥시움이 쿠데타라도 일으켰으면 하는 게 모두의 솔직한 심정이었다. 그렇다면 서로에게 감정이 상할 대로 상한 군부와 귀족들을 모두 다독여 쓸데없는 소모전 없이 알리페르와의 전면전에만 집중할 수 있을 테니까. 하지만 이사나 넥시움은 예전에도, 그리고 지금도 제위에 욕심이 없었다. 주위를 휘어잡는 강렬한 카리스마와 냉정한 이성을 동시에 가지고 있음에도 그에게는 결정적으로 '야망'이 부족했다.

이사나 넥시움이 장자였다면 좋았을 텐데…….

스틴다임 공작은 허무하기 짝이 없는 공상을 하며 이사나에게 물었다.

"이전에 제가 추려 낸 '그들'은 어땠습니까?"

"괜찮았습니다. 외조부님 말씀대로 자질이 뛰어나 제게 과분할 정도였습니다. 중간에 낙오되는 자들도 몇몇 있긴 했지만, 대부분은 재활과 훈련을 무사히 마쳤습니다."

이사나는 미안한 듯 살짝 미소를 지으며 스틴다임 공작에게 덧붙여 말했다.

"말도 안 되는 제안이었을 텐데 지지해 주셔서 감사합니다."

"아닙니다. 노병이야말로 한 번도 그런 쪽으로 생각해 보지 못해 말해 주셨을 때 오히려 제가 다 부끄러웠습니다. 저야말로 황자님께 감사드립니다. 그런데……."

스틴다임 공작은 잠시 미간을 찌푸리다가 도저히 믿기지 않는다 는 듯 말했다.

"정말로 에드먼드 님께서 황자님의 생각을 지지한 것입니까? 에드 먼드 님과 많은 대화를 나눠 본 건 아니지만, 그분은……."

스틴다임 공작은 만사에 염세적이고 황가에 부정적이었던 반골 학자를 떠올리며 눈살을 찌푸렸다. 그에 이사나는 곤란한 듯 웃으며 대답했다.

"확실히 숙부님께서 제 의견을 절대적으로 찬성하신 것은 아니었 습니다. 하지만 그분 역시 틀림없는 '넥시움'입니다. 항상 제국의 미 래를 걱정하고 있으며 앞으로 있을 알리페르와의 전면전에 대비해야 한다는 생각을 가지고 계십니다. 그래서 이 계획에 동참하신 거고요."

에드먼드의 참여 여부야 말로 이번 계획의 핵심이라고 할 수 있 었다. 수많은 연구 분야의 정점에 선 에드먼드를 제외하면 이 프로 젝트를 검수해 줄 사람이 없었으니까. 그랬기에 스틴다임 공작은 더욱 이렇게 생각할 수밖에 없었다.

이사나 넥시움이 황제가 되었어야 했다고.

* * *

헥사비스의 외곽에 위치한 저택으로 부드러운 햇살이 쏟아져 들어

오고 있었다. 그 상냥한 햇빛의 꼬트머리에는 연필을 헐겁게 쥔 작은 손이 있었다. 고생한 흔적이 조금도 느껴지지 않는 뽀얀 손의 주인은 현재, 책상 위에 펼쳐진 책에는 눈길조차 주지 않은 채 불퉁한 얼굴로 바깥 풍경만 바라보고 있었다.

"……라는 이유로 이 공식이 성립하게 되는 겁니다."

"……."

"듣고 있습니까?"

"네에."

가정 교사의 말에 소년은 대답했지만, 그의 말과 달리 시선은 여전히 창밖에 고정되어 있었다. 매번 이런 식이긴 했지만, 오늘따라 유독 불량한 소년의 수업 태도에 가정 교사는 그가 귀한 학생이라는 걸 알면서도 결국 폭발하고 말았다.

"멜즈 님."

"네에."

"정말 제 수업을 듣고 있습니까?"

"듣고 있다니까요."

새침한 얼굴로 멜즈가 성의 없이 대답하자, 나름 엘리트 코스를 밟아 귀한 대접을 받아 왔던 가정 교사는 자존심이 산산조각 나는 것을 느꼈다. 가정 교사는 내려간 안경을 치켜올리며 태양신이 아꼈다는 소년처럼 아름다운 학생에게 말했다.

"좋습니다. 그럼 제가 내는 문제를 맞히신다면 오늘 수업은 여기까지 하는 걸로 하죠."

가정 교사의 말에 멜즈는 반색하며 돌아보았다.

"진짜죠? 진짜 끝내는 거죠?"

"네, 끝내겠습니다. 문제를 맞힌다면 말입니다."

가정 교사는 음험한 미소를 지으며 칠판에 수식을 써 내려가기 시작했다. 맞출 수 있을 리가 없지……. 아무리 총명하다고는 하지만, 이제 고작 열 살밖에 안 된 꼬맹이가.

하지만 30분 후, 멜즈는 기상천외한 방법으로 방정식을 풀어 가정 교사에게 제출했다. 분명 답은 맞았다. 풀이 과정 역시 어떠한 논리적인 허점도 없었다. 하지만 이 문제는 이렇게 푸는 게 아닌데……. 가정 교사가 혼란스러워하는 사이, 냉큼 책상을 정리한 멜즈는 조급한 얼굴로 가정 교사에게 말했다.

"그거 일단은 대충 푼 거거든요? 다음 수업 시간에는 선생님이 수업한 대로 푼 걸 가지고 올게요! 전 바빠서 먼저 가 볼게요!"

"자, 잠깐, 어딜 가시는 겁니까!"

"이사나가 돌아오고 있단 말이에요! 지금!"

잔뜩 흥분해서 외치는 멜즈의 말에 가정 교사의 눈이 튀어나올 듯이 커졌다. 제국의 영웅이자 황자인 이사나를 존칭 없이 막 부르는 아이의 건방짐에, 그리고 실제로 창밖으로 저택의 주인인 이사나 황자가 돌아오고 있는 것에 놀라 가정 교사는 멜즈를 붙잡아야 한다는 것도 잊은 채 황망히 그 자리에 서 있었다.

그런 가정 교사를 뒤로한 채 멜즈는 저택 안을 내달렸다. 바람처럼 뛰는 멜즈에게 놀란 저택의 사용인들이 작게 비명을 질렀지만, 멜즈는 상관없었다. 이사나가 돌아왔다! 그가 없는 며칠 동안 얼마나 그가 보고 싶고 찾으러 나가고 싶었는지 모른다.

멜즈는 3층에서 계단을 두 개 세 개씩 껑충껑충 도약해 중앙 계단으로 향했다. 차가운 대리석으로 이루어진 흰색 중앙 계단의 끄트머리로 사용인들에게 인사하며 들어오는 이사나가 보였다.

"이사나—!"

1초라도 더 빨리 이사나에게 닿고 싶은 마음에 멜즈는 계단 난간 위로 기어올랐다. 그리고 경사진 좁은 난간 위를 마구 내달렸다. 멜즈의 무모한 행동에 사용인들이 경악하는 건 물론이요, 이사나 역시 놀라서 눈을 크게 떴다. 하지만 멜즈는 아랑곳하지 않고 난간 끝에서 힘껏 도약해 이사나의 품에 달려들었다.

아무것도 없는 공중에 떠 있는 건 무서웠지만, 멜즈는 이사나가 자신을 받아 줄 것임을 알고 있었기에 전혀 불안하지 않았다. 그리고 이렇게, 이사나는 추락하는 자신을 두 팔로 단단히 붙잡아 주었다.

"……멜즈, 이런 위험한 짓은 하지 말라고 했잖아."

"헤헤헷."

이사나의 질책에도 멜즈는 신경 쓰지 않고 두 팔로 이사나의 목을 꼭 감싸며 그의 품 안으로 코를 파묻었다. 익숙하면서도 좋은 냄새가 폐부에 가득 차고 나서야 멜즈는 포만감과 비슷한 만족감을 느낄 수 있었다.

"멜즈 님, 이게 도대체 무슨 짓입니까……!"

이사나의 옆에서 멜즈가 한 행동을 고스란히 목격한 노집사는 창백하게 질린 얼굴로 멜즈를 질책했다. 그러자 나무늘보처럼 이사나의 품에 안겨 있던 멜즈가 순진한 얼굴로 집사에게 되물었다.

"으응? 내가 뭘?"

"뭐라니요! 그걸 지금 말이라고 하십니까! 수업 시간 도중에 뛰쳐나온 것도 모자라 이런 위험한 짓이라니요! 그리고 제가 몇 번이나 말하지 않았습니까! 이사나 님은 제국의 황자이십니다! 존칭 없이 막 불러도 되는 이름이 아니에요!"

집사의 질책에 멜즈보다는 이사나가 그에게 더 미안해졌다. 멜즈가 저택에 들어오고 난 뒤 노집사는 하루에도 몇 번씩 얼굴이 희게 질렸다가 붉게 달아올랐다가를 반복했으니까. 하지만 정작 멜즈는 고개를 갸웃거리며 당당하게 말했다.

"하지만 수업은 끝나서 나온 거고 갑자기 뛰어든 건 잘못한 거 같긴 하지만, 그래도 이사나는 날 받아 줬는걸? 그리고 이사나는 마음대로 불러도 된다고 했어. 아, 신발……! 신발 벗겨졌어!"

이사나에게 안긴 채 다리를 덜렁거리다가 신고 있던 구두 한 짝이 바닥에 떨어지자, 멜즈는 우는 소리를 내며 이사나에게 주워달라고 떼를 썼다. 그에 이사나는 어쩔 수 없다는 듯 웃으며 구두를 주워 멜즈에게 다시 신겨 주었다. 그러자 멜즈는 만족한 얼굴로 다시 이사나를 꼭 끌어안으며 헤헤, 하고 웃었다. 그 광경에 집사를 포함한 사용인들은 어처구니없어졌지만, 정작 이사나는 그저 행복해 보일 뿐이었다. 그래서 모두가 피식 웃기만 하는데, 수업 시간에 뛰어나간 멜즈를 뒤쫓아 온 가정 교사만큼은 두 사람의 기묘한 분위기에 당혹스러워하고 있었다.

멜즈 아브노아.

2년 전쯤, 돌연 이사나 황자가 저택으로 데리고 와 친자식에게도 하지 않을 정도로 정성을 들여 키우고 있는 소년이었다. 솜사탕처럼 달콤해 보이는 허니블론드에 인상적인 청록색 눈동자, 또래보다 가녀린 체구를 가진 예쁜 아이는 일견 사람이라기보다 장인이 만든 비스크 인형 같아 보였다. 갑작스럽게 등장해 이사나 황자의 총애를 한 몸에 받고 있는 소년은 이사나 황자가 직접 자신의 아이가 아니라고 밝혔음에도 현재 알게 모르게 가십거리가 되고 있었다.

사실은 이사나 황자가 황제의 사생아를 거둔 게 아니냐는 소문이 돈 적도 있었다. 실제로 멜즈의 사랑스러운 금발은 황제가 자랑스러워하는 머리색과 비슷했고 착실한 이사나 황자와 달리 황제의 사생활은 난잡, 그 자체였기 때문이다.

하지만 조금만 정보에 밝은 자라면 금세 그 소문이 사실이 아니라는 것을 알아차렸다. 왜냐하면 황제는 불능이었기 때문이다.

황제가 즉위한 지 벌써 10여 년. 황제는 후사를 갖기 위해 갖은 애를 썼지만, 결국 후손을 생산해 내지 못했다. 그 와중에 황후가 몇이나 물갈이되고 정부가 몇이나 궁 안으로 들여졌다가 도로 내쳐졌는지 모른다. 그러함에도 결국 황제는 자신의 피를 이은 자식을 생산해 내지 못했다. 그 지저분한 사생활에도 사생아조차 생겨나지 않았다. 황제는 주위를 탓했지만, 어느 정도 사리에 밝은 자들은 이미 직감하고 있었다. 황제에게 씨가 없다는 것을. 넥시움 황가는 선천적이든 후천적이든 불능인 경우가 많았기에 다들 그러려니 했다. 실제로 결벽증인 에드먼드 넥시움은 사람 자체를 좋아하지 않아 자식이 없었다. 실로 저주받은 가문이었다.

결국 멜즈 아브노아의 정체는 미궁에 빠지게 되었다. 그런 가운데 '멜즈 아브노아'와 '이사나 넥시움' 두 사람 자체만을 본다면…… 관계가 묘했다. 혈연관계에서조차 나올 수 없는 짙은 유대감과 지나치게 가까운 거리감은 후견인 관계라기보다…….

'……도대체 내가 무슨 생각을 하는 건지.'

솔직히 말해 어린 정부와 철없는 영식 같았다. 그만큼 이사나가 멜즈에게 무르게 군다는 걸 반증하기도 했다. 그 '이사나 넥시움'이

부모도 모를 고아 소년에게 물러도 지나치게 물렀다. 그러나 이해 못 할 건 아니었다. 중성적인 아름다움을 지닌 소년은 주위의 사랑을 듬뿍 받아 다소 오만하면서도 눈을 뗄 수 없는 발칙한 매력이 있었으니까. 그렇다면 문제는 이사나 황자가 아니라, 저 정체 모를 소년인지도 몰랐다.

"멜즈, 정말 수업이 끝나서 나온 거니?"

조금의 질책도 묻어나지 않는 이사나의 상냥한 물음에 멜즈는 여전히 이사나에게 안긴 채 싱긋 웃으며 대답했다.

"수업이 끝나서 내려온 거예요. 선생님이 문제를 풀면 오늘 수업은 끝낸다고 했거든요."

그러면서 멜즈는 동의를 구하듯 계단 중간에 서 있는 가정 교사를 바라보았다. 그에 이사나 역시 그를 바라보자, 가정 교사는 화들짝 놀라 변명하듯 말했다.

"아, 그, 진도도 다 나가고 그래서……."

횡설수설 어찌할 줄을 모르는 가정 교사를 보며 뭔가를 예감한 이사나는 속으로 한숨을 내쉬며 가정 교사에게 말했다.

"선생님."

"예, 예!"

"잠시 저와 얘기 좀 하셨으면 합니다. 멜즈, 너는 먼저 네 방에 가 있으렴."

이사나의 말에 멜즈는 대번에 얼굴을 구기며 속상한 듯 투덜거렸다.

"꼭 지금 해야 해요?"

돌아온 지 얼마 되지도 않았는데? 멜즈는 가정 교사에게 이사나를 빼앗긴 게 퍽 마음에 안 드는지 골이 난 얼굴을 하고 있었다.

그에 멜즈를 바닥에 내려놓은 이사나는 솜사탕처럼 복슬복슬한 멜즈의 머리카락을 가만히 쓸며 말했다.

"얘기하고 곧 갈 테니까 기다리고 있어, 착하지?"

이사나의 조곤조곤한 말에 멜즈는 여전히 못마땅한 기색을 보였지만, 이내 활짝 웃으며 "기다릴게요."라고 말했다. 그에 이사나는 멜즈의 뺨에 가볍게 키스한 뒤 가정 교사와 함께 응접실로 향했다.

두 사람이 마주 앉은 테이블로 사용인들이 차를 내오자, 이사나는 안절부절못하는 가정 교사를 바라보다가 먼저 말을 꺼냈다.

"제가 선생님을 부른 이유는, 선생님께서도 짐작하셨다시피 멜즈 때문입니다."

"아, 저, 그게, 그러니까 저는!"

"특별히 선생님을 비난할 생각은 없습니다. 이전에도 이런 일은 여러 번 있었으니까요. 멜즈는 지금 어디까지 진도를 나갔습니까?"

이사나의 말에 가정 교사는 이젠 가망이 없다는 걸 깨닫고 순순히 사실을 털어놓았다.

"기초 수학은 이미 끝내 대학에서 배워야 할 응용 수학을 하고 있습니다. 이제는…… 멜즈 님께 제가 가르칠 게 없습니다."

가르칠 게 없다 뿐인가? 아예 밑천까지 샅샅이 까발려져 이제는 그 소악마 같은 꼬마에게 놀아나고 있었다. 이전에는 이사나 황자가 거둔 소년을 가르친다는 자부심도 있었지만, 지금은 하루하루가 지옥일 뿐이었다. 드디어 일자리를 잃게 되었음을 직감한 가정 교사는 예전부터 생각하고 있던 걸 이사나에게 말했다.

"제 생각에 이미 멜즈 님은 가정 교사 따위에게 배울 게 없지

싶습니다. 차라리 다른 방법을 찾아보시는 게 좋지 않을까 합니다. 이대로는 서로가 괴로울 뿐이라……."

창피함이 느껴지는 가정 교사의 말에 이사나의 얼굴에도 시름이 깊어져 갔다. 가정 교사에게 이때까지 수고가 많았다고 감사를 표한 이사나는 수고비까지 넉넉히 얹어 준 뒤 그를 저택에서 내보냈다. 그리고 멜즈의 방으로 향하며 고민했다.

멜즈가 처음 이 집에 왔을 때만 해도 그는 제대로 말을 하지도, 심지어 걷지도 못했다. 하지만 하루가 다르게 성장하더니 탐욕스럽게 지식을 빨아들이기 시작했다. 멜즈는 기본적으로 머리가 좋기도 했지만, 무엇보다도 '무언가'를 알고자 하는 욕심이 컸다. 그랬기에 권태도 빨리 찾아왔다.

'역시 숙부님께 맡겨야 하는 걸까…….'

이전에 에드먼드에게 멜즈의 문제를 털어놓자, 에드먼드는 무척 흥미로워하며 조수로 써먹게 보내 달라는 말을 했었다. 어차피 멜즈를 상급 교육 기관에 그냥 맡길 수는 없었기에 에드먼드의 말대로 하는 것이 장기적으로는 멜즈에게도 이사나에게도 좋았다. 멜즈는 다방면에서 비정상적이었고 그걸 아는 사람이 많아서는 안 되었으니까. 그렇다면 차라리 에드먼드의 후광 아래에 눌려 있는 편이 나을지도 몰랐다.

멜즈가 배양액 안에서 깨어났을 때, 이사나는 멜즈에게 자신이 가진 모든 것을 주기로 결심했다. 어떠한 것이든 그가 원한다면 아낌없이 줄 자신이 있었다.

하지만…….

멜즈는 이 집에 온 지 고작 2년밖에 되지 않았다. 아직은…… 아직은 조금 더…….

'이기적이다. 정말로.'

이사나는 자조하며 얼굴이 어두워졌다. 멜즈를 사랑한다고 생각하면서도 한편으로는 영원히 자신밖에 모르는 아이로 있어 주길 바랐다. 언제까지나 자신만을 바라보며 좋아해 주길 바라는 이기적인 자신이 바로, 멜즈의 앞에 있었다.

이사나가 멜즈의 방 앞으로 다가가 문을 열자, 소파에 구부정하게 앉아 발가락만 꼼지락거리고 있던 멜즈가 화색을 띠며 퍼뜩 고개를 들었다. 그리고 얼른 소파에서 뛰어 내려와 이사나의 앞에 섰다.

"이사나! 얘기 다 끝난 거예요?"

이사나는 자신의 반만 한 아이가 좋아서 어찌할 줄을 모르는 얼굴로 서 있는 모습을 물끄러미 내려다보았다. 멜즈는 자신이 '넥시움'이기 때문에 좋아하는 것이 아니었다. 이사나가 황족이든, 빈민가 사람이든 상관없이 좋아해 주는 것이었다. '왜' 그러한지는 아직도 잘 몰랐다. 하지만 누군가에게 사랑받는다는 건 정말 황홀한 일이었다. 다시는 과거로 돌아가고 싶지 않을 정도로 이 따스함이 사랑스러워 이사나는 종종 멜즈가 기적처럼 느껴졌다.

피식 웃은 이사나는 아까처럼 멜즈를 품에 안았다. 그러자 멜즈는 익숙한 듯 이사나의 목에 팔을 감고 기대 왔다. 이렇게 안기는 것을 좋아하는 점은 유충일 때나 지금이나 별반 달라진 게 없었다. 그저 조금 더 커지고, 조금 더 무거워졌을 뿐이었다. 이사나는 멜즈를 안은 채 소파에 앉아 멜즈에게 물었다.

"멜즈, 내가 없는 동안 잘 지냈니?"

"네. 이사나가 없는 동안에도 열심히 공부하고 산책도 많이 했어요."

멜즈는 칭찬해 달라는 듯 눈을 반짝였다. 그에 이사나는 작게 웃으며 탐스러운 멜즈의 머리카락을 쓰다듬었다. 그러자 멜즈는 이사나의 어깨에 머리를 비비적거리며 좋알거리기 시작했다.

그저께는 표의 문자와 표음 문자의 차이점을 배웠어요. 그래? 표음 문자는 소리로 문자를 표현하는 거고 표의 문자는 글자 하나가 의미를 갖추는 형태소라고 해요. 그랬구나. 선생님이 동양에서 썼다는 문자를 외워 오라고 해서 정말 고생했어요. 생긴 게 그림 같고 전부 비슷하게 생겼는걸요? 어디 한번 보여 줄래? 나무는 이렇게 쓰고요, 집은 이렇게 쓴대요. 이렇게 이렇게? 아니요, 이렇게 이렇게 쓰는 거예요.

멜즈는 이사나에게 안긴 채 그의 손바닥에 글자를 썼다. 처음 보는 문자에 이사나가 난감해하며 멜즈가 쓴 것을 그대로 써 보자, 멜즈는 더욱더 신이 난 얼굴로 계속해서 자신이 배운 것들을 이사나에게 나열했다.

끊임없이 떠드는 아이의 말을 들어 주는 게 피곤할 법도 하건만, 이사나는 전혀 힘든 기색 없이 멜즈의 말을 들어 주고 있었다. 남들은 이상하게 생각할지도 모르지만, 이게 바로 이사나가 휴식을 취하는 방법이었다. 사랑을 호소하는 눈빛, 끊임없이 지저귀는 목소리. 멜즈의 모든 행동이 이사나로 하여금 과거도 미래도 잊은 채 편히 쉴 수 있게 해 주었다.

"이사나는 하던 일 잘 하고 온 거예요?"

멜즈는 조심스럽게 이사나의 눈치를 보며 물었다. 끊임없이 종알거렸던 아까와 달리 멜즈의 얼굴에는 살짝 긴장이 서려 있었다.

철없는 행동과 달리 멜즈는 이미 자신의 후견인이 대단한 사람이라는 걸 알고 있었다. 현 황제의 동생이자, 제국의 영웅이라 불리는 그는 뭇 사람들의 존경을 받고 있었으니까. 또래에 비해 명석하고 눈치가 빨랐던 멜즈가 그걸 몰랐을 리 없었다. 하지만 멜즈는 일부러 더욱 이사나에게 아이처럼 굴었다. 한번 이사나를 높은 사람이라고 인지하면 더는 그에게 허물없이 안길 수 없을 거란 예감이 들었기 때문이다. 그랬기에 멜즈는 이사나의 안부를 물을 때마다 긴장되었다. 그의 대단함을 실감하면 할수록 이렇게 붙어있음에도 거리감이 느껴졌기 때문이다.

그랬기에 멜즈는 어른 따윈 되고 싶지 않았다. 언제까지나 이사나와 함께일 수 있다면 계속 아이인 채로 남아 있고 싶었다. 그런 멜즈의 불안을 아는지 모르는지 이사나는 선선히 웃으며 멜즈에게 대답했다.

"외조부님을 뵙고 왔어. 오랜만이어서 그런지 마지막에 뵈었을 때보다 흰 머리가 느셨더라고."

"이사나의 외조부님은 누구세요?"

"스틴다임 공작이셔. 대대로 걸출한 군인들을 많이 배출한 가문의 수장이시며 내 어머니의 아버지이기도 하시지."

"대단한 사람이네요!"

멜즈의 호응에 이사나는 웃으며 전보다 더 무거워진 멜즈를 고쳐 안았다. 눈을 감은 채 멜즈를 토닥이던 이사나는 나른함이 느껴지는 말투로 말했다.

"며칠 후에 숙부님께서 오실 거야."

이사나의 말에 얌전히 품에 안겨 있던 멜즈는 눈을 동그랗게 뜨며 되물었다.

"에드먼드 님이요?"

"그래, 며칠 이 곳에 머물다 가실 거야."

이사나의 말에 멜즈는 보이지 않게 입을 삐죽였다. 멜즈는 에드먼드를 그다지 좋아하지 않았다. 언제나 상대에게 시비를 거는 듯한 말투가 무섭기도 했지만, 자신을 볼 때마다 짓궂은 장난을 쳐 더 좋아할 수 없었다. 다른 사람들은 에드먼드가 무섭고 어렵다고 했지만, 멜즈에게 그는 어렵다기보다 곤란한 사람이었다.

하지만 무엇보다도 에드먼드가 찾아오는 게 내키지 않는 건, 그는 항상 이사나의 몸 상태가 좋지 않을 때 찾아왔기 때문이다.

멜즈는 아직 덜 자란 손을 이사나의 왼팔 위에 가져다 댔다. 그러자 다른 곳과 다르게 딱딱한, 키틴질 소재의 의수가 만져졌다. 다른 몸뚱이와 달리 이질감이 느껴지는 그 부위가 가여워 멜즈가 계속 만지작거리자, 이사나는 작게 웃으며 멜즈의 뺨을 쓰다듬었다.

장갑을 낀 왼손 아래로 새카만 의수가 검게 반짝이고 있었다.

* * *

며칠 후.

이사나가 말한 대로 에드먼드가 이사나의 저택에 방문했다. 저택의 사용인들 역시 이사나로부터 에드먼드의 방문을 사전에 고지받아 철저히 준비를 하긴 했지만, 그렇다고 안심할 수 없었다. 에드먼드는 주인인 이사나보다 오백 배 정도 더 까다로운 인물이었기 때문이다.

"이사나, 잘 지냈느냐."

"여기까지 오신다고 고생 많으셨습니다. 숙부님."

"고생이랄 것이 있겠느냐. 네놈이 직접 사람까지 보내 극진히 모셔 오는데. 그런데 이사나, 정원 꼬락서니가 이게 뭐냐? 층층나무가 아주 벌레 파먹은 꼴이로구나. 이걸 가지치기라고 해 놓은 거라니, 쯧쯧. 정원사에게 시력 검사라도 받아 보라고 얘기해 보거라."

오늘도 변함없는 에드먼드의 날카로운 지적에 이사나는 난처하게 웃어보였다. 숙부는 지나치게 똑똑한 데다가 지나치게 예민한 사람이었다. 이사나는 나중에 정원사에게 나무 손질에 주의해 달라는 말을 해야겠다고 생각하며 에드먼드를 저택 안으로 들였다. 그러자 이사나 옆에 찰싹 달라붙어 있던 멜즈가 긴장된 얼굴로 슬금슬금 뒷걸음질을 치며 자리를 피할 타이밍을 쟀다. 그런 멜즈의 생각을 알아차린 에드먼드는 같잖다는 듯 바라보다가 멜즈를 불러 세웠다.

"멜즈."

"네? 네! 에드먼드 님!"

에드먼드의 부름에 멜즈는 창백하게 질린 얼굴로 에드먼드의 앞에 섰다. 아아, 오늘은 또 무슨 장난을 치려고 부르시는 걸까! 유독 자신만 보면 장난을 못 쳐 안달인 에드먼드였다. 멜즈는 울먹이는 눈으로 올려다보는데, 에드먼드가 의외로 인자하게 웃으며 멜즈에게 말했다.

"이사나에게 들었는데 이번에 기하학 고등 과정을 다 뗐다지?"

"네……."

에드먼드가 무슨 말을 하려는지 몰라 멜즈는 주눅이 든 얼굴로 작게 대답하는데, 에드먼드가 손으로 멜즈의 머리카락을 헝클어뜨리며 말했다.

"공부 열심히 했구나."

"……?"

에드먼드가 다른 사람을 칭찬하는 걸 본 적이 없었던 멜즈는 얼떨떨떨한 얼굴로 그를 올려다봤다. 에드먼드는 그런 멜즈에게 혀를 끌끌 차며 코트 주머니에서 뭔가를 꺼냈다.

"칭찬을 해 줘도 뻣뻣하기는……. 자, 받거라."

에드먼드가 던져준 것을 받은 멜즈는 손 안에 들린 꾸러미를 내려다보며 의아하게 중얼거렸다.

"사탕?"

"그래, 책 한 권 다 뗀 기념으로 주는 거니 맛있게 먹거라."

에드먼드는 여전히 바보 같은 얼굴을 한 멜즈에게 씨익 웃어 주고는 이사나와 함께 2층으로 올라갔다. 그리고 사용인들과 함께 1층에 남겨진 멜즈는 예쁜 리본으로 입구가 묶인 알사탕 봉지를 내려다보았다. 아무리 불편한 사람이어도 어른인 에드먼드에게 칭찬받으니 기분 좋았다. 멜즈는 머쓱하게 뒷머리를 긁적이다가 리본을 풀었다. 그리고 봉지 안에 든 알록달록한 사탕 하나를 꺼내 입에 넣었다. 입 안에 착 달라붙는 새콤달콤한 맛에 기분 좋은 미소를 지으며 자신의 방으로 돌아가려는데, 멜즈는 열 걸음도 못가 발을 멈춘 채 눈물을 뚝뚝 떨어뜨리기 시작했다.

"멜즈 님?"

옆에 있던 한 사용인이 의아한 얼굴로 멜즈에게 묻는데, 멜즈가 입 안에 있던 사탕을 뱉어 내며 펑펑 울었다.

"매워──!"

* * *

"큭큭큭큭……!"

"······숙부님, 도대체 멜즈에게 뭘 주신 겁니까."

아래층에서 들려오는 멜즈의 울음소리에 이사나가 걱정스러운 얼굴로 묻자, 에드먼드는 웃음기 어린 목소리로 대답했다.

"할라피뇨 캔디."

숙부의 말에 이사나는 골이 지끈거리는 걸 느꼈다.

"왜 자꾸 애한테 장난을 치시는 겁니까?"

"크크크큭, 하지만 저 녀석이 너무 반응을 잘하는 걸? 저렇게 번번이 속아 넘어가는 녀석은 살면서 처음 봤어. 크크크큭."

숙부의 말에 이사나는 고개를 절레절레 내저으며 그와 함께 응접실로 들어갔다. 먼저 소파에 앉은 에드먼드는 아까의 짓궂은 표정은 온데간데없이 학자 특유의 서늘한 얼굴로 이사나에게 명령했다.

"옷을 벗고 여기 앉아 보거라."

에드먼드의 말에 이사나는 겉옷과 셔츠를 차례로 벗었다. 그러자 새카만 의수와 연결된 단단한 몸이 드러났다.

"의수의 움직임은 어떻지?"

"제 의도대로 정확히 움직이며 재활에 따라서는 세심한 동작도 가능합니다. 다만, 관절 부위에 이질감이 조금 남아 있습니다."

"통증은?"

에드먼드의 물음에 이사나는 의수를 한 왼쪽 손을 쥐었다가 펴며 말했다.

"없지만, 쥐가 난 것처럼 항상 저릿저릿합니다."

이사나의 말에 에드먼드는 미간을 찌푸리며 중얼거렸다.

"역시 연결된 신경이 문제인가 보군. 일단 티아민은 그대로 복용하고 가바펜틴의 용량을 늘려 보자꾸나."

에드먼드의 말에 이사나는 고개를 끄덕였다.

5년 전, 이사나는 알리페르의 신왕 렉사를 토벌하러 갔다가 역공을 당해 그에게 두 다리와 왼팔, 오른쪽 눈을 잃었다. 그 후 한동안 실의에 빠져 1년이 넘는 시간을 허비했지만, 지금은 아니었다. 포스에서의 일로 알리페르와의 전면전이 얼마 남지 않은 것을 알게 된 이사나는 다시 자신이 할 수 있는 일을 하기 위해 비비에게 자문을 구했다. 그리고 비비는 화려하게 번영했던 구세계의 기술로 이사나에게 팔과 다리를 돌려주었다. 유전학적으로 인간의 신체와 크게 다른 것이 없으면서도 인간보다도 강인하고 튼튼한 팔다리.

알리페르의 팔다리였다.

그러나 진짜 자신의 팔다리가 아니었기에 이사나는 의수를 다루는 데 고생할 수밖에 없었다. 아무리 자신의 신체에 맞춰 물리적 화학적 처리를 한다고 해도 재활을 처음부터 다시 해야 하는 것은 물론이요, 이식 부위에서 거부 반응이 일어나지 않게 항상 약을 먹어야 했다. 정기적인 검진 역시 필수였다. 하지만 이사나는 상관없었다. 자신이 쓸모없다는 절망에 빠져 있는 것보다 이런 고생을 하면서도 멜즈를 안을 수 있는 팔다리가 생긴 게 더 기뻤으니까.

에드먼드는 이사나의 상완과 의수가 절단면을 알아볼 수 없을 정도로 융합된 것을 살펴보며 말했다.

"이제 면역 억제제의 용량은 줄이는 게 좋겠구나. 남용하면 오히려 폐렴이 발생할 수 있으니까."

"알겠습니다."

에드먼드가 수기로 이사나가 복용할 약물의 처방전을 작성하는 동안, 이사나는 소파 위에 걸쳐 두었던 옷을 다시 주워 입었다. 이사나가 옷을 전부 입자, 에드먼드는 작성한 처방전을 이사나에게 건네주며 물었다.

"요즘은 병세가 어떠느냐."

"……."

"아직도 환상이 보이느냐?"

"……현실과 구분이 가능한 정도입니다. 아직은 제 자신을 통제할 수 있습니다."

스스로에게 말하듯 에드먼드에게 대답하며 이사나는 에드먼드의 뒤에 있는 '것'을 무시하려 애를 썼다. '그것'은 사람의 형태를 하고 있었지만, 사람이 아니었다. 살아 있을 때조차 사람이 아니었는데 버려지듯 헥사비스 바깥에 폐기된 '그것'이 현실일 리 없었다. 가끔 나타나 아무 말 없이 자신을 지켜보는 '그것'이 분명한 환상임을 알면서도 이사나는 그 더티 블론드와 상냥한 눈빛이 때때로 두렵고 거북하게 느껴졌다.

"환상만 보이는 거라면 차라리 나을 수도 있다. 주머니집을 구성하던 줄기세포 클러스터가 뇌의 깊은 곳까지 침투하지 않은 것이니 말이다. 그나저나 이사나, 내가 제안했던 것은 생각해 보았느냐."

에드먼드의 물음에 이사나는 쉽사리 대답하지 못했다. 물론 뭐라고 답을 해야 하는지는 알고 있었다. 그 아이를, 멜즈를 곁에서 떠나보내야 했다. 앞으로 온갖 정치적 분쟁에 휘말릴 자신의 곁이 아닌 안전한 곳으로 보내야 했다. 알리페르와의 전면전이 얼마 남지 않은 지금, 이성적으로는 멜즈를 보내야 한다고 판단했지만, 한편으로는 이런 생각도 들었다.

딱 1년만 더 이렇게 있을 수 없는 걸까? 아니라면 반년도 괜찮았다.

무구한 얼굴로 자신을 사랑해 주는 그 아이가 너무 좋았다. '넥시움'의 의무를 상기하면서도 놓을 수 없는 그 따뜻함이 이사나를 세상에서 제일 불행한 사람으로 만들었다. 이사나가 대답을 하지 않자, 에드먼드는 한숨을 내쉬며 말했다.

"안다. 네가 '멜즈'라는 이름을 붙일 정도로 그 녀석을 귀애한다는 건 충분히 알고 있다. 하지만 이사나, 너도, 나도, 가진 것에 대한 의무를 수행해야 하는 처지다. 어중간한 태도는 오히려 모든 일을 망칠 뿐이다."

"……."

"2년이면 충분한 유예 시간이 되었다고 생각한다. 그러니 이제 멜즈는 내게 맡기고 너는 현실로 돌아오거라."

에드먼드는 자신이 먼저 말을 꺼냈음에도 자기 자신이 너무 혐오스러워 견딜 수 없었다. 에드먼드는 이제껏 이사나가 얼마나 혹독하게 '넥시움'의 의무를 수행해 왔는지 알고 있었다. 황제가 치러야 할 것까지 등에 짊어지고, 오직 제국의 미래를 위해 토벌에 나섰다가 렉사에게 팔다리를 잃고 한동안 알리페르를 두려워하기까지 했다.

지금도 이사나는 알리페르가 두려울지도 몰랐다. 에드먼드는 감히 이사나가 겪은 고통을 헤아릴 수 없으니까. 하지만 이사나가 아니면 도무지 이 위기를 타개할 방법이 없었다. 무능한 현 황제가 이 간질한 군부와 대신들을 아우르고 불안에 빠진 제국민을 다독이며 앞으로 있을 알리페르와의 전면전에 대항할 수 있는 유일한 인물. 그게 바로 자신의 눈앞에서 울 듯한 얼굴을 하고 있는 애송이였다.

에드먼드도 사실은 이 상황이 기가 막혀 누군가에게 따지고 싶었다. 적어도 황제가 이사나의 반만 했더라도 죽을 날을 받아 놓은 조카에게 이런 소리를 하지 않았을 터였다. 하지만 누군가는 선조들이 내린 업을 수행해야만 했다.

"네가 이렇게 망설이는 사이에도 밖에서는 수많은 병사들이 알리페르에게 죽어 가고 있다."

"……."

"부디 그들을, 제국을 구해다오."

냉정하게까지 느껴지는 에드먼드의 부탁에 이사나는 자신에게 주어진 일탈이 끝났음을 깨달았다. '넥시움'의 의무를 다하고 죽겠다고 결심했음에도, 그럼에도 이 안온함이 너무 짧아 안타까움을 느꼈다.

이사나는 3년간 알리페르와의 싸움을 준비하면서도 전면에 나서지 않았다. 오로지 뒤에서 세력을 기르고 있었을 뿐이다. 처음에는 의수의 재활을 핑계로, 그다음에는 때가 되지 않았다고 스스로를 기만하며 싸움을 늦추고 있었다.

도무지 과거를 떠올릴 수 없었다. 전쟁에서 의무적으로 척살했던 알리페르들이 도대체 어떤 얼굴을 했는지 조금도 떠오르지 않았다. 그저 그들이 적이라는 그 이유 하나만으로 그들을 아무렇지 않게 죽일 수 있었다. 하지만 지금은 모르겠다. 다시 그들을 학살하고도 사랑에 들뜬 눈을 한 멜즈의 앞에 아무렇지 않게 설 수 있을지. 이사나로서는 알 수 없었다.

그럼에도, 답은 이미 정해져 있었다.

"……멜즈를 숙부님께 맡기겠습니다."

"그래, 모레 정비가 끝나면 녀석을 데리고 가도록 하마."

에드먼드의 말에 이사나는 뭔가를 말하려다가 습관처럼 꾸욱 눌러 참았다. 언제나 같은 익숙한 감각이 느껴졌다. 이성적인 판단을

따라 의무를 수행하는 기계가 되었을 때의 그 차갑고, 슬픈, 그 느낌
이 말이다.

* * *

자정이 넘어가는 시간, 이사나는 여전히 서재에 틀어박혀 이곳저
곳에서 올라온 보고서를 읽고 있었다. 하지만 평소와 달리 이사나는
좀처럼 서류에 집중하지 못했다.

'이제 멜즈는 내게 맡기고 너는 현실로 돌아오거라.'

현실. '넥시움'으로서 인류의 존망이 걸린 싸움을 계속해야 하는
현실. 하지만 그곳에는 멜즈가 없었다. 예전처럼 제국군을 이끌고
헥사비스를 지켜야 하건만, 그 무겁고 버거운 업은 이사나 혼자 모
든 것을 짊어지고 갈 것을 요구하고 있었다.

그럼에도 이사나는 도망칠 수 없었다. 에드먼드의 말대로 힘을 합해
야 할 세력들이 소모적인 싸움만 되풀이하고 있는 지금, 누군가는 나
서서 그들을 화해시키고 내부를 단단히 결속시켜야 했으니까. 아직은
놓고 싶지 않다고 생각하지만, 진정으로 멜즈를 위한다면 지금 당장
멜즈를 내보내야 했다. 2년도 사실은 너무 길었던 건지도 모른다. 앞
으로 전면에 나서게 되면 황제와 충돌하게 될 것은 뻔한 일이고 그
과정에서 멜즈가 위험에 처할 수 있으니까. 그러니 지금이라도 멜즈를
멀리 떨어뜨려놔야 했다.

멜즈를…….

똑똑.

노크 소리와 함께 폭신한 허니 블론드를 가진 소년이 문 사이로

빼꼼 고개를 내밀었다. 그에 이사나는 자신도 모르게 얼굴이 풀어지는 걸 느꼈다.

"멜즈."

"이사나, 계속 일해야 하나요?"

무릎까지 오는 실크 잠옷을 입은 멜즈가 자신의 몸뚱이만 한 베개를 든 채 배시시 웃고 있었다. 그 사랑스러운 모습에 이사나의 입가에는 어쩔 수 없는 미소가 내걸렸다. 멜즈가 처음 이 저택에 왔을 때만 해도 그는 스스로 앉아 있는 것조차 버거워했었다. 그랬기에 이사나는 멜즈가 스스로 걸을 수 있을 때까지 거의 하루 종일 멜즈와 함께 지냈고 잠도 같은 침대에서 잤다. 하지만 점점 멜즈가 건강해지자, 집사는 바깥의 시선을 의식했는지 멜즈에게 따로 방을 마련해 주었다.

그러나 멜즈는 종종 사용인들의 눈을 피해 이렇게 이사나를 찾아오곤 했다. 이사나가 거부할 것이라고는 조금도 생각하지 않는, 그 신뢰 가득한 눈빛으로 이사나를 바라보면서 말이다. 그리고 이사나 역시 그런 멜즈를 딱히 거절할 생각이 없었기에 하던 일을 멈춘 채 멜즈에게 말했다.

"멜즈, 들어오렴."

이사나의 허락에 멜즈는 부리나케 서재로 들어와 이사나의 앞에 섰다. 이런 점은 예전과 조금도 달라진 게 없었다. 그에게 유충 때의 기억이 전혀 없을 거라는 에드먼드의 말이 무색하게 멜즈는 여전히 멜즈였다. 때때로 유충의 흔적일지도 모를 그를 대하는 자신의 행동이 이기적이라고 느껴질 때도 있었지만, 한시도 떨어지고 싶어 하지 않는 그 눈빛과 사랑을 호소하는 행동 하나하나가 너무 사랑스러워 이사나는 결국, 이 '멜즈' 역시 진심으로 사랑하게 되었다.

이사나가 앉아 있던 책상에서 일어서자, 멜즈는 안아 달라는 듯 이사나를 향해 팔을 뻗었다. 그에 이사나는 당연한 것처럼 그를 끌어안고 서재와 연결된 침실로 향했다. 그리고 멜즈를 침대에 눕힌 다음 마찬가지로 그의 옆에 자리 잡았다. 그러자 멜즈는 꾸물꾸물 이사나의 품 안으로 파고들었다. 이사나는 솜사탕처럼 폭신한 그의 머리카락을 만지작거리며 아까 에드먼드와 나눴던 대화를 떠올렸다.

'멜즈에게는 언제 정체를 알려 줄 것이냐.'

'……'

'겉모습이 인간과 똑같다고는 하지만, 녀석은 알리페르다. 그 녀석도 알 것은 알고 있어야 하지 않겠느냐.'

'……그냥 이대로 멜즈를 인간처럼 키우면 안 되는 것입니까?'

'뭐?'

'비비는 멜즈의 전흉선이 위축되어 있어 성충으로 탈피할 수 없다고 했지 않습니까. 그렇다면 이대로, 아무것도 모르는 채 있을 수 있지 않습니까.'

'이사나.'

'하겠습니다. 제가 마땅히 해야 할 일이 있다면 하겠습니다. 하지만…… 이 정도 이기적인 것은 안 되는 것입니까? 정체를 알아봐야 멜즈만 괴로워질 뿐입니다. 그러니 그 아이를 그저, '멜즈 아브노아'로 내버려 두면 안 되겠습니까?'

'……하지만 그들은 본질을 숨길 수 없어. 사람이 사람으로 태어나 사람다운 행동을 하는 것처럼, 알리페르도 마찬가지다. 그들은…… 인간과 섞일 수 없어.'

'때가 되어 마땅히 말을 해야 할 시기가 온다면 말하겠습니다. 하지만

그 전에는…… 적어도 지금은, 이대로 있으면 안 되겠습니까?'

'이사나!'

'부탁드립니다. 숙부님께서 돌보시다가 이상이 생기면 언제든 멜즈를 내쳐도 됩니다. 하지만 멜즈가 모를 수 있다면 그가 영원히 모르게 하고 싶습니다.'

조명등 아래에서 불그스름하게 빛나는 멜즈의 머리카락을 쓰다듬으며 이사나는 멍하니 생각했다. 왜 우리는 이런 형태로 만난 것일까? 멜즈가 인간이었다면, 적어도 자신이 '넥시움'이 아니었다면, 아무런 거리낌 없이 이대로 함께 있을 수 있었을 텐데……. 이사나는 품에 파고든 멜즈를 끌어안으며 입을 열었다.

"멜즈."

"네, 이사나."

"모레 숙부님을 따라가렴."

이사나의 말에 품에 안겨 있던 멜즈의 몸이 딱딱하게 굳어졌다. 하지만 이내 고개를 빼꼼 내민 멜즈는 아무것도 모른다는 듯 웃으며 물었다.

"언제 돌아오면 되는데요?"

"……돌아오지 않아도 돼."

단호한 말에 믿기지 않는다는 듯 이사나를 바라보던 멜즈는 이사나를 밀치고 자리에서 일어났다.

"왜, 요? 왜 그런데요? 왜 그런 말을 하는 건데요?"

"……여기 있는 것보다 숙부님 옆에 있는 게 너한테 좋으니까. 숙부님은 제국에서 손꼽히는 학자이시니 네가 많은 것을 가르쳐 줄 거야."

"아니에요……. 제가 말하는 건 그런 게 아니에요! 왜 돌아오지 않아도 된다는 말을 하는 거예요? 이사나, 제가 이사나에게 잘못한 게 있나요? 제가 귀찮게 한 게 있나요?"

"……."

"제가…… 싫어진 거예요? 제가 나쁜 아이라서, 그래서, 싫, 은 거예요?"

울지 않으려고 애를 썼지만, 아이의 눈망울은 아슬하게 흔들리다가 이윽고 흘러넘쳤다. 그 광경에 이사나 역시 가슴이 아파 와 고개를 가로저으며 말했다.

"……아니야, 그게 아니야. 넌 나쁘지 않아……."

"아, 앞으로는, 흑, 수업도 똑바로 듣고, 흐으, 밤마다 찾아오지도 않을, 게요. 이제부터는, 흑, 혼자 잘게요……! 그러니까, 안 보내면 안, 돼요? 그냥 계속 여기서 이사나가 돌아오는 것만, 흐으, 그것만 기다려도 되는데……. 다시는 빨리 오라고도 안하고…… 그냥…… 여기서……."

"멜즈……."

"보내지 마세요……! 싫어요!"

결국 멜즈는 얼굴을 새빨갛게 물들인 채 엉엉 울었다. 이사나는 멜즈를 다독이며 달랬지만, 멜즈는 밤새도록 울음을 그치지 못했다. 이사나가 끝까지 보내지 않겠다는 말을 하지 않았기 때문이다.

* * *

"오호, 네가 이 시간에 웬일이냐?"

아침식사를 하기 전, 잠시 산책을 나가려던 에드먼드는 자신의 방문

앞에 서 있는 멜즈를 보며 의아한 듯 물었다. 밤새도록 울었는지 눈두덩이가 퉁퉁 부어 붕어 같은 몰골이었다. 퍽 웃긴 꼬락서니에 에드먼드가 간신히 웃음을 참는데, 멜즈는 긴장이 역력한 얼굴로 에드먼드를 올려다보았다. 여전히 자신을 불편해하는 게 느껴졌지만, 그럼에도 단단히 결심을 하고 왔는지 작은 주먹을 옹골차게 쥐고 있었다.

"에, 에드먼드 님! 하, 할 말이 있어서 찾아왔어요!"

숫제 전쟁터에 끌려가는 신병 같은 얼굴이었다. 그런 멜즈를 물끄러미 내려다보던 에드먼드는 "들어오너라."라고 말하며 멜즈를 방 안으로 들였다. 그리고 소파에 앉아 할 말을 하라는 듯 턱짓을 하자, 멜즈는 안절부절못하는 얼굴로 잠시 망설이더니 대뜸 빼액 소리를 내질렀다.

"에드먼드 님! 저를 여기서 데리고 가지 말아 주세요!"

"갑자기 찾아와서 무슨 소리를 하는 게냐?"

에드먼드가 알면서도 시치미를 떼며 되묻자, 멜즈는 생각하는 것만으로도 서럽다는 듯 눈물을 글썽이며 에드먼드에게 말했다.

"이사나가…… 이사나가…… 저한테 에드먼드 님께 공부하러 가라고……! 여기 돌아오지 말라고……!"

"……."

"에드먼드 님이 싫은 건 아닌데요……. 그래도 이사나와 떨어지는 건 싫어서……!"

"……."

"부탁드려요! 제발 이사나한테 절 데려간다고 하지 말아 주세요……!"

눈물을 뚝뚝 떨어뜨리며 필사적으로 애원하는 멜즈를 에드먼드는 차가운 눈으로 내려다보았다. 알리페르, 그것도 변종인 렉사의 후계라고 보기 힘들 정도로 유약한 모습이었다. 실제로 멜즈는 다른 알리페르들과 달리 성격이 호전적이지 않았다. 태어나고 자란 환경이 특이한 탓인지 원래부터 기질이 그러한 건지 알 수 없지만, 적어도 멜즈만큼은 예전에 사회화 실험을 진행했을 때 보았던 알리페르들과 확연한 차이를 보였다.

"싫은데?"

딱 잘라 거절하는 에드먼드의 말에 멜즈는 당황한 얼굴로 에드먼드를 바라보았다. 딱 봐도 거절당할 거란 상상조차 하지 않은 얼빠진 얼굴이었다. 그런 멜즈에게 차갑게 웃어 준 에드먼드는 배배 꼬인 성격을 고스란히 드러내며 멜즈에게 말했다.

"내가 왜 네 부탁을 들어줘야 하는지 모르겠구나. 나는 마침 조수가 필요하고 이사나는 너를 공부시키고 싶어 하지 않느냐? 딱 이해관계가 일치하는데 내가 왜? 쓸데없는 소리 하지 말고 네 방에 가서 짐이나 싸거라."

"아뇨, 에드먼드 님 말씀은 틀렸어요. 에드먼드 님의 조수가 되는 것도 에드먼드 님 밑에서 공부하는 것도 제 의지에 달린 일인데 그게 어떻게 이해관계가 일치한다고 말할 수 있는 건가요? 둘 다 제가 안 하겠다고 버티면 별 수 없는 일이잖아요."

논리 정연한 멜즈의 말에 에드먼드는 내심 속으로 감탄했다. 논점을 정확히 짚어 낸 데다 권위에 눌리는 성격은 또 아닌 것 같아 마음에 들었다. 어째서인지 처음 조수를 들였을 때가 생각나 입이 껄끄러워졌다. 하지만 그런 마음을 숨긴 채 에드먼드는 피식 웃으며 멜즈에게 말했다.

"아니, 딱히 네게 조수가 될 의지가 없어도, 공부할 의지가 없어도 상관없다. 어차피 너를 이 저택에서 빼낼 구실에 불과하니 말이다."

"왜, 요? 왜 그렇게까지 해서 제가 여기서 나가야 하는 건데요?"

군이 말을 해 주지 않아도 이미 답을 눈치챘는지 멜즈의 얼굴은 새하얗게 질려 있었다. 하지만 에드먼드는 못을 박듯 말했다.

"네가 여기 있는 것이 이사나에게 방해된다."

에드먼드의 말에 멜즈의 눈에서 또다시 눈물이 차올랐다. 참으로 죽고 못 사는 사이로구만……. 에드먼드는 멜즈의 울먹이는 얼굴 위로 울 듯한 얼굴을 했던 이사나가 떠올라 입맛이 써졌다. 하지만 눈물을 보이지 않았던 이사나와 달리, 멜즈는 눈물을 펑펑 쏟으며 에드먼드에게 따졌다.

"그럴 리가…… 그럴 리가 없어요! 이사나는 나를 좋아해요. 나를 좋아해서 어제도 내가 우니까 밤새도록 잠도 안 자고 달래 줬단 말이에요! 내가 싫다는 말 따위, 한 마디도 안 했어요. 나한테 웃어 주고 어리광 부려도 다 받아 주고 그러는데…… 어떻게 이사나가 날 싫어할 수 있어요!"

멜즈는 상상만 해도 싫다는 듯 도리질 쳤다. 그에 에드먼드는 한숨을 내쉬며 멜즈에게 말했다.

"이사나가 널 싫어해서 내게 보내는 것이 아니다. 그저 이사나는…… 앞으로 해야 할 일이 많다."

"……."

"이사나는 네가 생각한 것보다 훨씬 무거운 짐을 짊어진 사람이야. 네가 그 안에 끼여 있으면 너도, 이사나도 힘들어져. 그래서 이사나가 널 내게 보내는 것이다."

많은 것을 생략한 에드먼드의 말에도 멜즈는 그가 무엇을 말하는지 알아차렸다. 결국 이사나는 자신을 보호하기 위해 내보내는 것이었다. 하지만 멜즈는 이런 상황이 싫었다. 이사나가 자신을 보호하기 위해 내보내는 것도, 이사나를 위해 곁에 있을 수 없는 것도, 전부 목적과 수단이 뒤바뀐 것처럼 느껴졌다. 손등으로 눈물을 닦아 낸 멜즈는 결의에 찬 얼굴로 에드먼드를 올려다보며 물었다.

"그럼 어떻게 해야 이사나의 곁에 있을 수 있어요?"

"……꼭 그렇게 해야겠느냐. 내 조수가 되는 것만으로도 너는 다른 사람들보다 훨씬 이사나와 많이 만날 수 있다."

달래는 듯한 에드먼드의 말에 고개를 가로저은 멜즈는 자신의 욕심을 한껏 드러내며 말했다.

"그걸로는 만족할 수 없어요. 저는 언제까지고 이사나와 함께하고 싶으니까요. 정당한 이유가 있다면 곁에 있을 수 있는 건가요? 만약에 제가 열심히 공부해서 에드먼드 님 같은 훌륭한 학자가 된다면 그때는 곁에 있어도 되는 건가요?"

멜즈의 말에 뭔가를 말하려던 에드먼드는 이내 쓴웃음을 지으며 말했다.

"……그래, 그때라면 누구도 너나 이사나에게 뭐라 할 사람이 없을 거다."

에드먼드의 단언에 멜즈는 코를 훌쩍이다가 눈물을 닦으며 말했다.

"그럼 갈게요. 그렇게 해서 이사나의 곁에 있을 수 있다면 그럴게요."

* * *

다음 날, 멜즈는 에드먼드가 소속된 제국 대학 연구소에 들어가게 되었다. 멜즈는 이사나의 곁에 있기 위해 잠시 떠나는 것을 선택했지만, 그럼에도 이사나와 헤어지는 것이 싫어 시무룩한 얼굴을 했다. 하지만 펑펑 울었던 전날과 달리 모두가 배웅하는 자리에서 울음을 내비치진 않았다.

"이때까지 감사했습니다."

멜즈는 의젓한 얼굴로 저택 앞에 나온 이사나와 집사, 그리고 저택의 사용인들에게 인사했다. 어쩐지 하루 만에 껑충 자라난 듯한 멜즈의 모습에 이사나는 섭섭한 마음이 들었다. 자신이 에드먼드를 따라가라고 말했음에도 이사나는 내심, 그가 말도 안 되는 떼를 써 계속 곁에 있었으면 좋겠다고 생각했다. 하지만 언제나 그렇듯, 모든 일은 이사나가 원하는 대로 흘러가지 않았다.

"……잘 지내렴."

"네, 이사나도 건강히 잘 지내야 해요."

마지막 인사를 나누면서도 멜즈는 헤어지는 게 싫은지 오랫동안 미적거렸다. 하지만 에드먼드의 닦달에 이내 멜즈는 짐 가방을 든 채 차가 세워진 곳으로 후다닥 뛰어갔다. 그러면서 몇 번이나 미련스럽게 뒤를 돌아보았다.

그런 멜즈를 보며 이사나의 얼굴 역시 흐려졌다. 이것이 멜즈를 위한 길이라고 생각함에도 그럼에도 쓸쓸해져 멍하니 뒷좌석에 올라타는 멜즈를 바라보는데, 돌연 멜즈가 차에서 뛰어내렸다. 그리고 잔뜩 일그러진 얼굴로 이사나에게 뛰어오더니 이사나를 꽉 끌어안았다. 몸이 흔들릴 정도로 억세게 이사나를 안은 멜즈는 겨우 울음을 참는 목소리로 이사나에게 물었다.

"······그래도, 그래도 편지 정도는 보내도 괜찮은 거죠? 가끔 목소리가 듣고 싶을 때 전화 정도는 해도 괜찮은 거죠?"

"멜즈······."

"추수 감사절이나 크리스마스 정도는 만나도 괜찮은 거잖아요······. 그날은 특별한 날이니까······!"

아이의 작은 손에 꽉 붙들린 이사나는 눈가가 뜨거워지는 걸 느꼈다. 이대로 영원히 함께 지낼 수 있다면 얼마나 좋을까······. 이 정도 욕심조차 낼 수 없는 자신의 처지가 새삼스레 서글퍼진 이사나는 무릎을 꿇고 어느새 눈물을 망울망울 떨어뜨리는 멜즈를 마주 보았다.

"······언제든지 연락해. 언제든지 여기 돌아와도 돼. 우린 가족이고 여기는 네 집이니까."

이사나의 말에 멜즈는 결국 참지 못하고 이사나의 품에 안겨 엉엉 울었다. 그에 이사나 역시 그를 껴안고 울고만 싶어졌다. 언젠가 모든 일이 끝나면 그때는 같이 살 수 있을까? 그때가 되면 이 아이를 놓지 않아도 되는 걸까?

멜즈를 태운 차가 보이지 않을 때까지, 오랫동안 저택 앞에 서 있던 이사나는 날이 춥다는 집사의 말을 듣고 나서야 겨우 저택으로 들어갈 수 있었다. 겨우 한 명이 사라진 것뿐인데, 어쩐지 저택 안이 활기를 잃고 움츠러든 것처럼 느껴졌다.

그날 밤. 이사나는 밤새도록 서재에 틀어박혀 일을 했지만, 흰 새벽이 찾아와도 이사나의 일을 방해하는 사람은 없었다. 밤늦게 문 사이로 고개를 빼꼼히 내밀었던 아이는 이제 더 이상 이 저택에 남아 있지 않았다.

전야(前夜) (2)

　이사나 황자가 군으로 복귀하고 전면에 나서게 된 직후, 오랫동안 모병제를 시행해 왔던 제국은 징병제로 되돌아가게 되었다. 만 16세 이상의 제국민이라면 남녀를 가리지 않고 제국군에 입대해 정해진 교육을 받고 제국민으로서 의무를 다해야 했다. 처음에는 '모든' 제국민이 해야 한다는 것에 반발도 있었지만, 이사나 황자의 진정성 있는 호소와 막상 들어가 보니 나쁘지 않았던 대우로 인해 3년도 되지 않아 모두가 자연스럽게 징병을 받아들이게 되었다.

　그렇게 징병된 군인들 중 특정 나이대의 남성의 경우, 일정 기간 동안 훈련을 받은 뒤 헥사비스의 바깥으로 보내졌다. 징집된 남자들은 알리페르와 맞서 싸워야 할지도 모른다는 생각에 두려움에 떨었지만, 정작 그들이 헥사비스 바깥에 나가 하게 된 일은 꽤나 단순했다.

"젠장할!"

헥사비스의 바깥으로 나와 한 달째 땅만 파던 한 남자는 더 이상 참지 못하고 손에 들고 있던 삽을 내동댕이쳤다. 그에 남자와 함께 삽질을 하며 전선을 매설하고 있던 다른 분대원들이 혀를 끌끌 차며 남자를 바라보았다. 평소 다혈질이었던 남자는 이 하찮아 보이는 일에 자주 불만을 늘어놓았기에 새삼 놀랍지도 않았다. 하지만 오늘따라 남자, 로드리는 이 일이 참을 수 없이 짜증나 파헤쳐진 땅과 매설 중이던 통신망 케이블을 노려보았다.

'젠장, 더 이상은 못해 먹겠다! 헥사비스 바깥으로 나가야 한대서 그 벌레놈들이랑 한판 붙는 줄 알고 마누라랑 눈물 바람으로 헤어졌는데 도대체 하는 일이 이게 뭐야? 허구한 날 땅만 파고……!'

잔뜩 골이 난 로드리가 씩씩대자, 멀리서 그를 지켜보고 있던 소대장, 웨인 스미스 소위는 작게 한숨을 내쉬었다. 로드리 아저씨, 또 화나셨네……. 결국 그대로 두고 볼 수 없었던 웨인은 로드리가 소속된 분대의 분대장에게 찾아가 잠시 휴식 시간을 달라고 요청했다. 그에 분대장이 30분간 휴식이라고 소리치자, 팔을 걷어붙인 채 땅을 파던 병사들이 하나둘씩 나무 그늘 아래로 기어 들어가 짧은 휴식을 취했다. 로드리 역시 다른 이들처럼 나무 그늘 아래에 자리를 잡는데, 웨인이 그런 로드리에게 다가가 말을 걸었다.

"로드리 아저씨, 일은 할 만한가요?"

"무슨 일이십니까, 소대장님."

말투는 공손했지만, 로드리는 여전히 뚱한 얼굴을 하고 있었다. 로드리와 웨인은 원래 이웃사촌으로 다소 데면데면하지만, 그래도 아는 사이였다. 몇 년 전 유행한 사관 학교에 일찌감치 들어가 그대로 졸업 후 임관한 웨인은 신출내기 소대장으로, 평범한 잡화상점 주인이었던 로드리는 징병되어 웨인이 지휘하는 소대 안에 소속된 채 재회하게 되었지만. 평상시에는 소대장과 이등병인 관계로 지내고 있지만, 그래도 동향의 정은 어쩔 수 없는지 웨인은 이렇게 종종 로드리를 찾아와 그를 챙기곤 했다.

"아저씨, 아까 전에 삽을 집어 던지시던데, 무슨 안 좋은 일이 있는 건가요?"

"안 좋은 일은 무슨, 그저……."

로드리는 자신이 생각해도 너무 한심한 의문이라 잠시 머뭇거렸다. 하지만 이제는 동네 꼬마가 아닌, 소대장이나 되는 웨인이 따로 시간을 내서 찾아와 준 것이었다. 로드리는 어쩔 수 없이 그에게 솔직하게 털어놓았다.

"여기에 진짜 알리페르가 있기는 한 거냐? 한 달을 바깥에 있었지만, 알리페르는 코빼기도 보이지 않고 하루 종일 땅 파고 이상한 전선만 까는데 도대체 난 군대에 왜 들어온 거냐?"

로드리의 불만에 웨인은 난감한 얼굴로 웃었다. 로드리가 입영 통지서를 받고 군대에 들어온 지도 벌써 두 달째. 처음 한 달은 헥사비스 안에서 훈련을 받고 그 후 바로 헥사비스 바깥으로 나가게 되었지만, 로드리는 요 한 달간 단 한 번도 알리페르와 마주친 적이 없었다.

헥사비스 안에 있을 때는 연일 뉴스와 신문에서 알리페르가 헥사비스로 침입을 시도해 많은 군인들이 희생당했다고 떠들어 댔지만, 그런 낭보가 무색할 정도로 헥사비스 바깥은 평화로웠다. 로드리도 처음엔 이 평화가 좋았다. 언제나 반투명한 스트로마로 둘러싸인 헥사비스의 천장만 보다가 이렇게 날씨 변화가 있는 바깥으로 나가게 되니 변화무쌍한 이곳이 신비롭기도 했다.

하지만 슬슬 이런 생각이 들기도 했다. 알리페르와의 전면전을 준비 중이라는 제국에서 괜한 짓을 하고 있는 게 아닌가 하고 말이다. 실제로 알리페르는 얼마 없는데 제국에서 괜히 겁을 주기 위해 그런 과장을 늘어놓은 게 아닌가 하고 말이다. 로드리의 의심에 웨인은 달래듯이 말했다.

"아저씨, 전에도 제가 말했잖아요. 제국에서는 최대한 민간인을 희생시키지 않는 방향으로 징집하고 있다고요."

"그래도 이상하잖아! 한 달 동안 알리페르를 한 마리도 마주치지 않는다는 게."

로드리의 불만에 이제 갓 사관 학교를 졸업한 햇병아리 소대장, 웨인은 난처한 얼굴로 그를 바라보았다. 아이러니한 일이지만, 징집된 병사들은 종종 알리페르와 마주치지 않는 이 상황을 다행으로 여기면서도 한편으로는 불만스러워했다. 정말 알리페르가 있는 거냐, 사실은 이때까지 우리를 속인 게 아니냐, 이런 식으로 종종 따져 묻기도 할 정도였다. 나이가 좀 있는 신병들에겐 으레 있는 일이라 웨인은 한숨을 내쉬며 그에게 말했다.

"다른 곳에서 싸우고 있으니 당연히 마주칠 일이 없죠."

"다른 곳?"

"지금 징집된 제국민들은 알리페르와 싸우는 게 아닌 전면전을 준비하는 것에 동원되고 있어요. 그런데 지켜야 할 제국민을 잃게 된다면 그것이야 말로 목적과 수단이 뒤바뀌는 것 아니겠어요? 아저씨, 이쪽으로 와 보시겠어요?"

웨인의 말에 로드리는 못마땅한 얼굴을 하면서도 순순히 그의 뒤를 따라 다른 소대가 작업하는 곳으로 향했다. 그곳의 병사들은 로드리가 소속된 소대와 달리, 방호복을 입고 수소 가스가 든 통을 트럭에서 내려놓으며 웬 풍선을 만들고 있었다. 이중 비닐에 싸여 전선으로 단단히 묶인 풍선의 끝에는 프로펠러가 달린 작은 기계가 연결되어 있었다. 로드리는 고개를 갸웃거리며 웨인에게 물었다.

"저게 도대체 뭐냐?"

"아브노아 존데입니다."

웨인의 대답에도 도무지 기구의 정체를 알 수 없어 로드리가 미간을 찌푸리는데, 웨인이 직접 기계 하나를 가져와 로드리에게 설명했다.

"예전에 기상 관측에 사용했던 라디오존데를 개조해 만든 알리페르 탐색 장치예요. 이사나 황자님께서 후원하시는 한 천재 소년이 발명했다고 하더군요. 성층권 위까지 올라가는 기존의 라디오존데와 달리 아브노아 존데는 기압에 따라 자동으로 부력을 조절해 대기권 10km 이내를 떠다니며 정보를 수집해요. 존데는 알리페르가 비행하면서 내는 특이한 진동수를 감지했다가 주기적으로 그 위치 정보를 송신하는데, 지상에 설치된 수신 장치에서 그 정보를 감지하면 그게 땅에 매설된 통신망을 통해 가까운 진영이나 헥사비스로 보내지게 되죠. 이를 통해 알리페르의 대략적인 위치는 물론이요, 전시에 중요한 대기의 정보까지 모스 부호로 암호화된 신호로 받아볼 수 있어요."

한마디로 이 작은 기계는 알리페르의 위치를 알아내기 위해 개발된 장치라는 소리였다. 꽤나 하찮아 보이는 장치에 그런 깊은 뜻이 있는 줄 몰랐던 로드리는 감탄하며 새삼스레 풍선을 하늘 위로 띄우는 병사들을 바라보는데, 웨인이 그런 로드리에게 웃으며 말했다.

"아저씨가 하는 일도 아저씨에겐 하찮게 느껴지실 수도 있지만,

사실은 전혀 그렇지 않아요. 알리페르는 우리보다 수십 배는 강하고 교활해요. 그런 상대와 싸워 이기려면 우리는 그들보다 훨씬 더 교활해지는 수밖에 없어요. 아저씨가 힘들게 전선을 매설하는 것도 전부 크게 보자면 제국군을 승리로 이끌기 위한 거예요. 그런 중요한 일을 하시는 아저씨들을 제국에서 위험하게 할 수 없겠죠? 그래서 이 일대는 스펙터가 둘러싸서 호위하고 있어요."

"스펙터?"

"알리페르와 싸우기 위해 다시 되살아난 영웅들이죠."

알 듯 말 듯한 말을 한 웨인은 로드리에게 다시 분대로 돌아가자고 손짓을 했다. 그런데 돌연 옆에서 찢어질 듯한 비명 소리가 들려왔다. 로드리와 웨인이 옆을 돌아보자, 거기엔 한쪽 팔이 찢긴 신병과 인간을 닮은 괴물, 알리페르가 있었다.

치릇치릇─.

소름끼치는 날개 소리를 내는 괴물은 인간의 형상을 하고 있으면서도 짐승 같은 기백을 뿜어냈다. 마치 야생의 호랑이와 마주하는 것 같았다. 로드리는 공포로 발끝이 얼어붙는 것을 느끼는데, 로드리보다 먼저 정신을 차린 웨인이 권총을 꺼내 부상당한 신병을 공격하려는 알리페르를 저지했다.

탕, 탕탕, 탕─!

알리페르에게 총을 쏜 웨인은 로드리를 돌아보며 소리 질렀다.

"아저씨 도망치세요!"

그러나 로드리는 완전히 얼어붙은 채 알리페르만 바라볼 뿐이었다. 웨인에 의해 어깨 관절에 총상을 입은 알리페르는 화가 났는지 매서운 눈으로 웨인과 로드리를 노려보았다. 그사이 재빨리 탄창을 갈아 끼운 웨인은 다시 알리페르를 향해 총을 겨누며 로드리에게 외쳤다.

"도망치세요! 어서!"

하지만 완전히 겁에 질린 로드리는 옴짝달싹하지 못한 채 굳어있을 뿐이었다. 그에 웨인은 총을 겨눈 채 군용 나이프를 꺼냈다. 아무리 로드리가 징집된 병사라고는 하지만, 겨우 한 달 훈련을 받은 그는 병사라기보다 민간인에 가까웠다. 한 번도 알리페르와 만나 본 적 없는 그가 인간의 수십 배나 강한 알리페르에게서 제대로 도망갈 수 있을 리 없었다. 사관 학교를 졸업한 지 반년밖에 안 되었지만, 제국민을 지킨다는 사명감만큼은 누구에게도 뒤지지 않았던 웨인은 알리페르를 쏘아보며 각오를 다졌다.

치릇치릇—.

그런 웨인을 말없이 노려보던 알리페르는 돌연 강맹한 손톱을 날카롭게 세우며 웨인과 로드리에게 달려들었다. 하지만 그 순간, 저 멀리서 뭔가가 빠르게 도약해 오더니 알리페르의 몸통을 반으로 갈라 버렸다. 하늘 위를 자유롭게 날게 했던 투명한 날개가 산산조각 나고 풀 냄새가 섞인 피가 공중에 흩어지면서 모습을 드러낸 거대한 헤비 블레이드에 웨인의 눈이 크게 뜨였다.

사람 몸뚱이만 한 대검을 한손으로 휘두르며 알리페르를 일격에 끝장내는 실력자는 웨인이 알기로 한 사람밖에 없었다. 순식간에 알리페르를 해치우고 고양잇과 맹수처럼 사뿐히 지상에 내려앉은 남자는 얼굴을 가리고 있던 고글을 벗은 뒤 웨인과 로드리에게 물었다.

"괜찮나?"

"네……. 괜, 찮습니다……. 이사나 황자님."

3년 전 홀연히 군에 복귀해 망국의 길을 걷고 있던 제국을 다시 희망으로 이끈 제국의 영웅, 그가 바로 여기에 있었다. 더 이상 일선에 나와 있지 않아도 됨에도 그는 손수 대(對) 알리페르 특수 부대인 '스펙터'를 이끌며 예전처럼 가장 최전선에서 제국민을 보호하고 있었다. 고결한 긍지가 서린 그의 모습에 웨인은 몸을 떨며 다시금 자신이 제국의 병사임을 영광으로 여겼다. 그의 손과 발이 된 것에 일말의 후회조차 느껴지지 않았다.

"각하! 또 혼자서 뛰쳐나가시면 어쩝니까!"

"미안해 엘든, 하지만 한 마리를 놓친 거 같아서."

이사나는 허리가 잘린 채 바닥에서 꿈틀대는 알리페르를 가리키며 말했다. 그에 엘든은 이맛살을 찌푸리며 말했다.

"도망간 녀석이 이쪽으로 왔던 겁니까? 웃기는 녀석이군요. 차라리 다른 쪽으로 도망가는 게 훨씬 나았을 텐데. 도리어 적진으로 파고들다니."

엘든의 말에 죽어 가면서도 어디론가 기어가는 알리페르를 차가운 눈으로 내려다보던 이사나는 엘든을 돌아보며 말했다.

"굳이 되돌아오려고 한 이유가 있었을 거야. 이 주변을 뒤져 봐."

이사나의 명령에 이사나의 부관, 엘든은 자신을 뒤따라온 부대원들과 함께 주변 일대를 샅샅이 뒤졌다. 그리고 얼마 지나지 않아, 풀숲에서 몸을 웅크리고 있던 알리페르의 유충들을 찾아냈다.

"삣! 삐이! 삣!"

"삐잇삐잇? 삣삣!"

크기가 각각 다른 유충들이 두려운 듯 몸을 파들파들 떨며 새카맣고 커다란 눈으로 이사나와 제국군을 올려다보았다. 그런 유충들을 내려다보던 엘든은 차갑게 미소 지으며 이사나에게 말했다.

"알리페르 놈들도 정말 웃기는군요. 자기 새끼는 중요하다 이건가요?"

"굳이 자기 새끼는 아닐 거야. 놈들은 핏줄보다 동료를 늘리는 걸 중요하게 여기니까."

"하긴 포스에 있던 부화장을 없애 버렸으니 이제는 자기들이 이것들을 키워야겠죠. 너네들! 멍하니 있지 말고 휘발유 좀 가져와라!"

부하들에게 일갈하는 엘든을 바라보던 이사나는 고개를 돌려 여전히 자신을 보는 웨인과 마주 보았다. 아직은 앳된 얼굴을 한 소년이 벌써부터 이런 곳에 나와 있어야 하나 하는 생각이 들었지만, 이사나는 기계적인 말투로 그에게 물었다.

"자네 이름이 뭐지?"

"웨, 웨인 스미스입니다. 직위는 소위입니다."

"아까 자네가 한 행동은 정말 인상 깊었다네. 귀관의 용기 있는 행동은 반드시 치하하도록 하지."

"가, 감사합니다!"

이사나의 말에 웨인은 거의 울 듯한 얼굴로 소리 질렀다. 다른 누구도 아닌 이사나 황자에게 칭찬을 받았다는 게 웨인으로서는 견딜 수 없을 만큼 기뻤다. 그리고 이사나는 웨인과 분대원들을 남겨 둔 채 다시 스펙터 부대가 있던 자리로 되돌아갔다. 코끝에 느껴지는 매캐한 냄새와 찢어질 듯한 유충들의 비명 소리를 애써 무시하면서 말이다. 이사나는 조금 어두워진 얼굴로 대검을 등에 짊어진 채 길을 걷는데, 어느새 뒤따라온 부관 엘든이 이사나의 곁에 서며 말했다.

"이제 내일이면 다시 헥사비스로 돌아가게 되겠군요. 조금 있으면 겨울이니 말입니다."

"돌아간다고 해도 쉴 틈은 없을 거야. 이제는 헥사비스 안의 적을 상대해야 할 테니까. 하늘에 띄워진 존데는 얼마나 있지?"

"내년에 전면전을 벌이기 충분할 만큼 떠 있습니다. 멜즈 군이 제 안한 대로 했더니 회수율이 크게 상승하고 데이터를 수집할 수 있는 반경도 넓어졌습니다. 정말 멜즈 군은 대단하군요. 그렇게 어린데도 이런 걸 만들 수 있다니…… 아, 그러고 보니 멜즈 군에게서 온 편지가 도착해 있습니다."

그 말에 굳어 있던 이사나의 얼굴이 조금 느슨해졌다. 그런 이사나를 옆에서 지켜보던 엘든은 그렇게 그 소년이 좋은가 싶어 쓴웃음이 나왔다. 이사나가 손수 창설한 부대인 스펙터 부대는 대(對) 알리페르 전담 특수 부대로 부대원 전원이 알리페르에 의한 부상으로 퇴역 처리된 군인들로 이루어져 있었다.

퇴역한 군인들 중 용맹하고 능력 있는 이들을 이사나가 직접 찾아가 뜻을 같이 해 달라고 설득했고, 그들의 잃어버린 팔다리를 고도의 지적 집약체인 생체 의수로 대체해 일반인들로서는 절대 낼 수 없는 강력한 힘으로 알리페르와 맞설 수 있게 해 주었다. 하지만 몸 뚱이를 잘라먹은 괴물과 다시 마주하는 건 힘든 일이었다. 그중에서도 가장 부상이 심했던 이사나. 겉으로는 티를 내지 않았지만, 부관인 엘든의 눈에는 그가 명백히 무리하고 있는 것이 보였다. 그럼에도 이사나는 부대를 내팽개치지 않고 부대원들을 다독여 그들을 훌륭한 병사로 키워 냈다.

처음엔 엘든도 이사나와 멜즈의 이유를 알 수 없는 유대감이 꺼림칙했다. 하지만 전장에서 감정이 뭉텅이로 깎여 나가는 상관이 '멜즈'

라는 이름만 들어도 저렇게 기뻐하니 엘든 역시 이제는 그 소중한 편지를 기다릴 수밖에 없었다. 게다가 에드먼드를 이은 천재 학자로서 두각을 드러내는 그의 활약을 멀고 먼 헥사비스 밖에서까지 듣고 있자니 괜히 엘든까지 대견하게 느껴지곤 했다.

부하가 가져온 편지 꾸러미를 받은 엘든은 일주일간 쌓여 있던 편지를 이사나에게 건네주었다. 이사나가 헥사비스 바깥에 나와 있는 동안 하루도 빠짐없이 보내는 그 편지를 말이다. 연인조차 이렇게 열렬하게 연락할 수 없을 거라 생각하지만, 어딘가 의탁할 곳 없이 아슬아슬하게 서 있는 이사나에게 그 소년이 이런 안식을 준다면 그것으로도 좋다고 생각했다.

임시 막사 안으로 들어온 이사나는 의수와 의족을 움직이게 하는 배터리를 꺼내 갈아 끼운 뒤 멜즈가 보낸 편지를 한 장씩 읽어 내렸다. 최전선에 나와 있어 비록 답장을 자주 해 줄 수 없지만, 그럼에도 멜즈는 매일 꼬박꼬박 일기를 쓰듯 이사나에게 편지를 썼다. 이사나는 그중, 가장 최근에 보낸 편지를 꺼내 읽어 내리다가 투정 부리는 듯 꾹꾹 눌러 쓴 그의 글씨에 미소 지었다.

[이사나 보고 싶어요.]

세월이 지나도 조금도 무뎌지지 않는 그의 애정이 언제나 이사나의 마음을 벅차오르게 했다.

* * *

[이사나, 잘 지내고 있나요? 어제 헥사비스 바깥에 비가 왔다는 소식을 들었어요. 행여나 비를 맞고 감기에 걸리지 않았을까 걱정이 되네요.

저는 오늘도 잘 지내고 있어요. 조금 있으면 학위 논문 심사가 있어서 조금 바쁘기는 하지만, 그래도 저는 항상 건강하게 잘 지내고 있어요. 1월 1일 신년회 이후 논문 심사가 마무리된다고 하는데, 논문이 통과되어 학위를 수여받게 된다면 저도 한 사람 몫을 다 할 수 있게 되겠죠? 이제 겨우 시작이지만, 그래도 이제는 제국의, 그리고 이사나의 힘이 될 수 있다는 생각에 기뻐요.

조금 있으면 헥사비스로 돌아오죠? 이번 1년 동안도 정말 고생이 많았어요. 안전한 곳에서 지휘만 한다고는 하지만, 그래도 언제나 걱정이 되었어요. 헥사비스 밖은 위험하니까요. 부디 돌아오는 날까지 아무 일 없었으면 좋겠어요.

이사나 보고 싶어요.

매일매일 보고 싶어요.]

헥사비스 지상층 중앙에 위치한 연구소 안에 한 소년이 몸을 웅크린 채 눈을 감고 있었다. 이른 아침이라 아무도 없는 텅 빈 연구소 안에서 소년은 헤드셋을 쓴 채 오수에 빠져든 사람처럼 벽면에 기대 앉아 있었다. 연구소에서 지급하는 새하얀 실험복을 입은 허니 블론드의 소년은 지나치게 어려 실험복이 마치 잠옷처럼 보이기도 했다.

하지만 소년은 아카데미와 제국대학을 최연소로, 그리고 최단기로 졸업해 현재 석박사 통합 과정을 진행 중인 천재 소년이었다. 또한 괴짜로 유명한 에드먼드 넥시움의 하나뿐인 제자이기도 했고. 온갖 국책 프로젝트에 투입되어 수많은 논문에 이름을 싣고 단기간에 수많은 형태의 대(對) 알리페르 병장기를 개발해 학자들과 정재계 거물들의 관심을 한 몸에 받고 있는 소년은 일견 잠에 빠져든 천사처럼 순수해 보였다.

하지만 사실 그는 자고 있는 게 아니었다.

뚜ㅡ뚜뚜ㅡ 뚜뚜뚜ㅡ 뚜ㅡ뚜ㅡ뚜 뚜 뚜뚜뚜ㅡ뚜 뚜 뚜ㅡ뚜뚜ㅡ 뚜 뚜뚜 뚜ㅡ뚜 뚜뚜ㅡ뚜ㅡ뚜 뚜뚜뚜뚜뚜 뚜뚜ㅡ뚜뚜 뚜ㅡ뚜뚜ㅡ 뚜ㅡ뚜뚜 뚜ㅡ뚜ㅡ

소년은 헤드셋에서 들려오는 짧은 신호음에 귀를 기울이고 있었다. 모스 부호였다. 빠르다 싶을 정도로 귓가를 스치는 신호음이었지만, 소년은 그 무기질적인 정보를 하나도 빠짐없이 자신의 머릿속에 받아들이고 있었다. 그러면서 너무나도 손쉽게 그것을 번역해 머릿속의 지도 위에 부지런히 정보를 새겨 나갔다. 날씨, 온도, 습도, 풍향, 그리고 무엇보다 가장 중요한 알리페르의 존재 여부까지.

소년의 작은 머리통 안은 어느새 존데들로부터 얻은 수많은 정보가 기호로 변환된 세계가 만들어졌다. 이 넓은 세계 가운데 이사나는 어디에 있을까? 소년은 조금의 단서라도 얻고 싶은 마음에 닷(dot)과 대쉬(dash)로 가득한 소음에 열심히 귀를 기울였다. 그 탓에 누군가가 자신에게 다가오는 것을 전혀 눈치채지 못했다.

헥사비스 바깥으로 나갔던 제국군이 다시 돌아온다는 소식에 허구한 날 연구실에 처박혀 집에도 돌아오지 않는 제자를 찾아 이른 아침부터 연구실로 발을 들인 에드먼드는 밤새도록 이 꼴로 있었을 소년, 멜즈를 내려다보며 혀를 끌끌 찼다. 언제나 생각하지만, 이놈은 과했다. 에드먼드는 멜즈를 내려다보다가 심술궂은 얼굴로 멜즈의 헤드셋을 확 벗겨 버렸다.

"앗! 지금, 뭐 하시는 거예요!"

갑작스럽게 에드먼드에게 헤드셋을 빼앗긴 멜즈는 벌떡 일어나며 화를 냈다. 그러자 에드먼드는 멜즈를 삐딱하게 내려다보며 면박을 주었다.

"네놈이야말로 뭐하는 게냐? 어차피 나중에 번역되어 출력될 정보인데 변태도 아니고 왜 굳이 이걸 듣고 있어?"

"제가 뭘 하고 있든 그게 선생님과 무슨 상관이에요? 제가 에드먼드 님을 선생님이라고 부르며 제자 노릇하는 건 아침 9시부터 저녁 9시까지라고 했잖아요! 지금은 8시 반이라고요! 아직 제 자유 시간은 30분이나 남았는데 왜 이렇게 일찍 오신 거예요?!"

"그거야 내 맘이지. 됐고, 배고프니 가서 아침상 좀 차려 와 보거라."

"아 진짜! 제가 선생님 제자지 요리사예요? 왜 맨날 저보고 삼시 세끼를 다 차려 달래요?! 선생님은 손이 없어요, 발이 없어요?!"

정말 화가 났는지 멜즈는 잔뜩 골을 내며 에드먼드에게 따져 댔다. 그런 멜즈를 에드먼드는 가소롭다는 듯 바라보며 비죽비죽 웃었다.

"오호, 이번에 논문 심사 통과되기가 꽤나 싫으신가 봅니다, 멜즈 아브노아 선생님? 논문 심사를 하려면 지도 교수의 날인이 필요한 건 아실 텐데 그러시네요."

에드먼드의 노골적인 갑질에 멜즈는 몸을 파들파들 떨며 울 듯한 얼굴로 에드먼드를 올려다보았다. 그에 의자에 털썩 주저앉은 에드먼드는 능청스러운 얼굴로 "오늘은 아침부터 부리토와 카프레제가 먹고 싶구나. 아, 그러고 보니 어제 선물 받은 송어도 냉장고에 넣어 났는데 그것도 구워서 가져오거라."라고 말했다. 그에 멜즈는 분에 못 이겨 몸을 파들파들 떨다가 "학위만 따면 선생님 제자 따윈 당장

때려치울 거예요!"라고 외치며 밖으로 뛰쳐나갔다.

쾅—.

신경질적으로 문을 닫고 나가는 멜즈를 보며 에드먼드는 혀를 끌끌 찼다. 날이 갈수록 저렇게 성질머리가 더러워지니, 하여간 요즘 것들은 예의가 없어, 쯧쯧쯧. 멜즈가 알았다면 골백번은 더 뒷목을 잡았을 생각을 한 에드먼드는 문득 책상 위에 올려진 종이 한 장을 발견하고는 쓰게 웃었다. 몇 줄 적혀 있지 않는 편지였지만, 얼마나 읽어 댔는지 편지지 끝이 너덜하게 헐어있었다.

"그렇게도 좋으냐……."

3년이 지났음에도 이사나에 대한 멜즈의 애정은 조금도 변하지 않았다. 마치 신을 섬기듯, 신실하기 그지없는 그 애정과 마주할 때면 에드먼드는 자괴감이 밀려들었다. 어떠한 때도 묻지 않은 이 순수함이 언제까지고 계속되길 바라지만…….

에드먼드는 창밖으로 시선을 돌려 2백년간 인류를 지켜 온 배리어, 헥사비스를 바라보았다. 반투명한 스트로마로 가득 찬 물질문명의 보고조차 막을 수 없었던 전쟁은 이미 목전까지 다가와 있었다.

* * *

"허이구, 그걸로 아침이 되겠느냐?"

에드먼드는 테이블에 차려진 멜즈의 아침 식사를 보며 혀를 찼다. 그나마 균형 있게 단백질이 들어간 에드먼드 것과 달리 멜즈의 접시는 온통 풀뿐이었다. 자신의 분으로 가져온 카프레제조차 치즈를 아주아주 조금 넣어 도대체 무슨 맛으로 먹는 건지 알 수 없을 정도였다.

보는 에드먼드가 식욕이 다 떨어질 지경이었지만, 멜즈는 빵에 양상추를 끼워 넣으며 맛있게 먹고 있었다.

"넌 왜 고기를 안 먹는 게냐? 누가 보면 내가 널 학대하는 줄 알겠다."

"우물우물, 고기, 맛없어요. 비려요."

황족인 에드먼드는 헥사비스의 다른 제국민들과 달리 식재료 배급에 제한이 없었다. 그랬기에 에드먼드의 식사를 챙기는 멜즈 역시 먹고 싶은 걸 마음껏 먹을 수 있었다. 하지만 멜즈는 굳이 풀만 먹기를 고집했다. 신념 때문은 아니었다. 그저 입맛이 그러했다. 드레싱조차 극도로 적게 넣은, 생야채에 가까운 멜즈의 샐러드를 보며 에드먼드는 질린다는 듯이 말했다.

"그게 맛이 있냐? 도대체 이사나가 널 어떻게 키웠길래 미각이 그 따위인 게야?"

에드먼드의 경멸 어린 눈에도 멜즈는 양상추를 으적으적 씹어 먹으며 쏘아붙였다.

"이사나는 아무 잘못 없어요. 편식하지 말래서 저택에 있을 때는 꾸욱 참고 억지로 먹었는데 선생님 앞에서까지 그럴 필요 없잖아요."

"아이고, 아주 내가 네놈의 밥이로구나? 이사나가 하는 말은 법이고 내가 하는 소리는 우습다 이거지? 허허 제자놈 하나 거둬 봐야 소용이 없구만, 소용이 없어."

에드먼드의 푸념에도 멜즈는 콧방귀만 낄 뿐이었다. 어릴 때는 고분고분하고 꽤나 괴롭히는 재미가 있는 꼬맹이였지만, 어느 순간부터 멜즈는 자신의 말을 귓등으로도 듣지 않는 재수 없는 놈으로 성장해 있었다.

어느 날은 음식을 죄다 밍밍하게 만들어 와 음식을 싱겁게 하지 말라고 혼을 냈는데, 멜즈는 도리어 "혼자 늙어 가는데 건강이라도 챙기셔야죠."라고 말하며 꿋꿋하게 계속 음식을 싱겁게 내왔다. 그 정도로 멜즈는 건방지고 고집이 셌다. 모두가 에드먼드를 어려워하는 가운데 멜즈만이 끈질길 정도로 화내고 푸념하고 반항하고 있었다. 멜즈에게 있어서 모든 사람은 이사나 아래에서 평등한 듯했다.

결국 먼저 지쳐 버린 쪽은 에드먼드였다. 나도 이젠 많이 늙었나 보군. 예전이었다면 건강을 위해 싱겁게 먹어야 한다는 등의 주장을 펼치는 순간 눈물이 쏙 빠지게 혼을 냈을 텐데. 멜즈가 식기를 모두 치운 뒤 내온 커피를 받은 에드먼드는 맞은편에 앉아 마찬가지로 커피를 후후 불어 마시는 멜즈를 바라보다가 입을 열었다.

"그래, 이번에 네가 쓴 학위 논문이 포폴린의 대량 생산 방법이라지? 바빠서 아직 초록밖에 안 보긴 했지만 꽤 그럴듯하더구나."

알리페르의 극약인 포폴린은 젊은 시절 에드먼드가 자연계에 존재하는 후보 물질을 스크리닝 해 군용 무기로 만든 반합성 물질로, 몇 년 전까지 알리페르전에 사용되었다. 포폴린은 알리페르에게 심독성을 일으키는 물질로 인간에게도 유해하기는 마찬가지였지만, 비행을 위해 체내 혈액 순환이 빨라야하는 알리페르에게는 더할 나위 없이 치명적인 물질이었다.

하지만 포폴린의 원료 물질은 헥사비스 바깥에서만 자생하는 나무의 뿌리였기에 비용적인 문제와 포폴린이 듣지 않는 변종의 출현으로 몇 년 전 사장되어 버렸다. 그러나 헥사비스 내에서 인공적으로 합성해 대량 생산할 수 있다면 전략에 따라서는 알리페르를 대량으로 학살하는 화학전도 가능했다.

실제로 멜즈의 제안서를 보면 연구소 내에 설비를 조금 더 추가해야한다는 것을 제외하면 만드는 과정에서 유해한 물질이 나오는 것도 아니어서 나쁘지 않은 전략이었다. 하지만 이 아이디어를 제안한 사람이 아이러니하게도 멜즈라는 것에 에드먼드는 입맛이 써졌다. 그러나 멜즈는 냉소가 느껴지는 얼굴로 자신의 논문에 대해 평가할 뿐이었다.

"포폴린은 이미 오랫동안 성능이 검증된 화합물이니 경제적인 이유로 사장시키는 것보다 개선점을 찾는 게 더 낫죠. 그리고 알리페르를 빨리 없애야 이사나가 돌아올 수 있잖아요."

멜즈는 알리페르를 증오했다. 처음에는 별생각이 없었던 것 같지만, 이사나의 팔다리와 눈을 그렇게 만든 게 알리페르라는 걸 알게 된 이후로 그는 틈만 나면 알리페르를 없앨 무기를 생각해 내곤 했다. 헥사비스 밖에 띄워진 아브노아 존데조차 전부, 알리페르에 대한 멜즈의 적의로 생겨난 산물이었다. 멜즈의 말을 들으며 설탕 한 스푼 들지 않은 쓴 커피를 홀짝이던 에드먼드는 여상한 말투로 멜즈에게 물었다.

"꽤나 알리페르가 싫은가 보구나."

"좋아하는 게 더 이상하지 않나요? 그놈들은 제국의 적이에요! 지구상에서 박멸시켜야 할 해충이라고요! 절대 한 마리도 살려 둬선 안 돼요!"

멜즈의 분노 섞인 말에 에드먼드는 마시던 커피를 내려놓으며 자신의 제자를 바라보았다. 이사나는 종종 알리페르에 대한 무차별적인 적의를 내보이는 멜즈를 걱정하는 듯했지만, 에드먼드는 다른 의미에서 멜즈의 적의를 걱정했다.

"학자가 되겠다는 놈이 저렇게 감정적이어서는, 쯧쯧쯧."

에드먼드가 혀를 차며 나무라자, 울컥한 멜즈는 여전히 분이 가시지 않은 얼굴로 에드먼드에게 따졌다.

"감정적인 게 왜요?! 알리페르가 나쁜 건 사실이잖아요! 그 벌레들 때문에 제국민들은 이런 좁은 곳에서 살아야 하고, 이사나도······. 이사나의 팔과 다리도······! 선생님은 이사나의 숙부님이면서 왜 그렇게 아무렇지 않게 생각할 수 있어요? 선생님이 그러고도 '넥시움'이라고 할 수 있어요?"

멜즈는 에드먼드의 냉정함이 속상한지 좀처럼 분을 삭이지 못하고 씩씩거렸다. 그런 멜즈를 빤히 쳐다보던 에드먼드는 포트에 담긴 커피를 한 잔 더 잔에 따르며 말했다.

"적을 감정적으로 평가하는 건 위험한 생각이다, 멜즈. 우리는 그들과 천적인 관계로 태어났기에 대립하는 것이지 그들을 미워하기 때문에 대립하는 건 아니지 않느냐. 그 과정에서 적을 미워할 수 있는 것이지만, 애초부터 마땅히 사라져야 할 놈 따위 자연계에 존재하지 않는다. 그럼 거꾸로 묻겠는데, 이사나의 팔다리를 그렇게 만든 게 사람이었어도 너는 그들을 죽일 병기를 만들었을 것이냐?"

에드먼드의 물음에 멜즈는 대답하지 못하고 머뭇거렸다. 사람이 어떻게 사람을 죽일 수 있냐는 그런 얼굴이었다. 그에 에드먼드는 다시 뜨거워진 커피를 홀짝이며 말했다.

"과거에는 사람이 사람을 죽이기 위한 병기를 만든 적이 있었다. 각자가 가진 이념을 내세우고 대립하며 자신과 맞지 않는 사람들을 독가스로 살해하기도 했지. 서로가 가진 생각이 달라서 생긴 어리석은 아집과 감정적인 골 때문이었다. 그에 비해 알리페르와 제국민의 관계는 실로 심플하지 않느냐. 그저 천적이기 때문에 어떠한 감정도

의문도 품을 필요 없이 그저 학살하기만 하면 되니 말이다."

에드먼드가 무슨 말을 하는 것인지 알듯 말 듯해 멜즈가 미간을 찌푸리자, 에드먼드는 다 마신 커피 잔을 내려놓으며 말했다.

"자연계에서 같은 생태적 지위를 가진 놈들은 결국 어느 한쪽이 배타적 우점종이 되든 둘이 공생을 하든 그 결론을 내리게 되어있다. 그러니 우리 인류와 알리페르 역시 언젠가는 답을 내겠지. 지금은 그 과정일 뿐이다. 그런데도 여전히 알리페르가 밉다면 차라리 이사나를 상처 입힌 놈만 미워하도록 하거라. 그들의 태생 자체를 미워하는 건 어리석은 짓이야. 그저 그들은 우리와 다른 것뿐이니 말이다. 이사나도 그렇게 생각할 게다."

"그래도 전 그놈들이 싫어요. 그놈들이 있어서 이사나가 힘든 거니까요."

에드먼드의 충고에도 멜즈는 고집스레 자신의 의견을 세웠다. 하지만 똑똑한 멜즈라면 금세 자신이 어떤 모순에 사로잡혀 있는지 깨달을 것이다. 멜즈가 아무리 대단해져도 사회에 소속되어 있는 이상, 알리페르 자체는 어떻게 할 수 있어도 이사나를 '넥시움'이라는 굴레에서 벗어나게 하는 건 불가능하니 말이다. 불통한 얼굴로 다 마신 커피 잔을 치우던 멜즈는 문득 뭔가를 떠올리고는 에드먼드에게 말했다.

"선생님, 15일에 휴가 좀 주세요."

"휴가? 논문 심사가 얼마 안 남으신 분께 휴가라는 게 있던가?"

"시간 맞춰서 할일은 다 해 놓을 거예요! 이사나가 그 날 보자고 했단 말이에요……! 에취! 에취!"

멜즈는 코를 훌쩍이며 연신 재채기를 했다. 그에 에드먼드는 혀를 끌끌 차며 말했다.

"감기라도 걸린 게냐?"

"어제 그제 연구실에서 자서 그런가 봐요. 훌쩍."

"쯧쯧쯧, 하여간 허약하기는. 관리 좀 하거라. 그러다 천식까지 다시 도지면 이사나가 날 얼마나 원망하겠느냐?"

"선생님이 제게 아침 점심 저녁만 안 차리게 해도 안 걸릴 거거든요?"

멜즈가 휴지로 코를 풀며 쏘아붙이자, 에드먼드는 못마땅한 얼굴로 팔짱을 끼며 말했다.

"하여간 한마디도 안 지려고 하지. 어릴 때는 고분고분한 게 귀염성이라도 있었는데."

"흥, 선생님 앞에서 귀염성 있어 봐야 뭐해요? 하여간 15일에 저 연구실 안 나올 거예요?"

"허이구 그래, 아주 막 나가는구나. 네 맘대로 하거라."

어차피 가지 말라고 해 봐야 들어먹지도 않을 거라 에드먼드는 귀찮다는 듯 손을 내저었다. 그러자 멜즈는 눈을 반짝이며 "진짜죠? 진짜 저 그 날 이사나랑 하루 종일 같이 있을 거예요?"라고 말했다. 그에 에드먼드가 건성으로 "그래 그래."라고 대답하자, 멜즈는 기쁜 듯 콧노래까지 흥얼거리며 커피 잔을 들고 밖으로 나갔다. 그런 멜즈의 뒷모습을 어이없어하는 눈으로 바라보던 에드먼드는 고개를 돌려 멜즈의 자리에 곱게 놓인 편지지를 바라보았다.

[나도 네가 많이 보고 싶구나. 어서 만나고 싶다.]

이사나가 왜 멜즈를 소중히 여기게 되었는지 에드먼드는 아직도 알 수 없었다. 하지만 그의 고된 삶에 멜즈만이 안식이 된다면, 이대로 계속 멜즈를 속이게 되더라도 모른 척할 수밖에 없었다. 자신은 넥시움이기도 했지만, 가여운 조카의 행복을 바라는 숙부이기도 했으니까.

* * *

오랫동안 비워 뒀던 저택으로 돌아온 이사나는 어젯밤 있었던 연회의 피로를 미처 풀지도 못한 채 또다시 아침 일찍부터 나갈 준비를 하고 있었다. 몇 개월 만에 집에 돌아와서도 조금도 쉬지 못하는 이사나를 노집사가 걱정하는 것 같았지만, 이사나는 전혀 피곤하지 않았다.

이제야 겨우 멜즈와 만날 수 있게 되었으니까.

오랜만에 멜즈를 만날 생각에 들뜬 이사나는 평소보다 오래 드레스 룸에 머물며 어떤 옷을 입고 나갈지 고민했다. 멜즈는 자신이 어떤 모습을 해도 좋아하겠지만, 그래도 이사나는 내심 멜즈에게 좋은 모습만 보이고 싶었다. 그가 실망할 만한 모습은 조금도 보이고 싶지 않았다.

평소답지 않게 초조해하는 자신에게 어색해하면서도 이사나는 손목에 찰 시계를 신중하게 고르는데, 문득 흰 손가락 하나가 톡톡, 두들기듯 시계 하나를 가리켰다. 그에 이사나가 놀란 듯 눈을 깜빡이며 옆을 돌아보자, 더티 블론드에 갈색 눈을 가진 소년이 이사나를 향해 말없이 웃고 있었다. 그에 이사나 역시 피식 웃으며 그에게 물었다.

"이걸로 하라고?"

그러자 소년이 고개를 끄덕거렸다. 한결같은 모습으로 이사나의 곁을 떠나지 않는 소년은 이상하게 지척에 있음에도 숨소리가 느껴지지 않았다. 다른 사람에게는 보이지 않는, 오직 이사나의 눈에만 보이는 이 소년이 이사나의 곁을 지킨 지는 꽤 되었다.

아마도 멜즈가 저택에 들어온 뒤였던 것 같다. 처음 소년의 환영을 본 이사나는 겁에 질렸었다. 하지만 두려움에도 아랑곳없이 환영은 계속해서 이사나의 앞에 나타났다. 심지어 날이 갈수록 산 사람처럼 또렷해져 가 이제는 남은 시간이 얼마 안 남았다는 생각에 우울해지기까지 했다. 하지만 환영은 생전의 모습 그대로 이사나가 마음을 열 때까지 주변을 맴돌기만 할 뿐이었다.

두려워하지 말라는 듯, 당신을 이해하고 있다는 듯, 조심스러운 태도를 취하는 그에게 부채감을 느끼게 된 것은 오래지 않았다. 귀신이든 환영이든 그는 단지 생전에 곁에 있겠다고 한 약속을 지키는 것뿐이니 말이다.

소년이 골라준 시계를 손목에 차자, 이사나의 눈에도 입고 있는 옷과 퍽 잘 어울려 보였다. 이사나는 그에게 돌아보며 인사했다.

"고마워."

그러자 소년은 마치 "천만에요."라고 말하는 것처럼 눈을 휘었다. 그리고 탁자 위에 놓인 약병들을 톡톡 두들겼다. 이사나는 소년이 가리킨 약병에서 약을 꺼냈다. 각각의 약병에서 하나씩, 총 7알을 꺼낸 뒤 물과 함께 삼켜 버리자, 소년의 모습 역시 씻은 듯이 사라져 버렸다. 그 빈자리를 아쉽게 바라보던 이사나는 문득 벽시계를 보고 나서야 멜즈와 약속한 시간이 얼마 남지 않았음을 깨달았다.

반년 만에 만나는 멜즈는 또 얼마나 자라 있을까. 만날 때마다 놀랄 만큼 자라나 있던 멜즈를 떠올리며 이사나는 텅 빈 드레스 룸을 나섰다.

* * *

'으아! 어떡해! 지각이잖아!'

심술궂은 얼굴로 나갈 거면 세포 실험에 쓸 CHO 세포의 계대배양까지 끝내고 나가라고 말했던 에드먼드를 원망하며 멜즈는 울 듯한 얼굴로 계속 내달렸다. 여유롭게 준비해서 나가고 싶은 마음에 며칠 동안 좀비처럼 배양기를 노려보았건만, 왜 하필 어제 배양액이 오염되어서, 왜 하필 눈앞에서 버스를 놓쳐서, 이사나를 30분이나 밖에서 기다리게 만들어 버린 건지……. 멜즈는 미안해서 죽을 지경이었다.

멜즈도 바쁜 건 매한가지였지만, 이사나에 비할 바는 못 되었다. 이사나야말로 제국에서 가장 바쁜 남자였으니까. 제국의 각 세력들이 서로 반목하며 으르렁대는 가운데 오직 이사나 한 사람만이 모두의 호의를 사고 있었다. 이사나는 그들을 화해시키고 힘을 하나로 모으기 위해 하루는 군부의 장성들과 환담을 나누고 하루는 제국의 살림을 맡고 있는 고관들을 찾아갔으며 또 하루는 발언권이 약해진 지상층의 귀족들과 유지들을 어르고 달랬다. 이제 막 헥사비스 안으로 귀환했는데도 말이다.

그런 이사나가 통째로 하루 동안 시간을 내어 주겠다고 선언한 날이었다. 이런 천금 같은 기회를 세포 배양 따위와 버스에게 30분이나 빼앗기다니! 억울해 미칠 지경이었다. 멜즈는 현기증이 들 정도로 헐레

벌떡 뛰며 이사나와 만나기로 한 어느 도서관 앞으로 향했다. 그리고 마침내, 멜즈는 도서관 앞 벤치에 앉아 있는 이사나를 발견했다.

반투명한 헥사비스의 지붕 아래로 쏟아지는 햇살 속에서 이사나는 눈을 감고 조용히 졸고 있었다. 단정한 눈썹 아래를 살짝 덮는 진갈색 머리카락, 그 아래로 시원하게 뻗은 콧대와 단호한 눈매는 전체적으로 순진한 인상을 가진 그를 그나마 남자답게 보이게 했지만, 굳게 다문 입매는 희한하게도 그를 요염해 보이게 했다. 남자다우면서도 묘한 분위기를 풍기는 이사나는 그가 가진 매력으로 수많은 청년들을 그에게 충성하게 만들었을 것이다.

실제로 이제껏 큰 충돌 없이 모병제가 징병제로 바뀔 수 있었던 건 이사나의 카리스마 때문이기도 했다. 그게 멜즈를 안달 나게 만들었다. 아무것도 모르던 시절부터 줄곧 느끼고 있었지만, 이사나는 정말 대단한 사람이었다. 이사나를 독점하고 싶다는 욕심을 품는 것만으로도 불벼락을 맞을 것처럼 그의 존재는 빛처럼 눈이 부셨다.

이사나에게 나는 특별한 사람일까? 사고로 기억을 잃은 자신을 우연히 이사나가 발견해 마치 친자식처럼 키워 주었지만, 멜즈는 종종 그게 이사나가 상냥해서 모두에게 할 만한 일을 한 것에 불과한 것인지, 아니면 자신이 특별해서 그랬던 것인지 알 수 없었다.

갑자기 기분이 가라앉은 멜즈는 여전히 잠에 빠져든 이사나의 앞에 섰다. 오랜만에 그가 잠든 모습을 보는 것 같았다. 잠든 순간까지도 이사나는 등을 꼿꼿이 세운 채 바른 자세로 앉아 있었다. 존재 자체가 이데아(Idea)인 그는 마치 살아 있는 조각상 같았다.

숨은 제대로 쉬고 있는 걸까? 문득 그런 생각이 든 멜즈는 온기가 느껴질 정도로 그에게 가까이 다가가는데, 그 순간 눈꺼풀이 파르르 떨리더니 그 아래로 색이 미묘하게 다른 고동색 눈동자가 드러났다. 그 광경이 어이없을 정도로 아름답게 느껴져 멜즈는 자신도 모르게 심장이 두근거렸다. 두어 번 눈을 깜빡거린 이사나는 의아해하는 눈으로 멜즈를 바라보다가 이름을 불렀다.

"……멜즈?"

"이, 이사나! 일어났어요?"

한숨 같은 이사나의 목소리에 놀란 멜즈는 후다닥 뒤로 물러나 아직 잠에서 덜 깬 이사나를 바라보았다. 천재 소년으로 불리며 학계에서도 주목받는 멜즈였지만, 이 순간만큼은 잘난 머리도 완전히 굳어 버려 새빨간 얼굴로 허둥거리기만 할 뿐이었다.

"어, 어, 그게, 이사나가 피곤해 보여서……. 나중에 깨우려고, 그, 그러니까……!"

"내가 잠깐 졸고 있었나 보네, 미안해."

"아, 아니에요. 제가 늦게 와서……."

이사나는 미안해서 어찌할 줄을 모르는 멜즈를 물끄러미 바라보았다. 역시 성장기라 그럴까? 멜즈는 반년 전에 비해 키가 많이 자라 있었다. 무릎께에나 왔던 멜즈가 이제는 어깨에 닿을 듯했다. 하지만 숙부님 밑에서 꽤나 고생했는지 예전보다는 조금 마른 것 같아 보였다.

유충 시절, 총상을 입고 겨우 살아난 탓에 멜즈는 본래부터 건강한 편이 아니었다. 겨울이 시작될 때쯤이면 항상 기관지가 나빠졌고 무리하면 자주 열이 올랐다. 어릴 때야 집사나 사용인들이 돌보아 주면 되는 문제였지만, 숙부의 성격상 멜즈를 세심하게 챙겨 줬을 리 없었다. 그게 항상 마음에 걸렸던 이사나는 이제껏 못 해 준 걸 오늘 하루 동안에라도 만회하겠다는 각오를 다지며 자리에서 일어났다. 그리고 여전히 얼굴을 새빨갛게 물들인 채 어찌할 줄을 모르는 멜즈를 불렀다.

"멜즈."

"네?"

"예약해 둔 레스토랑이 있어. 일단 거기로 가자."

"지금요?"

시간은 이제 겨우 오전 10시 반이었다. 나갈 때 나가더라도 아침상은 차리고 나가라던 끈질긴 선생님 때문에 그의 아침을 챙기면서 곁에서 빵 한 조각을 먹었던 멜즈는 지금 별로 배가 고프지 않았다. 하지만 이사나가 자신을 향해 부드럽게 웃으며 이렇게 묻고 있었다.

"싫으니?"

"아, 아뇨. 가요. 배고팠어요."

홀린 듯이 대답한 멜즈는 속없이 헤헤 웃으며 이사나의 옆에 섰다. 편지로만 간신히 그리움을 삼켰던 이사나가 바로 옆에 있었다. 그렇다면 그깟 아침 식사 따위 백 번은 더 먹을 수 있었다. 신이 난 멜즈는 이사나의 주변을 빙글빙글 맴돌며 예전처럼 쫑알거리기 시작했다. 편지로도 숱하게 말했던 것들이지만, 멜즈는 눈을 반짝이며 그간의 일들을 털어놓았다. 그리고 이사나는 당연한 것처럼 싫은 기색 없이 그것들을 들어주었다.

평화로운 주말의 시작이었다.

* * *

멜즈가 더 이상 못 먹겠다고 울상을 지을 때까지 식사를 권한 이사나는 부른 배를 움켜쥔 멜즈와 함께 예전에 자주 갔던 의상실로 향했다. 이번에 여러 교수들 앞에서 학위 논문 심사를 받는다고 하는데, 번듯한 옷 하나 없다는 건 말이 안 되었다. 어색한 얼굴로 선 멜즈를 재단사에게 맡겨 치수를 잰 뒤 이사나는 디자이너로부터 최신 유행하는 정장과 연회복 스타일에 대한 설명을 들었다. 얼마 뒤 가봉한 옷이 나오자, 이사나는 그것들을 멜즈에게 하나씩 입히며 논문 심사 때 입을 옷을 골랐다.

이건 얼굴색과 맞지 않아. 이건 너무 딱딱해 보여. 이건 너무 가벼워 보여. 모든 일에 무던한 편인 이사나는 믿을 수 없을 만큼 깐깐해져 멜즈의 옷을 수 없이 입혔다가 벗기기를 반복했다. 그에 멜즈는 피곤해져 힘이 쭉 빠지는 걸 느꼈지만, 단호한 얼굴로 지시하는 이사나도 좋았기에 군말 없이 이사나가 좋다고 할 때까지 옷을 계속 갈아입었다.

결국 마지막에 결정한 옷 말고도 이때까지 멜즈가 갈아입은 모든 옷값을 지불한 이사나는 멜즈의 옷을 에드먼드의 사택으로 보내 달라고 부탁한 뒤 멜즈와 함께 밖으로 나왔다. 지나치게 옷값이 많이 나와 멜즈는 걱정했지만, 어차피 은행에 쌓여 있는 돈은 사용할 곳이 없었다. 이렇게 멜즈에게 필요한 것을 사 줄 수 있다면 이사나는 그것만으로도 기쁠 뿐이었다.

그 후, 의상실 말고도 이사나는 멜즈를 데리고 수많은 상점들을 들락거렸다. 지상의 상류층이 모여 사는 거리에서 판매되는 물건들은 제국에서 배급해 주는 물품들과 질적으로 차원이 달랐다. 예전에는 관심 없이 지나쳤던 것들이지만, 멜즈에게 필요할지도 모른다는 생각이 드니 이사나로서는 그냥 지나치기 힘들었다.

　상점을 한 군데씩 들르며 멜즈에게 필요해 보이는 물건을 하나씩 사자, 멜즈는 몹시 부담스러워하다가 급기야는 그것들을 거절하려 했다. 하지만 이사나는 강경했다. 결국 말리는 것을 포기한 채 멜즈 역시 이사나에게 주고 싶은 물건을 경쟁적으로 사며 쇼핑을 즐겼다. 그렇게 물건들을 죄다 각자의 집으로 배달시키고 상점가를 빠져나오자, 어느새 바깥은 어둑해져 있었다. 또다시 멜즈에게 저녁 식사를 잔뜩 권한 이사나는 마지막으로 멜즈를 데리고 극장으로 향했다. 그리고 미리 예약한 자리에 멜즈와 나란히 앉아, 이미 여러 번 본 적 있는 건국 비사 연극을 함께 보았다.

　"불로불사의 마녀여, 그대를 찾아 열 개의 산을 넘고 열 개의 물을 건너 결국 여기까지 왔다오. 부디 그대에게 청하니 위기에 처한 인류를 구할 수 있게 그대의 지혜를 빌려주시오."

　"나는 고독한 마녀. 당신에겐 기나긴 세월도 내게는 찰나와도 같은 것. 고결한 긍지를 지닌 그대를 감히 흠모해 그대를 돕고 싶지만, 그대 역시 내게는 낙엽처럼 덧없이 사라질 존재. 그대와 함께할 시간은 황홀하겠지만, 내게는 영원 같은 상흔을 남기겠지."

　"그렇지 않다오, 마녀여. 나, 몰란도 넥시움은 한순간이나, '넥시움'은 영원불멸할지니. 위대한 업을 이어 나갈 '넥시움'의 미래를 그대가 영원토록 지켜봐 주오, 지혜로운 마녀여."

　연극을 처음 보는 멜즈는 눈을 반짝이며 무대 위에 선 금발의 남자와 흑청색 머리의 여자를 바라보았다. 극작가들이 가장 좋아하는 야사 중 하나인 '헥사비스의 마녀'를 기반으로 만들어진 희극이었다. 물론 마녀의 정체는 헥사비스의 모든 시스템을 관리하는 인공 지능 통합

장치, 비비였다. 오랜 세월 동안 모습이 변하지 않는 그녀를 본 몇몇 사람들이 오해해 생겨난 상상의 산물에 불과했다. 하지만 영원한 삶을 사는 마녀와 짧은 생을 살다간 영웅의 사랑은 꽤나 흥미로운 소재였기에 이 연극은 자주 상연되었다. 그렇게 모두가 영웅과 마녀의 이야기에 집중하는 가운데, 이사나만이 연극을 보며 딴 생각에 빠져 있었다.

어릴 적 리비에를 헤매다가 우연히 비비를 발견한 이사나는, 한때는 매일 찾아갔을 정도로 그녀를 좋아했다. 창백한 얼굴에 차가운 금안을 가진 아름다운 기계 여왕은 언제나 이사나가 하는 말을 무엇 하나 싫은 기색 없이 고요히 들어 주곤 했기 때문이다. 두 살 위인 형이 모두 독차지한 애정을 조금이나마 얻고 싶은 마음에 언제나 쓸모없는 노력을 했던 이사나는 울고 싶을 만큼 힘들어질 때면 그녀를 찾아가 두서없는 얘기를 늘어놓곤 했다. 그렇게 정 붙일 곳 없었던 이사나가 그녀에게 마음을 주게 된 건 오래지 않았다.

'비비, 내 친구가 되어 주지 않을래?'

'친구? 그건 어떻게 해야 될 수 있는 건가요?'

'서로 관계를 맺는 거야. 그러면 함께 있는 시간이 특별해진다고 했어.'

'그렇다면 전 이미 이사나 황자님의 친구예요. 전 당신과 있는 1분 1초가 특별하니까요.'

그렇게 비비와 친구가 된 후, 이사나는 하루가 멀다 하고 그녀를 찾아가 그녀와 많은 이야기를 나누었다. 그녀는 오랫동안 살아와서 그런지 재미있는 얘기를 많이 알고 있었다. 그 시절을 떠올리면 이사나는 괴로우면서도 한편으로는 굉장히 행복했다.

하지만 이사나가 비비에게 친구가 되어 달라고 말했다는 걸 알게 된 황제는 배를 잡고 웃으며 이사나에게 면박을 주었다.

'크크크큭, 친구라고? 비비와? 고작해야 고철 덩어리에 불과한 년과 어떻게 친구가 될 수 있단 말이냐.'

'고, 철……?'

'그래, 비비는 기계다. 사람이 입력한 정보를 곧이곧대로 출력하는 멍텅구리란 말이다! 사람을 닮았다고 다 사람인 줄 아는 게냐? 멍청하기는.'

황제의 말에 충격을 받은 이사나는 그 후 다시는 비비를 찾아가지 않았다. 부끄럽다기보다 배신감이 들어서였다. 정말로 자신을 좋아해서 이야기를 들어 준 줄 알았는데, 그랬는데 사실은 입력받은 알고리즘에 맞춰 반응한 것에 불과했다. 그 이후, 이사나는 더욱더 굳게 마음의 문을 걸어 잠갔다.

"이사나?"

"응? 왜 그러니, 멜즈."

"그냥…… 이사나가 멍하니 있어서…….'

"또 잠시 졸았나 보네."

이사나가 멋쩍게 웃었지만, 멜즈는 여전히 걱정스러운 눈으로 이사나를 보았다. 하지만 별일 아니라는 듯 다시 한번 웃으며 멜즈의 머리를 쓰다듬어 주자, 멜즈는 신경 쓰이는 얼굴을 하면서도 이내 다시 무대로 시선을 돌렸다.

연극이 끝난 후 밖으로 나가자, 어느새 저녁 10시가 다 되어 가고 있었다. 어제보다 서늘해진 바깥 공기에 멜즈가 연신 재채기를 하며 코를 훌쩍거렸다. 이사나는 걱정하며 멜즈에게 물었다.

"감기에 걸린 거니?"

"음······ 요즘 논문 때문에 연구실에 오래 있어서 그런가 봐요."

코끝이 빨개진 채 멜즈가 배시시 웃자, 이사나는 멀리 떨어져 있던 수행원들을 불러 머플러를 가져와 달라고 부탁했다. 수행원들이 이사나가 사용했던 머플러를 가져오자, 이사나는 멜즈의 목에 손수 머플러를 여며 주며 말했다.

"따뜻하게 입고 다니렴."

그에 멜즈는 환하게 웃으며 이사나를 꽉 끌어안았다. 이제 두 사람은 헤어져야 할 시간이었다. 떨어져 있던 시간에 비해 함께한 시간은 터무니없을 정도로 짧았지만, 서로를 위해 다시 한 발자국씩 뒤로 물러나야 했다. 멜즈는 아쉬움이 뚝뚝 떨어지는 얼굴로 이사나에게 말했다.

"이사나."

"응?"

"1월 1일은 연구실이 문을 닫아요. 그때쯤이면 저도 논문 제출이 마감된 후이기도 하고요. 그래서······ 그믐날 저녁은 저택으로 돌아와 이사나와 함께 새해를 맞이하고 싶은데 그래도 되나요?"

멜즈의 말에 빈틈없이 잡혀 있는 자신의 일정을 떠올린 이사나는 난처한 얼굴로 대답했다.

"되긴 하지만, 그 날 황궁에 있을 신년회에 참석해야 해서 굉장히 늦게 들어올 거야. 자칫하면 다음 날이 되어서야 겨우 돌아올 수 있을지도 몰라."

"사, 상관없어요! 계속 기다리고 있을 거니까요!"

멜즈의 격렬한 반응에 이사나는 작게 미소 지으며 말했다.

"그럼 그날은 빨리 돌아올 수 있도록 노력할게."

"기다리고 있을게요."

황홀한 얼굴로 자신을 바라보는 멜즈를 잊고 싶지 않다는 듯 다시 한번 꼭 끌어안은 이사나는 수행원을 불러 준비된 차에 멜즈를 태워 보냈다. 멜즈는 차를 타고 에드먼드의 사택으로 돌아가면서도 계속해서 이사나를 바라보았다. 언제까지고 그 모습을 눈에 새겨 넣고 싶다는 듯. 그런 멜즈가 사라질 때까지 계속해서 지켜보던 이사나는 수행원들 사이에 있던 부관, 엘든이 자신에게 다가오는 것을 바라보았다. 엘든은 못마땅한 얼굴로 이사나에게 투덜거렸다.

"늦었습니다."

"얼마나 늦었지?"

"이제 차를 타고 간다고 해도 어르신들을 30분은 더 기다리게 하겠군요. 그냥 멜즈 군에게 사정을 말하고 먼저 가면 안 되는 거였습니까?"

"그럴 순 없었어……."

한숨을 쉬는 듯한 이사나의 힘없는 대답에 엘든은 얼이 빠졌다. 다음 일정이 약속된 시간이 다가오면서 엘든은 멀리서 계속 이사나에게 가야 한다는 신호를 보냈지만, 이사나는 그것을 무시한 채 계속 멜즈와 밤거리를 걸었다. 아무리 소중하게 여기는 소년이라지만, 이제껏 공과 사를 확실했던 이사나가 이러는 게 엘든으로서는 도저히 이해가 가지 않았다. 하지만 이사나는 여전히 멜즈가 떠난 쪽을 아쉬운 얼굴로 바라볼 뿐이었다. 그러다 마음을 다잡은 이사나는 아까의 미련 가득한 모습은 온데간데없이, 단호한 목소리로 엘든에게 말했다.

"가자."

"네, 각하."

다시 제국의 영웅으로 되돌아온 이사나는 사람 같지 않게 냉정하면서도 외로운 얼굴을 하고 있었다.

* * *

"흐흐흐흐."

어제 하루 종일 연구실에 없었다가 다음 날 입이 귀까지 걸린 채 나타난 멜즈를 연구실의 석박사생들은 차게 식은 눈으로 바라보았다. 어디서 받아 온 건지 출처가 분명한 캐시미어 머플러를 목에 둘둘 매고 연구실에 나온 멜즈는 더워서 얼굴이 새빨개짐에도 고집스레 계속 머플러를 하고 있었다.

미성년의 나이로 제국대학 연구소에 들어온 천재 소년이 미련할 정도로 더위를 참는 것에 모두가 어처구니없어 했지만, 이해 못 할 것도 아니었다. 멜즈는 정말 광적으로 이사나 황자를 좋아했으니까. 얼마나 좋아하냐면, 바쁜 일정 와중에도 틈틈이 리비에로 가 이사나에 대한 과거 기록물을 찾았고 혹여 이사나가 썼던 물건을 발견하면 웃돈을 주고서라도 반드시 그 물건을 구입했다.(물론 지불한 돈은 이사나가 보내 준 용돈이었다.) 누군가가 이사나의 물건을 가지고 있다는 소식만 들어도 당장 뛰쳐나가 수단과 방법을 가리지 않고 반드시 얻어내는 추진력의 결과, 겨우 3년 만에 멜즈의 방은 이사나의 물건으로 가득 차게 되었다.

멜즈는 매일 밤마다 이사나의 모습이 찍힌 신병 모집 전단지를 황홀한 눈으로 바라보다가 잠이 들었고 최근에는 그것마저 닳아

버릴지도 모른다는 생각에 여분을 찾아 주변을 수소문하고 있었다. 그러니 멜즈가 가진 이사나의 물건 중 가장 최근 것일 캐시미어 머플러가 멜즈에게 얼마나 소중하고 또, 그걸 자랑하고 싶을지 알 만했다. 멜즈는 머플러에서 은은하게 나는 이사나의 냄새가 너무 좋아 벌쭉벌쭉 웃으며 다시 한번 그 소중한 머플러에 뺨을 비비적거리는데, 그런 멜즈를 뒤에서 지켜보던 붉은 머리의 여자가 혀를 차며 멜즈에게 말했다.

"그게 그렇게 좋니?"

여자의 물음에 뒤를 홱 돌아본 멜즈는 당연한 것 아니냐는 얼굴로 여자에게 말했다.

"당연하죠! 이사나가 직접, 손수 제 목에 매어 준 머플러인걸요? 따뜻하게 입고 다니라고 걱정까지 해 주면서요!"

"그래그래, 좋겠다. 부럽다 그래."

여자의 성의 없는 말에도 멜즈는 수줍게 웃으며 몸을 배배 꼬아댔다. 이사나 님은 어쩌다 저런 스토커 같은 놈을 주워 와서는……. 여자가 속으로 혀를 차는데, 그런 여자의 마음도 모른 채 멜즈는 뒷머리를 긁적이며 여자에게 인사했다.

"그건 그렇고 누나, 어제는 고마웠어요. 정말 누나 덕분에 살았어요."

어제 아침, 애꿎은 배양기만 노려보며 초조하게 발만 동동 구르던 멜즈를 보다 못한 붉은 머리의 여자, 스칼렛이 멜즈를 보내고 멜즈가 해야 할 일을 대신 처리해 주었다. 스칼렛의 도움으로 멜즈는 그나마 일찍 연구실에서 나갈 수 있었지만, 결국 눈앞에서 버스를 놓치는 바람에 이사나를 30분이나 기다리게 해 버렸다. 어제 일만 떠올리면 끔찍해져 고개를 절레절레 내젓는데, 스칼렛이 그런 멜즈를 향해 비죽비죽 웃으며 말했다.

"별거 아니었는데 뭘. 하지만 어제 나랑 한 약속은 잊지 않았겠지? 내 부탁은 뭐든 하나 들어주기로 한 거."

잊고 있었는데! 멜즈는 두려운 눈으로 스칼렛을 올려다보았다. 보수적인 귀족가 영애치고는 파격적이다 싶을 정도로 짧게 자른 머리하며, 이지적인 안경 너머로 비치는 장난스런 눈빛이 멜즈를 두렵게 했다. 제국 최고의 인재가 모인 연구실인 만큼, 멜즈는 어린 나이임에도 숨길 수 없는 천재성과 불분명한 출신 성분으로 인해 연구실 사람들로부터 견제와 질투를 한 몸에 받고 있었다.

하지만 재무부 장관의 고명딸인 스칼렛만큼은 처음 만났을 때부터 줄곧 멜즈를 애 취급하며 좋아해 주었다. 감정적으로 서투른 멜즈를 배려해 줬다는 의미가 아니라, 말 그대로 멜즈의 오밀조밀한 생김새를 좋아했다는 의미다. 변태처럼 느물느물한 미소를 짓는 스칼렛을 멜즈는 당장이라도 폭발할 듯한 폭발물처럼 바라보는데, 격정을 이기지 못한 스칼렛이 마치 사냥을 하듯 멜즈를 덥석 껴안으며 소리 질렀다.

"아휴! 정말, 너무 귀여워! 눈이 똘망똘망한 게 정말 귀여워서 미쳐버리겠네!"

"으악! 하지 마세요! 풀어 줘요!"

스칼렛의 품에 안긴 멜즈가 마구 저항하며 그녀에게서 벗어나려 애를 썼지만, 스칼렛은 "흐흐흐, 우리집에 이사나 님이 쓰셨던 필기 노트가 있다는 걸 잊어버렸으려나?"라고 말하며 멜즈를 무력화시켰다. 스칼렛이 아카데미에 다니던 시절, 같은 반이었던 이사나에게서 필기 노트를 빌리고 돌려주지 않았다는 걸 들은 이후 멜즈는 끈질기게 스칼렛을 독촉하며 노트를 가져다 달라고 요구했다. 그렇지만 스칼렛은 매일 깜빡했다는 핑계를 대며 1년째 가져다주지 않고 있었다. 다만, 이렇게 계속 협박만 할 뿐이었다. 결국 저항을 포기한 멜즈가 얌전히 스칼렛의 품에 안겨 있자, 스칼렛은 솜사탕처럼 폭신한 멜즈의 머리카락을 손으로 마구 헝클어뜨리며 고민된다는 듯 중얼거렸다.

"아이 참, 뭘 시키지? 고작 어깨 좀 주무르게 하는 것 따위로 날려 버리기엔 좀 아까운데? 이대로 홀딱 벗겨서 누드 화보나 찍어 버릴까?"

깔깔거리며 고민하는 스칼렛의 말에 멜즈의 얼굴이 새하얗게 질렸다. 하여간 스칼렛은 무서웠다. 거침없이 파고드는 친화성도 그렇고 사람의 약점을 놓치지 않는 그 비열한 점 또한 살 떨리게 무서웠다. 멜즈는 울 듯한 얼굴로 스칼렛에게 말했다.

"화, 화보는 안 돼요······. 이사나가 슬퍼할 거예요······."

"푸, 푸하하하! 하여간 이런 모습이 너무 귀엽다니까!"

스칼렛은 또다시 멜즈를 꽉 끌어안으며 폭신한 머리에 뺨을 마구 비볐다. 멜즈는 여성 특유의 말랑하면서도 좋은 향기를 느끼며 한숨을 푹푹 내쉬었다. 도대체 어느 부분에서 터진 걸까. 멜즈는 평생 스칼렛의 생각을 이해할 수 없을 것 같은 슬픈 예감이 드는데, 한참을 비비적거리던 스칼렛이 멜즈를 풀어 주며 말했다.

"결정했다! 그냥 중앙 도서관에서 빌린 책들을 반납하는 걸 도와줘."

"그러면 돼요?"

너무나도 쉬운 부탁에 멜즈는 고개를 갸웃거리는데, 스칼렛이 요염하게 눈을 휘며 멜즈에게 말했다.

"싫으면 누드 화보 촬영해도 되고."

"아뇨, 할 게요! 누드는 싫어요!"

그까짓 책 반납하는 게 얼마나 어렵다고. 멜즈는 속으로 그렇게 생각했지만, 스칼렛이 빌려 온 책은 무려 100권에 가까웠다.

"도대체 왜 이렇게 많이 빌려 온 거예요!"

두꺼운 전공 도서부터 얇은 논문집까지, 다양한 책을 손에 든 멜즈는 옆에서 똑같이 책을 들고 걸어가는 스칼렛에게 투덜거렸다. 하지만 스칼렛은 "아하하하." 하고 반성도 없이 웃으며 멜즈의 투정에 변명할 뿐이었다.

"논문 쓴다고 빌리다 보니 이렇게 돼 버렸지 뭐야? 신년회가 열리기 전까지 이걸 언제 다 갖다주나 했는데, 마침 여기 좋은 노예…… 흠흠, 가 아니라 좋은 동료가 있어서 참 다행이다. 그치?"

"노예라고 한 거 다 들었거든요?"

멜즈의 날카로운 지적에도 스칼렛은 "으응? 내가 그랬던가?"라고 히죽히죽 웃으며 딴소리를 할 뿐이었다.

"그건 그렇고, 이번에 네가 쓴 학위 논문이 포폴린 대량 생산 방법이라며?"

"하아……. 누난 또 그걸 누구한테 들은 거예요?"

"아는 사람의 아는 사람의 아는 사람한테! 요즘 여기저기서 네 논문 주제로 엄청 떠들썩하던데?"

스칼렛의 말에 멜즈는 눈살을 찌푸렸다. 그렇게 철저히 비밀로 하고 쓴 논문인데도 결국 어디에서 새어 나갔는지 주제가 드러나 버렸다. 그나마 지금이 논문 제출 기간이라 다행이었다. 안 그랬다면 논문 주제와 내용을 누군가가 가로챘을지도 모르니까.

멜즈에게는 적이 많았다. 적이라기보다 시기하는 사람이 많았다. 지하 3층 출신인 주제에 이사나 황자를 후견인으로, 에드먼드를 지도 교수로 두어 제국 대학에 특례 입학을 할 수 있었다고 생각하는 사람이 많았다. 멜즈가 만들어 낸 수많은 공적조차 스승인 에드먼드가 양보해 준 것이 분명하다고 생각하는 사람도 있었다.

하지만 멜즈가 이토록 시기받는 것은 사실, 그의 천재성이나 출신 성분보다는 다른 것에 있었다. 헥사비스 내 유일무이한 대학인 제국 대학에서 논문이 통과된다는 것은 미래를 이끌 고급 인재로서 제국의 인정을 받았다는 것과 다름없었다. 논문이 통과되는 것 자체도 영광된 일인데, 그중 가장 우수한 논문을 제출한 원생에게는 제국 황립 학회 준회원 자격이 주어졌다. 준회원이 된 후, 5년간 연구실적을 꾸준히 쌓으면 큰 문제가 없는 이상 정회원으로 격상되었는데, 학회의 정회원이 되면 계승은 되지 않는 준작위가 그 회원에게 주어졌다. 성공을 위한 필수적인 엘리트 코스라고 할 수 있었다.

그런 와중에 멜즈의 논문이 가장 뛰어날 것으로 점쳐지니 멜즈가 원생들의 미움을 살 수 밖에 없었다. 어린 게 건방지게 선배들을 제치고 나아간다고 말이다. 하지만 멜즈는 조금도 그들이 신경 쓰이지 않았다. 자신의 목표는 오직 하나, 이사나와 견주어도 꿀리지 않는 사람이 되는 것뿐이었으니까. 지금 이 상황으로도 멜즈는 충분히 초조했다. 매일, 모든 걸 다 내던지고 그에게 달려가고 싶었지만, 어릴 때처럼 떼를 써 봐야 이사나만 곤란해질 뿐이었다. 따라서 나중에 오랫동안 이사나의 곁에 있기 위해서는 수단과 방법을 가리지 않아야 했다.

"그래서 어떤 방식으로 포폴린을 대량 생산할 건데?"

"나중에 논문집 나오면 보세요."

"하여간 쪼잔하기는……. 그냥 말해 주면 어디가 덧나니?"

"설명하기 귀찮아요."

심드렁한 멜즈의 말에 스칼렛은 입을 삐죽이며 불만스레 말했다.

"하여간 이중인격이야. 이사나 님 앞에서는 갖은 아양을 다 떨면서 같은 연구실 동료에게는 이렇게 냉정해도 되는 거야? 이사나 님은 네가 이런 비뚤어진 애인 거 아시니?"

"누, 누가 비뚤어졌다는 거예요? 고작 그거 말 안 하는 걸로 사람의 인격을 평가하는 누나 쪽이 훨씬 더 비뚤어진 어른의 표본이에요! 여기서 제가 잘못한 건 그다지 없는 것 같지만 혹여라도 이사나에게 이상한 말 하기만 해 봐요! 저 진짜로 가만히 있지 않을……."

스칼렛과 얘기하던 멜즈는 맞은편에서 걸어오던 누군가와 부딪치면서 뒤로 넘어졌다. 들고 있던 책이 우르르 쏟아지면서 여기저기에 부딪친 멜즈는 아픈 걸 간신히 참으며 고개를 드는데, 눈앞에 눈매가 사나운 청회색 눈의 남자가 서 있었다. 바로 옆 연구실 사람이라 복도에서 자주 마주치지만, 사적인 대화는 거의 나눠 본 적이 없는 사이였다.

남자는 바닥에 넘어진 멜즈를 잠시 쏘아보더니 미안하다는 말 한마디 없이 그 자리를 떠났다. 황당했다. 멜즈 자신도 그다지 살가운 성격이 아니었지만, 부딪쳐서 넘어진 사람에게 괜찮냐고 물어볼 정도의 주변머리는 있었다. 자리에서 일어나고도 어쩐지 화가 치밀어 올라 멀어져 가는 남자의 뒷모습을 노려보는데, 골이 난 멜즈를 알아차렸는지 스칼렛이 엉망으로 널브러진 책을 주우며 말했다.

"오늘 러셀의 기분이 별로인가 보네."

"기분이 별로면 넘어진 사람한테 말 한 마디 없이 그냥 가도 되는 거예요? 무례하잖아요!"

멜즈의 비난에 스칼렛은 쓴웃음을 지으며 말했다.

"러셀의 마음이 심란할 테니 그냥 참아 주도록 해. 이번 논문 심사에서 통과 못 하면 퇴학이거든."

"그건 안 된 일이지만…… 그게 왜요? 군이 이 길이 아니어도 되잖아요."

제국 대학에 입학하는 것 자체가 어릴 때부터 어느 정도 교육을 받은 지상의 특권층만 가능했다. 거기에 대학원에 진학하기까지 하려면 어마어마한 재력 또한 뒷받침되어야 했는데, 그걸 감당할 정도의 배경을 가진 자라면 굳이 석·박사 학위를 따지 않아도 뭐든 할수 있을 터였다.

"대학원 과정을 그만두면 바로 징병될 테니까. 내년부터는 알리페르와 전면전을 벌인다는 소문이 있어서 이미 쉽게 군역을 치렀던 사람들에 비해 더 고생할 테니 러셀로서는 답답하겠지. 그에 비해 넌 아직 어린 데다가 황립 학회의 준회원이 되면 군역도 면제될 테니까 자기 처지랑 비교되기도 할 거고."

"면제되는 거였어요?"

"결국은 다 똑같은 사람은 아니다 그거지. 그나저나 나도 걱정해야겠는걸? 그냥 군역을 치르는 것과 박사 학위를 받고 대체 복무를 하는 건 또 다른 문제니까. 우리 모두 헥사비스 밖으로 끌려 나가지 않도록 노력해 보자고, 하하하하."

스칼렛은 호탕하게 웃으며 말했지만, 멜즈는 불만스럽게 입을 삐죽였다. 스칼렛과 달리 멜즈는 사실 논문이 통과되지 못한 채 징병

되었으면 좋겠다고 생각했다. 그러면 먼발치에서나마 이사나를 볼 수 있으니까. 하지만 그건 결코 이사나가 바라는 방식이 아니었다. 그러니 멜즈 역시 그래서는 안 되었다.

* * *

12월 31일.

어느덧 하루 앞으로 다가온 새해에 헥사비스 곳곳은 축제 분위기로 떠들썩했다. 1월 1일인 신년은 제국의 대표적인 공휴일로 그날만큼은 모두가 시름을 잊고 밤새도록 먹고 마시며 즐거운 하루를 보냈다. 평소 친하게 지내던 이들과 전날인 31일 저녁부터 함께해 자정이 되면 축배를 들며 서로 새해 인사를 나누는 것은 제국이 세워지기 전인 구세계부터 내려온 전통이기도 했다.

그리고 오늘 황궁에서는 제국민들에게 알려지지 않은 연회가 열렸다. 매년 넥시움 황가는 지상층의 유력 가문들을 황궁으로 초대해 성대한 연회를 열었다. 그날 하루만큼은 서로 간의 해묵은 감정을 잊고 즐겁게 지내자는 의미에서였다.

헥사비스가 건설될 무렵, 몰란도 넥시움의 생가를 그대로 따서 지었다는 웅장한 궁은 신년회 하루 동안 모든 곳이 개방되어 연회에 초대된 이들이 사용할 수 있게 제공되었다. 이러한 특성으로 인해 나이 어린 영애와 영식들은 처음 사교계에 얼굴을 내비칠 때 신년회를 이용해 데뷔탕트를 치르곤 했다. 신년회 때마다 경쟁적으로 꾸민 영애들과 귀부인들로 연회장은 항상 화려했는데, 유독 이번 년도는 그 정도가 심했다. 그 이유는 너무나도 단순한 것이었다.

"이사나 황자님, 이쪽은 제 딸인 에밀리입니다."

이제 갓 성인이 되었을까? 사실 성인인지조차 의심되는 앳된 얼굴의 한 영애가 등과 어깨가 고스란히 드러나는 이브닝드레스를 입은 채 이사나의 앞에 서 있었다. 이사나는 절로 한숨이 나오려는 걸 간신히 참으며 그녀에게 웃어 보였다.

"좋은 밤입니다, 에밀리 양."

"네, 네······. 좋은 밤이에요. 이사나 황자님······."

어린 영애의 두 뺨은 어느새 붉게 물들어 있었다. 누가 봐도 어린 영애가 이사나에게 홀딱 반한 것처럼 보였다. 하지만 이사나는 짐짓 모르는 척 웃으며 영애에게 말했다.

"오늘 여기서 영애의 아름다움을 알아볼 수 있는 사람을 만났으면 좋겠군요."

"아······."

이사나의 완곡한 거절에 영애는 울 것 같은 얼굴로 고개를 떨어뜨리다가 애써 표정을 가다듬으며 "감사합니다, 황자님께도 좋은 분이 생기길 바랄게요."라고 말하곤 황급히 연회장 밖으로 뛰쳐나갔다. 연회장에 들어오고 나서 벌써 몇 번째인지도 모를 추파에 이사나는 헥사비스 밖에 있을 때 이상으로 피곤해짐을 느꼈다. 손목시계를 힐끗 내려다보자, 이제 겨우 저녁 8시였다. 아무리 빨리 나간다 해도 적어도 황제의 신년 축사는 듣고 나가야만 했기에 지금은 자리를 비울 수 없었다.

이미 수행원으로부터 멜즈가 저택에 도착했다는 얘기를 들어서일까, 이사나는 좀처럼 연회에 집중하지 못했다. 그저 빨리 저택에 돌아가고 싶은 마음뿐이었다. 저택에 돌아가서 멜즈와 무엇을 하며 새해를 보낼지 벽에 기댄 채 고민하는데, 그런 이사나의 곁으로 스틴다임 공작이 다가와 껄껄 웃으며 말했다.

"오늘도 변함없이 인기 만발이로군요."

"……보셨습니까?"

외조부에게 보인 꼴이 민망해 이사나가 멋쩍게 웃는데, 공작은 다시 한번 껄껄 웃으며 이사나에게 말했다.

"이제 막 솜털을 벗은 아기 새처럼 귀여운 아가씨더군요. 눈물을 비치며 뛰쳐나가던 모습이 안타깝던데 황자님께서 어떻게 해 주실 방법이 없었습니까?"

"에밀리 양과 제 나이가 열 살은 넘게 차이 날 것 같던데요?"

"일 때문에 혼기를 놓친 것이니 어쩔 수 없는 노릇이지요. 아, 그렇다면 재무부 장관의 딸을 만나 보는 건 어떻습니까? 딱 황자님 나이대인데 말입니다. 이번에 제국 대학에서 박사 학위를 받을 예정이라고 하던데, 어머니를 닮아 똑 부러지면서도 참한 아가씨라고 들었습니다."

스틴다임 공작의 능청스러운 말에 이사나는 애매하게 미소 지었다. 제국의 제2황자인 이사나는 렉사 토벌전에 참전하기 직전까지 단 한 군데에서도 혼담이 들어온 적이 없었다. 모두 이사나를 견제한 황제 때문이었다. 그때의 이사나는 한창 공적을 쌓으며 승승장구하고 있었지만, 그게 도리어 황제에게 밉보이는 꼴이 되어 버렸다. 이사나의 도움으로 제위를 공고히 했던 황제는 오히려 은혜를 원수로 갚은 셈이다.

하지만 이사나가 부상을 입고 일선에서 물러난 이후, 황제는 계속된 헛발질과 지지 기반의 분열로 결국 실권을 잃기 직전까지 내몰렸다.

얼마 지나지 않아 이사나가 다시 군에 복귀하긴 했지만, 그는 예전과 달리 더 이상 황제를 지지하지 않았다.

무능력한 데다 아이까지 낳을 수 없는 황제를 모두가 은연중에 쓸모없다고 생각하고 있었다. 그럴 바에는 초대 황제와 같은 상징성이 있으면서도 능력까지 있는 이사나를 황제로 추대하고 싶어 했다. 하지만 당사자인 이사나가 어떠한 뜻도 내비치지 않아 모두가 속만 태울 뿐이었다. 그러니 아직 독신인 이사나가 얼마나 매력적으로 보일까. 스틴다임 공작은 이번 기회에 이사나의 혼인을 밀어붙이고 그의 처가 될 가문과 힘을 합쳐 황위를 뒤엎을 생각을 하고 있었다. 똑같은 외손주라도 '넥시움'의 이름은 무거웠다. 권력에 집착해 쓸데없이 자리만 지키고 있는 무능력자는 이 제국의 앞날을 위해서라도 반드시 없어져야만 했다.

결국 외조부의 손에 이끌려 결혼 적령기에 접어든 수많은 가문의 영애들과 만난 이사나는 외조부가 잠시 지인들과 환담을 나누는 사이, 슬금슬금 뒤로 물러나 도망쳤다. 아무리 참석해도 이사나는 이런 분위기에 익숙해지지 못했다. 어릴 때부터 이런 환경에서 나고 자라 얼굴을 마주하며 대화하는 것에는 익숙했지만, 그래도 분위기 자체에 자연스럽게 섞이는 건 여전히 힘들었다.

이사나는 간간이 다가와 말을 거는 영애들과 귀부인들을 정중한 태도로 거절하며 홀로 벽에 서 있었다. 이제 시간은 10시 반이었다. 외조부에게 끌려 다니며 영애들과 인사를 나누느라 황제의 신년 축사는 결국 듣지도 못했다. 하지만 이 정도 자리를 지켰으면 할 만큼한 것이었다. 이제 슬슬 돌아가야겠다고 생각하는데, 이사나의 눈에 홀로 반짝이는 무언가가 박히듯 들어왔다.

샹들리에 아래에서 보석처럼 반짝이는 금빛 머리카락, 황제였다. 그는 여전히 그의 추종자들에게 둘러싸인 채 즐겁게 얘기를 나누고 있었다. 멜즈에게 넥시움의 핏줄이 섞이긴 했나 보군. 황제의 반짝이는 머리카락을 보며 이사나는 실없는 생각을 떠올리는데, 그런 이사나의 시선을 알아차린 황제가 환담을 나누다 말고 미소 띤 얼굴로 이사나를 돌아보았다.

주홍빛 불빛 아래에서 붉게 반짝이는 허니 블론드, 매사에 오만하기 짝이 없는 올리브색 눈, 훤칠하니 큰 키와 맵시 있고 단단한 몸까지. 그동안 극구 외면했음에도 이사나는 역시 형의 겉모습만큼은 인정하지 않을 수 없었다. 부서진 성당에서 본 스테인드글라스의 천사처럼 그는 눈을 뗄 수 없을 만큼 성스러웠다. 아주 먼 옛날, 뛰는 것조차 제대로 할 수 없었던 어린 시절, 이사나의 눈에 형은 너무나도 대단해 보였다. 도저히 같은 사람이라고는 볼 수 없는 아름다운 외양에 홀려 완전히 마음이 빼앗겨 버렸다.

형은 정말로 렉사 토벌전에서 보급을 끊었던 것일까?

아주 오래전에 결론을 내린 물음을 새삼스레 떠올린 이사나는 자신을 향해 똑바로 다가오는 황제를 바라보았다. 마치 꿀로 개미를 꾀는 듯한 달콤한 미소를 지은 황제는 이사나에게 샴페인 잔 하나 건네며 오래된 친우에게 하듯 말을 걸었다.

"이런, 이사나, 신년회를 즐기는 얼굴은 아니구나."

"……어쩐 일이십니까."

이사나는 어쩔 수 없이 굳어진 얼굴로 황제를 맞이했다. 하지만 황제는 이사나의 경계에도 아랑곳없이 여전히 기분 좋아 보이는 얼굴로 샴페인 잔을 든 채 이사나의 옆에 설 뿐이었다. 뭘 원하는 거지?

이제 와서 형제간의 우애를 과시하려는 수작인가? 이사나가 전면에 나서게 된 이후로 얼굴을 마주할 때마다 그에게서 좋은 소리가 나오지 않았다. 그랬던 탓에 이사나는 그의 친근함에 경계심이 들었다. 그런 이사나를 알아차렸는지 황제는 짐짓 슬퍼하는 얼굴로 이사나에게 말했다.

"넌 나와 얘기하는 게 달갑지 않은 모양이구나."

"달가울 리가 있겠습니까. 폐하께서 웃으며 다가오면 언제나 나쁜 일이 생겼는데."

이사나의 서늘한 말에 황제는 뭐가 웃긴지 배를 잡고 웃으며 말했다.

"크크크큭, 내 존재가 꽤 거슬리는 모양이구나. 그럼 이대로 사라져 줄까? 제국과 머리를 짓누르는 왕관을 통째로 넘겨준 채 난 이대로 영영 없어져 버릴까?"

도저히 제정신으로 보이지 않는 위험한 눈빛에 이사나는 작게 한숨을 내쉬며 그에게 물었다.

"취하셨습니까?"

"그런가? 네 눈에도 그렇게 보여?"

이사나의 말에 황제는 어쩐지 외로워 보이는 얼굴로 웃었다. 이대로 취한 그를 추종자들에게 돌려보낼까 생각하다가 이사나는 평소보다 친근하게 구는 황제를 물끄러미 쳐다보았다.

이사나는 내년 봄쯤에 알리페르와의 전면전을 치를 작정이었다. 그런데 생각 외의 변수가 있었다. 바로 황제를 지지하는 귀족 세력들이었다. 전쟁에는 막대한 자금이 들었다. 하지만 그 자금은 과거와 달리 '투자'가 아닌 '소모'에 가까웠다. 이사나가 설득에 설득을 거듭했지만, 여전히 귀족들 대부분은 알리페르가 헥사비스 안으로 쳐들어올 거라 생각하지 않았다. 누구보다도 많은 것을 손에 틀어쥐고 있는 그들을 설득해 그들의 주머니를 열어야 했지만, 그들의 목줄을 단단히 잡고 있는 황제가 쉽사리 이사나에게 동의하지 않았다.

약 2개월간 똑같은 문제로 지겹게 도돌이표를 찍어 왔기에 이사나는 황제의 기분이 좋아 보이는 지금, 그를 구슬려야 하나 생각했다. 냉정한 얼굴로 어떻게 해야 가장 좋은 결과가 나올지 고민하는데, 그런 이사나를 향해 황제가 가면처럼 웃어 보이며 말했다.

"이사나, 꽤나 내게 하고 싶은 얘기가 많아 보이는구나."

"저와 폐하 사이엔 고작 이 연회 하나로 풀기엔 터무니없는 것들이 해묵어 있으니까요."

"그건 그렇군."

황제는 또다시 쓸쓸하게 웃으며 샴페인을 마셨다. 이사나는 그의 머리카락 색처럼 고운 샴페인이 점점 없어지는 것을 멍하니 바라만 보았다. 역시 술김에 결정을 내릴 사람은 아니야. 이사나는 이대로 물러나야 하나 고민하는데, 어느새 샴페인을 다 마신 황제가 짧게 탄식을 내뱉더니 눈을 나른하게 껌뻑거렸다. 그리고 이사나를 돌아보더니 피식 웃으며 말했다.

"잠시 둘이서만 얘기를 하지 않겠느냐? 오래 잡지는 않을 것이다."

그의 말에 이사나는 저도 모르게 흘끗 손목시계를 내려다보았다. 아무래도 멜즈에게 제일 먼저 새해 인사를 할 수 없을 것 같았다.

* * *

"안녕하세요, 집사님."

"오랜만입니다, 멜즈 님. 그간 많이 크셨군요."

멜즈가 온다는 소식에 사용인들과 함께 저택 앞에서 기다리고 있던 노집사는 지난번에 보았을 때에 비해 훨씬 키가 커지고 의젓해진 멜즈를 바라보며 흐뭇한 미소를 지었다. 이사나가 처음 멜즈를 데려올 때만 해도 집사는 걱정했었다. 아무리 이사나가 유일하게 귀애하는 아이라 해도 그 아이가 원래는 지하 3층 출신이라는 점도, 남자아이 치고는 지나치게 예쁘장한 외모를 지녔다는 점도 사람들의 구설에 오르내리기 딱 좋았으니까. 그랬기에 집사는 이사나의 행복한 얼굴에 기뻐하면서도 한편으로는 불안을 느끼고 있었다.

하지만 아이는 이렇게 훌쩍 자라, 제국 대학을 졸업하고 에드먼드의 아래에서 훌륭한 인재로 성장하고 있었다. 멀리서나마 아이의 소식을 듣고 있던 노집사는 아이가 돌아오면 언제든 편히 지낼 수 있게 그의 방을 항상 정리해 두었다. 그리고 오늘, 멜즈는 짧게나마 휴가를 받아 저택으로 돌아오게 되었다.

"이사나는 언제 돌아오나요?"

"황궁에서 열리는 신년회에 참석하셨으니 일러도 자정 가까이는 되어야 돌아오실 수 있을 겁니다. 그런데 에드먼드 님은 함께 안 오셨습니까?"

황궁의 신년회에도 참석하지 않아 쓸쓸히 신년을 보낼 숙부가 걱정된 이사나는 멜즈에게 숙부님과 함께 저택으로 오라고 말했지만, 에드먼드는 이사나의 초대를 일언지하에 거절했다.

"선생님은 할 일이 있다고 하시면서 저 혼자 가라고 하셨어요."

"또 새로운 연구를 하시는 겁니까?"

"아뇨, 예전부터 하시던 일인 것 같은데, 저한테도 연구 주제가 뭔지 알려 주시질 않네요. 다른 일은 그렇게 부려 먹으면서 말이에요."

멜즈가 서운한 마음에 툴툴거리자, 노집사는 껄껄 웃으며 말했다.

"에드먼드 님은 언제나 비밀스러운 부분이 있으시죠. 원래 그분은 이렇게 지상층에 오래 머무시는 분이 아니었습니다. 사람들이 많은 곳을 좋아하지 않으셔서 말입니다."

"정말 선생님답네요."

멜즈가 긍정하며 답하자, 집사는 아직 신년회 준비로 분주한 저택으로 멜즈를 들이며 말했다.

"이제껏 학위 논문을 준비한다고 피곤하셨을 테니 방에 올라가 쉬고 계십시오. 이사나 님께서 돌아오시면 알려 드리겠습니다."

"아뇨! 그냥 밑에서 기다릴래요. 저도 신년회 준비를 도우면서요."

멜즈의 말에 노집사는 그러지 않아도 된다는 말을 하려다가 기대에 찬 눈빛을 한 멜즈를 보고는 피식 웃어 버렸다. 멜즈는 이사나를 정말 좋아했다. 이제껏 이사나가 받지 못했던 애정을 보상하기라도 하듯 맹렬하게 퍼붓는 그의 애정에 이사나는 물론이요, 옆에서 지켜보는 노집사조차 가슴이 간질간질해졌다.

돕지 말고 방에 올라가 보라고 말하면 도리어 울어 버릴 듯한 기세라 귀빈에게 일을 시키고 싶지 않은 집사는 조금 곤란해졌다. 하지만 멜즈에게 그런 것은 상관없었다. 멀뚱히 앉아 이사나가 돌아올 때까지 기다리는 게 좀 더 괴로운 일이었다. 결국 또다시 멜즈를 이기지 못한 노집사는 이제 어린아이 티를 완전히 벗어 버린 소년을 내려다보며 말했다.

"알겠습니다. 마침 일손이 부족했으니 염치 불구하고 도움을 받도록 하겠습니다."

"요리든 뭐든 맡겨만 주세요! 이래 봬도 3년 동안 선생님한테 구박받으며 쌓아 온 경력이 있거든요. 엄청 못 하진 않을 거예요."

즐거운 얼굴로 대답하는 멜즈에게 노집사는 마주 웃어 보이며 멜즈와 함께 저택 안으로 들어갔다.

새해를 맞아 저택 분위기를 바꾸기 위해 사용인들이 분주하게 움직이고 있었다. 커튼과 바닥에 깔린 융단을 바꾸고 오래된 목제 가구도 오랜만에 윤이 나도록 섬세하게 닦았다. 앙상한 겨울나무만이 가득한 정원 역시 시클라멘이나 포인세티아 같은 겨울 화분을 배치해 저택에 싱그러움을 더했다. 멜즈는 사용인들 사이에 끼여 팔까지 걷어붙이며 이사나의 저택을 꾸몄다. 그렇게 반나절을 씨름한 끝에 저녁 늦게 되어서야 신년회 준비가 끝났다.

노집사가 먼저 저녁을 먹으라는 걸 극구 사양한 멜즈는 이사나가 돌아오기만을 손꼽아 기다렸다. 자정이 되기 전에 이사나가 돌아오면 자신이 직접 요리를 만들어 이사나와 나누어 먹을 작정이었다. 아, 미리 준비한 샴페인도 터뜨려야지. 그리고 밤새도록 얘기를 나누자. 좋았고 행복했고 신기했던 것들을 얘기하면 이사나는 언제나처럼 마주 웃으며 내 말에 귀를 기울여 줄 것이다. 나와 함께하는 단 한 순간도 놓치고 싶지 않다는 듯, 눈을 마주하고, 집중하며, 고개를 끄덕여 줄 것이다.

그러나 자정이 되어도 이사나는 돌아오지 않았다. 해피 뉴 이어. 가장 먼저 해 주고 싶었던 말을 할 수 없어 서운했지만, 멜즈는 저택 밖으로 나가 곧 있으면 저택에 도착할 이사나를 기다렸다. 이사나가 직접 목에 매어 줬던 머플러를 하고 추위로 언 손을 후후 불며 못 박힌 듯 그 자리에 서서 계속 이사나를 기다렸다. 하지만 헥사비스의 지붕이 새파랗게 물든 새벽이 되어도, 완전히 날이 밝아 주위가 환하게 밝아져도.

이사나는 돌아오지 않았다.

* * *

"너와 이 길을 걷는 것도 오랜만이구나. 벌써 10년이 넘었던가? 네가 이 황궁에서 나간 지 말이다."

"⋯⋯그렇군요. 벌써 그쯤 됐군요."

원래 황가의 자식들은 결혼을 하지 않는 한 계속 황궁에 거주했다. 워낙 손이 귀한 가문이라 황손을 보호하려는 경향이 강해서였다. 하지만 이사나는 사관 학교를 미처 졸업하기도 전에 황제에게 하사받은 저택으로 쫓기듯 보내졌다.

저택은 황자에게 내려진 물품답게 외관은 번듯했지만, 다른 상류층 귀족들의 저택과 달리 헥사비스의 중앙이 아닌 외곽에 위치했다. 한마디로 이사나는 황제에게 미움을 받고 쫓겨난 것이다. 그걸 제 발로 나갔다는 식으로 얘기를 하다니⋯⋯. 자기 본위적인 성격은 여전했다.

이런 일방통행적인 대화를 한다고 해서 서로에게 쌓인 흉금이 풀리기는 할까? 이사나는 의문이 들었지만, 황제의 침실이 있는 내궁까지 들어와서 물러날 수는 없는 노릇이었다. 이런 복잡한 이사나의 마음을 아는지 모르는지 황제는 계속해서 자기 멋대로 떠들어 댈 뿐이었다.

"그러고 보니, 선황과 태후께서 돌아가신 지도 그쯤 되는구나. 항상 사이좋은 형제로 지내라고 말씀하셨지만, 지금 이 꼴을 보니 우리 둘 다 효자가 될 수 없었던 모양이다."

"……."

"이사나?"

황제가 침실 문을 열며 돌아보았지만, 이사나는 문 앞에 멈춰 선 채 들어오지 않았다. 다만 어쩐지 굳어진 얼굴로 문 바로 옆의 빈 공간을 바라볼 뿐이었다. 그에 황제는 의아해하며 이사나가 바라보는 곳을 돌아보았다. 역시 거기엔 아무것도 없었다. 하지만 이사나의 눈에는 똑똑히 보였다. 다른 사람 눈에는 보이지 않고 자신의 눈에만 보이는 소년이 슬픈 얼굴로 고개를 가로젓고 있었다. 마치 들어가지 말라는 듯.

왜지? 왜 쥬드가 여기 나타난 거지? 그는 나타나더라도 이사나의 곁에 아무도 없을 때 잠시 나타나는 것이 다였다. 생전처럼 또렷한 모습으로 나타나 슬픈 얼굴을 한 그를 보며 이사나는 발끝이 얼어붙는 듯한 불길함을 느끼는데, 문을 연 채 기다리고 있던 황제가 인내심을 다했는지 이사나를 재촉했다.

"뭘 꾸물거리고 있는 게냐. 거기 아는 유령이라도 있는 게냐?"

"아, 닙니다."

화들짝 놀라 황제를 돌아보며 대답한 후 이사나는 다시 쥬드가 서 있던 자리를 돌아보았지만, 그는 이미 감쪽같이 사라져 버린 뒤였다. 형과 함께 있는 게 내키지 않아서 그런 건가? 그래서 쥬드가 그런 얼굴을 하고 있었던 걸까? 이사나는 제 발로 황제의 침실로 들어가면서도 왠지 모를 찝찝함을 느꼈다.

"거기 아무데나 앉아 있거라."

턱끝으로 호화로운 테이블을 가리킨 황제는 와인장으로 가 와인을 손수 잔에 따른 뒤 이사나가 앉아 있는 테이블로 가지고 왔다. 이사나는 자신의 앞에 놓인 와인을 보며 쓴웃음을 지었다. 황제가 가져온 와인은 알리페르가 출몰하기 전인 구세계 시절, 장인이 담았다는 귀한 와인이었다.

국보라고 불리기 손색없는 와인 향에 이사나는 더욱더 황제의 의중을 알 수 없어졌다. 황제가 먼저 잔에 입을 대자, 이사나 역시 그를 흉내 내듯 와인 잔에 입을 가져다 댔다. 입 안에 감도는 비로드 같은 감촉과 풍부한 향에 이사나는 순수하게 감탄했다.

"그래, 내년에 알리페르와 전면전을 벌이면 결착이 나기 전까지는 돌아오지 않겠다고 했던가?"

"그렇습니다."

"그럼 오늘이 너와 마지막으로 보내는 신년일지도 모르겠구나."

그럴지도 몰랐다. 그가 믿든 믿지 않든 둘 중 어느 한 명의 선택이 아닌 다른 요소에 의해 관계가 끝나는 것이다. 알리페르에게 죽든, 병증이 깊어져 죽든, 어차피 끝이라는 생각을 하니 새삼스럽게 마음이 가라앉았다. 그런 이사나를 바라보며 황제가 물었다.

"널 강제로 퇴역시키고 나를 많이 원망했느냐."

"그런 적도 있었지만, 지금은 아닙니다."

이사나의 대답에 황제는 그럴 줄 알았다는 듯 킬킬거리며 말했다.

"하긴, 그렇겠지. 넌 도서관에 처박힌 고철 덩어리보다 더 기계 같은 놈이니 말이다."

"……"

"때려도 울지 않고, 모함해도 기죽지 않고, 고립시켜도 오만하기만 하고……. 도대체 뭘 해야 네놈이 돌아 버릴까?"

"하시고 싶은 말이 무엇입니까."

"그냥 그랬다는 것뿐이다. 그저, 네가 죽도록 싫었다는 것뿐이라고."

황제의 말에 이사나는 희미하게 가슴속 어딘가가 어긋나는 듯한 기분이 들었다. 그가 자신을 싫어한다는 건 알고 있었다. 하지만 그걸 당사자에게 확인당하는 건 또 다른 문제인 모양이다. 그럼에도 이사나는 아무렇지 않은 척 황제를 바라보고 있었다. 이 정도 폭언은 익숙한 일이었다. 어느새 잔이 빈 걸 확인한 황제는 자리에서 일어나 아예 와인장에서 와인을 가지고 돌아왔다. 그리고 다시 빈 잔을 채운 뒤 건배하자는 듯 웃으며 잔을 들어 보였다.

역시 형의 속내를 모르겠다. 금방까지 적의를 보이다가 또다시 이렇게 활짝 웃으니⋯⋯. 이사나는 이해하기를 포기하며 그의 장단에 맞춰 잔을 부딪쳤다. 꿀꺽꿀꺽, 취기가 도는지 날카로웠던 정신이 뭉근하니 무뎌지는 것 같았다. 황제는 아까와 달리 차츰 자세가 무너져 가는 이사나를 바라보며 물었다.

"가끔씩 궁금했던 게 있는데 말이야."

"하문, 하십시오."

"그날, 내가 처음 토벌을 위해 출정을 나갔던 날, 왜 아바마마와 어마마마가 아닌 날 구했던 것이냐?"

황제의 갑작스런 물음에 이사나는 의아해져 눈을 껌뻑였다. 왜 이제 와서 그런 걸 묻는 거지? 이사나는 이상했지만, 순순히 그의 질문에 대답해 주었다.

"당신이 더 가까이 있었고 그분들은 당신이 살길 원했습니다."

"그래?"

이사나의 대답에 황제는 허탈하게 웃었다. 어쩐지 몸이 뜨겁게 느껴졌다. 여기저기가 간질거리고 몸에서 힘이 빠져나가는 걸 느꼈다.

그렇게 많이 마시지 않았는데, 어째서? 이사나가 이상하게 생각하는데, 황제가 싱긋 웃으며 이사나에게 말했다.

"앞으로 계속 정치적으로는 서로 반대 입장이더라도 여전히 넌 충직한 내 신하겠지?"

"언제나 그랬듯…… 계속…… 그럴 겁니다."

뭔가에 잔뜩 취한 듯 말소리가 불분명해진 이사나의 대답에 황제는 웃는 얼굴로 "알고 있어, 잘 알고 있어."라며 원숭이처럼 웃었다. 그리고 대뜸 자리에서 일어나더니 와인 병을 이사나의 머리에 세게 내려쳤다.

챙그랑—!

머리가 부서질 듯한 고통과 함께 날카로운 소리가 이사나의 귓가에 꽂혔다. 툭—. 언제 쓰러진 건지 인지하지도 못한 채 이사나는 피 같은 와인을 흠뻑 뒤집어쓴 채 바닥을 굴렀다. 머릿속을 찡하니 채우는 섬뜩한 감각과 온몸으로 훅 하니 퍼지는 뜨거운 열에 이사나는 벌레처럼 바닥을 기며 간신히 생각했다. 독……? 와인에 독이 있었던 건가?

먼지 냄새 나는 융단에 얼굴을 처박은 채 이사나가 제대로 움직이지 않는 몸을 가누려 애를 쓰는데, 황제가 이사나의 뒷머리를 붙들고 일으키더니 분노가 느껴지는 목소리로 으르렁거렸다.

"이 구역질 나는 위선자 새끼……! 마음속으로는 날 좆 되게 하려는 마음 만만이면서 언제나 착한 척 피해자인 척 굴기나 하고!"

머리가 왱왱 도는 가운데 베일 듯한 증오가 서린 그의 목소리가 귓가에 내리꽂혔다. 위기를 감지한 이사나는 그에게서 도망치기 위해 몸을 꿈틀거렸다.

이성이나 이해의 문제가 아니었다. 형은 언제나 이랬다. 방금 전까지 얌전하다가도 갑작스레 화를 내며 자신을 죽일 듯이 때리곤 했다. 언제나 그를 경애하면서도 그를 무서워했다. 그에게 내쳐져 얼마나 행복하고 또 외로웠는지 모른다.

머리채가 잡힌 채 어딘가로 끌려가다가 무언가에 머리를 세게 부딪친 이사나는 눈앞이 흐려지는 걸 느꼈다. 살기 위해 허우적거렸지만, 도리어 황제는 이사나의 위에 올라타 주먹으로 이사나를 흠씬 두들겨 팼다. 입 안이 터지고 코끝에서 뜨거운 뭔가가 줄줄 흘러내리는 게 느껴졌지만, 그는 결코 그만두지 않았다.

한참을 이사나에게 주먹질을 한 황제는 피범벅이 된 채 축 늘어진 이사나를 차가운 눈으로 내려다보다가 목을 졸랐다. 순식간에 숨을 쉴 수 없게 된 이사나는 버둥거리며 황제의 손을 떼어 내려 안간힘을 쓰는데, 황제가 잔뜩 흥분한 얼굴로 이사나를 내려다보며 말했다.

"네가 불구가 되어서 나타난 것도 다 쇼지? 사실은 그 벌레놈과 붙어먹고 날 괴롭히려는 거잖아? 응? 그렇게 벌레놈의 자지가 좋았냐? 크크큭, 어디서 붙어먹을 게 없어서 벌레 새끼랑 붙어먹어? 이 병신 같은 게!"

미친 사람처럼 중얼거리며 이사나를 내던진 황제는 거칠게 기침하는 이사나를 붙잡고 옷을 벗기기 시작했다. 황제가 무슨 짓을 하려는지 알아차린 이사나는 몸부림을 치며 쉬어 빠진 목소리로 소리질렀다.

"하……지, 마……!"

"얌전히 있어……!"

이사나의 작은 저항조차 용납할 수 없다는 듯, 황제는 낮게 으르렁거리며 또다시 이사나의 뺨을 호되게 후려쳤다. 무자비한 폭력에 결국 이사나가 견디지 못하고 축 늘어지자, 황제는 킬킬거리며 이사나의 옷을 전부 벗겨 냈다.

"……!"

갑자기 뒤가 꿰뚫리는 통증에 이사나는 고통스러워하며 몸을 꿈틀거렸다. 눈앞이 피잉피잉 돌며 소리가 커졌다가 작아졌다가를 반복했다. 그와 함께 고통과 현실감 역시 밀물처럼 가까워졌다 썰물처럼 멀어져 갔다.

"씨발 새끼……. 좆도 아닌 게……! 좆도 아닌 새끼가 감히 날 쫓아 내려 들어!"

쿨쩍쿨쩍, 피와 체액이 뒤범벅되어 뒤에서 이상한 소리가 났다. 역시 그를 이해할 수 없었다. 형은 왜 나를 강간하고 있는 거지? 그 정도로 내가 미운 건가? 이사나는 눈가가 뜨거워져가는 걸 필사적으로 참으며 황제가 있는 쪽을 노려보았다. 그러자 이사나의 다리를 벌리고 억지로 추삽질을 하던 황제가 또다시 원숭이처럼 웃었다.

"크크큭, 너 따위가 영웅이라고? 다들 눈이 어떻게 된 거 아니냐? 이렇게 좆을 빨아 대는 창놈이 어떻게 황제가 될 수 있겠어? 어떻게 네가 제국의 것이야? 응? 대답해 봐라, 이사나, 이, 사나……!"

황제가 대답을 재촉하듯 이사나의 둔부를 세게 틀어쥐자, 이사나의 잇새로 작은 신음이 흘러나왔다. 그에 황제는 만족하며 더욱더 빠르게 박아 댔다. 오장육부가 전부 뒤집어질 것 같았다. 종잇장처럼 몸이 흔들리는 와중에 이사나는 증오심에 몸서리쳤다.

죽이고 싶다. 단 하나밖에 남지 않은 가족을, 내 손으로 직접 구한 혈육을 무참히 살해해 갈기갈기 찢어 버리고 싶다……!

격렬한 감정에 휩싸여 이제는 개처럼 뒤에서 범하는 황제를 머릿속으로 수백 번은 더 잔인하게 찢어 죽이는데, 문득 황제가 이사나에게 물었다.

"네가 거둬서 저택에서 키웠다는 아이 이름이 멜즈, 라고 했던가?"

"……!"

'멜즈'라는 말에 이사나의 몸이 딱딱하게 굳어졌다. 그런 이사나의 상태를 아는지 모르는지 황제는 즐겁게 웃으며 이사나에게 말했다.

"설마 네 몸을 숙주로 한 알리페르는 아니겠지?"

황제의 말에 겁에 질린 이사나는 온몸이 벌벌 떨려 오는 걸 느꼈다. 황제가 뒤에서 범하고 있어 동요하는 자신의 얼굴을 볼 수 없겠지만, 그럼에도 이사나는 황제의 입에서 '멜즈'라는 이름이 나오자마자 거짓말처럼 몸에서 힘이 빠져나가는 걸 느꼈다. 이사나가 반항을 포기하고 고분고분해지자, 황제는 만족스러운 듯 낄낄거리며 음담패설을 내뱉었다.

"황송해하거라 이사나. 처음도 아닌 널 내가 친히 안아 주고 있지 않느냐. 그러니 좀 더 내게 잘 보이거라, 응?"

이사나가 이를 악물며 치욕을 견뎌 내는데, 황제가 이사나의 귓가에 속삭이듯 말했다.

"내 귀여운 동생아, 원하는 걸 말해 보려무나. 뭐든 들어주마. 황제의 관을 원하느냐? 아니면 역사에 길이 남을 영웅이 되길 원하느냐? 오늘은 뭐든 들어주마, 기분 좋으니 말이다. 그래, 네가 아끼는 그 아이를 '넥시움'으로 만들어 줄까? 그거면 되겠느냐?"

황제의 말에 이사나는 절망으로 숨이 턱턱 막히는 걸 느꼈다.

건드리지 마……! 멜즈는 건드리지 마……!

지금쯤 저택에서 기다리고 있을 자신의 유일한 빛을 떠올린 이사나는 굳게 참아내고 있던 눈물을 후두둑 떨어뜨렸다. 절대 황제에게 눈물을 내비치지 않겠다고 다짐한 게 무색할 정도로 이사나의 눈에서는 쉴 새 없이 눈물방울이 흘러내리고 있었다. 그리고 엉망진창으로 우는 이사나를 알아차린 황제는 더욱더 흥분해 거칠게 이사나를 범했다.

어느새 치닫는 절정감에 황제는 이사나를 꽉 끌어안고 깊숙한 곳에 자신의 씨물을 뿌렸다. 그리고 뼈가 뒤틀릴 듯한 고통 속에서 이사나가 울며 헐떡이는데, 그런 이사나를 뒤에서 껴안은 황제가 다정하게 이사나의 뺨을 매만지며 중얼거렸다.

"이제야 겨우 우는 꼴을 보는구나."

퍽이나 만족스러운 그의 음색이 끔찍했지만, 이사나의 눈은 고장 난 듯 계속 눈물을 쏟아 낼 뿐이었다.

멜즈…….

멜즈……!

"……멜, 즈……."

간신히 부른 자신의 빛도 어두운 울음에 섞여 흔적도 없이 사라져 버렸다.

전야(前夜) (3)

헥사비스의 지붕을 푸르게 물들이는 새벽이 되어서야 황궁의 신년회에 초대되었던 귀족들이 하나둘 차를 타고 자신의 저택으로 돌아가기 시작했다. 밤새도록 즐거웠는지 그들의 얼굴은 조금 피곤해 보였지만, 여전히 상기되어 있었다. 그러다 해가 완전히 중천에 떠오른 정오가 되어서야, 궁에서 나오는 사람들도 그 숫자가 뜸해졌다.

그런 가운데 이사나의 부관 엘든은 초조한 얼굴로 황궁을 바라보고 있었다. 이사나와의 연락이 끊어진 지도 벌써 12시간째였다. 걱정이 되어 들어가 보고 싶었지만, 아무리 엘든이 이사나의 부관이라고 해도 그것만으로는 황궁 안으로 들어갈 수 없었다.

황궁은 철저히 신분과 출신 성분을 따지는 곳이었기에 원래 지상층 출신이 아닌 엘든은 들어갈 수 없었다. 그랬기에 엘든은 자정 전까지

나오겠다고 약속했던 이사나가 날이 새도록 나타나지 않는 이 상황이 불안하기만 했다. 게다가 소식을 듣기로는 이사나와 가장 마지막에 있었던 사람이 황제라고 했다. 친형제라고는 하지만, 현재로서는 정적에 가까운 인물과 단둘이 사라졌다고 하니 걱정이 안 될 수 없었다.

"안녕하세요, 엘든 아저씨."

초조한 얼굴로 궐련을 피우던 엘든은 누군가의 인사에 고개를 돌렸다. 폭신한 허니 블론드에 인상적인 청록색 눈을 가진 소년.

멜즈였다.

엘든은 피우고 있던 궐련을 떨어뜨려 발로 비벼 끈 뒤 멜즈에게 물었다.

"멜즈 군? 여긴 어쩐 일이지?"

"저택에서 기다리고 있었는데, 이사나가 돌아오질 않아서요. 이사나는 아직 황궁에 있는 건가요?"

엘든은 여전히 버릇없이 이사나의 이름을 막 부르는 멜즈를 내려다보며 눈살을 찌푸렸다. 평소 같았으면 호되게 혼을 내며 한 마디 했을 테지만, 오늘따라 힘이 없어 보이는 멜즈를 보니 괜히 실랑이하는 것도 내키지 않았다. 자정이 되기 전에 돌아가기로 한 이사나를 멜즈가 이때까지 기다린 것이라면 분명 그의 성격상 편하게 기다렸을 리 없었다.

실제로 엘든의 추측대로 멜즈는 저녁도 먹지 않고 저택 밖에서 밤새도록 이사나를 기다렸다. 그러다가 저택에서 기다리고 있으라는 노집사를 뿌리치고 직접 황궁까지 찾아온 참이었다. 컨디션이 무너진 탓인지 멜즈는 온몸이 뜨겁고 조금 어지러웠지만, 의연하게 참아 내며 엘든의 대답을 기다렸다.

그런 멜즈를 내려다보며 엘든은 한숨을 내쉬듯 말했다.

"그래, 아직 나오지 않으셨다."

"왜요? 왜 아직도 황궁에서 나오지 않은 건가요?"

"아직 할 일이 있어서 남으신 것 같아. 폐하께서 부르셨다고 하니 중요한 일을 논의하고 있는 게 아닐까?"

"……."

"시기가 시기다 보니 정신이 없으셨을 거다. 그러니 이대로 저택에 돌아가지 않겠나? 각하께서 돌아오시면 바로 알려줄 테니까."

엘든의 구슬림에 멜즈는 그를 빤히 쳐다보다가 "……알았어요."라고 말하며 한 발 물러났다. 엘든은 차로 저택까지 데려다주겠다고 말했지만, 멜즈는 한사코 혼자 갈 수 있다고 말하며 엘든의 호의를 거절했다. 그렇게 엘든을 비롯한 이사나의 수행원들과 작별 인사를 나눈 멜즈는 그들과 멀어지자마자 방향을 바꿔 버스 타는 곳이 아닌, 리비에로 향했다.

이사나는 절대 약속을 어기는 사람이 아니었다. 늦게 되면 늦는다고, 반드시 사정을 설명할 사람이었다. 다른 누구도 아닌 이사나가 그런 걸 잊어버릴 리 없었다. 게다가 이사나가 황제에게 미움받고 있다는 건 어린아이조차 알 정도로 유명한 사실이었다. 이사나에게 치명적인 부상을 안겨 줬던 렉사 토벌전조차 황제가 일부러 보급품을 끊어 정적인 이사나를 제거하려 한 거라는 설이 있을 정도인데, 이사나와 가장 마지막에 있었던 사람이 황제라고? 멜즈는 불길한 예감이 들었다.

헥사비스의 지붕과 연결된 원형 탑, 중앙 도서관 리비에는 황궁의 비밀 통로와 연결되어 있었다. 예전에 논문자료를 찾다가 우연히 발견한 도면을 혹시나 하는 마음에 외우고 있었는데, 의외로 이런 곳에서 도움이 되고 있었다. 물론 황제가 초대하지 않은 사람이 황궁 안으로 들어가는 것은 중죄였다. 어쩌면 반역으로 몰릴지도 몰랐다. 하지만 멜즈는 이대로 손 놓고 있을 수 없었다. 이사나가 무사한지만 확인하고 나가자는 생각을 하며 멜즈는 도서관 안으로 들어갔다. 수많은 책이 꽂힌 1층 열람실로 들어서자, 스칼렛의 책을 반납하느라 자주 얼굴을 마주했던 사서가 멜즈에게 인사를 건네 왔다. 그에 멜즈 역시 겸연쩍게 인사하며 2층으로 올라갔다.

드문드문 사람이 있었던 1층과 달리, 2층은 사람이 없었다. 사람이 사는 지하 1, 2, 3층과 지상층의 열람실과는 달리 지상 2층부터는 연도가 오래된 책을 보관했기 때문이다. 멜즈는 열이 올라 자꾸만 뜨거워지는 얼굴을 미리 적셔 두었던 손수건으로 닦아 냈다. 이상하게도 어릴 때부터 약이 몸에 받지 않아 멜즈는 조금만 아파도 금세 증상이 악화되곤 했다. 그래서 평소에는 절대 아프지 않게 철저히 체력 관리를 했지만, 지금은 단단히 고뿔에 걸린 모양이다. 멜즈는 뜨거운 숨을 씩씩 내뱉으며 이런 상태로 황궁 안에 제대로 잠입할 수 있을지 모르겠다는 생각이 들었다.

그 순간, 책장 사이를 지나가는 새카만 뭔가가 멜즈의 눈에 들어왔다. 옆을 돌아보자, 새카만 후드로 얼굴을 완전히 가린 한 남자가 당장이라도 쓰러질 듯한 아슬아슬한 걸음으로 북쪽 별관 문을 열고 들어가는 게 보였다.

이사나……? 멜즈는 유령처럼 사라진 남자의 뒷모습에 본능적으로 그렇게 생각했다. 하지만 이사나가 왜 여기에? 황궁에서 황제와 독대 중이라는 이사나가 리비에, 그것도 인적이 드문 2층 열람실에 있을 리 없었다. 멜즈의 날카로운 이성은 그렇게 말했지만, 멜즈는 저도 모르게 북쪽 별관 쪽으로 발걸음을 옮기고 있었다.

남자가 들어간 별관 문을 열고 안으로 들어가자 오래된 책 특유의 냄새가 확 풍겨 왔다. 하지만 그 안에서 희미하게 어떤 향기가 느껴졌다. 이사나의 품에 안겨 있을 때 느꼈던 포만감과 비슷한 만족감을 주는 그 향이 말이다. 그것이 마치 아리아드네의 실처럼 앞으로 이어져 지도에도 나와 있지 않은 이상한 문으로 향하고 있었다.

멜즈가 그 문을 열고 들어가자, 주변이 새하얀 대리석으로 이루어진 긴 복도가 나타났다. 리비에에 이런 곳이 있었던가? 이상하게 생각하면서도 향기를 따라 계속 앞으로 나아가자, 이번에는 사방으로 갈라진 여러 개의 문이 나왔다. 아마도 침입자를 막기 위한 함정 같았다. 하지만 멜즈는 망설임 없이 잔향이 남아 있던 문을 선택했고, 그 안으로 들어가자 또다시 하얗고 긴 복도가 나왔다.

끝도 없이 이어진 그 길을 따라 또다시 여러 개로 갈린 문 중 하나를 열자, 이번에는 새카맣게 어두운 방이 나왔다. 불이 완전히 꺼져 어두운 가운데, 수많은 저장 장치와 냉각 장치만이 웅웅거리는 기계음을 내며 쉴 새 없이 돌아가고 있었다. 수천 개의 다이오드 불빛으로 반짝이는 서버실의 규모에 압도된 멜즈는 작게 중얼거렸다.

"이게…… 도대체……."

어두운 서버실 안으로 조심스레 발을 내딛은 멜즈는 웅웅거리는 새카만 박스들이 천장까지 쌓인 것을 긴장된 얼굴로 바라보았다. 잘은 모르겠지만, 규모를 볼 때 어쩌면 이곳이 헥사비스의 모든 것을 관장하는 시스템이 있는 곳일지도 몰랐다. 하지만 처음 보는 것이 분명할 이 곳이 이상하게도 멜즈의 눈에 익었다. 언젠가 한 번 이곳을 지나갔던 것처럼, 이 주변이 지나치게 익숙했다. 어째서인지 이

서버실 너머에 있을 풍경마저 눈에 그려질 듯 생생하게 떠올릴 수 있었다.

멜즈가 서버실 끝에 있는 문을 열고 조심스럽게 안으로 들어가자, 어슴푸레한 불빛으로 가득한 중앙 통제실이 눈에 들어왔다. 간신히 사물의 윤곽만을 알아볼 수 있는 방 안에서, 멜즈는 어쩐지 이사나와 만난 것 같은 기분이 들었다. 여기서, 바로 이곳에서, 옷깃이 흠뻑 젖어 들어감에도 아랑곳없이 자신을 소중하게 끌어안아 주었던 것 같다.

그리고.

멜즈는 천천히 뒤를 돌아보았다. 거기엔 창백한 얼굴의 아름다운 아가씨가 눈을 감고 서 있었다. 고풍스런 엠파이어 드레스를 입고 밤하늘 같은 흑청색 머리카락을 길게 늘어뜨린 그녀는 마치 실에 연결된 마리오네트처럼 미동도 없이 그 자리에 서 있었다. 그녀의 목 뒤로 뻗어 나온 두꺼운 케이블은 높이에 따라 두세 개씩 갈라지다가 바닥에서 수십 개의 선이 되어 어디론가 뻗어 나갔다. 사람이 맞는 건가? 멜즈가 홀린 듯이 그녀의 앞으로 다가서자, 잠든 것처럼 눈을 감고 있던 여자는 차가운 금안을 열어 멜즈를 맞이했다.

―멜즈 님, 만나서 반갑습니다.

제대로 입술이 움직이고 있었지만, 사람이 내는 목소리라기엔 너무나도 위화감이 느껴져 멜즈는 흠칫 놀랐다. 그런 멜즈를 보며 비비는 평이한 어조로 물었다.

―이사나 님을 찾고 계십니까?

"네? 네! 혹시 이사나를 이 근처에서 보셨나요?"

―이사나 님은 핵사비스의 지붕으로 올라가셨습니다.

"거기는 어떻게 가는 건데요?"

멜즈의 물음에 중앙 통제실 한쪽 구석에 갑작스럽게 출구가 생겨났다. 여기로 가라는 건가? 멜즈는 비비를 돌아보았지만, 비비는 조용한 얼굴로 멜즈를 바라볼 뿐이었다.

"어, 저기, 고마워요."

금방이라도 문이 닫힐세라, 멜즈는 어색하게 그녀에게 감사 인사를 하며 문밖으로 뛰쳐나갔다. 그에 비비는 우아하게 치맛자락을 걷어 올리며 이미 저만큼 멀어진 고귀한 핏줄에게 작별 인사를 올렸다.

—안녕히 가세요, 멜즈 넥시움 황자님.

* * *

온몸이 찢겨지는 듯한 고통 속에서 의식을 되찾은 이사나는 식은 땀을 뻘뻘 흘리며 천천히 자리에서 일어났다. 아직 저릿저릿한 감이 없잖아 있지만, 어제와 달리 몸이 제대로 움직인다는 것을 깨달은 이사나는 작게 안도의 한숨을 내쉬었다. 그러다 바로 옆에 등을 보인 채 잠든 황제를 발견한 이사나는 우뚝 굳어졌다.

'이 구역질 나는 위선자 새끼⋯⋯! 마음속으로는 날 좆 되게 하려는 마음 만만이면서 언제나 착한 척 피해자인 척 굴기나 하고!'

'네가 아끼는 그 아이를 '넥시움'으로 만들어 줄까? 그거면 되겠느냐?'

이제는 그의 피해망상이 치가 떨렸다. 도대체 자신이 무슨 짓을 했기에 이토록 미움을 받는단 말인가. 그저 모든 일에 최선을 다했을 뿐이었다. 주어진 사명에서 도망치지도 외면하지도 않고 그대로 받아들였을 뿐이었다. 그게 이런 꼴을 당할 정도로 잘못된 일이냔 말이다.

이사나는 분노로 부들부들 몸을 떨며 고른 숨을 색색 내쉬는 황제를 노려보았다. 날카로운 눈으로, 한참을 증오스럽게 그를 내려다보던 이사나는 까드득 이를 악물며 침대에서 내려왔다. 그리고 그의 옷장에서 잠행용 후드를 꺼내 몸에 걸친 뒤 도망치듯 그의 침실에서 빠져나왔다.

사람들의 눈을 피해야 했다. 자신이 형제에게 강간당했다는 것은 둘째 치고, 이런 민감한 시기에 황제와 다툼이 있었다는 게 밖에 알려지면 겨우 하나로 뜻을 모은 세력이 뿔뿔이 흩어질지도 몰랐다. 그러니 이 일은 철저히 비밀로 부쳐 두어야 했다.

이사나는 비밀 통로를 통해 황궁 밖으로 나가려다가 문득, 아직 저택에 멜즈가 있다는 걸 떠올렸다. 멜즈에게 이런 모습을 보일 수 없어. 본능적으로 떠올린 생각에 이사나는 발걸음을 돌려 리비에로 향했다. 그저 답답하기만 했다. 그냥 헥사비스 안에 있는 것만 아니라면 아무래도 좋았다.

"비비, 지붕으로 가는 길을 열어."

갑자기 상처투성이가 되어 나타남에도 비비는 아무런 의문도 망설임도 없이 이사나에게 문을 열었다. 그렇겠지, 비비는 기계니까. 명령받은 것밖에 수행하지 못하는 고철 덩어리니까……! 그걸 알고 있었음에도 이사나는 가슴속 어딘가가 뭉그러지는 듯한 기분이 들었다. 그렇게 이사나는 도망치듯 자신에게 인사하는 비비의 곁을 떠났다.

기나긴 계단을 어떻게 올랐는지 모르겠다. 그저 기계처럼 걷고 또 걸어 도착한 헥사비스의 지붕 위는 금세라도 눈이 내릴 듯 날이 흐렸다. 그 습기를 머금은 차가운 바람을 맞으며 이사나는 아무 생각 없이 헥사비스의 지붕 위를 걸었다. 헥사비스의 뼈대 구조물인 본즈 위에서 제멋대로 자라났던 잔디는 차가운 북풍을 맞고 어느새 풀이 노랗게 말라 있었다. 그 버석거리는 감촉을 느끼며 걷던 이사나는 몇 발자국 가지 못하고 자리에 털썩 주저앉았다.

"아……."

뺨을 가로지르며 바닥으로 툭툭 떨어지는 눈물을 이사나는 닦을 생각조차 하지 못했다. 이젠 지쳐 버렸다. 진절머리 나 아무것도 하고 싶지가 않았다. 왜 나만 이런 꼴을 당해야 하는 거지? 어째서 나만 이렇게 죄인처럼 숨어 있어야 하는 거냐고! 비참했다. 강간당할 정도로 형제에게 미움받는 현실도, 누구 하나에게도 자신이 당한 고통을 말할 수 없는 이 고독감이 비참했다. 이사나는 절망 어린 얼굴로 주저앉아 조용히 눈물만 뚝뚝 흘리고 있는데, 이사나의 앞으로 누군가가 다가왔다. 더티 블론드에 다정한 갈색 눈을 가진 소년, 쥬드였다. 살아생전과 똑같은 모습으로 눈앞에 홀연히 나타난 그를 보자, 이사나는 가슴속 어딘가가 비틀어지는 듯한 기분이 들었다.

"꺼져……."

"……."

"꺼져 버리라고! 진짜도 아닌 주제에!"

"……."

"이런 꼴이 보기 좋지? 알리페르를 토벌하겠다고 이런 수치를 참고 견디는 꼴이 너에겐 보기 좋을 거야, 안 그래?"

이사나의 악의 어린 말에 쥬드는 슬퍼하는 것처럼 보였다. 하지만 이사나는 속지 않았다. 그는 이미 죽었다. 자기 멋대로 죽어 자신만 여기 남겨 놓은 무정한 그림자일 뿐이었다. 그 새삼스러운 사실이 이상하게 가슴이 아파 온 이사나는 마른 풀을 가득 그러쥐며 말했다.

"……나도, 나도 사람이야, 말 한마디에 상처받을 줄 알고 그런 일에 의연할 수 없는 그냥 보통 사람이라고! 네 눈에도 내가 그렇게 대단한 사람으로 보여? 아니야! 난 그저 그런 사람일 뿐이라고! 내가 견디지 못하면 어쩔 도리가 없어서 억지로 참고 있는 것뿐이라고!"

"……."

"나도 알리페르가 무서워……. 넥시움의 의무 같은 것도 사실은 지긋지긋해……! 제국민들을 지켜야겠다는 사명감이 들 정도로 그들을 좋아하지도 않는단 말이야! 난 내가 원해서 이렇게 태어난 게 아니라고……. 그런데 모두가 내가 넥시움이길 원하는 걸 어쩌란 말이야!"

이사나는 신경질적으로 마른 풀을 뽑아 쥬드에게 집어 던졌다. 하지만 쥬드는 여전히 슬픈 얼굴로 이사나를 바라볼 뿐이었다. 거칠어진 숨을 들썩인 이사나는 눈물로 흠뻑 젖은 뺨을 손등으로 닦으며 환영에 불과한 소년을 원망하듯 노려보았다. 그러다 자신이 뭐 하고 있나 싶어 비웃음이 나왔다. 눈앞에 있는 소년은 진짜가 아니었다. 그저 그림자에 불과했다. 그런 허공에 대고 말해 봐야 뭐가 바뀐단 말인가. 자조한 이사나가 텅 빈 눈으로 체념하듯 고개를 떨어뜨리는데, 이사나의 뒤로 익숙한 목소리가 들려왔다.

"이사나?"

화들짝 놀라 뒤를 돌아보자, 당황한 얼굴을 한 멜즈가 보였다. 자신의 빛, 하나뿐인 분신인 그가 말이다.

반사적으로 자리에서 일어난 이사나는 떨리는 눈으로 멜즈를 바라보았다. 아까 그 모습을 보았을까? 절대로 멜즈에게만큼은 보이고 싶지 않았던 그 모습을 말이다. 이사나가 잔뜩 굳어진 얼굴로 자신의 머플러를 매고 있는 멜즈를 바라보는데, 멜즈가 무언가를 찾듯 주위를 두리번거리다가 이사나에게 물었다.

"누구랑 같이 있었어요?"

"……아니, 계속 혼자였어."

짧고 냉랭한 이사나의 대답에 멜즈는 어색한 얼굴로 "그랬어요?"라고 말하며 웃었다. 그에 이사나는 지금 당장이라도 아까의 일을 변명하고 껄끄러워진 분위기를 바로잡아야 한다고 생각했지만, 도저히 그럴 만한 의욕이 생기지 않았다. 이대로 멜즈가 무슨 생각을 하든 상관없다는 생각까지 들고 있었다. 분명 여전히 멜즈를 사랑하는데도 말이다.

이사나가 아무런 말없이 모든 것을 거절하듯 멜즈의 눈을 피하자, 눈치를 보던 멜즈는 아까부터 신경 쓰였던 것들을 하나씩 짚어 보기 시작했다. 피가 잔뜩 묻어 엉망이 된 머리카락, 광대와 눈가에 앉은 새파란 멍, 찢겨진 입술과 실핏줄이 터진 눈.

으드득―.

아무리 봐도 누군가에게 흠씬 두들겨 맞은 얼굴이었다. 그저 단순한 다툼이었다면 제국에서 가장 뛰어난 군인인 이사나가 이렇게까지 일방적으로 당할 리 없었다. 신년회에서 이사나와 가장 마지막에 있었던 사람이 누구였는지 떠올린 멜즈는 머리가 아플 정도로 열이 오르는 걸 느꼈다. 하지만 이를 악물며 짐짓 평온한 어조로 이사나에게 말했다.

"이사나, 많이 다쳤네요."

"……."

"어제 무슨 일이 있었던 거예요?"

차가운 얼굴로 매섭게 추궁해 오는 멜즈를 이사나는 난처한 얼굴로 바라보았다. 작게 한숨을 내쉰 이사나는 다독이듯 멜즈에게 말했다.

"별일 없었어. 네가 신경 쓸 거 없어."

"……."

"그리고 멜즈, 네가 어떻게 여기까지 왔는지 모르지만, 이제 저택으로 돌아가. 여긴 네가 와서는 안 되는 곳이야."

평소와 다를 바 없는 이사나의 침착한 말투에 멜즈는 머리가 새하얘질 정도로 화가 치밀었다. 분노로 심장이 쿵쾅거리는 걸 애써 진정시킨 멜즈는 냉정하려 애를 쓰며 이사나에게 말했다.

"……신경 쓸 것 없다니……. 정말 쉽게도 그런 말을 하네요……. 이사나라면…… 이사나가 제 입장이라면 그런 말이 나올 것 같아요? 어디 하나 성한 곳 없는 얼굴로 아무도 오지 못하는 곳에서 분을 삭이기만 하는 모습을 직접 보고도…… 그러고도 이사나는 별일 아니라고 생각할 수 있겠어요?"

멜즈가 드물게 화를 내며 따지자, 이사나는 더욱더 피로감이 몰려오는 걸 느꼈다. 무슨 말을 해서든 그를 설득시키고 납득시켜 저택으로 돌아가게 해야했지만……. 이사나는 피곤했다. 뭔가가 완전히 고갈된 것처럼 감정이 격해진 멜즈를 다독이고 배려할 여유가 이사나에겐 남아 있지 않았다.

"멜즈, 미안한데 그냥 이대로 내려가 주지 않을래? 지금 널 다독거리기엔 내게 여유가 없는 것 같아."

"무슨, 도대체 무슨 말을 하는 거예요? 이사나…… 이사나는 지금 제가 열 살 먹은 어린아이로 보이는 거예요?"

이사나의 말에 기가 막힌 멜즈는 날카롭게 쏘아붙였다. 그에 이사나는 그게 아니라고, 그런 뜻이 아니었다고 부정하려다가 이내 변명하는 것도 지치는 기분이 들어 그만두었다. 왜 이렇게 되어 버린 걸까? 왜 하필 지금, 가장 마음의 여유가 없을 때 멜즈가 나타난 걸까…….

난 그저 멜즈에게 좋은 사람이 되고 싶었던 것뿐인데.

이젠 멜즈에게까지 미움받을 거란 생각에 이사나는 완전히 의욕을 잃고 힘없이 고개를 떨어뜨렸다. 그런 이사나를 멜즈는 답답하게 바라보며 말했다.

"이사나, 난 이사나가 내게 상냥하게 대해 줘서 이사나가 좋은 게 아니에요. 그냥, 이사나라는 사람 자체가 좋은 거예요! 이사나도 어떤 이유가 있어서 저를 좋아하는 게 아니잖아요. 저도 마찬가지예요. 이사나가 어떤 사람이어도, 어떤 마음을 가져도 괜찮아요. 난 어떠한 이사나도 전부 좋아하니까요. 계속 좋아하고 언제나 이사나의 편에 있을 거니까!"

"……."

"그러니까 얘기해 줘요. 이사나가 어떤 일을 겪었든, 무슨 생각을 하든, 난 절대 이사나에게 실망하거나 비난하지 않아요. 난 이사나를 세상 누구보다도 좋아하니까."

멜즈의 단호한 말에 이사나는 그제야 고개를 들어 무력한 눈으로 멜즈를 바라보았다. 애정으로 상기된 뺨, 진심을 말하는 눈동자, 고집스런 마음을 드러내는 입매. 그것들이 차례로 이사나의 눈에 들어왔다. 멜즈는 온몸으로 진심을 말하고 있었지만, 이상하게도 이사나는 그의 진심을 완전히 믿을 수 없었다. 말이 통하지 않던 유충 때 보인 애정이 훨씬 더 믿음직스러울 정도로, 멜즈가 하는 말이 조금도 마음에 와닿지 않았다. 오히려 그의 같잖은 이해가 비틀어지고 더러워진 마음 속 어딘가를 건드리고 있었다.

"······정말 내가 어떤 사람이어도 괜찮아?"

"물론이에요, 전 어떤 이사나도 상관없어요."

"······."

"그러니 일단 내려가요. 내려가서 얘기를······."

멜즈는 이사나가 이제야 겨우 자신의 말을 들어 주는 것 같아 화색을 띠며 그의 팔을 잡아끌었다. 그러나 이사나는 멜즈에게 팔이 붙잡힌 채 여전히 그 자리에 서 있었다. 멜즈가 의아한 얼굴로 이사나를 돌아보자, 이사나는 평소보다 훨씬 어두워진 눈으로 멜즈를 바라보고 있었다. 평소 같지 않은 그 진득한 시선에 멜즈는 막연한 불안을 느끼는데, 아까와 달리 긴장이 느껴지는 그 얼굴에, 그 사랑스럽고 연약한 얼굴에 이사나는 도리어 초조함을 느꼈다.

너는 정말 내가 어떤 사람이어도 좋은 걸까? 정말 내가 이사나 넥시움이 아니어도, 그래도 상관없는 걸까? 그렇다면 멜즈는 이사나를 이해해 주는 최초의, 그리고 마지막 한 사람일지도 몰랐다. 이사나는 지금 이 순간이 뼈에 사무치게 외로웠다. 오랫동안 홀로 버거운 가면을 뒤집어쓴 채 서 있느라 망각했던 고독이 수렁처럼 이사나의 마음을 갉아먹고 있었다. 닿고 싶다. 무엇이든 전부 이해해 주겠다고 말하는 멜즈의 애정에 고단한 몸을 기대면 이 구멍 난 마음을 완전히 메울 수 있을 것 같은, 그런 기분이 들었다.

이사나는 말없이 멜즈를 제 쪽으로 끌어당겼다. 멜즈가 의아한 눈으로 이사나를 올려다보는데, 그늘진 눈을 한 이사나는 계속해서 멜즈를 빤히 바라만 보고 있었다. 색이 미묘하게 다른 두 눈에 사로잡힌 듯 멜즈는 감히 이사나에게서 눈을 떼지 못하는데, 이사나가 점점 가까워지더니 이내 눈을 감고 멜즈에게 입술을 겹쳐 왔다.

"……!"

놀란 멜즈가 반사적으로 이사나를 밀어내려 했지만, 이사나는 오히려 더 단단히 멜즈를 끌어안을 뿐이었다. 그에 멜즈가 어찌할 줄을 모르는데, 이사나가 멜즈의 뒷머리를 붙잡은 채 탐닉하듯 멜즈의 아랫입술을 빨아올렸다. 그 뜨끔한 감각에 멜즈는 얼굴이 확 달아오르는 걸 느꼈다. 본능적으로 벗어나야 한다는 생각에 멜즈는 이사나의 품에서 바르작거렸지만, 이사나는 오히려 더 열렬하게 입맞춤을 하며 멜즈의 몸을 꽉 끌어안을 뿐이었다. 성행위의 전조와 같은 키스를 다른 누구도 아닌 이사나와 하고 있다는 것에 멜즈는 충격을 받았다. 현실과 동떨어진 곳에 내동댕이쳐진 듯한 기분이 들기도 했다.

풀썩—.

서리가 내린 마른 풀의 차가움을 느끼고 나서야 멜즈는 자신이 풀밭에 쓰러졌다는 걸 깨달았다. 입술이 빨리고 혀가 억지로 휘감기는 가운데, 이사나는 손을 내려 멜즈의 가는 등허리를 쓸었다. 추위로 조금 차가워진 손이 맨살에 닿자, 멜즈는 흠칫 놀라며 다시 발버둥을 쳤다. 그에 입술을 떼어 낸 이사나는 낮게 으르렁거렸다.

"얌전히 있어."

"이, 이사나……."

"내가 어떤 사람이어도 좋다고 했잖아."

화가 난 듯한 이사나의 말에 멜즈는 젖어 든 눈으로 어찌할 줄을 몰랐다. 멜즈가 혼란에 빠져 저항하지 못하자, 이사나는 다시 멜즈의 입가에 그리고 매끈한 턱선을 따라 연신 입을 맞추며 도취된 듯 중얼거렸다.

"멜즈……. 멜즈……."

"이사나……. 나, 무, 무서워요……."

온몸을 덜덜 떨며 멜즈가 애원하듯 말했지만, 이사나는 들은 척도 하지 않고 멜즈의 턱을 핥을 뿐이었다. 이사나는 울먹이는 멜즈를 내려다보며 성급히 허리춤을 끌렀다. 그리고 멜즈의 손을 억지로 붙잡아 자신의 성기를 감싸게끔 했다. 뜨겁고 단단한 남성의 상징이 손에 닿자, 멜즈는 견디지 못하고 눈물을 후드득 떨어뜨렸다. 평소의 이사나였다면 그런 멜즈를 달래주었을 것이다. 하지만 오늘은 그러는 대신 멜즈의 손등을 겹치며 수음에 열중했다.

천천히, 그리고 진득하니 문질러지는 그 감각에 멜즈는 소름이 끼쳤다. 하지만 동시에 안타깝고 초조한 기분이 들기도 했다. 가깝게 몸을 겹치면 겹칠수록 이사나의 몸에서 나는 기묘한 체향은 점점 강해졌고 그 냄새를 들이마실수록 타는 듯한 갈증이 느껴지기도 했다.

"하아, 하아……. 멜즈, 멜즈……."

애처롭게 들리는 그의 젖은 목소리에 멜즈는 등골이 오싹해지는 걸 느꼈다. 뭔가에 붙들린 듯 옴짝달싹할 수 없는 그 소름 끼치는 감각에 멜즈는 무력하게 숨을 헐떡거렸다. 점점, 끝도 없이 상승하는 그것이 두려워진 멜즈는 울먹이며 수음하는 이사나에게 애원했다.

"이사나……."

"하아, 웃, 하아……."

"이사나……!"

이사나에게 억지로 붙들린 손은 어느새 축축하게 젖어 있었다. 그게 이사나가 뿜어내는 선액이라는 걸 깨닫자, 멜즈는 가슴이 지끈거려 왔다. 도대체 어떻게 해야 할지 알 수 없었다. 머리는 핑핑 돌고 어디서 전염된 것인지 모를 열로 온몸은 덜덜 떨릴 뿐이었다. 그 열은 뭉근하니 계속 높아지다가, 이내 날카롭게 천장까지 치솟았다. 그 두려운 감각에 멜즈는 무력하게 몸을 떨다가 쾌감을 견디지 못하고 몸을 뒤틀었다. 그와 비슷하게, 이사나 역시 절정에 다다랐다.

뭔가에 홀린 듯 멜즈의 손으로 수음을 하던 이사나는 사정을 하고 나서야 자신이 한 일이 눈에 들어왔다. 내가…… 도대체 무슨 짓을 한 거지……! 이사나는 뒤늦게 후회했지만, 멜즈는 고개를 돌린 채 가쁜 숨만 쌔액쌔액 내쉬고 있을 뿐이었다. 모든 것이 두려워진 이사나는 이대로 멀리 도망치고 싶은 충동에 휩싸였다.

"……멜즈……."

뒤늦게 찾아온 죄책감에 이사나가 작게 멜즈의 이름을 불렀지만, 멜즈는 여전히 마른 잔디 위에 축 늘어져 있을 뿐이었다. 이상함을 느낀 이사나가 그를 살펴보는데, 멜즈의 몸이 불덩이 같았다. 붉어진 얼굴로 숨도 제대로 쉬지 못한다는 걸 알아차린 이사나는 얼굴이 새하얗게 질렸다.

* * *

엘든은 이사나가 황궁에서 나오기만을 기다렸지만, 결국 해가 저물 때까지 그는 황궁에서 나오지 않았다. 그럼에도 그와 연락할 수단이 없었던 탓에 엘든은 그저 손 놓고 기다릴 수밖에 없었다. 하지만 이대로 무작정 있을 수는 없었다. 만약 이대로 오늘까지 나오지 않는다면 그나마 이사나의 편인 에드먼드 넥시움을 찾아가 그에게 도움을 요청할 작정이었다. 그 매사에 부정적이고 오만한 황족을 만나는 건 여전히 내키지 않았지만.

엘든이 초조함에 어찌할 줄 모르고 황궁 쪽만 계속 힐끔거리는데, 엘든의 부하 중 하나가 엘든에게 다가와 말했다.

"중령님, 각하께서 중령님을 찾으십니다."

"뭐? 각하라고?"

부하의 말에 엘든은 부하를 따라 헐레벌떡 뛰었다. 부하가 엘든을 데려간 곳은 황궁 근처에 설치된 공중전화 박스였다. 어처구니가 없어져 엘든은 부하를 쏘아보았지만, 부하는 내려놓은 수화기를 집어 엘든에게 내밀 뿐이었다. 그에 엘든이 수화기를 들자, 익숙한 목소리가 전화선 너머에서 들려왔다.

—엘든, 나야.

"각하? 지금 어디 계십니까?!"

그가 무사한 것에 반가우면서도 걱정시킨 게 원망스러워 엘든이 소리치는데, 전화기 너머의 이사나는 평소와 같은 침착한 목소리로 엘든에게 말했다.

—엘든, 지금 당장 리비에의 2층 열람실에 있는 북쪽 별관으로 와 줘.

"네? 왜 갑자기……."

—지금 당장 와. 그리고 아무에게도 알리지 말고 혼자 오도록 해.

짧은 명령과 함께 전화는 끊어졌다. 그에 엘든은 황망한 눈으로 수화기를 내려다보다가 곧장 리비에로 향했다. 명령대로 2층 열람실의 북쪽 별관 문을 열자, 그 안에는 밤새도록 기다렸던 이사나가 있었다. 새카만 후드를 뒤집어쓴 이사나는 축 늘어진 멜즈를 껴안은 채 바닥에 앉아 있었다. 하지만 엘든은 그것보다 다른 것에 더 놀랐다.

"각하! 얼굴이……!"

"엘든, 멜즈를 저택에 데려다줘. 멜즈가 많이 아파."

그제야 엘든은 상처투성이가 된 이사나에게서 눈을 떼고 멜즈를 바라보았다. 아까 보았을 때도 힘이 없어 보였는데 지금은 열 때문인지 얼굴이 새빨갛게 달아올라 있었다. 멜즈는 어릴 때부터 기관지가 약해 겨울이 되면 크게 앓는다고 했었다. 게다가 약도 잘 듣지 않았기에 가벼운 병증도 금세 악화되었다. 엘든은 한시라도 빨리 멜즈를 이사나의 저택에 있는 주치의에게 보여야겠다고 생각하는데, 멜즈를 안고 있는 이사나의 얼굴이 어두웠다. 무슨 일이 있었던 걸까? 하지만 이사나는 당장이라도 쓰러질 듯 얼굴을 하면서도 멜즈를 건네며 단호하게 말할 뿐이었다.

"가."

"그, 각하께서는……."

"나중에 다시 연락할게. 어서 데려가."

이사나의 재촉에 엘든은 뭐라 말도 못한 채 아픈 멜즈를 데리고 리비에를 나올 수밖에 없었다. 그리고 별관에 홀로 남아 품에 남겨진 체온을 곱씹던 이사나는 자리에서 일어나 어디론가 향했다.

* * *

오후 늦게 일어나 늦은 밤까지 추종자들과 놀다가 침실로 되돌아온 황제는 의외의 인물에 고개를 갸웃거렸다.

"이사나? 네가 여기 왜 있는 게냐?"

황제의 물음에 굳어진 얼굴로 테이블에서 벌떡 일어난 이사나는 황제에게 다가가 그의 얼굴에 주먹을 날렸다.

"윽……!"

예고 없는 주먹질에 황제는 속수무책으로 몸을 휘청거렸다. 하지만 아랑곳없이 이사나는 그의 멱살을 붙잡고 계속해서 그의 얼굴을 짓뭉갤 뿐이었다. 황제를 벽에 몰아세운 채 냉랭한 얼굴로 그를 두들겨 패던 이사나는 자신과 똑같이 엉망이 된 황제의 꼴을 보고 나서야 겨우 잡고 있던 멱살을 풀어 주었다. 그에 황제는 핏물을 퉤, 뱉어 내며 이사나에게 빈정거렸다.

"이제 다 한 게냐?"

"……어제는 왜 그런 짓을 했던 겁니까."

"글쎄…… 벌레놈이 따먹은 뒷구멍 맛이 어땠는지 궁금했나 보지. 그런데 생각보다 괜찮더구나. 한 번만 하려고 했는데, 꽤 먹을 만해서 나도 모르게 정신없이 빠져들었으니까."

"미쳤군요. 겨우 그따위 이유로 약을 먹이고 강간하다니……. 예전부터 생각했지만, 당신은 정말 미쳤습니다."

이사나가 이를 갈며 말했지만, 황제는 도리어 이사나를 향해 킥킥거리며 말했다.

"나야말로 네가 왜 이러는지 모르겠구나. 왜 이제 와서 이 일을 따지고 화내는 게냐? 화를 내려면 아까 내가 자는 사이, 그때 날 두들겨 패든 목을 조르든 했어야지. 왜 다 늦게 이러는 게냐?"

황제는 뭐가 즐거운지 히죽 웃으며 말했다. 이사나가 사납게 황제를 쏘아보자, 황제는 비틀어진 미소를 지어 보이며 말했다.

"내가 답을 말해 줄까? 너는 내게 화가 나서 찾아온 게 아니기 때문이다. 잘 길들여진 개새끼가 어떻게 몇 번 걷어차였다고 화를 낼 수 있겠느냐? 그저 새 주인을 잃고 옛 주인을 찾아온 것뿐이겠지."

"……."

"그래, 나한테 걷어차이고 네가 그리 애지중지하던 '멜즈'에게 응석 부리다가 쫓겨나기라도 했나 보지? 멍청한 놈."

황제의 힐난에 이사나가 당장이라도 폭발할 듯한 얼굴로 노려보 는데, 황제는 여전히 비릿하게 웃으며 말했다.

"그래서 그 아이가 네게 실망했다고 하더냐? 생각보다 훌륭한 인간 이 아니라서 배신당했다며 울기라도 하더냐? 이사나, 내가 몇 번이나 말했지 않느냐. 사람들은 널 좋아하지 않아. 네가 아니라 개처럼 봉사 하는 '이사나 넥시움'을 좋아할 뿐이라고. 네가 아끼는 그 아이도 그들 중 하나일 뿐이다. 그 아이도 네 나약한 진짜 모습을 좋아하지 않아."

황제의 단정적인 말에 이사나는 더 이상 절망을 숨기지 못하고 고 스란히 얼굴에 드러내 버렸다. 그에 황제는 즐거운 듯 웃으며 금방 이라도 눈물을 쏟아 낼 듯한 이사나에게 다가와 말했다.

"아무도 네 진짜 모습을 알아주지 않아. 줏대 없고 하고 싶은 것도 없이 그저 사람들이 칭찬하는 것에 허덕이며 낑낑대는 네 모습을 제 국민 중 단 한 사람도 알아차리지 못할 거다. 이러니 내가 기가 찰 노릇이지. 그저 혈통 좋은 맹견에 불과한 놈을 나 대신 황제에 올려 야 한다고? 솔직히 말해 봐라, 이사나. 너도 그건 좀 아니라고 생각 했지?"

황제는 차갑게 이죽이면서도 상처투성이가 된 이사나의 얼굴을 다정하게 훑었다. 그에 이사나는 텅 빈 눈으로 힘없이 서 있을 뿐이 었다. 당장이라도 죽어 버릴 듯한 연약한 얼굴에 황제는 쯧, 하고 혀를 찼다. 황제는 피딱지가 앉은 이사나의 입술을 엄지로 훑으며 중얼거렸다.

"여전히 네놈이 짜증나지만, 그래도 이런 꼴을 하고 있으니 불쌍하기는 하구나."

"……."

"내가 다시 널 주워 줄까? 다시는 내게 이를 드러내지 않겠다고 맹세하면 널 거둬 줄 수도 있다. 나는 널 학대하는 가혹한 형으로서, 그리고 넌 고분고분하게 말 잘 듣는 내 동생으로서 다시 시작하는 거지. 하지만, 난 절대 네 소년처럼 너에게 실망하지 않을 거다. 나야말로 네 밑바닥까지 속속들이 아는 친형제이지 않느냐."

숨결이 닿을 듯 황제의 얼굴이 가까워져 옴에도 이사나는 조금도 움직이지 않았다. 이미 지쳐 버렸으니까. 황제의 말처럼 자신은 엄청난 사명감을 가지고 있지 않았고 제국민을 그리 애틋하게 생각하지도 않았다. 하지만 그들의 기대를 저버리는 건 할 수 없었다. 그들에게조차 외면당하는 건 무서웠으니까.

이사나가 모든 것을 체념한 얼굴로 입술을 겹쳐 오는 황제를 순순히 받아들이자, 황제는 호응을 하지는 않지만, 반항도 하지 않는 이사나를 마음껏 희롱하며 악마처럼 속삭였다.

"그래, 이제 다시는 내 말을 거스르지 말고 반항하지 말거라. 그러면 네가 그렇게 심취해 있는 영웅 놀이도 거들어 줄 테니까."

황제는 인형처럼 무력해진 이사나를 꽉 끌어안았다. 이제야 간신히 이사나가 원래의 동생으로 되돌아온 것 같았다. 황제는 이사나를 소중히 쓰다듬으며 욕정 어린 눈을 번들거렸다.

"다시 내게 돌아온 걸 환영한다, 이사나."

전야(前夜) (4)

하루 종일 찬 바람을 쐰 멜즈는 크게 앓아누워 한동안 자리에서 일어나지 못했다. 그렇게 며칠을 침대에서 보내고 나서야 멜즈는 겨우 몸을 추스를 수 있었다.

멜즈는 오랜만에 자신의 손으로 세수를 하며 거울에 비친 자신의 모습을 바라보았다.

창백하게 질린 뺨과 음울한 눈동자. 마치 자신이 알던 자신의 모습이 아닌 것 같았다. 항상 자신만만하고 사랑받는 것에 익숙했던 그 철없는 모습은 어디 가고 그늘이 짙게 깔린 어두운 얼굴만이 남아 있었다.

이사나…… 어째서…….

그날 이사나가 했던 행위는 영혼 깊숙이 새겨져 애정으로 단단했던 멜즈의 근원을 송두리째 흔들었다. 하지만 그것보다 더 실망스러운 것은 멜즈 자신이었다. 자신은 분명 이사나가 어떤 사람이든 어떤 행동을 하든 전부 이해할 수 있다고 자신 있게 단언했다. 하지만 지금은 모르겠다. 이사나를 여전히 사랑하는 게 맞는지. 이제 이사나를 미워하게 된 게 아닌지. 자신의 마음이 더 이상 순수하지 않다는 것에 멜즈는 괴로워졌다.

어떤 얼굴로 이사나와 마주할지 알 수 없었다. 무슨 말을 이사나에게 해야 할지 알 수 없었다.

잔인한 한 해가 시작되고 있었다.

* * *

새해가 시작되면서 제국은 연일 넥시움 황가에 대한 얘기로 떠들썩했다. 형제라고는 하지만 정적에 가까웠던 황제와 이사나 황자가 신년회 도중 단둘이 사라진 뒤 며칠 후 모습을 드러냈을 때, 두 사람의 얼굴은 상처투성이가 되어 있었기 때문이다.

하지만 피멍이 든 얼굴과 달리 황제와 이사나 황자의 관계는 꽤 친근해져 있었다. 누군가는 두 사람이 신년회 때 유치한 주먹 다툼을 하며 오랫동안 이어 왔던 형제 싸움을 종식시킨 게 아닌가 추측하기도 했다. 평소 불같은 황제의 성격이야 유명했지만, 인내심 많은 이사나 황자까지 주먹질이라니 좀 의외긴 했다. 하지만 그날 이후 황제는 모든 공식 석상에 그의 추종자들이 아닌 이사나 황자만을 데리고 다니며 우애를 과시했다.

그에 이사나를 황제로 추대하려 했던 세력 사이에선 떨떠름하기는 해도 나쁘지 않다는 의견이 지배적이었다. 어차피 황제는 불능이라 후계가 없으니 말이다. 굳이 쿠데타를 일으켜 나중에 말이 나오게 하느니 자연스럽게 황위가 넘어가도록 하는 게 더 좋기는 했다. 게다가 황제 역시 불안한 후계를 계속 언급하며 '이사나 황자 황태제 내정설'에 계속 떡밥을 던져 대니 제국 안은 연일 축제 분위기가 될 수밖에 없었다.

하지만 이 모든 것은 이사나 본인의 의지는 조금도 들어 있지 않은, 제국민들만을 위한 축제였다. 인류를 구하기 위해 다시 일선에 복귀한 영웅이 나중에 황제까지 될지도 모른다. 그런 희망만이 가득한 가운데, 제국민들은 이듬해에 있을 알리페르와의 전면전 역시 인류가 이길 거라는 근거 없는 낙관에 지배되어 있었다.

아주 순조로운 출발이었다.

연일 신문 1면을 나란히 장식하는 형제의 화해에 수많은 사람들이 들떴지만, 황제와 이사나의 관계는 제국민들이 생각하는 것 이상으로 친밀해져 있었다.

"하아, 그래, 좀 더 혀를 써 보려무나."

황제는 자신의 다리 사이에 앉아 구음하는 이사나에게 명령했다. 그에 무표정한 얼굴로 행위에 집중하던 이사나는 그의 말대로 혀를 놀리며 황제를 만족시키려 애를 썼다. 성적인 행위임에도 조금의 열의도 없이, 그저 기계적으로 하는 이사나의 구음에 황제의 얼굴에는 불쾌함보다는 만족감이 깃들었다.

본래 이사나는 고분고분한 성격이었지만, 그래도 꼴에 수컷이라고 가끔 반항을 하며 자신을 물어뜯기도 했다. 그때마다 흠씬 두들겨 팼지만, 이사나는 결국 끝까지 자신에게 지배되지 않았다. 얌전한 얼굴로 언제나 호시탐탐 자신을 때려눕힐 기회만 엿보는 음흉한 놈이었다. 하지만 지금은 아닌 것 같았다.

한 번 크게 실의에 빠지자, 이사나는 정신이 나간 사람처럼 고분고분해졌다. 그랬기에 황제는 그 얼굴도 모르는 '멜즈'라는 소년이 얼마나 고마운지 몰랐다. 한때는 감히 괘씸하게 이사나를 홀려 빼앗아 가려고 했지만, 지금은 너그럽게 용서해 줄 수 있었다. 조금 있으면 이 회의실 안으로 사람들이 쏟아져 들어올 게 분명한데도 이렇게 고분고분하게 구음을 할 정도로 철저히 절망시켰으니까.

자신의 곁으로 돌아온 이사나는 영혼이 완전히 빠져나간 인형이 되어 버렸다. 자신이 때리면 때리는 대로 맞고 다리를 벌리라고 하면 거리낌 없이 벌리며 자신의 성물을 받아들였다. 드디어 말 잘 듣는 완벽한 '남동생'이 된 이사나가 황제는 너무나도 기꺼웠다. 황제가 만족스러운 얼굴로 이사나의 입 안에 대고 파정을 하자, 이사나는 조금도 역겨워하는 기색 없이 황제의 것을 목구멍 너머로 삼켜 버렸다. 그리고 청소하듯 황제의 것을 혀로 핥자, 황제는 그런 이사나의 머리를 쓰다듬으며 말했다.

"이런 네 모습을 외조부께서 아셨어야 했는데 말이다."

이사나를 제위에 올리는데 가장 열심이었던 스틴다임 공작을 떠올리며 황제는 키득거렸다. 그럼에도 이사나는 남의 일이라는 듯 아무런 표정도, 감정 없이 황제의 옷을 정리해 준 뒤 다시 아까처럼 황제의 옆에 앉을 뿐이었다. 날 때부터 누군가의 위에 군림하기는커녕, 노예로 있는 게 제일 잘 어울리는 놈이었다, 이사나 넥시움은. 황제는 입꼬리에 미소를 달며 킥킥거리다가 이사나의 입가에 묻은 정액을 발견하고는 손가락으로 훑었다.

"칠칠맞기는."

훑은 손가락을 이사나에게 내밀자, 이사나는 잘 훈련된 개처럼 정액이 묻은 손가락을 혀로 훑았다. 단순히 혀를 내밀어 훑는 것인데도 불구하고 이사나의 얼굴은 묘하게 요염해 보였다. 분명 남자인데도, 사내답기 그지없는 얼굴과 성격을 가졌음에도 이사나에게는 사타구니의 불씨를 끊게 하고 가학심을 불러일으키는 구석이 있었다. 그래서 더욱 이사나를 굴복시키고 싶었던 건지도 모른다. 하지만 완전히 굴복시킨 지금은 조금쯤 자비로워도 되지 않을까 하는 생각이 들었다.

"오늘 회의에서 알리페르와의 전면전에 필요한 자금을 어떻게 걸을지에 대한 얘기가 나올 것이다."

"……그렇습니까."

자신을 설득하려 열심이었던 예전과 달리 전혀 열의가 없는 이사나의 반응에 황제는 더욱더 신이 나 떠들어 댔다.

"하지만 별로 걱정할 필요는 없다. 어차피 내겠다는 녀석들은 많으니 말이다. 많이 투자한 순으로 바깥의 땅을 분배해 주겠다고 하니 신이 나서 군자금을 탈탈 털어 오더구나. 이걸로 네가 원하는 만큼 실컷 전쟁을 할 수 있을 거다."

황제의 말에 이사나는 무표정한 얼굴로 고개를 끄덕거렸다. 그에 황제는 이사나의 새카만 의수를 만지작거리며 들뜬 얼굴로 말했다.

"그래, 네가 이기고 돌아오면 뭘 하는 게 좋을까? 그 빌어먹을 벌레 놈들이 말끔히 사라진 대륙을 구경하고 다니는 것도 좋을 것 같구나. 이사나, 한동안 제국 따윈 아무에게나 맡겨 버리고 같이 남쪽에 있다는 해안가에 가 보지 않겠느냐?"

해안가? 이사나가 고개를 갸웃거리며 황제를 돌아보자, 황제는 소년처럼 들뜬 얼굴로 이사나에게 말했다.

"그래, 새파란 바다가 드넓고 값비싼 소금이 무한정 쏟아져 나온다는 그 바다 말이다. 거기에 멋진 별장을 짓고 사람들을 초대해 재미나게 노는 거다. 경치도 좋고 헥사비스와도 가까우니 금세 사람들로 붐비게 되겠지. 사람들과 같이 있는 게 싫다면 나랑 둘이서만 놀자꾸나. 어떻느냐?"

황제의 말에 이사나가 좋지도, 싫지도 않은 얼굴을 하자, 와락 인상을 구긴 황제는 잡고 있던 이사나의 의수를 내팽개치며 말했다.

"아니다, 네가 지금은 고분고분하게 굴어도 나중에는 또 어떻게 될지 모를 일이지. 넌 항상 날 지지하는 척 굴었지만, 속으로는 내가 넥시움의 의무도 수행하지 못하는 무능한 황제라고 생각했으니까! 지금은 바닥에 기듯이 납작 엎드려 있어도, 언제 또 날 위협하려 들지 모르지! 내가 가진 걸 전부 빼앗고, 날 맨몸으로 여기서 쫓아내려 할지도 모르지!"

"……그런 생각하지 않습니다."

"아니! 넌 그럴 생각이 없어도 네 주위에 있는 녀석들이 날 가만두려 하지 않을 거다! 안 그래? 너와 내가 넥시움이자, 형제로 태어난 이상, 그건 어쩔 수 없는 일이잖아?"

황제는 이사나를 향해 이를 드러내며 말했다. 그런 황제를 아무 감정 없이 멍하니 바라보던 이사나는 갑자기 떠오른 의문에 입을 열었다. 이전에는 답을 듣는 게 두려워 단 한 번도 직접적으로 묻지 못했던 말이었다.

"8년 전, 렉사 토벌전 때 말입니다."

"그게 뭐."

"폐하께서 보급을 끊으라고 명령하셨습니까?"

맥락 없는 이사나의 질문에 황제는 무슨 소리냐는 듯 미간을 찌푸렸다. 그러다 이내 얼굴이 밝아지더니 싱글벙글 웃으며 이사나에게 말했다.

"뭐냐, 너도 내가 보급을 끊었을 거란 헛소문을 믿었던 게냐?"

"……."

"그래서 그때 내게 반항했던 게냐? 내가 널 버렸다고 생각해서?"

히죽히죽, 황제는 웃으며 다시 이사나의 의수를 맞잡았다. 그리고 짐짓 상냥한 얼굴로 달래듯 말했다.

"내가 왜 네 보급을 끊겠느냐? 무슨 이유로?"

"제가 알리페르의 신왕을 토벌하는 것을 반대하셨으니까요."

"네가 어린애도 아니고 어떻게 그런 이유로 내가 널 죽이려 했다고 생각하는 게냐? 이사나, 네가 생각보다 귀가 얇구나."

황제는 너무하다는 듯 타박했지만, 어째서인지 얼굴은 기뻐 보였다. 자리에서 일어난 황제는 이사나가 앉은 의자 위에 올라탔다. 그리고 사랑스러워 못 견디겠다는 듯 이사나를 내려다보았다. 열의라고는 눈곱만치도 찾아볼 수 없는 그 텅 빈 얼굴이 너무 좋아 황제는 열렬히 입을 맞추며 부푼 중심을 이사나에게 비벼 댔다.

이사나는 희미하게 거부감을 느꼈지만, 이내 그 감각도 무뎌져 버렸다. 어쩐지 황제가 평소보다 흥분한 것 같았지만, 이사나는 평소와 똑같을 뿐이었다. 차갑고, 또 차가운 물속에 머리끝까지 잠겨 헤어 나오지 못하는 기분이었다. 꽤 오랫동안 키스한 후에야 이사나의 위에서 일어난 황제는 타액으로 번들거리는 이사나의 입술을 혀로 핥으며 말했다.

"네가 돌아오면 같이 이곳저곳 여행이나 가자꾸나. 아니다, 아예 황위 따윈 아무한테나 줘 버리고 해안가에 세운 별장에 계속 둘이서 함께 살까? 하지만 네놈이 날 또 물어뜯을 수 있으니 손톱도 이빨도 전부 뽑아 버려야겠지? 그래, 그렇게 옛날처럼 계속 같이 살자꾸나. 하지만 그 전에 네가 이기고 와야겠지? 어차피 이길 테니 네 출정식은 모든 제국민이 볼 수 있게 성대하게 치르도록 하자. 바깥의 벌레 놈들만 사라지면 우린 아무 문제없어. 그렇지? 응?"

황제는 이사나를 끌어안으며 뭔가에 도취된 듯 계속 중얼거렸다. 하지만 이사나는 여전히 표정 없이 인형처럼 안겨 있을 뿐이었다.

'이사나 넥시움'은 결코 살아서 헥사비스에 귀환할 수 없을 터였다. 전쟁터에서 죽든 병증이 깊어져 죽든 이 고단한 삶도 이젠 끝이었다.

* * *

제국 대학에 제출한 학위 논문 심사가 진행되는 동안, 멜즈에게는 짧은 방학이 주어졌다. 원래라면 연구실로 돌아가 논문 심사 후에 있을 교수들의 질의응답을 준비해야 했지만, 연초부터 크게 아팠던 멜즈는 계속 이사나의 저택에 머물며 사용인들의 극진한 간호를 받고 있었다. 마치 지금은 없는 저택의 가주가 단단히 부탁해 놓은 것처럼 멜즈가 침대 밖으로 한 걸음만 움직여도 사용인들이 기겁을 하며 너덧 명씩 달려들었다. 그런 그들의 모습에 멜즈의 마음은 더욱 복잡해질 수밖에 없었다.

이사나는 왜 돌아오지 않는 걸까…….

이사나가 저택에 돌아오면 같은 집에 있다는 핑계로 그에게 말이

라도 붙여 볼 텐데, 이사나는 2주가 지나도록 저택에 돌아오지 않고
있었다. 원래 바쁜 사람이기에 하루 이틀 돌아오지 못하는 건 그렇
다 치지만, 이 정도로 오래 집을 비우면 그가 일부러 피하고 있다는
걸 못 느끼려야 못 느낄 수 없었다.

이사나는 도대체 무슨 생각인 것일까? 헥사비스의 지붕 위에서
보았던 이사나도 이사나답지 않았지만, 이렇게 회피하는 이사나도
그답지 않기는 마찬가지였다. 이제껏 이사나에 대해 잘 안다고 자부
했는데, 사실은 전혀 그렇지 않을 거란 생각에 멜즈는 주눅이 들었
다. 하지만 앞으로 어떻게 해야 할지 몰라 멜즈는 다 나았음에도 회
피하듯 하루 종일 방구석에 틀어박혀 내리 잠만 잤다.

그러나 에드먼드가 저택으로 쳐들어오면서 멜즈의 짧은 휴식도
끝나 버렸다.

"허이고, 피죽도 못 얻어먹은 꼬락서니로구나."

어디론가 사라져 2주 만에 다시 나타난 에드먼드는 혀를 쯧쯧 차
며 멜즈에게 말했다. 그에 멜즈는 힘없는 목소리로 에드먼드에게 대
꾸했다.

"고뿔에 심하게 걸려서 그렇게 보이는 것뿐이에요. 지금은 다 나
아서 멀쩡해졌어요."

"그래? 그거 마침 잘 되었구나. 멜즈, 어서 짐 챙겨서 나오거라."

"네?"

갑작스런 에드먼드의 말에 멜즈가 의아한 눈으로 그를 올려다보
는데, 에드먼드가 장난기 넘치는 얼굴로 멜즈에게 말했다.

"나와 함께 가 볼 곳이 있다."

에드먼드의 말에도 멜즈가 어안이 벙벙한 얼굴로 서 있기만 하자,

에드먼드가 냉큼 나오지 못하겠냐며 호통을 쳤다. 그에 멜즈는 어쩔 수 없이 옷을 갈아입고 그를 따라 밖으로 나갈 수밖에 없었다.

갑작스럽게 저택에 쳐들어와 다짜고짜 멜즈를 끌고 나가는 에드먼드를 목격하게 된 집사는 허둥지둥 달려와 에드먼드를 만류했다.

"에드먼드 님! 멜즈 님은 아직 쉬셔야 합니다."

"그게 무슨 소린가. 이 녀석은 자기가 멀쩡하다고 하던데?"

"멀쩡하기는요! 그렇게 열이 펄펄 끓어올라 정신을 못 차렸는데요……! 아무튼 멜즈 님은 안정을 취해야 합니다!"

집사가 절대 멜즈를 데려갈 수 없다는 듯 강경한 태도를 보이자, 에드먼드는 그런 집사에게 혀를 차며 말했다.

"이보게, 저 녀석 나이가 몇인데 그까짓 감기 하나로 죽네 사네 그렇게 애를 끼고 도는 겐가? 쯧쯧쯧, 원래 고뿔이란 놈도 적당히 몸을 움직여 줘야 도망가는 거라네."

"하지만……!"

"착각하지 말게나. 멜즈는 이제 이 저택에선 '손님'이야. 자네가 집사라면 말을 하지 않아도 주인의 마음을 헤아릴 수 있어야지."

집사에게 차갑게 쏘아붙인 에드먼드는 재촉하듯 멜즈를 돌아보았다. 그에 어쩔 수 없이 멜즈는 이때까지 감사했다고 인사하며 저택을 나갈 수밖에 없었다. 이제 빈둥빈둥 노는 시간도 끝인 건가? 이왕 이렇게 된 거 논문이나 다시 검토하면서 머리를 비워야겠다고 생각하는데, 에드먼드가 멜즈를 데리고 간 곳은 연구실이 아니었다.

"선생님, 왜 리비에에……."

이사나와 있었던 일로 다시 리비에에 발을 들이는 게 껄끄러웠던 멜즈는 괜히 에드먼드에게 물었다. 하지만 에드먼드는 잔말 말고 따라오기나 하라며 또다시 앞장서 나갈 뿐이었다. 또 뭘 시키려고……. 멜즈가 한숨을 내쉬며 에드먼드의 뒤를 따르는데, 열람실 옆에 딸린 창고 방으로 들어간 에드먼드는 구석에 잔뜩 쌓아 둔 짐 꾸러미를 탁자 위에 올려놓으며 멜즈에게 말했다.

"이걸 등에 짊어지거라."

"이게 뭔데요?"

튼튼한 천 가방 안에 꽉꽉 채워진 내용물을 흔들어 보자, 콩알이 부딪치는 듯한 소리가 들려왔다. 약병 같았다. 그에 멜즈는 더욱더 의아해하는 얼굴로 자신의 선생님을 바라보았지만, 에드먼드는 단호한 얼굴로 재촉할 뿐이었다.

"어허, 묻는 건 나중에 하고 일단 어서 들거라."

그에 멜즈는 또다시 에드먼드가 시키는 대로 짐을 들 수밖에 없었다. 깡마른 몸이 후들거릴 정도로 멜즈에게 짐을 다 떠넘긴 에드먼드는 홀가분한 얼굴로 따라오라고 턱짓했다. 그리고 열람실로 들어가 사서에게 소셜 코드를 보이며 층간 엘리베이터를 이용하고 싶다고 말했다.

사서가 안내하는 대로 엘리베이터에 올라탄 에드먼드는 쭈뼛거리며 옆에 서는 멜즈를 힐끔 바라본 뒤 버튼을 눌렀다. 그러자 엘리베이터는 천천히 아래로 내려가기 시작했다. 처음으로 층간 엘리베이터를 탄 멜즈는 저절로 움직이는 이 기계 장치를 신기한 눈으로 바라보았다. 하지만 이미 수도 없이 이용해 봤던 에드먼드는 지루함이 역력한 얼굴로 서 있을 뿐이었다. 그렇게 끝도 없이 아래로 내려가던 엘리베이터는 문득 어느 지점에서 멈춰 섰다. 그리고 굳게 닫혀 있던 문 역시 열렸다.

"……!"

문이 열리자, 멜즈는 눈앞에 펼쳐진 광경에 숨을 들이켰다. 불이 완전히 꺼져 캄캄한 가운데 지상층과 똑같은 구조의, 열람실로 보이는 공간이 거미줄과 먼지로 엉망진창이 된 채 방치되어 있었다. 폐허나 다름없는 이 공간에 멜즈는 당혹감을 숨기지 못하는데, 에드먼드가 아무렇지 않은 듯 가방 안에서 손전등을 꺼내 어두운 열람실을 비췄다.

"선생님, 여기는……."

에드먼드를 따라 멜즈는 긴장된 얼굴로 책들이 바닥에 쏟아진 텅 빈 열람실을 걷는데, 에드먼드가 별거 아니라는 듯 대답했다.

"지하 3층이다."

"지, 하 3층이요?"

에드먼드의 말에 멜즈의 얼굴이 굳어졌다. 한때 이곳도 사람들이 모여 살던 층이긴 했다. 그러나 이 아래에 있던 포스가 알리페르의 요람이었다는 게 알려진 이후, 이곳 역시 제국에서 버림받은 층이 되고 말았다. 그나마 고향이라고 떠나지 못한 사람들도 있었지만, 황제가 포스에 독가스를 살포한 이후 포스에 뿌려진 독가스가 지하 3층까지 흘러 들어오면서 그들도 결국 위층으로 이주해 버리고 말았다. 멜즈 역시 불안해하며 에드먼드를 바라보는데, 에드먼드가 심드렁한 얼굴로 말했다.

"독가스 문제라면 걱정할 거 없다. 어느 마음씨 좋은 황족님께서 포스에 독가스가 살포되고 얼마 안 돼서 독가스의 수백 배는 비싼 해독제를 여기저기 뿌려 댔으니까."

"그래도…… 여기는 도대체 왜……."

"일단 따라오기나 하래도."

에드먼드의 으름장에 멜즈는 결국 아무 말 없이 그의 뒤를 따르는 수밖에 없었다. 과거에 도서관이었던 곳으로 추정되는 건물 밖으로 나오자, 군데군데 설치된 할로겐 등이 흐릿하게나마 지하 3층 거리를 비추고 있었다. 다행히 아직 전기가 들어오는 듯했다. 하지만 사람이 한 명도 다니지 않는 거리는 어쩐지 오싹한 기분이 들게 했다.

이제는 유령 도시가 된 지하 3층은 멜즈의 고향이기도 했다. 과거, 황자인 이사나가 도대체 무슨 이유로 지하 3층에 있었던 건지는 잘 모르지만, 이사나의 말로는 몇 년 전, 폭발 사고에 휘말려 기억을 잃은 자신을 우연히 거두게 되었다고 했다. 그리고……

이사나를 떠올리자 멜즈는 마음이 복잡해졌다. 이사나가 자신에게 한 짓이 무엇인지 똑똑히 알고 있었다. 어리다고는 하지만, 그 행위가 무엇을 뜻하는지 모를 만큼 어리숙하진 않았다.

이사나는 도대체 언제부터 나를 그런 눈으로 보고 있었던 걸까? 그게 멜즈는 당혹스러웠다. 이사나를 거의 신처럼 숭배하듯 경애했지만, 단 한 번도 이사나를 그런 대상으로 생각해 본 적이 없었으니까. 너무나도 그의 존재가 신성해 그와 그런 식의 입맞춤을 할 수 있다는 것조차 상상하지 못했다. 하지만……

'멜즈……. 멜즈…….'

너무나도 원한다는 듯, 절박하게 속삭여 오던 목소리를 떠올린 멜즈는 등골이 오싹해지는 걸 느꼈다. 단지 그 목소리를 떠올린 것뿐인데, 입술을 핥았던 혀의 감촉이나 손에서 맥동하던 뜨거운 중심까지 줄줄이 떠오르면서 순식간에 온몸이 훅 달아올랐다. 너무 야했다. 그 목소리가, 그 얼굴이 말도 안 되게 야해 자신이 알던 이사나가 아닌 것 같았다. 귓가가 뜨거워지고 어쩐지 배가 욱신거리는데, 말없이 뒤따라오는 멜즈를 힐끔 되돌아본 에드먼드가 무심한 얼굴로 물었다.

"멜즈, 오늘은 왜 이사나 얘기를 하지 않는 게냐."

"네, 네?"

"싸우기라도 한 게냐?"

"아, 아니요. 그런 건……."

금방까지 이사나의 야한 얼굴을 떠올리느라 정신이 없었던 멜즈는 지레 놀라 반사적으로 부정했다. 그런 멜즈를 빤히 쳐다보던 에드먼드는 이내 쓰게 웃으며 중얼거렸다.

"아니다, 됐다. 이제 와서 그게 다 무슨 소용이겠느냐."

"……?"

도대체 무슨 말을 하려던 건지 알 수 없는 에드먼드의 말에 멜즈가 의아해하며 에드먼드를 바라보았지만, 어쩐지 힘이 없어 보이는 에드먼드는 아까처럼 잔말 말고 따라오기나 하라고 윽박지를 뿐이었다. 그에 아무 말 없이 계속 에드먼드를 따라가자, 얼마 지나지 않아 드문드문 사람들이 나타나기 시작했다.

왜 지하 3층에 사람이……?

공식적으로 폐쇄된 층으로 알려진 이곳에 한두 명도 아닌, 꽤 많은 사람들이 돌아다니는 걸 보게 되자, 멜즈는 어쩐지 발을 들여서는 안 될 곳에 들어온 것처럼 불안해졌다. 게다가 낯선 이에 대한 경계심이 느껴지는 그들의 얼굴이 더욱더 멜즈의 불안을 부채질하고 있었다. 주눅이 든 멜즈는 에드먼드의 뒤에 바짝 따라붙었다.

그렇게 얼마나 걸었을까? 어떤 마을이 나타났다. 지상층의 건물과 달리 다소 조잡해 보이는 판잣집이 빽빽이 밀집한 주택가를 에드먼드와 함께 가로질러 도착한 곳은 다른 집의 열 배 이상은 더 커 보이는 건물 앞이었다. 여기는 뭐 하는 곳이지? 멜즈는 꼬리에 꼬리를 무는 물음표와 함께 건물 안으로 들어섰다. 그리고 감옥처럼 수많은 방들이 들어찬 건물의 복도를 걷던 멜즈는 문틈으로 보이는 방 안의 풍경에 설마 하는 심정으로 에드먼드에게 물었다.

"선생님, 여긴 병원인가요?"

"그래, 병원이다."

"근데 왜 저를 여기에……."

"당연히 내 연구 때문에 데려온 거지. 당분간은 여기서 지내면서 날 돕도록 하거라."

아무한테도 알리지 않고 몰래 진행했던 연구가 이것인 듯했다. 쉴 틈 없이 마소처럼 부려먹는 건 어차피 자주 있던 일이라 별 불만이 없었지만, 이곳이 지상층이 아니라는 것에 신경이 쓰인 멜즈는 괜히 에드먼드에게 쫑알거렸다.

"그치만, 전 학위 논문 질의응답을 준비해야 하잖아요."

멜즈의 말에 에드먼드는 기도 안 찬다는 듯 코웃음을 치며 말했다.

"어차피 준비할 것도 없지 않느냐? 경제성 평가는 이미 네놈이 논문에 완전히 검증해 실어 놨고, 비판할 거리가 남아 있는 주제라고는 윤리적인 요소뿐인데, 알리페르와의 전면전으로 민감한 이때에 어느 간 큰 놈이 포폴린 대량 생산 방법이 윤리적이지 못하다고 비판할 수 있겠느냐? 말을 꺼내는 순간 매국노가 될 게 뻔한데."

"……."

그걸 노리고 논문 주제로 채택하기는 했지만, 에드먼드의 입으로 직접 들으니 민망하기는 했다. 그런 멜즈를 바라보며 에드먼드는 오만한 얼굴로 말했다.

"그러니 오늘부터는 여기서 내가 하는 일이나 돕도록 하거라. 때가 되면 위로 올려 보내 줄 테니까."

"그럼 여기서 뭘 하면 되는데요?"

"내가 약을 처방해 줄 테니 병실로 들어가 사람들에게 약을 나눠 주기만 하면 된다."

잡식이라고 할 만큼 에드먼드가 여러 가지 주제를 연구했다는 건 알고 있었지만, 의학에 관련된 연구를 했다는 건 처음 듣는 얘기였다. 하지만 문득 에드먼드가 연구한 분야 중 유일하게 의학과 관련된 어떤 주제를 떠올린 멜즈는 조심스럽게 에드먼드에게 물었다.

"혹시, 여기 있는 사람들은 카노스(Cerebral Atrophy NOS)에 걸린 사람들인가요?"

"……그래."

그리 흔한 일은 아니었지만, 알리페르에게 붙잡혔다가 생환한 사람들 중 알리페르의 숙주가 되어 돌아온 사람이 종종 있었다. 어떤 일을 겪었든 살아 돌아온 것은 좋은 일이지만, 일단 숙주가 되면 주머니집을 떼어 내든 떼어 내지 않든 주머니집을 형성할 당시 생겨났던 줄기세포 클러스터 중 일부가 뇌혈관 장벽 안으로 침투해 대뇌를 위축시키는 비가역적인 정신 질환을 일으켰다.

초기 증상으로는 환청, 환시, 환후 등이 있지만, 조금 더 병증이 깊어지면 감정적인 무감각화가 진행되면서 점점 사람을 무디게 만들었다. 그러다 결국 스스로의 몸조차 움직이지 못하게 되면서 환자는 사망에 이르렀다. 그랬기에 처음 이 병이 유행했을 때 사람들은 이것을 '영혼이 조각나는 병'이라고 부르기도 했다.

그리고 에드먼드에 의해 병의 원인이 밝혀지게 된 후, 병에 걸린 사람들은 더욱더 병증을 숨기게 되었다. 알리페르에게 강간당해 숙주가 되었다는 것은 극도로 수치스러운 일이라 이 연구 결과가 밝혀지기 전까지는 알리페르가 군인들을 숙주로 삼는다는 것을 아는 사람조차 거의 없었다.

결국 논문은 제국의 존속을 위협한다는 이유로 학계에 발표되자마자 사장되어 누구도 언급할 수 없는 논문이 되어 버렸다. 멜즈 역시 이 논문이 스승인 에드먼드의 논문이 아니었다면 읽을 일조차 없었을 논문이었다. 그런데 선생님은 왜 여기서 계속 이 연구를 하시는 거지? 이미 카노스는 치료가 불가능한 것으로 밝혀진 게 아니었나? 멜즈는 의아해하며 앞서가는 에드먼드의 뒷모습을 바라보았지만, 물어본다고 해도 에드먼드는 어쩐지 대답해 주지 않을 것 같았다.

에드먼드를 따라 복도 끝에 있는 방 안으로 들어가자, 그 안에는 실험실이 있었다. 지상층의 연구소에서 자주 보던 실험 기구들이 가득한 그곳을 지나 창고로 들어가자 에드먼드는 그제야 멜즈의 등에 실린 짐을 내릴 수 있게 해 주었다. 짐꾼 노릇에서 겨우 해방된 멜즈는 아픈 어깨를 통통 두들기는데, 에드먼드가 가방에서 꺼낸 약병을 정리한 뒤 다시 멜즈에게 나오라고 손짓을 했다.

"오늘은 네게 친구를 하나 소개시켜 주도록 하마."

"친구요?"

"그래, 싹퉁머리 없는 네 놈이랑 죽이 잘 맞아서 마음에 쏙 들게다."

호언장담하는 에드먼드에게 속으로 퍽이나 그렇겠다고 생각하며 멜즈는 그의 뒤를 따라 어느 방 안으로 들어갔다. 그러자 멜즈 또래의 남자아이가 보였다. 한쪽 구석에 쪼그리고 앉아 약병에서 약을 나누어 담고 있던 소년은 에드먼드를 발견하자마자 자리에서 벌떡 일어나 소리 질렀다.

"앗! 박사님! 이제 오시면 어떡해요! 약은요? 약은 가져왔어요?"

"허허, 너는 이틀 만에 보는 나보다 약이 더 중요한 게냐?"

"뭐, 굳이 둘 중 하나를 고르라고 하시면 그렇기는 하죠."

"하여간 이것들은 하나같이 싸가지가 없어요."

에드먼드는 뜻 모를 말을 하며 작게 투덜거렸다. 그에 멜즈가 눈앞의 소년이 누구냐는 듯 에드먼드를 바라보자, 에드먼드는 씨익 웃으며 멜즈가 아닌, 소년을 향해 말했다.

"요즘 환자가 많아져서 일손이 부족하다고 했지? 여기 쓰기 좋은 노예를 데려왔으니 마음껏 부려먹거라."

"얘가 누군데요?"

"내 제자. 멜즈라고 한다."

에드먼드의 말에 소년은 흐흥, 하고 이상한 소리를 내며 멜즈의 얼굴을 쳐다보았다. 그러다 이내 피식 웃으며 멜즈에게 손을 내밀었다.

"반가워, 나는 아만이라고 해."

아만이라고 자신을 소개한 소년은 길거리에서 흔히 볼 수 있는, 평범한 외모를 가진 소년이었다. 하지만 아만과 눈이 마주친 순간, 멜즈는 그에게서 이유 모를 친근감을 느꼈다. 몇 년을 같이 지낸 연구실의 동료들에게도, 스승인 에드먼드에게도, 심지어 경애의 대상인 이사나에게조차 느끼지 못했던 이상한 동질감을 초면인 그에게서 느꼈다. 그것에 강한 거부감을 느끼며 멜즈는 내키지 않는 얼굴로 아만에게 손을 내밀었다.

"멜즈, 멜즈 아브노아야."

그리고 마주 잡은 손에서 느껴지는 기묘한 유대감에 멜즈는 본능적으로 그를 '동족'이라고 생각했다. 그런 자신이 이상해 멜즈가 혼란을 느끼는데, 멜즈와 똑같은 감각을 공유했을 아만은 조금도 놀라는 기색 없이 멜즈에게 말했다.

"얼마나 여기 있을지는 모르지만, 서로 잘 지내 보자. 내 개인적인 생각이지만, 우린 꽤 잘 맞을 거 같아."

아만의 말에 대답하지는 않았지만, 멜즈 역시 그럴 것 같다는 생각이 들었다.

* * *

그렇게 시작된 지하 3층에서의 생활은 정말 눈코 뜰 새 없이 바빴다. 에드먼드는 환자들에게 약만 나눠 주면 된다는 식으로 멜즈에게 말했지만, 사실은 전혀 그렇지 않았다.

환자들 대부분은 몸조차 제대로 가눌 수 없을 만큼 병이 진행된 후에야 이곳을 찾았기에 병원 안은 온통 중환자뿐이었다. 그들은 무언가를 삼키는 것조차 어려워해 결국 멜즈는 아만과 함께 매일 약을 갈며 환자들이 쉽게 먹을 수 있게 조치를 취해야 했다. 그것조차 삼키지 못하는 사람이 있으면 수액에 타 정맥 주사를 놓기도 했다.

시간이 어떻게 흘러가는지 모를 정도로 멜즈가 바쁘게 환자들을 돌보는 사이, 에드먼드는 연구실에 틀어박혀 무언가를 끊임없이 실험하며 연구했다. 도대체 무엇을 연구하고 있는지, 왜 하고 있는지 이유를 알 수 없었지만, 언제나처럼 물어보아도 에드먼드는 정확한 대답을 해 주지 않았다.

그러는 동안, 지상층에서의 시간도 착실히 흘러갔다. 코끝을 시리게 했던 북풍이 물러나고 날이 길어지기 시작할 무렵, 제국은 알리페르와의 전면전을 선포했다. 하지만 요 몇 년간 단단히 준비를 해 왔기에 제국민들 중 어느 누구도 이 싸움에서 질 거라는 생각을 하지 않았다. 무엇보다도 그들에겐 초대 황제, 몰란도 넥시움의 현신이라고 불리는 영웅이 함께하고 있었으니까.

모두가 알리페르에게 지배된 바깥을 동경하며 알리페르가 없는 미래를 꿈꾸는 가운데, 제국군은 드디어 알리페르를 몰살시키기 위한 원정을 떠나기로 했다. 그리고 그 정예 제국군의 선봉에는 이사나 황자가 있었다.

"오늘은 꽤나 날이 좋구나, 이사나."

"그렇군요."

출정식 연설을 마친 황제는 평이한 어조로 이사나에게 말을 걸어왔다. 그에 무심하게 대꾸한 이사나는 천장을 올려다보았다. 바깥은 구름 한 점 없이 맑은지 헥사비스의 지붕은 온통 푸르게 물들어 있었다. 날이 흐린 것보다는 낫지. 그 정도 감상을 느끼며 이사나는 다시 정복을 입은 황제를 바라보았다. 출정식 날 제국민들 앞에 나설 거라고 며칠 전부터 관리를 한 덕분인지 그가 자랑스러워하는 금발은 오늘따라 화사해 보였고 피부 역시 반질반질한 게 윤기가 돌았다.

이런 모습을 보니 형 역시 형 나름대로 '넥시움'으로서 역할을 다 하려고 노력해 왔다는 생각이 들었다. 헥사비스 바깥으로 나가지 못한다는 제한점으로 인해 그 노력의 방향성이 이제까지의 넥시움들과는 달랐지만. 이사나는 문득 자신의 형이 황제가 아닌 다른 무언가였다면 그의 인생이 좀 더 괜찮지 않았을까, 하는 생각이 들었다. 자신이 넥시움이 아니었다면, 그런 공상을 하는 것처럼 아무 의미 없는 생각이지만.

"이사나."

"네."

"반드시 이기고 돌아오거라."

"네."

몇 번인지 모를 그의 말에 이사나는 또다시 기계처럼 대답했다. 어차피 황제가 바라는 대답은 '네.'라는 것밖에 없으니 말이다. 하지만 이번만큼은 그런 대답을 원하는 게 아니었는지 황제는 눈살을 찌푸리며 투덜거렸다.

"절대로 지면 안 된단 말이다."

"반드시 이기고 돌아오겠습니다."

"그리고 반드시 살아서 돌아오거라."

황제답지 않은 불안이 느껴지는 말에 이사나는 처음으로 의문 어린 얼굴로 황제를 바라보았다. 그에 황제는 뭔가를 떠올리듯 눈살을 찌푸리더니 이내 고개를 가로저으며 중얼거렸다.

"아니다, 아까 건 취소. 네가 죽을 리 없지. 아주 말도 안 되는 일이야."

"폐하?"

"빨리 돌아오거라. 너와 하고 싶은 게 많으니까."

애써 불안을 떨쳐 버린 황제는 장난스럽게 눈을 휘며 말했다. 온몸에서 빛이 난다 싶을 정도로 황제는 아름다운 미소를 지어 보였지만, 이사나의 심장은 돌처럼 굳어 버리기라도 한 건지 전과는 달리 아무 생각도 들지 않았다.

하지만 이사나가 무슨 생각을 하든 전혀 신경 쓰지 않는 황제는 오만하게 웃으며 이사나에게 손등을 내밀 뿐이었다. 퍼포먼스를 좋아하는 황제답게 전부 계산된 행동이었지만, 이사나는 익숙한 듯 그의 장단에 맞춰 무릎을 꿇고 손등에 키스했다.

"폐하의 명을 따르겠습니다."

와아아아아아—!

출정식을 보러 온 제국민들은 그 광경에 환호했다. 태양신처럼 아름다운 황제, 그리고 총사령관으로서 수만 명의 제국군을 이끌 제국의 영웅. 실로 보기 좋은 광경이었다.

이날의 광경은 기자들이 찍은 사진으로 남아 다음 날 신문 1면으로 나갔다. 황제와 영웅에 대한 찬양 일색인 신문은 건국 이래로 하루 동안 가장 많은 판매고를 올리며 오랫동안 사람들의 기억 속에 남았다.

* * *

"멜즈, 이제 슬슬 돌아갈 준비를 하자꾸나. 내일 아침 지상층으로 돌아간다."

"네? 내일요?"

"뭐냐, 돌아가기 싫은 게냐?"

"아, 아뇨, 그건 아니지만…… 너무 갑작스러워서."

"학위 받기 싫으면 그냥 계속 여기서 살든가. 딱히 말리지는 않으마."

히죽히죽 웃으며 말하는 에드먼드에게 울컥한 멜즈는 뾰족하게 쏘아붙이며 화를 냈다.

"누가 싫대요? 왜 맨날 전날 아니면 당일 통보냐 말이에요! 선생님 시간만 시간이에요? 여기서 제가 했던 일을 인수인계라도 해 주고 가야 할 거 아니에요?!"

"에잉, 넌 겨우 그까짓 일에 파르르거리는 게냐? 여기 일이야 여기 있던 녀석들이 어떻게든 할 건데 네가 무슨 걱정이란 말이냐? 네 녀석은 쓸데없이 생각이 너무 많아."

아, 진짜 저 선생님 말이 안 통하네. 멜즈는 에드먼드의 갑작스럽고 제멋대로인 일정 통보에 화가 났지만, 에드먼드는 자신의 말과 행동이 틀리지 않다고 굳게 믿는 전형적인 나쁜 어른이었다. 멜즈는 힘이 쭈욱 빠지는 걸 느꼈다.

사실 에드먼드의 말대로 상관은 없었다. 아만을 비롯해 이 병원에서 원래부터 일하고 있던 사람들은 멜즈가 오랫동안 이곳에 체류하지 않을 것임을 알고 있어서인지 딱히 멜즈에게 중요한 일을 던져 주진 않았으니까. 하지만 문제는 멜즈 자신에게 있었다. 이제 지상층으로 올라가면 이사나를 만나 봐야 할 텐데 아직도 그 문제에 대한 해답을 찾지 못했다.

언제까지 그날 있었던 일을 회피하고 묻어 두어서는 안 된다고 생각은 하고 있지만……. 어찌해야 할지 모르겠다. 그날 있었던 일을 입에 올리는 순간, 이제껏 쌓아 온 무언가가 변할 것 같은 기분이 들었다. 그랬기에 유예 기간이 길어지면 길어질수록 멜즈는 더욱더 겁쟁이가 될 수밖에 없었다.

"내일 지상층으로 돌아간다며?"

멜즈가 복도 바닥에 앉아 빵을 뜯어먹고 있는데, 언제 온 건지 아만 역시 빵 한 덩어리를 손에 든 채 멜즈의 옆에 앉았다. 그에 멜즈는 아만에게 투덜거리며 한숨을 내쉬었다.

"……그렇다고 하더라고."

"대답이 그게 뭐야. 설마 너 오늘 돌아간다는 얘길 들은 거야?"

"응, 하여간 남의 사정은 안중에도 없지."

멜즈가 분한 듯 입을 삐죽이자, 아만은 뭐가 웃긴지 배를 잡고 끅끅거렸다. 그에 멜즈는 더욱더 불퉁한 얼굴이 되었다. 하지만 이런 아만의 모습을 보는 것도 오늘로 마지막이라는 생각이 드니 멜즈는 아쉬움이 들었다.

지하 3층에 온 첫날, 에드먼드가 했던 말처럼 멜즈는 아만에게 이유 모를 친근감을 느끼며 그 누구보다도 빨리 그와 친해지고 그에게 마음을 터놓게 되었다. 마치 잃어버린 형제가 있다면 이런 느낌이지 않을까 하는 생각이 들 정도로 다른 누구에게도 느낀 적 없는 기묘한 동지 의식을 그에게 느끼고 있었다. 하지만 그것과 별개로 아만과 멜즈에게는 각자의 생활이 있었다. 이 짧은 만남도 오늘 내일로 끝이었다.

"있잖아, 아만."

"응?"

"너한테 아주아주 소중한 사람이 있는데, 그 사람이 너한테 엄청 큰 잘못을 저질렀다면 넌 어떻게 할 거야?"

진지한 얼굴로 조심스럽게 묻는 멜즈의 말에 아만은 피식 웃으며 말했다.

"그게 네가 계속 고민해 왔던 일이야?"

"어?"

"이곳에 와서 계속 고민하고 있었잖아. 틈만 나면 멍해져서."

"……."

티를 안 내려고 했지만, 그래도 표시가 났나 보다. 멜즈는 머쓱하게 머리를 긁적이며 아만에게 말했다.

"그냥, 별거는 아니고……. 내게는 날 친아들처럼 길러 준 사람이 있는데, 그런데…… 그 사람이 내게 큰 잘못을 한 거 같아. 그런데 난 내가 뭘 어떻게 해야 할지 잘 모르겠어."

"그 사람이 많이 소중하구나."

"응."

멜즈의 단호한 대답에 아만은 피식 웃더니 멜즈에게 따라오라고 손짓했다. 멜즈가 의아해하면서도 아만을 따라나서자, 아만이 1층 복도 끝에 있는 어느 병실로 들어갔다. 거기에는 팔 한쪽이 없는 남자가 멍한 얼굴로 침대에 누워 있었다. 남자는 분명 눈을 뜨고 있음에도, 병실 안으로 들어오는 멜즈와 아만을 알아차리지 못했다. 멜즈는 이 남자 역시 카노스에 걸린 사람이라는 걸 어렵지 않게 알아차렸다.

"이 사람은……."

"내 소중한 사람이야."

쓸쓸하게 대답하는 아만의 얼굴에는 처음으로 어두운 그늘이 드리워졌다. 하지만 이내 아무렇지 않은 얼굴로 다른 환자에게 하듯 남자를 돌보기 시작했다. 몸을 돌려 눕히고, 약이 든 수액이 얼마나 남았는지 확인한 뒤 대충 침대를 정리한 아만은 멜즈에게 말했다.

"아저씨는 나와 내 형제를 키워 준 사람이야. 너와 마찬가지로 말이야."

형제? 하지만 멜즈는 근 한 달이 넘도록 이곳에 있었지만, 아만의 형제를 본 적이 없었다. 멜즈는 의아함을 느끼면서도 잠자코 아만의 이야기에 귀를 기울였다.

"하지만, 아저씨는 결코 우리를 좋아하지 않았어. 당연한 일이야, 그럴 만했으니까. 그래도 말이야, 그래도 아저씨는 굉장히 많이 노력했어. 어느 날은 우리에게 잘못이 없다고 말하다가도 어느 날은 분에 못 이겨 우리를 죽일 듯이 때리기도 했지. 그래서 나도 어느 날은 아저씨가 좋다가도 어느 날은 죽어 버렸으면 좋겠다고 생각했어."

"……."

"하지만, 아저씨는 이렇게 병에 걸려 움직일 수 없게 되어 버렸어. 누군가의 도움이 없으면 살 수 없게, 이렇게 되어 버렸지. 내 형제는 아저씨를 버리고 밖으로 나가자고 말했지만, 난 같이 나가자는 내 형제의 손을 뿌리치고 이곳에 남았어. 왜 그랬을 줄 알아? 내가 그러고 싶었기 때문이야. 차마 아저씨를 버릴 수 없어서 외면할 수 없어서가 아닌, 내가 여전히 아저씨를 좋아하기 때문에 아저씨의 곁에 남겠다고 다짐한 거야."

"……."

"하지만 때때로 이 마음이 진짜인지 모르겠어. 그게 조금 두려워지기도 해. 그래도 난 두려움 때문에 아저씨를 버리고 싶지 않아. 내 고집일지도 모르지만……."

"아만?"

무슨 말을 하는 건지 알 수 없는 그의 말에 멜즈가 그를 바라보자, 아만은 쓸쓸한 얼굴로 웃으며 멜즈에게 말했다.

"아직은 내가 무슨 말을 하는 건지 모를 거야. 하지만 이것만은 기억해 줬으면 좋겠어. 인간의 길을 가는 것도, 인간이 아닌 길로 가는 것도 결국은 매 순간마다 놓인 선택의 문제야. 내가 누구인가로 정해지는 게 아닌 내가 무엇을 하겠는가로 정해지는 거야. 최소한 난 그렇게 생각해."

"……."

"네 마음이 시키는 대로 해. 다른 무엇 때문이 아닌, 네가 원하는 것을 선택하도록 해."

* * *

거의 두 달 만에 올라오게 된 지상층은 너무나도 눈이 부셨다. 에드먼드와 함께 리비에를 나와 지상층의 연구소로 향하던 멜즈는 쨍쨍한 햇빛에 좀처럼 적응하지 못하고 연신 눈살을 찌푸리는데, 그런 멜즈에게 에드먼드는 허약하기 짝이 없는 놈이라며 면박을 주었다. 멜즈는 변함없이 괴팍한 제 스승이 짜증 났지만, 평소처럼 대거리를 하지 않고 그에게 물었다.

"선생님, 이사나는 아직 헥사비스 안에 있나요?"

"그건 왜 묻는 게냐."

"이사나와 만나서 하고 싶은 말이 있어요."

멜즈의 말에 에드먼드는 심드렁한 얼굴로 말했다.

"이사나는 어제 헥사비스 바깥으로 나갔다."

"바깥의 어디에요? 어제 나갔다면 아직은 이 근처일 거잖아요? 잠시만 연락하면 안 될까요? 정말로 급한 일이라서 그래요!"

"……."

멜즈는 애원하듯 말했지만, 에드먼드는 묵묵부답으로 발걸음을 옮길 뿐이었다. 멜즈가 끈질기게 에드먼드의 주위를 맴돌며 연락할 수 있게 해 달라고 부탁했지만, 에드먼드는 들리지 않는다는 듯 계속 멜즈의 말을 무시했다.

"선생님! 왜 아무 대답도 안 하시는 거예요!"

결국 개인 교수실로 들어갈 때까지 아무 대답도 하지 않는 에드먼드에게 폭발한 멜즈가 소리를 지르자, 에드먼드는 차가운 눈으로 멜즈를 쏘아보다가 책상 서랍에서 서류 봉투 하나와 편지 봉투 하나를 꺼내 멜즈에게 건넸다. 그에 멜즈는 의아해하며 서류 봉투부터 꺼내 내용물을 읽어보았다.

이사나가 전쟁터에서 사망할 시 모든 유산을 멜즈에게 넘긴다는 유언장이었다.

숨이 턱 막히는 그 문구에 어처구니가 없어져 에드먼드를 바라보았지만, 에드먼드는 남은 편지 봉투도 마저 읽어 보라는 듯 턱짓을 할 뿐이었다. 그리고 편지를 읽어 내린 멜즈는 분노로 몸을 떨었다.

[이 편지를 읽고 있을 때쯤이면 나는 헥사비스 밖에 있을 거야. 말재주가 없어 항상 길게 편지를 써 주지 못해 미안했어. 그런데 마지막으로 쓰는 이 편지에서조차 네게 하고 싶은 말은 많은데 무엇을 어떻게 써야 할지 몰라 혼란스러워. 조금은 네게 표현하는 방법을 알았어야 했는데……. 이렇게 후회해도 이미 늦은 거겠지?

멜즈, 난 이제 전쟁터로 떠나. 제국이 이기든 알리페르가 이기든 결판이 나지 않는 한, 헥사비스로 돌아올 일은 없을 거야. 아마 오랜 시간이 걸리겠지. 하지만 난 내가 돌아오지 못할 거라고 생각해. 그러니 앞으로 더 이상 네 앞에 나타날 일도 없을 거야.

너는 항상 내게 자랑이었고 고마운 아이였어. 단 한 번도 너를 사랑하지 않은 때가 없었어. 내가 가장 힘들어할 때 내 앞에 나타나 나를 가장 사랑해 준 너를 정말로 좋아했어. 그런데 왜 네게 그런 짓을 해 버린 걸까.

미안해. 이제 나 같은 건 잊어버리고 항상 좋은 것만 보고 항상 좋은 것만 누리고 살렴. 그렇다면 나 역시 행복할 거야.

안녕, 잘 지내렴.]

"……이게 뭐예요. 이게 도대체 뭐냐고요!"

"보면 모르겠느냐, 유언장이다."

"아니, 왜 이사나가 유언장을 쓰는데요? 이제껏 헥사비스 밖으로 나가면서 한 번도 쓴 적이 없었잖아요! 왜 이제 와서 이런 말도 안 되는 걸 쓰는 거냐고요!"

멜즈가 덜덜 떨며 따지자, 에드먼드가 차가운 얼굴로 빈정거렸다.

"정말 몰라서 묻는 게냐? 정말 돌아올 수 없다고 생각해서 이걸 남긴 게 아니냐. 그 안에 적힌 대로 다신 네가 이사나와 만날 일은 없을 거다. 그러니 이젠 적당히 포기하고 살거라."

"무슨, 무슨 그런 말도 안 되는 소릴 하는 거예요! 이사나가 왜 못 돌아오는데요? 이사나는 기껏해야 제국군을 통솔하기만 한다고 했잖아요! 가장 안전한 곳에서 수많은 사람들의 호위를 받으며, 언제나 안전하다고 했는데, 그런데 왜 돌아오지 못할 거란 말 따월 하는 건데요!"

순진한 멜즈의 말에 에드먼드는 실소하며 말했다.

"그 말을 믿었던 게냐? 멜즈, 네가 '넥시움'이란 이름의 무게를 너무 가볍게 보았구나. 너는 몰랐겠지만, 이사나는 헥사비스에서 나가 이제껏 단 한 번도 후방에 있었던 적이 없었다. 누구보다도 앞장서서 알리페르와 싸우며 제국을 수호해 왔지. 그게 '넥시움'이다. 그게 이 황가가 생긴 의미이기도 하고."

"……."

"이사나는 앞으로도 가장 선봉에 서서 알리페르와 싸우게 될 것이다. 제국군을 통솔하고 이끌어 줄 만한 사람은 이사나밖에 없으니 말이다. 그러니 너도 어린애처럼 징징거리지 말고 이제부터라도 이사나의 처지를 이해하려 노력하거라. 이사나는 애초부터 '이사나'라는 개인으로 존재할 수 없는 사람이야. 기껏해야 네게 재산을 물려주는 게 다지."

"……일부러 이러셨군요."

"……."

"일부러 이사나를 말리지 못하게 하려고 절 지하 3층에 데려가신 거였군요! 이 거짓말쟁이들!"

분노로 몸을 떨며 멜즈는 유언장을 그 자리에서 갈가리 찢어 버렸다. 그리고 에드먼드를 쏘아보며 빈정거렸다.

"뛰어난 학자가 되면 이사나의 옆에 있을 수 있다는 말도 거짓말이죠? 이사나는 죽을 때까지 알리페르나 토벌해야 하는 신세인데 학자 나부랭이 따위가 어떻게 이사나의 도움이 될 수 있겠어요? 그저 거짓말을 한 거였네요. 말 잘 듣게 구슬려서 떼어 버리려는…… 그런 수작이었네요."

"……멜즈."

"제가 어렸네요. 어른들이 이렇게 비겁한 줄 미처 몰랐어요."

아이답지 않은 서늘한 눈으로 에드먼드를 노려본 멜즈는 바닥에 흩뿌려진 유언장을 발로 짓이기며 교수실을 빠져나갔다. 그런 멜즈를 에드먼드는 붙잡으려 했지만, 이내 급격히 몰려드는 피로감으로 그자리에 멈춰 선 채 얼굴을 쓸었다.

결국 자신은 아무것도 할 수 없었다. 살아서 헥사비스로 귀환할수 없을 거라고 말하는 조카에게 어느 것 하나 제대로 해 줄 수 있는 게 없었다. 그저 끝까지 네 의무를 충실히 이행하라고, 그런 가혹한 말을 늘어놓으며 등을 떠미는 게 다였다.

지친 것 같다. 넥시움의 의무에 짓눌려 인간성을 잃은 자신이 부끄럽기만 했다. 시한부인 조카에게 모든 부담을 떠넘겨야 하는 이상황이 진절머리 나게 싫었지만, 대안이 없었다. 이사나만이, 오직 '이사나 넥시움'만이 인류에게 남겨진 마지막 희망이었다. 그러니자신이 할 수 있는 일은 기껏해야 멜즈를 구슬려 돌아오도록 하는것밖에 없었다. 그것만이 자신이 조카에게 할 수 있는 유일한 속죄였다.

에드먼드는 피로가 역력한 얼굴로 멜즈를 찾아 나서려는데, 문이열린 연구실 안으로 누군가가 들어왔다. 마른 체구에 후줄근한 후드를 뒤집어쓴 서른쯤의 남자였다. 하지만 아무리 생각해도 그는 이 연구소 사람이 아닌 것 같았다. 연구소는 관계자 외의 출입을 철저히통제했다. 그랬기에 에드먼드는 저 사람이 어떻게 여기를 들어왔나의아해하는데, 순식간에 뛰어들어 에드먼드와의 거리를 좁힌 남자는품속에서 뭔가를 꺼내 에드먼드를 향해 날카롭게 휘둘렀다.

"윽……!"

뚝뚝―.

남자가 휘두른 칼에 맞은 에드먼드는 깊이 베인 팔뚝을 붙잡으며 남자를 노려보았다. 어딘가 멍해 보이는 남자는 눈빛이 위험하게 번뜩이고 있었다. 에드먼드는 통증으로 식은땀을 뻘뻘 흘리며 그에게 물었다.

"누구냐."

"……."

"넌 뭐 하는 놈이냐!"

하지만 에드먼드의 물음에도 남자는 뭔가에 세뇌당한 듯 입을 달싹거릴 뿐이었다.

"……모든 것은 제국을 위해."

외전
페요테(Peyote)

페요테(Peyote)

"멜즈, 이걸 마셔 보거라."

"이게 뭔데요 선생님?"

한창 학회지와 책을 뒤적이며 학위 논문에 참고할 자료를 수집하던 멜즈는 에드먼드가 내민 플라스크를 내려다보며 고개를 갸웃거렸다. 플라스크 안에는 진녹색의 걸쭉한 액체가 독약처럼 부글거리고 있었다. 보기만 해도 역겹기 짝이 없는 음료를 내려다보던 멜즈는 불길함에 휩싸였다.

에드먼드의 수제자이면서 동시에 에드먼드의 가장 만만한 실험체였던 멜즈는 절대 마시고 싶지 않다는 듯 에드먼드를 올려다보는데, 에드먼드가 히죽히죽 웃으며 멜즈를 꼬드기기 시작했다.

"이게 뭔 줄 아느냐?"

"뭔데요?"

"페요테다."

페요테? 멜즈는 기억을 더듬어 보다가 눈앞에 있는 음료의 정체를 깨닫고 경악하며 에드먼드에게 소리 질렀다.

"그, 환각 물질 들어 있다는 선인장요?"

"환각 물질이 뭐냐, 엄연히 구세계의 종교 의식에 사용됐던 성물인데."

그래 봐야 환각제지. 멜즈가 어림없는 소리 하지 말라는 듯 에드먼드를 바라보았지만, 에드먼드는 아랑곳하지 않고 여전히 빙글빙글 웃으며 멜즈에게 말했다.

"멜즈, 넌 내 제자로서 다 좋은데, 모든 것을 즉물적으로 판단하려는 버릇이 있어. 학자의 길을 가는 자로서는 뭐, 나쁘지 않다만 가끔은 사고의 전환이 필요하다는 생각이 들지 않니?"

"……사고의 전환이 필요하다면 선생님께서 불초 제자에게 손수 시범을 보이시면 되잖아요."

"고생은 젊은 네가 해야지."

쳇. 저렇게 강권하는 이상 정말 마시지 않았다간 최소 일주일은 들볶일 게 뻔했다.

보글보글―.

마치 개구리를 갈아 넣은 듯한 끔찍한 비주얼에 도저히 입에 털어 넣고 싶지 않았지만, 멜즈는 자신을 빤히 쳐다보는 에드먼드를 힐끔 바라보다가 에라 모르겠다는 심정으로 플라스크 안의 내용물을 꿀꺽꿀꺽 삼켰다.

"저 죽으면 절대 선생님 용서 안 할 거예요!"

"그래그래, 귀신이 되어서 돌아와도 좋으니 실험 결과만큼은 꼭 알려 줬으면 좋겠구나."

에드먼드는 히죽히죽 웃으며 멜즈를 교수실 안으로 데려와 소파에 눕혔다. 그리고 멜즈의 옆에 앉아 말했다.

"페요테는 구세계의 어느 부족이 종교적인 목적으로 사용했던 약물이다. 이걸 복용하면 사용자를 인세의 굴레에서 벗어나게 해 시공간을 초월한 이상향으로 갈 수 있게 도와준다더구나. 아주 귀한 연구 재료니 내게 감사하도록 하거라."

"그렇게 좋은 거면 선생님이 드시지 그랬어요."

"어허, 불만은 1절만 하고, 자 이제부터는 숫자를 세어 보거라."

에드먼드의 명령에 멜즈는 한숨을 내쉬며 1부터 숫자를 세기 시작했다.

이상향이라……. 에드먼드의 말에 멜즈는 문득 이사나가 떠올랐다. 자신이 있을 가장 완벽한, 가장 적합한 공간, 그곳은 이사나의 곁일 뿐이었다. 하지만 이사나의 곁에 있기에 자신은 아직 많이 어리고 부족했다. 그렇기에 지금은 이사나의 곁에 있을 수 없었다.

만약 내가 이사나만큼 컸더라면…….

아니면.

이사나가 어릴 때부터 곁에 있었다면…….

그런 생각을 할 때쯤, 숫자를 세던 멜즈의 말소리가 늘어지기 시작했다. 시야가 휘청휘청한 가운데 돌연 눈앞이 황금빛으로 번쩍번쩍 빛나더니 몸이 붕 뜨는 듯한 기분이 들었다. 탁류에 휩쓸려 가듯 어디론가 휘말려 가던 멜즈는 돌연 어딘가에서 우뚝 멈추더니 그대로 추락하기 시작했다. 그 끝없이 더해가는 속도감에 비명을 내지르는데, 돌연 뭔가가 눈앞에 나타나더니 멜즈는 뭔가에 뒷덜미가 붙잡힌 듯 뒤로 넘어져 버렸다.

"아……."

멜즈의 눈앞에는 스트로마가 천천히 흐르는 헥사비스의 천장이 펼쳐져 있었다. 뭐, 뭐야, 여긴? 밖이야? 멜즈는 당혹스러워하며 주위를 둘러보는데, 자신은 아름답게 꾸며진 어느 정원의 잔디밭에 쓰러져 있었다. 진짜 여기가 어디지? 헥사비스 지상층이라는 건 알겠는데…….

그러다 멜즈는 목에 닿는 딱딱한 감촉에 고개를 돌렸다. 거기에는 멜즈 또래의 남자아이가 굳은 얼굴로 멜즈의 목에 목검을 들이대고 있었다. 멜즈는 당황한 얼굴로 남자아이를 바라보았다. 부드러운 갈색 머리카락에 짙은 고동색 눈동자, 그리고 묘하게 요염한 느낌이 나는 저 얼굴은…….

"이사나?"

"……"

"이사나 맞죠?"

멜즈의 질문에 소년은 긍정하듯 눈살을 찌푸렸다. 그에 멜즈는 자리에서 벌떡 일어났다. 그러다 뭔가 이상한 걸 깨닫고 고개를 갸웃거렸다.

"어? 이사나 왜 이렇게 작아졌어요?"

멜즈는 자신과 키 차이가 거의 나지 않는, 오히려 반 뼘 정도 더 작아진 이사나를 내려다보며 얼떨떨한 얼굴로 물었다. 이제 와 자세히 보니 이사나의 눈도 팔다리도 감쪽같이 멀쩡해져 있었다. 새카만 의수와 의족이 없는, 완전한 이사나를 보게 된 멜즈는 감격스러우면서도 당혹스러워 어찌할 줄 모르는데, 반면 이사나는 이유

없이 친근함을 표시하는 정체불명의 소년에게 더욱더 경계심을 가지며 차갑게 물었다.

"넌 누구지? 한 번도 이 근처에서 본 적 없는 얼굴인데."

"저, 저는 그러니까……."

멜즈는 이 상황을 어떻게 설명해야 할지 몰라 버벅거렸다. 아까 그 약을 먹고 꿈이라도 꾸고 있는 걸까? 마법처럼 과거의 이사나가 눈앞에 있는 게 멜즈로서는 그저 신기하고 놀라울 따름이었다. 내심 이사나가 어릴 때부터 곁에 있었으면 좋겠다고 바라긴 했지만, 정말 이렇게 이루어지니 도리어 어떻게 해야 할지 몰랐다. 멜즈가 제대로 상황을 설명하지 못하자, 이사나의 눈은 점점 더 차가워졌다. 당장이라도 근위대에 넘겨 버릴 듯한 분위기에 초조해진 멜즈는 머리가 새하얗게 되어 아무 말이나 나오는 대로 주워섬겼다.

"어, 어, 믿기지는 않겠지만, 전 미래에서 온 거 같아요. 그리고 저는 당신이 제일 좋아하고 사랑하는 사람이었어요!"

맥락 없는 멜즈의 말에 이사나의 얼굴이 구겨졌다. 하지만 이내 지친 얼굴로 한숨을 내쉬며 중얼거렸다.

"형님이 또 재미없는 장난을 치려는 건가 보군."

"네에?"

"믿어 줄 테니까 돌아가. 네 입장이 곤란해지지 않게 알아서 할 테니 돌아가라고. 굳이 둘이 있을 때까지 연기할 필요는 없어."

"아, 아니에요, 이사나! 난 정말로!"

"돌아가, 검술 연습해야 해."

차갑게 뒤돌아서는 이사나의 뒷모습을 보며 멜즈는 불안과 초조함으로 어찌할 줄을 몰랐다. 과거의 이사나를 만나면 막연히 좋을 줄만 알았는데, 사실은 전혀 아니었다. 무엇보다 이사나가 자신을 조금도 기억하지 못했으니까. 게다가 이사나는 황자였다. 여기서 나간다면 다음에 언제 또 볼 수 있을 지 알 수 없었다. 멜즈는 저만큼 걸어 나간 이사나에게 뛰어가 그의 팔을 붙잡고서 필사적으로 말했다.

"이사나! 믿어 줘요! 나란 말이에요! 나에요!"

"알았으니까 이거 놔."

"제발요! 제발 날 믿어 줘요!"

멜즈가 절박하게 붙잡으며 애원함에도 이사나의 얼굴에는 귀찮아하는 기색만 있을 뿐이었다. 이사나가 자신을 그런 식으로 바라보는 건 처음이었다. 멜즈는 충격에 빠져 눈물을 주르륵 쏟아 냈다. 그럼에도 도저히 포기할 수 없어 계속 이사나를 붙들고서 애원했다.

"나예요……. 나를 알아보란 말이에요……."

"……."

"멜즈란 말이에요……. 당신이 제일 아끼는, 당신의 멜즈란 말이에요……!"

신비로운 청록색 눈에서 눈물이 뚝뚝 떨어지는 걸 멍하니 바라보던 이사나는 잠시 망설이다가 멜즈에게 되물었다.

"네 이름이 멜즈라고?"

"네, 멜즈에요."

멜즈가 코를 훌쩍이며 자신 없게 웅얼거리자, 이사나는 그런 멜즈를 찬찬히 뜯어보더니 툭 내뱉었다.

"믿어 줄게."

"네?"

"네가 하는 말 믿어 주겠다고."

어째서? 멜즈는 얼떨떨했지만, 아까와 달리 진지하게 자신을 보는 이사나를 바라보며 주어진 기회에 감사했다.

* * *

"그러니까 네가 20년 후의 미래에서 왔다고?"

"네."

"왜 왔는데?"

이사나의 물음에 멜즈는 괜히 머쓱해져 뒷머리를 긁적이며 "그, 글쎄요……."라고 웅얼거렸다. 이사나는 별다른 반응을 보이지 않았지만, 그래도 멜즈는 바짝 긴장하고 있었다. 다시는 이사나에게서 차가운 시선을 받고 싶지 않아 불안 속에서 눈을 데굴데굴 굴렸지만, 그래도 페요테를 마시고 어린 시절의 당신을 만나고 싶다고 빌었다고는 말할 수 없었다. 믿으라고 하기에는 너무 허무맹랑한 소리이기도 했고. 멜즈가 어찌할 줄을 모르며 그저 이사나의 눈치만 살피는데, 여전히 생각을 알 수 없는 무표정한 얼굴로 골똘히 생각에 빠져 있던 이사나는 잠시 머뭇거리더니 멜즈에게 물었다.

"……미래의 나는 어떤 사람이었어?"

"이사나요? 엄청엄청엄청엄청엄청 대단한 사람이었어요! 아카데미와 사관 학교를 조기 졸업하고 알리페르 토벌전에 투입되어 엄청나게 많은 공적을 쌓았어요! 사람들에게 제국의 영웅이자 희망이라 불릴 정도로 말이에요!"

상기된 얼굴로 멜즈가 자랑스럽게 말했지만, 이사나는 별로 관심 없는 듯 성의 없이 고개를 끄덕이며 다시 물었다.

"내 주변에 친구도 많이 생겼어?"

친구? 이사나가 왜 그런 걸 묻는지 모르겠지만, 멜즈는 고개를 갸웃거리며 말했다.

"글쎄요……. 이사나가 바쁘긴 했는데……. 특별히는……."

생각해 보니 없었다. 이사나에게 찾아오는 사람도, 이사나가 찾아가는 사람도 모두 비즈니스적인 관계일 뿐이었다. 그걸 깨달은 멜즈는 당혹감을 느끼는데, 이사나는 그럴 줄 알았다는 듯 피식 웃으며 중얼거렸다.

"그래? 역시 그랬구나."

어쩐지 실망한 듯한 말투에 멜즈는 초조해져 이사나의 손을 꼭 붙잡으며 말했다.

"하, 하지만, 모두가 이사나를 좋아했어요! 이사나를 대단하게 여기고, 그리고 저도, 저도 이사나를 얼마나 많이 좋아했는데요!"

필사적인 멜즈의 말에 이사나는 의아해 하며 멜즈에게 물었다.

"그러고 보니 넌 도대체 나와 무슨 관계였어?"

"네?"

"나와 혈연관계였어?"

이사나는 멜즈의 화려한 허니 블론드를 바라보며 물었다. 그에 멜즈는 말도 안 된다는 듯 손사래를 치며 말했다.

"아, 아뇨, 그런 건 아니었어요. 이사나는 그저 지하 3층에서 사고를 당해 기억을 잃은 절 주워서 길러 줬을 뿐이에요."

"내가?"

"네, 항상 저를 먼저 생각하고, 저를 아껴 줬어요. 어느 정도로 아껴 주셨냐면요, 항상 밤마다 같은 침대에 누워 같이 잠을 잘 정도였어요."

멜즈의 말에 이사나는 떨떠름한 얼굴로 조심스럽게 물었다.

"……그거 혹시 그런 쪽으로 아낀다는 말이었어?"

"그런 쪽이요? 그런 쪽이 어떤 건데요?"

"그, 남녀가 하는 그런 거 말이야……."

남녀가 하는 그런 거? 여전히 멜즈가 맥락을 잡지 못하고 고개를 갸웃거리자, 이사나는 설명을 하려다가 이내 낯을 붉히며 부끄러워했다. 붉어진 이사나의 얼굴을 보고 나서야 무슨 뜻인지 눈치를 챈 멜즈는 말도 안 된다는 듯 웃으며 말했다.

"하하, 무슨 소리를 하는 거예요? 남자가 어떻게 남자랑 그런 걸 할 수 있어요?"

"그치만 넌……."

이사나는 말을 흐리며 순진무구한 멜즈의 얼굴을 물끄러미 바라보았다. 화려한 허니 블론드에 도자기처럼 매끈한 우윳빛 피부, 오밀조밀한 생김새와 발칙한 매력이 느껴지는 소년의 분위기를 보면 결코 그런 소문이 안 날래야 안 날 수 없어 보였다. 하지만 눈앞의 '멜즈'라는 소년은 단 한 번도 그런 취급을 당해 보지 않은 듯 순진하기 짝이 없었다. 결코 그의 말을 다 믿는 건 아니었지만, 그래도 만약 그의 말이 사실이라면 미래의 자신은 정말로 이 소년을 아꼈을 게 분명했다.

"그래서 이제부터 어떻게 할 거야?"

"글쎄요……."

이사나의 말을 듣고 나서야 멜즈는 자신이 처한 상황을 깨달을 수 있었다. 말이 좋아 20년 전이지, 멜즈는 여기서 자신을 증명할 만한 소셜 코드조차 가지고 있지 않았다. 말 그대로 불법 체류자나 다름

없는 신세였다. 생각을 하면 할수록 지금 처한 상황이 난처하기 짝이 없어 점점 얼굴이 굳어지는데, 이사나는 그런 멜즈를 빤히 바라보다가 자리에서 일어나며 말했다

"따라와."

"네? 네……."

자리에서 일어난 멜즈는 이사나를 따라 정원을 빠져나와 황궁 안의 비밀 통로 안으로 들어갔다. 마치 미로와 같은 어두운 길을 한참 지나 도착한 곳은 수많은 책들이 천장까지 쌓여 있는 어떤 방이었다.

"여기는……."

"황가의 개인 서재야. 원래는 형님이 물려받은 곳이지만, 형님은 어차피 여기에 들어오지 않아. 사람들도 잘 들어오지 않는데다가 춥지도 덥지도 않으니까 지내기 불편하진 않을 거야. 앞으로 어떻게 할지 정할 때까지 여기서 지내도록 해."

이사나가 서재 한쪽의 장치를 건드리자, 달칵 하는 소리와 함께 벽면이 옆으로 살짝 밀리면서 어떤 공간이 나타났다. 옷장이었다. 겉옷 하나 들어 있지 않은 텅 빈 옷장은 멜즈가 발을 뻗고 누워도 될 만큼 공간이 넓었다.

멜즈가 눈을 동그랗게 뜬 채 감탄하는데, 아무것도 없는 옷장 안을 지그시 바라보던 이사나는 갑자기 서재 밖으로 뛰쳐나가더니 모포를 잔뜩 가져왔다. 그리고 고사리 같은 손으로 옷장 안에 손수 이부자리를 깔아 준 뒤 멜즈에게 말했다.

"여기를 누르면서 닫으면 안에서 문이 잠기고 다시 한 번 더 누르면 옷장이 열려. 내가 돌아올 때까지 여기서 기다리고 있어."

"이사나는 어디로 가는데요?"

멜즈가 불안이 느껴지는 얼굴로 이사나의 옷자락을 붙잡으며 묻자, 이사나는 어린아이답지 않은 잔잔한 미소를 지어 보이며 말했다.

"아까 말했잖아? 검술 연습하러 가야 한다고."

"그렇구나……."

멜즈는 간신히 납득하며 옷자락에서 손을 떼는데, 이사나가 시무룩해진 멜즈의 머리를 쓰다듬으며 상냥하게 말했다.

"금방 다녀올게. 착하게 기다리고 있어."

작지만 이미 여러 번 느낀 익숙한 체온에 멜즈는 멍하니 이사나를 바라보다가 고개를 끄덕였다.

탁―.

옷장이 닫히고 어둠 속에 홀로 남겨진 가운데 멜즈는 머리에 남은 잔열을 머쓱하니 쓰다듬었다.

* * *

몸을 웅크린 채 얼마나 있었을까? 서재 문이 열리는 소리에 멜즈는 퍼뜩 정신을 차렸다. 서재 안으로 들어오는 이가 누군지 몰라 처음엔 경계했지만, 규칙적이면서도 자그마한 발걸음 소리에 멜즈는 이내 이사나라는 걸 알아차렸다.

달칵―.

옷장의 잠금장치가 풀리고 옷장 문 사이로 빛이 스며들기 시작하자 너무 기쁜 나머지 멜즈는 습관처럼 이사나의 품에 뛰어들었다.

"이사나!"

"으앗……!"

피크닉 바구니를 손에 들고 있던 이사나는 갑자기 달려든 멜즈의 무게를 이기지 못하고 뒤로 넘어져 버렸다. 꼬리뼈가 시큰거리는 통증에 이사나가 작게 신음을 내뱉자, 이사나와 함께 앞으로 쓰러진 멜즈는 사색이 된 채 자리에서 일어나 허둥지둥 사과했다.

"이, 이사나, 괜찮아요? 미안해요!"

"아니, 괜찮아."

멜즈가 안절부절 어찌할 줄을 모르자, 이사나는 아픈 것도 잊은 채 웃었다. 멜즈가 갑자기 옷장 안에서 튀어나와 놀라긴 했지만, 그가 어디 가지 않고 얌전히 옷장 안에서 기다리고 있어 안심한 탓이다. 하지만, 갑자기 하늘에서 떨어진 청록색 눈의 천사는 여전히 미안한지 당장이라도 울어 버릴 듯한 얼굴이었다.

"그런 얼굴 하지 마. 정말 아무렇지 않으니까."

이사나는 온화하게 웃어 보이며 멜즈에게 일으켜 달라는 듯 손을 내밀었다. 그제야 퍼뜩 제정신이 든 멜즈는 이사나의 손을 맞잡고 끌어당겼다.

가볍다.

멜즈는 무게감이 거의 느껴지지 않는 이사나를 일으키며 얼떨떨한 얼굴로 그를 바라보았다. 자신보다 반 뼘 정도 작은 이사나는 또래 아이들보다 가녀려 이대로 껴안으면 품 안에 쏙 들어올 것 같았다. 새삼스레 그걸 깨달은 멜즈는 괜히 기분이 이상해지는 걸 느꼈다.

"이사나, 다친 거예요?"

셔츠 소매 아래로 드러난 멍 자국에 멜즈가 걱정하며 묻는데, 이사나는 아무렇지 않은 듯 웃으며 말했다.

"아까 검술 연습 하러 간다고 했잖아? 그때 다친 걸 거야."

이사나는 대수롭지 않게 말했지만, 멍은 푸른빛이 거의 빠져 노르스름해진 상태였다. 즉, 이 멍은 오늘 생긴 게 아니라 생긴 지 꽤 된 것이었다. 멜즈는 그 부분이 거슬렸지만, 멜즈는 이곳에서 완전한 부외자였다. 아직 만난 지 얼마 안 된 자신에게 설명하기에 거북한 일이 있었는지도 모른다. 멜즈는 그 부분에서 묘한 거리감을 느꼈지만, 그냥 넘어갈 수밖에 없었다. 이사나 역시 화제를 전환시키고 싶은지 옆으로 넘어진 피크닉 바구니를 주워 들며 말했다.

"배고플 거 같아서 가져왔어, 같이 먹자."

이사나가 내동댕이쳐졌던 피크닉 바구니를 열자, 내용물이 뒤범벅된 샌드위치와 샐러드 따위가 모습을 드러냈다. 그에 이사나는 난감한 얼굴로 뒷머리를 긁적이는데, 멜즈가 이사나에게서 피크닉 바구니를 건네받아 솜씨 있게 정리해 피크닉 바구니 안의 내용물들을 다시 원래 모습대로 되돌려 놓았다. 이사나가 그의 손재주에 놀라며 감탄하자, 멜즈는 수줍게 웃으며 말했다.

"제가 이사나를 넘어뜨려 생긴 일이니까 제가 고쳐야죠."

"그래도, 굉장히 잘한다……. 요리가 취미야?"

"아뇨, 에드먼드 선생님 아래에서 공부하다 보니 이렇게 됐어요."

에드먼드의 아래에서 학문적인 성취보다 음식 플레이팅을 못 하는 것으로 더 많이 혼났던 기억을 떠올리며 멜즈가 우울하게 말하는데, 이사나가 묘한 얼굴로 멜즈에게 물었다.

"에드먼드 님? 설마 숙부님 아래에서 공부했던 거야?"

"네! 3년 전부터 선생님의 제자로 들어가 지금은 제국 대학의 연구소에서 석·박사 통합 과정을 진행하던 중이었어요."

멜즈의 말에 이사나는 놀라서 눈을 동그랗게 떴다. 일단 그 염세

적인 성격의 숙부님이 제자를 들였다는 것도 놀랍지만, 제 또래이거
나 겨우 한두 살 많아 보이는데, 이미 제국 대학에서 석·박사를 진행
중이라니……. 이사나는 멜즈를 알면 알수록 놀랍다는 생각밖에 안
들었다.

두 사람은 피크닉 바구니에 담아 온 간식을 먹으며 오랫동안 이야
기를 나누었다. 시간축이 엇갈린 둘 사이엔 공통분모가 없었지만,
여전히 멜즈는 이야기하는 걸 좋아했고 여전히 이사나는 멜즈의 말
을 들어주는 걸 좋아했다.

해가 서산 너머로 완전히 기울자, 이사나는 다른 일정을 수행하러
밖으로 나갈 수밖에 없었다. 멜즈는 이대로 헤어지는 게 아쉬웠지만
이사나를 보내지 않을 수 없었기에 그저 시무룩한 얼굴로 손을 흔들
기만 했다. 이사나는 그런 멜즈를 물끄러미 바라보다가 잠시만 기다
려 달라고 말하며 서재 밖으로 나갔다. 그리고 얼마 뒤 이사나는 작
은 무드 등 하나를 가지고 서재로 돌아왔다.

"어두워지면 이걸 쓰고 있어."

이사나가 들고 온 것은 수많은 보석들로 아름답게 세공된, 예술품
에 가까운 등이었다. 이사나가 바닥에 달린 스위치를 켜자, 등은 부
드러운 불빛을 내뿜으며 더할 나위 없이 아름답게 반짝거렸다. 너무
귀해 보이는 물건이라 멜즈가 정말 이걸 사용해도 되냐는 듯한 얼굴
로 이사나를 바라보는데, 이사나는 선선히 작은 무드 등을 멜즈에게
넘겨주며 말했다.

"쓰고 있어. 나중에 또 찾아올게."

"……네, 기다리고 있을게요."

이사나는 절대로 거짓말을 하지 않았다. 언제나 자신을 최우선으로

생각하고 세상 누구보다도 사랑해 주었다. 그건 과거로 거슬러 온 지금도 별반 달라질 게 없었다.

또다시 좁은 옷장 안에 홀로 남겨진 멜즈는 손 안에 들린 상냥한 불빛을 아주 오랫동안 지켜보았다. 어서 이사나가 돌아와 굳게 닫힌 옷장 문을 열어 주기를. 그렇게 멜즈는 하염없이 이사나가 돌아오기만을 기다렸다.

* * *

"이사나, 요즘 듣자 하니 식사를 거르고 간식 따위로 끼니를 때운다지?"

이사나는 오랜만에 그의 형인 황태자에게 초대되어 황태자궁 안에서 함께 아침 식사를 하는데, 황태자가 여상한 말투로 근황을 물어 왔다. 그에 이사나는 스푼을 들고 있던 손을 멈칫했지만, 이내 평소와 같은 덤덤한 말투로 황태자에게 말했다.

"수업을 잘 따라가지 못해 시간을 들이다 보니 식사 시간을 놓치게 되었습니다."

"하긴, 네 녀석은 어릴 때부터 굼떴으니 말이다."

황태자는 심드렁한 말투로 이사나를 깎아내렸지만, 그의 보석 같은 올리브색 눈동자는 어린 동생의 얼굴선에 고정되어 있었다. 원래도 이사나는 마른 편이었지만, 유독 요즘 따라 볼살이 빠져 턱선이 다소 날카롭게 느껴졌다. 그에 이사나는 모르는 척 시선을 외면하고 있었지만, 좋지 않은 예감이 들었다.

자신의 형인 황태자는 태어나면서부터 모든 것을 가진, 아니 모든 것을 가져야만 직성이 풀리는 그런 사람이었기 때문이다. 그랬기에 황태자는 자신의 것을 전부 빼앗아가 버릴지도 모르는, 가장 치명적인 정적인 이사나를 어릴 때부터 심히 거슬려 했다. 하지만 아이러니하게도 황태자는 그의 본성대로 동생인 이사나조차 철저히 소유하려 했다.

이미 일찍부터 수많은 사람들이 황태자가 동생인 이사나를 병적으로 집착한다는 걸 알고 있었기에 그들은 이사나에게 일절 관심을 두지 않았다. 관심을 가져 봐야 두 사람 다 무사치 못했기 때문이다. 그건 사람이든, 말 못 하는 짐승이든 마찬가지였다. 황태자는 애써 자신의 시선을 모른 척하는 이사나의 얼굴을 핥아먹을 듯 훑으며 또다시 여상하게 물었다.

"설마하니 나 몰래 개나 고양이 따위를 주워 와 옷장 안에다 기르는 건 아니겠지?"

황태자의 말에 이사나는 고개를 들어 그를 바라보았다. 겉으로는 천사처럼 순한 얼굴을 하고 있었지만, 이사나를 옭아매고 있는 시선은 의심으로 무장된 가시와 같았다. 그의 시선을 받으며 이사나는 아주 오래전, 어머니께 선물 받은 분홍빛 카나리아를 떠올렸다.

가녀리고 고운 목소리로 우는 카나리아는 너무나도 예쁘고 아름다워 이사나는 한눈에 그 카나리아에게 마음을 빼앗겨 버렸다. 하루종일 집중하지 못하고 방에서 자신을 기다리고 있을 카나리아만을 떠올리며, 수업 중에도 이사나는 방으로 돌아갈 시간만을 손꼽아 기다리고 있었다. 하지만 수업을 마치고 방으로 돌아오자, 이미 멋대로 이사나의 방에 들어와 있던 황태자가 한 손에는 가위를, 그리고 다른 한 손에는 분홍빛 카나리아를 움켜쥔 채 이사나를 바라보았다.

그의 손 안에서 카나리아가 애처롭게 날개를 퍼덕이며 꽥꽥거렸지만, 이사나는 발이 땅에 붙어 버린 듯 옴짝달싹할 수 없었다.

'아, 이사나, 이제 왔느냐?'

황태자는 태연한 얼굴로 이사나에게 인사하더니 손에 쥔 가위로 카나리아의 날개를 잘라 내기 시작했다. 날카로운 쇠붙이 아래에서 카나리아는 고통에 찬 비명을 내지르며 울었다. 그렇게 카나리아를 소중하게 생각했으면서도 이사나는 두 손을 붉게 물들인 황태자에게 그만하라는 말 한마디조차 할 수 없었다. 그저 형이 무서워서 울었을 뿐이다. 카나리아를 가여워하며 운 것조차 아니었다.

이사나가 겁에 질린 걸 확인한 황태자는 그제야 손에 쥐고 있던 카나리아를 내동댕이치며 울고 있는 이사나를 안아 주었다. 그래, 무서웠느냐? 이까짓 게 뭐가 무섭다고 말이냐. 헥사비스 밖으로 나가면 이보다 더 무서운 게 훨씬 많을 텐데. 이사나, 네 마음이 너무 여려 이 형은 걱정이 되는구나.

어째서 형은 두려운 일을 하지 않는 것보다 나를 두렵게 하고 뒤늦게 겁에 질린 나를 달랬던 걸까.

늪처럼 깊은 생각에 빠져 이사나가 아무 대답도 하지 못하자, 황태자는 수려한 눈매를 무섭게 일그러뜨리더니 옆에 있던 빵 바구니를 이사나에게 집어 던졌다. 그리고 자리에서 일어나 작게 몸을 움츠린 이사나에게 서늘하게 말했다.

"……이제 아침은 충분히 먹었겠지? 소화도 시킬 겸 같이 대련이나 하자꾸나, 이사나."

변덕스런 황태자의 말에 옆을 지키고 서 있던 시종장이 당혹스러워하며 황태자를, 그리고 이사나를 바라보았다. 시종장이 꾸물거리자 황태자의 아름다운 올리브색 눈이 더욱 표독스러워졌다. 시종장은 반사적으로 이사나를 바라보았지만, 이사나는 마치 물처럼 덤덤할 뿐이었다. 결국 시종들은 다 먹지도 않은 조찬 식기를 모두 걷어 내고, 이사나의 방에서 목검을 가져와 이사나에게 건네주었다. 그것을 가지고 이사나는 황태자를 따라 정원으로 향했다.

사계절의 아름다움을 모두 아우르는 황궁의 정원은 헥사비스 안에서 좀처럼 보기 힘든 기이 화초와 잔디가 조화롭게 깔린 아름다운 곳이었다. 또한, 정원사를 제외한 다른 사람들은 좀처럼 드나들지 않는 곳이기도 했다. 이사나는 도축 직전의 소처럼 묵묵히 황태자의 뒤를 따르는데, 이번에도 황태자는 아무렇지 않은 목소리로, 하지만 독기가 넘실거리는 눈빛으로 정면을 쏘아보며 이사나에게 물었다.

"이사나, 내게 숨기는 것이 없느냐?"

"네."

"정말 아무것도 없느냐?"

"없습니다."

열의 없이 대답하는 이사나에게 황태자는 찬기가 느껴지는 얼굴로 중얼거렸다.

"그래…… 그렇단 말이지?"

분노로 점점 숨결이 거칠어지는 황태자의 뒤를, 이사나는 여전히 아무렇지 않은 얼굴로 뒤따라가고 있었다.

* * *

정원에서 황태자와의 대련이 끝난 후, 이사나는 자신의 궁으로 돌아와 멜즈에게 가져다줄 간식을 챙겼다. 절뚝절뚝, 호되게 짓밟힌 발목은 인대가 늘어났는지 걸을 때마다 아프고 불편했다. 사실 불편한 걸로 따지자면 옷으로 가려진 모든 부위가 다 불편했다. 쓰리고 따갑고, 당분간 검술 연습 따위는 꿈도 꿀 수 없을 정도로 엉망진창이었다. 이사나는 피크닉 바구니를 들지 않은 손으로 통통 부은 뺨을 매만지며 아까 있었던 일을 떠올렸다.

'피가 나지 않느냐⋯⋯!'

목검에 잘못 맞아 이사나가 입 안에서 터진 피를 주르륵 쏟아 내자, 그제야 목검을 내동댕이친 황태자는 손을 벌벌 떨며 이사나의 다친 뺨을 어루만졌다. 그 걱정 어린 손길이 너무나도 따스해 그가 금방까지 자신을 때렸다는 게 믿기지 않을 정도였다. 황태자는 거의 울 듯한 얼굴로 이사나를 껴안으며 이사나를 걱정했다. 그러게 왜 내게 솔직하게 말하지 않은 게냐. 난 네 하나뿐인 형이 아니더냐. 네 허물은 나의 허물이기도 하다. 이사나, 이제라도 솔직하게 말하렴, 응?

다른 것보다 그의 상냥한 말투에 이사나는 옷장 안에 숨겨 둔 천사의 존재를 밝힐 뻔했다. 하지만 이내 과거에 있었던 일들을 떠올린 이사나는 그만두기로 했다. 형이 절대 멜즈를 가만둘 리 없다. 이사나가 입 안이 아파 말할 수 없는 것처럼 답하지 않고 계속 미적거리자, 황태자는 이사나를 다시 바닥에 내동댕이치며 소리 질렀다. 너 같은 거짓말쟁이는 내 동생이 아니야! 내 눈앞에서 썩 꺼져 버려!

다행이었다. 그래도 피가 났기에 형에게서 조금 더 빨리 풀려날 수 있었다. 이 정도 시간이면 많이 늦지 않았을 거야. 이사나는 안도하며 사람들 눈을 피해 서재 안으로 들어갔다. 그리고 조심스럽게 옷장 앞으로 다가가 잠금장치를 풀었다.

"아······."

멜즈는 잠들어 있었다. 아이가 읽기엔 다소 어려워 보이는 책을 무릎 위에 펼쳐 놓은 채 멜즈는 눈을 감고 고른 숨을 쌕쌕 내쉬고 있었다. 그 모습이 너무나도 고즈넉하고 아름다워 이사나는 어째서 인지 눈물이 나올 것 같았다. 이미 말라 버려 나올 것이 없다고 생각 했건만, 그럼에도 이유 없이 눈물이 나오려 했다. 이사나는 습관처 럼 눈물을 참으며 피크닉 바구니를 옷장 안에 내려놓았다. 어차피 자고 있다면 굳이 이런 흉한 모습을 보일 필요는 없었다.

하지만 어째서인지 생각한 것과 반대로 이사나는 잠이 든 멜즈에게 가까이 다가갔다. 주홍빛 무드 등에 비친 우윳빛 피부와 살짝 홍조 띤 뺨이 너무나도 사랑스러웠다.

너는 나에 대해 얼마나 알고 있을까? 내 모든 것을 알고도 나를 좋다고 말하는 걸까?

이사나는 사르르 녹을 듯한 멜즈의 머리카락을 손끝으로 살짝 만져 보았다. 부드러웠다. 미적지근한 온기가 느껴지는 그 매끄러운 감촉에 욕심이 나 조금 더, 그렇게 주저하다가 이번에는 대범하게 그의 뺨을 쓰다듬었다. 아직 젖살이 덜 빠진 그의 뺨은 마시멜로처럼 말랑거렸고 놀랄 만큼 따스해 눈물이 나올 것 같았다. 이대로는 정말 울어 버릴지 도 몰랐다.

이사나는 뻑뻑해진 눈을 두어 번 껌뻑거리다가 아쉬움을 뒤로한 채 옷장 밖으로 나왔다. 그리고 다시 옷장 문을 닫으려는 순간, 기적 처럼 청록색 눈이 열리더니 멜즈가 이사나의 이름을 불렀다.

"······이사나?"

옷장 문을 짚고 선 이사나는 난처한 얼굴로 우뚝 굳어졌다. 하지만 무슨 일인지 전혀 모르는 멜즈는 그저 손등으로 졸린 눈을 비비며 이사나에게 투덜거릴 뿐이었다.

"왔으면 깨우지 그랬어요. 이사나가 올 때까지 계속 기다리고 있었는데."

"……."

"이사나?"

여전히 얼굴을 보이지 않은 채 계속 문가에 서 있기만 하는 이사나에게서 이상함을 느낀 멜즈는 자리에서 일어나 옷장 밖으로 나왔다. 그리고 햇빛 속에서 드러난 이사나의 참담한 모습에 낯빛이 새하얗게 질려 버렸다. 찢어진 입가와 부어오른 얼굴, 옷으로도 가려지지 않는 피멍투성이 몸과 당장이라도 눈물을 떨어뜨릴 듯한 물기 어린 눈동자. 생각지도 못한 이사나의 모습에 멜즈는 분노인지 슬픔인지 알 수 없는 강렬한 감정에 휩싸여 몸을 떨었다.

"누가…… 누가 이런 거예요?"

"……."

"도대체 누가 이사나에게……!"

멜즈는 떨리는 손으로 피딱지가 앉은 이사나의 얼굴에 손을 뻗었다. 상처에 닿는 보드라운 감촉에 이사나는 놀라 뒤로 물러나려 했지만, 멜즈는 그런 그에게 더 가까이 다가왔다. 이사나는 어쩔 수 없이 멜즈에게 몸을 허락할 수밖에 없었다. 조금 따가우면서도 따뜻한 걱정이 느껴지는 손길에 이사나의 마음속에 얼어 있던 눈물도 같이 녹아내리는 것 같았다. 하지만 눈물을 흘리는 건 이사나가 아닌 멜즈였다. 신비로운 청록색 눈동자에서 투명한 눈물이 뚝뚝 떨어지는 걸 보며 이사나는 난처한 얼굴로 멜즈에게 말했다.

"보기엔 흉해도 별로 아프지 않아, 정말이야."

"뭐가 아프지 않다는 거예요! 이런 꼴로……."

"……."

"누가 그런 거예요? 왜 이렇게 한 거예요? 왜요? 도대체 왜?!"

어제까지만 해도 이사나는 멀쩡했다. 어디 하나 다치지 않은 깨끗한 얼굴로 같이 책을 읽고, 이야기를 나누고, 체스를 하며 놀았다. 하지만 지금은, 지금은 보는 것만으로도 가슴이 아파 와 멜즈는 하염없이 눈물을 떨어뜨렸다. 그에 이사나는 깨진 손톱이 너덜거리는 엄지로 멜즈의 눈가를 닦아 주며 말했다.

"내가 잘못해서 맞은 거야."

"훌쩍, 잘못했다고, 흐으, 다 이렇게 때리진, 않잖아요."

"……."

"이사나는, 훌쩍, 내가 무슨 잘못을 해도, 때리지 않았어요! 그런 적이 없었다고요!"

멜즈의 고집스러운 말에 이사나는 더욱 미안해져 변명하듯 말했다.

"그저 오늘은 운이 나빴던 것뿐이야. 평소엔 이 정도는 아니야, 정말이야."

상처투성이가 된 얼굴로 위로하려 애를 쓰는 이사나의 모습에 멜즈는 속이 아파 와 더욱더 크게 울었다. 멜즈가 쉬이 울음을 그치지 못하자, 이사나는 어색하게 멜즈를 껴안으며 그의 등을 다독거렸다.

"괜찮아, 정말 괜찮으니까 울지 마, 멜즈."

이사나의 자그마한 몸에 안긴 멜즈는 아주 오랫동안 울음을 그치지 못했다. 과거로 돌아와도 좋은 것 따윈 하나도 없었다. 여전히 자신은 무력했고 이사나에게 해 줄 수 있는 건 아무것도 없었다.

옷장 안에서 멜즈는 어제 있었던 일을 떠올려 보았다. 이사나의 모습은 단순한 체벌의 결과물이 아니었다. 명백히 학대당한다는 증거였다. 황자인 이사나를 누가? 그러다 멜즈는 이사나가 황제에게 계속 미움받아 왔다는 소문을 떠올렸다. 하지만 친형제인데……. 세상에 하나뿐인 형제를 그렇게 할 수 있나? 멜즈는 흘려 넘겼던 한 줄짜리 정보와 어제 보았던 이사나의 모습이 도저히 겹쳐지지 않아 혼란스러웠다.

계속 고민하다 멜즈는 자신의 눈으로 직접 확인해 보기로 결심했다. 밖으로 나가면 이사나를 곤란하게 만들지도 모르지만 망설이지 않았다. 이사나에게 있었던 과거의 일을 단순한 의혹으로만 치부하고 싶지 않았다. 어차피 황궁 내의 비밀 통로는 리비에에서 우연히 발견한 지도로 그 위치를 전부 외워 둔 상태였다.

옷장 밖의 이사나는, 진짜 과거의 이사나는 어떻게 살고 있었을까? 멜즈는 사람들의 눈을 피해 비밀 통로를 돌아다니며 지금 이사나가 있을 곳을 찾아다녔다. 그리고 그 노력은 결실을 맺어 멜즈는 이사나가 있을 법한 곳의 단서를 얻었다.

"황태자 전하께서 또 시작하셨네."

"이사나 님, 정말 가엽기도 하시지."

"하지만 난 이사나 님이 더 소름 끼쳐. 어떻게 반항 한 번 하지 않고 계속 가만히 있을 수 있지? 사람이 아니라 인형 같잖아? 저러니 황태자 전하께서 더욱 저러시는 거 아니겠어?"

"너희들 행여라도 정원에 들어갈 생각하지 마. 그러다 귀찮은 일에 휘말릴 수 있어. 정말, 넥시움 황가는 저주받은 가문이라니까."

시녀들이 하는 말을 통로 안에서 듣게 된 멜즈는 곧장 정원으로 향했다. 하지만 정원으로 향하면서도 멜즈는 이래도 되는지 몰라 망설여졌다. 멜즈는 이 시간축의 사람이 아니었다. 소셜 코드조차 없는 자신이 끼어들어 봐야 이사나의 입장만 난처하게 만들 뿐이었다. 그러니 눈앞에서 무슨 일이 펼쳐져도 자신은 가만히 있어야만 했다.

이성적으로는 그렇게 생각하지만, 막상 실제로 보면 정말 그럴 수 있을까? 이사나가 어떤 곤경에 처해도 외면할 수 있을까? 멜즈는 혼란스러워하면서도 뭔가에 홀린 듯 정원 쪽으로 발을 놀렸다. 그리고 귓가에 들려오는 날카로운 소리에 숨을 죽인 채 정원에 선 두 사람을 바라보았다.

이사나와 황태자였다.

신문과 TV에서만 몇 번 본 적 있는 황태자는 실물이 훨씬 화려했다. 마치 신이 공들여 빚은 예술품처럼, 같은 인간이 맞을까 싶을 정도로 수려한 외모를 가진 황태자는 고귀하게 반짝이는 올리브색 눈동자를 낮게 내리깔고 있었다. 그리고 그 시선의 끝에는 바닥에 쓰러진 이사나가 있었다.

"일어나라, 이사나."

황태자의 단호한 말에 이사나는 힘겹게 다시 자리에서 일어섰다. 하지만 목검을 쥔 손의 손목은 다쳤는지 퉁퉁 부어 있었다. 풀숲에 몸을 숨긴 멜즈는 그 위태로운 모습에 어찌할 줄을 모르는데, 황태자가 다친 이사나를 향해 다시 목검을 들고 달려들었다. 탁! 탁! 이사나는 황태자가 매섭게 휘두르는 목검을 힘겹게 두어 번 막아 냈지만, 황태자는 이내 이사나의 배를 발로 걷어차며 의기양양한 목소리로 외쳤다.

"고작 이런 것도 막지 못하느냐? 매일 그렇게 잘난 듯이 훈련하지 않느냐. 이 정도는 막아 내야지."

"큭, 읏……."

또다시 바닥에 쓰러진 이사나는 고통스럽게 기침을 토해 내며 배를 움켜쥐었다. 황태자는 그런 이사나 머리채를 붙잡고 일으키더니 낮게 으르렁거렸다.

"이제라도 말하거라. 네가 숨기고 있는 게 무엇이냐."

"……."

"네가 나 몰래 소중히 숨기고 있는 게 도대체 무엇이난 말이다!"

광기로 눈을 번들거리는 황태자와 억지로 마주하게 된 이사나는 두려움에 몸을 떨며 더듬더듬 내뱉었다.

"……없, 습니다. 형님 말고는, 아무 것도……."

"그래? 그렇단 말이지?"

차갑게 중얼거린 황태자는 이사나를 바닥에 내동댕이치며 냉혹하게 말했다.

"엎드려라."

황태자의 말에 이사나는 조금도 지체하지 않고 황태자의 앞에 엎드렸다. 그에 목검을 손에 쥔 황태자는 얼굴을 무섭게 일그러뜨리며 빈정거렸다.

"네게는 나만이 중요하니, 내가 주는 것이면 무엇이든 기쁘게 받아들이겠지?"

"……."

"맞으면서 숫자를 세거라."

퍽ㅡ!

끔찍한 소리만큼이나 잔인한 고통에 이사나는 팔을 부들부들 떨면서도 숨을 삼키며 숫자를 셌다.

"······하나."

퍽―!

"둘."

퍽―!

"셋······."

이해할 수 없는 폭력에도 이사나는 어떠한 감정도 내비치지 않았다. 억울함도 분노도 모두 소거된 것처럼 무표정하기만 했다. 복도에 있던 시녀들이 떠들었던 것처럼, 마치 인형 같은 얼굴로 덤덤히 황태자의 분풀이를 당할 뿐이었다. 멜즈는 그 끔찍한 광경을 멍하니 바라보다가 다리에 힘이 풀려 자리에 주저앉고 말았다.

이런 건, 이런 건 이상했다. 이사나는 황자이기에 그의 형에게 미움받았다고 해도 그저 연구소 사람들의 같잖은 시기와 질투 정도인 줄 알았다. 하지만 그런 건 귀엽게 느껴질 정도로 이사나의 세계는 끔찍했다. 보는 멜즈가 다 숨이 막히고 토악질이 나올 정도로 악의로 가득 차 있었다.

멜즈는 두려움에, 그리고 분노로 몸을 벌벌 떠는데, 문득 손끝으로 차갑고 딱딱한 물체가 만져졌다. 그 물체가 무엇인지 깨달은 순간, 빛으로만 이루어진 멜즈의 세계에 무언가가 자라나기 시작했다. 이제껏 씨앗으로만 존재해 단 한 번도 발아하지 못했던 그것은 순식간에 무성한 수풀로 변해 멜즈의 내부를 가득 채웠다. 멜즈는 자신도 모르게 바닥에 떨어진 돌멩이를 손에 꽉 움켜쥐었다. 그리고 이사나를 때리느라 눈이 시뻘개진 황태자를 향해 그 야만스런 감정을 집어 던졌다.

"윽! 누구냐! 누가 던진 것이냐!"

어깨에 돌을 맞은 황태자는 바닥에 떨어진 돌멩이를 주워 주위를 두리번거렸다. 아름다운 얼굴이 악귀처럼 일그러지는 걸 보고 나서야 멜즈는 뒤늦게 자신이 한 짓에 대한 두려움이 몰려왔다. 그리고 풀숲 사이에 있는 멜즈를 발견한 이사나는 새하얗게 질린 얼굴로 자리에서 일어나 황태자를 밀쳐 냈다.

"으아아아악ㅡ!"

황태자가 자리에 나동그라진 사이, 이사나는 절박한 얼굴로 멜즈의 손을 붙잡고 도망쳤다. 누군가에게 빼앗길세라 이사나는 정신없이 정원을 가로지르고 비밀 통로 안을 뛰었다. 그렇게 다시금 서재 안으로 들어온 이사나는 문을 걸어 잠그고 옷장 안으로 멜즈를 밀어 넣고 나서야 울 듯한 얼굴로 멜즈를 질책했다.

"왜 여기서 기다리지 않고 나온 거야!"

이렇게 된 이상, 황태자는 무슨 일이 있어도 멜즈를 찾아내 찢어 발길 터였다. 자신의 천사가 카나리아와 같은 꼴이 될지도 모른다고 생각하자 이사나는 무서워서 제정신을 차릴 수 없었다. 지금이라도 형님께 찾아가 빈다면 목숨만은 구할 수 있지 않을까? 어떻게 해야, 어떻게 해야 멜즈를 지킬 수 있지? 이사나는 정신을 좀먹는 초조함에 어찌할 줄을 모르는데, 멜즈는 자신의 처지보다 불안에 떠는 이사나가 가여워 눈물을 흘렸다.

"……왜 가만히 있어요."

"멜즈?"

"왜 가만히 맞고만 있냐고요!"

허어어어엉, 멜즈는 가슴이 아파 애달프게 울었다. 그렇게 자신을 아껴 주고 사랑해 준 사람은 친형제에게 상상도 못할 미움을 받으며, 이렇게 아파도 아프다고 말도 못하고 괜찮다고만, 자신이 나빴다고만 말하는 사람이었다. 당신이 내게 아프다고 말하며 눈물을 흘릴 날은 언제쯤 올까.

이사나를 꽉 끌어안은 멜즈는 마치 자신이 아파 죽을 것처럼 구슬프게 끅끅거렸다. 그 순간, 이사나는 이상하게도 눈가가 시큰거렸다. 이미 옛적에 말라 버렸다고 생각했는데, 그곳에서 망울망울 슬픔이 새어 나오려 하고 있었다.

"우리 도망가요."

"뭐?"

"어디든 좋아요. 지하가 아니라면 헥사비스의 바깥도 좋아요. 우리 이대로 같이 여기서 나가요."

멜즈는 신비로운 청록빛 눈에서 눈물을 뚝뚝 떨어뜨리며 애원했다. 하지만 이사나도, 심지어 말을 꺼낸 멜즈조차 그게 말이 안 되는 일이라는 걸 알고 있었다. 소셜 코드조차 발급되지 않은 어린애 둘이 가 봐야 어딜 가겠냐는 말이다. 그럼에도 멜즈는 이런 애원을 할 수밖에 없었다. 도저히 상처투성이인 이사나를 보고만 있을 수 없었다. 이사나는 엉엉 우는 멜즈를 마주 껴안고 등을 토닥이며 말했다.

"……그럴 수 없다는 걸 너도 알잖아."

"하지만……. 하지만……!"

"넌 이제 이곳에 있으면 안 돼. 원래 숙부님 밑에서 공부했다고 했으니까, 이번에도 숙부님을 찾아가 보자. 사정을 말하면 받아 주실지도 몰라. 일단 나랑 같이 숙부님께 가자."

"이사나……."

"괜찮아, 가끔 찾아갈게. 지금은……. 지금은…….."

이사나는 단숨에 얼굴이 흐려졌다. 이사나는 왜 멜즈가 에드먼드의 아래에 있었는지 알게 되었다. 오직 숙부님만이 형의 영향력에서 벗어나 있었기 때문이다.

그랬구나……. 미래에서조차 나는 여전히…….

쾅쾅쾅—!

"이사나! 여기 있는 거 다 안다! 문을 열어라!"

잔뜩 화가 난 짐승처럼 황태자는 으르렁거리며 서재 밖에서 문을 쾅쾅 두들겼다. 그에 이사나의 낯빛이 새하얗게 질렸다. 이대로 숨어 있다 해도 절대 형이 그냥 돌아갈 리 없었다. 결국은 나가야만 했다. 이사나는 반사적으로 덜덜 떨리기 시작하는 몸을 애써 가누며 옷장 밖으로 나가려 하는데, 멜즈가 그런 이사나를 뒤에서 붙잡으며 고개를 가로저었다.

"가지 말아요……. 제발……."

"멜즈……."

"그냥 여기 있어요……!"

"……."

"제발……."

하지만 이사나는 오히려 멜즈를 뿌리치고 밖으로 나가 단호하게 옷장 문을 닫아 버렸다. 이사나! 이사나……! 옷장 속에 갇힌 멜즈가 울면서 문을 두들겼지만, 이사나는 바깥 걸쇠까지 단단히 걸어 잠그며 멜즈가 나올 수 없게 했다.

절대 잃고 싶지 않았다. 멜즈였다. 그토록 소중히 여겨 그 이름을 붙였고 그토록 소중히 여겨 에드먼드에게 그를 맡겼다. 그러니 잃어서는 안 되었다. 이사나는 옷장 안에서 우는 멜즈를 위로하듯 상냥하게 말했다.

"괜찮아."

"이사나……!"

"네가 있으면 난 괜찮아."

그 말에 멜즈는 옷장 안에서 더욱더 크게 울어 버렸다. 그런 그가 퍽 사랑스럽다고 생각하며 이사나는 단단히 잠가 두었던 서재 문을 열었다. 그러자 머리끝까지 화가 난 황태자가 단단한 손으로 이사나의 뺨을 후려치며 소리 질렀다.

"내가, 거짓말하지 말랬잖아! 이 교활한 놈!"

소리를 내지른 황태자는 여전히 분이 안 풀리는지 쓰러진 이사나를 다시 한번 발로 걷어찼다. 그에 이사나는 고통스러워하면서도 힘겹게 자리에서 일어나 그에게 애원했다.

"제가, 제가, 잘못했습니다. 잠시 욕심이 나…… 그래서 숨겼습니다. 다시는 숨기지 않을 테니 제발……!"

"하, 그래, 숨기고 있었다 이거지? 그래, 이제라도 솔직해졌으면 됐다. 그래서 네가 숨기고 있는 녀석은 어디 있지?"

황태자는 눈을 번들거리며 서재 내부를 둘러보았다. 그 쥐새끼 같은 놈이 어디에 숨었지? 어디에 숨어서 내 동생을 꾀어낸 것이냐! 황태자의 포악한 손길 아래 서재의 보고들이 와르르 무너지고 서재 안은 순식간에 엉망진창이 되었다.

어디 있지? 황태자는 광기 어린 눈으로 계속해서 서재를 둘러보다가, 이사나의 뒤에 가려져 있던 옷장 문을 발견했다. 하핫, 황태자는 차게 웃으며 성큼성큼 옷장을 향해 다가갔다. 그에 이사나는 새하얗게 질린 얼굴로 뛰어가 그의 팔을 붙잡고서 애원했다.

"형님, 제발, 하지 마세요. 제발······!"

"이거 놔라! 내가 괜한 짓을 한다는 게냐? 아무 짓도 하지 않을 것이다. 그저 저 안에 무엇이 있는지만 확인하마. 응? 이사나."

하지만 황태자의 얼굴은 당장이라도 옷장 안에 있는 이를 가위로 찢어 버릴 듯했다. 밖에서 들리는 소리에 멜즈는 손으로 입을 틀어막은 채 덜덜 떨었다. 이사나가 그토록 두려워했던 것들이 눈앞으로 다가오자 무서워 견딜 수 없었다.

이사나는 줄곧 이 안에 있었던 건가요? 이렇게 두꺼운 옷장 안에서, 아무것도 무섭지 않은 척, 아무것도 아프지 않은 척하다가 결국 아프다는 것도 잊어버리게 된 건가요?

그렇다면 멜즈는 차라리 대속하고 싶었다. 이사나가 가진 모든 것을 자신이 대신 고스란히 넘겨받고 싶었다.

마침내 걸쇠로 잠겨 있던 옷장 문이 열리고 황태자가 뜯어 버릴 듯 거칠게 옷장 문을 열었다. 그리고 옷장 안을 들여다본 황태자는 고개를 갸웃거리며 중얼거렸다.

"아무것도 없잖아?"

옷장 안에 있는 건 포근한 담요 세 장과 읽다 만 두꺼운 책 한 권, 그리고 미처 치우지 못한 피크닉 바구니뿐이었다. 황태자는 사방이 꽉 막힌 옷장 안을 샅샅이 뒤졌지만, 그 안에는 개미 한 마리 빠져나갈 구멍도 보이지 않았다. 단지 이사나의 눈에는 똑똑히 보이는 청록색 눈의 천사가 황태자의 눈에는 보이지 않을 뿐이었다. 황태자는 소꿉장난을 하다가 만 듯한 옷장 안을 바라보며 피식 웃더니 이사나에게 말했다.

"뭘 숨겼나 했더니 이딴 걸 숨기고 있었던 게냐? 비밀 기지가 가지고 싶었던 거라면 진작 내게 말하지 그랬느냐."

"……."

"이런 걸로 날 신경 쓰이게 하다니, 넌 나를 도대체 뭘로 생각하는 것이냐? 하마터면 네게 나보다 더 소중히 여기는 것이 생긴 줄 알고 오해할 뻔했지 않느냐."

황태자는 적잖이 안심한 얼굴로 말했다. 하지만 이사나는 여전히 굳어진 얼굴로 아무 말도 못했다. 그러자 황태자는 이내 흥미를 잃은 듯 서재 안에 굴러다니는 책들을 발로 걷어차며 말했다.

"하지만 더 이상 내게 반항할 생각은 하지 말거라. 아까 네가 멋대로 도망가 버려 굉장히 불쾌했다. 오늘은 너도 피곤해 보이니 그냥 넘어가지만, 다음에 또 그러면 호되게 혼이 날 줄 알거라."

이사나가 숨기고 있던 것의 정체를 확인한 황태자는 아무 일 없었다는 듯 서재 밖으로 나가 버렸다. 그리고 쑥대밭이 된 서재 안에는 멜즈와 이사나만이 남아 있었다. 이사나는 몸을 덜덜 떨며 혼란스러운 눈으로 옷장 안에 있는 멜즈를 바라보았다. 어째서 형이 멜즈를 발견하지 못했는지 머리로는 짐작되었지만, 그것을 도무지 받아들일 수 없었다.

그런 이사나를 바라보며 멜즈 역시 냉정한 현실을 깨달았다. 그래, 겨우 환각 물질이 든 선인장을 먹는다고 과거로 되돌아갈 수 있을 리 없다. 결국 여기서 있었던 일은 한 여름밤의 꿈이 될 수밖에 없는 것이다. 신조차 들어줄 수 없는 허무맹랑한 소원이 결국 진짜인지 가짜인지 알 수 없는 이 세상에 오게 된 것이다.

자신에게 육신이 없다는 걸 깨달은 순간, 멜즈의 몸이 투명해지기 시작했다. 그에 이사나는 그를 붙잡으려는 듯 옷장에 뛰어들어 멜즈를 끌어안았다. 가지 마……. 날 혼자 두지 마……! 감각마저 무뎌져 가는 가운데 이사나의 바람이 아플 정도로 덧그려져 멜즈는 슬퍼졌다.

"난 네가 뭐라도 상관없어. 돌아가지 마……. 이대로 사라지지 마……."

"이사나……."

"네가 없는 시간은 외롭고 무서워. 부탁이야, 가지 말아 줘……!"

가냘픈 진심이 드러난 그의 애원에 멜즈는 가슴이 지끈거려 왔다. 하지만 그럴 수 없었다. 이미 깨달은 이상, 돌아가야만 했다. 원래 자신은 이곳에 없으니 말이다. 그럼에도 멜즈는 홀로 남게 될 이사나가 가여워 그를 꽉 끌어안으며 말했다.

"난 이대로 사라지지 않아요. 언젠가 우리는 다시 만날 거예요. 그날이 오면, 그때가 되면, 당신을 가장 좋아한다고, 사랑한다고 말할게요."

"멜즈……."

"이사나는 내게 소중한 사람이에요. 이사나가 저를 사랑한다면 이사나도 제 소중한 사람을 사랑해 주세요. 누구에게도 꺾이지 않는 나의 영웅, '이사나 넥시움'이 되어 주세요. 다른 무엇이 아닌 이사나를 위해, 그렇게 이사나가 이사나를 소중히 여겨 주세요."

그 말을 마지막으로 멜즈는 빛이 되어 사라져 버렸다. 그리고 텅 빈 옷장 안에 홀로 남겨진 이사나는 어리둥절한 얼굴로 주변을 둘러보았다. 내가 여기서 뭘 하고 있었지? 포근한 담요와 책갈피가 꽂힌 두꺼운 책 한 권, 그리고 어둠 속에 남겨진 익숙하면서도 그리운 체취.

이사나는 자리에서 일어섰다. 그리고 아무 일 없었다는 듯 눈물을 닦으며 옷장 밖으로 나왔다. 굉장히 행복하면서도 가슴이 저미도록 슬픈 꿈을 꿨던 것 같다.

* * *

"이사나, 어제 꽤나 건방진 짓거리를 했더구나. 감히 내 허락도 없이 아카데미를 신청하고 궁 밖에 나가려고 하다니."

"……."

"목검을 들어라."

화가 머리끝까지 난 황태자는 수치까지 줄 생각인지 오늘은 드물 게 추종자들까지 불러 모은 상태에서 이사나에게 대련을 강요했다. 하고 싶지 않았다. 티를 내지 않았지만, 이사나도 수치를 느낄 줄 알 았다. 태어날 때부터 보아 온 그들 앞에서 끔찍하게 바닥을 구르며 신음하는 꼴을 보이고 싶지 않았다. 그들의 조롱기 어린 시선이 두 려웠다.

하지만 어쩔 수 없었다. 이제껏 그래 왔듯 앞으로도 이 상황이 변하 지 않을 것을 이사나는 알았다. 마치 보이지 않는 수많은 실타래에 엉킨 인형처럼 이사나는 기계적으로 자세를 잡았다. 그에 황태자는 기합 소리를 내며 이사나에게 달려들었다. 마치 눈앞의 사악한 적을 물리치려는 영웅처럼 말이다. 물론 이번에도 이사나가 악역이었다.

황태자는 처음에는 늘 정면으로 목검을 내리쳤다. 그게 멋있어 보이 기 때문이다. 이사나가 그 검을 힘겹게 막으면 그다음에는 어깨나 팔 다리를 후드려 쳤다. 여기까지 적당히 두어 번 맞으며 막는 시늉을 하면 그 다음엔 페인트 모션으로 빈틈을 유도해 이사나를 쓰러뜨렸다. 아주 어릴 때부터, 마치 짜기라도 한 것처럼 이사나는 이 뻔히 보이는 장단에 맞춰 줘야만 했다. 그리고 이사나는 이번에도 맥없이 황태자의 공격에 당해 쓰러졌다.

"읏······!"

반항하는 게 두려웠다. 거스르지 않고 무조건 황태자의 말을 따르는 것이 이사나에게 주어진 삶이었다. 그렇게 해야만 무사할 수 있었다. 형이 화를 내면 무서웠다. 무슨 짓을 할지 몰랐다. 그에게 반항하지 않고 고분고분해야만 그나마 그가 주는 날것의 애정이라도 얻을 수 있었다. 그래야만 외롭지 않을 수 있었다.

흠씬 두들겨 맞고 잔디밭에 쓰러진 이사나는 고통에 몸을 떨며 가쁜 숨을 헐떡거렸다. 그에 황태자는 조롱기 어린 얼굴로 이사나를 내려다보며 핀잔을 주었다.

"이렇게 될 걸 알면서 왜 그딴 되도 않은 짓거리를 한 것이냐. 네가 궁 밖으로 나가면 네 편이 생길지도 모른다 생각한 것이냐?"

"······."

"천만에, 변하는 건 아무것도 없다. 내가 살아 있는 한, 넌 네 마음대로 결혼도 하지 못한다. 네가 무슨 일을 꾸밀 줄 알고 네 세력을 불려 줄 놈들을 붙여 준단 말이냐. 넌 평생 내 그늘 아래에서 살아야 한다, 평생. 네가 내 동생으로 태어났으니 말이다."

단호한 황태자의 말에 이사나는 고개를 떨어뜨렸다. 맞는 말이다. 형은 이 제국의 정점이 되기 위해 태어난 황태자였다. 그의 의지를 막을 수 있는 사람은 없었다. 심지어 부모님조차 형을 말리지 못했다. 그러니 고작 이 궁을 나선다고 그의 손이 닿지 않은 곳에 갈 수 있을

리 없다. 하지만 알면서도, 다 알면서도 이사나는 아카데미에 가겠다고 말했다.

단 한 번도 형의 말을 거스르는 것을 생각해 본 적이 없었는데, 아주 갑작스럽게, 사고처럼 그러고 싶어졌다. 그리고 그 갑작스러운 충동은 지금도 계속되고 있었다. 그래 봐야 소용없어. 포기하자. 형을 화나게 할 뿐이야. 이성이 마치 족쇄처럼 그 충동을 억누르고 있었지만, 충동은 계속해서 몸집을 불리며 이사나의 내부를 채웠다.

이사나는 비틀거리며 자리에서 일어나 처음으로 황태자를 쏘아보았다. 그에 황태자는 흠칫 놀라다가 이내 분노가 뒤덮인 얼굴로 이사나에게 으르렁거렸다.

"끝까지, 반항하겠다 이거지?"

"……"

"제정신을 차릴 때까지 널 다시 교육시켜 주마."

황태자는 무서운 얼굴로 다시 목검을 들고 이사나에게 달려들었다.

무섭다. 저 일그러진 얼굴이, 형에게 버려질까 두렵다. 분하다. 왜 나만 이런 꼴을 당해야 하는지 모르겠다. 왜 나만 형의 동생으로 태어나 이렇게 살아야 하는지 모르겠다.

사랑받고 싶다. 아무도 없는 빈 방은 두렵다. 모두가 옆에 있지만, 누구도 나를 보지 않는 이 공허함이 두렵다. 아픈 건 싫다. 호되게 맞아 홀로 아픔을 삭이는 그 시간들이 외롭다. 두렵다. 분하다. 외롭다.

어둡게 휘말려 가는 탁류처럼 진득한 감정 한가운데서 이사나는 대답처럼 목검을 움켜쥐었다. 그리고 황태자의 공격을 막아 내며 처음으로 반격을 시작했다.

"이야앗—!"

이사나는 한 번도 느껴 보지 못한 생소한 감정에 휩싸여 목검을 휘둘렀다. 분노? 아니다. 그보다는 조금 더 진득하며 간절한 것이었다. 이사나는 수많은 나날 동안 타성에 젖어 휘둘러 왔던 목검으로 자신의 하나뿐인 형제를 궁지에 몰았다. 과거에 있었던 일도, 미래에 있을 일도 모두 잊어버린 채 눈앞의 거대한 벽을 쓰러뜨리기 위해 안간힘을 썼다.

급소만을 노리는 이사나의 사나운 공격에 황태자는 물론이요, 엉터리 대련을 관전하러 온 추종자들 역시 얼어붙었다. 어린아이가 내뿜는 것이라고는 상상도 못 할 그 강렬한 기백에 감히 끼어들지 못했다.

단 한 번도 제대로 검술 연습을 한 적이 없었던 황태자는 결국 이사나의 날카로운 검술 아래 급소를 맞고 자리에 쓰러졌다. 하지만 이사나는 여기서 끝내지 않았다. 목검을 집어 던진 뒤 아예 황태자의 위에 올라탄 이사나는 황태자의 얼굴에 주먹질을 하기 시작했다. 그에 황태자는 경악하면서도 엎치락뒤치락하며 이사나를 제압하려 애를 썼다.

결국 먼저 굴복당한 건 폭력에 내성이 없었던 황태자였다. 분이 풀릴 때까지 주먹질을 한 이사나는 거친 숨을 몰아쉬며 피투성이가 된 황태자를 내려다보았다. 단 한 번도 상상해 본 적 없는 그의 불쌍한 모습에 이사나는 자신이 이토록 잔인한 사람이었나 싶어 손끝이 떨려 왔다. 하지만 이내 마음을 다잡듯 주먹을 꽉 움켜쥐고, 속으로 작게 내뱉었다.

꼴좋다.

그런 이사나의 마음을 읽기라도 한 듯 황태자는 눈물을 줄줄 흘리면서도 표독스러운 눈으로 이사나를 노려보았다. 아마 조만간 그에게 호되게 당할 것이다. 하지만 이사나는 후회하지 않았다.

어제와 오늘, 도대체 무엇이 달라진 것일까? 나는 왜 뻔히 괴롭고 고독만이 가득한 길을 자처해서 가려고 하는 걸까.

아직은 이유를 몰랐다. 하지만 언젠가는, 수많은 별밤이 지나 그 이유를 알게 되는 날이 올지도 몰랐다.

만약 그때가 된다면.

* * *

"……즈, 멜즈……!"

"으…….."

머리가 엄청나게 지끈거렸지만, 멜즈는 에드먼드의 호통에 비틀비틀 자리에서 일어났다. 도대체 여기가 어디예요? 멜즈가 잠이 덕지덕지 묻은 얼굴로 묻자, 에드먼드는 혀를 끌끌 차며 멜즈에게 말했다.

"기억 안 나는 게냐? 페요테를 마시고 계속 자고 있지 않았느냐. 깨어날 시간이 되어도 일어나지 않아 얼마나 걱정했는지 아느냐?"

"……그럼 애초부터 안 주면 되는 거잖아요……."

"허이구, 이제 완전히 멀쩡해졌나 보구나. 대거리 할 기력이 있는 걸 보면 말이다. 그래서 마셔 본 소감은 어떠냐?"

에드먼드는 기대감 어린 눈으로 멜즈를 바라보았다. 그에 멜즈는 구름이 낀 듯 희뿌연 머릿속을 뒤적거렸다. 하지만.

"기억이 안 나요."

"뭐?"

"진짜 아무것도 기억이 안 나는데요? 그냥 엄청 오랫동안 잔 기분이……."

멜즈는 소파에서 일어나다가 뺨을 가로지는 미적지근한 물방울에 놀라서 손을 훔쳤다. 뭐지? 왜 갑자기 눈물이……. 멜즈가 당황한 얼굴로 끊임없이 흘러내리는 눈물을 닦아 내자, 에드먼드는 한심하다는 듯 혀를 끌끌 차며 말했다.

"엄청 슬픈 꿈이라도 꾼 모양이구나. 아쉽긴 하지만 기억이 안 난다니 어쩔 수 없지. 그것보다 밖으로 나가 보거라."

"네?"

"어허, 얼른 나가 보래도."

에드먼드의 다그침에 멜즈는 얼떨떨한 얼굴로 자리에서 일어나 교수실 밖으로 나갔다. 그리고 응접실 소파에 앉은 사람을 발견하고는 깜짝 놀라 소리 질렀다.

"이사나!"

"지나가다가 잠깐 들렀는데, 몸은 좀 괜찮니?"

이사나의 상냥한 목소리에 멜즈는 어째서인지 눈물이 왈칵 쏟아졌다. 갑자기 왜? 혼란스러운 가운데 이상하게도 멜즈는 다행이라는 생각이 먼저 들었다. 이렇게 이사나와 다시 만나 기쁘다는 생각이 먼저 들었다. 그 이유를 알 수 없는 먹먹한 마음을 견디지 못한 멜즈는 단숨에 이사나에게 뛰어들어 그를 억세게 끌어안았다. 갑작스러운 포옹에 이사나는 놀란 것 같았지만, 언제나처럼 그는 상냥한 얼굴로 가만히 등을 토닥여 주었다.

"괜찮아, 괜찮아, 멜즈."

"이사나! 흑, 이사나……!"

단단한 이사나의 품에 안긴 채 멜즈는 한참 동안 울음을 그치지 못했다. 기억나지 않는 서러운 일을 모두 풀어내려는 듯 멜즈는 부끄러움도 잊은 채 한참 동안 이사나의 품 안에서 울었다. 어서 어른이 되고 싶었다. 이런 일로 울지 않고 곤란해하는 이사나를 도리어 품어 줄 수 있는 그런, 믿음직스러운 어른이 되고 싶었다.

하지만 울음을 그친 멜즈는 결심한 것과 다르게 아이다운 시간을 보냈다. 걱정해 주는 이사나의 상냥함에 매달려 멜즈는 오랜만에 마음껏 응석을 부리며 이사나를 독점했다. 자신은 어른 아니니 어쩔 수 없었다.

하지만 언젠가 밤하늘의 별처럼 수많은 밤이 지나 어른이 된다면.

만약 그때가 된다면.